Nora Roberts

Mein Herz findet die Liebe

Herzen in Gefahr

Seite 5

Der lange Traum vom Glück

Seite 229

MIRA® TASCHENBUCH

1. Auflage: Dezember 2019
Neuausgabe im MIRA Taschenbuch
Copyright © 2019 für die deutsche Ausgabe by MIRA Taschenbuch
in der HarperCollins Germany GmbH, Hamburg

Copyright © 1988 by Nora Roberts
Originaltitel: »Irish Rose«
Erschienen bei: Sihouette Books, Toronto

Copyright © 1997 by Nora Roberts
Originaltitel: »Waiting for Nick«
Erschienen bei: Silhouette Books, Toronto

Published by arrangement with
HARLEQUIN ENTERPRISES II B.V./SARL

Umschlaggestaltung: Nele Schütz Design, München
Umschlagabbildung: oneinchpunch/Shutterstock
Satz: GGP Media GmbH, Pößneck
Printed in Germany
Dieses Buch wurde auf FSC®-zertifiziertem Papier gedruckt.
ISBN 978-3-7457-0064-0

www.mira-taschenbuch.de

Werden Sie Fan von MIRA Taschenbuch auf Facebook!

Nora Roberts

Herzen in Gefahr

Roman

Aus dem Englischen von
Emma Luxx

1. Kapitel

Cathleen McKinnon war Irin. Und sie war so widersprüchlich wie ihr Land. Einerseits rebellisch und leidenschaftlich, andererseits poetisch und schwermütig. Gegensätze waren ihre typischste Eigenschaft. Sie war stark genug, um für ihre Überzeugung einzutreten, und so eigensinnig, dass sie selbst um eine verlorene Sache noch kämpfte, aber trotzdem war sie eine Frau, die lieber gab als nahm. Tatkräftige Entschlossenheit kennzeichnete sie genauso wie romantische Träumerei und hochfliegender Ehrgeiz.

Cathleen war zweiundzwanzig und bisher noch nie aus ihrem Heimatdorf herausgekommen. Daher war die Fahrt zum Flughafen von Cork eine ungewohnte und aufregende Sache für sie gewesen. Schließlich hatte sie den Flughafen erst dreimal in ihrem Leben gesehen. Ihre Nervosität war also verständlich. Doch waren es nicht die vielen Menschen und der Lärm, die sie beunruhigten. Den Trubel fand sie eher spannend, die Lautsprecheransagen faszinierend.

London, New York, Paris. Durch die dicke Glasscheibe konnte sie beobachten, wie die großen, schlanken Maschinen von der Startbahn abhoben.

Jedes Mal, wenn sie ein Flugzeug aufsteigen sah, versuchte sie, sein Ziel zu erraten, malte sich aus, eines Tages selbst in einem solchen Riesenvogel zu sitzen und in den Himmel hineinzufliegen.

Nein, die startenden Flugzeuge machten sie nicht nervös, sondern eine ganz bestimmte Maschine, die jeden Moment landen musste. Beinahe hätte sie sich vor Aufregung das Haar zerrauft. Im letzten Moment unterdrückte sie ihre Ruhelosigkeit. Das hätte noch gefehlt, dass sie jetzt ihre Frisur durcheinanderbrachte. Unruhig zupfte sie an ihrer Jacke herum. Hoffentlich sehe ich nicht zu ärmlich aus, dachte sie und strich über ihren Rock.

Zum Glück war ihre Mutter eine ausgezeichnete Schneiderin. Das marineblaue Kostüm hatte vielleicht nicht gerade den modischsten Schnitt, schmeichelte jedoch ihrem hellen Teint und harmonierte reizvoll mit der Farbe ihrer Augen. Cathleen hatte sogar ihre widerspenstige rötlich schimmernde Haarpracht gebändigt. Das geschickt hochgesteckte Haar ließ sie älter und, wie sie hoffte, erfahrener wirken. Die wenigen Sommersprossen auf ihrer Nase hatte sie überpudert und die vollen Lippen mit Lipgloss betont, sie war jedoch mit Wimperntusche und Lidschatten sehr sparsam umgegangen. Dafür hatte sie sich von ihrer Mutter die alten Goldohrringe geliehen. Es war ihr sehr wichtig, einen gepflegten Eindruck zu machen. Auf keinen Fall wollte sie aussehen wie die arme Verwandte und womöglich Mitleid erwecken. Schließlich war sie eine McKinnon. Sie würde ihren Weg gehen, selbst wenn sie bisher nicht so viel Glück gehabt hatte wie ihre Cousine.

Das müssen sie sein, dachte Cathleen, als sie ein kleines Charterflugzeug entdeckte, das langsam auf den Flugsteig zurollte. Nur reiche Leute konnten es sich leisten, eine Privatmaschine zu chartern. Cathleen malte sich aus, wie fantastisch es sein müsste, in solch einem Flugzeug zu sitzen, Champagner zu trinken und irgendwelche exotischen Häppchen dazu zu essen. Ihre Fantasie war schon immer sehr rege gewesen. Allerdings fehlten ihr die Mittel, um die zahlreichen Wunschträume Realität werden zu lassen.

Sie beobachtete, wie eine weißhaarige, stämmig aussehende Frau mit einem kleinen Mädchen an der Hand aus dem Flugzeug stieg. Neben ihr wirkte das zierliche Kind mit dem karottenroten Haarschopf zerbrechlich wie eine Porzellanpuppe. Die beiden standen kaum auf irischem Boden, als ein etwa sechsjähriger Junge mit Riesensprüngen hinter ihnen aus dem Flugzeug hüpfte.

An dem tadelnden Gesichtsausdruck der Frau konnte Cathleen erkennen, dass der Junge ermahnt wurde. Als die Frau ihn bei der Hand fasste, verzog er mutwillig sein Gesicht. Cathleen mochte ihn auf Anhieb. Dem Alter nach musste er Brendon, Adelias ältester Sohn, sein. Und das Mädchen mit der Puppe im Arm war sicher Keeley, seine jüngere Schwester.

Dann stieg ein Mann aus dem Flugzeug, an den sich Cathleen noch sehr gut erinnern konnte. Es war Travis Grant, der Mann ihrer Cousine Adelia, den sie vor vier Jahren kennengelernt hatte, als die beiden zu einem kurzen Besuch nach Irland gekommen waren. Travis war groß und breitschultrig, und sein Lächeln löste bei jeder Frau beunruhigende Gefühle aus. Schon damals war ihr seine ruhige Überlegenheit aufgefallen. Bei ihm konnte sich eine Frau geborgen fühlen, solange sie es verstand, ihm eine gleichwertige Partnerin zu sein.

Travis hatte einen kleinen Jungen auf dem Arm, seinen jüngsten Sohn, der nicht das kastanienbraune Haar der Mutter, sondern den dichten dunklen Haarschopf des Vaters geerbt hatte.

Er stellte das Kind kurz auf seine eigenen kleinen Beine, um seiner Frau aus dem Flugzeug helfen zu können.

Adelia sah bezaubernd aus. Das schöne Haar fiel ihr in weichen Wellen über die Schultern und schimmerte rötlich in der Sonne. Ein glückliches Lächeln lag auf ihrem Gesicht. Sogar auf diese Entfernung sah Cathleen, dass ihre Augen glänzten. Adelia war eine zierliche Frau, die ihrem Mann kaum bis zur Schulter reichte. Nachdem er sie um die Taille gefasst und aus dem Flugzeug gehoben hatte, legte Travis schützend den Arm um sie. Adelia blickte zu ihm auf, berührte liebevoll seine Wange und küsste ihn.

Die beiden wirken wie ein Liebespaar, dachte Cathleen. Die Eifersucht, die sie bei diesem Gedanken durchzuckte, war wie ein stechender Schmerz. Sie versuchte nicht, ihren Neid zu unterdrücken. Cathleen war ein Mensch, der seine Gefühle zeigte und sie, ohne an die Konsequenzen zu denken, auslebte. Und warum sollte sie Dee nicht beneiden? Adelia Cunnane, dem armen Waisenkind aus Skibbereen, war es gelungen, den richtigen Mann zu finden und den ärmlichen Verhältnissen, in denen sie groß geworden war, zu entfliehen. Sie hatte ihr Glück gemacht, und Cathleen schwor sich, es ihr gleichzutun.

Sie richtete sich noch ein wenig stolzer auf und wollte gerade auf die Tür zugehen, durch die die kleine Gruppe kommen musste, als sie noch einen Mann aus dem Flugzeug steigen sah. Hatte ihre Cousine zwei Dienstboten mitgebracht? Erstaunt betrachtete sie den Fremden. Nein, dachte sie, dieser Mann ist bestimmt kein Dienstbote. Er sieht nicht so aus, als würde er andere bedienen.

Er sprang aus dem Flugzeug und schaute sich langsam, fast ein wenig misstrauisch um. Es war unmöglich, hinter der dunklen Sonnenbrille, die er trug, seine Augen zu erkennen. Cathleen ahnte jedoch, dass sein Blick scharf und beunruhigend war, daher hatte sie kein Verlangen danach, ihn ohne Brille zu sehen.

Er war so groß wie Travis, jedoch ein wenig schlanker, sehniger und wirkte etwas härter. Cathleen beobachtete, wie er sich zu den Kindern hinunterbeugte, um etwas zu ihnen zu sagen. Die Bewegung wirkte lässig, aber nicht lieblos. Das dunkle Haar reichte ihm bis zum Kragen seines blauen Sporthemdes. Er trug Cowboystiefel und ausgeblichene Jeans, sah aber trotz seiner Kleidung nicht wie ein Farmer aus.

Er machte nicht den Eindruck eines Mannes, der Land bearbeitete, sondern sah aus wie einer, der es besaß.

Warum begleitete dieser Mann Travis und Dee nach Irland? War er vielleicht ein Verwandter von Travis? Er sah ihm allerdings nicht ähnlich. Von dem verbindlichen Charme, den Dees Mann ausstrahlte, konnte Cathleen bei ihm nichts bemerken. Das kantige Gesicht verriet Härte und eine gewisse Rücksichtslosigkeit.

Aber weshalb grübelte sie eigentlich über diesen Fremden nach, der sie nichts anging? Es konnte ihr doch gleichgültig sein, wer er war. Sie atmete tief durch und ging der Reisegruppe entgegen.

Brendon stürmte zuerst durch die Tür. Die weißhaarige Frau eilte hinter ihm her. »Bleib stehen, du Lümmel. Dass du mir nicht noch einmal davonläufst!« Sie fasste ihn und das kleine Mädchen bei der Hand. »Keeley, wir dürfen uns jetzt nicht verlieren.«

Das Mädchen schaute sich ebenso neugierig um wie sein Bruder. Bis es plötzlich Cathleen entdeckte. »Dort steht sie ja!«, rief Keeley aufgeregt. »Dort steht unsere Cousine. Sie sieht genauso aus wie auf dem Foto.« Ohne jede Scheu lief das Kind auf Cathleen zu. »Du bist Cathleen, nicht wahr? Ich bin Keeley. Mom hat uns erzählt, dass du uns abholen wirst.«

»Ja, ich bin Cathleen.« Sie beugte sich zu dem Kind hinunter, um es liebevoll zu betrachten. Ihre Nervosität war verflogen. »Als ich dich das letzte Mal sah, warst du ein winziges Bündel, und geschrien hast du, als wolltest du Steine erweichen.«

Keeley schaute sie mit großen Augen an. »Du sprichst ja genauso wie Mom. Hannah, hör mal, sie spricht wie Mom.«

Die weißhaarige Frau reichte Cathleen zur Begrüßung die Hand. »Ich freue mich, Sie kennenzulernen, Miss McKinnon.

11

Mein Name ist Hannah Blakely, ich bin die Haushälterin Ihrer Cousine.«

Die Haushälterin, dachte Cathleen, während sie Hannahs Händedruck erwiderte. So etwas gab es früher nicht in Adelias Familie. »Willkommen in Irland«, sagte sie zu der Frau, um gleich darauf dem Jungen die Hand hinzustrecken. »Du musst Brendon sein. Du bist ja mächtig gewachsen, seit ich dich das letzte Mal gesehen habe.«

»Ich bin der Älteste«, erklärte Brendon stolz. »Brady ist jetzt das Baby.«

»Cathleen!«

Cathleen schaute auf. Freudig lachend eilte ihre Cousine auf sie zu. Obwohl sie schwanger war, bewegte sie sich wie ein junges Mädchen. Glücklich nahmen sich die beiden Frauen in die Arme. »Oh, Cathleen, ich bin ja so froh, zu Hause zu sein und dich wiederzusehen. Komm, lass dich anschauen.«

Sie hat sich überhaupt nicht verändert, dachte Cathleen. Adelia musste inzwischen fast dreißig sein, sah jedoch viel jünger aus. Noch immer hatte sie diesen makellos schimmernden Teint und trug ihr glänzendes rötliches Haar lang und offen. Ihre Wiedersehensfreude war so aufrichtig, dass Cathleen ihre anfängliche Zurückhaltung sehr schnell aufgab.

»Du siehst fantastisch aus, Dee. Das Leben in Amerika scheint dir gut zu bekommen.«

»Und aus dem hübschesten Mädchen von Skibbereen ist eine schöne junge Frau geworden«, erwiderte Adelia und küsste sie lachend auf beide Wangen. Sie nahm Cathleens Hand und drehte sich um. »Du erinnerst dich an Travis, nicht wahr?«

»Natürlich. Ich freue mich, dich wiederzusehen, Travis.«

»Du bist erwachsen geworden in den letzten vier Jahren.« Travis küsste sie auf die Wange. »Und das ist Brady, unser Jüngster«, sagte er und lächelte seinen Sohn an, der ihm die

Arme um den Nacken geschlungen hatte und Cathleen misstrauisch beäugte.

»Er ist dir wie aus dem Gesicht geschnitten, Travis. Du bist ein hübscher Junge, Cousin Brady.«

Brady lächelte verschämt und schmiegte das Gesicht an den Hals seines Vaters.

»Und schüchtern ist er«, meinte Adelia, während sie ihrem Sohn übers Haar strich. »Es ist wirklich lieb von dir, Cathleen, dass du uns abgeholt hast.«

»Wir bekommen so selten Besuch«, erwiderte Cathleen. »Ich habe den Kleinbus mitgebracht. Weißt du noch, wie schwierig es das letzte Mal war, einen Mietwagen zu bekommen? Diesmal werde ich euch für die Dauer eures Aufenthalts den Bus überlassen.« Während sie sprach, spürte sie plötzlich ein Prickeln im Nacken. Langsam drehte sie sich um. Hinter ihr stand dieser fremde Mann, den sie eben beim Aussteigen beobachtet hatte.

»Cathleen, darf ich dir Keith vorstellen?«, sagte Adelia. »Keith Logan, meine Cousine Cathleen McKinnon.«

»Guten Tag, Mr. Logan«, begrüßte Cathleen den Fremden förmlich. Es verwirrte sie etwas, dass sie in seinen verspiegelten dunklen Brillengläsern nur sich selbst sah.

»Guten Tag, Miss McKinnon«, erwiderte der Mann lächelnd.

Zwar konnte sie seine Augen nicht sehen, trotzdem hatte sie das unbehagliche Gefühl, dass ihm nichts entging. »Ich bin sicher, ihr seid müde von der Reise«, sagte sie zu Adelia, ohne dabei den Blick von Keith Logan abzuwenden. »Der Bus parkt direkt vor dem Ausgang. Lasst uns gehen. Um das Gepäck können wir uns anschließend kümmern.«

Keith hielt sich ein wenig abseits, als sie durch die Abfertigungshalle des Flughafens gingen. Er neigte dazu, sich abzusondern, den stillen Beobachter zu spielen. Im Moment beobachtete er Cathleen McKinnon. Gar nicht übel, dachte er, während er ihre langen, wohlgeformten Beine betrachtete. Nervös wie ein Rennpferd vor dem Start. Er wusste nicht viel über sie. Auf dem Flug hatte er lediglich erfahren, dass ihre und Adelias Mutter entfernte Cousinen gewesen und auf benachbarten Bauernhöfen zusammen aufgewachsen waren.

Er lächelte, als Cathleen sich umschaute und einen unsicheren Blick in seine Richtung warf. Wenn Adelia Cunnane-Grant die McKinnons zu ihrer Familie zählte, dann war das ihre Sache. Ihm persönlich lag mehr daran, Verwandtschaften möglichst zu meiden.

Wenn er nicht bald aufhört, mich anzustarren, dann werde ich ihm gehörig meine Meinung sagen, dachte Cathleen, während sie den Kleinbus startete. Das Gepäck war verstaut, die Kinder plapperten fröhlich, und sie musste sich darauf konzentrieren, den Bus sicher durch den dichten Verkehr zu steuern.

Sie konnte Keith im Rückspiegel deutlich sehen. Er hatte die langen Beine in dem schmalen Gang, so gut es ging, ausgestreckt und seinen Arm auf die abgeschabte Rückenlehne des Sitzes gelegt. Noch immer beobachtete er sie unverwandt und machte Cathleen damit so nervös, dass es ihr nicht gelang, sich auf Adelias Fragen zu konzentrieren. Nur mit halbem Ohr hörte sie ihrer Cousine zu, und entsprechend zerstreut fielen ihre Antworten aus. Ja, der Familie ging es gut. Und auf der Farm lief alles wie immer. Warum starrt er mich so an? dachte sie, während sie sich bemühte, ihre Cousine mit dem neuesten Dorfklatsch zu versorgen. Besaß dieser Typ denn gar keine Manieren?

Entschlossen vermied sie jeden weiteren Blick in den Rückspiegel, widmete ihre Aufmerksamkeit der Straße und den unzähligen Schlaglöchern, denen sie geschickt auswich. Wer war dieser Keith Logan? Bei der ersten Gelegenheit musste sie ihre Cousine über ihn ausfragen. Doch vorläufig blieb ihr nichts anderes übrig, als lächelnd auf Adelias Fragen zu antworten.

»Colin ist also noch nicht verheiratet?«, wollte sie gerade wissen.

»Colin?« Unbeabsichtigt schaute Cathleen doch wieder in den Rückspiegel – und in Keith' Brillengläser. »Nein, er ist immer noch unverheiratet. Mutter ist gar nicht glücklich darüber. Er fährt ab und zu nach Dublin, um seine Songs vorzutragen.« Sie übersah ein Schlagloch, und prompt wurden alle im Bus durcheinandergeschüttelt. »Oh, entschuldige. Ich sollte besser aufpassen«, sagte sie erschrocken zu ihrer Cousine.

»Das schadet mir gar nichts«, beruhigte Adelia sie.

Cathleen warf ihr einen besorgten Seitenblick zu. »Wirklich nicht? Eigentlich solltest du überhaupt nicht mehr reisen.«

»Ich bin kerngesund und robust wie ein Pferd.« Adelia legte die Hand auf ihren gerundeten Bauch. »Außerdem wird es noch ein paar Monate dauern, bis die beiden auf die Welt kommen.«

»Die beiden?«

Adelia lächelte. »Diesmal werden es Zwillinge. Du glaubst ja gar nicht, wie sehr ich mir das schon immer gewünscht habe.«

»Zwillinge«, wiederholte Cathleen erstaunt.

Adelia schaute sich nach ihren drei Kindern um, denen inzwischen vor Müdigkeit die Augen zugefallen waren. »Ich wollte immer eine große Familie haben.«

»Na, die hast du ja jetzt bald«, bemerkte Cathleen trocken, während sie auf die Hauptstraße ihres Heimatdorfes einbog.

Adelia lachte bloß über die nüchterne Erwiderung ihrer Cousine. Aufgeregt schaute sie zum geöffneten Wagenfenster hinaus. Wie vertraut ihr die alte Dorfstraße war. Sie liebte ihre Heimat, hatte sie in all den Jahren nicht vergessen können. Irland, nicht Amerika, war ihr eigentliches Zuhause. »Hier hat sich nichts verändert«, stellte sie überrascht fest.

Cathleen parkte den Bus. Gelangweilt schaute sie sich um. Sie kannte jeden Quadratzentimeter des Dorfes, jede Farm im Umkreis von fast hundert Kilometern. Tatsache war, dass sie nie etwas anderes gekannt hatte als dieses Dorf und die umliegenden Bauernhöfe. »Hast du etwa erwartet, dass sich hier etwas ändern würde? Hier tut sich doch nie etwas.«

»Da drüben ist O'Donnellys Textilgeschäft.« Adelia stieg aus dem Bus. Sie konnte es nicht abwarten, die Luft von Skibbereen zu atmen, auf demselben Straßenpflaster zu stehen, über das sie schon als Kind gelaufen war. »Führt er seinen Laden noch immer selbst?«

»Der alte Geizkragen wird so lange hinter seiner Theke stehen und Geld zählen, bis er umfällt.«

Lachend nahm Adelia Brady auf den Arm, der sich gähnend an ihre Schulter schmiegte. »Er hat sich also auch nicht verändert.«

Cathleen drehte sich um, um beim Abladen der Koffer zu helfen – und prallte fast mit Keith zusammen. Als wolle er sie beruhigen, legte er ihr die Hand auf die Schulter und ließ sie dort für ihren Geschmack viel zu lange liegen. Glaubte der Mann etwa, dass er sie stützen musste? »Pardon«, sagte sie scharf und streckte angriffslustig das Kinn vor.

Er schien ihren wütenden Blick gar nicht zu bemerken. »Meine Schuld«, sagte er lächelnd. Er ließ ihre Schulter los und wuchtete zwei schwere Koffer aus dem Wagen. »Warum gehst du nicht mit Dee und den Kindern in den Gasthof vor, Travis? Ich kümmere mich um das Gepäck.«

Eigentlich war Travis kein Mann, der die schwere Arbeit anderen überließ. Aber da er wusste, dass seine Frau müde und erschöpft war und da er ihren Starrsinn kannte, wenn es darum ging, dass sie sich ausruhen sollte, nahm er Keith' Angebot an. Dee würde sich nur dann hinlegen, wenn er sie persönlich ins Bett brachte. »Danke, Keith. Ich werde in der Zwischenzeit die Formalitäten an der Rezeption erledigen. Cathleen, sehen wir dich und deine Familie heute Abend?«

»Natürlich. Wir kommen alle.« Impulsiv küsste sie ihre Cousine auf die Wange. »Ruh dich jetzt aus, Dee. Sonst wird Mutter sich aufregen und dich mit ihrem Getue verrückt machen. Das kann ich dir versichern.«

»Musst du denn schon gehen? Kannst du nicht wenigstens für einen Moment mit hereinkommen?«

»Ich habe noch ein paar Dinge zu erledigen. Geh jetzt, sonst schlafen dir deine Kinder noch auf der Straße ein. Wir sehen uns heute Abend.« Während Hannah mit Dee und den Kindern in den Gasthof ging, lud Cathleen das restliche Gepäck aus dem Auto. Plötzlich stand sie wieder Keith gegenüber. Hastig wandte sie sich ab. »Es ist nicht mehr viel«, sagte sie, ohne ihn dabei anzuschauen. »Nur noch ein paar Taschen.«

Bevor er etwas erwidern konnte, eilte Cathleen mit einigen Gepäckstücken in den Gasthof. In der verschlafenen kleinen Pension war es an diesem Morgen alles andere als still. Die Besucher aus Amerika hatten schon eine Woche vor ihrer Ankunft für Aufregung gesorgt. Jeder Winkel war geputzt und poliert worden, das gesamte Wirtshaus blitzte regelrecht vor Sauberkeit. Als Cathleen die Eingangshalle betrat, führte Mrs. Malloy, die Wirtin, ihre Gäste gerade nach oben zu ihren Zimmern. Beruhigt ging Cathleen wieder hinaus. Sie wurde hier nicht mehr gebraucht. Ihre Cousine war bei Mrs. Malloy in guten Händen.

Draußen blieb Cathleen einen Augenblick stehen, um das Dorf zu betrachten, das ihre Cousine vorhin so fasziniert hatte. Sie konnte beim besten Willen nichts Besonderes daran entdecken. Es war ein ganz gewöhnlicher, stiller kleiner Ort, in dem hauptsächlich Bauern und Fischer lebten.

Von der Dorfstraße aus konnte man den Hafen sehen, wo jeden Tag die Fischerboote mit ihrem Fang einliefen. Die Häuser sahen schmuck und sauber aus, und kein Mensch schloss seine Türen ab. Offene Haustüren waren Tradition in Skibbereen. Es gab niemanden hier, den Cathleen nicht kannte, und niemanden, der sie nicht kannte. Es war unmöglich, in diesem Ort ein Geheimnis vor seinem Nachbarn zu haben. Neuigkeiten verbreiteten sich schnell hier, und Klatsch war der liebste Zeitvertreib der Dorfbewohner.

Wie sehr sie sich danach sehnte, hier rauszukommen! Sie wollte die großen Städte sehen, wo es etwas zu erleben gab, wo niemand sie kannte und niemand sich um sie kümmerte. Nur ein einziges Mal wollte sie in ihrem Leben irgendetwas Verrücktes und Unüberlegtes tun, ohne dass es hinterher zum Dorfgespräch wurde.

Als sie die Tür des Busses zuschlagen hörte, schrak sie wie ertappt zusammen. Erst jetzt merkte sie, dass Keith Logan sie beobachtete. Lässig lehnte er am Auto und zündete sich eine Zigarette an. Er ließ Cathleen dabei nicht aus den Augen. »Ich kann keine große Ähnlichkeit zwischen Ihnen und Adelia Grant entdecken«, bemerkte er.

Es war das erste Mal, dass er sie direkt ansprach. Dabei fiel ihr auf, dass er einen anderen Akzent hatte als Travis. Er sprach langsamer, irgendwie gedehnt.

»Bis auf das Haar vielleicht«, fuhr er fort. »Aber Dees Haar hat eher die Farbe von Travis' preisgekröntem Fohlen, während Ihres …« Er rauchte eine Weile nachdenklich. »Ihr Haar erinnert mich an das tiefe Mahagonirot des alten Nachttisches in meinem Schlafzimmer. Ich habe ihn nur wegen dieser faszinierenden Farbe gekauft.«

»Das ist zwar ein sehr schmeichelhafter Vergleich, Mr. Logan, aber ich bin weder ein Pferd noch ein Tisch.« Sie zog die Wagenschlüssel aus der Tasche und hielt sie ihm entschlossen hin. »Hier, die überlasse ich Ihnen.«

Doch statt ihr die Schlüssel abzunehmen, schloss er seine Hand um ihre und hielt sie fest.

Es gefiel ihr, dass sie sich von seinem festen Griff nicht einschüchtern ließ, sondern ihn mit erhobenen Brauen hochmütig ansah.

»Wollten Sie noch irgendetwas, Mr. Logan?«

»Ich werde Sie nach Hause fahren«, erklärte er.

»Das ist nicht notwendig.« Mit zusammengebissenen Zähnen wartete sie, bis die zwei eifrigsten Klatschbasen von Skibbereen an ihr vorbeigegangen waren. Heute Abend würde jeder im Dorf wissen, dass Cathleen McKinnon Händchen haltend mit einem Fremden auf der Dorfstraße gestanden hatte. Das war so sicher, dass sie sich lieber gleich vornahm, den absehbaren Klatsch gelassen zu ertragen. »Ich brauche nur irgendein Auto anzuhalten, um nach Hause zu kommen.«

»Nein. Dafür sorge ich selbst.« Ohne ihre Hand loszulassen, richtete er sich auf. »Ich habe es Travis versprochen. Keine Sorge, ich bin es schon fast gewohnt, auf der falschen Straßenseite zu fahren.«

»Ihr Amerikaner fahrt auf der falschen Straßenseite.« Cathleen zögerte einen Moment, bevor sie in den Bus stieg. Doch weil sie noch eine Menge zu erledigen hatte und der halbe Tag schon vorüber war, nahm sie Keith' Angebot an. »Am Ortsausgang gabelt sich die Straße«, erklärte sie, nachdem sie ein kleines Stück gefahren waren. »Sie müssen sich links halten. Danach sind es etwa fünf Kilometer bis zu unserem Hof.« Um ihm zu zeigen, dass sie keine große Lust hatte, sich auf eine weitere Unterhaltung mit ihm einzulassen, verschränkte sie die Arme und blickte zum Fenster hinaus.

19

»Hübsche Gegend«, bemerkte Keith und warf einen Blick auf die grünen Hügel mit dem Heidekraut und den Schlehdornhecken, die sich im Westwind stark bogen. »Skibbereen liegt dicht am Meer, nicht wahr?«

»Ziemlich dicht.«

»Mögen Sie keine Amerikaner?«

Cathleen wandte den Kopf, um ihn anzusehen. »Ich mag keine Männer, die mich anstarren.«

Keith schnippte seine Zigarettenasche aus dem Wagenfenster. »Schade. Ich neige nämlich dazu, mir Dinge, die mich interessieren, eingehend zu betrachten.«

»Soll das ein Kompliment sein?«

»Lediglich eine Feststellung. Ist dies die Weggabelung?«

»Ja.« Sie atmete tief durch. Der Mann hatte ihr nichts getan. Sie hatte keinen Grund, unfreundlich zu ihm zu sein. »Arbeiten Sie für Travis?«, fragte sie.

»Nein. Man könnte eigentlich sagen, dass wir so was wie Kollegen sind. Mir gehört eine Farm in seiner Nachbarschaft.«

»Züchten Sie auch Rennpferde?«

»Zurzeit.«

Cathleen schaute ihn nachdenklich von der Seite an. Sie konnte ihn sich gut vorstellen als Pferdezüchter. Irgendwie passte dieser Beruf zu ihm. Er war gewiss kein Typ, der gern Akten wälzte und Bücher führte. »Travis' Gestüt ist ziemlich erfolgreich«, bemerkte sie.

Keith lächelte belustigt. »Wollen Sie mich indirekt fragen, wie erfolgreich meines ist?«

Sie wandte sich ab und schaute aus dem Fenster. »Das geht mich nichts an.«

»Nein, es geht Sie tatsächlich nichts an. Aber keine Sorge, ich bin nicht arm. Der Erfolg wurde mir zwar nicht in die Wiege gelegt, wie das bei Travis der Fall war, aber ich finde, dass er mir ganz gut bekommt. Die Grants würden Sie übrigens sofort mit nach Amerika nehmen. Sie müssten sie nur darum bitten.«

Cathleen erfasste seine Worte nicht sofort. Doch dann verstand sie. Überrascht schaute sie ihn an.

Keith blies seinen Zigarettenrauch aus dem Fenster. »Mir können Sie nichts vormachen, Cathleen. Sie wollen aus Ihrem bisherigen ruhigen Leben ausbrechen. Sie sind eine ruhelose Seele und können es kaum erwarten, aus diesem Nest rauszukommen. Wenn Sie mich fragen, hat dieser Ort einen gewissen Charme.«

»Ich habe Sie aber nicht gefragt.«

»Richtig. Aber man konnte Ihnen an der Nasenspitze ansehen, was Sie dachten, als Sie vorhin auf dem Bürgersteig standen und sich umschauten. Sie hätten am liebsten das ganze Dorf verwünscht.«

»Das ist nicht wahr.« Cathleen bekam fast ein schlechtes Gewissen, denn im Grunde genommen hatte er ja recht. Ihre Gedanken waren vorhin durchaus in diese Richtung gegangen.

»Okay, wir können es auch anders ausdrücken. Sie haben sich weit weg gewünscht, nicht wahr? Ich kenne dieses Gefühl, Cathleen.«

»Woher wollen Sie eigentlich wissen, was ich empfinde? Sie kennen mich doch gar nicht.«

»Ich kann Ihre Gefühle ziemlich genau nachempfinden. Sie kommen sich in dieser Gegend eingesperrt und eingeengt vor.« Als sie hierauf nichts erwiderte, fuhr er fort: »Seit Sie auf der Welt sind, sehen Sie immer wieder nur dasselbe, fragen sich, ob das alles im gleichen Trott endlos weitergehen soll. Ob das alles gewesen ist, was das Leben Ihnen zu bieten hat. Und manchmal überlegen Sie, ob Sie einfach weggehen sollen, irgendwohin, wo der Zufall Sie gerade hintreibt. Wie alt sind Sie, Cathleen McKinnon?«

21

Seine Worte hatten sie getroffen. »Zweiundzwanzig«, erwiderte sie knapp.

»Ich war knapp zwei Jahre jünger, als ich alles hinter mir ließ, um meinem Fernweh zu folgen. Ich kann nicht sagen, dass ich es jemals bereut hätte.«

Er schaute sie an. Doch wieder sah sie in seinen Brillengläsern nur ihr Spiegelbild. »Nun, das freut mich für Sie, Mr. Logan. Wenn Sie jetzt bitte anhalten würden? Dieser Weg führt zu unserem Hof. Von hier aus kann ich zu Fuß gehen.«

»Wie Sie wollen.« Er hielt zwar an, doch als sie die Tür öffnen und aussteigen wollte, legte er ihr die Hand auf den Arm, um sie zurückzuhalten. Er wusste nicht genau, warum er ihr angeboten hatte, sie nach Hause zu fahren. Genauso wenig wusste er, warum er dieses Thema überhaupt angeschnitten hatte. Er war ganz einfach einer Ahnung gefolgt, so wie er das meistens in seinem Leben tat. »Ich sehe einem Menschen sofort an, ob er Ehrgeiz besitzt. Der Charakterzug ist mir vertraut. Jeden Morgen, wenn ich in den Spiegel schaue, blicke ich dem Ehrgeiz ins Gesicht. Manche sagen, diese Eigenschaft sei schlecht. Für mich ist sie eher ein großes Glück.«

Wie schaffte es dieser Mann, sie dermaßen zu verunsichern? Warum war in seiner Gegenwart ihre Kehle wie zugeschnürt, waren ihre Nerven zum Zerreißen gespannt? »Wollen Sie etwas Bestimmtes damit sagen, Mr. Logan?«

»Sie gefallen mir, Cathleen. Es wäre jammerschade, wenn Ihre Schönheit eines Tages durch einen mürrischen unzufriedenen Gesichtsausdruck zerstört würde.« Er lächelte sie an. »Ich wünsche Ihnen einen angenehmen Tag.«

Cathleen sprang rasch aus dem Bus, knallte die Tür hinter sich zu und eilte davon. Dabei wusste sie nicht, ob sie vor sich selbst oder vor ihm davonrannte.

22

2. Kapitel

Es ging hoch her in der kleinen Pension. Die gesamte Familie McKinnon hatte sich zu einem festlichen Dinner in Mrs. Malloys Gaststube eingefunden, um das Wiedersehen mit Cousine Adelia und ihrer Familie zu feiern. Die Stimmung war großartig. Es wurde getrunken und gelacht, und da alle durcheinandersprachen, war manchmal kaum ein Wort zu verstehen. Nur Cathleen beteiligte sich nicht so recht an der fröhlichen Tischrunde. Immer wieder musste sie daran denken, was Keith Logan am Nachmittag zu ihr gesagt hatte.

Es stimmte. Sie war unzufrieden. Aber die Vorstellung, dass ein Fremder ihr ansah, was ihrer Familie nie aufgefallen war, behagte ihr gar nicht. Sie hatte längst gelernt, mit dieser nagenden Unzufriedenheit zu leben. Auch den Neid auf ihre Cousine akzeptierte sie inzwischen. War es nicht ganz natürlich, dass sie Dee beneidete? Gewiss, neidisch sein war nicht schön, aber sie war schließlich nicht vollkommen. Außerdem war es nur zu natürlich, Eifersucht zu empfinden, wenn sie Dee strahlend vor Glück neben ihrem Mann sitzen sah. Sie missgönnte Dee ihr Glück ja nicht. Sie wollte doch nur selbst auch ein bisschen glücklich sein.

Dabei freute sie sich ehrlich über den Besuch ihrer Cousine. So konnte sie wenigstens etwas über deren Leben in Amerika erfahren. Sie konnte Fragen stellen und sich eine Vorstellung von dem großen Haus machen, in dem Dee wohnte, von ihrem aufregenden Leben in der eleganten Gesellschaft der reichen Rennstallbesitzer. Ein paar Tage lang konnte sie träumen, danach würde ihr Leben wieder seinen normalen eintönigen Lauf nehmen.

Aber nicht für immer, das hatte sie sich geschworen. In ein oder zwei Jahren, sobald sie genug Geld zusammengespart hatte, würde sie nach Dublin gehen. Dort würde sie sich einen Job in einem Büro suchen und eine eigene Wohnung nehmen. Eine Wohnung ganz für sich allein. Niemand konnte sie davon abhalten.

Bei diesem Gedanken huschte ein Lächeln über ihr Gesicht. Sie schaute auf – und begegnete Keith' Blick. Heute Abend sah sie ihn zum ersten Mal ohne seine Sonnenbrille. Mit Sonnenbrille ist er mir lieber, dachte sie unwillkürlich. Sosehr sie diese verspiegelten Gläser verwirrt hatten, seine schönen dunkelgrauen Augen verwirrten sie fast noch mehr. Sie verrieten Intelligenz, und sie waren von einer beunruhigenden Intensität. Er hat kein Recht, mich so anzustarren, dachte sie verärgert und hob herausfordernd das Kinn, um ebenso ungeniert zurückzustarren.

Sekundenlang vergaß sie ihre Umgebung. War es das belustigte Blitzen in seinen Augen oder die Arroganz, die sie anzog? Oder lag es daran, dass beides zusammen seinem Blick etwas Wissendes gab? Sie war nicht sicher, woran es lag, aber sie spürte deutlich, dass sie in diesem Moment etwas für ihn empfand, etwas, das sie besser nicht fühlen sollte.

Eine irische Rose, dachte Keith. Er hatte zwar noch nie eine irische Rose gesehen, aber er war sicher, dass sie kräftige scharfe Dornen besaß. Eine wilde Blume, unempfindlich und stark, die sich von keinem Gestrüpp unterkriegen ließ. Eine Blume, die er respektieren konnte.

Ihre Familie gefiel ihm. Einfache, bodenständige Menschen, die sich ihren bescheidenen Wohlstand hart erarbeiten mussten. Mary McKinnon, die neben der Farm noch eine kleine Schneiderei besaß, hatte sechs Kinder. Bis auf Colin, ihren ältesten Sohn, waren all ihre Jungs hellhäutig und rotblond. Colin hingegen sah mit seinem dunklen Haar und der leicht gebräunten Haut wie ein irischer Krieger aus, sprach jedoch wie ein Poet. Keith hatte sofort gemerkt, dass Cathleen eine Schwäche für ihren ältesten Bruder hatte. Jetzt beobachtete er sie, um herauszufinden, welche Schwächen sie noch besaß.

Er war froh, dass Travis ihn zu diesem Abstecher nach Skibbereen überredet hatte. Der Trip nach Irland hatte sich für ihn gelohnt. In Kildare hatte er ein paar gute Rennpferde gekauft und einige Anregungen bei dem Besuch der Rennbahn in Curragh mitgenommen. Jetzt wurde es Zeit, den geschäftlichen Teil dieser Reise zu vergessen und ein wenig Spaß zu haben.

»Spielst du etwas für uns, Colin?« Über den Tisch hinweg griff Adelia nach der Hand von Cathleens ältestem Bruder.

»Darum musst du ihn nicht lange bitten«, warf Mary McKinnon ein.

»Schiebt mal die Stühle beiseite«, sagte sie zu ihren zwei jüngsten Söhnen. »Nach einer solchen Mahlzeit muss getanzt werden.«

»Ich habe zufällig meine Flöte dabei.« Colin griff in seine Westentasche und zog eine schlanke Rohrpfeife heraus. Dann stand er auf und fing an zu spielen.

Es überraschte Keith, dass dieser große breitschultrige Mann dem ungewöhnlichen Instrument so zarte Töne zu entlocken verstand. Er lehnte sich in seinen Stuhl zurück, und während er die angenehme Wärme genoss, die ihm nach jedem Schluck irischen Whiskeys durch die Kehle rann, verfolgte er interessiert die weiteren Vorgänge.

Inzwischen war auch die übrige Tischgesellschaft aufgestanden. Mary McKinnon legte ihre Hand in die ihres jüngsten Sohnes, und fast automatisch fingen ihre Füße an,

Tanzschritte zu der Musik zu machen. Der Tanz erschien Keith zunächst etwas steif und die Schritte ziemlich kompliziert. Doch dann steigerte sich das Tempo allmählich. Immer schneller wurde der Rhythmus. Mit Zurufen und lautem Händeklatschen feuerten die Zuschauer die Tänzer an. Keith schaute zu Cathleen hinüber. Sie stand neben ihrem Vater, hatte die Hand auf seine Schulter gelegt und lächelte. Es war ein Lächeln, wie Keith es noch nie an ihr gesehen hatte, ein Lächeln, das ihm einen seltsamen Stich versetzte.

»Mutter tanzt immer noch wie ein junges Mädchen«, sagte Matthew McKinnon zu seiner Tochter.

»Und sie ist immer noch eine schöne Frau.« Cathleen beobachtete, wie ihre Mutter in den Armen des Sohnes herumwirbelte.

»Kannst du mithalten?«, fragte ihr Vater.

Lachend schüttelte Cathleen den Kopf. »Ich konnte noch nie so gut tanzen wie Mutter.«

»Aber sicher kannst du das«, erwiderte Matthew McKinnon und legte dann seiner Tochter den Arm um die Taille. »Komm schon.«

Bevor sie protestieren konnte, hatte ihr Vater sie auf die kleine Tanzfläche gezogen. Lachend hielt er ihre Hand hoch, und ehe sie sich's versah, war sie mittendrin in dem alten Volkstanz, den ihre Eltern ihr beigebracht hatten, kaum dass sie laufen konnte. Die Flötenmusik war fröhlich und mitreißend, die Begeisterung ihrer Familie ansteckend. Den Kopf zurückgeworfen, die Hände in die Hüften gestemmt, gab sich Cathleen dem Rhythmus des Tanzes hin.

»Schaffst du das auch noch?«

Adelia schaute auf. Ihr achtzehnjähriger Cousin stand vor ihr. »Ob ich das noch schaffe?«, wiederholte sie und schaute den Jungen entrüstet an. »Der Tag muss erst noch kommen, an dem ich nicht mehr tanzen kann.«

Travis wollte protestieren, als sie ihrem Cousin auf die Tanzfläche folgte, hielt sich dann aber zurück. Dee wusste selbst, was sie sich zumuten konnte. Es erstaunte ihn immer wieder, wie gut sie ihre Kräfte einzuschätzen verstand. »Eine bemerkenswerte Familie, was?«, sagte er leise zu Keith.

»Das kann man wohl sagen.« Keith zog eine Zigarette aus der Tasche. Dabei ließ er Cathleen keinen Moment aus den Augen. »Dir liegt dieser Tanz wohl nicht?«

Lachend lehnte sich Travis an die Wand. »Dee hat versucht, ihn mir beizubringen, mich dann aber zu einem hoffnungslosen Fall erklärt. Wenn man diesen Tanz nicht schon als Kleinkind lernt, versteht man ihn nie. Dee hat dieses Zusammensein mit ihrer Familie mehr gebraucht, als ich ahnte.«

Keith riss sich einige Sekunden von Cathleens Anblick los, um einen schnellen Blick auf Travis zu werfen. »Die meisten Menschen bekommen hin und wieder Heimweh.«

»Sie war in den sieben Jahren, die wir verheiratet sind, nur zweimal in Irland, und das war offensichtlich nicht genug«, bemerkte Travis. »Dee ist schon eine seltsame Frau. Wenn du dich mit ihr streitest, redet sie dich in Grund und Boden. Auf der anderen Seite stellt sie keinerlei Ansprüche und beklagt sich nie.«

Keith erwiderte zunächst nichts auf die Bemerkung seines Freundes. Es erstaunte ihn noch immer, dass sich in nur vier Jahren eine so enge Freundschaft zwischen ihm und Travis entwickelt hatte. Dabei war er gar nicht der Typ, der Freundschaften suchte. Im Gegenteil. Er war stets vor Verantwortung, die Freundschaften mit sich brachten, zurückgeschreckt. Mit seinen zweiunddreißig Jahren war er die meiste Zeit seines Lebens allein gewesen. Er hatte niemanden gebraucht und niemanden gewollt. Das hatte sich erst geändert, als er die Grants kennenlernte.

27

»Ich verstehe nicht viel von Frauen«, sagte er, fügte aber, als er Travis' belustigtes Lächeln sah, hinzu: »Jedenfalls nicht von Ehefrauen. Aber soweit ich das beurteilen kann, ist deine Frau glücklich. Nicht nur hier, auch in Amerika. Wenn sie dich nicht so sehr lieben würde, hätte ich ihr nämlich längst den Hof gemacht.«

Travis schaute Adelia beim Tanzen zu, hörte ihr helles Lachen und beobachtete, wie sie im Gespräch mit ihrem Cousin den Kopf schüttelte und einen weiteren Tanz ablehnte. Mit ausgestreckten Händen kam sie auf ihn zu. An ihrer Hand funkelte der Brillant, den er ihr vor Jahren zusammen mit dem Ehering an den Finger gesteckt hatte.

»Ich könnte stundenlang weitertanzen«, erklärte sie ein wenig atemlos. »Aber diese beiden hier haben genug.« Dabei legte sie lächelnd die Hand auf ihren Bauch. »Willst du es nicht auch einmal versuchen, Keith?«

»Das hätte gerade noch gefehlt.«

Wieder lachte sie. In einer freundschaftlichen Geste legte sie ihm die Hand auf den Arm. »Ein Mann muss ab und zu den Mut haben, sich lächerlich zu machen.« Obwohl sie völlig außer Atem war, klopfte sie mit dem Fuß eifrig den Takt zur Musik. »Colin spielt wunderbar, nicht wahr? Ich bin so glücklich, dass ich hier sein darf.« Sie zog Travis' Hand an ihre Lippen und legte sie dann an ihre Wange. »Mary McKinnon kann noch immer alle an die Wand tanzen, aber Cathleen tanzt auch nicht schlecht, oder?«

Keith trank einen Schluck Whiskey. »Es kostet mich keine große Überwindung, ihr dabei zuzuschauen.«

Lachend lehnte sich Adelia an ihren Mann. »Als ihre ältere Cousine muss ich sie wohl vor dir warnen«, sagte sie zu Keith.

Er schwenkte den Whiskey in seinem Glas. In gespieltem Erstaunen schaute er sie an. »Warum?«

Den Kopf an Travis' Arm gelegt, schaute sie lächelnd zu Keith auf. »Nun, man hört gewisse Dinge, Mr. Logan. Faszinierende Dinge. Dass zum Beispiel ein Mann nicht nur seine Töchter im Auge behalten muss, wenn du in der Nähe bist, sondern auch seine Frau.«

Keith ergriff ihre Hand und zog sie an die Lippen. »Wenn ich mich für verheiratete Frauen interessieren würde, wärst du die Erste, die das wüsste.«

Mit blitzenden Augen schaute sie ihn an. »Travis, ich glaube, Keith flirtet mit mir«, sagte sie dabei zu ihrem Mann.

»Ganz offensichtlich«, erwiderte Travis und küsste sie aufs Haar.

»Ich muss dich warnen, Keith. Es ist leicht, mit einer Frau zu flirten, die im fünften Monat schwanger ist und weiß, was für ein Herzensbrecher du bist. Aber nimm dich in Acht. Die Iren sind clever.« Sie stellte sich auf die Zehenspitzen und küsste ihn auf die Wange. »Wenn du Cathleen weiterhin mit Blicken verschlingst, wird Matthew McKinnon sein Gewehr laden.« Keith beobachtete, wie Cathleen von der Tanzfläche trat. »Anschauen ist doch nicht verboten, oder?«

»In deinem Fall sollte es aber verboten sein.« Sie schmiegte sich wieder an Travis. »Es sieht so aus, als hätte Cathleen vor, ein wenig an die frische Luft zu gehen.« Herausfordernd lächelte sie Keith an. »Vielleicht willst du ja endlich diese Zigarette anzünden. Außerdem täte dir ein kleiner Spaziergang bestimmt gut.«

»Das habe ich mir auch gerade überlegt.« Er nickte ihr zu, stand auf und schlenderte zur Tür.

Draußen schlug Cathleen fröstelnd ihre Jacke übereinander. Trotz des milden Winterklimas waren die Februarnächte ziemlich kühl. Sie atmete tief die frische Luft ein. Wie gut, dass ihr Vater sie zum Tanzen überredet hatte. Selten hatten sie

Zeit, Feste zu feiern. Die Arbeit auf dem Hof wuchs ihnen allmählich über den Kopf. Da Frank eine eigene Familie gegrün-
det hatte, Sean noch in diesem Jahr heiraten wollte und Colin mehr Interesse an seiner Musik als am Kühemelken zeigte,
blieben nur noch Joe und Brian. Und sie selbst.

Der Hof musste überleben, das stand völlig außer Frage.
Ohne seine Farm würde ihr Vater verkümmern. So wie sie
verkümmerte, wenn sie nicht bald von hier wegging. Es
musste also eine Lösung gefunden werden, den Hof zu erhal-
ten und ihr trotzdem ein eigenes Leben zu ermöglichen.

Aber im Moment wollte sie sich über dieses Problem nicht
den Kopf zerbrechen. In ein paar Tagen reiste Dee mit ihrer
Familie ab, und danach würde ihre Ruhelosigkeit wieder ein
wenig nachlassen. Wenn die Zeit reif war, würde ihr schon etwas einfallen. Sie schaute in den klaren Nachthimmel hinauf
und lächelte. Hatte sie sich nicht fest vorgenommen, ihr Leben zu verändern?

Sie hörte das Klicken eines Feuerzeugs, sah den roten
Schimmer einer Flamme und straffte unwillkürlich die Schultern.

»Eine schöne Nacht.«

Cathleen wandte sich nicht um. Sie wollte das freudige Erschrecken, das sie beim Klang von Keith' Stimme durchzuckt
hatte, nicht wahrhaben.

Nein, sie hatte sich nicht gewünscht, dass er ihr folgte. Warum auch? »Es ist ziemlich kalt.«

»Sie sehen nicht so aus, als ob Sie frieren.« Sie gab sich noch
immer abweisend. Er fand es spannend, sie herauszufordern,
ihre Zurückhaltung langsam zu durchbrechen. »Dieser Tanz
hat mir gefallen«, bemerkte er.

Langsam entfernte sie sich vom Gasthaus. Es erstaunte sie
nicht, dass er ihr folgte. »Hier draußen sehen Sie aber nicht
viel davon«, erwiderte sie.

»Es gibt nichts mehr zu sehen, seit Sie aufgehört haben zu tanzen.« Er zog an seiner Zigarette. »Ihr Bruder ist sehr musikalisch.«

»Ja, das ist er.« Gedämpft drangen die Klänge der Flöte zu ihnen hinaus. Die Musik, die eben noch fröhlich gewesen war, klang plötzlich wehmütig. »Dieses Lied hat er selbst geschrieben«, sagte sie. »Es ist so traurig, dass einem das Herz brechen könnte. Mögen Sie Musik, Mr. Logan?«

»Wenn es die richtige Musik ist.« Das nächste Stück war ein langsamer Walzer, eine getragene Melodie. Ganz plötzlich legte er die Arme um Cathleen und fing an, sich im Takt dazu mit ihr zu drehen.

»Was machen Sie?«

»Ich tanze.«

»Sie hätten mich vorher fragen können.« Aber sie unternahm keinen Versuch, sich ihm zu entziehen. Es fiel ihr nicht schwer, sich seinen Schritten anzupassen. Lächelnd schaute sie zu ihm auf. »Ich hätte nicht gedacht, dass Sie Walzer tanzen können.«

»Eine meiner wenigen kulturellen Errungenschaften.« Es gefiel ihm, sie im Arm zu halten. Sie war schlank, aber nicht zerbrechlich, weich, aber nicht anschmiegsam. »Und die Nacht ist wie geschaffen zum Tanzen. Finden Sie nicht auch?«

Eine ganze Weile erwiderte sie nichts. Schweigend gab sie sich dem Zauber des Augenblicks hin. Die Sterne, die traurige Musik, das warme Prickeln auf ihrer Haut, all das ergab eine beunruhigende Mischung. Sie wusste, es konnte einer Frau gefährlich werden, mit einem Fremden unter dem Nachthimmel Walzer zu tanzen. Trotzdem bewegte sie sich mit ihm im Takt der Musik.

Erst als der Walzer in eine andere Melodie überging, befreite Cathleen sich aus Keith' Armen. Er ließ sie ohne Weiteres los, was sie gleichzeitig erleichterte und bedauerte.

Langsam gingen sie weiter. »Warum sind Sie hergekommen?«, fragte sie ihn.

»Um mir Pferde anzuschauen. Ich habe einige in Kildare gekauft.« Er rauchte schweigend. Ihm wurde plötzlich bewusst, wie viel seine Farm und sein Gestüt ihm bedeuteten. »Die irischen Vollblutpferde sind einzigartig. Sie kosten zwar eine Menge Geld, aber für einen Gewinner war mir mein Geld noch nie zu schade.«

»Sie sind also nach Irland gekommen, um Pferde zu kaufen.« Es störte sie, dass alles, was mit ihm zusammenhing, sie brennend interessierte.

»Und um mir ein paar Rennen anzusehen. Waren Sie schon einmal in Curragh?«

»Nein.« Cathleen betrachtete den Mond. Curragh, Kilkenny, Kildare, diese Orte waren für sie so weit entfernt wie die silbrig glänzende Mondsichel. »Hier in Skibbereen werden Sie keine Vollblutpferde finden.«

»Nein?« Sein Lächeln verunsicherte sie. »Ich bin auch nur mit hierhergekommen, weil Travis mich dazu überredet hat und weil dies mein erster Besuch in Irland ist.«

Sie blieb stehen. »Und wie gefällt es Ihnen?«

»Ich finde es schön hier. Land und Leute sind so widersprüchlich.«

»Ihrem Namen nach müssten Sie eigentlich irische Vorfahren haben.«

Keith blickte auf seine Zigarette. »Möglich«, sagte er knapp.

»Sie sagten doch, Sie seien ein Nachbar von Travis«, fuhr sie fort. »Aber Sie sprechen mit einem ganz anderen Akzent als er.«

»Akzent?«, wiederholte er lachend. »So spricht man im Westen Amerikas.«

»Sie kommen aus dem amerikanischen Westen? Wo es die Cowboys gibt?«

Er lachte laut auf. Es war ein volles, tiefes Lachen, das sie dermaßen ablenkte, dass sie kaum merkte, wie er seine Hand an ihre Wange legte. »Heutzutage trägt auch im Westen keiner mehr sechsschüssige Flinten mit sich herum.«

Cathleen reagierte gereizt auf seine ironische Bemerkung. »Sie brauchen sich nicht über mich lustig zu machen.«

»Habe ich das?« Weil ihre Haut sich so kühl und weich anfühlte, berührte er erneut ihre Wange. »Und was würden Sie sagen, wenn ich Sie nach Kobolden und Geistern fragte?«

Jetzt musste sie lächeln. »In diesem Landstrich finden Sie höchstens noch Geister und Kobolde, wenn Sie zu tief ins Glas geschaut haben.«

»Glauben Sie nicht an Legenden, Cathleen?« Er stand so dicht vor ihr, dass er sehen konnte, wie sich das silberne Mondlicht in ihren Augen spiegelte.

»Nein, das tue ich nicht.« Obwohl sie plötzlich wie vor Kälte erschauerte, wich sie nicht vor ihm zurück. Sie wusste sich zu behaupten. Gewinnen oder verlieren; solange man mit beiden Beinen fest auf dem Boden stand, konnte einem nichts passieren. Das war schon immer ihre Lebensweisheit gewesen. »Ich glaube nur das, was ich sehen und berühren kann«, erklärte sie.

»Wie schade«, meinte er, obwohl er ebenso dachte. »Das Leben ist oft einfacher, wenn man an Fantasiegebilde glauben kann.«

»Ich habe mir noch nie ein leichtes Leben gewünscht.«

»Was wünschen Sie sich denn?« Er berührte die Haare, die sich an ihren Schläfen kringelten.

»Ich muss jetzt zurückgehen.« Es ist kein Rückzug, sagte sie sich. Ihr war plötzlich kalt geworden, eiskalt. Doch als sie umkehren wollte, legte er die Hand auf ihren Arm. Abschätzend schaute sie ihn mit ihren klaren blauen Augen an.

33

»Wenn Sie mich jetzt bitte entschuldigen wollen, Mr. Logan. Es ist windig geworden, und ich friere.«

»Ich habe es bemerkt. Aber Sie haben meine Frage noch nicht beantwortet.«

»Es war eine sehr persönliche Frage, und die Antwort geht Sie nichts an. Lassen Sie das«, sagte sie scharf, als er ihr Kinn umfasste.

»Sie interessiert mich aber. Wenn ein Mann einer Frau begegnet, die er zu kennen glaubt, dann hat er natürlich Interesse an ihr.«

»Wir kennen uns nicht.« Aber sie wusste genau, was er meinte. Während er mit ihr getanzt hatte, war es ihr auch so vorgekommen, als bestünde eine Seelenverwandtschaft zwischen ihnen. Sie wusste nicht, was es war. Aber sie reagierte stürmisch darauf. Ihr Herz klopfte heftig, und ihre Hände waren kalt. »Ich will offen zu Ihnen sein, Mr. Logan, auch wenn ich unhöflich sein muss. Ich habe keinerlei Interesse daran, Sie näher kennenzulernen.«

»Reagieren Sie immer so aufgeregt auf Fremde?«

Sie machte eine ungeduldige Kopfbewegung, konnte jedoch seine Hand nicht abschütteln. »Ich reagiere nicht aufgeregt, sondern verärgert«, gab sie zurück und wusste genau, dass sie log. Sie hatte bereits verstohlen auf seinen Mund geschaut und überlegt, ob er sie wohl küssen würde. »Sie scheinen zu glauben, dass ich Ihr Interesse schmeichelhaft finde. Aber ich bin keine naive Unschuld vom Land, die sich bei Mondschein und Musik von jedem küssen lässt.«

Er hob die Brauen. »Wenn ich Sie hätte küssen wollen, Cathleen, dann hätte ich das längst getan. Ich verschwende keine Zeit, zumindest nicht mit Frauen.«

Plötzlich kam sie sich richtig töricht vor. Sie war wütend auf sich selbst. Natürlich hätte sie ihn gern geküsst. Und das Schlimmste war, dass er es wusste. »Dafür verschwenden Sie meine Zeit«, sagte sie schnippisch. »Guten Abend, Mr. Logan.«

Warum habe ich sie nicht geküsst? dachte Keith, während er ihr nachschaute. Er hatte sich nur mit Mühe beherrschen können. Als sie eben zu ihm aufschaute und das Mondlicht sich in ihren Augen spiegelte, da hatte er fast ihre weichen Lippen schmecken können.

Aber er widerstand der Versuchung. Irgendetwas hatte ihn gewarnt. Vielleicht hatte er gespürt, dass es noch zu früh war, sich ihr zu nähern. Er wusste ja nicht einmal, ob er sich überhaupt näher mit ihr einlassen wollte. In hohem Bogen warf er seine Zigarette weg. Schließlich war er nach Irland gekommen, um Pferde zu kaufen. Und das sollte ihm genügen. Doch leider war Keith ein Mann, dem es schwerfiel, sich mit wenig zufriedenzugeben, wenn er mehr haben konnte.

Cathleen kam absichtlich zu spät. Hastig schob sie ihr Fahrrad zum Hintereingang des Gasthauses. Sie wusste, es war falscher Stolz, sich durch den Kücheneingang in die Pension zu schleichen, aber es wäre ihr unangenehm gewesen, wenn Dee herausgefunden hätte, dass sie nebenbei hier arbeitete. Dass sie Mrs. Malloy die Bücher führte, durfte jeder wissen. Darauf war sie sogar stolz. Aber dass sie außerdem in der Küche aushalf, behielt sie lieber für sich.

Sie wusste, dass Dee mit ihrer Familie an diesem Vormittag alte Bekannte im Dorf besuchen wollte, und hatte sich daher mit ihren alltäglichen Pflichten zu Hause etwas mehr Zeit gelassen, bis sie ganz sicher sein konnte, dass Dee fort war. Dann war sie gemütlich mit dem Rad zur Pension gefahren, wo sie das Frühstücksgeschirr abwaschen und die Küche sauber machen sollte. Die Buchhaltung für ihre Kunden hatte sie schon erledigt, sodass sie am Nachmittag genug Zeit hatte, um mit den Grants zu dem Hof hinauszufahren, auf dem ihre Cousine aufgewachsen war.

Ein bisschen unangenehm war es ihr schon, hinter Dees Rücken das Dienstmädchen in der Pension zu spielen. Aber daran ließ sich nichts ändern. Dee sollte kein Mitleid mit ihr haben. Sie arbeitete, um Geld zu verdienen, und das war ja wohl keine Schande. Wenn sie genug gespart hatte, würde sie nach Cork oder Dublin ziehen und einen Bürojob annehmen. Und dann würde sie nur noch ihr eigenes Geschirr spülen.

Während sie Wasser ins Becken laufen ließ und sich den ersten Stapel Teller vornahm, fing sie leise an zu summen. Versonnen schaute sie aus dem Fenster und auf das Feld hinaus, wo sie gestern Abend mit Keith getanzt hatte. Unter den Sternen hatte er mit ihr getanzt. Was für ein Blödsinn, schalt sie sich gleich darauf streng. *Der Mann hatte keine Bessere gefunden, um sich die Zeit zu vertreiben.* Sie war vielleicht unerfahren, aber nicht naiv.

Wenn sie irgendetwas in jenen Minuten empfunden hatte, dann war es nichts weiter als der Reiz des Neuen gewesen.

Sicher, der Mann verhielt sich ungewöhnlich, aber deshalb war er noch lange nichts Besonderes. Es bestand also kein Grund, mitten am Tag an ihn zu denken.

Cathleen hörte, wie die Küchentür geöffnet wurde. »Ich weiß, ich bin spät dran, Mrs. Malloy«, sagte sie entschuldigend, ohne ihre Arbeit auch nur für einen Augenblick zu unterbrechen. »Aber vor dem Mittagessen werde ich auf jeden Fall fertig sein.«

»Mrs. Malloy ist auf dem Markt und kauft Gemüse ein.«

Es war Keith! Cathleen schloss einen Moment die Augen. Als er hinter sie trat und ihr die Hand auf die Schulter legte, fing sie an, mit einer ungewöhnlichen Hektik zu arbeiten.

»Was machen Sie denn da?«

»Das sehen Sie doch.« Sie stellte einen Teller zum Abtropfen in den Spülkorb, um den nächsten in Angriff zu nehmen.
»Entschuldigen Sie bitte, aber ich habe es eilig.«

Er erwiderte nichts, sondern ging zum Herd, wo eine Kanne mit heißem Kaffee stand. Schweigend goss er sich eine Tasse ein. An den Herd gelehnt, beobachtete er Cathleen, die sich verbissen mit dem Geschirr beschäftigte. Sie trug einen weiten Overall, der einem ihrer Brüder hätte gehören können. Ihr Haar war nicht wie sonst hochgesteckt, sondern nur mit einem Band locker im Nacken zusammengebunden. Da er sie bloß mit aufgestecktem Haar kannte, war er erstaunt, wie lang die rötlich schimmernde Pracht war. In dicken, glänzenden Locken fiel das Haar über ihre Schultern. Nachdenklich trank Keith seinen Kaffee. Dass sie Küchenmädchen in der Pension spielte, löste zwiespältige Gefühle in ihm aus. Nur zu gut konnte er verstehen, wie peinlich ihr es war, von ihm bei dieser Arbeit überrascht zu werden.

»Sie haben gar nicht erwähnt, dass Sie hier arbeiten«, bemerkte er.

»Nein, das habe ich nicht.« Unsanft stellte sie einen weiteren Teller ab. »Und es wäre mir lieb, wenn auch Sie es für sich behielten.«

»Warum? Sie müssen sich doch dieser Arbeit nicht schämen.«

»Dee braucht nicht zu wissen, dass ich hinter ihr herputze.«

Stolz war ein Gefühl, das er ebenfalls gut nachempfinden konnte. »Okay.«

Über die Schulter warf sie ihm einen prüfenden Blick zu. »Sie werden es ihr nicht sagen?«

»Das habe ich Ihnen doch gerade versprochen.« Das heiße Wasser roch stark nach Spülmittel. Er konnte den Geruch nicht ausstehen. Obwohl schon so viele Jahre vergangen waren, kam ihm die Wut, wenn er Putzmittel roch.

Cathleen atmete hörbar auf. »Danke.«

»Möchten Sie eine Tasse Kaffee?«

Sie hatte nicht erwartet, dass er ihr die Situation so leicht machen würde. Noch immer vorsichtig, doch bereits etwas weniger zurückhaltend, lächelte sie ihn an. »Nein, ich habe keine Zeit zum Kaffeetrinken.« Weil es sie verunsicherte, ihn anzuschauen, beugte sie sich wieder übers Spülbecken. »Ich dachte, Sie seien mit Dee und Travis im Dorf.«

»Ich war bereits im Dorf«, erwiderte er. Eigentlich hatte er nur schnell eine Tasse Kaffee trinken und sich dann in irgendeine Kneipe setzen wollen, um mit den Einheimischen zu plaudern. Stattdessen beobachtete er Cathleen. »Soll ich Ihnen helfen?«

Cathleen drehte sich um. Erschrocken schaute sie Keith an. »Oh nein! Trinken Sie Ihren Kaffee. Wollen Sie nicht ein wenig Gebäck dazu essen? In der Speisekammer steht welches. Und dann sollten Sie wieder hinausgehen. Es ist so ein schöner Tag heute.«

»Wollen Sie mich loswerden?« Keith schlenderte zu ihr herüber und nahm sich ein Handtuch.

»Bitte, Mrs. Malloy kann jeden Moment zurückkommen«, wehrte Cathleen ab.

»Mrs. Malloy ist auf dem Markt.« Er nahm einen Teller, trocknete ihn ab und stellte ihn beiseite.

Er stand so dicht neben ihr, dass sich ihre Hüften fast berührten. Cathleen widerstand der Versuchung, einen Schritt beiseitezutreten – oder sich näher zu ihm hinzubeugen. Hastig tauchte sie ihre Hände ins Seifenwasser. »Ich brauche keine Hilfe.«

Keith griff nach dem nächsten Teller. »Ich habe sowieso nichts Besseres zu tun.«

Cathleen säuberte einen weiteren Teller. »Sie sind mir unheimlich, wenn Sie so nett sind.«

»Keine Sorge, ich bin nicht oft nett. Was tun Sie sonst noch, außer Geschirrspülen und Tanzen?«

Seine Frage kränkte sie. Mit blitzenden Augen schaute sie ihn an. »Ich bin Buchhalterin, wenn Sie es genau wissen wollen. Und zwar führe ich die Bücher für diese Pension hier, für das Textilgeschäft und für unseren Hof.«

»Sie scheinen ja sehr beschäftigt zu sein«, meinte er und schien nachzudenken. »Sind Sie gut?«

»Ich habe bis jetzt noch keine Beschwerden gehört. Nächstes Jahr werde ich mir einen Job in Dublin suchen.«

»Ich kann Sie mir schlecht in einem Büro vorstellen.«

Sie hatte gerade eine gusseiserne Pfanne in der Hand und war sekundenlang ernsthaft versucht, sie als schlagkräftige Waffe einzusetzen. »Das brauchen Sie auch nicht«, erwiderte sie kurz.

»Ein Büro hat zu viele Wände«, erklärte er und nahm ihr die Pfanne aus der Hand, um sie vorsichtig ins Wasser zu stellen. »Sie würden verrückt werden.«

»Lassen Sie das nur meine Sorge sein.« Sie umklammerte den Topfkratzer wie eine Waffe. »Ich habe mich getäuscht«, schleuderte sie ihm entgegen. »Sie sind mir nicht bloß unheimlich, Sie sind mir unangenehm.«

Keith tat so, als hätte er diese Bemerkung überhaupt nicht gehört. »Wissen Sie«, sagte er, »Dee würde Sie sofort mit nach Amerika nehmen.«

Cathleen warf den Topfkratzer so heftig ins Wasser, dass der Seifenschaum über den Rand des Spülbeckens lief. »Und wovon soll ich dort leben? Von Almosen? Von Dees Wohlwollen? Glauben Sie tatsächlich, dass ich von den Geschenken anderer leben könnte?«

»Nein. Ich wollte Sie nur herausfordern. Mir gefallen Ihre Temperamentsausbrüche.«

»Sie sind ein Ekel, Mr. Logan.«

»Richtig. Und jetzt, da wir einander nähergekommen sind, sollten Sie mich vielleicht Keith nennen.«

»Ich werde mich hüten. Warum verschwinden Sie nicht endlich und lassen mich in Ruhe? Ich habe keine Zeit für Leute wie Sie.«

»Dann müssen Sie sich die Zeit nehmen.«

Er hatte sie überrumpelt. Das versuchte sie sich jedenfalls später einzureden. Eigentlich hätte sie nämlich damit rechnen müssen. Während ihre Arme bis zu den Ellbogen im heißen Wasser waren, legte er die Hand in ihren Nacken und küsste sie.

Es ging alles sehr schnell, und sein Kuss war weniger ein zärtliches Versprechen als eine Bedrohung. Seine Lippen waren hart und fest und überraschend warm. Höchstens zwei Sekunden lagen sie auf ihrem Mund, dann gab er sie wieder frei und nahm den nächsten Teller aus dem Spülkorb, als sei nichts gewesen.

Cathleen schluckte. Unter dem Seifenschaum hatte sie die Hände zu Fäusten geballt. »Sie sind vielleicht unverschämt!«, stieß sie hervor.

»Ohne eine gewisse Unverschämtheit bringt ein Mann es nicht weit, schon gar nicht bei den Frauen.«

»Ich möchte eines klarstellen: Wenn ich Sie nicht ausdrücklich darum bitte, möchte ich von Ihnen nicht angefasst werden.«

»Ihre Augen verraten eine ganze Menge, Cathleen. Es ist eine Freude, Sie zu beobachten.«

Sie widersprach ihm nicht. Ein Streitgespräch darüber hätte sie verletzt. Stattdessen zog sie den Stöpsel aus dem Spülbecken und sagte kühl: »Ich muss jetzt den Fußboden wischen. Sie sind mir dabei im Weg.«

»Dann verschwinde ich wohl besser.« Sorgfältig breitete er das Handtuch zum Trocknen aus und ging ohne ein weiteres

Wort aus der Küche. Cathleen wartete zehn Sekunden. Dann griff sie nach dem Putzlappen und warf ihn wütend auf die Stelle, wo Keith eben noch gestanden hatte.

Zwei Stunden später, nachdem Cathleen sich umgezogen und etwas zurechtgemacht hatte, traf sie die Grants im Gesellschaftsraum der Pension. Joes Overall befand sich wohlverpackt in einer Plastiktüte, die sie auf dem Gepäckträger ihres Fahrrads befestigt hatte. Die Spuren, die das heiße Seifenwasser jeden Tag an ihren Händen hinterließ, hatte sie mithilfe von Mrs. Malloys Handcreme beseitigt. Natürlich war auch Keith anwesend. Cathleen hatte es nicht anders erwartet. Sie sah über ihn hinweg, so gut es eben ging.

»Mutter hat mir einen Rosinenkuchen für dich mitgegeben«, sagte sie zu Dee und reichte ihr einen mit einem Tuch abgedeckten Teller.

»Vielen Dank«, meinte Dee erfreut. »Ich kann mich noch gut an den berühmten Rosinenkuchen deiner Mutter erinnern.« Sie lüftete das Tuch ein wenig und schnupperte genussvoll an dem Teller. »Ich bin ja so froh, dass du uns heute begleiten kannst.«

»Ich fahre aber nur unter der Bedingung mit, dass ihr nachher alle zu uns kommt. Mutter erwartet euch.«

»Dann sollten wir jetzt langsam aufbrechen. Brendon, Keeley, macht euch fertig. Wir wollen einen Ausflug machen.«

Die Kinder ließen sich das nicht zweimal sagen, und kurz darauf stiegen alle in den Bus. Sie besuchten zuerst den kleinen Friedhof mit seinen verwitterten grauen Grabsteinen. Es waren zwar einige von Cathleens Vorfahren hier begraben, aber einen näheren Angehörigen hatte sie noch nie verloren. Sie wusste deshalb auch nicht, was Trauer war, konnte sich jedoch vorstellen, wie schrecklich es sein musste, wenn ein geliebter Mensch starb.

Es ist doch schon so lange her, dachte sie, als sie ihre Cousine zwischen den Gräbern ihrer Eltern stehen sah. Überwand man den Verlust nicht mit der Zeit? Dee war schließlich kaum älter als zehn Jahre gewesen, als sie ihre Eltern verlor. Konnte sie sich überhaupt noch an sie erinnern?

»Es tut immer noch weh«, murmelte Dee, während sie auf die Steine hinunterblickte, auf denen die Namen ihrer Eltern eingemeißelt waren. Seufzend blickte sie zu Travis auf, der neben sie getreten war. »Ich kann es immer noch nicht verstehen.«

Travis ergriff mitfühlend ihre Hand. »Ich wünschte, ich hätte deine Eltern gekannt.«

»Sie hätten dich sehr lieb gehabt.« Unter Tränen lächelte sie ihn an. »Und die Kinder auch. Sie hätten sie schrecklich verwöhnt.«

»Du sollst nicht weinen, Mom.« Keeley fasste ihre Mutter bei der anderen Hand. »Schau, ich habe einen Kranz gemacht. Keith hat mir dabei geholfen. Er sagte, sie würden sich darüber freuen. Auch wenn sie im Himmel sind.«

Dee betrachtete den kleinen Kranz aus Zweigen und wilden Gräsern. »Ist der aber schön! Komm, wir legen ihn hier in die Mitte.« Sie bückte sich, um den Kranz zwischen die Gräber zu legen. »Ja, ich bin sicher, sie freuen sich darüber.«

Was ist er doch für ein seltsamer Mann, dachte Cathleen, als sie wenige Minuten später neben Keith im Bus saß und zuhörte, wie er mit Brendon scherzte. Sie hatte ihn eben im Gras sitzen und einen Kranz für Keeley flechten sehen. Und obwohl sie nicht hören konnte, worüber er mit dem Kind sprach, war ihr aufgefallen, wie vertrauensvoll das kleine Mädchen zu ihm aufgeschaut hatte. Dabei war er in ihren Augen alles andere als vertrauenerweckend.

Cathleen kannte die Straße, die zu dem Hof führte, der einmal den Cunnanes gehörte. An Dees Eltern konnte sie sich gar nicht mehr erinnern. Doch dafür umso besser an Lettie Cunnane, die Tante, die nach dem Tod von Dees Eltern für das verwaiste Kind gesorgt hatte. Sie war eine spröde Frau mit ernstem, abweisendem Gesicht gewesen. Ihretwegen hatte Cathleen damals ihre Besuche auf dem Hof der Cunnanes beinahe eingestellt. Aber diese Zeiten lagen glücklicherweise weit zurück. »Siehst du diesen Hügel dort vorn?«, sagte sie zu Brendon und deutete zum Fenster hinaus. »Dahinter hat deine Mutter als Kind gewohnt.«

»Auf einer Farm«, sagte der Junge in altklugem Ton. »Wir haben auch eine Farm. Die beste in ganz Maryland.« Dabei grinste er Keith an, der die Herausforderung sofort annahm. Offenbar handelte es sich dabei um ein altes Spiel zwischen den beiden.

»Warte ein paar Jahre, dann habt ihr nur noch die zweitbeste«, erwiderte er lachend und zerzauste dem Jungen das Haar.

»Keith hat seine Farm beim Pokern gewonnen«, verkündete Brendon, als der Bus anhielt. »Er will mir beibringen, wie man pokert.«

»Damit wir später, wenn dir Royal Meadows einmal gehört, zusammen um deine Farm spielen können, was? Pass nur auf, dass du sie nicht an mich verlierst.« Er stieß die Schiebetür auf und fasste den kichernden Jungen um die Taille.

»Hat er seine Farm wirklich beim Pokern gewonnen?«, fragte Cathleen leise, während sie hinter Hannah und Keeley aus dem Bus stieg.

»Soviel ich weiß, ja. Man sagt, er habe noch viel mehr verloren und gewonnen als diese Farm.« Hannah schaute zu Keith hinüber, der gerade Brendon auf seine Schultern hob. »Es fällt schwer, ihm daraus einen Vorwurf zu machen.«

Cathleen wäre die Letzte gewesen, die ihm daraus einen Vorwurf gemacht hätte. Als Irin hatte sie eher Respekt vor einem erfolgreichen Spieler. Langsam stieg sie hinter Dee die kleine Anhöhe hinauf, um auf den Hof in dem kleinen Tal hinunterzuschauen.

»Die Sweeneys sind nette Leute«, bemerkte sie, nachdem ihre Cousine bloß stumm dastand und auf das alte Bauernhaus blickte. »Sie haben bestimmt nichts dagegen, wenn du dich ein wenig umschaust.«

»Nein«, sagte Dee hastig und legte gleich darauf fast entschuldigend ihre Hand auf Cathleens Arm. »Ich kann den Hof genauso gut von hier oben betrachten.« Der eigentliche Grund war aber der, dass sie es nicht ertragen konnte, den Hof zu betreten, der einmal ihrer Familie gehört hatte und in dem jetzt fremde Leute wohnten. »Weißt du noch, Cathleen, wie du und deine Mutter mich besucht habt, als Tante Lettie so krank war?«, fragte sie.

»Ja, du hast Mutter eine Rose von dem Busch dort unten gepflückt.« Weil sie wusste, dass Dees Mutter diesen Rosenstrauch gepflanzt hatte, drückte sie tröstend Dees Hand. »Er blüht noch immer jeden Sommer.«

Dee lächelte versonnen. »Wie klein der Hof ist. Viel kleiner, als ich ihn in Erinnerung hatte.« Sie bückte sich und streckte die Hand nach ihrer Tochter aus. »Siehst du das Fenster dort, Keeley? Das war einmal mein Zimmer. Damals war ich genauso alt wie du jetzt.«

Sie richtete sich wieder auf. Cathleen war mit den Kindern ein Stückchen weitergegangen. Hannah und Keith hielten sich abseits. Nur Travis stand neben ihr. »Dee, ich habe dir schon oft gesagt, dass ich gern bereit bin, den Hof für dich zurückzukaufen. Wir brauchen den Sweeneys nur ein gutes Angebot zu machen.«

Dee schaute noch einen Augenblick wehmütig auf das alte

Haus hinunter. Dann legte sie seufzend den Arm um Travis'
Taille. »Weißt du«, sagte sie, »als ich damals von hier wegging,
dachte ich, ich hätte alles verloren.« Sie legte den Kopf zurück
und gab ihm einen Kuss. »Aber ich täuschte mich. Lass uns
ein wenig spazieren gehen. Es ist so schönes Wetter.«

Cathleen beobachtete die beiden, wie sie Hand in Hand über
die Wiese liefen. Noch war das Gras von einem matten gelbli-
chen Grün. Doch in wenigen Wochen würde die ganze Wiese
blühen. Sie hörte, wie jemand hinter sie trat. Auch ohne sich
umzudrehen, wusste sie, dass es Keith war. »Wenn ich einmal
von hier weggehen und mir ein neues Leben aufbauen sollte«,
sagte sie, »dann würde ich keinen Blick zurückwerfen.«

»Wenn Sie sich nicht ab und zu umschauen, wird die Vergangenheit Sie sehr schnell einholen.«

Erst jetzt drehte sie sich zu ihm um. Ihr Haar hatte sich gelöst und wehte ihr in der leichten Brise ums Gesicht und über
die Schultern. »Ich verstehe Sie nicht. Einmal sprechen Sie wie
ein Mensch, der nirgendwo Wurzeln schlägt, und dann wieder
hat es den Anschein, als ob Sie Ihre Wurzeln einfach nach Lust
und Laune verpflanzen.«

»Solange sie nicht zu tief gehen.« Er nahm eine ihrer langen
Haarsträhnen zwischen die Finger. Dieses mahagonifarbene
Haar faszinierte ihn mit jedem Tag mehr. »Das ist nämlich
der Trick dabei. Sie dürfen nicht zu tief gehen. Sie können
Ihre Wurzeln herausreißen, Sie müssen es tun, weil Sie sonst
ersticken würden. Aber Sie müssen einige davon mitnehmen.«
Er bückte sich, um eine Handvoll Erde aufzuheben. »Dieser
Boden ist eine gute Grundlage.«

»Und was ist Ihre Grundlage?«

Er betrachtete den Klumpen Erde in seiner Hand. »Haben
Sie jemals Wüstensand gesehen, Cathleen? Nein, natürlich
nicht. Er ist dünn, er rinnt Ihnen durch die Finger wie Wasser.
Sosehr Sie sich auch bemühen, ihn festzuhalten.«

»Warum haben Sie mich heute Morgen geküsst?« Sie hatte die Frage nicht stellen wollen. Er sollte nicht wissen, dass dieser Kuss ihr etwas bedeutete. Am liebsten hätte sie sich die Zunge abgebissen.

Er lächelte. Seine Augen blitzten amüsiert. »Eine Frau sollte sich nie den Kopf darüber zerbrechen, warum ein Mann sie küsst.«

Verärgert – und zwar vor allem über sich selbst – zuckte sie die Schultern und wandte sich ab. »Es war sowieso kein richtiger Kuss.«

»Wollen Sie einen richtigen haben?«

»Nein.« Sie ging weiter, drehte sich jedoch aus einer Laune heraus noch einmal nach ihm um. »Wenn ich einen haben will, sage ich Ihnen rechtzeitig Bescheid.«

3. Kapitel

Ein Sturm braute sich zusammen. Düstere Wolken zogen über den Bergen auf und verdunkelten die Sonne. Cathleen wusste, dass sie sich beeilen musste. Mit schnellen, geschickten Bewegungen nahm sie die flatternden Wäschestücke von der Leine und legte sie in den Korb, der neben ihr im Gras stand.

Arbeiten wie diese empfand sie nicht als schlimm. Sie tat sie sogar ganz gern, weil sie dabei ihren Gedanken nachhängen und Pläne für die Zukunft schmieden konnte. Im Moment machte es ihr richtig Spaß, im Freien zu sein, den Wind auf der Haut zu spüren und die aufziehenden Regenwolken zu beobachten. Das Unwetter, das sich um sie herum zusammenzog, entsprach so ganz ihrer eigenen Stimmung. Vielleicht würde auch der Aufruhr in ihrem Inneren nachlassen, sobald Sturm und Regen sich ausgetobt hatten.

Wenn sie nur gewusst hätte, was mit ihr los war. Cathleen nahm eines der Arbeitshemden ihrer Brüder von der Leine und faltete es mechanisch zusammen. Sie liebte ihre Familie, sie hatte Freunde und verdiente ihr eigenes Geld. Warum war sie so ruhelos, so gereizt? Sie hatte doch gar keinen Grund zur Unzufriedenheit. Es war nicht nur wegen des Besuchs ihrer Cousine oder des unvermuteten Auftauchens Keith Logans. Diese Ruhelosigkeit hatte sie schon vorher empfunden, wenn auch nicht so stark.

Und es gab niemanden, mit dem sie darüber hätte sprechen können. Ihrer Familie wollte sie sich nicht anvertrauen. Die Mutter würde sie nicht verstehen, und ihr Vater, der in seiner

47

Jugend ähnlich wie sie gewesen war, durfte erst recht nichts von ihrer Unzufriedenheit erfahren. Er würde sich die Schuld daran geben, würde sich Vorwürfe machen, dass er ihr kein besseres Leben bieten konnte. Blieben nur ihre Brüder, und die hatten ihre eigenen Probleme.

Keith betrachtete Cathleen schon eine ganze Weile. Er hatte noch nie Hemmungen gehabt, den stillen Beobachter zu spielen. Man konnte viel über einen Menschen lernen, der sich allein glaubte.

Ihre anmutigen Bewegungen verrieten eine angeborene Sinnlichkeit. Nicht nur ihr Haar hatte etwas Feuriges an sich. In ihr selbst war eine Glut, die ihm nicht fremd war, weil sie auch in ihm brannte. Diese Leidenschaft würde mit Sicherheit eines Tages aus ihr herausbrechen, wenn die Zeit reif war und die Umstände stimmten.

Diesmal summte sie nicht vor sich hin. Ab und zu schaute sie herausfordernd zum Himmel hinauf, als wollte sie Wind und Wetter auffordern, es mit ihr aufzunehmen. Ihr langes Haar flatterte im Wind und schien sich jeden Moment aus dem Band zu lösen, mit dem es im Nacken zusammengehalten wurde.

Ihre Locken lassen sich genauso wenig bändigen wie sie selbst, dachte Keith bei diesem Anblick. Was mochte passieren, wenn sie eines Tages ihre Fesseln sprengte? Diese Frage interessierte ihn brennend. Er hatte längst für sich beschlossen, die Antwort darauf höchstpersönlich herauszufinden.

»Ich habe schon lange keine Frau mehr Wäsche abnehmen sehen.«

Cathleen wirbelte herum. Einen Augenblick lang starrte sie ihn entgeistert an. Wie gut er aussieht, dachte sie. Er hatte sein Jackett nicht zugeknöpft, dafür aber den Kragen als Schutz gegen den Wind hochgeschlagen. Seine Hände steckten in den Jackentaschen. Lächelnd schaute er sie an. Sie drehte sich wieder um und nahm hastig eine Klammer von der Wäscheleine. Ihre Reaktion auf ihn war beunruhigend. Sie konnte ihr nur Schwierigkeiten einbringen.

»Hängen die Frauen dort, wo Sie herkommen, keine Wäsche auf?«, fragte sie.

»Der Fortschritt verdrängt oft die Tradition.« Mit den zielstrebigen Schritten eines Mannes, der wusste, was er wollte, kam er auf sie zu. Sie konnte nur verblüfft zuschauen, wie er ein Unterhöschen – ihr Unterhöschen – von der Leine nahm, es zusammenfaltete und in den Wäschekorb legte.

Obwohl sie ihre Verlegenheit albern fand, vermochte sie sich nicht dagegen zu wehren. »Es wäre mir lieber, Sie würden meine Wäsche nicht anfassen«, erklärte sie steif.

»Keine Sorge, ich habe saubere Hände.« Um es ihr zu beweisen, streckte er ihr seine Hände hin. Dabei sah sie zum ersten Mal, dass eine lange Narbe über seine Fingerknöchel lief.

»Was machen Sie hier?«

»Das sehen Sie doch. Ich besuche Sie.«

Cathleen wusste nichts darauf zu sagen. Was hätte sie auf eine dermaßen direkte Antwort auch erwidern sollen? »Warum?«, fragte sie schließlich.

»Weil ich Sie sehen wollte.« Er nahm einen anderen Slip von der Leine, um ihn zusammenzufalten und ohne eine Spur von Verlegenheit auf das erste Höschen zu legen.

Cathleen spürte, wie sich ihr Magen zusammenkrampfte. »Warum sind Sie nicht mit Travis und Dee zusammen?«

»Ich glaube, die beiden halten es auch einmal ohne mich aus. Als wir gestern hier waren, gefiel mir Ihr Hof auf den ersten Blick.« Er schaute sich um, betrachtete die sauberen Stallungen und das Wohnhaus mit seinem gelben Strohdach und den dicken Steinmauern. Das Scheunendach musste vor Kurzem frisch gedeckt worden sein, und die Hühner im Stall sahen wohlgenährt aus. Er konnte sich vorstellen, wie viel Arbeit solch ein Hof machte. »Ein schönes Stück Land«, bemerkte er. »Ihr Vater scheint sein Handwerk zu verstehen.«

»Der Hof ist sein Lebensinhalt«, sagte sie, während sie das letzte Wäschestück von der Leine nahm.

»Und was ist Ihr Lebensinhalt?«

»Wie meinen Sie das?«

Bevor sie widersprechen konnte, hatte er den Wäschekorb hochgehoben. »Es gibt Menschen, die das Leben auf einem Bauernhof ausfüllt. Sie aber sind nicht dafür gemacht.«

»Woher wollen Sie das wissen? Sie kennen mich doch kaum.« Cathleen nahm ihm den Korb aus der Hand und ging damit zur Küchentür. »Ich sagte Ihnen doch bereits, dass ich in etwa einem Jahr von hier weggehen und mir einen Bürojob suchen werde.« Sie stieß die Küchentür auf. Ihre Mutter würde entsetzt sein, wenn sie ihn nicht hereinbat und ihm wenigstens eine Tasse Tee anbot. Zögernd drehte sie sich zu ihm um. Doch bevor sie die Einladung aussprechen konnte, ergriff er die Initiative.

»Warum gehen wir nicht ein wenig spazieren? Ich möchte Ihnen einen Vorschlag machen.«

Cathleen lehnte sich an die Tür. Mit kühlem Blick musterte sie ihn. »Sicher. Ich kann mir vorstellen, was das für ein Vorschlag ist.«

Er nahm ihr erneut den Wäschekorb aus der Hand, stellte ihn in die geöffnete Tür, gab ihm einen Stoß, sodass er in die Küche rutschte. »Ziehen Sie keine voreiligen Schlüsse, Cathleen. Wenn ich mit Ihnen ins Bett gehen will, dann frage ich nicht vorher.«

Nein, bestimmt nicht, dachte sie, während sie einander gegenüberstanden und sich prüfend anschauten. Er war nicht der Typ Mann, der einer Frau mit Blumen und schönen Worten den Hof machte. Aber obwohl sie keine Frau war, die viel

50

von Schmeicheleien hielt, ließ sie sich nicht gern überrumpeln. »Was wollen Sie von mir, Keith?«

»Das sage ich Ihnen auf unserem Spaziergang«, erklärte er und nahm ihre Hand.

Sie hätte sich weigern können, mit ihm zu gehen. Aber dann hätte sie nicht erfahren, was er ihr zu sagen hatte. Wenn sie ihm die Tür vor der Nase zuschlug, würde er die Hände in die Taschen stecken und davonschlendern. Und sie blieb zurück und müsste zusehen, wie sie ihre Neugier befriedigte. Und was war schon dabei, wenn sie ein Stückchen mit ihm spazieren ging? Ihre Mutter war im Haus, und ihr Vater arbeitete mit ihren Brüdern irgendwo auf dem Hof. Darüber hinaus verstand sie es sehr gut, sich selbst ihrer Haut zu wehren.

»Ich habe nicht viel Zeit«, sagte sie knapp. »Es gibt hier noch eine Menge für mich zu tun.«

»Es wird nicht lange dauern.« Er schwieg, als sie sich vom Haus entfernten, aber er sah alles – die mühevolle Arbeit, die Anstrengung, die Hoffnung. Sechzehn Kühe zählte er auf der Weide. Man kann auch von weniger leben, dachte Keith. Es war noch gar nicht so lange her, dass auch er bis in die Nächte hinein arbeiten musste. Das würde er nie vergessen. Genauso wenig vergaß er, dass ihm das Schicksal wieder nehmen konnte, was es ihm gegeben hatte.

»Wenn Sie den Hof besichtigen wollen ...«, fing Cathleen an.

»Das habe ich schon gestern getan«, unterbrach er sie und blieb stehen, um ein Feld zu betrachten. »Bauen Sie hier Futterpflanzen für Ihr Vieh an?«

»Ja. Wir werden bald pflügen müssen.«

»Arbeiten Sie auch auf den Feldern?«

»Warum nicht?«

Er nahm ihre Hand, drehte sie um und betrachtete die Handfläche. Sie war nicht schwielig, aber man sah ihr die

51

harte Arbeit an. Ihre Fingernägel waren kurz geschnitten und nicht lackiert. »Sie haben Ihre Hände nicht gerade verwöhnt«, bemerkte er.

»Ich schäme mich nicht der Arbeit, die sie getan haben«, entgegnete sie.

»Nein, dazu sind Sie zu praktisch veranlagt.« Er drehte ihre Hand wieder um und schaute ihr ins Gesicht. »Sie gehören nicht zu den Frauen, die von dem Prinzen träumen, der sie entführt.«

Zwar musste sie über diese Bemerkung lächeln, aber es war ein unsicheres Lächeln. Sein Blick verwirrte sie. »Prinzen fand ich immer schrecklich langweilig. Und von romantischen Entführungen halte ich nicht viel. Ich nehme mein Schicksal lieber selbst in die Hand.«

»Gut. Ich kann nämlich keine romantischen Träumer gebrauchen.« Noch immer hielt er ihre Hand, beobachtete, wie der Wind ihr Haar zerzauste. »Wollen Sie mit mir nach Amerika kommen, Cathleen?«

Cathleen schaute Keith sprachlos an. In diesem Moment öffnete sich der Himmel, und ein Platzregen prasselte auf sie herunter, der sie in Sekundenschnelle bis auf die Haut durchweichte.

In ihrer Benommenheit wäre Cathleen wohl noch eine ganze Weile fassungslos stehen geblieben, wenn Keith sie nicht beim Arm gepackt und in einen Geräteschuppen gezogen hätte.

Im Schuppen war es fast finster. Der Regen trommelte auf das Blechdach, und der Wind pfiff durch die Ritzen der rohen Bretterwände. Fröstelnd stand Cathleen neben der Tür. Ihr Haar klebte in nassen Strähnen am Kopf. Aus ihrem durchnässten Pulli tropfte das Wasser. Dafür konnte sie allmählich wieder klar denken.

»Sie sind verrückt, Keith Logan. Bilden Sie sich etwa ein, ich würde von heute auf morgen meine Sachen packen und mit Ihnen in ein wildfremdes Land gehen?« Sie fror noch immer, doch je mehr sie sich in ihre Erregung hineinsteigerte, desto weniger spürte sie die Kälte. Mit jedem Wort wurde sie wütender. »Sie selbstgefälliger Esel! Sie glauben wohl, Sie müssten nur mit den Fingern schnippen, und ich laufe Ihnen hinterher! Ich kenne Sie doch nicht einmal.« Sie strich sich mit der Hand über das nasse Gesicht. »Und ich habe auch nicht das geringste Bedürfnis, Sie näher kennenzulernen.«

Empört wollte sie die Tür aufreißen, um davonzurennen, doch Keith packte sie bei den Schultern.

»Nehmen Sie Ihre Hände weg!«, zischte sie wütend. Ohne nachzudenken, griff sie nach einem Rechen, um damit auf ihn loszugehen. »Wenn Sie mich noch einmal anrühren, mache ich Kleinholz aus Ihnen.«

Besänftigend hob Keith beide Hände. »Sie brauchen Ihre Ehre nicht zu verteidigen, Cathleen. Ich will sie Ihnen nicht rauben – noch nicht. Es geht mir im Moment nur ums Geschäft.«

»Welche Geschäfte sollte ich wohl mit Ihnen machen?« Als er einen Schritt auf sie zukam, hob sie erneut den Rechen. »Wenn Sie noch einen Schritt näher kommen, schlage ich zu.«

Er tat so, als würde er den Rückzug antreten, wartete, bis sie ihre Waffe sinken ließ, um dann blitzschnell zu handeln. Cathleen stieß eine unterdrückte Verwünschung aus, als er ihr den Rechen entwand. »Sie müssen vorsichtiger sein, Cathleen«, sagte er und warf den Rechen auf den Boden. Sein Gesicht war ihrem so nahe, dass seine dunklen Augen eine noch faszinierendere Wirkung auf sie hatten. Sie versuchte ihm auszuweichen, doch er legte ihr die Hände auf die Schultern und hielt sie fest. »Bevor Sie sich lächerlich machen, hören Sie mir mal eine Minute zu.«

53

Mit dieser Bemerkung reizte er sie erst recht. »Dafür werden Sie irgendwann bezahlen«, stieß sie zornig hervor.

»Wir müssen alle bezahlen, Cathleen. Und jetzt halten Sie einfach Ihren Mund und hören mir zu. Ich biete Ihnen einen Job an, das ist alles. Ich brauche jemanden, der clever und aufrichtig ist und gut genug mit Zahlen umgehen kann, um mir die Bücher zu führen.«

»Bücher führen?«, wiederholte sie verständnislos.

»Es fällt einiges an auf meiner Farm – Ausgaben, Einnahmen, Gehälter. Mein letzter Buchhalter war etwas zu clever. Da er in den nächsten Jahren auf Staatskosten leben wird, brauche ich Ersatz.«

Cathleen schwirrte der Kopf. Sie musste erst einmal tief Luft holen, bevor sie etwas erwidern konnte. »Ich soll nach Amerika kommen, um Ihnen die Bücher zu führen?«

Er lächelte belustigt über ihren ungläubigen Ton, in dem fast ein wenig Enttäuschung mitschwang. »Sie bekommen diesen Trip nicht umsonst, Cathleen. Zugegeben, Sie sind äußerst attraktiv. Aber fürs Erste bin ich nur an Ihrem Können und Ihrer Intelligenz interessiert. Und nur dafür werde ich Sie bezahlen.«

»Machen Sie Platz«, befahl sie, wobei ihre Stimme plötzlich sehr fest klang. »Ich bekomme keine Luft, wenn Sie mich so gegen die Wand drängen.«

»Erst müssen Sie mir versprechen, mich nicht wieder mit irgendwelchen Gartengeräten anzugreifen.«

»Okay. Und jetzt gehen Sie beiseite.« Als er ein paar Schritte zurücktrat, atmete sie nochmals tief durch. Sie durfte jetzt keinen Fehler machen, musste sich bemühen, einen klaren Kopf zu behalten. Sein Vorschlag klang interessant. Im Grunde genommen bot er ihr die Abwechslung, von der sie immer geträumt hatte. Trotzdem galt es, das Für und Wider sorgfältig abzuwägen. »Sie wollen mich einstellen?«

»Genau.«

»Warum?«

»Das habe ich Ihnen doch gerade gesagt.«

Seine Worte hatten sie nicht ganz überzeugt. Misstrauisch schüttelte sie den Kopf. »Sie sagten, Sie brauchen einen Buchhalter. Ich kann mir vorstellen, dass Sie ebenso gut einen in Amerika finden würden. Und woher wollen Sie wissen, dass ich für diesen Job geeignet bin? Vielleicht kann ich gar nicht so gut mit Zahlen umgehen, wie ich behauptet habe.«

»Mrs. Malloy und Mr. O'Donnelly sind da aber anderer Meinung.« Keith lehnte sich an eine Werkbank. Sie ist wirklich attraktiv, dachte er. Sogar mit nassem Haar und durchgeweichten Kleidern sah sie noch reizvoll aus.

»Mrs. Malloy? Haben Sie etwa mit ihr gesprochen? Und zu Mr. O'Donnelly sind Sie auch gegangen?«

»Ich habe mir nur Auskünfte und Empfehlungen geben lassen.«

»Wie konnten Sie es wagen, hinter meinem Rücken Erkundigungen über mich einzuziehen?«

»Meine Fragen waren rein geschäftlich. Ich habe herausgefunden, dass Sie ordentlich und zuverlässig sind, dass Ihre Zahlen stimmen und Ihre Buchhaltung keine Unregelmäßigkeiten aufweist. Und das genügt mir.«

»Das ist doch verrückt.« Aufgeregt strich Cathleen sich das nasse Haar aus dem Gesicht. »Wie können Sie jemanden einstellen, den Sie erst seit ein paar Tagen kennen?«

»Warum nicht? Personalfragen werden im Allgemeinen nach einem zehnminütigen Gespräch entschieden.«

»Das ist aber in diesem Fall etwas anderes. Es ist ja nicht so, dass ich in einen Bus steige und in die nächste Stadt fahre, um meinen Job anzutreten, sondern dass ich nach Amerika übersiedeln und eine Arbeit annehmen soll, die umfangreicher ist als die Buchhaltung der Pension, des Hofes und des Textilgeschäfts zusammen.«

55

Keith zuckte hierauf nur gelassen die Schultern. »Ein paar Zahlen mehr oder weniger machen doch nichts aus, oder? Wollten Sie nicht sowieso in einem Jahr von hier wegziehen? Ich biete Ihnen jetzt die Gelegenheit, nach Amerika zu gehen und dort zu arbeiten. Warum wollen Sie den Absprung nicht wagen?«

Panik stieg in Cathleen auf, die ihre Erregung fast verdrängte. Bot Keith ihr nicht die Chance, auf die sie ihr Leben lang gewartet hatte? Warum hatte sie plötzlich solche Angst? Warum ergriff sie nicht sofort glücklich die Gelegenheit?

»Jede Veränderung birgt ein gewisses Risiko.« Wieder schaute er sie mit diesem intensiven Blick an. »Ohne Risikobereitschaft kommt man nicht weiter. Ich zahle Ihnen das Flugticket und einen wöchentlichen Lohn.« Er dachte einen Augenblick nach und nannte dann eine Summe, die sie in fassungsloses Staunen versetzte. »Wenn ich mit Ihnen zufrieden bin, bekommen Sie in einem halben Jahr eine Gehaltserhöhung von zehn Prozent. Dafür müssen Sie sich um alles Finanzielle kümmern und mir jede Woche einen schriftlichen Bericht vorlegen. In zwei Tagen fliegen wir.«

»In zwei Tagen?« Cathleen war über diese kurze Frist entsetzt. »Selbst wenn ich zustimmen würde, könnte ich niemals in zwei Tagen reisefertig sein.«

»Sie brauchen lediglich Ihre Koffer zu packen und sich im Dorf zu verabschieden. Den Rest erledige ich.«

»Aber ich …«

»Sie müssen Ihre Entscheidung treffen, Cathleen.« Er trat einen Schritt auf sie zu. »Wenn Sie hierbleiben, wenn Sie die Sicherheit Ihres jetzigen Lebens dem Risiko vorziehen, werden Sie sich immer fragen, wie Ihr Leben wohl verlaufen wäre, wenn Sie mit mir nach Amerika gekommen wären.«

Er hatte recht. Diese Frage beschäftigte sie schon jetzt. »Wo soll ich wohnen, falls ich Ihr Angebot annehme?«, fragte sie.

»Ich habe genug Platz.«

»Nein.« In dieser Angelegenheit würde sie fest bleiben, und zwar von Anfang an. »In Ihrem Haus kann ich nicht wohnen. Die Möglichkeit, für Sie zu arbeiten, könnte ich in Erwägung ziehen, ein Zusammenleben mit Ihnen nicht.«

»Die Entscheidung bleibt Ihnen überlassen.« Wieder zuckte er die Schultern, als interessiere es ihn nicht im Geringsten, wo sie lebte. »Dee hat bestimmt nichts dagegen, wenn Sie bei ihr wohnen. Im Gegenteil, sie würde sich freuen. Und da unsere Farmen aneinandergrenzen, hätten Sie es nicht weit zur Arbeit.«

»Ich werde mit ihr darüber sprechen.« Irgendwann in den letzten Minuten hatte Cathleen ihre Entscheidung getroffen. »Ich weiß zwar noch nicht, wie ich es meiner Familie beibringen soll«, erklärte sie, »aber ich würde Ihr Angebot gern annehmen.«

Keith ließ sich seine Erleichterung nicht anmerken. Er tat sehr gelassen, als sie das Geschäft mit einem Handschlag besiegelten. »Ich zahle Ihnen ein gutes Gehalt, und ich erwarte, dass Sie gute Arbeit dafür leisten«, sagte er beiläufig.

»Das werde ich tun«, versprach sie. »Ich bin Ihnen dankbar, dass Sie mir eine Chance geben.«

»Ich werde Sie daran erinnern, wenn Sie sich über das Durcheinander beschweren, das der letzte Buchhalter hinterlassen hat.«

Cathleen brauchte einen Moment, um die volle Tragweite der Entscheidung zu erfassen, die sie gerade getroffen hatte. Aber nachdem sie das Ungeheuerliche richtig begriffen hatte, drehte sie sich lachend um sich selbst. »Ich kann es nicht glauben! Amerika! Es kommt mir vor wie ein Traum. In wenigen Tagen werde ich in einem fremden Land sein, einen neuen Job haben und mein Geld in Dollar verdienen.«

Keith wollte sich eine Zigarette anzünden, unterließ es

dann aber. »Das Geld scheint Sie am meisten zu reizen«, bemerkte er. »Ihre Augen glänzen richtig.«

»Die Aussicht, endlich richtig Geld zu verdienen, würde jeden reizen, der einmal arm war.«

Mit einem Nicken stimmte Keith ihr zu. Auch er war einmal arm gewesen. Aber obwohl Geld für ihn einen gewissen Stellenwert besaß, nahm er es nicht so wichtig.

In ihrer Begeisterung hatte Cathleen bis jetzt die Realität etwas außer Acht gelassen. Jetzt fiel ihr plötzlich ein, dass man schlecht von einem auf den anderen Tag auswandern konnte. »Ich habe gar keinen Pass«, meinte sie erschrocken. »Und Einwanderungspapiere und Arbeitserlaubnis für die Vereinigten Staaten muss ich auch erst beantragen. Der Papierkrieg kann Wochen dauern.«

»Ich sagte Ihnen doch schon, dass ich mich um alles kümmern werde.« Er zog ein Formular aus der Tasche. »Füllen Sie diesen Vordruck aus und bringen Sie ihn mir dann in die Pension. Es ist ein Antrag für Ihr Visum. Ich habe bereits dafür gesorgt, dass er gleich morgen bearbeitet wird. Ihr Pass und alle anderen Papiere werden in zwei Tagen in Cork für Sie bereitliegen.«

»Sie müssen sich Ihrer Sache sehr sicher gewesen sein.«

»Sich seiner Sache sicher zu sein zahlt sich meistens aus. Vergessen Sie nicht, mir auch zwei Passfotos mitzubringen.«

»Und wenn ich Nein gesagt hätte?«

Er lächelte sie vielsagend an. »Dann hätte ich den Antrag eben weggeworfen.«

Kopfschüttelnd steckte sie das Formular in ihre Hosentasche. »Aus Ihnen soll einer klug werden. Da machen Sie mir ein so großzügiges Angebot, bieten mir die Chance, auf die ich jahrelang gewartet habe, und im Grunde genommen ist es Ihnen völlig egal, ob ich Ihr Angebot annehme oder ablehne.«

Er hatte nicht vergessen, mit welcher Erleichterung er ihre Zusage aufgenommen hatte. Doch er hielt es für besser, nicht über seine seltsame Reaktion nachzudenken. »Die meisten Leute nehmen einfach alles viel zu wichtig«, sagte er. »Solange einem alles egal ist, kann man auch nicht enttäuscht werden.«

»Wollen Sie damit sagen, dass Ihnen alles egal ist? Alles, sogar Ihre Farm?«

Es überraschte ihn, dass ihre Frage ihn nachdenklich stimmte, ihm sogar etwas unbehaglich war.

»Im Moment verdiene ich mein Geld mit dieser Farm. Außerdem lässt es sich recht angenehm dort leben. Aber ich fühle mich nicht an sie gebunden, so wie Sie beispielsweise mit diesem Hof verwurzelt sind. Ich könnte sie jederzeit aufgeben. Sie können das nicht, Cathleen. Wenn Sie Irland verlassen, wird Ihnen der Abschied wehtun, sosehr es Sie auch in die Ferne ziehen mag.«

»Das ist doch verständlich«, sagte sie leise. »Dies ist mein Zuhause. Ist es nicht normal, wenn man an seinem Zuhause hängt?«

»Manchen Menschen ist der Begriff Heimat oder Zuhause fremd. Es ist ihnen egal, wo sie leben. Sie fühlen sich nirgendwo verwurzelt.«

In diesem Augenblick spürte Cathleen deutlich, dass dieser Mann niemals einen anderen Menschen ganz an sich heranlassen würde. »Es muss traurig sein, wenn man nicht weiß, wo man hingehört.«

»Nicht, wenn man bewusst so lebt«, verbesserte er sie, um gleich darauf das Thema zu wechseln. »Vergessen Sie nicht, mir noch heute Abend den ausgefüllten Antrag zu bringen. Ich will gleich morgen früh nach Cork fahren. Wir treffen uns dann in zwei Tagen dort.«

»In Ordnung. Und jetzt muss ich gehen. Ich habe viel zu erledigen.«

»Warten Sie. Es gibt da etwas, das wir noch hinter uns bringen sollten.« Er schaute sie einen Moment an, packte sie dann bei den Armen und zog sie an sich. »Dies ist eine rein private Angelegenheit. Sie hat nichts mit unserem Abkommen zu tun.«

Cathleen war so überrascht, dass sie sich zunächst nicht gegen seine Umarmung wehrte. Nach der ersten Schrecksekunde jedoch versuchte sie Keith wütend von sich zu stoßen, leider mit wenig Erfolg. Hart und ungeduldig presste er seine Lippen auf ihre.

Eigentlich hatte sie ihn kratzen und beißen, sich mit aller Kraft gegen ihn wehren wollen. Doch seine Leidenschaft erstickte jeden Widerstand in ihr. Seine Lippen waren fest. Das wusste sie bereits. Aber dass sie so heiß, so verführerisch, so leidenschaftlich sein konnten, das hatte sie nicht geahnt. Noch nie hatte sie etwas so Wunderbares erlebt. Hingerissen öffnete Cathleen die Lippen, damit er sich mehr nehmen konnte.

Keith hatte gewusst, was er wollte, war sich jedoch nicht sicher gewesen, was er von ihr erwarten durfte. Wut und Empörung hätte er ignoriert und sich einfach von ihr genommen, was er begehrte. Ihren Widerstand hätte er gebrochen und wahrscheinlich sogar Lust dabei empfunden. Er hatte sich alles in seinem Leben erkämpfen müssen, sofern er es nicht im Spiel gewonnen hatte. Tagelang hatte er sich einzureden versucht, dass Cathleen McKinnon nicht anders war als all die Frauen, die er kannte. Aber sie war anders.

Sie gab. Nachdem sie ihren Schreck überwunden hatte, erwiderte sie rückhaltlos seine Leidenschaft. Ihre fast verzweifelte Hingabe verwirrte ihn und weckte ein unsagbares Verlangen nach mehr. Ihr zitternder Körper, ihre Begierde erregten ihn. Er spürte das Feuer in ihr, spürte, dass sie sich ebenso nach ihm verzehrte wie er sich nach ihr.

Er wollte sie nehmen. Auf dem nassen Boden, der nach Regen und Erde roch, wollte er von ihr Besitz ergreifen. Er sehnte sich nach ihren Berührungen, er wollte ihre Hände auf seinem Körper spüren, seinen Namen auf ihren Lippen hören. Er wollte sehen, wie sich ihre Augen verdunkelten, wenn er sie mit seinem Körper bedeckte. Er hätte es tun können. Er fühlte, wie sie ihren Körper an seinen presste, ihre Lippen hingebungsvoll seinen Kuss erwiderten.

Er hätte es tun können. Normalerweise würde er nicht zögern, doch irgendetwas hielt ihn zurück. Sanft löste er sich von ihr und schob sie von sich. Die Hände auf ihre Schultern gelegt, beobachtete er, wie sie langsam die Augen öffnete.

Cathleen sagte nichts. Ihre Empfindungen waren so überwältigend, dass für Worte kein Raum war. Sie hatte nicht gewusst, dass sich ihr Körper völlig von Gefühlen beherrschen ließ, von Gefühlen, auf die das Denken keinen Einfluss hatte.

Jetzt wusste sie es. Wenn ihr jemand gesagt hätte, dass ihre Welt sich von einer Sekunde auf die andere verändern konnte, hätte sie gelacht. Nun glaubte sie es.

Keith sprach kein Wort, und sie nutzte sein Schweigen, um ihre Fassung wiederzugewinnen. So etwas durfte nicht noch einmal passieren. Wenn sie mit ihm nach Amerika gehen und für ihn arbeiten wollte, musste sie Distanz zu ihm wahren. Sie atmete tief durch. Die letzten Minuten hatten ihr die Erkenntnis gebracht, dass Keith Logan etwas von den Frauen und ihren Schwächen verstand. Nein, mit ihm durfte sie sich gewiss nicht einlassen.

»Sie hatten kein Recht, das zu tun.« Eigentlich hätte sie ihm ihre Meinung sagen sollen, doch war sie viel zu benommen. Für einen weiteren Wutausbruch fehlte ihr einfach die Energie.

Der Kuss hatte seltsame Gefühle in ihm ausgelöst, Gefühle, die tiefer gingen als alle Empfindungen, die er bisher gekannt hatte. Doch darüber wollte er im Moment nicht nachgrübeln. »Es ging hier nicht um Recht oder Unrecht, sondern um die Befriedigung eines Bedürfnisses. Dies war ein richtiger Kuss, Cathleen. Wir beide haben ihn gewollt, vom ersten Augenblick an. Dieses Begehren mussten wir uns erfüllen, unabhängig davon, ob Sie mit mir nach Amerika kommen oder nicht.«

Cathleen nickte. Sie konnte nur hoffen, dass sie nach außen hin genauso nüchtern wirkte, wie sie tat. Niemals hätte sie ihm ihre Unerfahrenheit gestanden. »Dann können wir diese Sache ja als geklärt ansehen«, sagte sie beiläufig. »Ich gehe davon aus, dass eine Wiederholung sich erübrigt.«

»Verlangen Sie kein Versprechen von mir. Ich könnte Sie enttäuschen.« Er ging zur Tür, stieß sie weit auf, um Wind und Regen hereinzulassen und endlich wieder einen klaren Kopf zu bekommen. »Sprechen Sie mit Dee und Travis, wenn Sie heute Abend die Papiere in die Pension bringen. Und grüßen Sie Ihre Familie von mir.«

Im nächsten Augenblick war er im strömenden Regen verschwunden. Cathleen wollte hinter ihm herrennen, doch seine Gestalt hatte sich im grauen Zwielicht in einen unbestimmten Schatten aufgelöst.

Ein Schatten, dachte sie, über den ich nichts weiß. Und mit diesem Unbekannten würde sie in ein fremdes Land gehen.

4. Kapitel

Keith hatte Wort gehalten. Der Papierkrieg war so reibungslos über die Bühne gegangen, dass Cathleen, drei Tage nachdem Keith ihr den Job angeboten hatte, in Amerika war. Am Flughafen in Virginia überließ er sie der Obhut von Dees Familie und verabschiedete sich von ihr mit dem Hinweis, dass er ihr Zeit lassen wolle, um sich einzuleben, und sie deshalb erst in ein paar Tagen zur Arbeit erwarte.

Cathleen hatte gehofft, dass er mehr sagen würde. Sie war töricht genug gewesen, zu glauben, er würde wenigstens ein bisschen Freude darüber zeigen, dass sie in Amerika war. Zumindest ein Lächeln hatte sie sich erhofft, irgendeine nette Geste. Aber er hatte sie behandelt wie eine Angestellte, und genau das war sie ja auch. Leidenschaftliche Umarmungen würde es zwischen ihnen nicht mehr geben.

Sie wusste nicht, ob sie erfreut oder betrübt darüber sein sollte. Tatsache war, dass Keith Logan ihre Fantasie mindestens genauso stark beschäftigte wie die gesamte Reise nach Amerika.

Sie war sich bewusst, dass ihre Beziehung zu Keith ebenso risikoreich war wie ihr Neuanfang in einem fremden Land. Irgendwie konnte sie das eine schwer von dem anderen trennen und war ehrlich genug, sich einzugestehen, dass sie beides wollte. Aber da das nicht möglich war, entschied sie sich ausschließlich für das Land.

Amerika gefiel ihr auf Anhieb. Die dunklen Berge am Horizont erinnerten sie an ihre Heimat, während die dreispurigen Autobahnen und die Straßenkreuzer, die rechts und links an ihnen vorbeifuhren, für den Reiz des Neuen sorgten.

Adelia, die neben Travis auf dem Vordersitz saß, drehte sich um und lächelte ihre Cousine an. »Ich kann mich noch gut daran erinnern, wie Onkel Paddy mich damals, als ich nach Amerika kam, am selben Flughafen abholte. Ich kam mir vor wie im Zirkus.«

»Ich werde mich schon einleben«, meinte Cathleen und schaute lächelnd aus dem Fenster. »Sobald ich mich überzeugt habe, dass dies kein Traum ist und ich wirklich hier bin.«

»Ich bin Keith so dankbar, dass er dich überreden konnte, nach Amerika zu kommen. Als wir nach Irland flogen, hätte ich mir nicht träumen lassen, dass wir Familie mit zurück-bringen. Ich komme mir vor wie ein Schulmädchen, das seine Freundin zum Übernachten mit nach Hause bringen darf. Das müssen wir feiern, Cathleen. Was hältst du von einer Party?« Die Idee war kaum ausgesprochen, da war sie bereits Feuer und Flamme. »Eine richtige große Party! Was meinst du, Travis?«

»Natürlich, sehr gern sogar.«

»Du brauchst meinetwegen keine Party zu geben«, wandte Cathleen ein.

»Wenn du Dee nicht erlaubst, dir einen angemessenen Empfang zu bereiten, brichst du ihr das Herz«, meinte Travis. Sie hatten Virginia verlassen und befanden sich bereits im Staat Maryland. »Nur noch ein paar Kilometer, dann sind wir zu Hause, Liebling«, sagte er zu Dee.

Je näher sie ihrem Ziel kamen, desto aufgeregter wurde Cathleen. »Es ist so lieb von euch, dass ihr mich aufnehmen wollt. Wie kann ich es nur jemals wiedergutmachen, was ihr für mich tut?«

»Du gehörst doch zur Familie«, meinte Dee und richtete sich auf, weil sie in diesem Moment zwischen den beiden Steinsäulen hindurchfuhren, die die Einfahrt zur Farm mar-kierten.

»Willkommen auf Royal Meadows, Cathleen. Ich hoffe, du fühlst dich wohl hier.«

Cathleen hatte nicht gewusst, was sie erwartete. Sie hatte geahnt, dass die Farm ziemlich beeindruckend sein musste, und ihre Vorstellungen wurden nicht enttäuscht. Die Sonne schien auf die geschlossene Schneedecke, auf der Millionen Eiskristalle glitzerten. Die Eiszapfen, die von den Ästen der Bäume herabhingen, ließen diese kalte, weiße Winterwelt wie eine Märchenlandschaft erscheinen.

Als das Haus vor ihnen auftauchte, verschlug es Cathleen fast die Sprache. Noch nie hatte sie ein so großes, schönes Haus gesehen. Mit seinen grauen Mauern und den schmiedeeisernen Balkongittern hob es sich majestätisch vom unberührten weißen Schnee ab. »Ist das schön«, sagte sie bewundernd. »Ich habe noch nie ein so wunderschönes Haus gesehen.«

»Ich war auch überwältigt, als ich es zum ersten Mal sah«, meinte Dee und hob Brady vorsichtig aus seinem Kindersitz.

»Onkel Paddy!«, riefen Brendon und Keeley in diesem Augenblick. Eilig kletterten sie aus dem Auto, um durch den hohen Schnee auf einen untersetzten, kräftigen Mann mit grauem Haar zuzurennen.

»Geben Sie mir das Baby, Mrs. Grant«, sagte Hannah. »Ich werde Ihnen eine Tasse Tee machen. Und dann legen Sie die Beine hoch. Um das Gepäck können sich die Männer kümmern.«

»Machen Sie nicht so einen Wirbel, Hannah«, meinte Dee und lachte glücklich, als ihr Onkel sie umarmte. »Schau, Onkel Paddy, wen wir aus Skibbereen mitgebracht haben.« Sie fasste ihre Cousine bei der Hand. »Erinnerst du dich noch an Cathleen McKinnon, Mary und Matthew McKinnons Tochter?«

»Cathleen McKinnon?« Der alte Mann runzelte die Stirn. Dann hellte sich sein Gesicht plötzlich auf. »Cathleen! Als ich dich zuletzt sah, warst du noch ein Baby. Ich habe mit deinem Vater so manches Glas Whiskey getrunken. Aber daran erinnerst du dich nicht mehr.«

»Nein, aber man spricht im Dorf noch heute von Paddy Cunnane.«

»Tatsächlich?« Er grinste vergnügt, als wüsste er genau, worüber die Leute sprachen. »Geht ins Haus, es ist kalt hier draußen.«

»Ich werde helfen, die Koffer hineinzutragen«, erbot sich Cathleen, als Dee ihre Kinderschar ins Haus brachte.

»Es wäre mir lieber, wenn du mit Dee hineingehen würdest«, sagte Travis leise, während er die ersten beiden Gepäckstücke aus dem Kofferraum nahm. »Dee ist zu stolz, um zuzugeben, dass sie müde ist. Wenn du sie bittest, dir dein Zimmer zu zeigen, strengt sie sich wenigstens nicht zu sehr an.«

Cathleen zögerte kurz, weil es ihr unangenehm war, dass andere ihr Gepäck tragen sollten. Doch dann gab sie schließlich nach. »Na gut, wenn du es unbedingt möchtest.«

»Vielleicht kannst du sie ja bitten, eine Tasse Tee mit dir zu trinken.«

Ruhig und überlegen, dachte Cathleen. Diese beiden Charaktereigenschaften kamen ihr jedes Mal in den Sinn, wenn sie Travis beobachtete. Spontan beugte sie sich vor, um ihm einen Kuss auf die Wange zu geben. »Dee kann sich glücklich schätzen«, sagte sie. »Keine Angst, ich werde dafür sorgen, dass sie sich ausruht.« Trotzdem bestand sie darauf, wenigstens ihren Koffer selbst ins Haus zu tragen.

Im Haus war es warm und gemütlich. Die Kinder rannten bereits durch alle Räume, als wollten sie sich versichern, dass sich während ihrer Abwesenheit nichts verändert hatte.

»Du willst bestimmt zuerst nach oben gehen und dein Zimmer sehen«, meinte Dee, während sie ihre Handschuhe auszog und auf den Garderobentisch in der Diele legte. Sie nahm Cathleens Arm und führte sie zur Treppe. »Hoffentlich gefällt es dir. Sobald du deine Koffer ausgepackt hast, zeige ich dir den Rest des Hauses.«

Cathleen konnte nur nicken. Schon allein die riesige Eingangshalle und die breite Treppe, die ins Obergeschoss führte, ließen sie vor Staunen verstummen. Dee öffnete eine Tür und forderte sie mit einer Handbewegung auf, einzutreten.

»Dies ist das Gästezimmer.« Sie schaute sich in dem großen Raum um. »Es tut mir leid, dass ich dir keinen Blumenstrauß zum Empfang hinstellen konnte.«

Das Gästezimmer war mit einem dicken Teppichboden ausgelegt und ganz in Rosa gehalten. Bis auf das große Messingbett war der Raum mit alten Mahagonimöbeln eingerichtet. Über der Kommode hing ein großer Spiegel, und überall standen Gläser, kleine Bronze- und Porzellanfiguren. Zwei hohe Flügeltüren führten zu einem Balkon hinaus. Durch die duftigen Vorhänge konnte man die weiße Schneedecke sehen. Sprachlos stand Cathleen mitten im Raum. Vor Staunen vergaß sie sogar, ihren Koffer abzustellen.

»Gefällt es dir?«, fragte Dee besorgt.

»Es ist das schönste Zimmer, das ich je gesehen habe. Ich weiß gar nicht, was ich sagen soll.«

»Sag, dass es dir gefällt.« Behutsam nahm Dee ihr den Koffer aus der Hand. »Ich möchte, dass du dich hier wohlfühlst, Cathleen. Betrachte dieses Haus als dein neues Heim. Ich weiß, wie es ist, alle Brücken hinter sich abzubrechen und in ein fremdes Land zu kommen.«

Cathleen holte tief Luft. »Ich verdiene so viel Fürsorge gar nicht, Dee. Ihr seid alle so lieb zu mir, und ich habe das Gefühl, dass ich euch ausnutze.«

»Du nutzt uns nicht aus, Cathleen. Im Übrigen gibst du mir doch auch etwas. Du bringst mir meine Heimat ein Stückchen näher, bist meine Freundin. Seit Travis' Schwester vor zwei Jahren weggezogen ist, fehlt mir eine Freundin, mit der ich über alles sprechen kann. Ich habe von Anfang an gehofft, dass du die Lücke ausfüllen kannst, die sie hinterlassen hat.«

»Ich freue mich, dass du das sagst. Wenn auch du etwas davon hast, dass ich hier wohne, dann ist unsere Beziehung wenigstens nicht so einseitig.«

»Zerbrich dir nicht unnötig den Kopf. Es wird sich schon alles von allein geben. Und jetzt helfe ich dir, deinen Koffer auszupacken.«

In ihrer ersten Nacht in Amerika träumte Cathleen von Irland, von den grünen Hügeln und dem zarten Duft des Heidekrauts. Sie sah die dunklen Berge und die Wolken, die der Wind über den Himmel trieb, den Hof ihrer Eltern mit seinen gepflügten Äckern und grünen Weiden, auf denen Kühe grasten. Im Traum sah sie ihre Mutter, der beim Abschied die Tränen über die Wangen liefen, und ihren Vater, der sie so fest an sich drückte, dass ihr die Rippen wehtaten.

Und als sie aufwachte, weinte sie um alles, was sie zurückgelassen hatte und niemals vergessen würde.

Am nächsten Morgen aber, als sie aufstand, weinte sie nicht mehr. Sie hatte ihre Entscheidung getroffen, ihren Weg gewählt. Jetzt kam es darauf an, einen starken Willen zu zeigen. Und zwar würde sie heute schon damit beginnen. Gleich am ersten Tag wollte sie ihren neuen Job antreten.

Sie zog bewusst das schlichte Kleid aus grauem Flanell an, das ihre Mutter einmal genäht hatte. Nachdem sie das lange Haar zu einem dicken Zopf geflochten hatte, betrachtete sie sich kritisch im Spiegel. Sie sah gut aus. Seriös, wie sich das für eine Angestellte gehörte. Zufrieden ging sie nach unten.

In der Küche verabschiedete sich Dee gerade von Brendon und Keeley, die sich lautstark beklagten, dass die Ferien vorbei waren und sie wieder zur Schule gehen mussten.

»Beeil dich, Keeley«, ermahnte sie ihre Tochter, »sonst versäumst du noch den Schulbus.« Sie küsste die beiden Kinder auf die Wange. »Onkel Paddy wird euch zur Straße fahren. Es ist kalt draußen, ihr bleibt im Auto sitzen, bis der Bus kommt.« Sie wartete, bis die Kinder die Tür hinter sich zugeschlagen hatten, und setzte sich dann mit Cathleen an den Frühstückstisch. »Ich bin froh, dass du mir Gesellschaft leistest. Wenn ich schwanger bin, esse ich immer entsetzlich viel, und ich hasse es, allein zu frühstücken.«

»Möchten Sie Kaffee?« Mit der Kanne in der Hand stand plötzlich Hannah hinter Cathleen.

»Ja, bitte. Vielen Dank, Hannah.« Fragend schaute sie Dee an. »Ist Travis etwa noch nicht aufgestanden?«

»Travis ist schon seit über einer Stunde in den Ställen. Wenn er auf Geschäftsreise geht, bin ich mir nie sicher, wen er mehr vermisst, mich oder seine Pferde.« Mit verlangendem Blick betrachtete sie Hannahs frisch gebackene Brötchen und Hörnchen, die in einem Korb auf dem Tisch standen. Schließlich gab sie der Versuchung nach und nahm sich ein Croissant. »Brendon geht inzwischen in die erste Klasse, und Keeley besucht den Kindergarten«, erklärte sie. »Nur Brady leistet mir noch Gesellschaft.« Sie deutete auf den kleinen Jungen, der in seinem Kinderstuhl saß und zufrieden vor sich hin plapperte. »Brady ist ein so sonniges Kind«, meinte sie. »Aber nun zu dir. Was möchtest du heute tun?«

»Ich habe vor, zu Mr. Logan hinüberzufahren und meinen neuen Job anzutreten.«

»Heute schon? Du bist doch gerade erst angekommen. Keith lässt dir bestimmt ein oder zwei Tage Zeit, damit du dich hier einleben kannst.«

»Natürlich. Aber ich habe keine Ruhe, ehe ich mich überzeugt habe, ob ich der Arbeit gewachsen bin, die da auf mich wartet.«

»Ich kann mir nicht vorstellen, dass Keith Logan jemanden einstellt, der seinen Job nicht beherrscht.«

»Sicher verstehe ich etwas von meiner Arbeit, aber ich muss doch ziemlich umdenken. Ich bin nicht einmal mit der Währung vertraut. Wenn ich mich erst einmal eingearbeitet habe, wird mir wohler sein.«

Dee hatte nicht vergessen, wie nervös sie damals gewesen war, als sie nach Amerika kam. Auch sie wollte allen und sich selbst beweisen, dass sie es schaffen würde, dass sie etwas leisten konnte. »Okay, ich werde dich nach dem Frühstück hinüberfahren«, versprach sie.

»Das kommt überhaupt nicht infrage«, wandte Hannah ein. »Paddy kann Miss McKinnon fahren.«

Dee zog hinter Hannahs Rücken eine Grimasse, fügte sich dann aber. »Ich habe in meinem eigenen Haus nichts mehr zu sagen«, klagte sie. »Wenn ich zu den Ställen gehe, lässt Travis mich vom Personal beobachten. Als ob ich noch nie ein Kind auf die Welt gebracht hätte.«

»Zwillinge kommen meistens zu früh, das weißt du doch.«

»Je früher, desto besser.« Sie lächelte. »Nun ja, ich werde zu Hause bleiben und mich mit den Vorbereitungen für die Party befassen. Und dann werde ich ein wenig mit Brady spielen, nicht wahr, Liebling?«

Brady quietschte vergnügt und klatschte mit beiden Händchen in seinen Haferbrei.

»Aber zuerst muss ich ihn baden.«

»Lass mich das machen«, erbot sich Cathleen und stand auf, um den Kleinen aus seinem Kinderstuhl zu heben.

»Wenn du auch noch anfängst, mich zu verzärteln, werde ich verrückt.«

»Keine Angst, das habe ich nicht vor. Ich will mich nur mit Brady anfreunden.«

Nachdem sie Brady gewaschen und umgezogen hatte, zog

Cathleen sich warm an, um mit Paddy Cunnane zu Keith Logans Gestüt hinüberzufahren. Doch kaum saß sie neben Paddy im Auto, da überfiel sie die alte Nervosität, die sich immer dann einstellte, wenn sie an Keith dachte oder mit ihm zusammen war. Bis in die Fingerspitzen spürte sie die Aufregung. Dabei war es reine Zeitverschwendung, wegen dieses Mannes die Nerven zu verlieren. Das versuchte sie sich jedenfalls einzureden.

Was vor ein paar Tagen an jenem stürmischen Morgen in der Scheune passiert war, war nun vorbei und vergessen. Inzwischen war er ihr Chef und sie seine Angestellte. Er verlangte, dass sie etwas leistete für ihr Geld, und sie hatte vor, seinen Erwartungen zu entsprechen. Außerdem freute sie sich auf die Arbeit. Sie war Buchhalterin, hatte einen guten Job und verdiente ein großzügiges Gehalt. In ein paar Wochen konnte sie anfangen, Geld nach Hause zu schicken, und würde trotzdem noch genug übrig behalten, um sich selbst etwas zu kaufen.

Paddy fuhr auf ein großes Schild mit dicken, schmiedeeisernen Buchstaben zu, das sich in einem Bogen über den Fahrweg spannte. »Three Aces« stand auf dem Schild. Drei Asse? Nachdenklich biss sich Cathleen auf die Unterlippe. Hatte Keith mit diesem Blatt die Farm gewonnen, oder hatte der frühere Besitzer das Gestüt damit verloren?

Auch hier lag dicker Schnee, und die Hügel waren noch höher. Sie sah eine alte, knorrige Weide, die im Sommer vielleicht anmutig wirken mochte, im Augenblick jedoch mit ihren kahlen Zweigen gespenstisch aussah. Bald darauf konnte Cathleen das Haus erkennen, und wieder musste sie staunen. Sie hatte geglaubt, dass das Anwesen der Grants durch nichts zu übertreffen war. Doch da hatte sie sich getäuscht.

Keith' Haus hatte ein Kuppeldach wie ein Schloss und französische Sprossenfenster. Die kreisförmige Auffahrt führte um eine kleine Insel herum, auf der im Sommer wahrscheinlich viele Blumen wuchsen, im Moment aber war sie mit unberührtem Schnee bedeckt.

»Gibt es wirklich Leute, die in solchen Häusern wohnen?«, sagte Cathleen halblaut zu sich selbst.

»Cunningham, der Mann, dem dieses Anwesen früher gehörte, hielt sich immer für etwas Besseres«, meinte Paddy, der ihre Worte gehört hatte. »Er steckte mehr Geld in seine Villa als in die Ställe und die Farm. Sogar einen Swimmingpool ließ er sich in sein Haus einbauen.«

»Das ist doch nicht möglich.«

»Doch. Der Pool befindet sich mitten im Haus. Ruf mich an, wenn du hier fertig bist, Cathleen. Ich hole dich dann wieder ab.«

»Das ist lieb von dir, Onkel Paddy.«

Es kostete sie einige Überwindung, die Tür des Jeeps aufzustoßen und auszusteigen. Zögernd ging sie die Stufen zum Eingang hinauf. Und was für ein beeindruckender Eingang das war! Die Haustür war so groß wie ein Scheunentor und über und über mit Schnitzereien bedeckt. Vorsichtig strich Cathleen über das polierte Holz. Dann betätigte sie den schweren Messingklopfer.

Die Tür wurde von einer zierlichen, dunkelhaarigen Frau mit großen, ausdrucksvollen Augen geöffnet. Cathleen holte tief Luft und straffte die Schultern. »Ich bin Cathleen McKinnon, die neue Buchhalterin.«

Die Frau betrachtete sie einen Augenblick lang und trat zur Seite. Cathleen schaute sich noch einmal nach Onkel Paddy um, brachte ein unsicheres Lächeln zustande und betrat dann entschlossen das Haus.

Ach du liebe Zeit, dachte sie, als sie der Frau in einen lichtdurchfluteten Innenhof folgte. Noch nie in ihrem Leben hatte sie etwas Ähnliches gesehen. Durch hohe Fenster schien die

Sonne auf üppig wuchernde Grünpflanzen. Auf halber Höhe befand sich eine breite Galerie mit einem polierten Holzgeländer, das ebenso wie die Haustür mit reichen Schnitzereien versehen war. Unschlüssig ging Cathleen ein paar Schritte in den Raum hinein.

»Ich werde Mr. Logan sagen, dass Sie hier sind.«

Cathleen nickte. Der für sie fremde spanische Akzent der Frau trug nicht dazu bei, dass sie sich ein wenig sicherer fühlte. Am liebsten hätte sie sich weit fortgewünscht. Die ganze Situation erschien ihr so unwirklich wie in einem Film.

»Zieht Sie die Arbeit hierher, oder haben Sie Sehnsucht nach mir gehabt?«

Sie wandte sich um. Keith trug ein Sporthemd, Jeans und Cowboystiefel und lächelte sie mit jenem halb belustigten, halb überheblichen Lächeln an, das sie noch so gut in Erinnerung hatte. Schlagartig kehrte ihre Selbstsicherheit zurück. Zuversicht war ihre beste Verteidigung. »Meine Sehnsucht beschränkt sich aufs Arbeiten und Geldverdienen«, erwiderte sie kühl.

Cathleens Wangen waren von der Kälte gerötet, und ihre blauen Augen blitzten. Ihre Haltung verriet Entschlossenheit und Tatkraft. Als er sie so mitten in dem großen Raum stehen sah, zweifelte Keith keinen Augenblick an ihrem Durchsetzungsvermögen. »Ich sagte Ihnen doch, Sie können sich ruhig Zeit lassen, bevor Sie mit der Arbeit hier anfangen.«

»Das wollte ich nicht. Ich möchte mir meinen Aufenthalt von Anfang an selbst verdienen.«

»Schön. Dazu haben Sie hier reichlich Gelegenheit.« Mit einer Handbewegung bedeutete er ihr, ihm zu folgen. »Morita, mein letzter Buchhalter, brachte dreißigtausend Dollar auf die Seite, bevor er ins Kittchen ging. Dazu musste er natürlich die Bücher fälschen. Ihre erste Aufgabe ist es, sie wieder in Ordnung zu bringen. Gleichzeitig müssen Sie die Lohnabrechnungen erledigen und die laufenden Rechnungen bezahlen.«

»Kein Problem«, sagte sie und fragte sich im Stillen, woher sie ihre Zuversicht nahm.

Keith öffnete eine Tür und ließ sie eintreten. »Dies ist Ihr Arbeitszimmer. Ich hoffe zwar, dass Sie mich nicht mit Fragen belästigen werden, aber falls Sie doch einmal irgendetwas wissen möchten, können Sie Rosa jederzeit über die Sprechanlage erreichen. Sie wird sich dann mit mir in Verbindung setzen. Schreiben Sie mir auf, was Sie brauchen, und ich werde Ihnen alles besorgen.«

Cathleen nickte. Wieder konnte sie nur staunen. Ihr neues Büro war so groß wie O'Donnellys gesamtes Lager. Die antiken Möbel und der Teppich hätten aus einem Palast stammen können. Entschlossen, sich ihre Verwunderung nicht anmerken zu lassen, ging sie zum Schreibtisch. Keith hatte nicht übertrieben. Sie sah auf den ersten Blick, dass hier ein heilloses Durcheinander herrschte. Cathleen atmete auf. Zum ersten Mal, seit sie das große Haus betreten hatte, kam ihr etwas vertraut vor.

Keith ging hinter den Schreibtisch und fing an, nacheinander alle Schubladen aufzuziehen. »Hier finden Sie Briefmarken, Briefbögen, Arbeitspapier, Scheckbücher. Seit der unglücklichen Angelegenheit mit Morita darf kein Schriftstück ohne meine Unterschrift rausgehen.«

»Wenn Sie diese Maßnahme schon früher getroffen hätten, wären Sie jetzt um dreißigtausend Dollar reicher.«

»Danke für den Hinweis.« Er erwähnte nicht, dass Morita zehn Jahre lang für ihn gearbeitet hatte, auch schon, als es ihm noch nicht so gut ging wie jetzt. »Solange nichts unerledigt bleibt, können Sie sich Ihre Arbeit einteilen, wie Sie es wollen. Rosa wird Ihnen mittags Lunch machen. Es bleibt

Ihnen überlassen, ob Sie ihn hier oder im Esszimmer einnehmen. Ab und zu werde ich Ihnen beim Essen Gesellschaft leisten.«

»Sind Sie den ganzen Tag unterwegs?«

»Ich bin meistens in den Ställen oder irgendwo auf der Farm.« Er lehnte sich an die Schreibtischplatte. »Sie scheinen schlecht geschlafen zu haben.«

»Oh, nein, ich …« Automatisch strich sie sich über die dunklen Ringe unter den Augen. »Es ist wahrscheinlich der Zeitunterschied.«

»Fühlen Sie sich wohl bei den Grants?«

»Ja, sie sind alle sehr lieb zu mir.«

»Die Grants sind außergewöhnliche Menschen. Man findet solche Leute nicht oft.«

»Sie sind ganz anders als Travis.« Dies hatte sie nicht sagen wollen. Hastig versuchte sie zu erklären, was sie meinte. »Bei Ihnen weiß man nie, woran man ist. Sie haben etwas Gefährliches an sich.«

»Dann passen Sie auf, dass Sie mir nicht zu nahe kommen. Ich könnte sonst auch Ihnen gefährlich werden.«

»Das habe ich bereits gemerkt«, meinte sie beiläufig und griff nach dem erstbesten Stapel Papier, der auf dem Schreibtisch lag. Doch bevor sie die Papiere aufnehmen konnte, schlossen sich Keith' Finger um ihr Handgelenk.

»Wollen Sie mich provozieren, Cathleen?«

»Nein, aber ich könnte mir vorstellen, dass dazu nicht viel gehört.«

»Richtig. Vielleicht sollte ich Sie warnen. Ich neige zu Temperamentsausbrüchen. Zu gefährlichen Temperamentsausbrüchen.«

»Ich werde es mir merken«, meinte sie und lächelte belustigt. Sie wollte ihm ihre Hand entziehen, doch anstatt sie loszulassen, umschloss er ihr Handgelenk noch fester.

»Da wir gerade davon sprechen, möchte ich noch eine Warnung hinterherschicken. Es wird Ihnen sowieso zu Ohren kommen. Wenn ich eine Frau begehre, dann finde ich immer Mittel und Wege, sie zu bekommen.«

Dies war keine Warnung. Cathleen spürte deutlich, dass sich hinter seinen Worten eine Drohung verbarg. Unter seinen Fingern beschleunigte sich ihr Pulsschlag. Trotzdem hielt sie seinem Blick stand. »Das wusste ich längst, Mr. Logan. Die Erklärung hätten Sie sich sparen können. Ich kann Ihnen versichern, dass ich nicht vorhabe, Ihr Begehren zu reizen.«

»Zu spät.« Lächelnd ließ er ihr Handgelenk los. »Ich finde Sie so attraktiv, um mit Ihnen im Mondschein zu tanzen, so begehrenswert, um Sie im alten Geräteschuppen zu küssen, und so leidenschaftlich, um mit Ihnen zu schlafen.«

Cathleen erschauerte, wusste aber nicht genau, weshalb. Einerseits hatte sie Angst, andererseits sehnte sie sich nach seinen Zärtlichkeiten. »Mit solchen Schmeicheleien können Sie einer Frau gewiss den Kopf verdrehen, Mr. Logan. Sagen Sie, haben Sie mich nach Amerika gebracht, um mit mir zu schlafen, oder wollen Sie, dass ich Ihre Bücher in Ordnung bringe?«

»Beides«, erwiderte er. »Aber zuerst werden wir uns mit dem geschäftlichen Teil befassen.«

»Wir werden uns ausschließlich mit dem geschäftlichen Teil befassen. Und jetzt würde ich gern mit der Arbeit anfangen.«

»Gut.« Aber anstatt zu gehen, strich er mit den Händen über ihre Arme. Cathleen zuckte zusammen, wich jedoch nicht zurück. Diesmal würde sie ihm keinen Widerstand entgegensetzen. Sie hatte mit einem leidenschaftlichen Kuss gerechnet, doch er küsste sie nur flüchtig auf die Wange.

Seit seiner Rückkehr hatte Keith an nichts anderes denken

können als an sie, an ihr Lächeln, an ihre warme Stimme, an jenen wunderbaren Augenblick, als er Cathleen in den Armen gehalten und geküsst hatte. Er wusste, er konnte sie haben. Ihre leidenschaftliche Reaktion hatte keinen Zweifel daran gelassen. Sie begehrte ihn ebenso wie er sie. Selbst jetzt, bei diesem flüchtigen Kuss, beschleunigte sich ihr Atem. Er hatte noch nie eine so leidenschaftliche Frau gekannt. Jetzt, da sie hier in seinem Haus war, wusste er, dass er nicht eher ruhen würde, bis sie ihm ganz gehörte.

Aber er wollte, dass sie zu ihm kam. Das verlangte sein Stolz. Deshalb beschränkte er sich darauf, spielerisch mit den Lippen ihre Wangen zu berühren. Er wusste genau, dass er sie damit erregte. Und er wusste auch, dass ihn dieses Spiel langsam um den Verstand brachte.

»Ob Sie es wollen oder nicht«, flüsterte er und knabberte dabei an ihrem Ohrläppchen, »ich werde mein Ziel erreichen.«

Cathleen hatte die Augen geschlossen. Wie war es möglich, so verzweifelt zu begehren, was man nicht haben durfte? Sie legte die Hand auf seine Brust, um ihn abzuwehren. »Sie scheinen es gewohnt zu sein, Ihr Ziel zu erreichen, Mr. Logan. Ich will ja gar nicht abstreiten, dass ich etwas für Sie empfinde. Aber ich bin nicht hierhergekommen, um mich mit Ihnen auf ein Abenteuer einzulassen.«

»Vielleicht nicht«, sagte er leise. »Ich kann sehr geduldig sein, Cathleen. Es kommt nicht nur darauf an, die richtigen Karten zu haben, man muss auch wissen, in welchem Moment man sie zeigt.« Nachdenklich strich er über ihr Haar. »Früher oder später werden wir die richtigen Karten offen auf den Tisch legen. Und jetzt überlasse ich Sie Ihrer Arbeit.«

Cathleen wartete, bis er die Tür hinter sich geschlossen hatte, bevor sie langsam tief durchatmete. Trotz seines arroganten Verhaltens musste sie lächeln. Kopfschüttelnd setzte sie sich in den weichen Ledersessel hinter dem Schreibtisch. In einem Punkt hatte Keith recht. Irgendwann mussten sie beide mit offenen Karten spielen. Das Problem dabei war, dass Cathleen befürchtete, dieses Spiel zu verlieren – selbst wenn sie es gewann.

5. Kapitel

Schon nach einer Woche hatte Cathleen sich so gut eingelebt, dass ihr der neue Tagesablauf zu einer angenehmen Gewohnheit geworden war. Morgens half sie Dee mit den Kindern und fuhr nach dem Frühstück mit einem geliehenen Auto nach Three Aces, wo sie um neun Uhr hinter ihrem Schreibtisch saß.

Keith' Buchhaltung als heilloses Durcheinander zu bezeichnen wäre stark untertrieben gewesen. Und untertrieben war auch ihre Einschätzung, was sein Vermögen betraf. Während sie über den Büchern saß und Zahlen kontrollierte, versuchte sie die fantastischen Summen als einfache mathematische Größen zu sehen.

Nur selten wurde sie bei der Arbeit gestört. Mittags stellte Rosa ihr schweigend das Essen auf den Schreibtisch, sodass sie ihre Arbeit nicht unterbrechen musste. Am Ende der ersten Woche hatte sie so viel erledigt, dass sie zufrieden mit sich sein konnte. Auf einer kleinen elektrischen Schreibmaschine tippte sie ihren ersten Bericht, den sie, gewissenhaft wie sie war, Keith vorlegen wollte, bevor sie nach Hause ging. Da sie keine Ahnung hatte, wo er sich aufhielt, ging sie zunächst einmal in den Innenhof, um Rosa zu suchen.

Sie hätte die Haushälterin natürlich auch über die Sprechanlage erreichen können, aber sie hatte sich mit dem albernen Ding noch nicht anfreunden können. Unschlüssig blieb sie einen Augenblick stehen und versuchte, sich zu orientieren. Da ihr niemand das Haus gezeigt hatte, kannte sie sich nicht aus. Schließlich schlug sie die Richtung ein, in der sie die Küche vermutete.

Die vielen geschlossenen Türen, an denen sie vorbeikam, machten sie neugierig. Am liebsten hätte sie eine nach der anderen geöffnet, um einen Blick in die Räume zu werfen. Sie hörte ein Geräusch, das wie das Brummen einer Küchenmaschine klang. Vielleicht war es die Geschirrspülmaschine. Also musste hier irgendwo die Küche sein und wahrscheinlich auch Rosa.

Diese Frau war ihr ein Rätsel. Sie sprach fast nie und schien immer genau zu wissen, wo sich Keith gerade aufhielt. Obwohl sie ihn mit Mr. Logan ansprach, spürte Cathleen, dass die förmliche Anrede aufgesetzt war. Es musste irgendeine Beziehung zwischen den beiden geben. Vielleicht hatten sie ein Verhältnis miteinander. Der Gedanke gefiel ihr gar nicht. Energisch versuchte sie ihn zu verdrängen.

Es war nicht die Küche, die sie im südlichen Teil des Hauses fand. Nachdem sie eine Flügeltür geöffnet hatte, stand sie plötzlich in einem tropischen Paradies. Durch ein Glasdach flutete Sonnenlicht in den Raum und brach sich im Wasser des blauen Swimmingpools. In riesigen Blumenkübeln wuchsen Bäume, wie sie sie noch nie gesehen hatte, und Blumen, unzählige bunte, duftende Blumen. Es war dieser Blumenduft, der sie magnetisch anzog. Durch die Fenster blickte man in die kahle weiße Winterlandschaft hinaus, und hier drinnen blühten Blumen! Es ist herrlich, dachte Cathleen und lächelte beglückt.

Aus halb geschlossenen Augen beobachtete Keith sie. Wie frisch und unberührt Cathleen aussah. Die Sonne fiel auf ihr Haar und ließ es rötlich schimmern. Sie hatte es im Nacken zusammengebunden, so wie damals in Irland, als er sie in Mrs. Malloys Küche überraschte. Er sah, wie sie die Hand nach einer Blume ausstreckte, als könne sie kaum der Versuchung widerstehen, sie abzupflücken. Doch anscheinend traute sie sich nicht, die Blüte zu berühren, denn sie zog ihre Hand wieder zurück, um stattdessen nur vorsichtig an der Blume zu riechen. Ihr leises, entzücktes Lachen verriet ihm, dass sie sich völlig allein glaubte.

Die irische Rose hat also eine Schwäche für Blumen, dachte er, während er beobachtete, wie sie den Kopf schüttelte und sich verwundert umschaute. Und für Geld. Warum auch nicht? Er wäre der Allerletzte gewesen, der ihr daraus einen Vorwurf machte. Höchstens konnte er ihr vorwerfen, dass in ihrer Gegenwart an ein entspannendes Bad im Whirlpool nicht mehr zu denken war.

»Wollen Sie schwimmen gehen, Cathleen?«

Als sie seine Stimme hörte, fuhr sie herum. Sie hatte das Brummen ganz vergessen. Jetzt sah sie, wo es herkam – und dass Keith sich genau dort befand. Noch ein Swimmingpool? dachte sie. Nein, dazu war das Ding zu klein. Es musste eine von diesen riesigen Badewannen sein, die das Wasser mit Düsen durcheinanderwirbelten, bis es blubberte und schäumte. Es war bestimmt angenehm, in so einem Whirlpool zu sitzen.

»Wollen Sie mir Gesellschaft leisten?«

Cathleen zuckte die Schultern. Sein jungenhaftes Lachen verriet ihr, dass er nur Spaß machte. »Danke, aber ich will in ein paar Minuten nach Hause fahren. Ich habe Sie gesucht, um Ihnen meinen ersten Bericht zu bringen.«

Keith nickte und deutete dann auf einen weißen Korbstuhl, der neben dem Whirlpool stand. »Setzen Sie sich.«

Nur zögernd kam Cathleen seiner Aufforderung nach. »Sie können es sich vielleicht leisten, Ihre Zeit totzuschlagen, aber ich habe noch eine Menge zu erledigen.«

Keith streckte die Arme auf dem Beckenrand aus. Er verzichtete darauf, zu erwähnen, dass er schon im Morgengrauen aufgestanden war und den ganzen Tag auf der Farm gearbeitet hatte. »Ihr Feierabend fängt erst in ein paar Minuten an, Cathleen. Also, wie stehen meine Finanzen?«

»Sie sind ein reicher Mann, Mr. Logan. Ehrlich gesagt ist es mir ein Rätsel, wie das bei Ihrer unmöglichen Buchhaltung möglich ist. Ich habe mich übrigens ein wenig informiert und mir ein neues System ausgedacht.« In Wahrheit hatte sie sich zwei Nächte um die Ohren geschlagen, um sämtliche Fachliteratur zu lesen, die sie bekommen konnte. »Ich schätze, dass am Ende nächster Woche sich alles so weit eingespielt haben wird, dass es keine Schwierigkeiten mehr geben kann.«

»Das freut mich zu hören. Warum erklären Sie mir nicht Ihr neues System?«

Es war Cathleen peinlich, seine muskulösen nackten Schultern anzuschauen. Krampfhaft bemühte sie sich, einen festen Punkt über seinem Kopf anzustarren. Dies war kein Ort, an dem sie lange bleiben durfte, zumal ihre Gedanken ständig vom Thema abschweiften. »Es steht alles in meinem Bericht«, erklärte sie. »Wenn Sie aus dieser Badewanne steigen würden, könnten Sie einen Blick darauf werfen.«

»Wie Sie wollen.«

Keith stellte die Massagedüsen ab und stand auf. Cathleen wurden vor Schreck die Knie weich. Wie hätte sie auch ahnen können, dass er ohne Badehose im Whirlpool saß? Zum Glück besaß er wenigstens so viel Anstand, sich ein Handtuch um die Hüften zu schlingen. »Sie haben wohl überhaupt keine Hemmungen, Keith Logan?«, bemerkte sie tadelnd.

»Nicht im Geringsten«, erwiderte er lachend.

»Wenn Sie vorhatten, mich zu schockieren, dann muss ich Sie enttäuschen. Wie Sie wissen, bin ich mit vier Brüdern groß geworden und …« Um ihre Worte zu unterstreichen, schaute sie ihn gewollt gleichgültig an. Dabei fiel ihr Blick auf eine dunkelrote Prellung unterhalb seiner Rippen. »Sie haben sich verletzt«, sagte sie erschrocken. Sofort war sie an seiner Seite, um die Wunde vorsichtig zu berühren. »Oh, das sieht aber gar nicht schön aus.« Behutsam strich sie über seine Rippen. »Wenigstens haben Sie sich nichts gebrochen.«

»Bis jetzt nicht«, murmelte er. Er stand ganz still. Die Belustigung, mit der er sie eben noch beobachtet hatte, war verflogen. Ihre Finger fühlten sich so angenehm auf seiner Haut an, ihre Berührung war so sacht. Er hatte fast das Gefühl, dass sie sich Sorgen um ihn machte. Keith Logan konnte sich nicht erinnern, wann sich zuletzt jemand um ihn gesorgt hatte.

»Die Wunde wird morgen noch schlimmer aussehen«, meinte sie mitfühlend. »Sie sollten eine Heilsalbe auftragen.« Plötzlich merkte sie, dass ihre Hand auf seiner harten und nassen Brust lag. Hastig zog sie die Hand zurück und versteckte sie hinter ihrem Rücken. »Wie ist das passiert?«

»Das Füllen, das ich in Irland gekauft habe, hat mich getreten.«

»Vielleicht fühlt es sich zu eingeengt in seiner Box. Sie sollten ihm mehr Freiraum lassen.«

»Das werde ich tun«, erwiderte er. »Ich habe den größten Respekt vor dem irischen Temperament.«

»Der ist auch angebracht. Wenn Sie jetzt den Bericht lesen würden, könnte ich Ihnen noch Ihre Fragen beantworten, bevor ich gehe.«

Keith nahm die sauber getippten Bogen in die Hand. Cathleen räusperte sich unsicher und schaute zum Fenster hinaus, das von dem heißen Dampf, der aus dem Whirlpool aufstieg, ein wenig beschlagen war. Dabei nahm sie die weiße Winterlandschaft draußen vor dem Fenster gar nicht wahr. Sie sah noch immer Keith vor sich, seine nackten Arme, die nasse, glänzende Haut, unter der sich harte Muskeln abzeichneten, die schmalen Hüften und die kräftigen Oberschenkel. Sie hätte ihn schlagen können für das Begehren, das er in ihr weckte.

»Aus Ihrem Bericht geht alles hervor, was ich wissen muss. Sie verstehen etwas von Ihrem Job. Aber das war von Anfang an klar, sonst hätte ich Sie gar nicht eingestellt.« Nein, er hätte sie nicht als Buchhalterin eingestellt, wenn sie unfähig gewesen wäre. Aber er hätte sich etwas anderes einfallen lassen, um sie nach Amerika zu bringen. »Wissen Sie schon, was Sie mit Ihrem ersten Gehalt machen werden?«

»Oh, ja.« Sie hatte sich genügend unter Kontrolle, um ihn anzulächeln, wobei sie jedoch darauf achtete, ihren Blick nicht von seinem Gesicht abzuwenden. Die Hälfte des Geldes würde sie noch diesen Monat ihren Eltern überweisen, und was sie von dem Rest alles kaufen konnte, wagte sie sich gar nicht auszumalen. »Wenn Sie befriedigt sind, kann ich ja jetzt gehen.«

»Ich bin alles andere als befriedigt«, sagte Keith leise. »Haben Sie schon einmal daran gedacht, wie viel interessanter Ihr Job wäre, wenn Sie mehr von der Materie verstehen würden? Wenn Sie zum Beispiel die Ställe und die Pferde sehen oder ein Rennen besuchen könnten?«

»Nein.« Sie dachte einen Augenblick nach. Eigentlich war der Gedanke gar nicht so schlecht. »Aber vielleicht haben Sie recht.«

»Eins meiner Pferde nimmt morgen an einem Rennen teil. Warum kommen Sie nicht einfach mit und schauen sich einmal an, womit ich mein Geld verdiene?«

»Ich soll zu einem Pferderennen gehen?« Nachdenklich biss sie sich auf die Unterlippe. »Kann ich da auch wetten?«

Er lachte. »Natürlich. Ich werde Sie morgen früh um acht Uhr abholen.«

»Gut. Und jetzt muss ich gehen. Auf Wiedersehen.« Sie ging zur Tür, drehte sich jedoch im Hinausgehen noch einmal um. »Sie sollten Ihre Verletzung mit Zauberstrauch-Tinktur behandeln.«

Aufgeregt lief Cathleen im Wohnzimmer auf und ab. Heute war nicht nur ihr erster freier Tag, sondern sie würde auch zum ersten Mal zu einem Pferderennen gehen. Sie würde interessante Leute sehen und neue Eindrücke sammeln. Und weil sie Wert darauf legte, an diesem besonderen Tag hübsch auszusehen, hatte sie sich sorgfältig zurechtgemacht. Nicht für Keith. Oh nein! Es gab ihr einfach ein sicheres Gefühl, zu wissen, dass sie gut aussah.

Als sie Keith' Wagen die Auffahrt heraufkommen hörte, rannte sie aus dem Haus, blieb aber sekundenlang überrascht vor der Tür stehen und betrachtete verblüfft den feuerroten Sportwagen. Sie hatte gar nicht gewusst, dass Keith ein solches Auto fuhr. Ihre Brüder würden staunen, wenn sie ihnen das schrieb.

»Sie sind pünktlich«, bemerkte Keith, als sie neben ihm einstieg.

»Ich bin aufgeregt«, gestand sie ihm lachend. »Ich war noch nie bei einem Pferderennen.« Sie betrachtete das Armaturenbrett des Wagens. »Mein Gott, all die vielen Instrumente! Man muss ja ein Ingenieur sein, um dieses Ding zu fahren.«

»Wollen Sie es versuchen?«

Sie warf ihm einen schnellen Seitenblick zu. Er schien es tatsächlich ernst zu meinen. Die Versuchung, sein Angebot anzunehmen, war groß. Doch dann fiel ihr der Verkehr ein, der auf der Autobahn geherrscht hatte, als sie vom Flughafen gekommen waren. »Lieber nicht«, meinte sie. »Ich will erst einmal zuschauen.« Sie lehnte sich in ihren Sitz zurück. Nachdem sie sich einen Moment dem berauschenden Gefühl der Geschwindigkeit hingegeben hatte, schaute sie Keith prüfend von der Seite an. »Sind Sie denn warm genug angezogen?«, fragte sie mit einem Blick auf seine Jeans und das Jackett. »Es ist ziemlich kalt draußen.«

»Keine Sorge, ich habe genug an«, meinte er lächelnd. »Und jetzt erzählen Sie mir, was Ihnen bisher am besten in Amerika gefällt.«

»Der Akzent, mit dem die Leute hier reden. Er klingt so charmant.«

»Charmant?« Anscheinend fand er ihre Bemerkung sehr komisch, denn er lachte laut auf. Dabei legte er unwillkürlich die Hand auf seine Rippen.

»Haben Sie Schmerzen?«, fragte Cathleen sofort.

»Wie bitte? Oh, nein.«

»Haben Sie die Prellung mit Zauberstrauch-Tinktur eingerieben?«

Keith versuchte nicht noch einmal zu lachen. »Nein, ich konnte keine finden.«

»Sie hätten auch eine Salbe benutzen können, zum Beispiel dieselbe, mit der Sie Ihre Pferde behandeln. Oh, schauen Sie nur! All die kleinen Flugzeuge!« Als er auf das Flughafengelände fuhr, schaute sie ihn fragend an. »Was wollen wir denn hier?«

»Mit einem der kleinen Flugzeuge fliegen.«

Cathleen verspürte plötzlich ein flaues Gefühl im Magen. »Aber ich dachte, wir gingen zum Pferderennen.«

»Das tun wir auch. Das Rennen findet in Florida statt.« Keith stellte seinen Wagen ab, stieg aus und öffnete ihr die Wagentür.

Cathleen konnte ihn nur verblüfft anschauen. Viel zu aufgeregt, um etwas einzuwenden, ließ sie sich von ihm zu einer kleinen Sportmaschine führen. Die Kabine war so niedrig, dass sie beim Einsteigen den Kopf einziehen musste. Doch der Sitz, den Keith ihr zuwies, war weich und bequem. Keith setzte sich ihr gegenüber und deutete auf den Sicherheitsgurt. Nachdem sie sich angeschnallt hatte, schaltete er die Sprechanlage ein und sagte zu dem Piloten: »Wir sind so weit, Tom.«

86

»Okay, Mr. Logan. Die Wetterverhältnisse sind gut. Nur über den Carolinas ist es etwas bewölkt.«

Als der Motor angelassen wurde und das Flugzeug zu vibrieren begann, hielt sich Cathleen mit beiden Händen an der Armlehne fest. »Ist dieses Ding auch sicher?«, fragte sie misstrauisch.

»Was ist schon sicher? Das ganze Leben ist ein Glücksspiel.«

Sie bemerkte das vergnügte Blitzen in seinen Augen und versuchte, sich zu entspannen. Langsam setzte sich die Maschine in Bewegung, und nach wenigen Minuten schien der Boden unter ihnen wegzugleiten. Nachdem sie eine Weile fasziniert aus dem Fenster geschaut hatte, wandte sie sich an Keith. »Da wir gerade vom Glücksspiel sprechen«, sagte sie, »würden Sie mir eine Antwort geben, wenn ich Ihnen eine persönliche Frage stellte?«

Keith zündete sich eine Zigarette an. »Eine Antwort würde ich Ihnen auf jeden Fall geben, aber die müsste nicht notwendigerweise der Wahrheit entsprechen.«

»Haben Sie Ihre Farm wirklich beim Pokern gewonnen?«

Langsam blies er eine Rauchwolke in die Luft. »Ja und nein.«

»Das ist doch keine Antwort.«

»Ja, ich habe mit Cunningham gepokert – wir haben oft zusammen Karten gespielt –, und er hat verdammt hoch verloren. Beim Glücksspiel sollte man immer genau wissen, wann man weiterspielen und wann man aufhören muss. Er wusste es nicht.«

»Und deshalb haben Sie seine Farm gewonnen?«

Er sah ihr an, dass ihr der Gedanke gefiel. Wenn es auch nicht ganz so romantisch gewesen war, wie sie sich das vorzustellen schien. »In gewissem Sinne ja«, meinte er. »Ich habe Geld von ihm gewonnen, mehr Geld, als er zu verlieren hatte.

Er besaß nicht die Mittel, um mich oder seine anderen Gläubiger zu bezahlen. Letztendlich habe ich ihm die Farm spottbillig abgekauft.«

»Oh«, sagte sie bloß. »Dann müssen Sie ja schon vorher reich gewesen sein.«

»Ich hatte damals gerade eine Glückssträhne.«

»Man kann doch nicht mit Glücksspiel seinen Lebensunterhalt verdienen.«

»Spielen ist immer noch besser als Fußböden putzen.«

Da sie ihm in diesem Punkt nicht widersprechen konnte, schwieg sie kurz. »Haben Sie schon vorher etwas von Pferden verstanden?«, fragte sie schließlich.

»Ich wusste nur, dass sie vier Beine haben. Aber Sie lernen schnell dazu, wenn diese Tiere Ihnen ein Vermögen einbringen. Wo haben Sie gelernt, Bücher zu führen?«

»Ich war schon immer gut in Mathematik. Als man uns in der Schule die Möglichkeit bot, Buchhaltung zu lernen, besuchte ich einen Kursus und fing an, die Bücher für unseren Hof zu führen. Es sprach sich schnell herum, dass ich etwas von Buchhaltung verstand, und irgendwann ergab es sich, dass ich für Mrs. Malloy zu arbeiten anfing und wenig später für Mr. O'Donnelly. Francis Duggan, dem der Gemüsemarkt gehört, führte ich auch eine Weile die Bücher. Aber weil sich sein Sohn Donald in den Kopf gesetzt hatte, mich zu heiraten und zehn Kinder in die Welt zu setzen, musste ich diesen Job aufgeben.«

»Wollten Sie Donald Duggan nicht heiraten?«

»Und mein Leben damit zubringen, Kartoffeln und Rüben zu zählen? Nein danke. Donald verfolgte sein Ziel so hartnäckig, dass mir eines Tages nur noch die Wahl blieb, ihm entweder ein blaues Auge zu verpassen oder den Job zu kündigen. Letzteres erschien mir einfacher. Warum lachen Sie?«

»Ich musste daran denken, was für ein Glück Donald

Duggan hatte, dass Sie nicht mit dem Rechen auf ihn losgegangen sind.«

Mit schief gelegtem Kopf schaute sie ihn an. »Sie haben Glück gehabt, dass ich mich so gut beherrschen konnte.« Entspannt lehnte sie sich in ihrem Sitz zurück. »Erzählen Sie mir etwas über das Pferd, das Sie heute im Rennen haben.«

»Double Bluff ist ein zweijähriger Hengst und das geborene Rennpferd.«

»Travis sagte das auch. Er meinte, Ihr Pferd sei der beste Renner, den er in den letzten zehn Jahren gesehen hat. Stimmt das?«

»Mag sein. Auf jeden Fall werde ich mich dieses Jahr mit ihm in den großen Rennen zeigen. Der Zuchthengst, von dem er abstammt, hat seinem Besitzer über eine Million Dollar an Preisen eingebracht, und seine Mutter war ein Abkömmling eines Triple-Crown-Gewinners.« Er zog an seiner Zigarette, wobei Cathleen zum zweiten Mal die Narbe auffiel, die sich über seine Fingerknöchel zog.

»Sie scheinen sehr stolz auf ihn zu sein.«

Keith war tatsächlich stolz auf sein Pferd, eine Tatsache, die ihn immer wieder überraschte. Er zuckte die Schultern. »Er ist ein Gewinner.«

»Und was haben Sie mit dem Pferd vor, das Sie in Irland gekauft haben, das Fohlen, das Sie getreten hat?«

»Das setze ich zunächst einmal bei kleineren Rennen ein. Wenn sich meine Ahnung bestätigt, ist es in einem Jahr das Doppelte von dem wert, was ich dafür gezahlt habe.«

»Und wenn Sie sich getäuscht haben?«

»Ich täusche mich nicht oft. Und wenn, hätte sich mein Besuch in Irland trotzdem gelohnt.«

Unter seinem Blick wurde ihr etwas unbehaglich. »Als Spieler sollten Sie wissen, wie man mit Anstand verliert«, sagte sie.

»Vom Gewinnen verstehe ich mehr.«

»Woher stammt denn die Narbe, die Sie auf der Hand haben?«, fragte Cathleen unvermittelt.

Er blickte nicht auf seine Hand, wie das die meisten Leute getan hätten. Ohne sie aus den Augen zu lassen, drückte er seine Zigarette aus. »Von einer zerbrochenen Bierflasche. Es war in einer Bar außerhalb von El Paso. Ich bin damals mit meinem Spielpartner wegen einer hübschen Blondine und einer Unstimmigkeit beim Kartenspiel aneinandergeraten.«

»Haben Sie gewonnen?«

»Das Kartenspiel. Die Frau war es nicht wert.«

»Heißt das, Sie würden sich eher wegen einer Partie Poker mit jemandem schlagen als wegen einer Frau?«

»Das kommt darauf an.«

»Worauf? Auf die Frau?«

»Auf das Spiel, Cathleen. Es kommt immer auf das Spiel an.«

Als Cathleen aus dem Flugzeug kletterte, betrat sie eine fremde Welt. Keith hatte ihr zwar geraten, ihren Mantel in der Kabine zu lassen, aber mit dermaßen sommerlichen Temperaturen hatte sie nicht gerechnet.

»Palmen«, sagte sie staunend und fasste lachend nach Keith' Hand. »Das sind ja richtige Palmen.«

»Tatsächlich?«, bemerkte Keith leicht amüsiert und legte ihr den Arm um die Schultern, um sie zu dem Auto zu führen, das schon für sie bereitstand.

Cathleen bemühte sich zunächst einmal um eine gelassene Haltung, da sie ihn nicht zu weiteren Bemerkungen dieser Art herausfordern wollte. Doch nachdem sie im Wagen saß und aus dem Staunen gar nicht mehr herauskam, gab sie es auf. »Ich kann es nicht glauben«, sagte sie aufgeregt. »Es ist so warm hier, und all die Blumen! Vor zwei Wochen habe ich noch Mrs. Malloys Küche geschrubbt, und jetzt fahre ich hier spazieren.«

Keith hatte nicht geahnt, dass ihre kindliche Begeisterung ihm so viel Freude bereiten würde. Am liebsten wäre er stundenlang mit ihr herumgefahren, um ihr Lachen zu hören und ihre Fragen zu beantworten. Er hatte fast vergessen, dass es Menschen gab, die sich über all das freuen konnten, was er schon gar nicht mehr wahrnahm. Jetzt, da Cathleen über den weißen Sand staunte und die großen, luxuriösen Hotels bewunderte, erinnerte er sich wieder an die Spannung, die ihn gepackt hatte, als er diese Dinge zum ersten Mal sah.

Cathleen merkte sofort, dass Keith ein bekannter Mann auf der Rennbahn war. Die meisten Leute nickten ihnen zu, als sie über die gepflegte Rasenfläche zu den Ställen gingen. Ein großer Mann mit einem dicken Bauch und einem Strohhut auf dem Kopf eilte sogar auf sie zu, um Keith die Hand zu schütteln.

»Charlie Durnam, Cathleen McKinnon«, stellte Keith sie einander vor. »Mr. Durnam gehört eines der größten Gestüte in Lexington.«

Der Mann gab ihr die Hand und lächelte sie an. »Es ist mir ein Vergnügen, Madam, ein wirkliches Vergnügen. Logan sucht sich doch immer die hübschesten Füllen aus.«

»Ich habe nicht vor, an irgendwelchen Rennen teilzunehmen, Mr. Durnam«, bemerkte Cathleen. Sie fand den Diamanten an seinem Finger albern und den Schweißfilm auf seiner Stirn abstoßend. Trotzdem erwiderte sie sein Lächeln. In ihren Augen war der Mann ein harmloser Tölpel.

»Sie kommen wohl aus Irland?«

»Cathleen ist Adelia Grants Cousine.« Keith' Ton klang nachsichtig, aber sein Blick veranlasste Durnam, ihre Hand loszulassen.

»Na so was. Freunde der Grants sind auch meine Freunde. Großartige Leute, die Grants.«

»Vielen Dank, Mr. Durnam.«

»Ich will mir jetzt mein Pferd ansehen, Charlie«, sagte Keith zu Durnam. »Bis später.«

»Vergessen Sie nicht, einen Blick auf Charlie's Pride zu werfen!«, rief Durnam ihnen hinterher. »Damit Sie mal einen richtigen Gaul sehen.«

»Was für ein komischer Mann«, meinte Cathleen.

»Der komische Mann besitzt einen der besten Rennställe des Landes und den Ruf, jungen Mädchen nachzustellen.«

Lachend schaute sie sich nach Durnam um. »Ich kann mir nicht vorstellen, dass er viel Glück bei den Frauen hat.«

»Sie würden sich wundern, wie viel Glück man sich mit zehn oder fünfzehn Millionen erkaufen kann.« Er nickte einem Stallburschen zu. »Unsere Pferde treten heute gegeneinander an.«

Cathleen warf ihr langes Haar zurück. »Dann müssen Sie ihn eben besiegen.«

Lächelnd legte Keith ihr den Arm um die Schultern. »Genau das habe ich vor.«

Sie gingen an ein paar Ställen vorbei. Der Geruch nach Heu und Pferden war ihr ebenso vertraut wie das flaue Gefühl in der Magengrube, das sie jedes Mal überfiel, wenn sie in die Nähe eines Pferdestalles kam. Tapfer folgte sie Keith zu der Box seines Hengstes.

»Das ist Double Bluff«, sagte er.

Die Schönheit des Tieres fesselte sie zunächst. Doch als es seinen Kopf zurückwarf, erstarrte sie. »Wie groß er ist«, sagte sie. Vor Angst war ihr Mund völlig ausgetrocknet. Trotzdem zwang sie sich, noch einen Schritt näher an das Tier heranzugehen.

»Na, wirst du heute siegen?« Lachend streckte Keith die

Hand aus, um dem Hengst über die Nüstern zu streichen. Der stellte die Ohren auf und tänzelte nervös in seiner Box. »Sehen Sie, wie ungeduldig er ist? Er hasst es zu warten. Er ist ein arroganter Kerl, und ich glaube, er wird die erste Triple Crown für Three Aces gewinnen. Wie finden Sie ihn?«

»Er ist wunderschön.« Cathleen war einen Schritt zurückgetreten. »Sie können stolz auf ihn sein.«

»Kommen Sie, wir gehen in die Box«, meinte Keith und öffnete die Tür zu dem Holzverschlag. Cathleen folgte ihm mit klopfendem Herzen. Er strich dem Tier über die Flanken. »Sie sollten erleben, wie er sich aufführt, wenn man ihm einen Sattel auflegt. Er möchte am liebsten gleich lospreschen. Er ist so ungeduldig, dass man ihn vom Starttor zurückhalten muss.«

Als hätte es seine Worte verstanden, fing das Tier wieder nervös an zu tänzeln und mit den Hufen zu stampfen. Und dann wieherte es plötzlich laut auf. Sie hörte Keith gerade noch lachen, dann nahm Cathleen gar nichts mehr wahr. Sie war vor Schreck in Ohnmacht gefallen.

Als Cathleen aufwachte, saß sie auf dem Stallboden. Jemand hatte den Arm um sie gelegt. Sie spürte, wie ihr etwas Kühles, Nasses über die Lippen rann. Sie schluckte automatisch und schlug dann die Augen auf.

»Was ist passiert?«

»Das möchte ich auch wissen.« Keith' Stimme klang rau. Behutsam streichelte er ihre Wange.

»Wahrscheinlich hat sie zu viel Sonne abbekommen.«

Cathleen blickte über Keith' Schulter. Sie sah einen blonden Haarschopf und das Gesicht eines jungen Mannes. Hastig griff sie die Erklärung des Stallburschen auf. »Er hat recht. Ich bin die Sonne nicht gewöhnt. Aber es geht mir schon wieder besser.« Sie wollte aufstehen, doch Keith hielt sie zurück.

»Bleiben Sie sitzen«, befahl er. Und an den Stallburschen gewandt, fügte er hinzu: »Vielen Dank, Bobby. Ich kann mich jetzt allein um Miss McKinnon kümmern.«

»Jawohl, Mr. Logan. Seien Sie vorsichtig, Miss, und bleiben Sie im Schatten.«

Cathleen war die Situation so unangenehm, dass sie einen Moment lang die Augen schloss. »Es tut mir schrecklich leid«, sagte sie verlegen. »Ich weiß gar nicht, wie mir das passieren konnte.«

»Gerade ging es Ihnen noch gut, und in der nächsten Minute lagen Sie auf dem Boden.« Und nichts hatte ihm jemals einen solchen Schrecken eingejagt. »Sie sind noch immer blass. Kommen Sie, wir setzen uns ein wenig in den Schatten.«

Sie ließ sich von ihm beim Aufstehen helfen und wollte schon erleichtert aufatmen, als Double Bluff seinen Kopf aus der Box streckte und so laut wieherte, dass die Stalltür vibrierte.

Mit einem unterdrückten Schrei warf sich Cathleen in Keith' Arme und klammerte sich an ihn.

Keith brauchte nicht lange, um die Zusammenhänge zu erfassen. »Ach, du liebe Zeit, Cathleen, warum haben Sie mir nicht gesagt, dass Sie Angst vor Pferden haben?«

»Ich habe keine Angst vor Pferden.«

»Unsinn«, erwiderte er, nahm sie auf den Arm und trug sie aus dem Stall.

»Sie brauchen mich nicht zu tragen. Ich habe mich heute schon genug blamiert.«

»Halten Sie den Mund.« Erst als sie sich in sicherem Abstand von den Ställen befanden, setzte er sie unter einer Palme ab. »Wenn Sie mir doch nur etwas davon gesagt hätten«, meinte er vorwurfsvoll. »Mir ist fast das Herz stehen geblieben vor Schreck.«

»Eine Strafpredigt kann ich jetzt am allerwenigsten gebrauchen.« Am liebsten wäre sie aufgesprungen und davongelaufen. Doch sie wusste, sie war noch zu unsicher auf den Beinen. Außerdem gab es nichts zu sagen. »Ich dachte, es würde mir nichts mehr ausmachen.«

»Da haben Sie sich offenbar getäuscht.« Weil sie noch immer so blass und verängstigt aussah, lenkte er ein. »Warum erzählen Sie mir nicht, was es mit dieser Angst auf sich hat?«

»Weil es kindisch ist.«

»Ich würde es trotzdem gern erfahren.«

»Wir hatten einmal zwei Ackergäule, große kräftige Tiere.« Sie zögerte kurz. Schlimmer konnte es nicht mehr kommen. Sie hatte sich bereits so lächerlich gemacht, dass sie ihm ruhig die ganze Geschichte anvertrauen konnte. »Wir waren mit den Pferden auf dem Feld, als ein Unwetter aufzog. Brian spannte das eine Pferd aus, um es in den Stall zurückzuführen. Es donnerte und blitzte, und die Tiere waren schrecklich nervös. Während Joe den zweiten Gaul ausspannte, hielt ich das Tier am Zaumzeug fest und versuchte, es zu beruhigen. Es ging alles so schnell, dass ich keine Möglichkeit hatte auszuweichen. Ein Blitz musste das Tier erschreckt haben. Jedenfalls bäumte es sich plötzlich auf. Ich sehe noch heute seine Hufe über meinem Kopf.« Ein Zittern lief durch ihren Körper. »Ich fiel hin, und es überrannte mich.«

»Das ist ja schrecklich«, sagte Keith und fasste nach ihrer Hand.

»Ich hatte Glück. Die Verletzungen waren nicht allzu schlimm. Ich kam mit ein paar gebrochenen Rippen und Prellungen davon. Aber seit dem Tag kann ich mich nicht mehr in die Nähe eines Pferdes wagen, ohne in Panik zu geraten.« Sie strich sich das Haar aus dem Gesicht. »Dee und Travis wollen mir so gern die Ställe zeigen, und ich muss jedes Mal eine neue Ausrede erfinden.«

»Warum sprechen Sie nicht offen mit ihnen über Ihre Ängste? Es ist doch verständlich, dass Sie nach diesem Unfall Angst vor Pferden haben.«

»Vielleicht«, sagte sie seufzend und wich seinem Blick aus. Verlegen zupfte sie an einem Grashalm. »Bitte erzählen Sie ihnen nichts davon.«

Er fasste sie beim Kinn und drehte ihr Gesicht so, dass sie ihn anschauen musste. Wie verletzbar sie in diesem Moment aussah. Er fand es zunehmend schwerer, ihr zu widerstehen. »Sie sollten sich nicht dauernd den Kopf darüber zerbrechen, was andere Leute über Sie denken«, sagte er. »Ich weiß zum Beispiel, dass Sie als Tellerwäscherin gearbeitet haben und dass Sie beim Anblick eines Pferdes in Ohnmacht fallen. Aber ich mag Sie trotzdem.«

»Wirklich?« Zögernd lächelte sie ihn an.

»Ich mag Sie sogar sehr.« Er war es einfach nicht gewohnt, sich Zurückhaltung aufzuerlegen, wenn es um seine Bedürfnisse ging. Unvermittelt beugte er sich über sie. Sie wollte ihn abwehren, als sie seine Lippen auf ihrem Mund spürte. Doch statt ihn wegzustoßen, legte sie die Hand auf seine Schulter und hielt ihn fest.

Bis jetzt hatten seine Küsse sie jedes Mal aufgewühlt. Doch dieser Kuss war anders. Er beruhigte sie und gab ihr ein Gefühl von Sicherheit. Vielleicht lag es an dem sanften Druck seiner Finger in ihrem Nacken oder daran, dass ihre Lippen sich so weich unter seinen anfühlten und so angenehm prickelten.

Keith wollte sie ganz eng an sich ziehen, sie auf seinem Schoß wiegen und ihr alberne kleine Zärtlichkeiten ins Ohr flüstern. Er hatte diesen Wunsch noch nie zuvor bei einer Frau gehabt. Es war ein Bedürfnis, das ihn verunsicherte und zugleich beglückte.

Er löste sich sanft von ihren Lippen, ließ Cathleen jedoch nicht los. »Ich bringe dich nach Hause.«

Da er sie so selbstverständlich duzte, beschloss Cathleen, auf die vertrauliche Anrede einzugehen. Nach all seinen Zärtlichkeiten brauchte sie wirklich nicht bei dem steifen Sie zu bleiben. Selbst wenn er ihr Arbeitgeber war.

»Nach Hause?«, erwiderte sie. »Aber ich möchte doch das Rennen sehen!« Sie stand auf. »Es geht mir schon wieder besser, bestimmt, Keith, ich schwöre es dir. Wir können unmöglich zurückfliegen, ohne das Rennen gesehen zu haben. Das Biest da drüben in dem Stall wird doch sicher gewinnen, nicht wahr?«

»Ich habe eine Menge Geld auf Double Bluff gesetzt«, meinte Keith mit zuversichtlichem Lächeln.

»Dann werde ich auch auf ihn setzen.«

Lachend ergriff er ihre Hand. »Na gut. Gehen wir zu den Tribünen.«

Die Zuschauerbänke hatten sich bereits gefüllt. Es war nicht zu übersehen, dass Keith auch hier, unter dem eleganten Rennpublikum, ziemlich bekannt war. Immer wieder nickten ihm schöne junge Frauen zu. Keith erwiderte ihre Grüße freundlich, aber zurückhaltend. Von ihrem Platz in der ersten Reihe aus konnte Cathleen sehr gut das braune Oval der Rennbahn und die Rasenfläche in der Mitte sehen, auf der zwischen tropischen Blumen rosa Flamingos standen. Langsam füllten sich auch die gegenüberliegenden Tribünen.

»Möchtest du ein Bier?«, fragte Keith.

Cathleen nickte abwesend. Sie merkte kaum, dass Keith aufstand. Fasziniert beobachtete sie das Geschehen ringsum. Gerade hatte sie Durnam entdeckt, der mit einer jungen Frau sprach, die geradezu unanständig knappe Shorts trug. Während sie ihn beobachtete, fiel ihr die große schwarze Tafel im Hintergrund auf, auf der bereits die Nummern für das erste Rennen aufleuchteten.

»Du musst mir erklären, was das alles bedeutet«, bestürmte sie Keith, noch bevor er sich wieder gesetzt hatte. »Damit ich weiß, wie das mit dem Wetten funktioniert.«

»Wenn ich dir einen Tipp geben darf, dann warte bis zum dritten Rennen und setz dann auf die Nummer fünf.«

»Warum?«

»Das Pferd läuft für Royal Meadows. Es hat gute Aussichten, das Rennen zu gewinnen.«

»Wirst du auch auf dieses Pferd setzen?«

»Nein. Ich warte, bis Double Bluff läuft.«

Cathleen lehnte sich zurück, um gespannt die Ansagen für das erste Rennen zu verfolgen. »Crystal Maiden klingt hübsch«, sagte sie zu Keith.

»Mit hübschen Namen gewinnt man kein Rennen. Gib dein Geld nicht leichtfertig aus, Cathleen.«

Wieder verfolgte sie fasziniert das Geschehen. Als die Pferde zu den Starttoren geführt wurden, beugte sie sich gespannt vor. »Wie schön sie sind«, meinte sie bewundernd. Obwohl sie sich in sicherem Abstand von den Tieren befand, flößten ihr die Pferde gehörigen Respekt ein. Irgendwie war sie erleichtert, als Keith seine Hand auf ihre legte.

Unter seinen Fingern spürte er ihren heftigen Pulsschlag. Er ahnte, dass ihr Herzklopfen ebenso auf Erregung und Spannung wie auf Angst zurückzuführen war. Erneut fiel ihm ihre Widersprüchlichkeit auf. Als die Starttore geöffnet wurden, umklammerte sie seine Hand.

»Was für ein Lärm«, murmelte sie, während ihr Herz fast ebenso laut hämmerte wie die Pferdehufe auf der Rennbahn. Bis zur letzten Minute verfolgte sie atemlos das Rennen.

»Das war das schönste und spannendste Schauspiel, das ich je erlebt habe«, sagte sie zu Keith, als es vorüber war. Sie legte die Hand auf ihre Brust. »Ich habe noch immer Herzklopfen. Du brauchst nicht über mich zu lachen«, meinte sie

98

vorwurfsvoll, musste jedoch im nächsten Augenblick selbst lachen. »Was für ein Erlebnis! Beim nächsten Rennen will ich auf irgendein Pferd setzen.«

Keith trank einen Schluck Bier. »Ich sagte dir doch, du sollst bis zum dritten Rennen warten.«

Als es so weit war, bestand sie darauf, die Wette selbst zu platzieren. Sorgfältig steckte sie den Wettschein ein. Nachdem sie sich wieder neben Keith gesetzt hatte, sprach sie über nichts anderes als ihre Wette. »Es macht mir ja nichts aus zu verlieren«, meinte sie lachend. »Aber gewinnen ist mir lieber.« Kaum war der Startschuss gefallen, sprang sie auf und beugte sich über das Geländer. »Welches Pferd ist es?«, fragte sie aufgeregt und fasste Keith bei der Hand, um ihn zu sich an die Brüstung zu ziehen.

»Das vierte auf der Innenbahn.«

Eine Weile beobachtete sie das Tier und feuerte es immer wieder an. »Es läuft gut, nicht wahr?«, rief sie erfreut, als das Pferd aufholte. »Oh, schau, es wird immer schneller!«

»Freu dich nicht zu früh, Cathleen. Das Rennen ist noch nicht entschieden.«

»Aber es holt auf!« Lachend deutete sie auf das Pferd. »Es liegt schon auf dem zweiten Platz.«

Plötzlich schwoll der Lärm um sie herum an. Zurufe aus dem Publikum übertönten den Kommentar des Ansagers. Beides drohte im Donnern der Pferdehufe unterzugehen. Cathleen war außer sich vor Erregung.

»Es hat die Führung übernommen!«, rief sie. »Schau doch nur!« Lachend warf sie sich in Keith' Arme. »Ich habe gewonnen!« Sie gab ihm einen stürmischen Kuss. »Wie viel?«

»Selbstsüchtige kleine Hexe«, bemerkte er amüsiert.

»Mit Selbstsucht hat das nichts zu tun. Ich freue mich einfach, dass ich gewonnen habe. Stell dir doch nur vor, ich kann Dee erzählen, dass ich auf ihr Pferd gesetzt und gewonnen habe. Wie viel?«

99

»Fünfzig Dollar.«

»Fünfzig Dollar?« Sie lachte entzückt. »Das nächste Bier gebe ich aus.« Sie fasste nach seiner Hand. »Wann ist dein Pferd an der Reihe?«

»Im fünften Rennen.«

»Gut. Da bleibt mir ja noch ein wenig Zeit, mich etwas zu erholen.«

Sie kaufte ihm ein Bier, und weil sie so guter Stimmung war, spendierte sie sich und ihm noch zwei Hotdogs. So verschwenderisch war sie bisher nur gewesen, als sie einmal einen Tag auf der Kirmes verbracht hatte. Aber war dieses Rennen mit seinen vielfältigen Eindrücken, den Farben, den Gerüchen, dem Lärm nicht auch ein einziger großer Jahrmarkt? Als das fünfte Rennen angekündigt wurde, hatte sie einen zweiten Wettschein in der Tasche und Keith' Sonnenbrille auf der Nase.

»Ich wünsche mir so sehr, dass Double Bluff gewinnt«, sagte sie und biss in ihren Hotdog. »Was ist es für ein Gefühl, ein Vollblutpferd aus einem berühmten Gestüt zu besitzen?«

»Es ist ungefähr so, wie eine teure Geliebte zu haben, die man bei Laune halten und mit Geld überschütten muss, um vielleicht mit ein paar wenigen glücklichen Momenten belohnt zu werden.«

Cathleen hatte für diese Äußerung nur Verachtung übrig. »Was für ein Blödsinn.«

Nachdenklich beobachtete Keith, wie sein Pferd durch das Starttor preschte. Ja, was für ein Gefühl war es? Was empfand er, der einmal ein armer Teufel aus New Mexico gewesen war, als da unten sein mit einer sechsstelligen Ziffer bewertetes Pferd im gestreckten Galopp vorbeizog? Es war unglaublich. So unglaublich, dass er es nicht beschreiben konnte. Er wollte auch nicht darüber nachdenken. Denn wer sagte ihm, dass nicht schon morgen alles wieder verloren war?

Und wenn schon? dachte er. Er hatte bereits früh eingesehen, dass man sich nie an etwas klammern durfte. Obwohl er nicht vorgehabt hatte, Three Aces selbst zu führen, widmete er der Farm längst seinen vollen Arbeitseinsatz. Dass er an dem Anwesen hing, war auch nicht geplant gewesen. Schon seit vier Jahren lebte er jetzt auf Three Aces. Viel zu lange für einen Mann wie ihn.

Er hatte bereits daran gedacht, einen Manager einzustellen und sich abzusetzen, vielleicht einen längeren Urlaub in Monte Carlo oder San Juan zu verbringen. Aber stattdessen war er nach Irland geflogen und mit Cathleen zurückgekommen.

Das Seltsame war, dass es ihn seitdem weder nach Monte Carlo noch in irgendein anderes Spielkasino zog. Es fiel ihm immer leichter, an einem festen Platz zu bleiben und nur an eine Frau zu denken.

»Du hast gewonnen!« Plötzlich lag Cathleen an seiner Brust und umarmte ihn lachend. »Double Bluff hat mit zwei oder drei Längen gewonnen. Oh, Keith, ich freue mich so für dich.«

»Wirklich?« Er hatte das Rennen, das Pferd und die Wette völlig vergessen.

»Natürlich. Ich finde es toll, dass dein Pferd gewonnen hat.« Sie lächelte ihn mutwillig an. »Schließlich hat es mir auch etwas eingebracht.«

Sie konnte nicht weitersprechen, weil er sie plötzlich an sich zog, um sie hart und leidenschaftlich zu küssen. Cathleen blieb keine Zeit zum Protestieren. Seine Leidenschaft war so mitreißend, dass ihr die Knie weich wurden und sie seinen Kuss rückhaltlos erwiderte.

6. Kapitel

Cathleen war verwirrt. Sie konnte sich Keith' Verhalten ihr gegenüber einfach nicht mehr erklären. Der Tag, den sie zusammen auf dem Rennplatz verbracht hatten, war so schön gewesen. Keith hatte sich so liebevoll um sie gekümmert. Und jetzt, da sie wieder zu Hause waren, ließ er sich kaum mehr bei ihr blicken. Seit ihrem Ausflug nach Florida hatten sich ihre Arbeitstage in eintönigem Trott aneinandergereiht. Sie sagte sich zwar immer wieder, dass dieses neue Leben ganz nach ihrem Wunsch verlief, dass sie ein gutes Gehalt bezog und täglich neue Erfahrungen sammelte, aber leider wurde sie ihre seltsame Unruhe dadurch nicht los. Immer häufiger kam es vor, dass sie die Tür anstarrte und sich wünschte, sie würde aufgehen und Keith würde eintreten.

Sie versuchte sich einzureden, dass ihre Gefühle für ihn nur oberflächlich waren. Er brachte sie zum Lachen, vermittelte ihr neue Eindrücke und konnte nett und freundlich sein, wenn ihm danach zumute war.

Jede Frau musste solch einen Mann mögen, ohne dabei gleich ihr Herz an ihn zu verlieren, ihn küssen, ohne sich sofort in ihn zu verlieben. Und doch wusste sie, dass sie viel zu oft an ihn dachte, dass Keith ihr ernsthaft gefährlich werden konnte.

Nun habe ich mich aber lange genug von Cathleen ferngehalten, dachte Keith, als er aus den Ställen kam und zum Haus ging. Er war ihr ausgewichen, weil sie seine Gefühlswelt völlig durcheinandergebracht hatte. Normalerweise war er ein nüchtern denkender Mensch, der seine Emotionen stets unter

Kontrolle hatte. Jetzt verunsicherten ihn seine zwiespältigen Gefühle, die zwischen Verlangen und Zurückhaltung hin und her pendelten.

Immer wieder musste er daran denken, wie sie ausgesehen hatte, als sie auf der Tribüne stand und das Rennen verfolgte. Aufgeregt und aufregend war sie gewesen, sprühend vor Lebendigkeit, eine Frau ganz nach seinem Geschmack. Dann wieder sah er sie blass und verängstigt auf dem Stallboden sitzen, hilflos und schutzbedürftig. Keith wollte sich nie mit einer Frau belasten, die er beschützen und umsorgen musste. Und doch begehrte er Cathleen. Sie war nicht der Typ Frau, mit der man sich eine Nacht amüsierte, um sie dann zu verlassen. Trotzdem wollte er sie. Begriffe wie Zuhause oder Verantwortung waren ihm immer fremd gewesen. Alles, was seine Freiheit einschränkte, lehnte er ab. Aber er musste Cathleen besitzen. Und er hatte sich lange genug Zurückhaltung auferlegt.

Als er ihr Büro betrat, machte sie gerade eine Eintragung ins Hauptbuch. Cathleen wusste, dass er es war, sie spürte es. Trotzdem schaute sie nicht auf, sondern zwang sich dazu, erst ihre Eintragung zu beenden, bevor sie ihn begrüßte.

»Hallo. Ich habe dich lange nicht gesehen.«

»Ich war beschäftigt.«

»Das dachte ich mir. Ich merke es an dem Papierkram auf meinem Schreibtisch. Ich habe gerade die Rechnung des Tierarztes vor mir liegen. Sind die Fohlen gesund?«

»Es sieht so aus.«

»Und einen neuen Stallburschen hast du eingestellt.«

»Um diese Dinge kümmert sich der Pferdetrainer.«

Cathleen hob die Brauen. Wenn er vorhatte, sich als Gutsherr aufzuspielen, dann betrachtete sie die Unterhaltung als beendet. Sie nahm ihren Bleistift. »Falls du nicht irgendetwas Bestimmtes mit mir besprechen möchtest, würde ich jetzt gern weiterarbeiten.«

103

»Komm mit«, sagte er knapp.

»Wie bitte?«

»Ich sagte, du sollst mit mir kommen.« Bevor sie protestieren konnte, hatte er sie beim Arm gefasst und von ihrem Stuhl hochgezogen. »Wo ist dein Mantel?«

»Warum? Was hast du vor?«

Statt einer Antwort drückte er ihr den Mantel in die Hand, den er zusammengelegt auf einem Stuhl entdeckt hatte. »Zieh ihn an«, befahl er und zog sie zur Tür.

»Ich kann mich nicht anziehen, wenn du meinen Arm festhältst«, sagte sie vorwurfsvoll, während sie versuchte, sich seinem schnellen Schritt anzupassen. Daraufhin ließ er sie zwar los, aber nur so lange, bis sie ihren Mantel übergezogen hatte. Gleich darauf fasste er sie wieder beim Arm, um mit ihr durch den Innenhof zur Haustür zu eilen. »Keith, was ist bloß in dich gefahren?«, protestierte sie. »Wenn du mir etwas zeigen willst, komme ich auch freiwillig mit. Du musst mich nicht so am Arm zerren.«

»Wie lange arbeitest du jetzt schon für mich?«

»Drei Wochen.«

»Und in diesen drei Wochen bist du kaum aus deinem Büro herausgekommen.«

»Ich bin schließlich hier, um zu arbeiten.«

»Ist dir jemals der Gedanke gekommen, dass du deine Arbeit gar nicht richtig verstehen kannst, wenn du nicht weißt, wo das Geld herkommt und wo es hingeht?«

»Was gibt es da zu verstehen? Solange die Zahlen stimmen, ist doch alles in Ordnung.«

Er wusste nicht, was er ihr darauf antworten sollte. Womit sollte er den Wunsch, ihr seinen Besitz zu zeigen, erklären? Er wusste ja selbst nicht genau, weshalb ihm so viel daran lag, sie einzubeziehen, ihr all das, was ihm gehörte, näherzubringen.

Cathleen strich sich eine Haarsträhne aus dem Gesicht und

schaute zu ihm auf. Er wirkte verschlossen. Irgendwie schien ein Schatten über seinen Zügen zu liegen. »Hast du Sorgen?«, fragte sie. »Beschäftigt dich irgendetwas?«

»Nein«, erwiderte er knapp, fast abwehrend. »Ich habe keine Sorgen.« Nur Bedürfnisse, fügte er im Stillen hinzu. Bedürfnisse, die ihm dermaßen zusetzten, dass er kaum mehr klar denken konnte. Was passierte mit einem Mann, dessen Gedanken sich nur noch um eine einzige Frau drehten?

Während Cathleen schweigend neben Keith herging, betrachtete sie aufmerksam ihre Umgebung. Sie sah die vielen lila Krokusse auf den nassen, zum Teil noch mit Schnee bedeckten Wiesen, die sanften Hügel, die von den letzten Strahlen der schon tief stehenden Sonne beschienen wurden. Sie betrachtete die Ställe, deren weiß gestrichenes Holz leuchtete, die Pferdekoppeln und den Reitplatz, auf dem gerade ein junges Pferd zugeritten wurde.

»Wie schön dieses Stück Land ist«, sagte sie leise. »Bist du nicht stolz darauf, dass es dir gehört?«

Keith hatte bisher nie darüber nachgedacht. Aber jetzt, da sie ihm diese Frage stellte, blieb er stehen und schaute sich nachdenklich um. Ja, es war wirklich schön, und all das gehörte ihm. Vielleicht lag es an Cathleen, dass er langsam zu verstehen begann, warum er nach vier Jahren immer noch hier war. Er fasste sie bei der Hand. »Komm mit, ich möchte dir etwas zeigen.«

Sie kamen zu den Ställen, wo es nach Pferden und nassem Gras roch. Zu ihrer großen Erleichterung ging Keith an ihnen vorbei zu einer Pferdekoppel, wo eine Stute mit ihrem rotbraunen Fohlen stand.

»Dies ist der jüngste Bewohner von Three Aces.«

Vorsichtig näherte sich Cathleen der Umzäunung. »Sie sind so niedlich, wenn sie jung sind, nicht wahr?« Sie überwand

105

ihre Angst vor der Stute und beugte sich über den Zaun, um das Fohlen näher zu betrachten. Die Luft war mild, und man spürte, dass der Frühling nicht mehr weit war. Es war zwar nicht so grün hier wie in Irland, aber die Landschaft war ihr vertraut. Auf einmal fühlte sie sich richtig heimisch. Lächelnd beobachtete sie, wie das Fohlen bei der Mutter trank. »Wenn das mein Bruder Joe sehen könnte«, sagte sie. »Er liebt Tiere.«

»Fehlt dir deine Familie sehr?«

»Es ist seltsam, sie nicht mehr jeden Tag zu sehen. Ich wusste gar nicht …« Sie zögerte. »Wenigstens bekomme ich nur gute Nachrichten von zu Hause.« Gedankenverloren betrachtete sie das Fohlen, das auf unsicheren steifen Beinen in der Koppel herumlief. »Wenn ich morgens aufwache, denke ich jedes Mal, ich muss ins Hühnerhaus hinuntergehen. Aber hier gibt es keine Hühner.« Das Fohlen kam an den Zaun, um sie zu beschnuppern. Ohne nachzudenken, streckte Cathleen die Hand aus und kraulte es zwischen den Ohren.

»Hättest du denn gern Hühner?«

»Ich glaube, ich kann auch ganz gut ohne Hühner leben«, erwiderte sie lachend. Erst jetzt fiel ihr auf, dass sie das Fohlen streichelte. Sofort wollte sie die Hand zurückziehen, doch Keith hielt sie fest und legte sie auf den Kopf des Fohlens zurück.

»Manchmal überwindet man seine Ängste am besten, wenn man sie in kleinen Schritten angeht«, meinte er. »Und der Kleine ist doch solch ein zutrauliches Kerlchen.«

»Vielleicht hast du recht, auch wenn ich seiner Mutter nicht so recht traue.« Das Fohlen steckte seinen Kopf durch den Zaun und knabberte an ihrem Mantel. »Den darfst du nicht essen«, sagte Cathleen lachend. »Es ist der einzige, den ich mitgebracht habe.« Nach wenigen Minuten hatte das Fohlen kein Interesse mehr an ihr und ging wieder zu seiner Mutter. »Wird es einmal ein Champion werden?«, fragte Cathleen.

»Wenn ich Glück habe, ja.«

Cathleen trat von der Umzäunung zurück. Die Hände in die Manteltaschen gesteckt, schaute sie zu ihm auf. »Warum hast du mich hierhergebracht?«

»Ich weiß es nicht.« Keith hatte vergessen, dass seine Stallburschen und Farmarbeiter ihn beobachten konnten. Als er die Hand an ihre Wange legte, dachte er nur an Cathleen. »Ist das denn so wichtig?«

War sie bereits so weit, dass eine Berührung von ihm genügte, um sie aus der Fassung zu bringen? Cathleen spürte, wie sie feuchte Handflächen bekam. »Ich glaube, ich sollte lieber ins Haus zurückgehen«, sagte sie.

»Du hast heute schon eine Angst überwunden. Warum bewältigst du nicht gleich noch eine?«

»Ich habe keine Angst vor dir.« Die Behauptung stimmte sogar. Ihr heftiges Herzklopfen hatte nichts mit Angst zu tun.

»Vielleicht nicht«, meinte er versonnen und legte ihr die Hand in den Nacken, um sie an sich zu ziehen. Dafür hatte er Angst, Angst davor, dass ihm die Kontrolle entglitt, dass sie mit ihm machen konnte, was sie wollte.

Sie sehnte sich so nach ihm. Aber sie wollte dieser Sehnsucht nicht nachgeben. »Du darfst mich nicht noch einmal so küssen wie neulich«, wehrte sie ihn ab.

»Okay. Dann küsse ich dich eben anders.«

Spielerisch knabberte er an ihren Lippen. Sie spürte seine Zähne, die feuchte Wärme seiner Zunge. Unwillkürlich legte sie die Hand an seine Wange. Es war ihr einfach nicht möglich, seinen Zärtlichkeiten zu widerstehen. Niemals hätte sie geglaubt, dass er auch geduldig und liebevoll sein konnte. Einladend öffnete sie die Lippen. Nein, sie hatte keine Angst vor ihm. Was er ihr gab, war so überwältigend, dass sie es beglückt annahm. Seufzend legte sie den Kopf zurück, damit er sich nehmen konnte, wonach ihn verlangte.

Keith musste sich eisern beherrschen, um sie nicht auf der Stelle an irgendeinen verschwiegenen Ort zu entführen, wo sie sich gegenseitig ihre Leidenschaft beweisen konnten. Er presste seine Lippen auf ihren Mund und stellte sich vor, Cathleens nackten Körper zu streicheln, ihre weiche Wärme auf seinem Körper zu spüren. Sie schmeckte so gut, sie war so voller Leidenschaft, so voller Hingabe. Er wollte mehr als nur ihren Mund. Als sie leise aufseufzte, wusste er, dass er nicht länger warten konnte.

»Ich möchte, dass du heute Nacht bei mir bleibst«, flüsterte er und zog sie noch enger an sich.

»Ich soll bei dir bleiben?« Sie war so benommen, dass sie den Sinn seiner Worte nicht sofort erfasste. Verträumt schaute sie ihn an. Die brennende Leidenschaft in seinem Blick erstaunte sie.

»Ja, heute Nacht. Und nicht nur heute Nacht. Verdammt, kannst du nicht endlich ganz zu mir ziehen?«

Ein erregendes Prickeln überlief sie. Sein rauer Befehl, der Ausdruck in seinen Augen hatte etwas in ihr berührt, obwohl sie im nächsten Augenblick wütend wurde. »Ich soll mit dir zusammenziehen?« Nur mit Mühe gelang es ihr, ruhig zu bleiben. »Du willst, dass ich mit dir unter einem Dach lebe, mit dir esse, in deinem Bett schlafe und außerdem für dich arbeite?«

»Ich will dich bei mir haben. Ich wollte es vom ersten Tag an. Das weißt du ganz genau.«

»Ja, vielleicht wusste ich es. Aber ich habe mich mit dir nur auf ein Arbeitsverhältnis geeinigt.« Sie warf den Kopf zurück, jedoch diesmal nicht aus Hingabe. Ja, sie war bereit gewesen, die Gefühle zu akzeptieren, die er in ihr weckte. Aber sie war nicht bereit, ihre Prinzipien dafür aufzugeben. »Glaubst du etwa, ich werde deine Geliebte und lasse mich von dir aushalten?«

»Ich habe doch überhaupt nicht gesagt, dass ich dich aushalten will.«

»Nein, du willst nichts geben, sondern nur nehmen. Du willst dich amüsieren, und wenn du genug hast, dein Vergnügen woanders suchen. Aber sosehr ich dich auch begehren mag, Keith Logan, ich bin keine Frau, die sich dafür hergibt, die Geliebte eines Mannes zu werden.« Cathleen war verletzt und gekränkt, auch wenn sie sich sagte, dass er es nicht wert war. Sie riss sich von ihm los und stellte sich angriffslustig vor ihn. »Wenn ich dich küsse, dann tue ich das, weil es mir Spaß macht. Aber ich werde nicht in deinem Haus leben und meinen und den Namen meiner Familie aufs Spiel setzen. Und jetzt muss ich arbeiten, und du gehst mir am besten aus dem Weg – falls du deinen Männern nicht erklären willst, warum sie diese Woche keinen Lohn bekommen haben.«

Damit drehte sie sich um und eilte davon. Nachdenklich lehnte sich Keith an den Zaun der Pferdekoppel. Jeder andere Mann hätte es aufgegeben. Doch er beschloss, abzuwarten. Irgendwann würde er dieses Spiel schon gewinnen.

Auch wenn ihr nicht nach Feiern zumute war, konnte sich Cathleen den Vorbereitungen für die Party ihrer Cousine kaum entziehen. Ihre Stimmung war auf dem Nullpunkt. Was hätte man von einem Mann wie Keith Logan anderes erwarten sollen, dachte sie, während sie einen silbernen Servierteller polierte. Hatte sie vielleicht auf eine romantische Liebeserklärung gehofft? Nein, bei ihm reichte es nur zu einem knappen Befehl: Pack deine Koffer und beeil dich gefälligst. Aber mit ihr konnte er so nicht umspringen!

Sie drehte den Teller um und betrachtete nachdenklich einen Moment ihr Spiegelbild. Er spielte doch nur mit ihr. Hatte sie das nicht von Anfang an gewusst? Nun, was er konnte, das konnte sie schon lange. Sie würde einfach den Spieß

109

umdrehen und zur Abwechslung einmal mit ihm spielen. Und zwar würde sie gleich heute Abend damit anfangen. Es würden genug Junggesellen zu der Party kommen, auch der, dem ihre Rachegelüste galten.

»Wie lange willst du eigentlich noch schmollen?«, fragte Dee, die auf der anderen Seite des Tisches die Gläser und das Silber sortierte.

»Überhaupt nicht mehr.«

»Gut. Wir haben nämlich nur noch zwei Stunden Zeit, bevor die ersten Gäste kommen. Hast du vielleicht etwas auf dem Herzen, worüber du mit mir sprechen möchtest?«

»Nein.«

»Womöglich etwas, das mit deiner schlechten Laune in den vergangenen zwei Wochen zu tun hat?«

Cathleen stützte das Kinn in die Hände. »Die amerikanischen Männer sind noch unhöflicher und arroganter als die irischen.«

Dee kam um den Tisch herum, um ihr die Hand auf die Schulter zu legen. »Hat Keith dich irgendwie verärgert?«

»Das kann man wohl sagen.«

Dee musste über den angriffslustigen Ton ihrer Cousine lächeln. »Ja, er hat so eine gewisse Art«, bemerkte sie hintergründig.

»Eine Art, die mir nicht zusagt.«

»Dann brauchen wir uns auch nicht den Kopf darüber zu zerbrechen«, meinte Dee leichthin. »Machen wir uns lieber für die Party zurecht.«

Cathleen nickte und stand auf. Sie sah dem Fest mit gemischten Gefühlen entgegen. Schon als Dee das Silber herausgelegt und die Kristallgläser bereitgestellt hatte, war sie misstrauisch geworden. Als dann kistenweise Champagner angeliefert wurde und der Partydienst die exotischsten Delikatessen ins Haus brachte, wurde ihr klar, dass Dee einen besonderen Abend plante. Noch nie hatte sie so viele Blumen gesehen. In großen Wannen wurden sie ins Haus geschleppt und überall kunstvoll arrangiert.

»Das reinste Irrenhaus, nicht wahr?«, meinte Dee, als sie zusammen die Treppe hinaufgingen. Sie führte Cathleen in ihr Schlafzimmer, wo sie eine große, flache Schachtel vom Bett nahm und ihr reichte. »Hier, das ist für dich.«

»Was ist das?«

»Ein Geschenk. Komm, nimm es endlich.«

»Du brauchst mir keine Geschenke zu machen.«

»Ich weiß. Ich tue es auch nur, weil es mir Freude macht. Wir alle wollten dir eine Freude machen. Betrachte es als eine Art Willkommensgeschenk.«

»Ich möchte ja nicht undankbar erscheinen, aber …«

»Gut. Dann tu so, als ob es dir gefällt, auch wenn es vielleicht nicht ganz dein Geschmack sein sollte.« Sie setzte sich aufs Bett und deutete auf die Schachtel »Mach sie auf. Ich bin gespannt, was du dazu sagst.«

Cathleen zögerte kurz, legte aber schließlich die Schachtel aufs Bett und nahm den Deckel ab. Unter Lagen von dünnem weißem Papier schimmerte smaragdgrüne Seide. »Oh«, sagte sie staunend, »was für eine herrliche Farbe.«

»Willst du das Kleid nicht herausnehmen?«, fragte Dee. »Ich bin so neugierig, wie es dir steht.«

Mit den Fingerspitzen berührte Cathleen die Seide, bevor sie das Kleid vorsichtig aus der Schachtel nahm. Es hatte einen tiefen Ausschnitt und einen langen, engen Rock. Dee stand auf, um es ihrer Cousine anzuhalten.

»Ich wusste es«, sagte sie strahlend. »Ich war sicher, dass es dir steht. Oh, Cathleen, du wirst umwerfend darin aussehen.«

»Es ist das schönste Kleid, das ich je gesehen habe.« Fast andächtig strich Cathleen über den Stoff. »Es fühlt sich richtig verführerisch an.«

111

Lachend trat Dee einen Schritt zurück. »Und es wird auch verführerisch aussehen. Den Männern werden die Augen aus dem Kopf fallen.« Sie drückte Cathleen die Schachtel in die Hand. »Komm, zieh es an, mach dich fertig.«

Cathleen küsste ihre Cousine auf beide Wangen. Dann drückte sie sie kurz und fest an sich. »Vielen Dank, Dee. Ich bin gleich fertig.«

»Lass dir Zeit.«

»Nein, ich will das Kleid so schnell wie möglich anziehen, damit ich es länger tragen kann.«

Als Keith bei den Grants vorfuhr, war die Stimmung auf der Party bereits großartig. Eigentlich hatte er gar nicht kommen wollen, sondern vorgehabt, nach Atlantic City zu fahren und ins Spielkasino zu gehen. Am Roulettetisch hätte er seine schlechte Laune am besten abreagieren können. Da wäre er wenigstens in einer vertrauten Umgebung gewesen. Die Gutsbesitzer mit ihrem alten Geld und ihrer Arroganz gegenüber jedem Außenstehenden interessierten ihn nicht.

Nur um die Grants nicht vor den Kopf zu stoßen, war er schließlich doch noch gekommen. Die Tatsache, dass er Cathleen auf der Party treffen würde, hatte seinen Entschluss nicht beeinflusst. Das versuchte er sich jedenfalls einzureden. Seit ihrem letzten Zusammensein war er zu der Überzeugung gelangt, dass der Funke zwischen ihnen zwar ein kurzes Strohfeuer entfacht hatte, doch inzwischen erloschen war. Er sagte sich, dass das überwältigende und beunruhigende Gefühl von tieferen Empfindungen nur in seiner Einbildung existiert hatte.

Travis öffnete ihm. »Dee hat sich schon Sorgen um dich gemacht«, begrüßte er seinen Freund.

»Ich hatte noch einiges zu erledigen.«

»Irgendwelche Probleme?«

»Nein, keine Probleme.« Aber wenn er wirklich keine Probleme hatte, warum war er dann so angespannt, warum schien jeder Muskel in seinem Körper zu vibrieren?

»Ich glaube, du kennst fast jeden hier«, sagte Travis, während er ihn ins Wohnzimmer führte.

»Das ist ja ein wahrer Volksauflauf«, meinte Keith und ließ seinen Blick über die Menge schweifen, um nach einer ganz bestimmten Person Ausschau zu halten.

»Dee hat sich mal wieder selbst übertroffen, und zwar in jeder Hinsicht«, bemerkte Travis und deutete unauffällig zum anderen Ende des Raumes.

Als Keith seinem Blick folgte, sah er, was Travis mit dieser Bemerkung gemeint hatte. Er hatte nicht gewusst, dass Cathleen so aussehen konnte, so kühl und sexy und weltgewandt. Sie trank Champagner und flirtete über den Rand ihres Sektglases hinweg mit Lloyd Pentel, dem Erben einer der ältesten und angesehensten Farmen in Virginia. Rechts und links von ihr standen zwei Männer, die er ebenfalls kannte. Auch sie stammten aus alteingesessenen Familien, hatten die besten Schulen besucht und wussten, wie man einer Frau den Hof macht. Als sich einer von ihnen zu ihr hinüberbeugte, um ihr etwas ins Ohr zu flüstern, spürte Keith, wie sein Blut in Wallung geriet.

Mitfühlend, aber auch ein wenig belustigt, legte Travis seinem Freund die Hand auf die Schulter. »Willst du ein Bier?«

»Einen Whiskey.«

Er kippte das erste Glas in einem Zug herunter. Der Whiskey brannte ihm zwar angenehm in der Kehle, entspannte ihn jedoch nicht. Das zweite Glas trank er etwas langsamer.

Cathleen wusste, dass Keith sie beobachtete. Mit weiblichem Instinkt hatte sie seine Anwesenheit gespürt, kaum dass er den

113

Raum betreten hatte. Jetzt flirtete sie mit Lloyd Pentel und all den anderen Männern, die ihr den Hof machten, und versuchte sich einzureden, dass sie sich großartig amüsiere. Dabei schaute sie immer wieder verstohlen zu Keith hinüber und musterte abschätzend die Frauen, die sich um ihn bemühten.

Er hätte mich wenigstens begrüßen können, dachte sie verärgert. Aber das war wohl zu viel verlangt. Er schien mehr Interesse an der langbeinigen Blondine zu haben als an guten Manieren. Als Lloyd Pentel sie zum Tanzen aufforderte, willigte sie sofort ein. Zwar drückte er sie viel zu eng an sich, aber sie tat so, als merke sie es nicht. Ihr kam es nur darauf an, Keith zu beobachten.

Muss sie sich von dem Typ so anfassen lassen? dachte Keith gereizt. Und verdammt noch mal, wo hatte sie dieses Kleid aufgetrieben? Er stellte sein Glas ab, um sich eine Zigarette anzuzünden. Sie war es nicht wert, dass er sich über sie aufregte. Wenn sie ein Kleid tragen wollte, das schlichtweg unmoralisch war, wenn sie mit ihrem Augenaufschlag den jungen Pentel verrückt machte, dann war das ihre Sache.

Nein, verflucht, er konnte es nicht zulassen! Keith drückte die Zigarette aus und ging auf die Tanzfläche. Die Blondine, die gerade versucht hatte, sich an ihn ranzumachen, schaute ihm verständnislos nach. »Pentel«, sagte er zu dem jungen Mann, »ich muss Ihnen Cathleen einen Moment entführen. Wir haben etwas Geschäftliches zu besprechen.« Dabei drängte er sich zwischen die beiden, und bevor Cathleen wusste, wie ihr geschah, tanzte sie mit Keith.

»Was bist du bloß für ein unhöflicher, schamloser Mensch, Keith Logan«, sagte sie tadelnd, obwohl sie insgeheim entzückt über seinen Überfall war.

»Solange du dieses Kleid trägst, solltest du nicht andere Leute als schamlos bezeichnen.«

»Gefällt es dir?«

»Ich möchte wissen, was dein Vater dazu sagen würde.«

»Du bist nicht mein Vater.« Ihr Lächeln hatte etwas Provozierendes. »Was wolltest du mit mir besprechen, Keith?« Er hatte sie nicht halb so eng an sich gezogen wie Lloyd, aber umso deutlicher spürte sie die Anziehungskraft, die er auf sie ausübte.

»Du hast dich verändert, Cathleen. Wo ist das junge Mädchen geblieben, das mit mir über mondbeschienene Felder tanzte?«

Sie schaute ihn an. »Was willst du damit sagen?«

»Du bist eine ehrgeizige Frau, die hoch hinauswill.« Es machte ihn verrückt, ihr so nahe zu sein, den Duft ihres Haars und ihrer Haut einzuatmen. Sie roch genauso wie damals, als er sie in dem dunklen Geräteschuppen in den Armen hielt und der Regen aufs Dach trommelte.

»Na und?«, fragte sie schnippisch.

»Lloyd Pentel wäre keine schlechte Wahl. Er kann dir all das geben, was offenbar so wichtig für dich ist. Pentel ist jung und reich und nicht annähernd so gerissen wie sein Vater. Eine intelligente Frau könnte ihn mühelos um den kleinen Finger wickeln.«

»Wie nett von dir, mich darauf hinzuweisen.« Ihre Stimme klang kalt. »Warum sollte ich mich mit dem Jungen begnügen, wenn ich den Alten haben kann? Lloyds Vater ist Witwer.«

Keith verzog den Mund zu einem dünnen Lächeln. »Du verlierst keine Zeit, was?«

»Du auch nicht. Die dünne Blondine drüben schmollt immer noch, weil du sie allein gelassen hast. Es muss schmeichelhaft sein, wenn sich die Frauen dermaßen um dich reißen.«

»Es ist nicht ohne Reiz.«

»Dann geh doch zu deinen Verehrerinnen zurück.« Sie wollte sich von ihm losmachen, doch er presste seine Hand so hart auf ihren Rücken, dass ihre Körper sich berührten.

Sofort spürte Cathleen eine erregende Spannung zwischen ihnen. »Lass mich in Ruhe!«, zischte sie wütend, als er ihre Hand festhielt.

»Ich bin nicht bereit, dieses Spielchen noch länger mitzumachen«, erwiderte er nicht weniger aufgebracht und zog sie von der Tanzfläche. Bevor sie etwas einwenden konnte, hatten sie das Wohnzimmer verlassen und standen in der Diele.

»Was hast du vor?«

»Wir gehen. Wo ist dein Mantel?«

»Ich gehe nirgendwohin!«

Er achtete nicht auf ihren Protest, sondern zog kurzerhand sein Jackett aus und legte es ihr um die Schultern, bevor er die Haustür öffnete und sie mit sich hinauszog. Vor seinem Wagen blieb er stehen. »Steig ein«, befahl er.

»Ich denke nicht daran.«

Er packte sie bei den Schultern, um sie hart und rücksichtslos zu küssen. Ihr erster Gedanke war zu fliehen. Doch dann flammte so unvermittelt das Verlangen in ihr auf, dass jeglicher Widerstand im Keim erstickt wurde.

»Steig ein, Cathleen«, sagte er noch einmal.

Zögernd blieb sie einen Augenblick stehen. Sie wusste, dass er sie trotz aller Entschlossenheit zu nichts zwingen würde. Die Entscheidung lag bei ihr. Langsam öffnete sie die Wagentür und stieg ein.

7. Kapitel

Den Blick fest auf den Lichtstrahl der Scheinwerfer gerichtet, saß Cathleen neben Keith im Auto. Ihr Herz klopfte so heftig, dass sie glaubte, es müsste meilenweit zu hören sein. Hatte sie den Verstand verloren? Wie kam sie dazu, alle Vorsicht, jegliche Vernunft einfach zu vergessen? Warum sagte sie Keith nicht, dass er anhalten und sie zurückbringen sollte?

Cathleen verkrampfte ihre Finger im Schoß, bis die Knöchel weiß hervortraten. Nicht, weil sie daran zweifelte, dass Keith auf sie hören würde, wenn sie protestierte. Nein, der Grund für ihr Schweigen war ein anderer. Sie hatte nämlich nicht nur den Verstand, sondern auch ihr Herz verloren.

Wobei das eine wahrscheinlich ebenso schlimm war wie das andere. Es war Wahnsinn, einen Mann wie ihn zu lieben. Aber sie liebte ihn. Sie liebte ihn mit einer Leidenschaft, die sie nie für möglich gehalten hätte, mit einer Wildheit, die an Verzweiflung grenzte. Es war eine Liebe, die sie nicht glücklich machte, sondern wehtat.

Dabei hatte sie sich die Liebe immer ganz anders vorgestellt. Wärme, Zärtlichkeit und Geborgenheit hatte sie erwartet, nicht diesen Machtkampf, diese wahnsinnigen Gefühle. Sie hatte versucht, Empfindungen zu analysieren – Zärtlichkeit hatte sie nicht dabei entdeckt. Vielleicht spiegelten ihre Gefühle die seinen wider. Sie warf ihm einen schnellen Seitenblick zu. Nein, er hatte nichts Weiches, Liebevolles. Mit finsterem Blick schaute er starr geradeaus.

Cathleen presste die Lippen zusammen. Wahre Liebe musste nicht romantisch oder sentimental sein. Nur Träumer

117

verfielen diesem Irrtum. Hatte sie nicht von vornherein gewusst, dass ihre Liebe zu Keith niemals einfach und unkompliziert sein konnte? Sie wünschte sich doch gar keine normale Beziehung. Trotzdem hätte sie gern ihre Hand auf seine gelegt und ihm irgendwie gezeigt, wie tief ihre Gefühle für ihn waren und was sie ihm zu geben bereit war. Aber dazu war sie zu stolz. Bemüht, die Realität nicht aus den Augen zu verlieren, sagte sie sich, dass ihre Gefühle für ihn nicht zwangsläufig auf Gegenseitigkeit beruhen mussten.

Warum wurde er das Gefühl nicht los, dass sich in seinem Leben etwas einschneidend veränderte? Als Keith die Lichter seines Hauses in der Ferne auftauchen sah, schrak er zusammen. Er begehrte Cathleen, er begehrte sie mehr, als er es sich eingestehen mochte. Heute Nacht würde er sein Verlangen endlich stillen. Sie hatte kein Wort mit ihm gesprochen. Bedeutete er ihr so wenig? Wie konnte sie ihrer ersten Liebesnacht mit ihm so gelassen entgegensehen?

Was empfand sie? Was ging nur in ihr vor? Merkte sie nicht, dass jeder Tag, jede Stunde mit ihr ihn dem Abgrund näher brachte? Welcher Grenze näherte er sich, die er noch nie überschritten hatte? Welche Konsequenzen würde es für ihn und auch für sie haben, wenn er diese Grenze überschritt?

Was soll diese quälende Fragerei, dachte er und bremste. Ohne Cathleen eines Blickes zu würdigen, stieg er aus und knallte die Tür hinter sich zu.

Cathleen folgte ihm mit weichen Knien. Sie holte tief Luft und betrat das Haus.

Warum sagt er nichts? dachte sie, als sie hinter ihm die Treppe hinaufging. Bestand diese Spannung immer zwischen zwei Liebenden, wenn sie zusammenkamen? Ihre Hand auf dem Treppengeländer war eiskalt. Wie schön wäre es gewesen, wenn sie ihre Hand in seine hätte legen können, damit er sie wärmte. Aber dieser Wunsch war natürlich kindisch. Sie war schließlich kein kleines Mädchen, das Trost und Wärme brauchte, sondern eine erwachsene Frau.

Keith wünschte sich ein Lächeln von ihr, irgendeine vertrauliche Geste, als er die Tür zu seinem Schlafzimmer öffnete. Doch nachdem er sie hinter ihr geschlossen hatte, blieb Cathleen stocksteif stehen, um ihn mit erhobenem Kopf und trotzigem Blick anzuschauen.

Okay, dachte er. Wenn sie keine Zärtlichkeit braucht, kann ich ebenfalls darauf verzichten. Schließlich waren sie erwachsene Menschen, die beide dasselbe wollten. Er sollte froh sein, dass sie keinen Wert auf Liebesschwüre legte, die sowieso nie eingehalten wurden.

Hart zog er sie an sich. Ihre Blicke trafen sich, und dann lag sein Mund auf ihrem, und die Gelegenheit, ruhige Worte und zärtliche Liebkosungen auszutauschen, war endgültig verpasst.

Seine Leidenschaft muss mir genügen, sagte sich Cathleen, während ihre eigenen Gefühle des Begehrens hell aufloderten. Denn mehr würde er ihr nie geben. Nur weil sie diese Tatsache akzeptierte, vermochte sie ihm alles zu geben. Sie schmiegte sich an ihn, damit er nahm, was ihm längst gehörte. Sie öffnete die Lippen, erwiderte hingebungsvoll seinen heißen, fordernden Kuss. Als seine Hände über ihren Rücken strichen, als sich seine Finger in ihre Hüften gruben, drängte sie sich noch enger an ihn. Er würde sie in das Geheimnis der Liebe einweihen. Zumindest auf diesem Gebiet hatte sie volles Vertrauen zu ihm.

Keine Frau hatte es je verstanden, ihn dermaßen zu erregen. Eine Berührung von ihr genügte, um ihm den Verstand zu rauben. Wenn sie ihn küsste, konnte er sich einen glücklichen Moment lang der Vorstellung hingeben, der Einzige zu sein.

Eine Nacht mit ihr hätte ihm genügen sollen. Doch wie ein Rauschmittel verwirrte sie sein Denken, und er spürte, wie sehr er sie brauchte.

119

Keith öffnete den Reißverschluss ihres Kleides, sie schmiegte sich an ihn und flüsterte unverständliche Worte. Er bemerkte ihre Erregung, aber nicht, dass sie verlegen war. Ihr Zittern hielt er für Leidenschaft. Als er sie ausgezogen hatte und sie nackt vor ihm stand, nahm er sich rücksichtslos, was er begehrte. Seine rauen Zärtlichkeiten weckten zugleich Verlangen und Panik in ihr. Kein Mann hatte sie je so berührt, keiner diese beinahe schmerzhafte Sehnsucht in ihr ausgelöst.

Zusammen fielen sie aufs Bett. Er schob sich über sie und streichelte sie, wo noch nie jemand sie berührt hatte. In ihre Erregung mischte sich die Angst vor dem Neuen, Unbekannten. Schwindlig vor Verlangen, bog sie sich ihm entgegen. Sie verstand nicht, was mit ihr passierte, ihr Körper schien einer anderen zu gehören. Etwas Zeit, nur einen kurzen Augenblick, ein ermutigendes Wort, eine zärtliche Berührung hätte genügt. Aber es war zu spät. Die Leidenschaft überwältigte sie beide.

Ohne ihre Lippen freizugeben, streifte Keith sich das Hemd über die Schultern. Er konnte es nicht abwarten, ihre nackte Haut auf seinem Körper zu spüren. Wie oft hatte er sich diesen Moment ausgemalt, diese stumme, wilde Vereinigung herbeigesehnt. Cathleen murmelte seinen Namen. Es war ein atemloses, verzweifeltes Flüstern, das ihm fast die Besinnung raubte. Hastig zog er seine Hose aus. Er war so erregt, dass er nicht mehr klar denken konnte.

Ihr Körper schien unter seinem zu glühen, und mit jeder Bewegung, die er machte, wurde Keith rasender vor Verlangen. Sie grub ihre Fingernägel in seine Schultern, und während er seinen Mund auf ihre Lippen presste, nahm er sie hart und unvermittelt.

Cathleen zitterte am ganzen Körper. Zusammengerollt lag sie am äußersten Ende des großen Bettes. Neben ihr starrte Keith schweigend in die Dunkelheit. Unschuldig, dachte er. *Mein Gott, sie ist unschuldig gewesen.* Und er hatte sie rücksichtslos und ohne jede Zärtlichkeit genommen. Er hätte es wissen müssen. Aber sie hatte seine Küsse so bereitwillig erwidert, mit solcher Leidenschaft auf ihn reagiert, dass er angenommen hatte, eine erfahrene Frau vor sich zu haben. Nicht im Traum wäre er auf die Idee gekommen, dass sie noch nie mit einem Mann geschlafen hatte.

Mit beiden Händen strich er sich übers Gesicht. Er hatte es nicht gesehen, weil er ein Narr gewesen war. Wenn er sich die Mühe gemacht hätte, etwas näher hinzuschauen, hätte er die Unschuld in ihrem Blick erkannt. Wahrscheinlich wollte er nichts sehen. Jetzt hatte er ihr wehgetan. Zwar war er noch nie ein besonders geduldiger oder rücksichtsvoller Liebhaber gewesen, doch er hatte noch nie eine Frau verletzt. Denn die Frauen, mit denen er bisher zusammen gewesen war, kannten die Spielregeln. Cathleen kannte sie nicht. Niemand hatte sie ihr beigebracht.

In einem unbeholfenen Versuch, sich irgendwie bei ihr zu entschuldigen, berührte er ihr Haar. Doch sie zog sich nur noch mehr zurück.

Sie wollte nicht weinen. Die Augen fest geschlossen, versuchte sie, die Tränen zurückzuhalten. Die Situation war ohnehin schon demütigend genug. Was würde er erst von ihr denken, wenn sie jetzt auch noch heulte wie ein kleines Kind? Aber wie konnte sie wissen, dass Sex nichts mit Liebe zu tun hatte?

Das Schlimmste war, dass er nicht die richtigen Worte fand. Keith setzte sich auf und zog die Decke hoch, die ans Fußende des Bettes gerutscht war, um sie damit zuzudecken. Während er nach Worten suchte, strich er ihr sanft übers Haar. »Es tut mir leid, Cathleen.« Verdammt, fiel ihm denn nichts Besseres ein?

»Du brauchst dich nicht zu entschuldigen.« Sie vergrub das Gesicht im Kopfkissen und hoffte, dass er schwieg. Mitleid und Entschuldigungen konnte sie im Moment am allerwenigsten vertragen.

»Ich wollte dir nur sagen, dass ich nicht ... so rücksichtslos hätte sein dürfen.« Zauberhaft, dachte er. Wirklich eine tolle Entschuldigung. »Ich hatte keine Ahnung, dass du noch nie ... dass es das erste Mal für dich war. Wenn ich es gewusst hätte, wäre ich ...«

»... davongelaufen?«, fragte sie und setzte sich auf.

Er erriet ihre Absicht und fasste sie beim Arm, noch ehe sie aus dem Bett springen konnte. »Ich kann verstehen, dass du wütend auf mich bist.«

»Auf dich?« Sie musste sich dazu zwingen, ihn anzuschauen. Es war so dunkel, dass sie seine Züge nur schattenhaft erkennen konnte. Sie hatten sich im Dunkeln geliebt wie zwei Fremde. Vielleicht sollte sie dankbar sein für die Dunkelheit, in deren Schutz sie ihren Schmerz und ihre Enttäuschung vor ihm verbergen konnte. »Warum sollte ich denn auf dich wütend sein? Auf mich bin ich wütend.«

»Wenn du es mir gesagt hättest ...«

»Dir gesagt hätte?« Wieder kamen ihr die Tränen. Doch in ihrem Ton schwang Spott. »Natürlich. Ich hätte es dir sagen sollen. Wann und wo? Im Bett vielleicht? ›Oh, übrigens, Keith, ich mache das heute zum ersten Mal.‹ Ich möchte nicht wissen, wie du darauf reagiert hättest.«

Er musste über ihre Worte lächeln, obwohl sie zusammenschrak, als er ihr wieder übers Haar streichen wollte. »Zugegeben, der Zeitpunkt wäre etwas unpassend gewesen.«

»Es ist nun mal geschehen, und es hat keinen Sinn, hinterher in Wehklagen darüber auszubrechen. Ich möchte jetzt nach Hause gehen, bevor ich mich noch mehr blamiere.«

»Geh noch nicht, bitte.« Es fiel ihm schrecklich schwer,

diese Bitte auszusprechen, und es erstaunte ihn, dass es ihm überhaupt gelang. »Dass wir uns geliebt haben, war kein Fehler. Nur wie wir es gemacht haben, war falsch. Und das ist allein meine Schuld.« Damit sie sich nicht erneut von ihm abwenden konnte, fasste er sie beim Kinn. »Bitte, Cathleen«, sagte er eindringlich, »lass mich meinen Fehler wiedergutmachen.«

»Das brauchst du nicht.« Sein liebevoller Ton wirkte beruhigend auf sie. »Ich sagte dir doch, dass ich dir keinen Vorwurf mache. Sicher, es war das erste Mal für mich. Aber ich bin doch kein Kind. Ich bin freiwillig mit dir gegangen.«

»Und jetzt bitte ich dich, bei mir zu bleiben.« Er nahm ihre Hand und zog sie an die Lippen. Als er wieder aufschaute und ihren überraschten Blick bemerkte, hätte er sich ohrfeigen können. »Ich werde dir ein heißes Bad einlassen«, sagte er unvermittelt.

»Ein heißes Bad?«, wiederholte sie verständnislos.

Die Rolle des fürsorglichen Liebhabers war ihm unbehaglich. »Es wird dich entspannen«, sagte er knapp.

Als er in dem angrenzenden Raum verschwand, konnte Cathleen ihm nur verblüfft hinterherschauen. Was war nur plötzlich in ihn gefahren? Sie wickelte sich in ihre Decke und stand auf. Gleich darauf kam Keith im Bademantel aus dem Bad zurück. Sie hörte an dem Rauschen, dass er tatsächlich Wasser in die Wanne laufen ließ. Und noch etwas bemerkte sie. Er schien irgendwie verunsichert zu sein.

»Geh, leg dich in die Badewanne. Es wird dir guttun. Möchtest du irgendetwas? Soll ich dir eine Tasse Tee bringen?«

Cathleen schüttelte nur stumm den Kopf. Verwirrt ging sie ins Bad und stieg in die Wanne. Das heiße Wasser hatte tatsächlich eine entspannende Wirkung. Ihre Verkrampfung löste sich fast sofort, und der Schmerz verschwand auch allmählich. Mit geschlossenen Augen legte sie sich zurück.

123

Wenn sie doch nur jemanden gehabt hätte, dem sie sich anvertrauen konnte. Sie hatte so viele Fragen. Sie liebte Keith, aber sie fühlte sich leer und unerfüllt, nachdem sie mit ihm geschlafen hatte. Sicher, seine Berührungen, seine Leidenschaft, sein nackter Körper auf ihrem – all das war erregend gewesen. Aber die Wärme, das Glücksgefühl, die Zufriedenheit waren ausgeblieben. Wahrscheinlich war es ihr Problem, wenn sie zu viel von der Liebe erwartet hatte. Nur Dichter und Träumer versprachen ein überschäumendes Glück. Aber sie war weder das eine noch das andere, sondern eine praktisch denkende Frau, die sich von schönen Worten und Wunschvorstellungen nicht blenden ließ.

Keith hatte recht gehabt. Das heiße Bad tat ihr gut. Sie empfand keine Reue mehr. Wenn sie heute Nacht ihre Unschuld verloren hatte, dann, weil sie es wollte. Sie hatte das getan, was ihre Eltern ihr beigebracht hatten: immer auf ihre Gefühle zu hören. Entschlossen stieg sie aus der Badewanne. Sie hatte ihre Kräfte zurückgewonnen. Ohne Tränen, ohne Verlegenheit oder Vorwürfe würde sie Keith gegenübertreten.

Da Cathleen keinen Bademantel finden konnte, wickelte sie sich in ein Handtuch und ging ins Schlafzimmer.

Keith hatte Kerzen angezündet und sie im ganzen Zimmer verteilt. Verblüfft blieb Cathleen an der Tür stehen und starrte in das gedämpfte Licht. Sie hörte leise, romantische Musik, die den Geruch nach Bienenwachs und Blumen zu betonen schien. Das Bett war frisch bezogen, die Decke einladend zurückgeschlagen. Während sie die Laken betrachtete, spürte Cathleen, wie sie erneut unsicher wurde.

Er sah ihren Blick, die plötzliche Panik in ihren Augen. Wieder fühlte er sich schuldig. Aber das beeinträchtigte nicht seinen Entschluss, ihr die Angst zu nehmen – und sich die Schuldgefühle. Er wollte ihr zeigen, wie wunderbar die Liebe sein konnte. »Geht es dir besser?«, fragte er und stand auf, um zu ihr zu gehen und ihr eine Rose zu geben, die er gerade aus seinem Blumengarten am Swimmingpool geholt hatte.

»Ja.« Sie nahm die Rose, zerdrückte jedoch vor Nervosität den dünnen Stängel.

»Ich habe uns eine Flasche Wein aufgemacht.«

»Das ist lieb von dir, aber ich …« Cathleen brachte kein weiteres Wort heraus, als er sie plötzlich in die Arme nahm. »Keith …«

Liebevoll küsste er ihre Stirn. »Du brauchst keine Angst zu haben, ich werde dir nicht wehtun.« Er nahm sie auf die Arme und trug sie vorsichtig zum Bett. Dann holte er zwei mit Wein gefüllte Gläser. Lächelnd stieß er mit ihr an.

Cathleen nippte ein wenig an dem köstlich schmeckenden Getränk. »Was für ein schönes Zimmer«, bemerkte sie schließlich, nur um irgendetwas zu sagen. »Mir ist vorhin gar nicht aufgefallen, wie groß es ist.«

»Weil es dunkel war.« Keith legte ihr den Arm um die Schultern und lehnte sich zurück.

»Ich habe mich die ganze Zeit schon, seit ich hier arbeite, gefragt, wie die übrigen Räume des Hauses wohl aussehen.«

»Warum hast du sie dir nicht angeschaut?«

»Ich wollte nicht neugierig erscheinen.« Wieder trank sie ein wenig von dem Wein. Was ist das für eine Musik? dachte sie. *Sie klingt so wunderbar romantisch.* »Ich habe gehört, dass Double Bluff schon wieder ein Rennen gewonnen hat. Alle sprechen nur noch von dem bevorstehenden Kentucky Derby und dass dein Pferd bestimmt siegen wird.« Sie merkte, dass ihr Kopf an seiner Schulter lag, und räusperte sich verlegen. Sie wollte sich aufsetzen und von ihm wegrücken, doch er legte die Hand auf ihren Kopf und fing an, ihr Haar zu streicheln.

»Habe ich dir schon gesagt, wie bezaubernd du heute Abend auf der Party ausgesehen hast?«, fragte er leise.

125

»Das lag an meinem Kleid. Dee hat es mir geschenkt.«

»Mir ist fast das Herz stehen geblieben.«

Darüber musste sie herzhaft lachen. »Was für ein Unsinn.«

»Du hast es sogar fertiggebracht, mich damals in diesem viel zu weiten Overall zu betören.«

Belustigt schaute sie zu ihm auf. »Bist du sicher, dass du keine irischen Vorfahren hast?«

»Ich entdeckte außerdem eine Schwäche für Frauen, die frische Wäsche von der Leine nehmen.«

»Es scheint sich da eher um eine Schwäche für Frauen im Allgemeinen zu handeln.«

»Das war einmal. Inzwischen gefallen sie mir nur noch, wenn sie sommersprossig sind.«

Unwillkürlich strich sich Cathleen über die Nase. »Wenn du vorhast, mit mir zu flirten, musst du dich schon etwas mehr anstrengen.«

»Flirten sollte immer auf Gegenseitigkeit beruhen.« Er führte ihre Hand, die noch immer die Rose festhielt, an seine Lippen und küsste sie. »Du könntest zur Abwechslung mal was Nettes über mich sagen.«

Cathleen biss sich auf die Unterlippe. »Da muss ich direkt nachdenken.« Als er spielerisch sanft in ihren Finger biss, meinte sie lachend: »Dein Gesicht gefällt mir eigentlich ganz gut.«

»Ich bin überwältigt.«

»Oh, du solltest dich geehrt fühlen. Ich bin nämlich sehr wählerisch. Du bist zwar nicht so kräftig gebaut wie Travis, aber die drahtigen Typen haben mir schon immer besser gefallen.«

»Weiß Dee eigentlich, dass du ein Auge auf ihren Mann geworfen hast?«

»Anschauen darf ich ihn doch wohl«, erwiderte Cathleen lachend.

126

»Warum schaust du nicht mich an?« Er beugte sich über sie und berührte zart ihre Lippen.

»Wie machst du das bloß?«, murmelte sie.

»Was?«

»Dass mein ganzer Körper zu prickeln anfängt und mir ganz heiß wird?«

Keith nahm ihr das Glas aus der Hand und küsste ihre Augenlider. »Gefällt dir das?«

»Ich weiß es nicht. Mach es noch einmal.«

Er strich liebevoll über ihre Wange und bedeckte ihr Gesicht mit vielen kleinen Küssen. Geduldig wartete er, bis ihre Lippen unter seinen Berührungen weich und warm wurden. Zögernd legte sie die Hand auf seine Schulter. Sie wusste inzwischen, welche Kräfte in ihm schlummerten und was geschah, wenn sie freigesetzt wurden. Und doch verhielt er sich plötzlich ganz anders. Seine Lippen waren so weich, so wunderbar zärtlich. Sie spürte, wie sein Mund auf einmal fordernder wurde, und zuckte zusammen. Sofort wurden seine Liebkosungen wieder spielerischer und sanfter.

Keith wollte dieses Mal behutsam sein, sich sehr viel Zeit lassen. Aber nicht nur ihretwegen. Auch ihm kam es darauf an, den Moment des Entdeckens, des sich Kennenlernens möglichst lange zu genießen. Er hatte noch nie das Bedürfnis gehabt, eine Frau bei Kerzenlicht und leiser Musik zu lieben. Romantik lag ihm im Allgemeinen nicht. Jetzt merkte er plötzlich, wie auch ihn diese ungewohnte Stimmung beeinflusste.

Cathleens Haut duftete so wunderbar frisch und sauber. Seine Seife roch weiblich an ihr und irgendwie geheimnisvoll. Ihr Körper war glatt und fest. Man spürte, dass sie zupacken konnte, wenn es darauf ankam. Keith gefiel ihre Stärke. Schwache, zerbrechliche Frauen hatte er noch nie attraktiv gefunden. Und doch wirkte sie verletzbar. Er spürte, wie sie vor

Angst und Nervosität bebte. Diesmal würde er vorsichtig mit ihr umgehen, ihre Unschuld und ihr Vertrauen respektieren.

Ihr Begehren war überwältigend. Cathleen hatte das Gefühl, dass ihr ganzer Körper vor Verlangen zitterte. Doch die Angst hielt sie zurück. Es ist ganz natürlich, miteinander zu schlafen, sagte sie sich. Und jetzt, da sie keine Erwartungen mehr hatte, konnte sie auch nicht enttäuscht werden. Im nächsten Augenblick nahm die Erregung ihr den Atem. Verwirrt legte sie die Hand auf seine Brust.

»Ich werde dir nicht noch einmal wehtun«, flüsterte Keith und strich ihr zärtlich das Haar aus dem Gesicht. Weshalb zitterten seine Finger dabei? Nein, er durfte jetzt nicht die Kontrolle verlieren, er musste sich beherrschen. »Ich verspreche es dir.«

Sie glaubte ihm nicht. Er sah es ihr an. Sie hatte Angst, obwohl sie bereitwillig die Arme ausbreitete. Als er sie küsste, war sein einziges Bedürfnis, ihr diese Angst zu nehmen. Keith war noch nie ein selbstsüchtiger Liebhaber gewesen, aber auch kein selbstloser. Jetzt stellte er seine Bedürfnisse zurück, um ihre zu befriedigen. Er streichelte sie nicht, um sein Begehren zu stillen, sondern um ihre Leidenschaft zu wecken. Und seine geduldigen Zärtlichkeiten bewirkten tatsächlich eine Veränderung in ihr. Er spürte, wie sich ihr Körper entspannte und nachgiebig wurde. Verträumt flüsterte sie seinen Namen.

Cathleen wartete darauf, dass er zu ihr kam, versuchte sich auf den heftigen Druck und den Schmerz einzustellen. Doch all das, wovor sie sich fürchtete, blieb aus.

Er weckte eine wunderbare Sehnsucht in ihr, eine nie gekannte Lust. Wie beim ersten Mal berührten seine Hände die intimsten Stellen ihres Körpers, doch diesmal waren seine Zärtlichkeiten anders. Liebevoll und ohne jede Hast streichelte er sie, bis sie das Gefühl hatte zu schweben. Sie spürte seine Lippen auf ihren Brüsten, und die erregenden, herrlichen Liebkosungen lösten eine Wärme in ihr aus, die sie bis in die Fingerspitzen spürte. Stöhnend schlang sie die Arme um ihn.

Sie ist wunderbar, dachte er. Während er mit den Lippen über ihre glatte Haut strich, entdeckte er Cathleens unvergleichlichen Duft. Und er ahnte, dass er ohne diesen Duft nicht mehr leben konnte. Er spürte die Bereitwilligkeit ihres Körpers und wusste, er hätte sie nehmen können und sie beide befriedigt. Doch er wollte ihr mehr geben. Deshalb küsste er sie erneut, um ihnen Zeit zu lassen, ihre Lust zu steigern.

Cathleen schmeckte den Wein auf seinen Lippen und hörte, wie er Worte flüsterte, von denen sie bisher nur geträumt hatte.

Und plötzlich war da das Glücksgefühl, von dem sie in Romanen gelesen hatte. Sie sah bunte Farben und hörte zauberhafte Klänge, und alles war genau so, wie sie es sich immer vorgestellt hatte. All ihre Hoffnungen und Erwartungen gingen in Erfüllung. Sie hatte Keith schon vorher geliebt. Jetzt spürte sie, wie sich diese Liebe vertiefte.

Behutsam zeigte er ihr, wie wunderbar die Liebe sein konnte. Die leidenschaftliche Hingabe, mit der sie darauf reagierte, entschädigte ihn tausendfach für seine Geduld. Zitternd drängte sie sich ihm entgegen. Als er sie das erste Mal auf den Höhepunkt ihrer Leidenschaft brachte, sah er das Erschrecken in ihren Augen, aber auch die Lust.

Atemlos hielt sie sich an ihm fest. Sie konnte nicht mehr denken, nur noch empfinden und fühlen. Cathleen spürte das Glück so intensiv, dass sie es kaum ertragen konnte. Als eine neue Welle der Erregung sie erfasste, bäumte sich ihr Körper auf. Konnte es wirklich noch eine Steigerung geben? Die Farben waren fast zu grell geworden, und die Lust hatte einen

129

Punkt erreicht, der an der Schmerzgrenze zu liegen schien. Sie presste sich an ihn, rief laut seinen Namen aus. Nein, es konnte keine Steigerung geben. Aber dann, als ihre Körper eins wurden, wusste sie, dass dies der Gipfel ihrer Leidenschaft war.

Cathleen bebte wie zuvor am ganzen Körper. Aber diesmal hatte sie sich nicht von Keith abgewandt. Den Kopf an seine Schulter gelegt, schmiegte sie sich an ihn. Keith hatte die Arme um sie geschlungen und hielt sie fest. Er war so benommen, dass er keine Worte fand.

Was war mit ihm passiert? Er lag doch wirklich nicht zum ersten Mal mit einer Frau im Bett. Warum hatte er plötzlich das Gefühl, dass jemand die Spielregeln verändert hatte? Er beobachtete das Schattenspiel der flackernden Kerzenflamme. Nicht irgendjemand, er selbst hatte die Regeln verändert. Gedämpftes Licht, leise Musik, zärtliche Worte. Nichts davon entsprach seinem Stil. Aber es hatte ihm gefallen, verdammt noch mal.

Bisher hatte er das Leben immer in vollen Zügen ausgekostet. Keine Frau hatte ihn halten, ihm seine Rastlosigkeit nehmen können. Jetzt wollte er plötzlich nur noch an einem Ort bleiben – solange Cathleen bei ihm war. Der Gedanke schockierte ihn. Wollte er etwa mit ihr zusammenleben? Seit wann hatte er das Bedürfnis nach Zweisamkeit? Vom ersten Augenblick an. Seit er sie zum ersten Mal gesehen hatte. Diese Erkenntnis nahm ihm fast den Atem. Er war verliebt! Er, der für keine Frau mehr als nur oberflächliches Interesse empfinden konnte, hatte sich Hals über Kopf in eine Frau verliebt, die völlig unerfahren war.

Er konnte sich nicht auf eine Beziehung einlassen, dazu war sein Leben zu unruhig. Und er liebte dieses unstete Leben. Er traf seine eigenen Entscheidungen, musste niemandem Rechenschaft ablegen. Es war seine Sache, wenn er in den Tag hineinlebte. Er hatte Pläne. Er hatte … nichts. Ohne Cathleen hatte er gar nichts.

Keith schloss die Augen. Es war verrückt, absolut verrückt. Wie konnte er wissen, ob er sie wirklich liebte? Es hatte in seinem Leben bisher nur eine Person gegeben, die er liebte. Und das lag schon lange zurück. Das Beste war, er verschwand für eine Weile. Wenn er sich und ihr einen Gefallen tun wollte, dann trat er gleich morgen früh diese Reise nach Monte Carlo an, die er schon so lange hinausgeschoben hatte. Zum Kuckuck mit der Farm, mit der ganzen Verantwortung. Er würde einfach weiterziehen, so wie er das immer getan hatte. Was hielt ihn denn schon hier?

Aber ihre Hand lag auf seinem Herzen, und er wusste, er würde nirgendwohin gehen. Aber vielleicht sollte er den Einsatz verdoppeln und seine Karten ausspielen.

»Wie fühlst du dich?«, fragte er. Lachend schlang sie ihm die Arme um den Nacken. »Ich habe das Gefühl, die begehrenswerteste Frau der Welt zu sein.«

»Damit liegst du gar nicht so falsch«, meinte er und wusste im selben Augenblick, dass jeder Versuch, gegen seine Gefühle anzukämpfen, sinnlos war. Er hatte sich bereits zu intensiv auf sie eingelassen.

»Ich wünschte, ich könnte immer so glücklich sein.« Sie schmiegte sich an ihn, bedeckte seinen Hals mit zärtlichen kleinen Küssen.

»Immer ist vielleicht zu viel verlangt. Aber ich kann versuchen, dich möglichst oft so glücklich zu machen. Sooft du willst. Gleich morgen früh werden wir deine Sachen zu mir herüberholen.«

»Welche Sachen?« Sie hielt inne, um ihn lächelnd anzuschauen.

»Deine Kleider und was du sonst noch hast. Heute Nacht

können wir sie nicht mehr holen. Wenn du morgen umziehst, reicht es auch noch.«

»Umziehen?« Sie rückte ein wenig von ihm ab. »Keith, ich habe dir schon einmal gesagt, dass ich nicht bei dir wohnen möchte.«

»Die Situation sieht doch jetzt ganz anders aus«, wandte er ein und nahm sein Weinglas vom Nachttisch. Ein Whiskey wäre ihm im Moment lieber gewesen.

»Mag sein. Aber mein Standpunkt ist derselbe geblieben. Was heute Nacht geschehen ist ...« Diese Nacht war die schönste ihres Lebens gewesen, und sie wollte sie nicht verderben, indem sie ein Streitgespräch über ihre Moralvorstellungen mit ihm anfing. »Ich werde diese Nacht nie vergessen, und ich wünsche mir, dass ein Tag kommt, an dem wir uns noch einmal so lieben werden. Aber das heißt nicht, dass ich all meine Prinzipien über Bord werfe und als deine Mätresse hier einziehe.«

»Geliebte, nicht Mätresse.«

»Du kannst es nennen, wie du willst, der Tatbestand bleibt derselbe.«

Sie wollte sich aufrichten, doch er packte sie bei den Schultern. Dabei fiel das Weinglas zu Boden und zerbrach.

»Ich brauche dich, verstehst du das nicht? Ich will dich nicht jedes Mal von den Grants wegschleifen müssen, wenn ich den Wunsch habe, eine Stunde mit dir allein zu sein.«

»Du wirst mich nirgendwohin schleifen. Glaubst du etwa wirklich, ich ziehe hier ein, damit du nach Lust und Laune deine Bedürfnisse befriedigen kannst? Geh doch einfach dorthin, wo der Pfeffer wächst, Keith Logan!«

Sie stieß ihn von sich und wollte gerade aus dem Bett springen, als sie rückwärts auf die Matratze zurückfiel. Im nächsten Moment war er über ihr. »Ich bin deine Verwünschungen langsam leid.«

»Du solltest dich lieber daran gewöhnen. Und jetzt lass mich los. Ich will nach Hause.«

»Du bleibst hier.«

Ihre Augen funkelten vor Empörung. »Du wirst mich nicht gegen meinen Willen zurückhalten.«

»Warte es ab.« Sie wand sich unter ihm, und bevor er merkte, was sie vorhatte, biss sie ihn in die Hand. Fluchend versuchte er, sie mit seinem Gewicht unter sich festzuhalten.

»Das nächste Mal beiße ich fester zu«, zischte sie. »Und jetzt lass mich gefälligst los.«

»Halt den Mund, du irischer Hitzkopf.«

»Jetzt beschimpfst du mich auch noch, was?« Ihre nächsten Worte verstand er nicht, weil sie plötzlich keltisch sprach.

Keith fand die Situation auf einmal unheimlich komisch. Selbst wenn seine Belustigung im Moment unangebracht war. »Was sollte denn das heißen?«, fragte er.

»Das war eine Verwünschung. Die Leute im Dorf sagen, meine Großmutter sei eine Hexe gewesen. Wenn du Glück hast, stirbst du schnell.«

»Damit ich dich zur Witwe mache? Ich denke nicht daran.«

»Vielleicht wirst du am Leben bleiben, aber du wirst solche Schmerzen haben, dass du dir wünschst ... Was hast du da gerade gesagt?«

»Wir werden heiraten.« Da sie schlagartig aufgehört hatte zu kämpfen, ließ er sie los, um die kleine Bisswunde an seiner Hand zu betrachten. »Wenigstens hast du gute Zähne.« Er nahm sich eine Zigarette vom Nachttisch. »Hast du nichts dazu zu sagen, Cathleen?«

»Du willst heiraten?«

»Richtig. Wir können morgen nach Las Vegas fliegen, aber das würde Dee mir niemals verzeihen. Wahrscheinlich lassen sich die nötigen Papiere auch hier innerhalb von wenigen Tagen beschaffen.«

»Innerhalb von wenigen Tagen?« Cathleen schüttelte verwirrt den Kopf. »Ich habe wohl zu viel getrunken?« Oder er ist betrunken, dachte sie. »Ich verstehe dich nicht.«

»Ich begehre dich.« Er zündete seine Zigarette an. Wahrscheinlich verstand sie ihn am besten, wenn er nüchtern und sachlich mit ihr sprach. »Du begehrst mich ebenfalls, willst aber nicht mit mir zusammenleben. Also werden wir heiraten. Es ist die einzige Lösung. Sozusagen die logische Konsequenz.«

»Die logische Konsequenz?«

»Willst du den Rest des Abends damit verbringen, meine Worte zu wiederholen?«

Wieder schüttelte sie den Kopf. Während sie sich bemühte, nach außen hin ruhig zu bleiben, versuchte sie, aus seinem verschlossenen Gesichtsausdruck wenigstens irgendetwas herauszulesen. Doch er zeigte nicht einmal einen Anflug von Gefühlen. »Warum willst du mich heiraten?«

»Ich weiß es nicht. Ich war noch nie verheiratet. Und ich habe auch nicht vor, eine Gewohnheit daraus zu machen. Dieses eine Mal sollte mir genügen.«

»Du solltest die Sache nicht dermaßen auf die leichte Schulter nehmen.«

»Ich nehme sie nicht auf die leichte Schulter.« Keith betrachtete einen Augenblick seine Zigarette und beugte sich dann vor, um sie auszudrücken. »Dies ist das erste Mal, dass ich einer Frau einen Heiratsantrag mache.«

Liebst du mich? wollte sie fragen. Doch sie hatte nicht den Mut dazu. Was hätte ihr auch eine Antwort genützt, in die er sich hineingedrängt fühlen musste? »Glaubst du, unsere Beziehung reicht als Grundlage für eine Ehe aus?«, fragte sie.

»Nein«, erwiderte er. »Aber wir passen zueinander, und wir verstehen uns. Du hast Sinn für Humor, bist intelligent, siehst wunderschön aus und wirst mir treu sein. Mehr kann ich nicht verlangen.« Mehr wagte er vor allen Dingen nicht zu verlangen. »Dafür biete ich dir all das, was du dir immer gewünscht hast: ein schönes Zuhause und ein angenehmes Leben. Und du wirst die wichtigste Person in meinem Leben sein.«

Bei seinen letzten Worten schaute sie auf. Vielleicht war es doch genug. Falls sie ihm tatsächlich etwas bedeutete. »Meinst du das ehrlich?«

»Wenn ich es nicht ehrlich meinte, hätte ich es nicht gesagt.« Er konnte dem Bedürfnis nicht widerstehen, ihre Hand zu ergreifen. »Das Leben ist ein Glücksspiel, Cathleen. Sagte ich dir das nicht schon einmal?«

»Ich glaube, ja.«

»Die meisten Ehen scheitern daran, dass jeder Partner den anderen nach seinen Vorstellungen zu formen versucht. Ich will nichts an dir verändern. Du gefällst mir so, wie du bist.«

Er zog ihre Hand an die Lippen und küsste sie, und in diesem Moment siegten ihre Gefühle über ihren Verstand. »Dann werde ich auch versuchen, dich so anzunehmen, wie du bist.«

8. Kapitel

»Das geht alles so schnell.« Dee saß in Cathleens Schlafzimmer, wo die Schneiderin gerade das Hochzeitskleid aus weißem Satin absteckte. »Bist du sicher, dass du dir nicht noch ein bisschen Zeit lassen willst?«

»Wozu?«, fragte Cathleen und schaute mit starrem Blick aus dem Fenster. Sie war überzeugt, dass sie nur träumte und die Schneiderin sie bloß aus Versehen mit einer ihrer Nadeln zu stechen brauchte, um sie in die Wirklichkeit zurückzuholen.

»Um die ganze Sache noch einmal zu überdenken.«

»Es gibt nichts zu bedenken.« Vorsichtig strich sie über das perlenbestickte Oberteil des Kleides. Wer hätte gedacht, dass sie jemals einen solchen Traum besitzen würde? Und in zwei Tagen sollte sie es anziehen und Keith' Frau werden. Ein Schauer lief ihr über den Rücken, ein Zittern, das die Schneiderin sofort missverstand und sich bei ihr entschuldigte.

»Schauen Sie in den Spiegel, Miss McKinnon. Ich glaube, die Länge wird Ihnen zusagen. Das Kleid passt wunderbar zu Ihrem Typ. Nicht jede Frau kann diesen Stil tragen.«

Mit angehaltenem Atem stellte sich Cathleen vor den hohen Ankleidespiegel. Das Kleid war ein Traum. Tausende von Perlen schimmerten auf dem matten Satin. Mit seinen engen Ärmeln, die über ihren Händen spitz zuliefen, und dem weiten, aus vielen Metern Satin gearbeiteten Rock wirkte es wie das Gewand einer Prinzessin aus dem Mittelalter.

»Es ist wunderschön, Mrs. Viceroy«, sagte Dee, nachdem ihre Cousine nur sprachlos in den Spiegel schaute. »Wir sind

Ihnen sehr dankbar, dass Sie uns das Kleid so kurzfristig liefern können.«

»Das tue ich doch gern für Sie, Mrs. Grant.« Prüfend betrachtete sie Cathleen, die noch immer in ihr Spiegelbild versunken war. »Wünschen Sie irgendeine Änderung, Miss McKinnon?«

»Nein, nicht die geringste.« Mit den Fingerspitzen berührte Cathleen vorsichtig den Rock. »Es ist das schönste Kleid, das ich je gesehen habe, Mrs. Viceroy.«

Die Schneiderin lächelte geschmeichelt. Eifrig machte sie sich am Rocksaum zu schaffen. »Ich glaube, Ihr zukünftiger Gatte wird zufrieden sein. Und jetzt lassen Sie mich Ihnen beim Umziehen helfen.«

Nachdem Mrs. Viceroy ihr beim Ausziehen geholfen hatte und Cathleen in ihrer schlichten Unterwäsche dastand, musste sie an das Märchen von Aschenputtel denken. Sie verstand auf einmal, wie dem armen Mädchen nach Mitternacht zumute war, nachdem es das Ballkleid ablegen und aus dem Königspalast verschwinden musste.

»Wenn ich Ihnen einen Vorschlag machen darf«, fuhr die Schneiderin fort, »dann tragen Sie unter dem Schleier eine schlichte Frisur. Etwas Altmodisches würde am besten zum Stil des Kleides passen. Und auf Schmuck sollten Sie weitgehend verzichten.«

Da Cathleen auf die Bemerkung der Schneiderin gar nicht einging, sondern wieder mit leerem Blick zum Fenster hinausstarrte, übernahm es Dee, sich bei der Frau zu bedanken. »Vielen Dank, Mrs. Viceroy«, sagte sie und stand auf. »Ich werde Sie nach unten begleiten.«

»Oh, nein, das ist nicht nötig. In Ihrem Zustand sollten Sie das Treppensteigen möglichst vermeiden. Ich finde den Weg schon allein. Das Kleid wird übermorgen um zehn Uhr geliefert.«

137

Übermorgen, dachte Cathleen, und wieder lief ihr ein Schauer über den Rücken. Ging es bei Keith immer nur nach dem Motto ›Jetzt oder nie‹?

»Was für eine nette Frau«, sagte Dee, nachdem sie die Schlafzimmertür hinter Mrs. Viceroy geschlossen hatte.

»Es war sehr zuvorkommend von ihr, die Anprobe hier vorzunehmen.«

»Geschäft ist Geschäft«, meinte Dee trocken und setzte sich aufs Bett. »Als die zukünftige Mrs. Logan bist du eine hochgeschätzte Kundin. Cathleen, ich freue mich natürlich sehr für dich. Aber bist du sicher, dass du diese überstürzte Heirat auch wirklich willst?«

»Wie kann ich mir sicher sein?«, erwiderte Cathleen und ließ sich aufs Bett fallen. »Ich habe schreckliche Angst. Ich komme mir vor wie eine Schlafwandlerin, die jeden Moment aus ihrem Traum aufwachen kann.«

Liebevoll drückte Dee ihre Hand. »Es ist kein Traum.«

»Ich weiß. Deshalb habe ich ja solche Angst. Aber ich liebe ihn. Ich wünschte nur, ich würde ihn besser kennen, ich wünschte, er würde mit mir über seine Familie sprechen und vor allem über sich selbst. Ich wünschte, Mutter wäre hier und der Rest der Familie. Aber … ich liebe ihn. Und das ist doch genug, oder?«

»Für den Anfang reicht es.« Dee war es schließlich nicht anders ergangen. Auch sie hatte sich Hals über Kopf in Travis verliebt. »Er ist kein einfacher Mann«, meinte sie nachdenklich.

»Aber du magst ihn doch?«

»Ich hatte von Anfang an eine Schwäche für ihn. Er hat ein gutes Herz, auch wenn er es nicht zeigt. Er ist ein harter Bursche, doch ich bin sicher, er würde der Frau, die er liebt, niemals wehtun.«

»Ich weiß nicht, ob er mich liebt.«

»Wie bitte?«

»Es macht nichts«, sagte sie hastig und stand auf, um im Zimmer auf und ab zu laufen. »Ich habe genug Liebe für uns beide.«

»Warum sollte er dich heiraten, wenn er dich nicht liebte?«

»Weil er mich begehrt.« Cathleen hielt nichts davon, ihrer Cousine etwas vorzumachen. Genauso wenig gab sie sich irgendwelchen Illusionen hin.

»Ich verstehe.« Und weil sie tatsächlich verstand, wählte Dee ihre Worte mit Bedacht. »Es ist ziemlich unwahrscheinlich, dass ein Mann eine Ehe auf bloßem Begehren gründet. Vor allem für einen Mann wie Keith. Wenn es ihm schwerfällt, die richtigen Worte zu finden, dann könnte es daran liegen, dass er nie gelernt hat, sie auszusprechen.«

»Das macht nichts. Ich brauche keine Worte.«

»Natürlich brauchst du sie.«

»Okay, du hast recht.« Seufzend wandte sie sich ab. »Aber ich kann warten.«

»Manchmal muss ein Mensch sich erst sicher fühlen, bevor er seine Gefühle äußern kann.«

»Wenn ich dich nicht hätte, Dee.« Überschwänglich fasste sie ihre Cousine bei den Händen. »Ich bin glücklich, und ich werde auch ihn glücklich machen.«

Als Cathleen zwei Tage später am Arm von Onkel Paddy auf der obersten Treppenstufe stand, bezweifelte sie, dass ihre Beine sie bis zum Innenhof tragen würden. Die Trauung und der anschließende Empfang, den Dee organisiert hatte, fanden in Keith' Villa statt. Die Kapelle stand bereit, und als die ersten Klänge des Hochzeitsmarsches ertönten, setzte sich Cathleen wie eine Schlafwandlerin in Bewegung.

Keith hatte das Gefühl, in seinem Smoking ersticken zu müssen. Wenn es nach ihm gegangen wäre, dann hätte er eine

Unterschrift auf dem Standesamt geleistet, und die Sache wäre erledigt gewesen. Dee war es, die ihn zu dieser Hochzeit überredet hatte. Eine einfache kleine Feier, hatte sie gesagt. Jede Frau habe einmal im Leben das Recht auf weiße Spitze und Blumen. Keith verzog das Gesicht. Er hatte nachgegeben, weil er nicht angenommen hatte, dass sie das Fest in so kurzer Zeit auf die Beine stellen konnte. Er hätte es besser wissen müssen. Schließlich kannte er Dee gut genug.

Die einfache kleine Feier war zu einem Volksfest geworden. Das Haus war voller Rosen, und zweihundert Leute warteten darauf, dass er und Cathleen ihre Vorstellung gaben. Dee hatte ihm einen Smoking aufgezwungen und eine fünfstöckige Hochzeitstorte bestellt, und mit dem Champagner, den man ihm ins Haus geschleppt hatte, hätte er seinen Swimmingpool füllen können. Reichte es nicht, dass er dabei war, eine Verpflichtung einzugehen, die er für den Rest seines Lebens einzuhalten gedachte? Mussten unbedingt Geigen dazu spielen?

Mit ausdruckslosem Gesicht stand er da und fragte sich im Stillen, wie er das ganze Theater überhaupt zulassen konnte. Dann sah er Cathleen.

Unter weißem Tüll schimmerte ihr Haar in einem tiefen, warmen Rot. Sie sah blass aus, doch ihr Blick begegnete seinem ohne Zögern. Sekundenlang überkam ihn Panik. Dann lächelte sie, und er streckte die Hand aus.

Ihre Finger waren eiskalt. Irgendwie fand sie es tröstlich, dass auch seine Hände kalt waren. Fest umschloss Cathleen sie und trat mit ihm vor den Pfarrer.

Es dauerte nicht lange, und sie waren Mann und Frau. Sie spürte, wie Keith ihr den Ring über den Finger streifte. Aber sie war so aufgeregt, dass sie weder den Ring noch Keith anschauen konnte. Sie wunderte sich selbst, dass ihre Hände nicht zitterten, als sie Dee den einfachen Goldring abnahm, um ihn Keith an den Finger zu stecken.

Und dann war die Zeremonie auch schon vorüber. Keith hob ihren Schleier, um beide Hände an ihre heißen Wangen zu legen. Dann küsste er sie zärtlich. Ganz leicht berührten seine Lippen ihren Mund. Als sich ihr Druck verstärkte, schlang Cathleen ihm die Arme um den Nacken und drückte ihn an sich.

Innerhalb kürzester Zeit waren sie von Gratulanten umringt, die ihnen Glück wünschten und der Braut Komplimente machten, in denen nur allzu oft ein neidischer Unterton mitschwang. Ehe sie sich's versah, wurde Cathleen von Keith' Seite gedrängt, musste wildfremden Leuten zuprosten und lächelnd tausend Fragen beantworten. Geduldig ließ sie den Rummel über sich ergehen und atmete erleichtert auf, als Keith plötzlich wieder bei ihr war und sie auf die Tanzfläche zog.

Glücklich schmiegte sie sich an ihn. »Von solch einem Tag habe ich immer geträumt«, sagte sie seufzend. »Sind wir wirklich verheiratet, oder bilde ich mir das alles nur ein?«

Er griff nach ihrer Hand. »Der Ring sieht jedenfalls echt aus.«

Sie schaute auf ihren Ringfinger hinunter – und hielt unwillkürlich den Atem an. »Oh, Keith, ist der schön.« Staunend betrachtete sie die Diamanten und Saphire, beobachtete fasziniert, wie die Steine im Licht funkelten. »So etwas hatte ich nicht erwartet.«

»Du trägst ihn doch schon seit einer Stunde. Hast du ihn dir nicht angeschaut?«

»Nein.« Es war kindisch, aber ihr kamen in diesem Moment die Tränen. »Danke«, flüsterte sie und war froh, dass in diesem Moment die Musiker eine Pause einlegten, sodass sie von der Tanzfläche verschwinden konnte, bevor sie vor Glück und Rührung in Tränen ausbrach. »Ich bin gleich wieder da«, sagte sie zu Keith und war im nächsten Augenblick die Treppe zum Obergeschoss hinaufgerannt. Sie brauchte eine Minute für sich allein, einen kurzen Augenblick, um ihr Glück zu fassen.

Sie ging in Keith' Schlafzimmer, wo sie sich aufatmend gegen die Tür lehnte. Heute Nacht würde dies ihr Zimmer sein. In diesem Bett würde sie mit Keith schlafen und morgen früh neben ihm aufwachen. Und eines Tages würde all das Neue zu einer Selbstverständlichkeit geworden sein. Nein, dachte sie und lachte leise auf. Sie würde ihr Glück nie als Selbstverständlichkeit betrachten. Ab heute sollte jeder Tag in ihrem Leben etwas Besonderes sein. Denn sie hatte einen Mann, den sie über alles liebte und zu dem sie gehörte.

Nachdem sie sich vergewissert hatte, dass ihre erhitzten Wangen sich abgekühlt hatten, öffnete sie die Tür. Draußen gingen gerade drei Frauen vorbei, die offensichtlich auf dem Weg nach unten waren. Ungewollt hörte Cathleen ihre Unterhaltung mit an.

»Warum? Wegen seines Geldes natürlich.« Die Frau, die das sagte, war auch auf Dees Party gewesen. Cathleen erinnerte sich gut an ihr schneeweißes Haar. »Schließlich kannte sie den Mann doch kaum. Aus welchem Grund hätte sie ihn sonst heiraten sollen? Du glaubst doch nicht, sie ist mit ihm nach Amerika gegangen, um hier seine Buchhalterin zu spielen?«

»Wie kann Keith nur ein so unbedarftes junges Ding heiraten, er hätte so viele Frauen aus der besseren Gesellschaft haben können.« Die Worte einer langbeinigen Blondine, die Cathleen ebenfalls kannte. Sie war neulich auf der Party keinen Schritt von Keith' Seite gewichen.

Die dritte Frau zuckte bloß die Schultern. »Ich finde, die beiden geben ein wunderbares Paar ab. Wirklich, Dorothy, ein Mann heiratet nicht ohne triftigen Grund.«

»Die Kleine muss ziemlich gerissen sein. Einen Mann zu verführen ist kein Kunststück. Aber ihn vor den Altar zu schleppen, dazu gehört schon einiges. Ich glaube jedoch nicht, dass sie ihn lange halten kann. In einem Jahr ist er fertig mit ihr. Dann wird sie eine hübsche Abfindung einstreichen – angefangen mit jenem Ring, den er ihr geschenkt hat. Er soll ihn bei Cartier bestellt haben. Angeblich hat er über zehntausend Dollar dafür bezahlt. Nicht schlecht für so ein hergelaufenes Ding.«

»Wahrscheinlich wird sie in den nächsten Monaten verzweifelt versuchen, sich gesellschaftlich anzupassen«, meinte die Blondine und befingerte prüfend ihre Frisur.

Die weißhaarige Frau machte eine wegwerfende Bewegung. »Sie passt nicht in unsere Kreise.«

Den Türknauf in der Hand, stand Cathleen da und beobachtete, wie das Trio die Treppe hinunterging. Nachdem sie ihren ersten Schock überwunden hatte, fing sie vor Wut an zu zittern. Glaubten etwa alle, sie habe Keith seines Geldes wegen geheiratet? Glaubte er es womöglich auch? Bei diesem Gedanken durchzuckte sie erneutes Erschrecken. Du lieber Himmel, war es möglich, dass er ihre Gefühle missdeutete?

Sie presste die Hände an die Wangen, die vor Erregung glühten. Konnte er tatsächlich glauben, dass ihre Gefühle nicht ihm, sondern seinem Besitz galten? Was soll er sonst glauben, dachte sie im nächsten Moment betroffen, weil ihr plötzlich klar wurde, dass sie ihm nicht ein einziges Mal ihre Gefühle gezeigt hatte. Aber das sollte sich ändern. Entschlossen verließ sie das Zimmer. Sie würde ihm beweisen, dass sie ihn um seinetwillen, nicht wegen seines großen Hauses oder der Farm geheiratet hatte.

Als sie diesmal die Treppe hinunterkam, sah sie nicht wie die süße unschuldige Braut aus. Ihre Augen blitzten. Noch gehörte sie nicht zu diesen Kreisen, aber sie würde dafür sorgen, dass sie sehr bald dazugehörte. Keith sollte stolz auf seine Frau sein.

Während sie sich zu einem Lächeln zwang, ging sie geradewegs auf die weißhaarige Frau zu.

»Ich bin so froh, dass Sie heute kommen konnten.«

Die Frau nahm ihre Worte mit einem anmutigen Nicken zur Kenntnis. »Diese Hochzeit hätte ich mir niemals entgehen lassen, meine Liebe«, erwiderte sie und nippte an ihrem Champagner. »Sie sind eine bezaubernde Braut.«

»Ich danke Ihnen. Aber wissen Sie, eine Braut ist man nur einen Tag lang, eine Frau das ganze Leben. Wenn Sie mich jetzt entschuldigen würden.« Mit wehendem Rock eilte sie durch den Raum. Obwohl Keith mit einigen Gästen zusammenstand, ging sie direkt auf ihn zu, legte ihm die Arme um den Nacken und küsste ihn, bis die Umstehenden leise Bemerkungen machten und zu lachen anfingen. »Ich liebe dich, Keith«, sagte sie. »Und ich werde dich immer lieben.«

Er hatte nicht gewusst, dass diese drei Worte ihn so zu bewegen vermochten. Lächelnd sagte er: »Ist dir diese Erkenntnis eben gekommen?«

»Nein, die kam mir schon vor einiger Zeit. Ich hatte sie dir nur noch nicht mitgeteilt.«

Keith hatte schon die Hoffnung aufgegeben, seine Gäste noch einmal loszuwerden. Wenn es freien Champagner gab, war niemand so bereitwillig zur Stelle wie die Mitglieder der oberen Zehntausend. Aber irgendwann ging auch der letzte Besucher, und Keith schloss aufatmend die Haustür.

»In den nächsten vierundzwanzig Stunden wird niemand dieses Haus betreten«, sagte er zu Cathleen, die mit verschränkten Armen in der Halle stand und auf ihn wartete.

Sie lächelte ihn an. »Ich sollte vielleicht nach oben gehen und mich umziehen.«

»Warte einen Moment.« Er kam zu ihr und fasste sie bei den Händen, um sie zurückzuhalten. »Ich habe dir noch gar nicht gesagt, wie bezaubernd du heute ausgesehen hast. Du kannst dir nicht vorstellen, wie nervös ich war, als ich da unten an der Treppe stand und auf dich wartete.«

»Du warst nervös?« Glücklich lächelnd schmiegte sie sich an ihn. »Ich war mehr als nervös. Ich hatte eine Riesenangst. Am liebsten hätte ich meine Röcke gerafft und wäre davongelaufen.«

»Dann hätte ich dich eingefangen und wieder zurückgebracht.«

»Hoffentlich. Es gibt nämlich keinen Ort, an dem ich lieber wäre als hier mit dir.«

Mit beiden Händen umfasste er ihr Gesicht. »Du hast wenig Vergleichsmöglichkeiten gehabt.«

»Das macht nichts.«

So ganz beruhigte ihn ihre Antwort nicht. Er war der einzige Mann, mit dem sie je zusammen war. Jetzt hatte er das einzig Mögliche getan, um es auch zu bleiben. Das mochte selbstsüchtig gewesen sein. Aber etwas anderes als diese verzweifelte Maßnahme war ihm nicht eingefallen. Er küsste sie, und während seine Lippen auf ihren lagen, nahm er sie auf die Arme. »Es gibt keine Schwelle, über die ich dich tragen kann.«

»Oh, doch! Dein Schlafzimmer hat eine.«

»Ich wusste von Anfang an, dass du eine Frau nach meinem Geschmack bist«, sagte er und trug sie die Treppe hinauf in sein Schlafzimmer, wo Rosa in einem Eiskübel Champagner für sie bereitgestellt hatte.

»Keith«, sagte sie, nachdem er sie auf dem Bett abgesetzt hatte. »Könntest du mich vielleicht zehn Minuten allein lassen?«

»Und wer soll dir aus dem Kleid helfen?«

»Das schaffe ich selbst. Es bringt bestimmt Pech, wenn der

145

Bräutigam der Braut beim Ausziehen hilft. Nur zehn Minuten«, wiederholte sie. »Ich beeile mich.«

»Okay«, meinte er und nahm seinen Bademantel aus dem Schrank. »Ich kann diese Zwangsjacke auch woanders ausziehen.«

»Danke.«

Keith ließ ihr keine Sekunde länger als die versprochenen zehn Minuten, aber Cathleen erwartete ihn bereits. Sie war noch immer in Weiß, doch das Gewand, das sie jetzt trug, war duftig und durchsichtig. Sie hatte ihr Haar gelöst, sodass es ihr lockig über die Schultern fiel. Leise schloss Keith die Tür hinter sich. Er vermochte den Blick nicht von ihr zu wenden.

»Ich hätte es nie für möglich gehalten, dass du noch schöner aussehen kannst als vorhin bei der Hochzeit.«

»Dies ist unsere Hochzeitsnacht, deshalb wollte ich mich ganz besonders schön für dich machen. Ich weiß, wir haben schon … wir waren schon zusammen, aber …«

»Aber dies ist das erste Mal, dass wir als verheiratetes Paar eine Nacht gemeinsam verbringen.«

»Ja.« Sie streckte beide Hände nach ihm aus. »Und ich möchte, dass du mich liebst. Ich habe jetzt noch größere Sehnsucht nach dir als zuvor. Du musst mir …« Es war albern, zu erröten. Schließlich war sie seine Frau. »Du musst mir zeigen, was ich tun soll, um dich glücklich zu machen.«

»Cathleen!« Er war so bewegt, dass ihm die Worte fehlten. Liebevoll küsste er sie auf die Stirn. »Ich habe etwas für dich.«

Als er ein Etui aus der Tasche seines Bademantels zog und es ihr reichte, strich sie sich verlegen mit der Zungenspitze über die Lippen. »Keith, du sollst dich nicht verpflichtet fühlen, mir Geschenke zu machen.«

»Ich mache mir selbst eine Freude damit. Es gibt für mich nichts Schöneres, als dich mit diesen Geschenken zu schmücken.« Weil sie sich nicht traute, das Etui zu öffnen, nahm er es ihr aus der Hand und klappte selbst den Deckel auf. Auf dunklem Samt schimmerte ein Brillantencollier mit einem großen Saphir in der Mitte.

»Oh, Keith!« Sie wäre fast in Tränen ausgebrochen, so schön war das Schmuckstück. »Es passt zu meinem Ring.«

»Es ist ja auch als Ergänzung zu deinem Ring gedacht.« Gespannt schaute er sie an. »Gefällt es dir nicht?«

»Oh, doch! Aber es ist viel zu kostbar. Ich fürchte, ich kann so etwas Wertvolles nicht tragen.«

Lachend fasste er sie bei den Schultern und führte sie zum Spiegel. »Es ist dazu da, um getragen zu werden. Siehst du?« Er legte ihr das Collier um den Hals. Der Saphir hob sich dunkel von ihrer hellen Haut und den blitzenden Diamanten ab. »Du wirst noch viel mehr Schmuck von mir bekommen. Wir können zum Beispiel auf unserer Hochzeitsreise ein paar schöne Stücke kaufen.« Er küsste sie auf den Hals. »Wo möchtest du hinfahren? Nach Paris? Oder Aruba?«

Nach Irland, dachte sie, sprach jedoch aus Angst, er könnte sie auslachen, diesen Wunsch nicht aus. »Ich glaube, wir sollten mit der Hochzeitsreise noch warten, bis die Rennsaison vorbei ist«, meinte sie zögernd. »Du darfst doch das Kentucky Derby nicht versäumen. Können wir die Reise nicht um ein paar Monate verschieben?«

»Wenn das dein Wunsch ist.« Er legte das Collier ins Etui zurück und drehte sie dann zu sich herum, damit sie ihm ins Gesicht schauen musste. »Was ist los, Cathleen? Stimmt etwas nicht?«

»Es ist alles so neu und … Oh, Keith, ich schwöre dir, dass ich dir niemals Anlass geben werde, dich meiner zu schämen.«

»Was soll denn das heißen?« Ungeduldig fasste er sie beim Arm und zog sie aufs Bett. »Ich will sofort wissen, wie du auf diese dumme Bemerkung kommst.«

Warum war sie bloß immer so leicht zu durchschauen, während er ein Buch mit sieben Siegeln für sie blieb? »Nimm sie nicht so wichtig«, meinte sie leichthin. »Mir ist bloß heute Abend aufgefallen, dass ich nicht so recht in deine Kreise passe.«

»Meine Kreise?« Sein Lachen klang alles andere als belustigt. »Du hast keine Ahnung, aus welchen Kreisen ich komme – worüber du übrigens froh sein solltest. Wenn du jedoch die Leute meinst, die heute Abend hier waren, dann kann ich dir versichern, dass zwei Drittel von ihnen keinen Pfifferling wert sind.«

»Aber ich dachte bisher, du magst sie. Sind sie denn nicht deine Freunde?«

»Sie sind höchstens Geschäftsfreunde, und das kann sich jederzeit ändern.«

»Du gehörst zu den Gestütsbesitzern«, beharrte sie. »Und da ich jetzt mit dir verheiratet bin, gehöre ich auch dazu. Ich will nicht, dass dir jemand nachsagt, du hättest ein hergelaufenes kleines Ding geheiratet, das nicht in deine Welt passt.«

»Was offenbar irgendjemand getan hat«, murmelte er. Sie brauchte es ihm nicht zu bestätigen, er sah es ihr auch so an. »Jetzt hör mir einmal zu«, sagte er. »Ich habe dich geheiratet, weil du die Frau bist, die ich haben wollte. Die Meinung der anderen interessiert mich nicht.«

»Ich werde dich gewiss nicht enttäuschen. Das schwöre ich dir.« Sie küsste ihn mit all der Leidenschaft, der Liebe und Sehnsucht, die sie für ihn empfand.

Die besondere Bedeutung dieser Nacht ging für Cathleen weit über Champagner und weiße Spitze hinaus. Für sie lag der wahre Sinn darin, Keith ihre Gefühle zu zeigen, all die Empfindungen, die sie selbst gerade erst zu begreifen begann. Zum Beispiel, dass sie ihn rückhaltlos liebte. Die Arme um seinen Nacken geschlungen, die Lippen auf seine gepresst, zog sie ihn aufs Bett hinunter. Er hatte ihr die Liebe gezeigt. Jetzt hoffte sie, ihm etwas von dem Glück zurückgeben zu können. Da ihr die Erfahrung fehlte, musste sie sich darauf verlassen, was ihre Gefühle ihr sagten. Sie hatte keine Ahnung, ob ein Mann mehr als Verlangen und Befriedigung empfinden konnte. Aber sie wollte versuchen, ihm wenigstens etwas von dem zurückzuschenken, was er ihr gegeben hatte.

Zögernd und unsicher drückte sie die Lippen an seinen Hals. Sofort spürte sie, wie sich sein Pulsschlag beschleunigte. Sie lächelte zufrieden. Ja, sie konnte ihm etwas geben. Es gefiel ihr, ihn zu streicheln, das Spiel seiner kräftigen Muskeln zu ertasten. Vorsichtig schlug sie seinen Bademantel auseinander. Doch als sie spürte, wie sein Körper sich anspannte, zog sie sich mit einer verlegenen Entschuldigung zurück.

»Nein!« Sein Lachen klang diesmal anders als sonst. Er nahm ihre Hand, um sie wieder auf seine Brust zu legen. »Es gefällt mir, wenn du mich streichelst.«

Obwohl jede ihrer zögernden Berührungen ihn verrückt machte, erwiderte er ihre Zärtlichkeiten mit derselben behutsamen Zurückhaltung. Seine Gefühle für sie verwirrten ihn immer mehr. Ihre unschuldige Leidenschaft, ihre Bereitwilligkeit, von ihm zu lernen und ihm zurückzugeben, was er ihr beibrachte, rührten ihn tief.

Sie ließen sich Zeit. Ohne jede Hast liebten sie sich. Cathleen empfand keine Scheu, als er ihr das Spitzennegligé über die Schultern streifte, eher Verwunderung, dass er sie so begehrenswert fand. Vielleicht war es altmodisch, aber jetzt, da Keith ihr Mann war, fand sie es noch erregender, mit ihm zu schlafen. Ihr Begehren hatte nicht nachgelassen, und seine Zärtlichkeiten lösten zitternde Erregung in ihr aus. Aber zu der Lust und dem Verlangen war Glück hinzugekommen, Freude darüber, dass der Mann, der sie in den Armen hielt, sie von nun an jede Nacht in den Armen halten würde. Und dies war erst der Anfang. Lachend rollte sie sich mit ihm auf dem Bett, bis sie auf ihm lag.

»Was ist denn so komisch?«, fragte er mit rauer Stimme. Nur mit Mühe vermochte er sein Verlangen zu zügeln.

»Ich bin glücklich.« Ihr Kuss war leidenschaftlich. Von ihrem eigenen Begehren überwältigt, nahm sie ihn in sich auf. Sie überließ sich ganz dem Rhythmus ihres Körpers, der mit den Bewegungen seines Körpers zu verschmelzen schien.

Mit zurückgeworfenem Kopf gab sie sich den wundervollen Empfindungen hin. Sie sah herrlich aus, mit ihrem rötlich schimmernden Haar und den weißen Schultern, dem schlanken, biegsamen Körper, der ein Teil seines Körpers geworden war. Keith hätte sie ewig so halten können. Aber dann überwältigte ihn die Lust, und er vergaß alles um sich herum.

Graue Regenschleier begrüßten Cathleen an ihrem ersten Morgen als Keith' Frau. Sie fand das Wetter wunderbar. Lächelnd drehte sie sich auf die Seite, um die Hand nach Keith auszustrecken. Doch der Platz neben ihr war leer. Erschrocken setzte sie sich auf. War die Hochzeit nur ein Traum gewesen?

»Wachst du immer so schlagartig auf?« Am anderen Ende des Raumes schloss Keith gerade die Schnalle seines Gürtels.

»Nein, ich dachte …« Es war kein Traum, natürlich nicht. Lachend schüttelte sie den Kopf. »Wo gehst du hin?«

»Ich muss nach den Pferden sehen.«

»So früh?«

»Es ist sieben Uhr.«

»Sieben.« Sie rieb sich die Augen. »Ich werde dir ein schönes Frühstück machen.«

»Das ist nicht nötig. Rosa macht mir Frühstück. Bleib noch ein wenig liegen. Du brauchst deinen Schlaf.«

»Aber ich ...« Sie wollte ihm Frühstück machen. War das nicht ihre Aufgabe als seine Frau? Sie wollte mit ihm in der Küche sitzen, den Tag mit ihm besprechen und die Erinnerung an die gemeinsame Liebesnacht mit ihm teilen. Aber Keith zog bereits seine Stiefel an. »Ich bin nicht müde«, sagte sie. »Ich werde aufstehen und in mein Büro gehen.«

»Du hast die Bücher so gut in Ordnung gebracht, dass du dir ruhig ein paar Tage freinehmen kannst«, erwiderte er. »Wenn du möchtest, kannst du diese Arbeit sowieso aufgeben.«

»Ich werde sie auf keinen Fall aufgeben. Schließlich bin ich als deine Buchhalterin nach Amerika gekommen.«

Er hob die Brauen. »Die Situation ist doch jetzt eine völlig andere. Ich möchte nicht, dass meine Frau den ganzen Tag in einem Büro eingesperrt ist.«

»Wenn es dir nichts ausmacht, möchte ich lieber arbeiten.« Sie fing an, die Laken zurechtzuziehen. »Falls du etwas dagegen hast, dass ich weiterhin deine Bücher führe, werde ich mir einen anderen Job suchen.«

»Ich habe nichts dagegen. Du sollst nur wissen, dass es dir überlassen ist, jederzeit damit aufzuhören. Was tust du da?«

»Ich mache das Bett.«

Er ging zu ihr hinüber, um ihre Hand in seine zu nehmen. »Es ist Rosas Aufgabe, die Zimmer in Ordnung zu halten.«

»Aber sie braucht doch nicht unser Bett zu machen.«

»Selbstverständlich macht sie unser Bett.« Er küsste sie auf die Stirn, überlegte es sich dann aber anders und zog sie fest an sich. »Guten Morgen«, sagte er zärtlich.

Sie lächelte unsicher. »Guten Morgen.«

»Ich bin in ein paar Stunden zurück. Warum gehst du nicht schwimmen?«

Nachdem er die Tür hinter sich geschlossen hatte, blieb Cathleen einen Augenblick mit verschränkten Armen stehen.

151

Ich soll schwimmen gehen? dachte sie verwirrt. An ihrem ersten Tag als seine Frau durfte sie weder sein Frühstück noch sein Bett machen. Stattdessen schlug er ihr vor zu schwimmen. Sie ging zum Spiegel, um sich zu betrachten. Sie sah nicht anders aus als sonst. Es war schon seltsam. Da hatte sie sich geweigert, Keith' Geliebte zu werden, und jetzt hatte sie das Gefühl, eher seine Mätresse als seine Frau zu sein.

Entschlossen ging sie ins Bad, um sich zu waschen und anzuziehen. Es war bereits nach sieben, und es gab genug Arbeit, die auf sie wartete.

Leider zeigte sich Rosa genauso uneinsichtig wie Keith. Die Señora braucht das nicht zu tun. Nein, auch hier gibt es für die Señora nichts zu tun. Vielleicht sollte sich die Señora mit einem Buch an den Swimmingpool setzen. Mit anderen Worten, dachte Cathleen, wird die Señora in diesem Haushalt nicht gebraucht. Aber das würde sich ändern.

Bis zum Mittagessen zog sie sich in ihr Büro zurück, und bevor Keith zum Lunch nach Hause kam, nahm sie die Dinge selbst in die Hand.

Sie füllte einen Eimer mit heißem Wasser und Putzmittel und marschierte mit einem Schrubber bewaffnet in den Innenhof, um den Fußboden aufzuwischen. Die Gläser und Servierplatten hatte Rosa schon weggeräumt, den Kachelboden jedoch noch nicht geputzt. Es erfüllte Cathleen mit einem gewissen Triumphgefühl, der Haushälterin zuvorgekommen zu sein.

Keith eilte durch den strömenden Regen zum Haus hinüber. Dabei dachte er nur an Cathleen. Sie hatte bezaubernd ausgesehen heute früh.

Wenn er auch seine Zweifel hatte, ob es richtig gewesen war, sie zu dieser überstürzten Heirat zu überreden – was ihn anging, so hatte er gewiss die richtige Entscheidung getroffen.

Noch nie zuvor war er so ausgeglichen gewesen. Er hatte fast das Gefühl, als hätte Cathleen seinem Leben erst einen Sinn gegeben.

Im Haus machte er sich als Erstes auf die Suche nach ihr. Er brauchte nicht weit zu gehen, um sie zu finden. Als er den Innenhof betrat, sah er sie. Sie kniete auf dem Fußboden und schrubbte die Kacheln. Mit zwei Schritten war er bei ihr, um sie unsanft vom Boden hochzuziehen. »Verdammt noch mal, was tust du da?«

»Ich putze den Fußboden.«

»Du wirst so etwas nie wieder tun! Hast du mich verstanden?«

»Nein.« Fassungslos schaute sie ihn an. Er war wütend, so viel war sicher. Wenn sie auch nicht wusste, warum. »Nein, ich verstehe dich nicht.«

»Meine Frau macht keine Fußböden sauber.«

»Moment mal!« Als er sich auf dem Absatz umdrehen und davongehen wollte, packte sie ihn beim Arm. »Deine Frau lässt sich nicht vorschreiben, was sie zu tun und zu lassen hat. Und noch viel weniger lässt sie sich in einen goldenen Käfig sperren. Was ist los mit dir, Keith?«

»Ich habe dich nicht geheiratet, damit du Fußböden schrubbst.«

»Nein. Ich darf dir auch kein Frühstück machen oder deine Bettlaken glatt ziehen. So viel ist mir inzwischen klar geworden. Warum hast du mich eigentlich geheiratet?«

»Habe ich das nicht deutlich genug gesagt?«

»Ja, das hast du.« Sie nahm ihre Hand von seinem Arm. »Im Endeffekt bin ich also doch deine Geliebte, wenn auch eine legale.«

Sosehr er sich anstrengte, er schaffte es nicht, seinen Ärger zu verbergen. »Mach dich nicht lächerlich!«, fuhr er sie an. »Und lass diesen verdammten Eimer stehen.«

153

Inzwischen ging auch mit Cathleen das Temperament durch. »Wie du willst!«, fauchte sie und trat so heftig gegen den vollen Eimer, dass er umkippte und die Seifenlauge sich über die Kacheln ergoss. Dann marschierte sie hocherhobenen Kopfes davon.

»Wo gehst du hin?«, rief er.

»Ich weiß es nicht«, sagte sie über die Schulter hinweg. »Du hast doch wohl nichts dagegen, wenn ich durch dein Haus gehe, vorausgesetzt natürlich, dass ich nichts anfasse.«

»Hör auf damit.« In der Diele holte er sie ein. »Du kannst anfassen, was du willst, Cathleen. Du sollst bloß nichts putzen.«

»Vielleicht sollten wir eine Hausordnung aufstellen.« Sie stieß die Tür zum Swimmingpool auf, wo ihr die Hitze hart entgegenschlug. Für ihre Stimmung war die Temperatur genau das Richtige. »Also: Anfassen und anschauen sind erlaubt.«

»Benimm dich nicht so kindisch.«

»Wer benimmt sich hier kindisch?«, gab sie zornig zurück. »Ich habe nicht angefangen mit dem Quatsch. Du hast einen Wutanfall bekommen, weil ich den Fußboden aufwischte.«

»Ich dachte, du seist nach Amerika gekommen, damit du diese Dinge nicht mehr tun musst.«

Sie nickte. »Ja, das stimmt. Das ist jedoch nicht der Grund, weshalb ich dich geheiratet habe. Wenn andere mir nachsagen, ich hätte dich wegen deines Geldes geheiratet, dann kann ich das verkraften. Aber es tut mir weh, wenn auch du dieser Meinung bist. Ich habe dir gestern gesagt, dass ich dich liebe. Glaubst du mir denn nicht?«

»Ich weiß es nicht.« Müde strich er sich übers Gesicht. »Was spielt es schon für eine Rolle?«

Sie musste sich abwenden, so weh tat es ihr, ihn anzuschauen. »Ich habe dich nicht belogen, Keith. Meine Worte

154

waren aufrichtig gemeint. Aber wenn du mir nicht glauben willst, bitte. Dann soll es mir egal sein.« Nach außen hin vollkommen ruhig, nahm sie einen Blumentopf und schleuderte ihn auf den Kachelboden. »Keine Angst, ich putze den Dreck nicht weg«, erklärte sie spöttisch.

»Bist du jetzt fertig?«

Mit verschränkten Armen stand sie da und starrte auf den Pool. »Das muss ich mir erst noch überlegen.«

Behutsam legte er ihr die Hand auf die Schulter. Vielleicht liebte sie ihn doch ein wenig. »Meine Mutter verbrachte ihr halbes Leben auf den Knien, um anderer Leute Fußböden zu putzen«, sagte er leise. »Sie war nicht einmal vierzig Jahre alt, als sie starb. Ich möchte nicht, dass du für irgendjemanden auf den Knien liegst, Cathleen.«

Er wollte seine Hand wegziehen, doch Cathleen legte ihre Hand auf seine und hielt sie fest. »Das war eben das erste Mal, dass du mir etwas Persönliches anvertraut hast, Keith. Du darfst mich nicht immer ausschließen, damit treibst du mich zur Verzweiflung.«

»Ich dachte eigentlich, du würdest mich so nehmen, wie ich bin.«

»Das tue ich auch. Und ich liebe dich, Keith.«

»Dann zeig mir, dass dir das Leben als meine Frau Freude macht.«

»Oh, ich habe durchaus meinen Spaß«, erklärte sie und lächelte ihn dabei mutwillig an. »Ich streite schrecklich gern.«

»Tu dir keinen Zwang an. Ich stelle mich gern zur Verfügung. Bist du schon schwimmen gegangen?«

»Nein. Ich habe erst an deinen Büchern gearbeitet und anschließend mit Rosa argumentiert.«

»Dann warst du ja voll ausgelastet. Komm, lass uns jetzt ein wenig schwimmen.«

»Ich kann nicht. Ich habe keinen Badeanzug.«

»Das macht nichts.« Er hatte sie bereits hochgehoben, um sie zum Beckenrand zu tragen.

Lachend versuchte sich Cathleen gegen den Übergriff zu wehren. »Untersteh dich!«, rief sie. »Wenn du mich ins Wasser wirfst, werde ich dich mit hineinziehen.«

»Genau darauf habe ich es abgesehen«, erwiderte er und sprang vollständig angezogen mit ihr in den Pool.

9. Kapitel

Cathleen war noch nicht einmal einen Monat verheiratet, da war sie mit Keith bereits in New York, Kentucky und Florida gewesen. Allmählich gewöhnte sie sich an die Atmosphäre und das Publikum auf den Rennplätzen, an die verschwenderischen Partys, zu denen nur die Erfolgreichen und Privilegierten Zugang hatten. Sie gewöhnte sich auch an die Gesprächsthemen, die sich in diesen Kreisen ausschließlich um Pferde und ihre Besitzer drehten, und so langsam wurde ihr klar, dass diese Menschen in ihren Interessen ähnlich beschränkt waren wie die Bauern in Skibbereen.

Sie lernte zu wetten und zu gewinnen, worüber Keith sich immer wieder amüsierte, was sie wiederum glücklich machte. Cathleen hatte nämlich herausgefunden, dass es ihr die größte Freude bereitete, mit Keith zusammen unbeschwert und fröhlich zu sein. Der Schmuck, den er ihr schenkte, und die vielen neuen Kleider, die in ihrem Schrank hingen, bedeuteten ihr wenig. Sie hatte erkannt, dass die Dinge, um die sie früher andere beneidet hatte, gar nicht so wichtig waren.

Und dann gab es noch eine weitere Veränderung in ihrem Leben, von der Keith jedoch noch nichts wusste: Sie war schwanger. Dass sie ein Kind von ihm erwartete, ein Kind, das in ihrer ersten Liebesnacht gezeugt wurde, entzückte sie und ängstigte sie gleichzeitig. In wenigen Monaten würden sie nicht nur Mann und Frau, sondern eine richtige Familie sein. Sie konnte es kaum abwarten, ihm die Neuigkeit mitzuteilen, und fürchtete sich zugleich vor seiner Reaktion.

Sie hatten nie über Kinder gesprochen. Nach wie vor schwieg sich Keith über persönliche Dinge aus. Cathleen wusste nach diesen ersten vier Wochen ihrer Ehe kaum mehr über ihn als vor der Hochzeit. Er hatte nie wieder seine Mutter oder seine Familie erwähnt. Ein paarmal hatte sie versucht, ihm Fragen zu stellen. Doch er hatte sie einfach überhört.

Aber was macht das schon, dachte sie, während sie durchs Haus ging, um ihn zu suchen. Sie hatte ihn mit Dees Kindern beobachtet. War er nicht immer lieb und aufmerksam zu ihnen gewesen? Da würde er doch gewiss mit seinem eigenen Kind noch liebevoller umgehen. Wenn sie es ihm mitteilte, würde er sie bestimmt in die Arme nehmen und ihr sagen, wie glücklich er darüber sei. Und dann würden sie zusammen die Einrichtung des Kinderzimmers planen.

Sie fand ihn in der Bibliothek, wo er gerade telefonierte.

»Ich bin nicht an einem Verkauf interessiert.« Mit einer Handbewegung forderte er sie auf, hereinzukommen. »Nein, nicht zu diesem oder irgendeinem anderen Preis. Sagen Sie Durnam, dass zurzeit keines meiner Pferde verkäuflich ist. Ja, ich gebe Ihnen Bescheid.« Er hing ein und fuhr sich ungeduldig durchs Haar.

»Gibt es Probleme?« Cathleen ging zu ihm hinüber, um ihn auf die Wange zu küssen.

»Nein. Charlie Durnam möchte eines meiner Fohlen kaufen. Offensichtlich hat er Schwierigkeiten. Nun, was hast du gekauft?«

»Gekauft?«

»Warst du nicht einkaufen?«

»Doch, aber ich habe nichts gefunden.« Sie schmiegte ihre Wange an sein Gesicht. »Keith, ich möchte dir etwas sagen.«

»Gleich. Setz dich, Cathleen.«

Etwas in seinem Ton ließ sie aufhorchen. So sprach er nur mit ihr, wenn sie ihn verärgert hatte. »Was ist los, Keith?«

»Dein Vater hat mir geschrieben.«

»Daddy?« Erschrocken sprang sie auf. »Ist etwas passiert?«

»Nein, es ist nichts passiert. Du kannst dich wieder setzen.« Sein Ton war kühl und nüchtern. Er klang in diesem Moment nicht wie ihr Mann, sondern eher wie ihr Chef. »Er schrieb mir, um mich in eurer Familie willkommen zu heißen, und ermahnte mich mit väterlicher Besorgnis, gut auf dich aufzupassen. Er dankte mir außerdem für das Geld, das du nach Irland geschickt hast. Es sei eine große Hilfe für die Familie gewesen.« Keith schwieg kurz, um einige Papiere auf dem Schreibtisch durchzublättern. »Warum hast du mir nicht gesagt, dass du deinen Eltern jedes Mal die Hälfte deines Gehaltes überwiesen hast?«

»Ich habe nie daran gedacht«, erklärte sie, unterbrach sich aber, um ihn fragend anzuschauen. »Woher weißt du eigentlich, wie viel Geld ich nach Irland geschickt habe?«

Keith stand auf und stellte sich ans Fenster. »Du führst sehr gewissenhaft Buch, Cathleen.«

»Ich verstehe nicht, worüber du so erregt bist. Schließlich handelt es sich um mein Geld.«

»Du bist meine Frau, verdammt noch mal!«, sagte er aufbrausend. »Wenn du Geld nach Hause schicken willst, dann brauchst du doch nur einen Scheck auszustellen. Und dieses lächerliche Gehalt hast du auch nicht mehr nötig. Als meine Frau steht dir selbstverständlich jede Summe zu, die du haben möchtest.«

Cathleen schwieg einen Augenblick. »Das ist es also«, meinte sie schließlich. »Du glaubst noch immer, ich hätte dich wegen deines Geldes geheiratet.«

Keith wusste selbst nicht, was er glaubte. Cathleen war eine wunderbare Frau. Sie gab ihm Wärme und Zärtlichkeit, und sie liebte ihn. Und je länger er mit ihr zusammen war, desto misstrauischer wurde er. Die Sache musste doch irgendwo einen Haken haben. Niemand gab bedingungslos, ohne etwas dafür zu fordern.

»Nicht unbedingt«, erwiderte er nach einer Weile. »Aber ich glaube nicht, dass du mich ohne mein Geld geheiratet hättest. Ich sagte dir schon einmal, dass es keine Rolle spielt. Wir passen gut genug zusammen.«

»Tatsächlich?«

»Jedenfalls ist das Geld da, und deshalb kannst du es auch ausgeben. Wer weiß, wie lange es uns noch so gut geht.« Er zündete sich eine Zigarette an. »Genieß dein Leben, Cathleen. Auch das gehört zu unserer Abmachung.«

Sie dachte an das Kind, das sie erwartete, und hätte am liebsten geweint. Stattdessen stand sie auf, um ihn mit unbewegter Miene anzuschauen. »Wolltest du sonst noch etwas mit mir besprechen?«

»Geh und schreib einen Scheck für deine Eltern aus. Schick ihnen, was sie brauchen.«

»Vielen Dank.«

»Wir fahren in ein paar Tagen nach Kentucky zum Blue Grass Stakes und zur Derby-Woche. Es wird dir Spaß machen. Bei diesen Rennen ist immer viel los.«

»Ich bin sicher, ich werde mich amüsieren.« Sie holte tief Luft. Bei ihren nächsten Worten beobachtete sie ihn scharf. »Schade, dass Dee nicht mehr reisen kann. Es wäre schön gewesen, wenn sie und Travis uns hätten begleiten können.«

»Das ist der Preis, den man zahlen muss, wenn man Kinder hat.« Er zuckte die Schultern und setzte sich wieder hinter seinen Schreibtisch.

»Ja«, sagte sie ruhig. »Ich werde dich jetzt wieder deiner Arbeit überlassen.«

»Wolltest du mir nicht etwas sagen?«

»Nein. Es war unwichtig.« Leise schloss sie die Tür hinter sich. Draußen schlug sie traurig die Hände vors Gesicht.

Hatte sie ihm nicht immer wieder gesagt, dass sie ihn liebte? Hatte sie es ihm nicht auf jede nur mögliche Art und Weise gezeigt? Jetzt trug sie sogar den Beweis dieser Liebe unterm Herzen, und trotzdem war ihm alles egal. Dann musste es ihr eben auch egal sein. Entschlossen straffte sie die Schultern und ging weiter. Dass Keith auf der anderen Seite der Tür stand, dass er bereits den Griff in der Hand hielt, es aber nicht wagte, seine Frau zurückzuhalten, das ahnte sie nicht.

Er hatte diese Szene nicht gewollt. Sie hatte so glücklich ausgesehen, als sie ins Zimmer kam. Und ihr Lächeln war so liebevoll gewesen. Warum konnte er ihr nicht glauben, dass sie ihn liebte? Weil es diese Art von Liebe für ihn nicht gab. Nun, solange er ihr ein angenehmes Leben bieten konnte, würde sie bei ihm bleiben, daran zweifelte er nicht. Und dass sie ihm aus Dankbarkeit und Anerkennung dafür gewisse Gefühle entgegenbrachte, das konnte er sich auch vorstellen.

Aber fühlte sie überhaupt etwas für den armen Habenichts, der er im Grunde genommen war? Würde sie zu ihm halten, wenn er auf einen Schlag alles wieder verlor? Er hielt es nicht aus, über diese Frage nachzudenken. Es tat ihm weh. Niemals durfte er das Risiko eingehen, sie zu verlieren.

Cathleen hatte keine Ahnung von seinen wahren Gefühlen. Als sie zu Rosa in die Küche ging, war sie überzeugt, Keith würde sie nur an seiner Seite dulden, solange sie sich nicht in sein Leben einmischte.

Rosa spülte gerade Gläser, als Cathleen die Küche betrat. »Kann ich etwas für Sie tun, Señora?«, fragte sie höflich.

»Ich will mir nur eine Tasse Tee machen.«

»Ich werde Wasser aufsetzen.«

»Das kann ich selbst«, erwiderte Cathleen kühl, während sie den Kessel auf den Herd stellte.

»Wie Sie wünschen, Señora.«

161

Cathleen stützte sich mit beiden Händen auf den Herd. »Entschuldigen Sie, Rosa.«

Während die Haushälterin sich wieder ihren Gläsern zuwandte, durchsuchte sie die Schränke nach einer Tasse. Was bin ich nur für eine Hausfrau? dachte sie. *Ich weiß ja nicht einmal, wo mein Geschirr steht.* Wie konnte ein Mensch nur so glücklich und gleichzeitig so unglücklich sein.

»Rosa, wie lange arbeiten Sie schon für Mr. Logan?«, fragte sie die Haushälterin unvermittelt.

»Viele Jahre, Señora.«

»Bevor er in dieses Haus zog?«

»Ja.«

»Wo haben Sie vorher für ihn gearbeitet?«

»In einem anderen Haus.«

Cathleen fasste sie an der Schulter. »Wo, Rosa?«

Sie sah, wie die Haushälterin ihre Lippen zusammenpresste. »In Nevada«, sagte sie schließlich zögernd.

»Was hat er dort gemacht?«

»Das sollten Sie ihn vielleicht selbst fragen.«

»Ich will es aber von Ihnen hören, Rosa. Glauben Sie nicht, ich habe ein Recht darauf, zu erfahren, wer mein Mann ist?«

Wieder schien Rosa zu zögern. »Es steht mir nicht zu, über ihn zu sprechen.«

»Ich will endlich mehr über ihn wissen. Es ist mir egal, wer er war oder was er getan hat. Wie kann ich ihm das nur klarmachen?«

»Selbst wenn Sie es wüssten, würden Sie es wahrscheinlich nicht verstehen, Señora«, sagte Rosa bedächtig. »Es gibt Dinge, an die rührt man besser nicht.«

»Unsinn!«, rief Cathleen. Nur mit Mühe konnte sie sich beherrschen. »Rosa, ich liebe ihn, und ich kann es nicht ertragen, dass er noch immer ein Fremder für mich ist. Wie kann ich ihn glücklich machen, wenn ich ihn nicht kenne?«

Rosa schaute sie einen Augenblick lang stumm an. Ihre Augen waren sehr dunkel und sehr klar. Sekundenlang durchzuckte Cathleen das seltsame Gefühl, diese Augen zu kennen. Im nächsten Moment war das Gefühl verflogen. »Ich glaube Ihnen«, sagte Rosa.

»Aber wie bringe ich Keith dazu, mir zu glauben?«

»Es gibt Menschen, denen es schwerfällt, an Gefühle zu glauben. Wissen Sie, was es bedeutet, hungrig zu sein, nach allem zu suchen? Nach Nahrung, nach Wissen, nach Liebe? Keith ist mit nichts aufgewachsen, mit weniger als nichts. Wenn es Arbeit gab, arbeitete er. Wenn es keine Arbeit gab, stahl er. Er kannte seinen Vater nicht. Seine Mutter war nie verheiratet, verstehen Sie?«

»Ja.« Nachdenklich setzte sich Cathleen an den Küchentisch. Sie sagte nichts, als Rosa zum Herd ging, um ihr eine Tasse Tee zu kochen.

»Seine Mutter arbeitete hart, obwohl sie immer kränkelte. Manchmal ging Keith zur Schule. Aber meistens arbeitete er auf den Feldern.«

»Auf einer Farm?«, fragte Cathleen.

»*Sí*. Er lebte eine Weile auf einer Farm, damit er seiner Mutter den Lohn geben konnte.«

»Ich verstehe.« Und sie begann tatsächlich zu verstehen.

»Er hasste dieses Leben, den Dreck, die Armut.«

»Rosa, wieso kannten Sie ihn damals schon?«

Die Haushälterin stellte die Tasse vor sie hin. »Wir hatten denselben Vater.«

Verblüfft schaute Cathleen sie an. Als Rosa sich vom Tisch entfernen wollte, packte Cathleen sie beim Arm. »Sie sind Keith' Schwester?«

»Seine Halbschwester. Als ich sechs Jahre alt war, zog mein Vater mit mir nach New Mexico, wo er Keith' Mutter kennenlernte, eine hübsche, zarte und sehr unerfahrene junge Frau.

163

Neun Monate später kam Keith zur Welt. Da er keine Arbeit finden konnte, ließ mein Vater mich bei Keith' Mutter zurück und zog weiter. Er versprach, uns alle nachzuholen, sobald er Arbeit hätte. Aber wir hörten nie wieder etwas von ihm. Später erfuhr Keith' Mutter, dass er in Utah eine andere Frau gefunden hatte. Also ging sie arbeiten, putzte zwanzig Jahre lang für andere Leute die Häuser. Dann starb sie. Am Tag ihrer Beerdigung verließ Keith New Mexico. Erst fünf Jahre später sah ich ihn wieder.«

»Hat er Sie gesucht?«

»Nein, ich habe ihn gesucht.« Rosa fing an, die Gläser blank zu reiben. »Keith ist kein Mann, der sich um andere kümmert. Er war damals Mitinhaber eines Spielkasinos in Reno. Da ich kein Geld von ihm nehmen wollte, habe ich eine Stelle bei ihm angetreten. Er sieht es nicht gern, dass ich für ihn arbeite, aber er schickt mich nicht weg.«

»Wie könnte er? Sie sind doch seine Schwester?«

»Nicht für ihn. Für ihn hat es seinen Vater nie gegeben. In Keith' Leben ist kein Platz für eine Familie oder ein Zuhause.«

»Das kann sich ändern.«

»Nur Keith kann es ändern.«

»Ja.« Cathleen nickte und stand gleichzeitig auf. »Vielen Dank, Rosa.«

Cathleen hatte Keith noch immer nichts von dem Baby gesagt. Obwohl ihr Geheimnis sie Tag und Nacht beschäftigte, sprach sie nicht darüber. Sie wollte Keith im Moment nicht damit belasten. Er musste sich um die bevorstehenden Rennen kümmern, die immerhin die wichtigsten der Saison waren. Seit ihrem Gespräch mit Rosa sah sie Keith in einem anderen Licht. Zum Beispiel fiel ihr auf, wie gut er die Leute behandelte, die für ihn arbeiteten. Er forderte sie zwar, aber er überforderte sie nicht.

Und nie ließ er sich ihnen gegenüber zu einem lauten Wort hinreißen. War er deshalb so verständnisvoll, weil er wusste, wie es war, von einem Arbeitgeber ausgenutzt zu werden?

Als sie zur Derby-Woche nach Kentucky flogen, nahm Cathleen sich fest vor, ihm nach ihrer Rückkehr zu sagen, dass sie ein Kind erwartete. Irgendwie wollte sie die Hoffnung nicht aufgeben, dass er sich doch darüber freuen würde.

Sie hat sich verändert, dachte Keith, als er sich im Salon ihrer Hotelsuite einen Drink mixte. Cathleens Stimmungen waren unberechenbar geworden, konnten plötzlich innerhalb von Sekunden von einem Extrem ins andere umschlagen. Und das war nicht nur so, wenn sie allein waren. Da spielte sie zum Beispiel auf Partys die züchtige Gattin, und im nächsten Augenblick flirtete sie mit anderen Männern. Er konnte nicht abstreiten, dass sie ihn damit eifersüchtig machte, obwohl er wusste, dass sie genau das beabsichtigte. Und wenn er ihr ein Glas Champagner brachte, lehnte sie dankend ab und wollte Orangensaft. Dabei war Champagner ihr Lieblingsgetränk.

Er erinnerte sich an den Tag, als er ihr die zu ihrem Collier passenden Saphir-Ohrringe geschenkt hatte. Sie hatte das Etui geöffnet, war in Tränen ausgebrochen und davongelaufen, um eine Stunde später zurückzukommen und sich liebevoll bei ihm zu bedanken.

Sie machte ihn verrückt – und er konnte nichts dagegen machen, er fand es herrlich.

»Bist du fertig, oder willst du immer eine Viertelstunde später erscheinen?«, fragte er, während er zum Schlafzimmer hinüberschlenderte.

»Ich bin gleich so weit. Da wir morgen das Rennen gewinnen werden, will ich heute besonders gut aussehen.« Sie hatte das Cocktailkleid mit Bedacht ausgewählt. In wenigen Wochen würden die ersten Anzeichen ihrer Schwangerschaft sichtbar werden, und dann konnte sie etwas so Gewagtes nicht mehr tragen. Und gewagt war das hauteng tiefblaue Kleid mit den eingewirkten Silberfäden zweifellos. Es war schulterfrei und tief dekolletiert, und der knöchellange Rock schmiegte sich an ihren Körper wie eine zweite Haut. Wenn der Schlitz nicht gewesen wäre, hätte sie sich kaum bewegen können. »Nun, wie gefällt es dir?«, fragte sie und drehte sich lächelnd einmal im Kreis. »Mrs. Viceroy sagte, ich soll etwas tragen, das mein Collier zur Geltung bringt.«

»Wer wird schon auf das Collier schauen?« Er kam zu ihr und nahm ihre Hände, um sie an die Lippen zu ziehen. »Du siehst hinreißend aus.«

»Es ist unmoralisch, andere Frauen neidisch zu machen, nicht wahr?«

»Wahrscheinlich.«

»Ich habe es trotzdem vor. Er ist der attraktivste Mann auf der Party, sollen sie denken, wenn sie dich anschauen. Und er gehört ihr.« Lachend drehte sie sich vor dem Spiegel. »Und dann kann ich ihren Blicken mit herablassendem Lächeln begegnen.«

»Und mir wird das alles entgehen, weil ich nur Augen für dich haben werde. Was für ein Jammer!«

Zärtlich berührte sie seine Wange. »Ich finde es erregend, wenn du so etwas sagst. Keith …« Sie wollte ihm sagen, dass sie ihn liebte. Aber dann würde er sie nur nachsichtig anlächeln und sie auf die Stirn küssen, und ihr gäbe es einen schmerzhaften Stich, weil er die Worte nicht erwidern konnte. »Findest du nicht auch, dass diese Partys immer ein bisschen langweilig sind?«

»Ich dachte, sie würden dir Spaß machen?«

»Ja, das schon.« Langsam strich sie mit einem Finger über sein Jackett. »Aber manchmal muss ich einfach meine überschüssigen Energien loswerden.« Sie lächelte ihn verführe-

166

risch an. »Im Augenblick ist meine Energie zum Beispiel unbegrenzt. Hmm, du riechst ja so gut.«

»Danke.« Als sie anfing, seine Krawatte zu lockern, hob er die Brauen. »Hast du etwas Besonderes vor?«

»Hättest du etwas dagegen?« Sie war bereits dabei, ihm hastig das Jackett über die Schultern zu streifen.

»Oh, ich wollte nur fragen«, meinte er, während sie sein Hemd aufknöpfte. »Aber damit kannst du die Frauen auf der Party nicht neidisch machen.«

»Das glaubst du«, erwiderte sie und schubste ihn lachend aufs Bett.

Cathleen ließ es sich nicht nehmen, Keith zu den Ställen zu begleiten. Zwar ging sie nicht mit hinein, doch sie versicherte ihm, dass sie draußen auf ihn warten würde.

Während sie in der Sonne stand und die Leute beobachtete, spürte sie deutlich die Spannung, die in der Luft lag. Diese Spannung herrschte vor jedem wichtigen Rennen. Und das Blue Grass Stakes war ein sehr wichtiges Rennen. Wenn Double Bluff es gewann, dann war er endgültig der Favorit der Saison. Was für ein Triumphgefühl musste es sein, wenn er zum Rennpferd des Jahres gekürt würde! Sie wünschte es sich so sehr für Keith, dass sein Pferd als Sieger aus dieser Rennsaison hervorging.

»Guten Tag, Cathleen«, sagte jemand hinter ihr.

»Onkel Paddy!« Erfreut breitete sie die Arme aus, um ihn zu begrüßen. »Wie geht es Dee?«

»Oh, der geht es prima. Sie sagte mir, ich solle dafür sorgen, dass unser Apollo gewinnt. Und falls er es nicht schafft, müsste Double Bluff den Sieg nach Hause bringen.«

»Und auf wen setzt du?«

»Was glaubst du wohl? Ich habe Apollo schließlich selbst trainiert. Aber wenn ich mich gegen den Verlust meiner Wette absichern wollte, würde ich zusätzlich auf Double Bluff setzen.«

»Wenn Sie sichergehen wollen, setzen Sie auf Charlie's Pride.« Durnam war hinter sie getreten und klopfte Paddy gönnerhaft auf die Schulter.

»Ich halte zwar viel von Ihrem Hengst, Mr. Durnam, aber ich setze lieber auf ein Pferd aus meinem eigenen Stall.«

»Wie Sie meinen. Hallo, Mrs. Logan. Sie sehen gut aus wie immer.«

»Danke. Ich wünsche Ihnen viel Glück beim Rennen.«

»Man braucht kein Glück, wenn man das beste Pferd hat.« Er tippte an den Rand seines Strohhutes und ging weiter.

»Wir werden ja sehen, wer das beste Pferd hat«, murmelte Cathleen.

»Dich hat wohl auch schon das Rennfieber gepackt?«, meinte Paddy und legte ihr lachend den Arm um die Schultern. »In diesem Geschäft herrscht knallhartes Konkurrenzdenken. Kein Wunder, wenn es um so viel Geld und Prestige geht.«

»Woher weiß man, ob ein Rennpferd das Zeug zum Favoriten hat?«

»Gewisse Dinge kann man beeinflussen. Die Aufzucht und das Training zum Beispiel, die Ernährung und die Pflege. Und der Jockey spielt auch eine große Rolle. Aber das Wichtigste ist die Veranlagung. Es ist wie beim Menschen. Wenn ein Pferd es nicht im Blut hat, wird es nie ein Gewinner.«

Nachdenklich schaute Cathleen nun zu den Ställen. Bei Paddys Worten musste sie unwillkürlich an Keith denken. »Du glaubst also, dass jemand ohne richtige Fürsorge, ohne anständige Ernährung oder Erziehung aufwachsen und trotzdem ein Gewinner werden kann?«

»Sprichst du von Pferden oder Menschen?«

»Spielt das eine Rolle?«

168

»Kaum.« Er drückte liebevoll ihre Schulter. »Es muss im Blut liegen und im Herzen. Und jetzt muss ich mich um mein Pferd kümmern.«

»Ich werde dir vom Gewinnerkreis aus zuwinken, Onkel Paddy!«, rief sie ihm hinterher.

»Du scheinst dir deiner Sache ja sehr sicher zu sein«, bemerkte Keith, der gerade auf sie zukam.

»Ich habe eben Vertrauen zu dir.« Als er sie zu den Zuschauerbänken führen wollte, hielt sie ihn zurück. »Du brauchst mich nicht zu begleiten. Ich weiß, dass du gern dabei bist, wenn dein Jockey gewogen und das Pferd gesattelt wird.«

»Als ich dich neulich einmal nicht begleitete, konntest du dich vor Reportern kaum retten. Ich weiß, wie unangenehm dir das war.«

»Inzwischen weiß ich, wie ich mit ihnen umzugehen habe. Außerdem freut es mich immer, mein Bild in der Zeitung zu sehen.«

»Du bist ein eitles Geschöpf, Cathleen.«

»Und wenn schon. Ob aus Stolz oder Eitelkeit – es gefällt mir einfach, wenn ich im Gesellschaftsteil der Zeitungen abgebildet bin. Du bist eben ein wichtiger Mann, Keith, und das macht mich zu einer wichtigen Frau.«

»Heute könnte man das fast annehmen«, erwiderte er und betrachtete anerkennend ihr blassblaues Kostüm, die Perlen und den eleganten Hut.

Lachend fasste sie an ihren Hut. »Dieser Tag verlangt schließlich ein würdiges Auftreten. Hör zu, Keith, ich kann wirklich allein zu meinem Platz gehen. Ich weiß, dass du lieber bis zuletzt bei deinem Pferd bleibst.«

»Ich würde aber lieber bei dir bleiben. Hast du etwas dagegen?«

»Nein. Aber warte einen Moment. Ich will dir erst ein Bier holen.«

169

Es war ein herrlicher Tag. Der Himmel war wolkenlos und von einem durchsichtigen Blau, das allein schon genügte, um Cathleen glücklich zu machen. Sie bemerkte die alte Dame, die bei ihrer Hochzeit so spitze Bemerkungen gemacht hatte, und neigte kühl und arrogant den Kopf.

»Warum habe ich jedes Mal den Eindruck, dass du Dorothy Gainsfield am liebsten mit Nadeln stechen würdest?«, fragte Keith.

»Weil ich genau das liebend gern täte, Darling.« Sie stellte sich auf die Zehenspitzen, um ihm einen Kuss zu geben. »Und zwar mit besonders langen, spitzen Nadeln. Ich habe erst neulich erfahren, dass die dünne Blondine, die sich auf Dees Party an dich heranzumachen versuchte, Mrs. Gainsfields Lieblingsnichte ist.«

»Ich verstehe die Zusammenhänge nicht so recht. Vielleicht kannst du sie mir irgendwann erklären.«

»In zehn oder zwanzig Jahren vielleicht. Schau nur! Da sind Fernsehkameras! Ist das nicht toll?« Höchst zufrieden mit sich und der Welt nahm sie ihren Platz ein. Sie kannte inzwischen schon so viele Leute, dass sie ständig irgendjemandem zuwinkte. »Weißt du«, sagte sie zu Keith, »dass ich hier in einem Monat mehr Leute kennengelernt habe als in meinem ganzen bisherigen Leben?« Begeistert schaute sie zu ihm auf. Als sie sein amüsiertes Lächeln sah, stieß sie ihn mit dem Ellbogen in die Seite. »Du brauchst dich gar nicht über mich lustig zu machen.«

»Benimm dich«, ermahnte er sie lachend. »Das Rennen fängt an.«

»Du lieber Himmel! Und ich habe meine Wette noch nicht platziert!«

»Ich habe für dich gewettet, während du mir ein Bier gekauft hast und dich nicht entscheiden konntest, ob du einen Cheeseburger oder zwei Hotdogs essen sollst. Du hast einen gesegneten Appetit entwickelt, seit du in Amerika lebst.«

Cathleen erschrak. Irgendwann muss ich es ihm sagen, dachte sie. »Es war nicht meine Schuld, dass wir keine Zeit zum Frühstücken hatten«, erinnerte sie ihn. »Wo ist mein Wettschein?«

Während er beobachtete, wie die Pferde zu den Starttoren geführt wurden, griff er in seine Tasche. Cathleen nahm ihm den Zettel aus der Hand. Sie wollte ihn gerade wegstecken, als sie den Einsatz sah.

»Tausend Dollar?«, rief sie so laut, dass einige Leute sich nach ihr umdrehten. »Keith, wo soll ich tausend Dollar für eine Wette hernehmen?«

»Mach dich nicht lächerlich«, erwiderte er abwesend. Seine Aufmerksamkeit galt Double Bluff, der nervös hinter seinem Starttor herumtänzelte. »Warum ist er so unruhig?«, murmelte er, als Double Bluff sich aufbäumte und nur mühsam von zwei Stallburschen besänftigt werden konnte.

Und dann ertönte das Startzeichen. Die Tore wurden geöffnet, und die Pferde preschten los. Zusammen wirkten die Tiere wie eine verschwommene braune Masse, trotzdem vermochte Cathleen den grünweißen Seidenblouson von Keith' Jockey zu erkennen. Nach der ersten Kurve lag Double Bluff an vierter Stelle. Kopf an Kopf mit ihm lief Apollo. Die Zurufe aus der Zuschauermenge übertönten bereits die offiziellen Lautsprecheransagen. Mit jeder Sekunde stieg die Spannung. Aufgeregt fasste Cathleen nach Keith' Arm.

»Jetzt zieht er ab«, meinte Keith.

Drei Pferde lagen jetzt in Führung: Charlie's Pride, Apollo und Double Bluff. Charlie's Pride hielt den ersten Platz, während Double Bluff und Apollo, noch immer Kopf an Kopf, an zweiter Stelle lagen.

»Er schafft es!«, schrie Cathleen, als Double Bluff aufholte, sich immer näher an Charlie's Pride heranschob und schließlich Kopf an Kopf mit ihm lag. Eine Ewigkeit schienen die

Tiere auf gleicher Höhe zu laufen. Dann setzte Double Bluff plötzlich zum Endspurt an.

Erst war er seinem Rivalen nur wenige Zentimeter voraus, dann um eine halbe und schließlich um eine ganze Pferdelänge. Und noch immer steigerte er sein Tempo, bis er endlich zwei Pferdelängen vor Charlie's Pride durchs Ziel galoppierte.

»Oh, Keith, er hat es geschafft! Du hast es geschafft!« Sie war aufgesprungen. Glücklich schlang sie ihm die Arme um den Hals. »Ich bin ja so stolz auf dich!«

»Ich bin doch das Rennen nicht gelaufen.«

Sie streichelte seine Wange. »Doch, du bist mitgelaufen.«

»Vielleicht hast du recht«, meinte er und küsste sie auf die Nasenspitze.

Auf der Rennbahn führte sein Jockey Double Bluff gerade zur Siegerrunde vor. Lächelnd beobachtete Keith das Schauspiel. Leute kamen, um ihnen zu gratulieren, und Cathleen malte sich bereits den Augenblick aus, wo sie neben Keith im Gewinnerkreis stehen würde. Ihre Arme lagen noch um seinen Hals, als der offizielle Gewinner bekannt gegeben wurde: Charlie's Pride. Double Bluff war disqualifiziert worden.

»Disqualifiziert?«, rief Cathleen. »Was hat das zu bedeuten?«

»Das werden wir gleich herausfinden.« Keith nahm sie bei der Hand, um sie von der Tribüne zu ziehen. Um sie herum fingen die Leute an, leise miteinander zu sprechen.

»Keith, wie können sie sagen, er hat nicht gewonnen? Ich habe doch mit eigenen Augen gesehen, dass er als Erster durchs Ziel lief. Da muss ein Irrtum vorliegen.«

»Warte hier«, sagte er knapp und ließ sie stehen, um zu den Pferdeboxen hinüberzugehen.

Cathleen sah, wie ein Mann in einem Anzug auf ihn zuging und mit ihm sprach. Dann stellten sich zwei weitere Männer zu ihnen. Der erste Mann sprach sehr ruhig, deutete auf das

Pferd, dann auf ein Stück Papier. Unterdessen fingen der Jockey und der Trainer an, wütend aufeinander einzureden. Nur Keith zeigte keinerlei Reaktion. Er stand einfach da und hörte zu.

Da die Hitze immer unerträglicher wurde, stellte Cathleen sich in den Schatten. Es muss ein Irrtum sein, dachte sie, während sie sich mit ihrem Hut Luft zufächelte. Niemand konnte Keith wegnehmen, was er verdiente – was er brauchte und was sie ihm wünschte.

»Was ist passiert?«, fragte sie, als Keith zu ihr zurückkam.

»Amphetamine«, sagte er kurz. »Jemand hat Double Bluff Amphetamine gegeben.«

»Drogen? Aber das ist doch unmöglich.«

»Offenbar nicht.« Mit zusammengekniffenen Augen schaute er zu den Pferdeboxen hinüber. »Irgendjemand wollte erreichen, dass er gewinnt. Oder verliert.«

10. Kapitel

»Du schickst mich nach Hause? Was soll das heißen? Ich bin doch kein Paket, das man verschnüren und abschicken kann!« Wütend folgte Cathleen Keith vom Salon ins Schlafzimmer ihrer Suite. »Seit wir den Rennplatz verlassen haben, hast du kein Wort mit mir gesprochen. Und jetzt fällt dir nichts anderes ein, als mir mitzuteilen, dass du mich abschieben willst?«

»Im Moment kann ich dir nicht mehr sagen.«

»Was?« Sie war so außer Atem, dass sie sich aufs Bett setzen musste. »Double Bluff wurde gerade von einem der wichtigsten Rennen der Saison disqualifiziert, und du hast dazu nichts zu sagen?«

»Nicht zu dir. Diese Sache geht dich nichts an.« Er holte ihren Koffer aus dem Schrank, klappte ihn auf und legte ihn aufs Bett. »Pack deine Sachen. Ich werde dafür sorgen, dass dein Flug umgebucht wird. Und jetzt lass mich in Ruhe. Ich habe einige Telefongespräche zu erledigen.«

»Moment mal!« Sie war aufgesprungen, um wütend hinter ihm herzustürmen. »Ich habe es satt, mich von dir herumkommandieren zu lassen! Und genauso satt habe ich es, ständig gegen eine Wand anzureden. Wenn du nicht sofort den Hörer auflegst, Keith Logan, erwürge ich dich eigenhändig mit der Telefonschnur.«

»Cathleen, ich kann deine Wutausbrüche im Moment nicht gebrauchen. Ich habe bereits genug um die Ohren.«

»Wutausbrüche!« Mit geballten Fäusten ging sie auf ihn zu. »Mir scheint, du hast noch keinen richtigen Wutausbruch erlebt.« Mit beiden Händen schubste sie ihn auf einen Stuhl. »Setz dich gefälligst hin und hör mir zu.«

Er verzichtete darauf, ihrem Wutanfall einen seiner eigenen Temperamentsausbrüche entgegenzusetzen. Mit Gelassenheit konnte er sich ihr gegenüber viel besser durchsetzen. »Wird es lange dauern?«, fragte er in gelangweiltem Ton.

»So lange, bis ich fertig bin.«

»Hast du etwas dagegen, wenn ich mir einen Drink hole?«

»Ich hole ihn dir.« Wütend marschierte sie zur Bar, nahm eine Flasche Whiskey und ein Glas und stellte beides neben ihn auf den Tisch. »Hier hast du deinen Drink! Warum trinkst du nicht gleich die ganze Flasche aus?«

»Ein Glas genügt.« Er goss sich etwas Whiskey ein. »Und jetzt sag mir, was du auf dem Herzen hast, Cathleen. Ich habe vor deinem Abflug noch eine Menge zu erledigen.«

»Wenn ich dir auch nur die Hälfte von dem sagen würde, was ich auf dem Herzen habe, würden wir hier bis morgen früh sitzen. Im Moment habe ich nur eine Frage: Gedenkst du die Sache mit Double Bluff einfach so hinzunehmen?«

Keith trank schweigend. Dabei schaute er sie über den Rand seines Glases hinweg unverwandt an. »Was glaubst du wohl?«

»Ich glaube, dass du dich dagegen wehrst und nicht eher ruhen wirst, bis du herausgefunden hast, wer hinter dieser Geschichte steckt.«

In einem Zug kippte er den Rest seines Whiskeys herunter. »Gut geraten, Cathleen.«

»Und ich denke nicht daran, nach Hause zu fahren und untätig herumzusitzen, während du hier ernste Schwierigkeiten hast.«

»Du wirst genau das tun.«

»Bist du jemals auf die Idee gekommen, dass ich dir vielleicht helfen könnte?«

»Ich brauche deine Hilfe nicht, Cathleen.«

»Nein, du brauchst überhaupt niemanden. Höchstens ein paar bezahlte Dienstboten, die sich um den unwichtigen Kleinkram kümmern. Aber gewiss keine Frau und Partnerin, die dir die Hemden bügelt und deine Hand hält, wenn du Sorgen hast.«

Der Wunsch, aufzuspringen und sie in die Arme zu nehmen, war so übermächtig, dass er das Glas umklammerte, bis seine Fingerknöchel weiß hervortraten. Sie hatte unrecht, ahnte sie denn nicht, wie sehr er sie brauchte? »Ich habe dich nicht geheiratet, damit du mir die Hemden bügelst.«

»Nein, du hast mich geheiratet, weil du was fürs Bett brauchtest. Glaubst du, das weiß ich nicht? Aber du hast mit mir mehr bekommen als nur eine Bettgefährtin. Ich bin kein verzärteltes Püppchen, das vor dem kleinsten Problem davonrennt.«

Warum wurden sie beide jedes Mal, wenn sie sich stritten, von ihrem blödsinnigen Stolz behindert? Immer schien entweder sein oder ihr Stolz verletzt zu werden. »Niemand stellt deinen Mut infrage, Cathleen. Es wäre nur alles viel einfacher für mich, wenn ich mich nicht zusätzlich auch noch um dich kümmern müsste.«

»Du musst dich überhaupt nicht um mich kümmern. Ich werde dich auch in keiner Weise bei deinen Geschäften stören. Ich möchte nur in diesen schweren Stunden in der Öffentlichkeit an deiner Seite sein.«

»Die ergebene und treue Ehegattin.«

»Was ist daran auszusetzen?«

»Nichts.« Keith lehnte sich zurück und schaute sie ruhig an. Sie sah aus, als würde sie jeden Augenblick vor Wut überschäumen. »Ist dir die Meinung der Leute so wichtig?«

»Ja, sie ist mir wichtig. Hast du etwas dagegen?«

Nachdenklich schaute er in sein Glas. Eigentlich konnte er sie ja verstehen. Sie war um ihren Ruf besorgt, der von seinem nicht zu trennen war. »Okay, wie du willst«, sagte er nachgebend. »Ich kann dich nicht mit Gewalt ins Flugzeug zwingen. Aber ich warne dich. Die Situation kann sehr unangenehm werden.«

»Als wir uns kennenlernten, sagtest du mir, dass du mich verstehst. Damals glaubte ich dir. Jetzt weiß ich, dass du mich nicht verstehst. Nicht im Geringsten.« Ihr Zorn war verflogen. Zurückgeblieben war eine verzweifelte Resignation. Wenn sie wirkliche Partner gewesen wären, hätten sie diesen Kampf gemeinsam ausgetragen. Stattdessen kämpften sie gegeneinander. »Du kannst jetzt deine Telefonate führen«, sagte sie müde. »Ich gehe spazieren.«

Als sie gegangen war, blieb er noch eine ganze Weile nachdenklich sitzen. Er war es nicht gewohnt, dass jemand an seiner Seite stand und zu ihm hielt. Er hatte sie wegschicken wollen, um ihr die schiefen Blicke und hämischen Bemerkungen zu ersparen. Sie sollte mit dem Verdacht, der auf ihn gefallen war, nichts zu tun haben. Aber wenn sie blieb, konnte er sie von dem Klatsch nicht abschirmen. Er hoffte nur, dass sie ziemlich schnell merken würde, worauf sie sich eingelassen hatte, und dann doch noch nach Hause flog.

Nach dem Blue Grass Stakes fing die Derby-Woche mit ihren zahlreichen Ausscheidungsrennen, Partys und Empfängen an. Cathleen ließ kein Rennen, keine Veranstaltung aus. Sie ignorierte die neugierigen Blicke, und wenn hinter ihrem Rücken getuschelt wurde, hob sie nur stolz den Kopf.

Nicht jeder schien den Verdacht zu teilen, dass Keith sein Pferd gedopt hatte, und so manche spöttische Bemerkung wurde durch ermutigende Worte wiedergutgemacht. Doch die einzige Person, auf die es ihr ankam, hatte sich von ihr zurückgezogen. Cathleen versuchte nicht, die Wand zwischen ihnen zu durchbrechen. Es kostete sie schon genug Energie, nach außen hin den Schein des treu zueinanderhaltenden Paares zu wahren, und die Anstrengung begann bereits an ihr zu zehren.

Da Keith früh aufstand, stand auch sie früh auf, und wenn er morgens zur Rennbahn ging, um Double Bluffs Training zu überwachen, verbrachte auch sie den Vormittag dort. Es gab Tage, da war sie schon mittags so müde, dass sie sich am liebsten irgendwohin verkrochen und geschlafen hätte. Aber die Pferderennen, die Empfänge und Veranstaltungen, auf denen sie sich zeigen musste, zwangen sie zum Durchhalten.

Was sie außerdem aufrecht hielt, war die Hoffnung, dass Keith bis zum Derby herausfinden würde, wer seinem Pferd Drogen gegeben hatte. Und wenn er von dem hässlichen Verdacht befreit war, würde er sich den Sieg zurückholen, der ihm zustand. Erst dann, wenn sein guter Ruf wiederhergestellt war, konnten sie darangehen, ihre Ehe in Ordnung zu bringen.

Sie beobachtete, wie Keith sich am Rand der Rennbahn mit dem Trainer unterhielt. Es war sehr früh, kurz nach Sonnenaufgang, und die Morgenröte tauchte den Rennplatz in ein zartes, unwirkliches Licht. Die Zuschauerbänke waren noch leer. In vierundzwanzig Stunden würden sie voll sein mit Menschen. Das Rennen selbst dauerte nur wenige Minuten. Aber diese Minuten waren angefüllt mit Erregung, mit Herzklopfen und Hoffnung.

»Um diese Zeit hat der Rennplatz einen ganz eigenen Reiz, nicht wahr?«, sagte plötzlich jemand hinter ihr.

Cathleen sprang von ihrer Bank auf. »Travis!«, rief sie. »Ich bin ja so froh, dich zu sehen! Aber warum bist du hier? Solltest du nicht bei Dee bleiben?«

»Dee hat mich hinausgeworfen. Sie sagte, sie wolle ein paar Tage Ruhe haben.«

»Unsinn! Mir kannst du nichts vormachen, Travis. Aber ich bin euch beiden trotzdem dankbar.« Sie schaute über seine Schulter zu Keith herüber. »Er kann im Moment einen Freund gebrauchen.«

»Und du? Wie geht's dir?«, fragte er und fasste sie beim Kinn, um ihr Gesicht zu betrachten. »Du bist blass, sogar sehr blass.«

»Mir geht es gut, wirklich. Ich bin nur etwas unausgeschlafen, das ist alles.« Als sie das sagte, schwankte sie plötzlich. Noch bevor der Schwindelanfall vorüber war, hatte Travis sie auf die Bank zurückgezogen.

»Du bleibst hier sitzen«, befahl er. »Ich werde Keith holen.«

»Nein.« Mit beiden Händen hielt sie seinen Arm fest. »Es ist gleich vorüber. Ich muss nur einen Moment die Augen schließen.«

»Cathleen, wenn du krank bist ...«

»Ich bin nicht krank.«

Eingehend studierte er ihr Gesicht. »Dann darf ich dir wohl gratulieren.«

Langsam öffnete sie die Augen. »Du besitzt aber eine scharfe Beobachtungsgabe.«

»Ich habe genügend Schwangerschaften miterlebt.« Er streichelte ihre Hand. »Was sagt Keith dazu, dass er Vater wird?«

»Er weiß es noch nicht.« Sie richtete sich ein wenig auf. Zum Glück hatte Keith ihnen noch immer den Rücken zugekehrt. »Er hat im Moment genug andere Sorgen.«

»Glaubst du nicht, diese Nachricht würde ihn aufmuntern?«

»Nein.« Seufzend schaute sie zu Travis auf. »Nein, das glaube ich nicht, weil ich nicht weiß, ob er überhaupt Kinder haben will. Außerdem darf ich ihn im Augenblick mit nichts

179

belästigen. Wenn der richtige Zeitpunkt gekommen ist, werde ich mit ihm darüber sprechen.«

»Travis!« Keith schlüpfte unter dem Geländer hindurch, um seinen Freund zu begrüßen. »Ich habe nicht damit gerechnet, dich hier zu sehen.«

»Du weißt, wie ungern ich das Derby verpasse. Wie stehen die Dinge?«

Keith warf einen Blick auf die Rennbahn, wo der Trainer gerade sein Pferd herumführte. »Double Bluff ist in Höchstform. Wir sind beide bereit, uns von jedem Verdacht zu befreien.«

»Was haben die Nachforschungen ergeben?«

»Wenig. Zumindest die offiziellen.« Mit seinen eigenen war er ein ganzes Stück weitergekommen. Jetzt, da Travis hier war, hatte er wenigstens jemanden, dem er seine Theorie anvertrauen konnte.

Cathleen spürte, wie Keith sie hinter seinen verspiegelten Brillengläsern ansah. Sofort stand sie auf. »Ich lasse euch beide jetzt allein, damit ihr ungestört übers Geschäft sprechen könnt.«

»Sie macht sich Sorgen um dich«, meinte Travis, nachdem Cathleen außer Hörweite war.

»Ich weiß, und es ist mir gar nicht lieb. Ich habe sie schon gebeten, nach Hause zurückzufahren, aber sie weigert sich.«

»Wenn du eine stille, fügsame Frau gewollt hast, dann hättest du dir keine Irin aussuchen dürfen.«

Keith zog eine Zigarette aus der Tasche, um sie nachdenklich zu betrachten. »Wie oft warst du schon versucht, Dee zu erwürgen?«

»Meinst du in den letzten sieben Jahren oder in der letzten Woche?«

Das erste Mal seit Tagen musste Keith lachen. »Okay, vergiss es. Aber tu mir einen Gefallen und pass du auch ein wenig auf sie auf. Ich glaube, es geht ihr im Moment nicht so gut.«

»Ich habe das Gefühl, du solltest mit ihr sprechen.«

»Ich bin nicht gut mit Worten. Es wäre mir am liebsten, du würdest sie morgen nach dem Derby mit nach Hause nehmen.«

»Fliegst du denn nicht zurück?«

»Ich muss wahrscheinlich noch ein paar Tage in Kentucky bleiben.«

»Hast du irgendeine Spur?«

»Einen Verdacht.« Er zündete seine Zigarette an und nahm einen tiefen Zug. »Das Dumme ist, dass die Rennkommission Beweise will.«

»Möchtest du darüber sprechen?«

Er zögerte kurz. Es war ungewohnt für ihn, sich einem anderen Menschen anzuvertrauen. »Ja«, sagte er schließlich. »Hast du vielleicht ein paar Minuten Zeit?«

Cathleen wusste nicht genau, weshalb sie plötzlich das Bedürfnis hatte, zu den Ställen zu gehen. Vielleicht wollte sie sich etwas beweisen. Vielleicht musste sie sich erst selbst von ihrer Kraft und ihrem Mut überzeugen, bevor sie Keith überzeugen konnte. Sie war dem Klatsch und den Verleumdungen entgegengetreten. Jetzt wurde es Zeit, dass sie die letzte Hürde nahm und ihre Angst überwand.

Vorsichtig näherte sie sich dem Eingang zu den Ställen. Warmes Halbdunkel umfing sie, kaum dass sie die Schwelle überschritten hatte. Die meisten Pferde hatten ihr morgendliches Training hinter sich, und die Stallburschen waren zum Frühstück gegangen. Cathleen konnte das nur recht sein. So blamierte sie sich wenigstens nicht, falls sie doch noch Reißaus nehmen wollte.

Eins der Pferde schaute über den Rand seiner Box, und sofort zuckte sie verängstigt zusammen. Mit eiserner Beherrschung zwang sie sich, ihre Angst zu überwinden und das Tier zu berühren. Es konnte ihr nichts tun. Das Tor zu seinem Stall

181

war verriegelt. Sie konnte es genauso streicheln wie damals Keith' Fohlen. Vorsichtig berührte sie mit den Fingerspitzen die Kinnbacken des Pferdes.

Als sie Stimmen hörte, zog sie erschrocken ihre Hand zurück. Das hatte ihr gerade noch gefehlt, dass einer der Stallburschen sie hier bei den Pferden fand. Sie war noch nicht in der Lage, in dieser ihr unheimlichen Umgebung lächelnd Konversation zu führen. Während sie ihre feuchten Handflächen an der Hose abwischte, bemühte sie sich um eine unbefangene Miene.

Gerade wollte sie aus dem Stall treten, als der Klang der Stimmen sie stutzig machte. Obwohl die beiden Männer ziemlich leise sprachen, hörte sie deutlich die Erregung aus ihrem Tonfall. Während sie noch zögernd dastand, erkannte sie plötzlich eine der Stimmen.

»Wenn du dein Geld haben willst, dann findest du schon eine Möglichkeit.«

»Ich sagte Ihnen doch, das Pferd ist nicht fünf Minuten allein. Logan hütet es wie die Kronjuwelen.«

Erschrocken öffnete Cathleen den Mund. Dann presste sie die Lippen zusammen und zog sich tiefer in die Dunkelheit des Stalles zurück, um zu lauschen.

»Ich habe dich für deinen Job gut bezahlt. Wenn du nicht an das Pferd herankommst, dann tu ihm was ins Futter. Es darf auf keinen Fall morgen am Rennen teilnehmen.«

»Ich vergifte kein Pferd.«

»Du hast doch auch keine Skrupel gehabt, ihm eine Spritze zu geben und zehn Prozent vom Renngewinn einzustreichen.«

»Amphetamine gehen ja noch, aber mit Zyanid will ich nichts zu tun haben. Wenn dieses Pferd stirbt, wird Logan nicht eher ruhen, bis er jemanden dafür hängen kann. Und ich will nicht derjenige sein.«

182

»Dann gib ihm Drogen. Sieh zu, wie du es machst. Sonst siehst du keinen Penny. Ich muss dieses Rennen gewinnen.«

Cathleen hatte die Hände zu Fäusten geballt. Sie musste sofort mit Keith sprechen. Sie hoffte, dass die beiden weitergehen würden. Doch sie hatte Pech. Als sie die zwei Männer den Stall betreten sah, straffte sie die Schultern und ging geradewegs auf sie zu.

»Guten Tag, Mr. Durnam.« Sie sah das Erschrecken in seinen Augen und zwang sich zu einem Lächeln. Sie erkannte auch den Stallburschen. Keith' Trainer hatte ihn erst vor Kurzem angestellt.

»Mrs. Logan.« Durnam erwiderte ihr Lächeln, doch man konnte sehen, wie es hinter seiner Stirn arbeitete. »Wir haben Sie gar nicht in den Ställen gesehen.«

»Ich wollte mir nur die Konkurrenz anschauen. Wenn Sie mich jetzt entschuldigen wollen, Keith wartet auf mich.«

»Nein, ich kann Sie leider nicht entschuldigen.« Er hatte sie beim Arm gepackt, bevor sie an ihm vorbeigehen konnte. Da sie fast damit gerechnet hatte, war sie auch darauf vorbereitet, zu schreien. Doch sie kam nicht dazu, weil Durnam ihr blitzschnell die Hand auf den Mund presste.

»Du lieber Himmel! Was machen Sie da?«, fragte der Stallbursche. »Logan wird Ihnen den Hals umdrehen.«

»Dir auch, wenn sie zu ihm geht und alles ausplaudert.« Da Cathleen sich mit Händen und Füßen wehrte und es ihm allmählich zu anstrengend wurde, sie festzuhalten, stieß er sie zu dem Stallburschen. »Halt du sie. Ich muss erst einmal nachdenken.« Auf seiner Stirn standen Schweißperlen. Er zog ein weißes Taschentuch hervor und tupfte sie geistesabwesend ab. Eine Verzweiflungstat hatte er bereits begangen. Jetzt zog diese erste Tat eine zweite nach sich. »Wir verstecken sie in unserem Lieferwagen, bis das Rennen morgen vorbei ist. In der Zwischenzeit wird mir schon etwas einfallen.«

Mit seinem Taschentuch knebelte er Cathleen, und weil ihm diese Vorsichtsmaßnahme nicht genügte, verband er ihr zusätzlich mit dem schmutzigen Halstuch des Stallburschen die Augen. »Hol mir ein Seil. Los! Bind ihr Hände und Füße zusammen!«, befahl er.

Cathleen erstickte fast an dem Knebel, trotzdem wehrte sie sich mit aller Kraft. Als sie merkte, dass sie gegen die beiden Männer nichts ausrichten konnte, hatte sie einen verzweifelten Einfall. Sie streifte ihren Ehering vom Finger und ließ ihn auf den Boden fallen. Und dann fesselten sie ihr die Handgelenke, wickelten sie in eine Pferdedecke und trugen sie fort.

Sekunden später hörte sie, wie eine Wagentür geöffnet wurde. Gleich darauf hob man sie hoch und setzte sie auf einem harten Boden ab.

»Was haben Sie mit ihr vor?«, fragte der Stallbursche. »Sobald Sie sie laufen lassen, wird sie alles erzählen.«

»Dann lassen wir sie eben nicht laufen.«

»Mit einem Mord will ich nichts zu tun haben«, sagte der Stallbursche erschrocken.

Drohend schaute Durnam ihn an. »Du kümmerst dich um das Pferd. Die Frau überlässt du mir.«

Sie würden sie umbringen. Das hatte sie deutlich aus Durnams Stimme herausgehört. Cathleen wand sich verzweifelt, um wenigstens ihr Gesicht aus der Decke zu befreien. Sie hörte, wie die Wagentür zugeknallt wurde. Und dann war sie allein.

Wilde Panik überkam sie. Einen Augenblick verlor sie völlig die Nerven. Als sie sich wieder unter Kontrolle hatte, waren ihre Handgelenke wund gescheuert und ihre Schultern voller Prellungen.

Keuchend lag sie in der Dunkelheit und versuchte nachzudenken. Wenn sie irgendwie aufstehen und die Tür finden konnte, gelang es ihr vielleicht, sie zu öffnen. Sie rutschte an die Wand, wo sie sich mit den Schultern abstützte und sich unter unglaublicher Anstrengung langsam aufrichtete. Als sie es endlich geschafft hatte, war sie schweißgebadet. Mit dem Rücken zur Wand tastete sie sich bis zur Tür des Lieferwagens vor.

Sie weinte fast vor Erleichterung, als ihre Finger den Türgriff berührten. Doch da sie ihre Hände nicht bewegen konnte, war es ein mühsames Unternehmen, den Türgriff herunterzudrücken. Sie musste sich auf die Zehenspitzen stellen, bevor ihre Finger den Griff umschließen konnten. Und dann kam die niederschmetternde Enttäuschung. Die Tür war abgeschlossen.

Sie versuchte, gegen sie zu schlagen, damit draußen vielleicht jemand auf sie aufmerksam wurde. Aber da sie weder Hände noch Füße zu Hilfe nehmen, sondern sich nur mit der Schulter gegen die Tür werfen konnte, verursachte sie nicht mehr als ein gedämpftes Geräusch. Entmutigt sank sie auf den Boden zurück.

»Hast du Cathleen gesehen?«

Travis, der sich gerade gebückt hatte, um die Beine seines Pferdes zu streicheln, schaute auf. »Nein, Keith. Ich habe sie seit heute früh nicht mehr gesehen. Ich nahm an, dass sie ins Hotel zurückgefahren ist.«

»Möglich. Vielleicht war sie erschöpft und hat sich ein Taxi genommen.« Logisch, dachte Keith. Natürlich ist sie ins Hotel gefahren. Trotzdem überkam ihn ein komisches Gefühl, irgendeine seltsame Ahnung. »Wir sind heute früh zusammen hergekommen. Normalerweise wartet sie auf mich.«

Travis richtete sich auf. »Sie sah etwas müde aus. Vielleicht wollte sie sich vor der Party heute Abend ein wenig hinlegen.«

»Vermutlich hast du recht.« Es klang wirklich sehr einleuchtend. Sie lag bestimmt in der Badewanne, um sich an-

185

schließend für die Party zurechtzumachen. »Ich werde zum Hotel zurückfahren und nachschauen, ob sie dort ist«, erklärte er.

»Keith? Stimmt irgendetwas nicht?«

Seine Hände waren kalt. »Es ist alles in Ordnung, Travis. Wir sehen uns nachher.«

Auf der Fahrt zum Hotel nahm seine Nervosität mit jeder Minute zu. Es sah Cathleen nicht ähnlich, einfach ohne ein Wort zu verschwinden. Aber andererseits hatten sie in den letzten Tagen kaum miteinander gesprochen.

Das lag nur an ihm, das wusste er. Es war ihm nicht recht, dass sie hier war. Und trotzdem empfand er so etwas wie Dankbarkeit, dass sie ihm zur Seite stand. Aber Dankbarkeit erzeugte Schuldgefühle. Und noch mehr Verantwortung. Und mit beidem wurde er schlecht fertig.

Wenn das Derby vorbei und der Skandal überstanden war, würde er mit ihr reden. Sie mussten sich aussprechen. Und vielleicht konnte er ihr dann von seiner Vergangenheit erzählen. Wenn sie ihn daraufhin verließ, war das immer noch besser als diese ständige Angst, sie könnte herausfinden, aus welchen Verhältnissen er kam. Früher hatte er sich seiner Vergangenheit nie geschämt. Das tat er erst, seitdem er sie kannte. Auch das hatte er ihr zu verdanken.

Als er das Hotel erreichte, hatte er die denkbar schlechteste Laune. Er wusste, es war lächerlich, ihr einen Vorwurf daraus zu machen, dass sie ohne jede Erklärung die Rennbahn verlassen hatte, nachdem er die ganze Woche lang kaum Notiz von ihr genommen hatte. Aber, verdammt noch mal, sie hatte ihn so abhängig von ihr gemacht. Es war alles viel leichter zu ertragen, wenn er wusste, dass er sich nur umzuschauen brauchte, um sie zu sehen. Und auch das gefiel ihm nicht.

Er hatte sich in eine dermaßen gereizte Stimmung hineingesteigert, als er die Suite betrat, dass er drauf und dran war,

186

Streit mit ihr anzufangen. »Cathleen?«, rief er und knallte die Tür hinter sich zu. Aber bereits im Salon merkte er, dass sie nicht da war. Wieder spürte er, wie seine Hände kalt wurden.

Er ging ins Schlafzimmer. Hatte sie ihn verlassen? Hatte er sie so weit getrieben, dass sie keinen anderen Ausweg sah, als diesen letzten Schritt zu tun? Er musste sich fast dazu zwingen, die Schranktüren zu öffnen. Als er sah, dass all ihre Sachen noch da waren, wurde ihm fast schwindlig vor Erleichterung. Wahrscheinlich war sie einkaufen gegangen oder beim Friseur. Aber trotz dieser logischen Erklärung wurde er das beklemmende Gefühl nicht los.

Als eine halbe Stunde später das Telefon klingelte, stürzte er zum Apparat. Das musste sie sein. Aber nicht Cathleen, sondern Travis war am Apparat.

»Keith? Ist Cathleen im Hotel?«

»Nein.« Sein Mund wurde trocken. »Warum?«

»Lloyd Pentel hat mir gerade ihren Ehering gebracht. Er hat ihn in den Ställen gefunden.«

»Was? In den Ställen?« Ohne es zu merken, sank er auf den nächsten Stuhl. »Da stimmt etwas nicht. Cathleen würde niemals allein in die Ställe gehen. Sie hat Angst vor Pferden.«

»Keith«, sagte Travis ruhig, »war sie zwischendurch irgendwann einmal im Hotel?«

»Nein, es sieht nicht so aus. Ich will mit Pentel sprechen.«

»Ich habe schon mit ihm gesprochen. Er hat sie auch nicht gesehen. Hör zu, Keith. Vielleicht ziehen wir voreilige Schlüsse. Trotzdem glaube ich, wir sollten die Polizei benachrichtigen.«

Cathleen hatte jegliches Zeitgefühl verloren. Trotz aller Anstrengung war es ihr nicht gelungen, die Fesseln zu lockern. Ihre Handgelenke brannten, und ihr Körper schmerzte. Als sie ein zweites Mal aufstehen wollte, war sie gestürzt und hart mit der Hüfte auf den Metallboden aufgeschlagen. Sie hatte schreckliche Angst gehabt, dass der Sturz ihrem Baby geschadet hatte, und verzichtete deshalb auf jeden weiteren Versuch, sich aufzurichten. Jetzt lag sie regungslos auf dem Boden und dachte an Keith. Machte er sich allmählich Gedanken um sie? Fragte er sich, wo sie war? Würde er besorgt sein?

»Mrs. Logan?«

Sie zuckte zusammen, als jemand ihre Schulter berührte und ihr die Augenbinde abnahm. Zuerst sah sie gar nichts. Dann erkannte sie im Halbdunkel das Gesicht des Stallburschen. Panische Angst überfiel sie. Er war gekommen, um sie zu töten. Sie und ihr Baby.

»Ich habe Ihnen etwas zu essen gebracht. Sie müssen mir versprechen, dass Sie nicht schreien. Durnam würde mich umbringen, wenn er wüsste, dass ich hier bin. Ich nehme Ihnen jetzt den Knebel ab, damit Sie essen können. Aber wenn Sie auch nur einen Ton von sich geben, binde ich Ihnen den Mund wieder zu, und Sie bekommen gar nichts.«

Cathleen nickte. Es war eine Wohltat, wieder frei atmen zu können. Auch wenn sie sich dabei kaum beherrschen konnte, laut um Hilfe zu schreien. Aber aus Angst, wieder geknebelt zu werden, verhielt sie sich ruhig. »Warum tun Sie das?«, fragte sie. »Wenn Sie Geld brauchen, kann ich Ihnen gern welches geben.«

»Ich stecke schon zu tief drin.« Er hielt ihr ein belegtes Brötchen hin, das nicht mehr ganz frisch aussah. »Essen Sie, sonst werden Sie krank.«

»Na und? Sie werden mich doch sowieso umbringen.«

»Damit habe ich nichts zu tun!«

Sie sah die Panik in seinen Augen, die Schweißperlen auf seiner Oberlippe. Er fürchtete sich genauso wie sie. Wenn sie diese Angst als Druckmittel benutzte, hatte sie vielleicht eine Chance. »Sie wissen genau, was Durnam vorhat«, sagte sie.

188

»Er will nur gewinnen, mehr nicht. Er muss gewinnen, weil er in finanziellen Schwierigkeiten steckt. Charlie's Pride ist seine einzige Hoffnung, aber Logans Pferd ist besser. Deshalb hat er mich überredet, auf Three Aces anzuheuern, damit ich Double Bluffs Sieg verhindern kann. Das ist alles.« Unruhig schaute er sich um. Er redete zu viel. Wenn er nervös war, redete er immer zu viel. Er brauchte einen Drink. Sein Mund war völlig ausgetrocknet. »Ich habe dem Pferd bloß ein Aufputschmittel gegeben, mehr nicht. Durnam wollte es so. Double Bluff sollte nur aus dem Rennen ausscheiden. Verstehen Sie doch. Es geht hier ums Geschäft. Nur ums Geschäft.«

»Sie sprechen gerade über Pferderennen. Ich spreche von Mord.«

»Davon will ich nichts hören. Ich habe nichts damit zu tun.«

»Mr. … Wie heißen Sie eigentlich?«

»Berley, Madam. Tom Berley.«

»Mr. Berley, ich flehe Sie an. Es geht hier nicht allein um mein Leben, sondern um das eines ungeborenen Kindes. Sie können nicht zulassen, dass er mein Baby tötet. Im Moment sind Sie nur wegen des Pferdes in Schwierigkeiten. Aber wenn Mord hinzukommt … Ein unschuldiges Kind, Mr. Berley.«

»Ich will nichts davon hören.« Seine Stimme klang rau, und als er ihr wieder das Tuch vor den Mund band, zitterten seine Hände. Er brauchte dringend einen Drink. Ihr Blick setzte ihm dermaßen zu, dass er es nicht schaffte, ihr wieder die Augen zuzubinden. Sie konnte in dem dunklen Laderaum des Lieferwagens sowieso nichts sehen. »Wenn Sie nicht essen wollen, ist das Ihre Sache. Ich muss mich jetzt um wichtigere Dinge kümmern.« Vorsichtig öffnete er die Tür, schaute hastig nach links und rechts und verschwand anschließend.

11. Kapitel

»Es wäre mir lieber, Sie würden meine Frau suchen, anstatt hier herumzusitzen und mir Fragen zu stellen.«

Nach siebenunddreißig Dienstjahren glaubte Lieutenant Hallinger, alles gesehen zu haben. Er wunderte sich über nichts mehr, schon gar nicht über enttäuschte oder wütende Ehegatten. Und der Mann, den er hier vor sich hatte, schien beides zu sein. »Mr. Logan«, sagte er geduldig, »es würde uns ein ganzes Stück weiterhelfen, wenn Sie meine Fragen beantworteten. Auf jeden Fall würde es die Chance verbessern, Ihre Frau zu finden.«

»Ich habe Ihnen bereits gesagt, dass Cathleen nicht ins Hotel zurückgekommen ist. Niemand hat sie seit heute früh gesehen. Man hat nur ihren Ehering in den Ställen des Rennplatzes gefunden.«

»Manche Leute gehen sehr nachlässig mit ihrem Schmuck um, Mr. Logan.«

Manche Leute! Was bildete der Mann sich ein? »Nicht Cathleen«, erwiderte er bestimmt. »Sie würde niemals aus Nachlässigkeit ihren Ehering verlieren.«

»Hmm«, brummte Hallinger nur und schrieb etwas in sein Notizbuch, »Mr. Logan, meistens erweisen sich solche Fälle im Endeffekt als einfache Missverständnisse.« Er hätte ein Buch schreiben können. Über Missverständnisse allein hätte er ein Buch schreiben können. »Haben Sie sich heute früh mit Ihrer Frau gestritten?«

»Nein.«

»Vielleicht hat sie ein Auto gemietet und eine kleine Spritztour gemacht.«

»Das ist ja lächerlich!« Er nahm die Tasse Kaffee, die Travis ihm reichte, stellte sie jedoch achtlos neben sich auf den Tisch. »Wenn Cathleen einen Ausflug machen wollte, dann hätte sie unseren Mietwagen genommen. Sie hätte mir gesagt, dass sie wegfährt, und wäre spätestens vor zwei Stunden zurückgekommen. Wir hatten heute Abend etwas Wichtiges vor.«

»Vielleicht hat sie es vergessen.«

»Cathleen ist die zuverlässigste Person, die ich kenne. Wenn sie nicht hier ist, dann muss irgendjemand sie daran hindern.«

»Mr. Logan, Entführung ist meistens mit einer Lösegeldforderung verbunden. Sie sind ein reicher Mann, und trotzdem hat niemand mit Ihnen Kontakt aufgenommen?«

»Nein, es hat sich niemand bei mir gemeldet.« Aber jedes Mal, wenn das Telefon klingelte, brach ihm der Schweiß aus. »Ich habe Ihnen mitgeteilt, was ich weiß, Lieutenant«, sagte er ungeduldig. »Und ich bin es leid, immer wieder das Gleiche zu wiederholen. Sie sollten Ihre Zeit lieber dazu nutzen, nach meiner Frau zu suchen. Ich würde ja selbst losgehen, wenn ich nicht der Meinung wäre, dass ich hierbleiben sollte und ...« Er konnte nur warten. Und dieses Warten brachte ihn langsam um den Verstand.

Hallinger warf einen Blick auf seine Notizen. Er war ein dünner Mann mit einer ruhigen Stimme, ein Mann, der sein Auftreten und seine Erscheinung so wichtig nahm wie seinen Job. »Mr. Logan«, sagte er. »Ihr Pferd wurde beim Blue Grass Stakes disqualifiziert. Wie reagierte Ihre Frau darauf?«

»Sie hat sich einfach darüber aufgeregt. Das ist doch ganz natürlich.«

»Hat sie diese Sache vielleicht so sehr aufgeregt, dass sie sich nicht auf den Empfängen zeigen wollte? Vielleicht wollte sie weg von allem – auch von Ihnen?«

Keith blieb stehen. Seine Augen blitzten gefährlich. »Cathleen würde vor nichts und niemandem davonrennen.

Ich habe sie sogar gebeten, nach Hause zu fahren, bis sich diese Sache aufgeklärt hat. Aber sie weigerte sich. Sie bestand darauf, bei mir zu bleiben.«

»Sie sind ein glücklicher Mann, Mr. Logan.«

»Das weiß ich. Warum hören Sie nicht endlich mit der Fragerei auf und suchen meine Frau?«

Hallinger reagierte nicht auf diese Bemerkung. Er machte sich lediglich eine Notiz und wandte sich dann an Travis. »Mr. Grant, Sie sind derjenige, der Mrs. Logan zuletzt gesehen hat. In welcher Verfassung war sie heute früh?«

»Sie machte sich Sorgen um den Ausgang des Rennens und natürlich auch um ihren Mann. Sie sagte mir, dass sie müde sei und nach dem Derby einmal richtig ausschlafen wolle. Um keinen Preis hätte sie das Rennen versäumt oder ihren Mann in dieser Situation allein gelassen. Sie ist erst seit ein paar Wochen verheiratet und sehr verliebt.«

»Hmm«, meinte der Lieutenant wieder mit aufreizender Gelassenheit. »Ihr Ring wurde in den Ställen gefunden. Sie sagten mir, Ihre Frau würde die Ställe nicht allein betreten, Mr. Logan. Und doch sah jemand sie heute früh zu den Ställen hinübergehen.«

»Vielleicht wollte sie sich etwas beweisen«, erwiderte Keith ungeduldig. Warum hatte sie nicht auf ihn gewartet, ihn nicht gebeten, mit ihr in die Ställe zu gehen? Die Antwort war klar: weil er sie so oft zurückgestoßen hatte, dass sie es schließlich aufgab, ihn um irgendetwas zu bitten.

Geduld gehörte zu Hallingers Job. »Was wollte sie sich beweisen, Mr. Logan?«

»Sie hatte vor einigen Jahren einen Unfall. Seitdem traute sie sich nicht mehr in die Nähe eines Pferdes. In den letzten Wochen versuchte sie, ihre Angst zu überwinden. Verdammt noch mal, was spielt es für eine Rolle, warum sie in die Ställe ging? Sie war auf jeden Fall dort. Und jetzt ist sie verschwunden.«

»Ich kann besser arbeiten, wenn ich die Einzelheiten kenne.«

Das Telefon klingelte. Wie elektrisiert sprang Keith auf. Als er den Hörer abnahm, wirkte sein Gesicht grau vor Anspannung. »Ja?« Mit einem unterdrückten Fluch reichte er den Hörer an Hallinger weiter. »Für Sie.«

Travis legte seinem Freund die Hand auf die Schulter. »Sie werden Cathleen finden, Keith, ganz bestimmt.«

»Es ist etwas passiert, das spüre ich. Wenn sie nicht bald gefunden wird, ist es zu spät. Ich muss hier raus. Kannst du beim Telefon bleiben, falls irgendein wichtiger Anruf kommt?«

»Sicher.«

Hallinger sah Keith zur Tür gehen. Mit einer unauffälligen Geste bedeutete er einem seiner Männer, ihm zu folgen.

Es war fast drei Uhr morgens, und Keith saß immer noch auf demselben Stuhl. Er war nur eine Stunde weg gewesen. Irgendeine wilde Hoffnung hatte ihn zum Rennplatz getrieben, wo er die Ställe abgesucht hatte und die Pferdeburschen mit den gleichen Fragen bestürmte, die ihnen die Polizei bereits gestellt hatte. Aber er hatte Cathleen nicht finden können. Dann war er zum Hotel zurückgefahren, um stundenlang im Salon hin und her zu laufen und immer wieder das Schlafzimmer nach irgendeinem Hinweis abzusuchen. Den Kaffee, den Travis ihm brachte, ließ er unberührt stehen. Jetzt saß er schon über eine Stunde regungslos da und starrte das Telefon an.

Er hatte versucht, Travis wegzuschicken, damit wenigstens sein Freund ein wenig schlief. Aber er hatte seine Aufforderung ignoriert. Dabei wurde ihm bewusst, dass es außer Travis nur eine einzige Person gab, die dermaßen zu ihm hielt. Wenn er sie verlor … Er wagte nicht daran zu denken. Er wusste, dass das Glück sich drehen konnte wie ein Fähnchen im Wind. Das Schicksal durfte ihm alles nehmen, bloß nicht Cathleen.

Als das Telefon klingelte, packte er den Hörer mit beiden Händen.

»Logan?«, lallte der Anrufer mit schwerer Zunge.

Keith verstand sofort. Er bekam wildes Herzklopfen. »Wo ist sie?«

»Ich will keine Schwierigkeiten bekommen. Dem Pferd Drogen zu geben war nicht schlimm. Aber echte Schwierigkeiten kann ich nicht gebrauchen.«

»Okay. Sag mir, wo sie ist.« Er schaute auf. Travis stand neben ihm. Auch er wartete ungeduldig.

»Ich will nichts damit zu tun haben. Er bringt mich um, wenn er herausfindet, dass ich Sie angerufen habe.«

»Sag mir sofort, wo sie ist.«

»Auf dem Rennplatz, im Lieferwagen. Ich weiß nicht, was er vorhat. Wahrscheinlich will er sie umbringen.«

»In welchem Lieferwagen? Verdammt, sag mir, in welchem Lieferwagen!«

»Mit Mord will ich nichts zu tun haben.«

Als der Anrufer auflegte, ließ Keith einfach den Hörer fallen und sprang auf. »Sie ist auf der Rennbahn. Sie halten sie in einem Lieferwagen fest.«

»Fahr sofort los! Ich rufe die Polizei an und komme dann nach.«

Keith fuhr wie ein Wahnsinniger, ignorierte sämtliche Ampeln und Geschwindigkeitsbegrenzungen. *Wahrscheinlich will er sie umbringen!* Er konnte an nichts anderes denken als an diese Worte. Dabei merkte er nicht, dass er mit fast zweihundert Stundenkilometern durch die Stadt raste. Die Straßen waren zum Glück wie ausgestorben.

Mit quietschenden Reifen hielt er hinter den Ställen. Überall standen Lieferwagen – Pferdetransporter und Wohnwagen für die Trainer, die Besitzer der Rennpferde und die Stallburschen. Und unter all diesen Fahrzeugen musste er das richtige herausfinden.

Als er über den Platz ging, hörte er plötzlich Schritte hinter sich. Mit geballten Fäusten fuhr er herum.

»Beruhige dich, mein Junge«, sagte Paddy. »Travis hat mich angerufen.«

Keith nickte ihm zu. Im Mondlicht sah er, dass auch der alte Mann nicht geschlafen hatte. »Durnams Lieferwagen«, sagte er. »Wo ist er? Zeig ihn mir!«

»Durnams Wagen? Travis sagte, du wüsstest nicht, in welchem Auto man sie festhält.«

»Ich weiß es nicht, aber ich ahne es. Wo ist er?«

»Es ist der große schwarze Wagen dort drüben.« In diesem Augenblick hörte man das Heulen von Polizeisirenen. Paddy drehte sich um. »Die Polizei kommt.« Aber Keith war schon losgerannt.

»Cathleen!« Die Tür war verschlossen. Einen Augenblick glaubte er, sie vor Wut mit den Händen aus den Angeln reißen zu müssen.

»Hier, damit geht es besser.« Paddy reichte ihm eine Brechstange. »Als Travis mich anrief, um mir Bescheid zu sagen, dachte ich mir, dass du das Ding brauchen kannst.«

Ohne auch nur einen Moment zu zögern, machte sich Keith daran, die Tür aufzubrechen. Dabei rief er immer wieder Cathleens Namen. Sie sollte wissen, dass er es war. Keinen Augenblick länger sollte sie mehr Angst haben müssen. Langsam bog sich das Metall, gab nach und brach schließlich knirschend auseinander. Die Brechstange wie eine Waffe gepackt, sprang Keith in den Wagen. Als er Cathleen nicht sah, schlug er die Sperrholzplatte ein, die die beiden Vordersitze von der Ladefläche trennte.

»Cathleen?« Er bekam keine Antwort. War es schon zu spät? »Cathleen, ich bin es. Ich bin bei dir, ich hol dich hier raus.« Wenn es bloß nicht so dunkel gewesen wäre. Er kniete sich hin, um den Boden abzutasten. Und plötzlich sah er sie. Zusammengekrümmt lag sie in einer Ecke.

Er war sofort bei ihr. Vorsichtig berührte er ihre Wange. Sie war kalt. Ohnmächtig vor Wut zog er ihr den Knebel vom Mund.

»Cathleen, ich bin es. Jetzt ist alles wieder gut.«

Sie öffnete die Augen. Fast hätte er geweint vor Erleichterung. Doch als er sie anfasste, zuckte sie zurück.

»Hab keine Angst«, murmelte er. »Ich bin es, Keith. Niemand wird dir mehr wehtun, Liebling.«

»Keith.« In ihren Augen lag noch der Schock, aber sie hatte seinen Namen gesagt.

Vorsichtig versuchte er, sie ein wenig aufzurichten. Sie zitterte am ganzen Körper. Er murmelte leise, besänftigende Worte, doch das Zittern wollte nicht nachlassen. Als er ihre Fesseln zu lockern versuchte, schrie sie vor Schmerz auf.

»Es tut mir so leid, Cathleen. Aber du musst stillhalten, sonst kann ich dir die Stricke nicht abnehmen.« Zwei Männer kletterten auf die Ladefläche, und unwillkürlich rutschte Cathleen verängstigt in die Ecke. Keith schaute auf. »Ich brauche ein Messer«, sagte er zu Lieutenant Hallinger. »Geben Sie mir ein Messer und verschwinden Sie wieder. Sie ist total verängstigt.«

Hallinger griff in seine Jackentasche. Dabei bedeutete er seinen Männern, draußen auf ihn zu warten.

»Halt still, Cathleen, es ist gleich vorbei.« Er hatte ihr wehgetan, er spürte es. Jedes Mal, wenn sie zusammenzuckte, schien sich der Schmerz auf ihn zu übertragen. Als er die Fesseln schließlich gelöst hatte, war er schweißgebadet. »Ich

196

werde dich jetzt nach draußen tragen«, sagte er. »Du darfst dich nicht bewegen.«

»Meine Arme«, wimmerte sie.

»Ich weiß, du hast Schmerzen«, sagte er und hob sie vorsichtig hoch.

Cathleen stöhnte auf und presste ihr Gesicht an seine Schulter.

Als sie schließlich vor dem Wagen standen, war der ganze Platz hell erleuchtet. Cathleen musste die Augen schließen, so sehr blendeten sie die grellen Lichter. Überhaupt vermochte sie die Vorgänge um sie herum noch gar nicht so recht wahrzunehmen. Zu tief saß die Angst der letzten Stunden. Sie wusste nur, dass Keith bei ihr war, und deshalb versuchte sie, ihre Schmerzen zu vergessen und nur seine Stimme zu hören.

»Sie werden sie in Ruhe lassen«, sagte er gerade zu Lieutenant Hallinger, der auf ihn zukam.

Travis, der an Keith' Tonfall erkannt hatte, dass sein Freund in einer gefährlichen Stimmung war, stellte sich zwischen ihn und die Polizei. »Ich habe einen Krankenwagen angefordert. Er ist gerade vorgefahren. Paddy und ich werden euch zum Krankenhaus folgen.«

Cathleen spürte, wie sie auf den Rücken gelegt wurde. Überall waren diese grellen Lichter. Und Stimmen, zu viele Stimmen. Sie zuckte zusammen, als etwas Kühles auf ihre brennenden Handgelenke aufgetragen wurde. Aber Keith war bei ihr, streichelte ihr Haar und hörte nicht auf, mit ihr zu sprechen.

Er wusste kaum, was er sagte. In seiner unsagbaren Erleichterung redete er sich einfach all seine Angst und seine Sorgen von der Seele. Er sah das Blut an ihren Handgelenken und ihren Fesseln, und jedes Mal, wenn sie aufstöhnte, schwor er sich, Rache an Durnam zu nehmen.

»In den Ställen«, murmelte sie. »Ich habe alles mit ange-hört. Sie haben das Pferd gedopt. Ich wollte weg. Aber sie haben mich festgehalten.«

Liebevoll strich Keith ihr übers Haar. »Du brauchst keine Angst mehr zu haben. Jetzt bist du in Sicherheit. Ich bin bei dir.«

Er durfte nicht bei ihr bleiben. Kaum hatten sie das Krankenhaus erreicht, da wurde sie fortgebracht, und er blieb hilflos im Gang zurück. Zum Glück waren Travis und Paddy bei ihm.

»Sie wird sich schnell wieder erholen«, sagte Travis und legte ihm mitfühlend die Hand auf die Schulter.

Keith nickte. Die Sanitäter hatten ihm das auch gesagt. Die Wunden und Prellungen würden verheilen. Aber würde sie den Schock jemals überwinden? »Bleib bei ihr«, sagte er. »Ich habe etwas zu erledigen.«

»Keith, sie braucht dich jetzt«, wandte Travis ein.

»Ich bin bald wieder zurück. Bitte bleib solange hier.« Ohne Travis' Antwort abzuwarten, verließ er das Kranken-haus.

Er versuchte, sein Denken weitgehend auszuschalten, als er zu Durnams Farm hinausfuhr. Er brauchte fünfzehn Minuten für die Fahrt, die normalerweise eine halbe Stunde dauerte, aber die Polizei war trotzdem schneller gewesen. Als Keith vor Durnams protziger Villa aus dem Auto sprang, traf er er-neut auf Lieutenant Hallinger.

»Ich dachte mir, dass ich Sie heute Nacht hier sehen würde.« Hallinger zündete sich eine der fünf Zigaretten an, die er sich jeden Tag gönnte. »Manchmal können sogar Polizisten den-ken. Wir waren gerade hier, um Durnam zu vernehmen, als uns die Nachricht erreichte, dass Sie auf dem Weg zur Renn-bahn seien, um Ihre Frau zu befreien.«

»Wie kamen Sie auf Durnam?«

»Ich vermutete, dass das Verschwinden Ihrer Frau mit der Disqualifizierung Ihres Pferdes zusammenhängen könnte. Daraus ergab sich die Frage, wer von dem Ausscheiden des Pferdes aus dem Rennen profitiert hatte. So kam ich auf Durnam. Wie ich sehe, hatten Sie das alles schon herausgefunden.«

»Mir fehlten nur noch die Beweise.«

»Die haben wir jetzt. Der Mann war am Ende. Dass wir bei ihm auftauchten, hat ihm den Rest gegeben. Er hatte bereits sein Konto abgeräumt. Aber das wussten Sie vermutlich auch.«

»Ja, das wusste ich.«

»Seine Koffer waren schon fertig gepackt. Er wollte nur noch das Pferderennen morgen abwarten. Heute«, korrigierte er sich mit einem Blick zum Himmel, an dem der erste graue Schimmer der Morgendämmerung heraufzog. »Er wollte dieses Derby unbedingt gewinnen. Komisch, dass manche Leute sich dermaßen auf etwas versteifen können, dass sie sämtliche Konsequenzen außer Acht lassen. Wie geht es Ihrer Frau?«

»Sie ist verletzt. Wo ist er?«

»Wo er sich aufhält, ist Sache der Polizei, Mr. Logan.« Nachdenklich betrachtete er seine Zigarette. »Ich weiß, wie Sie sich fühlen.«

Mit einem vernichtenden Blick schnitt Keith ihm das Wort ab. »Sie haben keine Ahnung, wie ich mich fühle.«

Hallinger nickte langsam. »Vielleicht haben Sie recht. Sie mögen nicht in der Stimmung sein, sich etwas von mir sagen zu lassen. Ich möchte Ihnen trotzdem einen Rat geben. Sie sind selbst kein Pfadfinder gewesen, Logan.« Als Keith ihn daraufhin nur anschaute, lächelte er nachsichtig. »Ich habe es mir zur Gewohnheit gemacht, selbst auf die kleinste Einzelheit zu achten. Sie haben im Lauf Ihres Lebens einige Schrammen abbekommen, gute und schlechte Zeiten durchgemacht.

Im Moment sind Sie auf dem richtigen Weg. Sie haben eine Frau gefunden, mit der Sie sich ein neues Leben aufbauen können. Verspielen Sie diese Chance nicht durch irgendwelche unüberlegten Handlungen. Charles Durnam ist es erstens nicht wert, und zweitens hat er schon genug verloren. Genügt es Ihnen nicht, dass sein Leben ruiniert ist?«

»Nein«, erwiderte Keith und öffnete die Wagentür. Bevor er einstieg, drehte er sich noch einmal zu Hallinger um. »Wenn er aus dem Gefängnis herauskommt, werde ich ihn mir vornehmen.«

Hallinger warf seine Zigarettenkippe weg. Bedauernd schüttelte er den Kopf. »Ich werde es mir merken.«

Vorsichtig schlug Cathleen die Augen auf. Sie war im Krankenhaus. Wie jedes Mal, wenn sie aus ihrem unruhigen Halbschlaf aufwachte, überkam sie eine Welle der Erleichterung.

Das Licht neben ihrem Bett brannte immer noch. Sie hatte die Krankenschwester gebeten, es auf keinen Fall auszuknipsen, nicht einmal bei Sonnenaufgang.

Keith war nicht bei ihr gewesen. Sie hatte nach ihm gefragt, aber man hatte sie in ein Privatzimmer gebracht, ins Bett gelegt und ihr versprochen, dass er bald kommen würde. Sie müsse schlafen, das sei jetzt das Wichtigste. Aber sie wollte, dass Keith zu ihr kam.

Matt drehte sie den Kopf. Blumen standen im Raum. Wahrscheinlich waren sie von Travis oder Paddy. Aber wo blieb Keith?

Langsam richtete sie sich auf. Und dann sah sie ihn. Mit dem Rücken zum Bett stand er am Fenster. »Keith«, sagte sie froh.

Er drehte sich sofort um. Sie streckte die Hand nach ihm aus, und er ging zu ihr. »Du siehst besser aus«, sagte er unsicher.

»Ich fühle mich auch schon viel besser. Ich wusste gar nicht, dass du hier bist.«

»Ich bin schon eine ganze Weile hier. Brauchst du irgendetwas?«

»Ja, ich würde gern etwas essen.« Lächelnd streckte sie wieder die Hand nach ihm aus. Doch er hatte seine Hände bereits in die Hosentaschen gesteckt.

»Ich werde die Krankenschwester holen.«

»Keith, geh nicht weg«, sagte sie, als er sich zur Tür wandte. »Das Essen kann warten. Du siehst sehr müde aus.«

»Ich habe eine aufregende Nacht hinter mir.«

Cathleen lächelte zaghaft. »Ich weiß. Es tut mir leid.«

Sein Blick war abweisend. »Es braucht dir nicht leidzutun. Ich hole jetzt die Krankenschwester.«

Wieder war sie allein. Traurig legte sie sich in die Kissen zurück. Konnte er tatsächlich böse auf sie sein? Seufzend schloss sie die Augen. Sicher konnte er. Schließlich hatte er ihretwegen einiges durchmachen müssen – selbst wenn es nicht ihre Schuld gewesen war. Und jetzt lag sie auch an diesem für ihn so wichtigen Tag im Krankenhaus.

Als er zurückkam, zwang sie sich zu einem fröhlichen Lächeln. »Du solltest längst auf der Rennbahn sein. Ich hatte ja keine Ahnung, dass es schon so spät ist. Hat jemand daran gedacht, mir Kleidung mitzubringen? Ich kann in zehn Minuten fertig sein.«

»Du wirst das Krankenhaus nicht verlassen.«

»Ich werde auf keinen Fall mein erstes Derby versäumen. Ich weiß, was der Arzt gesagt hat, aber …«

»Dann weißt du auch, dass du erst nach vierundzwanzig Stunden wieder aufstehen darfst.«

Sie wollte ihm bereits widersprechen, unterließ es dann aber. Nach dem, was sie beide durchgemacht hatten, waren Streitigkeiten gewiss nicht angebracht. »Du hast recht«, lenkte sie ein. »Ich werde das Derby im Fernsehen verfolgen.« Warum kam er nicht zu ihr? Warum nahm er sie nicht in die Arme? Es kostete sie ungeheure Anstrengung zu lächeln. »Aber du musst jetzt gehen.«

»Wohin?«

»Zur Rennbahn natürlich. Du hast schon viel zu viel verpasst.«

»Ich bleibe hier.«

Ihr Herz schlug schneller, als er das sagte, trotzdem schüttelte sie den Kopf. »Du darfst das Rennen nicht versäumen. Es ist schlimm genug, dass ich hier eingesperrt bin. Lass mir wenigstens die Freude, dich im Fernsehen zu sehen. Du kannst doch hier nichts tun.«

Er dachte daran, wie hilflos er sich die ganze Nacht gefühlt hatte und wie hilflos er sich auch jetzt noch fühlte. »Vielleicht hast du recht.«

»Dann geh, beeil dich.«

Müde strich er sich übers Kinn. »Okay.«

Sie bot ihm die Lippen, damit er sie küsste. Doch sein Mund berührte nur flüchtig ihre Stirn. »Bis später.«

»Keith!«, rief sie, als er an der Tür stand. »Du wirst doch gewinnen?«

Er nickte und schloss leise die Tür hinter sich. Draußen lehnte er sich an die Wand. Er konnte kaum stehen, so erschöpft war er. Was kümmerte ihn das Derby? Seit er Cathleen aus diesem Lieferwagen befreit hatte, stand ihm nur ein einziges Bild vor Augen: wie sie zusammengekrümmt in der hintersten Ecke dieses Wagens lag und sogar vor seiner Berührung zurückschreckte. Sie hatte sich wieder erholt, lächelte und sprach, als sei nichts gewesen. Doch er sah nur die weißen Verbände an ihren Handgelenken.

Er hatte Angst, sie zu berühren, weil er fürchtete, sie würde erneut vor ihm zurückschrecken. Es war eine Qual für ihn,

202

ihr wehzutun, diese Panik in ihren Augen zu verursachen.

Und sie hatte keine Ahnung, was in ihm vorging. Sie schickte ihn einfach weg. Sie brauchte ihn nicht. Eine Siegestrophäe, das war alles, woran sie interessiert war. Okay, wenn es sie glücklich machte, würde er ihr diesen verdammten Sieg holen.

Cathleen war schrecklich nervös. Allein die Vorbereitungen zum Derby im Fernsehen zu verfolgen war eine aufregende Sache für sie. Als die Kamera auf Keith gerichtet wurde, lachte sie glücklich. Wenn sie doch nur bei ihm sein könnte! Leider wich er den Reportern aus, sodass sie nicht dazu kam, ihn im Fernsehen sprechen zu hören. Sie wurde jedoch für ihre Enttäuschung entschädigt, als der Reporter vor der Kamera die Hintergründe der Affäre um Double Bluff erklärte und bekannt gab, dass Keith von jedem Verdacht, sein Pferd gedopt zu haben, befreit sei.

Dann berichtete der Reporter von ihrer Entführung und Durnams Festnahme. Den Pferdeburschen hatte man in den Ställen aufgegriffen, wo er seinen Rausch ausgeschlafen hatte. Er hatte sofort gestanden und bereitwillig die ganze Geschichte erzählt. Danach wurde Durnams Lieferwagen mit der aufgebrochenen Tür gezeigt, und dann war plötzlich wieder Keith im Bild.

Wie müde er aussieht, dachte Cathleen. Deshalb hatte er sich vorhin so abweisend verhalten. Er war ganz einfach erschöpft. Wenn er sich erst einmal ausgeruht hatte und diese ganze Geschichte vergessen war, würde endlich alles wieder in Ordnung sein.

Die Pferde wurden gezeigt und die überfüllten Tribünen. Nur noch wenige Minuten, und das Rennen würde beginnen. Am liebsten wäre Cathleen aus dem Bett gesprungen und zur Rennbahn gefahren. Wenn ihr Baby nicht gewesen wäre, hätte sie den verrückten Einfall in die Tat umgesetzt.

Das Startzeichen ertönte, und während der nächsten paar Minuten starrte Cathleen wie gebannt auf den Bildschirm. Double Bluff übertraf sich selbst. Gleich zu Anfang schob er sich ganz nach vorn. Cathleen hielt den Atem an. Es war noch viel zu früh. Sie wusste, dass der Jockey Anweisung hatte, das Pferd die erste halbe Meile zurückzuhalten. Doch Double Bluff ließ sich nicht bremsen.

Cathleens Besorgnis wandelte sich in jubelnde Begeisterung, als sie ihn den anderen davongaloppieren sah. Es war, als wollte er sich für das Unrecht rächen, das man ihm angetan hatte. Die Zuschauer waren aufgesprungen, um ihn anzufeuern. Auf den letzten Metern schien er noch einmal schneller zu werden. Die Stimme des Ansagers überschlug sich vor Erregung. Zwei Längen, drei Längen, dreieinhalb. Er lief durchs Ziel, als sei er allein auf der Rennbahn.

»Er hat nicht ein einziges Mal die Führung abgegeben«, sagte Cathleen aufgeregt zu der Krankenschwester, die ins Zimmer gekommen war, um das Rennen mit ihr zu verfolgen.

»Herzlichen Glückwunsch, Mrs. Logan. Jetzt werden Sie bestimmt schnell gesund.«

»Ganz bestimmt.« Aber die Spannung war noch nicht vorbei. Das Wichtigste war für sie die offizielle Bestätigung. Es schien eine Ewigkeit zu dauern, bevor die Nummern auf der schwarzen Tafel aufleuchteten. Aufgeregt fasste sie nach der Hand der Krankenschwester. »Da ist Keith! Er hat so hart für diesen Sieg gearbeitet, so lange darauf gewartet. Oh, ich wünschte, ich könnte in diesem Moment bei ihm sein.«

Sie beobachtete, wie die Reporter und Kameraleute sich um ihn drängten, bevor er sich mit seinem Trainer, dem Jockey und Double Bluff zur Siegerehrung aufstellte. Warum lächelt er nicht? dachte sie. Sie sah, wie er seinem Jockey die Hand schüttelte, konnte aber nicht hören, was er zu ihm sagte.

Ein Reporter hielt ihm das Mikrofon hin. »Dieser Sieg muss Sie doch für die Disqualifizierung letzte Woche entschädigen, nicht wahr, Mr. Logan?«

»Er entschädigt mich nicht einmal annähernd dafür.« Keith klopfte dem Pferd auf den Hals. »Double Bluff hat heute bewiesen, dass er ein Champion ist, und er hat meinem Vertrauen in sein Team Ehre gemacht. Aber der Sieg dieses Rennens gehört meiner Frau.« Er zog eine Rose aus der über und über mit Blüten besteckten Decke, die man über den Rücken des Pferdes gebreitet hatte. »Entschuldigen Sie mich bitte.«

»Das hat er aber schön gesagt«, meinte die Krankenschwester.

»Ja«, sagte Cathleen und konnte nicht verstehen, warum sie sich so verloren fühlte.

12. Kapitel

Nachdem Cathleen aus dem Krankenhaus entlassen worden war, flog sie mit Keith nach Hause. Schon auf dem Heimflug merkte sie, dass etwas nicht stimmte. Dabei hätten sie eigentlich Grund zum Feiern gehabt. Keith' guter Ruf war wiederhergestellt, sein Pferd hatte nicht nur das Derby gewonnen, sondern dabei gleich noch einen neuen Rekord aufgestellt, und sie war gesund und in Sicherheit. Doch in ihrer Beziehung schien nichts mehr zu stimmen.

Sie wusste, dass Keith manchmal reserviert war, dass er zu Arroganz und Starrsinn neigte. Aber sie hatte nicht geahnt, dass er so kühl und abweisend sein konnte. Er gab ihr keinerlei Zärtlichkeit, er berührte sie nicht einmal mehr. Cathleen hatte fast den Eindruck, dass er ihr absichtlich auswich. Zum Beispiel ging er sehr spät zu Bett und stand noch früher als gewöhnlich auf. Und tagsüber verbrachte er die meiste Zeit außer Haus.

Cathleen zerbrach sich den Kopf über sein seltsames Verhalten, versuchte irgendeine Antwort darauf zu finden. Langweilte sie ihn bereits? Eines Abends stellte sie sich vor den Spiegel, um ihr Gesicht und ihre Figur einer kritischen Betrachtung zu unterziehen. Nein, man sah ihr die Schwangerschaft nicht an. Weder ihr Gesicht noch ihre Figur hatten sich verändert. Sie wusste jedoch, dass ihr nicht viel Zeit blieb, bevor die ersten Veränderungen sich bemerkbar machten.

Und was dann? Würde ihre Beziehung vollends in die Brüche gehen, wenn er von ihrer Schwangerschaft erfuhr? Nein, das konnte sie nicht glauben. Sein eigenes Kind würde er gewiss nicht verstoßen. Aber was war mit ihr? Wenn er schon jetzt genug von ihr hatte, dann würde er sie, wenn sie erst einmal einen dicken Bauch hatte, noch viel weniger begehren.

Dabei freute sie sich auf die Veränderung, die demnächst mit ihr vorgehen würde. Aber fand Keith diese Veränderung womöglich abstoßend? Bestimmt – falls sie ihre körperliche Beziehung nicht vorher wiederherstellten. Da Keith jedoch in dieser Richtung nichts unternahm, musste sie sich darum kümmern, und zwar sofort.

Sie stellte Kerzen im Schlafzimmer auf und suchte einen besonders guten Wein aus. Dann holte sie das weiße Spitzennegligé, das sie in ihrer Hochzeitsnacht getragen hatte, aus dem Schrank. Wenn sie ihren Mann verführen wollte, dann musste sie sich ganz besonders schön für ihn machen, so schön wie in ihrer Hochzeitsnacht. Wenn er sie damals begehrenswert gefunden hatte, dann würde er sie auch jetzt begehren. Diese Nacht sollte einen Neubeginn darstellen, den Neubeginn ihrer Liebe. Und wenn sie sich geliebt hatten, wenn nichts mehr zwischen ihnen stand, dann würde sie ihm von dem Baby erzählen.

Keith hatte sich wieder einmal total überanstrengt. Er arbeitete meistens bis zum Umfallen, bevor er die Treppen zum Schlafzimmer hinaufging, um sich leise neben Cathleen ins Bett zu legen. Wenn er erschöpft war, konnte er der Versuchung, sie an sich zu ziehen, eher widerstehen. Dann fiel es ihm nicht so schwer, über die Tatsache hinwegzusehen, dass sie neben ihm lag und er nur die Hand nach ihrem süßen weichen Körper auszustrecken brauchte. Nur wenn er todmüde war, vermochte er sich einzureden, dass er sie nicht begehrte.

Doch er machte sich etwas vor. Er belog sich selbst.

Die Entfremdung zwischen ihnen, die er selbst herbeigeführt hatte, tat ihm schrecklich weh. Aber was konnte er sonst tun? Cathleen musste Abstand zu ihm gewinnen. Er hatte sie in diese Ehe hineingedrängt, und nun wollte er ihr Zeit lassen, ihre Entscheidung zu überdenken. Sie hatte Geheimnisse vor ihm, das sah er. Der Ausdruck in ihren Augen verriet es ihm. Manchmal konnte er kaum das Verlangen unterdrücken, sie bei den Schultern zu packen und zu schütteln, bis sie ihm alles sagte. Doch dann fiel ihm ein, was sie seinetwegen hatte durchmachen müssen, und er traute sich nicht einmal, sie anzufassen.

Sie war die vorbildlichste Frau gewesen seit ihrer Rückkehr – sie stellte keine Fragen, sie forderte nichts, sie äußerte kein einziges vorwurfsvolles Wort. Und er wollte sie zurückhaben.

Leise öffnete er die Schlafzimmertür – und blieb verblüfft stehen.

»Ich dachte, du würdest überhaupt nicht mehr heraufkommen.« Lächelnd ging sie auf ihn zu. »Du arbeitest zu viel.«

»Ich habe eine Menge zu tun.«

»Das Leben besteht nicht nur aus Arbeit.«

Von seinen Gefühlen überwältigt, strich er ihr übers Haar. »Ich dachte, du würdest schon schlafen.«

»Ich habe auf dich gewartet.« Sie stellte sich auf die Zehenspitzen und küsste ihn. »Du fehlst mir, Keith. Ich habe Sehnsucht nach dir. Komm zu mir. Ich möchte so gern mit dir schlafen.«

»Ich habe noch etwas zu erledigen.«

»Kann das nicht warten?« Lächelnd fing sie an, sein Hemd aufzuknöpfen. Dabei glaubte sie deutlich, seine Reaktion zu spüren. In diesem Augenblick war sie sicher, dass er sie begehrte. »Wir haben schon lange keinen Abend mehr für uns allein gehabt.«

Er sah die Verbände an ihren Handgelenken, und schlagartig kehrten seine Schuldgefühle zurück. »Es tut mir leid«, sagte er. »Aber ich bin nur heraufgekommen, um nachzusehen, ob es dir gut geht. Du solltest jetzt schlafen.«

Die Zurückweisung tat ihr weh. Sie trat einen Schritt zurück. »Begehrst du mich nicht mehr, Keith?«

Wie konnte sie ahnen, was in ihm vorging? Woher hätte sie wissen sollen, dass sein Verlangen ihn fast um den Verstand brachte? »Ich will dir nur Zeit lassen, dich zu erholen. Schließlich hast du eine Menge durchgemacht.«

»Du auch. Umso wichtiger ist es, dass wir wieder etwas Zeit miteinander verbringen.«

Er strich ihr flüchtig über die Wange. »Geh jetzt schlafen.« Im nächsten Augenblick hatte er das Zimmer verlassen.

Sekundenlang konnte Cathleen nur dastehen und die geschlossene Tür anstarren. Dann drehte sie sich um und löschte traurig die Kerzen.

Cathleen schloss sich in ihr Büro ein, um Zuflucht bei ihren Zahlen zu finden. Bei ihren Büchern wusste sie wenigstens, woran sie war. Wenn sie zwei und zwei zusammenzählte, erhielt sie ein logisches Ergebnis. Im Leben war das nicht so einfach. Vor allem nicht mit Keith.

Als Travis anrief, um ihr zu sagen, dass bei Dee die Wehen eingesetzt hatten, freute sie sich nicht nur für ihre Cousine. Endlich passierte etwas.

Sie konnte die Abwechslung gut gebrauchen. Nachdem sie hastig eine Nachricht für Keith aufgeschrieben hatte, verließ sie ihr Büro. Falls er sie suchen sollte, würde er die Notiz finden. Und wenn er sie nicht vermisste, dann konnte es ihm egal sein, wo sie war.

Sie hatte inzwischen noch eine Erkenntnis über die Liebe hinzugewonnen. Jeder Partner sollte seine eigene Unabhängigkeit bewahren. In guten Ehen wirkte sich das positiv auf die Beziehung aus, in schlechten war es eine Überlebensfrage.

Während sie die Auffahrt hinunterfuhr, betrachtete sie im Rückspiegel das Haus, das langsam hinter ihr zurückblieb. Ihr Leben lang hatte sie von einem solchen Haus geträumt. Und jetzt, da sie endlich in ihrem Traumhaus lebte, war sie unglücklich. Dabei hätten Keith und sie so viel aus ihrem Leben machen können. Ihre Ehe könnte mehr sein als ein nüchternes Zusammenleben. Irgendwann musste Keith sich entscheiden, ob und wie er diesem gemeinsamen Leben einen neuen Sinn geben wollte.

Den ganzen Tag hatte Keith daran denken müssen, wie bezaubernd Cathleen am Abend zuvor ausgesehen hatte. Es war ihm so schwergefallen, vor ihr – und seinen eigenen Gefühlen – davonzulaufen. Darüber hinaus waren ihm plötzlich Zweifel an seinem Verhalten gekommen. Tat er ihr überhaupt einen Gefallen damit? Eines stand fest: Sich selbst richtete er damit langsam, aber sicher zugrunde.

Vielleicht war der Zeitpunkt für eine Aussprache gekommen. Eine sachliche, nüchterne Diskussion konnte er bewältigen, zu mehr würde er sich wahrscheinlich nicht durchringen können. Er brauchte Cathleen, ohne sie wäre sein Leben sinnlos. Wie er in diese Abhängigkeit geraten war, wusste er nicht. Es war ganz einfach eine Tatsache, die er akzeptieren musste. Was ihm zu schaffen machte, war die Frage, ob sie ohne ihn auskommen konnte. Was hätte sie aus ihrem Leben gemacht, wenn sie frei und ungebunden gewesen wäre? Er hatte ihr jede Chance genommen, das herauszufinden.

Ja, sie mussten miteinander reden. Und nachdem er diesen Entschluss gefasst hatte, wollte er ihn auch auf der Stelle ausführen. Er ging in ihr Büro, und als er sie dort nicht fand, in den Innenhof, wo Rosa gerade die Geranien goss.

»Rosa, ist Cathleen oben?«

Rosa schaute kurz auf und widmete sich dann wieder ihren Blumen.

»Die Señora ist vor ein paar Stunden fortgegangen.«

»Fortgegangen?« Das ist doch kein Grund zur Panik, dachte er, obwohl ihm vor Angst fast der Atem stockte. »Wohin?«

»Das hat sie mir nicht gesagt.«

»Hat sie das Auto genommen?«

»Ich glaube ja. Keith, warte«, fügte sie nun hinzu, als er schlecht gelaunt gehen wollte.

»Ja?«

Lächelnd stellte sie ihre Gießkanne ab. »Du hast heute genauso wenig Geduld wie damals als zehnjähriger Junge.«

»Ich will nicht, dass sie allein ist.«

»Du lässt sie doch ununterbrochen allein.« Mutig begegnete sie seinem finsteren Blick. »Glaubst du, ich sehe nicht, was hier vorgeht? Deine Frau ist unglücklich. Und du bist es auch.«

»Cathleen geht es gut. Und mir ebenfalls.«

»Das hast du früher auch immer gesagt, wenn du mit einem blauen Auge nach Hause gekommen bist.«

»Das ist lange her.«

»Versuch nicht, dir etwas vorzumachen, Keith. Du kannst die Vergangenheit nicht vergessen. Genauso wenig wie ich sie vergessen kann. Wenn du dir eine Zukunft aufbauen willst, musst du erst mit der Vergangenheit klarkommen.«

»Warum sagst du mir das, Rosa?«

In diesem Moment tat sie etwas, das sie seit ihrer Kindheit nicht mehr getan hatte. Sie ging zu ihm hin, um ihre Hand an seine Wange zu legen. »Deine Frau ist stärker, als du denkst, mein Bruder. Und du besitzt nicht annähernd ihre Kraft.«

»Ich bin kein kleiner Junge mehr, Rosa.«

»Nein, aber damals warst du nicht so schwierig.«

»Ich war schon immer schwierig.«

»Weil unser Leben schwierig war. Aber du hast dir inzwischen ein besseres Leben geschaffen.«

»Vielleicht.«

»Deine Mutter wäre stolz auf dich gewesen. Bestimmt«, fügte sie hinzu, als er zurückweichen wollte.

»Das Leben hat ihr keine Chance gegeben.«

»Nein. Aber dir hat es eine gegeben. Und du hast mir eine gegeben.«

Er machte eine wegwerfende Handbewegung. »Ich habe dir Arbeit gegeben.«

»Du hast mir etwas geschenkt, was ich noch nie in meinem Leben besaß: ein richtiges Zuhause. Bevor du gehst, möchte ich dich etwas fragen. Warum lässt du mich hier wohnen? Sag mir die Wahrheit, Keith.«

Er wollte ihr keine Antwort darauf geben, aber sie hatte schon früher immer diesen direkten Blick gehabt, dem man nicht ausweichen konnte. Sie schaute ihr Gegenüber so lange an, bis sie ihre Antwort bekam. Und vielleicht schuldete er ihr die Wahrheit. Vielleicht schuldete er sie sich selbst. »Weil Mutter dich liebte«, sagte er. »Und weil du auch mir etwas bedeutest.«

Lächelnd wandte sie sich wieder ihren Blumen zu. »Deine Frau wird nicht so lange auf eine Antwort warten. Sie ist nämlich genauso ungeduldig wie du.«

»Rosa, warum bist du all die Jahre bei mir geblieben?«

Sie zupfte die Blätter eines Farns zurecht. »Weil ich dich liebe. Auch deine Frau liebt dich. Wenn du nichts dagegen hast, möchte ich jetzt ein paar Blumen fürs Wohnzimmer pflücken.«

»Ja, sicher.« Er überließ Rosa ihren Blumen und ging in Cathleens Büro zurück. Noch nie hatte er darüber nachgedacht, warum er Rosa all die Jahre um sich geduldet, warum er ihr Arbeit gegeben hatte, damit sie sich nicht in ihrem Stolz verletzt fühlen musste. Jetzt wurde es ihm klar. Sie war seine Schwester. So einfach war das – und so schwer zu akzeptieren. Sie hatte recht gehabt, als sie sagte, dass Cathleen nicht so lange auf eine Antwort warten würde.

Er musste mit ihr sprechen. Vor allem über seine Gefühle. Nervös blätterte er die Papiere auf ihrem Schreibtisch durch. Sie war wirklich eine fabelhafte Buchhalterin. Alles war zu ordentlichen kleinen Stapeln geordnet, und die Zahlen standen in sauberen Reihen untereinander. Ein Mann konnte sich kaum darüber beklagen, eine gewissenhafte Frau zu haben. Warum hatte er dann das unwiderstehliche Bedürfnis, all die Bücher und Papiere zusammenzuraffen und auf den Müll zu werfen?

Es war die Arztrechnung, die ihn stutzig machte. Er hatte ausdrücklich angeordnet, dass alle Rechnungen, die mit ihrem Krankenhausaufenthalt in Kentucky zusammenhingen, an ihn geschickt würden. Trotzdem war diese Rechnung an Mrs. Logan adressiert. Verärgert nahm er sie an sich. Er wollte nicht, dass irgendetwas sie an den Vorfall erinnerte. Aber als er einen zweiten Blick auf die Rechnung warf, sah er, dass sie nicht aus Kentucky kam, sondern von einem Arzt in Maryland. Von einem Frauenarzt.

Frauenarzt? Langsam setzte Keith sich in den Schreibtischsessel. Schwangerschaftstest, stand auf der Rechnung. War Cathleen etwa schwanger? Unmöglich! Das wüsste er. Sie hätte es ihm bestimmt gesagt. Aber da stand ganz deutlich »positiv«. Und dem Datum nach war der Test vor vier Wochen gemacht worden.

Cathleen erwartete ein Kind. Und sie hatte ihm nichts davon gesagt. Was hatte sie ihm sonst noch verschwiegen? Er sprang auf und wühlte die übrigen Papiere auf ihrem Schreibtisch durch. Dabei stieß er auf die hastig hingekritzelte Notiz, die sie ihm hinterlassen hatte.

*Keith, ich bin ins Krankenhaus gefahren. Ich weiß nicht,
wie lange es dauern wird.
Cathleen.*

Keith starrte den Zettel an. Dabei spürte er, wie alles Blut aus
seinem Gesicht wich.

»Wie kann Dee nur so ruhig und geduldig sein«, meinte Cathleen, während sie nervös im Wartezimmer auf und ab lief.

Paddy blätterte in der Zeitschrift, die er zu lesen vorgab.
»Babys werden nicht in zehn Minuten geboren.«

»Aber das dauert ja eine Ewigkeit.«

Paddy lachte, warf jedoch verstohlen einen Blick auf seine
Armbanduhr. »Keine Angst, Dee hat Übung im Kinderkriegen.«

»War sie beim ersten Kind auch so gelassen?«, fragte Cathleen und legte unwillkürlich die Hand auf ihren Bauch.

»Sicher. Du weißt doch, wie sie ist.«

»Ja.« Im Stillen hoffte sie, dass sie auch so mutig an die Sache herangehen würde. »Es hilft ihr bestimmt sehr, dass Travis bei ihr ist.« Sie hatte gesehen, wie liebevoll Travis sich um
seine Frau gekümmert hatte, wie er neben ihrem Bett stand,
ihre Hand hielt und sie aufmunterte. Er war das Musterbeispiel des treu sorgenden Ehemannes. »Glaubst du, Paddy,
dass alle Männer so sind?« Würde Keith dasselbe für sie tun?

»Wenn ein Mann seine Frau so liebt wie Travis, dann würde
er ihr in dieser Situation auf jeden Fall zur Seite stehen. Musst
du eigentlich dauernd hin und her laufen? Du machst mich
ganz nervös.«

»Ich kann nicht still sitzen«, meinte Cathleen. »Vielleicht
sollte ich nach unten gehen und ein paar Blumen für Dee kaufen.«

»Das ist eine gute Idee.«

»Ich werde dir einen Becher Tee mitbringen.«

»Tu das. Es kann jetzt nicht mehr lange dauern.« Er wartete, bis Cathleen den Raum verlassen hatte, um dann aufzuspringen und selbst nervös hin und her zu laufen.

Unten stürmte in diesem Moment Keith ins Krankenhaus. »Wo ist meine Frau?«, fragte er ungeduldig die Krankenschwester am Empfang. Die Schwester schaltete ihren Computer ein. »Name?«

»Logan. Cathleen Logan.«

»Wann wurde sie eingeliefert?«

»Ich weiß es nicht. Vor etwa zwei Stunden.«

Die Schwester drückte ein paar Tasten. »Weswegen?«

»Ich …« Was sie vorhatte, war so ungeheuerlich, dass er es einfach nicht aussprechen konnte. »Sie ist schwanger«, sagte er.

»Entbindungsstation?« Wieder drückte sie ein paar Tasten. »Es tut mir leid, Mr. Logan. Wir haben Ihre Frau nicht hier.«

»Ich weiß, dass sie hier ist!« Leise schimpfend zog er die Arztrechnung aus der Tasche. »Wo ist Dr. Morgan? Ich will sofort mit Dr. Morgan sprechen.«

»Dr. Morgan ist gerade bei einer Entbindung. Sie können zur Schwesternstation im fünften Stock hinauffahren, aber …« Sie zuckte bloß die Schultern, als Keith einfach davonrannte. Werdende Väter, dachte sie. *Die sind immer völlig durchgedreht.*

Mit der Faust hieb Keith auf den Aufzugsknopf. Er hasste Krankenhäuser. Er hatte seine Mutter in einem verloren. Und vor wenigen Tagen musste er mit ansehen, wie man Cathleen in eins gebracht hatte. Und jetzt …

»Keith, ich habe nicht erwartet, dich hier zu treffen.«

Er drehte sich um. Mit einem riesigen Rosenstrauß kam Cathleen auf ihn zu. Ihr Haar war zurückgesteckt, und ihre

215

Wangen glühten. Keith packte sie so hart bei den Schultern, dass ihr fast die Rosen aus der Hand fielen.

»Was machst du hier?«, fuhr er sie an.

»Keith, meine Rosen!«

»Was kümmern mich deine Rosen. Ich will wissen, was du hier treibst.«

»Das siehst du doch. Ich habe Rosen gekauft. Falls du sie nicht vorher zerdrückst, bringe ich sie zu Dee hinauf.«

»Dee?« Verwirrt schüttelte er den Kopf. Er vermochte keinen klaren Gedanken zu fassen.

»Ja, Dee. Wenn eine Frau ein Kind bekommt, bringt man ihr normalerweise Blumen. Oder hast du etwas dagegen?«

»Dee? Du bist hier, weil Dee ihre Zwillinge kriegt?«

»Natürlich. Hast du meine Nachricht nicht gefunden?«

»Doch, die habe ich gefunden«, murmelte er und fasste sie am Arm, um sie in den Aufzug zu ziehen. »Sie war etwas unklar.«

»Ich hatte es eilig. Ich wünschte, ich hätte mehr Rosen gekauft. Wenn eine Frau Zwillinge bekommt, sollte man ihr eigentlich doppelt so viele Blumen schenken.« Sie roch an den Blüten und schaute dann lächelnd zu Keith auf. »Ich bin froh, dass du gekommen bist. Vor allem Dee wird sich freuen.«

Keith hatte seine Verwirrung noch immer nicht ganz überwunden. »Wie geht es ihr?«, fragte er, als sich die Aufzugstüren öffneten.

»Bestens. Paddy und ich sind zwei Nervenbündel, und sie ist völlig gelassen.«

Im Wartezimmer kam ihnen nun ein strahlender Onkel Paddy entgegen. »Von jedem eins!«, rief er. »Sie hat einen Jungen und ein Mädchen.«

»Oh, Paddy!« Lachend umarmte Cathleen den alten Mann. »Geht es ihr gut? Und den Kindern? Sind sie gesund?«

»Die Schwester sagt, es gehe allen ausgezeichnet. Sie wird

sie gleich herausbringen, damit wir sie bewundern können.«

»Cathleen, warum setzt du dich nicht?«, meinte Keith, der sich bereits jetzt Sorgen machte, sie könne sich übernehmen.

»Ich kann im Moment nicht still sitzen«, erwiderte sie, um sich gleich darauf lachend bei Onkel Paddy einzuhängen. »Mir ist eher nach Tanzen zumute. Komm, Onkel Paddy«, sagte sie und drehte sich mit ihm im Kreis.

Mit dem Rosenstrauß in der Hand stand Keith da und beobachtete die beiden. Er hatte sie schon so lange nicht mehr lachen hören. Und wie sehr er dieses strahlende Lächeln vermisst hatte. Am liebsten hätte er die Blumen in die Ecke geworfen, sie gepackt und nach Hause getragen, um sie stundenlang in seinen Armen zu halten.

»Sie können jetzt rein«, sagte die Krankenschwester und öffnete ihnen die Tür zu Dees Zimmer.

»Da sind sie ja!«, rief Paddy. »Da sind ja die kleinen Racker. Schaut euch das an.« Er zog ein Taschentuch hervor und wischte sich damit gerührt über die Augen. »Sie sind wunderschön, Dee. Genau wie du.«

Staunend betrachtete Cathleen die beiden Babys, die ihre Cousine in den Armen hielt. »Ein Junge und ein Mädchen! Wie süß und winzig sie sind!«

»Sie werden schnell groß genug. Sie haben kräftig geschrien, als sie auf die Welt kamen«, meinte Dee und gab ihren Kindern jeweils einen Kuss.

»Sie scheinen ganz nach der Mutter zu gehen«, neckte sie Travis.

»Du kannst von Glück sagen, dass ich keine Hand frei habe! Hallo, Keith. Nett von dir, dass du auch gekommen bist. Ich finde es herrlich, die ganze Familie beisammenzuhaben.«

»Geht es dir gut?«, fragte Keith ein wenig verlegen und gab Travis den Rosenstrauß. »Brauchst du irgendetwas?«

»Ein Käsebrötchen«, meinte sie seufzend. »Ein schönes,

knuspriges Käsebrötchen. Aber ich fürchte, darauf muss ich noch eine Weile warten.«

»Mrs. Grant braucht jetzt aber wieder ein wenig Ruhe«, sagte die Krankenschwester. »Besuchszeit ist heute Abend ab sieben Uhr.«

»Paddy, bring die Kinder mit.«

»Kinder unter zwölf Jahren haben keinen Zutritt zur Wöchnerinnenstation, Mrs. Grant.« Dee lächelte bloß und wiederholte ihre Bitte.

Paddy steckte sein Taschentuch ein. »Dann will ich mal nach Hause gehen und mir überlegen, wie ich die ganze Mannschaft heute Abend hier reinschmuggle«, meinte er.

»Ruf mich an, wenn du Hilfe brauchst«, sagte Cathleen.

»Das werde ich tun.« Er küsste sie auf die Wangen und verließ das Wartezimmer.

»Komm«, sagte Keith, »ich bringe dich nach Hause. Du warst lange genug auf den Beinen.«

»Ich habe aber mein Auto dabei«, wandte Cathleen ein.

»Lass es stehen«, erwiderte er und nahm sie beim Arm.

»Das ist doch unsinnig.«

»Okay. Wenn du glaubst, du kannst es ertragen, mit mir im selben Wagen zu sitzen.« Sie verschränkte die Arme vor der Brust und starrte mit finsterem Blick die Aufzugstüren an, während Keith die Hände in die Taschen steckte und genauso verschlossen vor sich hin starrte.

Auf der Heimfahrt sprachen Keith und Cathleen kein Wort miteinander. Erst nachdem sie ins Haus gestürmt war, blieb Cathleen im Innenhof einen Moment stehen, um Keith mit blitzenden Augen anzuschauen.

»Wenn du nichts dagegen hast, gehe ich jetzt nach oben. Und du, du kannst dich zusammen mit deiner miesen Laune zu deinen Pferden in den Stall verziehen.«

218

Keith gab sich dreißig Sekunden Zeit, um seine Wut zu beherrschen. Als das nichts half, rannte er hinter ihr die Treppe hinauf. »Setz dich!«, herrschte er sie an, während er die Schlafzimmertür hinter sich zuknallte.

Als sie daraufhin nur die Arme vor der Brust verschränkte und ihn abschätzend ansah, packte er sie und setzte sie unsanft aufs Bett.

»Okay, ich sitze. Du kannst mit mir reden, falls du das tatsächlich vorhast.« Sie warf den Kopf zurück und schlug die Beine übereinander. »Ich bin gespannt, was du zu sagen hast.« Ihr spöttischer Ton hatte seine Wirkung nicht verfehlt. Die Hände zu Fäusten geballt, schaute er sie mit grimmigem Blick an. »Na los, hau mir doch eine runter«, sagte sie herausfordernd. »Das willst du doch schon seit Tagen.«

»Reiz mich nicht unnötig, Cathleen.«

»Dass mir das nicht gelingt, hat sich doch gestern Abend gezeigt.« Sie zog ihre Schuhe aus und warf sie in eine Ecke. »Ich denke, du bist so wild darauf, mit mir zu sprechen? Warum sagst du nichts?«

Doch anstatt zu sprechen, wanderte Keith nervös im Zimmer auf und ab. Womit sollte er anfangen? Seine Finger berührten den Ring, den er seit Tagen mit sich herumtrug. Vielleicht ergab sich der Anfang von selbst, wenn er ihr den Ring zurückgab. Er nahm ihn aus der Tasche und hielt ihn ihr schweigend hin.

»Du hast meinen Ring gefunden!« Doch ihre Freude darüber wurde getrübt, als sie seine ausdruckslose Miene bemerkte. »Warum hast du mir das nicht früher gesagt?«, fragte sie erstaunt.

»Du hast mich nicht danach gefragt.«

»Ich konnte es nicht. Allein der Gedanke, dass ich den Ring weggeworfen habe, hat mich fast krank gemacht.«

»Warum hast du es getan?«

»Mir fiel nichts anderes ein. Ich wusste, ich hatte keine Chance, ihnen zu entkommen. Sie fesselten mir bereits die Hände.« Da sie auf den Ring schaute, sah sie nicht, wie er zusammenzuckte. »Ich dachte, wenn jemand ihn findet und dir bringt, könntest du dir denken, dass mir etwas passiert ist. Warum hast du ihn mir nicht zurückgegeben?«

»Ich war nicht sicher, ob du ihn wirklich zurückhaben willst. Ich wollte dir Zeit lassen, darüber nachzudenken.« Er nahm ihre Hand und legte den Ring hinein. »Die Entscheidung liegt bei dir.«

»Sie lag von Anfang an bei mir«, erwiderte sie. »Bist du mir immer noch böse wegen dieser Entführung?«

»Deshalb war ich dir nie böse.«

»Den Eindruck musste ich aber haben.«

»Ich weiß. Es war meine Schuld.« Jetzt erst wandte er sich ihr zu. Und zum ersten Mal äußerte er seine Wut und Verzweiflung. »Zwanzig Stunden! Meinetwegen musstest du zwanzig Stunden in diesem Lieferwagen liegen!«

Die Erinnerung daran ließ sie erschauern. Gleichzeitig jedoch horchte sie erstaunt auf. Keith' Worte klangen gerade so, als hätte er sich tatsächlich Sorgen um sie gemacht. »Du warst nie bereit, mit mir darüber zu sprechen. Ich hätte dir so gern alles erklärt, aber …«

»Du hättest tot sein können. Ich saß in diesem verdammten Hotelzimmer und wartete darauf, dass das Telefon klingelt, und konnte nichts, aber auch gar nichts tun. Und als ich dich dann fand, als ich sah, was sie dir angetan hatten, wie deine Handgelenke aussahen …«

»Sie sind schon fast verheilt.« Sie stand auf und wollte zu ihm hingehen, doch er wich zurück. »Warum tust du das?«, fragte sie fassungslos. »Warum gehst du mir aus dem Weg? Selbst im Krankenhaus bist du nicht bei mir geblieben.«

»Ich hätte Durnam am liebsten umgebracht.«

»Keith! Wie kannst du so etwas sagen.«

»Aber es war zu spät.« Die Verbitterung darüber hatte er immer noch nicht überwunden. »Die Polizei hatte ihn bereits festgenommen. Ich konnte nicht einmal Rache an ihm nehmen. Zur Untätigkeit verdammt, stand ich in diesem Krankenhauszimmer und musste immer wieder daran denken, dass ich dich beinahe verloren hätte. Und je länger ich dastand und dich ansah, desto mehr Vorwürfe machte ich mir. Ich hätte dich nicht in diese Ehe hineindrängen dürfen. Du weißt ja nicht einmal, an was für einen Mann du dich gebunden hast.«

»Jetzt reicht es mir aber! Glaubst du wirklich, ich bin so schwach und unentschlossen, dass ich nicht Ja oder Nein sagen kann? Ich habe mir keine Entscheidung aufzwingen lassen. Ich hatte die Wahl, und ich habe dich gewählt. Und dein blödes Geld hat mit meiner Entscheidung nichts zu tun gehabt.« Jetzt war sie es, die wütend im Zimmer auf und ab lief. »Ich bin es leid, dir ständig meine Liebe beweisen zu müssen! Ich will ja nicht bestreiten, dass ich den Ehrgeiz hatte, es zu etwas zu bringen. Und ich schäme mich auch nicht deswegen. Aber lass dir eins gesagt sein, Keith Logan: Ich hätte es auch allein zu etwas gebracht.«

»Daran habe ich nie gezweifelt.«

»Glaubst du, ich habe dich wegen dieses Hauses geheiratet?« Sie machte eine weit ausholende Geste. »Meinetwegen kannst du es anzünden, es interessiert mich nicht. Und deine Aktien und Wertpapiere? Verspiel sie doch! Und dieser ganze Kram?« Sie zog die Schubladen ihrer Kommode auf und nahm die Etuis mit dem teuren Schmuck heraus, den er ihr geschenkt hatte. »Du kannst dir deine Juwelen an den Hut stecken! Ich brauche das Zeug nicht. Ich liebe dich – warum, das weiß der Himmel. Du glaubst, ich weiß nicht, mit wem ich verheiratet bin?« Sie warf die Schmuckkästen auf die

221

Kommode, um erregt im Raum hin und her zu laufen. »Ich weiß sehr wohl, wer du bist und wo du herkommst. Trotzdem liebe ich dich, auch wenn das reichlich verrückt von mir ist.«

»Du weißt überhaupt nichts«, sagte er ruhig. »Aber wenn du mal einen Moment ruhig bist und dich hinsetzt, erzähle ich es dir.«

»Du kannst mir nichts erzählen, was ich nicht längst weiß. Warum sollte es mir etwas ausmachen, dass du arm warst und ohne Vater aufgewachsen bist? Oh, du brauchst mich gar nicht so anzuschauen. Rosa hat es mir schon vor Wochen gesagt. Was geht es mich an, ob du in deiner Jugend gelogen, betrogen oder gestohlen hast? Ich weiß, wie es ist, arm zu sein. Aber wenigstens hatte ich meine Familie. Dass du es in deiner Jugend schwer hattest, kann doch meine Gefühle für dich nicht beeinträchtigen.«

»Da bin ich mir nicht so sicher.« Wieso gelang es ihr immer wieder, ihn aus der Fassung zu bringen? »Setz dich hin, Cathleen, bitte.«

»Ich will mich nicht hinsetzen! Ich habe das ganze Theater mit dir satt! Ja, ich wäre beinahe gestorben. Als ich in diesem Lieferwagen lag und um mein Leben bangte, konnte ich nur daran denken, wie viel Zeit wir mit unsinnigen Streitereien verschwendet haben. Ich schwor mir, falls ich mit dem Leben davonkommen sollte, kein lautes Wort mehr zu sagen. Jetzt habe ich mich tagelang zusammengerissen. Aber auch meine Geduld hat Grenzen. Wenn du Fragen hast, Keith Logan, dann stell sie mir gefälligst. Ich habe nämlich selbst noch eine ganze Menge zu sagen.«

»Warum hast du mir denn nicht gesagt, dass du schwanger bist?«

Mit diesen Worten hatte Keith sie aus der Fassung gebracht. Obwohl Cathleen sich die ganze Zeit geweigert hatte, setzte sie sich plötzlich freiwillig aufs Bett. »Woher weißt du das?«

Keith zog die Arztrechnung aus der Tasche und hielt sie ihr hin. »Du hast es schon vor einem Monat erfahren.«

»Ja.«

»Wolltest du es mir nicht sagen, oder hattest du vor, die Angelegenheit unauffällig zu regeln?«

»Natürlich wollte ich es dir sagen, aber … Was soll das heißen: die Angelegenheit unauffällig regeln? Aus so etwas kann man doch kein Geheimnis machen.« Noch während sie das sagte, erfasste sie plötzlich den Sinn seiner Worte. »Du glaubtest, dass ich deshalb ins Krankenhaus gefahren bin! Du dachtest, ich würde das Kind nicht haben wollen.« Sie ließ die Rechnung fallen und stand wieder auf. »Dass du überhaupt so etwas von mir denken kannst! Du bist wirklich ein Schuft, Keith Logan.«

»Was hätte ich sonst denken sollen? Du hattest einen Monat Zeit, es mir zu sagen.«

»Ich wollte es dir am ersten Tag sagen. Ich bin zu dir gekommen, um es dir zu erzählen, ich konnte es kaum abwarten, dir die Neuigkeit mitzuteilen. Aber du musstest Streit anfangen, weil ich meinen Eltern Geld überwiesen hatte. Geld, ständig ging es nur ums Geld. Immer wieder wollte ich dir meine ganze Liebe geben, und immer wieder wurde ich zurückgestoßen. Aber damit ist es jetzt vorbei. Ich habe endgültig genug.« Sie schämte sich der Tränen, die ihr über die Wangen liefen, aber sie war zu stolz, um sie abzuwischen. »Ich werde nach Irland zurückgehen und mein Baby dort zur Welt bringen. Dann sind weder ich noch dein Kind dir im Weg.«

»Du willst das Baby wirklich haben?«

»Natürlich will ich es haben, du Idiot! Es ist unser Kind. Wir haben es in unserer ersten Liebesnacht gezeugt. Damals habe ich dich geliebt. Inzwischen bin ich mir über meine Gefühle nicht mehr im Klaren. Vielleicht hasse ich dich sogar. Du hast mich zurückgestoßen, meine Liebe mit Füßen getreten.

Nicht ein einziges Mal hast du mich in die Arme genommen und mir gesagt, dass du mich liebst.«

»Cathleen …«

»Wage es nicht, mich anzufassen!« Mit beiden Händen wehrte sie ihn ab. Sein Mitleid konnte sie im Moment am allerwenigsten ertragen. »Ich hatte Angst, du würdest das Kind nicht wollen. Ich fürchtete, du würdest mich zusammen mit meinem Baby abschieben, wenn du herausfindest, dass ich schwanger bin.«

Er erinnerte sich an den Tag, an dem sie zu ihm gekommen war, um ihm von dem Baby zu erzählen. Damals war ihm das Leuchten in ihren Augen aufgefallen. Und dann, als sie gegangen war, ohne es ihm zu sagen, war ihr Blick so traurig gewesen, dass es ihm wehgetan hatte. Um nicht noch mehr Fehler zu machen, wählte er seine Worte sehr sorgfältig.

»Wenn du mir das vor sechs Monaten gesagt hättest, vielleicht sogar vor sechs Wochen noch, hättest du vermutlich recht gehabt. Aber inzwischen habe ich einiges eingesehen. Es fällt mir nicht leicht, über meine Gefühle zu sprechen. Und noch viel schwerer fällt es mir, sie zu akzeptieren.« Er trat auf sie zu, um ihr die Hände auf die Schultern zu legen. »Ich könnte es nicht ertragen, dich zu verlieren. Ich brauche dich – dich und das Baby.«

Sie umklammerte den Ring, den sie noch immer in der Hand hielt. »Warum?«, fragte sie.

»Ich wollte nie eine Familie haben. Keine Frau sollte mir je das antun, was mein Vater meiner Mutter angetan hatte. Niemand sollte mir so viel bedeuten, dass ich gefühlsmäßig von ihm abhänge. Dann flog ich nach Irland und begegnete dir. Und wenn du nicht mit mir nach Amerika gekommen wärst, wäre ich noch heute in Irland.«

»Aber du hast mich doch mitgenommen, weil du eine Buchhalterin brauchtest.«

»Ich brauchte eine vernünftige Begründung – für uns beide. Ich wollte mir nicht eingestehen, dass ich dich mag, dass du meinem Leben einen neuen Sinn gegeben hast. Ich habe dich in diese Ehe gedrängt, weil ich verhindern wollte, dass du dich nach anderen Männern umschaust und womöglich einen besseren findest.«

»Ich hatte genug Gelegenheit, andere Männer kennenzulernen.«

»Du hattest aber noch nie vorher mit einem Mann geschlafen.«

»Glaubst du, ich habe dich geheiratet, weil du gut im Bett bist?«

Darüber musste er lachen. »Woher willst du wissen, ob ich gut bin? Du hattest doch keine Vergleichsmöglichkeiten.«

»Ich bezweifle, dass eine Frau sich erst durch die Betten schlafen muss, um zu wissen, wann sie den richtigen Mann gefunden hat. Sex sollte genauso wenig ein Heiratsgrund sein wie Geld. Wir haben beide einen Fehler gemacht: Ich, indem ich annahm, du hättest mich geheiratet, weil du mich begehrtest, und du, indem du glaubtest, ich hätte dich wegen deines Reichtums geheiratet. Ich habe dir gesagt, warum ich deine Frau geworden bin, Keith. Findest du nicht, es wird langsam Zeit, dass du mir sagst, warum du mich geheiratet hast?«

»Ich hatte Angst, dich zu verlieren.«

Seufzend akzeptierte sie diese Antwort. »Okay, wenn du dich zu mehr nicht durchringen kannst, muss mir das eben genügen.« Sie hielt ihm ihren Ehering hin. »Der gehört an meinen Finger. Du erinnerst dich hoffentlich, an welchen.«

Er nahm ihr den Ring ab und steckte ihn an ihren Finger. Sie hatte sich ein zweites Mal für ihn entschieden, ihm erneut eine Chance gegeben. »Ich liebe dich, Cathleen«, sagte er. Er sah, wie sich ihre Augen mit Tränen füllten, und bereute es, dass er die Worte nicht eher hatte aussprechen können.

»Sag das noch einmal«, forderte sie ihn auf. »So lange, bis du dich daran gewöhnst.«

»Ich liebe dich, Cathleen, und ich werde dich immer lieben.« Als er sie in die Arme schloss, war seine Welt plötzlich wieder in Ordnung. »Du bedeutest mir alles.« Sie küssten sich, und es war ebenso aufregend wie beim ersten Mal. Vorsichtig legte er die Hand auf ihren Bauch. »Wann?«, fragte er zärtlich.

»In sieben Monaten. Zu Weihnachten sind wir eine richtige Familie.«

Er nahm sie auf den Arm. »Ich werde dich nie wieder enttäuschen, das schwöre ich dir.«

»Ich weiß.«

»Und jetzt möchte ich, dass du dich hinlegst. Du musst dich schonen.« Doch als er sie vorsichtig auf dem Bett absetzte, hielt sie ihn fest.

»Ich lege mich nur hin, wenn du mir Gesellschaft leistest.« Liebevoll biss er in ihr Ohrläppchen. »Wie ich bereits sagte, Cathleen, du bist eine Frau ganz nach meinem Geschmack.«

– ENDE –

Rachel u Zack Muldoon
Alex u. Bess Stanislaski
Mikail u. Sydney
Yuri u Nadia Stanislaski
Spence u Natasha

Nora Roberts

Der lange Traum vom Glück

Roman

Aus dem Englischen von
Emma Luxx

1. Kapitel

Sie war eine Frau mit einer Mission. Ihr Entschluss, von West Virginia nach New York umzuziehen, hatte eine Menge wohldurchdachter Gründe. Dort würde sie den idealen Ort zum Leben finden, beruflichen Erfolg und ihren Traummann.

Bevorzugt, aber nicht zwingend in genau dieser Reihenfolge.

Frederica Kimball hielt sich für eine flexible Frau.

Während sie im Zwielicht des frühen Frühlingsabends den Bürgersteig an der East Side hinunterschlenderte, dachte sie an daheim. Das Haus in Shepherdstown, West Virginia, mit den Geschwistern und Eltern war Freddies Meinung nach ein ideales Zuhause. Weiträumig, voller Musik und Leben.

Es war kaum anzunehmen, dass sie es je geschafft hätte, von dort wegzugehen, wenn sie nicht die Gewissheit gehabt hätte, jederzeit wieder mit offenen Armen aufgenommen zu werden.

Obwohl sie schon oft in New York gewesen war und in dieser Stadt auch über zahlreiche Bindungen verfügte, hatte sie doch stets ihre vertraute Umgebung vermisst, denn hier war ihr eigenes Zimmer im ersten Stock des alten Steinhauses, die Liebe und Kameradschaft ihrer Geschwister, die Musik ihres Vaters, das Lachen ihrer Mutter.

Doch nun war sie kein Kind mehr. Sie war mittlerweile vierundzwanzig und sollte eigentlich schon längst auf eigenen Beinen stehen.

Auf jeden Fall fühlte sie sich durchaus zu Hause in Manhattan. Schließlich hatte sie dort ihre ersten Lebensjahre verbracht. Und danach war sie oft zu Besuch hier gewesen – allerdings immer mit ihrer Familie, wie sie einräumen musste.

Nun, diesmal ist es anders. Du bist jetzt auf dich allein gestellt, dachte sie und straffte die Schultern. Und sie hatte etwas zu tun. Als Allererstes würde sie Nicholas LeBeck überzeugen müssen, dass er eine Partnerin brauchte.

Sein Erfolg und der Ruf, den er sich in den vergangenen Jahren als Komponist erworben hatte, würden noch wachsen, wenn sie ihm erst als Texterin zur Seite stand. Sie brauchte nur die Augen zu schließen, dann konnte sie bereits die Namen LeBeck/Kimball in Leuchtschrift vor sich sehen, während die Musik, die sie zusammen schreiben würden, auf sie einströmte.

Jetzt musst du nur noch erreichen, dass Nick dasselbe sieht und hört, dachte sie mit einem selbstironischen Lächeln.

Sie konnte, falls nötig, die Familie einspannen, um ihn zu überzeugen. Nick und sie waren angeheiratete Cousins.

Und am Ende ihrer Mission würde Nick sie genauso leidenschaftlich lieben wie sie ihn. Wie sie ihn schon immer geliebt hatte.

Sie hatte zehn Jahre auf ihn gewartet, und das war lange genug.

Es wird höchste Zeit, Nick, dachte sie, während sie an dem Saum ihres königsblauen Blazers zupfte.

Noch war sie voller Zuversicht, als sie da vor der Tür des »Lower the Boom« stand. Die beliebte Bar gehörte Zack Muldoon, Nicks Bruder. Stiefbruder genau genommen, aber in Freddies Familie schaute man da nicht so genau hin, allein die Zuneigung zählte. Die Tatsache, dass Zack die Schwester von Freddies Stiefmutter geheiratet hatte, machte aus den Familien Stanislaski, Muldoon, Kimball und LeBeck einen über tausend Ecken verwandten und verschwägerten Clan.

Freddies lang gehegter Traum war es, diesen Verwicklungen durch ihre Verbindung mit Nick noch eine weitere hinzuzufügen.

Sie holte tief Atem, zerrte noch einmal am Saum ihrer Jacke und fuhr sich mit der Hand glättend über ihre ungebändigten blonden Locken, wobei sie sich wieder einmal das exotische Aussehen der Stanislaskis wünschte. Dann streckte sie die Hand nach der Türklinke aus.

Es würde ihr nichts anderes übrig bleiben, als sich mit dem, was ihr das Schicksal mitgegeben hatte, zu bescheiden, und sie würde dafür sorgen müssen, dass es genug war.

Die Luft im »Lower the Boom« war angereichert mit heftigem Biergeruch, über dem der würzige, scharfe Duft von Oregano lag. Rio, Zacks langjähriger Koch, schien offensichtlich gerade eine Pasta Spezial auf dem Herd zu haben.

Alles war so wie immer, angefangen von den holzgetäfelten Wänden mit den Seefahrermotiven bis hin zu der langen verschrammten Theke und den funkelnden Gläsern. Nur von Nick war weit und breit nichts zu sehen. Trotzdem lächelte Freddie, als sie zur Theke ging und sich auf einen der gepolsterten Barhocker setzte.

»Spendierst du mir einen Drink, Seemann?«

Zack, der gerade ein Bier zapfte, schaute auf. Sein lässiges Lächeln verwandelte sich umgehend in ein breites Grinsen. »Freddie! Hi! Ich dachte, du kommst erst Ende der Woche?«

»Ich liebe Überraschungen.«

»So eine Überraschung lasse ich mir gern gefallen.« Zack versetzte dem randvollen Bierkrug einen geübten Schubs, sodass er die Theke entlangschlitterte und direkt in den wartenden Händen des Gastes landete. Dann beugte er sich vor, umrahmte Freddies Gesicht mit seinen großen Händen und gab ihr einen schmatzenden Kuss. »Hübscher denn je.«

»Du auch.«

Was tatsächlich stimmte. Zack war wie guter Whiskey, dessen Aroma erst im Laufe der Jahre zu voller Blüte heranreifte. Sein dunkles Haar war noch immer voll und lockig, und die dunkelblauen Augen hatten einen magnetischen Glanz. Sein Gesicht war kantig und sonnengebräunt, mit Lachfältchen, die seinen Charme noch erhöhten.

Nicht das erste Mal in ihrem Leben fragte Freddie sich, warum sie nur von diesen außergewöhnlich gut aussehenden Menschen umgeben war. »Wie geht es Rachel?«, erkundigte sich Freddie.

»Euer Ehren geht es prächtig.«

Freddie grinste. Zacks Frau – ihre Tante – war kürzlich zur Richterin ernannt worden. »Wir sind alle so stolz auf sie.«

»Eine Richterin in der Familie zu haben ist schon was.« In seinen Augenwinkeln bildeten sich Lachfältchen. »Und sie sieht großartig aus in dieser schwarzen Robe.«

»Das kann ich mir gut vorstellen. Wie geht's den Kindern?«

»Dem schrecklichen Trio? Bestens. Was trinkst du, ein Mineralwasser?«

Sie legte den Kopf schräg. »Willst du dich mit mir anlegen, Zack? Ich bin vierundzwanzig, erinnerst du dich?«

Sein Kinn reibend, musterte er sie. Ihre zierliche Gestalt und die weiche Haut würden vielleicht immer über ihr wahres Alter hinwegtäuschen. Wenn er sie nicht ebenso gut gekannt hätte wie seine eigenen Kinder, hätte er sich ihren Ausweis zeigen lassen.

»Nimm es mir nicht übel. Ich kann es nur noch immer nicht fassen. Die kleine Freddie – erwachsen.«

»Du sagst es.« Sie schlug die Beine übereinander. »Warum also gibst du mir nicht einen Weißwein?«

»Sofort.« Seine langjährige Erfahrung befähigte ihn, ohne sich umzudrehen, nach dem richtigen Glas zu greifen. »Und wie geht es deinen Leuten so?«

»Auch gut, danke. Ich soll von allen schöne Grüße bestellen.« Sie nahm das gefüllte Glas entgegen und prostete ihm zu. »Auf die Familie.«

Zack stieß mit einer Flasche Mineralwasser mit ihr an. »So, und was hast du für Pläne, Honey?«

»Oh, eine ganze Menge.« Sie lächelte, ehe sie einen Schluck nahm. Und sich fragte, was er wohl dazu sagen würde, wenn sie ihm von ihrem Generalstabsplan, seinen jüngeren Bruder betreffend, erzählte. »Als Erstes muss ich eine Wohnung finden.«

»Du weißt, dass du so lange bei uns wohnen kannst, wie du willst.«

»Ich weiß. Oder bei Grandma und Papa oder Mikhail und Sydney oder Alex und Bess.« Sie lächelte erneut. Es war tröstlich zu wissen, dass man von Menschen, die einen liebten, umgeben war. Aber ... »Ich will wirklich meine eigene Wohnung.« Sie stützte sich mit einem Ellenbogen auf der Theke auf. »Es wird Zeit für einen kleinen Vorstoß ins Unbekannte.« Als er widersprechen wollte, schüttelte sie lächelnd den Kopf. »Du hast doch nicht etwa vor, mich eines Besseren zu belehren, Onkel Zack? Ausgerechnet du, der schon als Junge zur See gefahren ist?«

Jetzt hat sie dich, dachte er. Er war viel jünger gewesen als vierundzwanzig, als er von zu Hause weggegangen war. »Also schön, dann eben keine Belehrung. Aber ich werde dich gut im Auge behalten.«

»Davon gehe ich aus.« Freddie lehnte sich zurück und kippelte ein bisschen mit dem Barhocker, dann fragte sie – beiläufig, wie sie hoffte: »Und was treibt Nick so? Ich war darauf gefasst, ihm direkt in die Arme zu laufen.«

»Er hat Wichtiges zu tun: Er ist hinten in der Küche und schaufelt sich Rios Spezialpasta rein.«

Sie hob die Nase. »Riecht himmlisch. Ich denke, ich geh mal kurz nach hinten und begrüße ihn.«

»Tu das. Und sag Nick, dass wir erwarten, dass er für sein Mittagessen etwas spielt.«

»Mach ich.«

Sie griff nach ihrem Weinglas und widerstand dem Drang, erneut an ihrem Jackensaum zu zerren. Was ihre äußere Erscheinung anbelangte, hatte sie ohnehin längst resigniert. »Niedlich« war anscheinend das Äußerste, was sich aus ihrer zierlichen Figur heraushohlen ließ. Ihre Fantasien von üppigen Kurven hatte sie bereits seit Langem ad acta gelegt.

Zusätzlich zu ihrem zarten Knochenbau und den wilden goldenen Locken musste sie auch noch mit Sommersprossen auf einer kecken Stupsnase leben. Hinzu kamen große graue Augen und Grübchen. Im Teenageralter hatte sie sich danach gesehnt, kühl, distanziert und weltgewandt auszusehen. Oder wild und verrucht, mit atemberaubenden Rundungen. Doch mit der Zeit hatte sie gelernt, sich so zu akzeptieren, wie sie war – zumindest redete sie sich das gern ein.

Und doch gab es immer noch diese Momente, in denen sie trauerte, dass sie es niemals mit einer der Renaissance-Skulpturen im Haus ihrer Eltern würde aufnehmen können.

Aber dann erinnerte sie sich immer wieder daran, dass sie sich zuerst selbst ernst nehmen musste, wenn sie wollte, dass Nick sie als Frau ernst nahm.

Eingedenk dieser Erkenntnis stieß sie jetzt die Küchentür auf. Und ihr Herz setzte einen Schlag lang aus.

Es gab nichts, was sie dagegen hätte tun können. So war es jedes Mal gewesen, wenn sie ihn wiedergesehen hatte, seit zehn Jahren nun schon. Alles, was sie sich je ersehnt, und alles, wovon sie je geträumt hatte, saß dort, über einen Teller Fettucine Marinara gebeugt, am Küchentisch.

Nicholas LeBeck, der böse Junge, den ihre Tante Rachel vor Gericht so leidenschaftlich verteidigt hatte. Tante Rachel, der es mit Liebe, Fürsorge und Familiendisziplin gelungen

236

war, den auf die schiefe Bahn geratenen Jugendlichen auf den rechten Weg zurückzubringen.

Jetzt war er ein Mann, aber man konnte ihm noch immer etwas von der Rebellion und Wildheit seiner Jugendjahre ansehen. Es liegt in seinen Augen, dachte sie, während sie spürte, wie ihr Herz wild klopfte. Diese wunderschönen grünen Augen, die sein hitziges Temperament widerspiegelten. Sein Haar, das einen dunklen Bronzeton hatte, trug er lang und im Nacken zu einem kleinen Pferdeschwanz zusammengebunden. Er hatte den Mund eines Dichters, das Kinn eines Boxers und die Hände eines Künstlers.

Sie hatte viele Nächte damit zugebracht, sich diese langgliedrigen und doch kräftigen Hände in Erinnerung zu rufen. Sein Körperbau war der eines Sprinters, hochgewachsen und sehnig, mit langen, muskulösen Armen und Beinen. Er trug alte graue Jeans, die an den Knien bereits weiß wurden. Seine Ärmel hatte er bis zu den Ellenbogen hochgekrempelt, und an seinem Hemd fehlte ein Knopf.

Während er aß, unterhielt er sich mit dem riesigen schwarzen Koch, der gerade das Fett aus einem Drahtkorb für Pommes frites herausschrubbte.

»Ich habe nicht gesagt, dass es zu viel Knoblauch ist. Ich sagte, ich liebe viel Knoblauch.« Wie um seine Behauptung zu unterstreichen, ließ sich Nick noch eine Gabel Pasta schmecken. »Du bist wirklich noch ganz schön temperamentvoll für dein Alter, Kumpel«, fügte er kauend hinzu.

In Rios gutmütigem Fluch schwang die Musik der Karibik mit. »Erzähl du mir nichts von Alter, du halbe Portion, du. Mit dir nehme ich es immer noch mit einer Hand auf, wenn es sein muss.«

»Mir schlottern die Knie.« Grinsend brach Nick sich ein Stück Knoblauchbrot ab, als hinter Freddie die Drehtür zuschwang. Seine Augen leuchteten freudig auf, während er das

237

Brot wieder zurücklegte und sich erhob. »He, Rio, schau mal, wer uns die Ehre gibt. Wie läuft's denn so, Freddie?«

Er kam zu ihr herüber, um sie brüderlich zu umarmen. Doch als ihn der Körper, den er da an sich presste, daran erinnerte, dass die kleine Freddie mittlerweile eine Frau war, ließ er sie eilig los.

»Äh …« Er wich einen Schritt zurück, noch immer lächelnd, die Hände jetzt aber vorsichtshalber in den Hosentaschen. »Ich dachte, du wolltest erst Ende der Woche hier aufkreuzen.«

»Ich habe umdisponiert. Hi, Rio.« Freddie stellte ihr Weinglas ab, damit sie die bärenhafte Umarmung angemessen erwidern konnte.

»Püppchen. Komm, setz dich hin und iss.«

»Ich wüsste nicht, was ich lieber täte. Ich habe die ganze Fahrt über im Zug von deinem Essen geträumt, Rio.« Sie setzte sich an den Küchentisch und winkte Nick zu. »Setz dich doch auch wieder, dein Essen wird kalt.«

»Ja.« Er ließ sich neben ihr nieder. »Und wie geht es allen? Spielt Brandon immer noch in der Mannschaft?«

»Ja, sie sind aufgestiegen.« Sie stieß einen langen, genüsslichen Seufzer aus, als Rio einen riesigen Teller vor sie hinstellte. »Und Katies letzter Ballettabend war traumhaft. Wir waren alle begeistert. Mama hat vor Rührung sogar geweint, aber … ihr steigt ja auch das Wasser in die Augen, wenn Brandon einen Homerun schlägt. Über Mamas Spielzeugladen wurde in der Washington Post berichtet, und Dad hat eben eine neue Komposition fertiggestellt.« Sie wickelte sich Nudeln um ihre Gabel. »Und wie läuft's bei dir?«

»Bestens.«

»Arbeitest du an einem neuen Stück?«

»Ich habe vielleicht demnächst wieder so einen Broadway-Kram in Aussicht.« Er zuckte mit den Schultern. Es fiel ihm

238

noch immer schwer, aus sich herauszugehen, wenn ihn irgendetwas berührte.

»Du hättest den Tony für das geniale ›Last Stop‹ gewinnen sollen.«

»Nominiert zu werden war doch auch schon ziemlich gut.«

Sie schüttelte den Kopf. Es war längst nicht gut genug für ihn – oder für sie. »Es war eine fabelhafte Partitur, Nick. Es ist eine fabelhafte Partitur«, korrigierte sie sich, weil das Musical noch immer vor ausverkauften Häusern lief. »Wir sind alle schrecklich stolz auf dich.«

»Na ja. Irgendwie muss man sein Geld ja verdienen, nicht wahr.«

»Setz ihm bloß keine Flausen in seinen hübschen Kopf, sonst plustert er sich noch mehr auf«, warnte Rio vom Herd her.

»He, ich hab dich eben dabei ertappt, wie du ›This Once‹ gesummt hast«, mischte sich Nick mit einem Grinsen ein.

Rio zuckte wegwerfend die Schultern. »Also schön, ein oder zwei von den Songs sind vielleicht gar nicht mal so schlecht. Iss.«

»Arbeitest du wieder mit irgendwem zusammen?«, tastete sich Freddie behutsam vor. »Bei dem neuen Stück, meine ich?«

»Bis jetzt noch nicht. Es befindet sich noch im Vorbereitungsstadium. Ich habe kaum angefangen.«

Genau das hatte sie hören wollen. »Ich habe irgendwo gelesen, dass Michael Lorrey an einem anderen Projekt arbeitet. Du wirst einen neuen Texter brauchen.«

»Ja.« Nick runzelte die Stirn. »Verdammt schade. Wir waren ein gutes Gespann. Es gibt einfach viel zu viele Leute da draußen, die die Musik nicht hören, sondern nur ihre eigenen Worte.«

»Dann hast du tatsächlich ein Problem«, machte Freddie sich selbst den Weg frei. »Weißt du, ich finde, du brauchst jemanden mit einem wirklich soliden Musikhintergrund, der die Worte zusammen mit der Melodie hört.«

»Exakt.« Er griff nach seinem Bier und nahm einen Schluck.

»Ich kann dir ganz genau sagen, wen du brauchst, Nick.« Freddie machte eine Kunstpause und fuhr dann entschieden fort: »Mich.«

Nick schluckte hastig, stellte sein Glas ab und schaute Freddie an, als ob sie aufgehört hätte, Englisch zu sprechen. »Hä?«

»Ich habe mein Leben lang mit Musik zu tun gehabt.« Es war ein Kampf, aber sie schaffte es, den Eifer aus ihrer Stimme herauszuhalten und kühl und sachlich zu bleiben. »Eine meiner ersten Erinnerungen ist, dass ich auf dem Schoß meines Vaters sitze und auf dem Klavier herumklimpere. Aber zu seiner Enttäuschung war nicht das Komponieren meine große Liebe, sondern es waren die Worte. Sie sind es immer noch. Ich könnte dir deine Texte schreiben, Nick, und ich könnte es besser als jeder andere.« Ihre Augen, groß und ruhig und lächelnd, begegneten den seinen. »Weil ich nicht nur deine Musik verstehe, sondern auch dich. Was hältst du davon?«

Er rutschte auf seinem Stuhl herum und atmete laut aus. »Tja … also … ich weiß nicht so recht, Freddie. Das kommt ziemlich überraschend, ehrlich gesagt.«

»Ich weiß nicht, was daran überraschend sein soll. Du weißt, dass ich für einige von Dads Kompositionen den Text geschrieben habe. Und für ein paar andere Leute auch.« Sie brach sich ein Stück Brot ab. »Es erscheint mir eine nur logische und vernünftige Lösung. Ich suche Arbeit, und du suchst einen Texter.«

»Ja.« Aber die Vorstellung, mit ihr zu arbeiten, machte ihn irgendwie nervös. Wenn er ganz ehrlich war, musste er zuge-

240

ben, dass sie schon in den letzten Jahren angefangen hatte, ihn nervös zu machen.

»Dann denk eben noch ein bisschen darüber nach.« Sie lächelte wieder. Als Mitglied einer großen Familie beherrschte sie die Taktik des strategischen Rückzugs vollkommen. »Und wenn du anfängst, an der Idee Geschmack zu finden, könntest du sie dem Produzenten nahebringen.«

»Das könnte ich«, sagte Nick bedächtig. »Sicher könnte ich das.«

»Großartig, Nick. Ich schaue ab und zu hier rein, und wenn sonst etwas ist, kannst du mich im Waldorf erreichen.«

»Im Waldorf? Warum wohnst du denn im Hotel?«

»Es ist nur vorübergehend, bis ich eine Wohnung gefunden habe. Du weißt nicht zufällig etwas hier in der Gegend, nein? Ich mag das Viertel.«

»Nein, ich … Mir war nicht klar, dass du vorhast, auf Dauer hier zu wohnen.« Er zog die Brauen zusammen. »Ich meine, dass du richtig umziehen willst.«

»Schön, jetzt weißt du's. Und bevor du damit anfängst – nein, ich habe nicht die Absicht, bei der Familie zu wohnen. Ich will wissen, wie es ist, allein zu leben. Du wohnst immer noch oben, stimmt's? In Zacks alter Wohnung?«

»Ja.«

»Also, wenn du irgendetwas von einer freien Wohnung hörst, sag mir Bescheid.«

Es überraschte ihn, dass er sich, wenn auch nur für einen Moment, Gedanken darüber machte, was ihr Umzug nach New York für ihn bedeuten könnte. Natürlich bedeutete es gar nichts.

»Dich kann ich mir besser in der Park Avenue vorstellen.«

»Ich habe schon einmal in der Park Avenue gewohnt«, sagte sie, während sie die letzten Nudeln in den Mund schob. »Ich suche jetzt etwas anderes.« Und wäre es nicht praktisch, wenn

241

die Wohnung ganz in seiner Nähe läge? Sie schob sich das Haar aus dem Gesicht und rutschte mit ihrem Stuhl vom Tisch ab. »Rio, deine Pasta war sensationell. Wenn ich hier in der Nähe etwas finde, komme ich jeden Abend zum Essen vorbei.«

»Vielleicht schmeißen wir Nick ja raus, damit du oben wohnen kannst.« Rio zwinkerte ihr zu. »Ich würde viel lieber dich in meiner Küche sehen.«

»Schön, und in der Zwischenzeit ...«, sie stand auf und küsste Rio die vernarbte Wange, »... bittet dich Zack, nach draußen zu kommen, wenn du fertig bist, Nick, und etwas zu spielen.«

»Bin gleich unterwegs.«

»Ich sag es ihm. Vielleicht bleibe ich noch ein bisschen und höre zu. Tschüss, Rio.«

»Tschüss, Püppchen.« Rio pfiff eine Melodie, während er wieder anfing, sich an seinem Herd zu schaffen zu machen. »Die kleine Freddie ist erwachsen geworden. Hübsch, wie gemalt.«

»Ja, sie ist okay.« Nick schob den Gedanken, dass der würzige Duft ihres Parfums an seinen Sinnen zerrte wie ein Fisch am Angelhaken, weit von sich. »Aber noch immer naiv. Sie hat ja keinen Schimmer, was sie in dieser Stadt und in diesem Geschäft erwartet.«

»Deshalb musst du auf sie aufpassen.« Rio klatschte sich mit einer Gabel auf die riesige Handfläche. »Und ich passe auf dich auf.«

»Geschwätz.« Nick schnappte sich seine Bierflasche und stiefelte nach draußen.

Was sie an New York am meisten liebte, war die Tatsache, dass sie alles, was ihr Herz begehrte, im Umkreis von zwei Straßen fand und praktisch nur um die Ecke zu gehen brauchte. Ein Kleid in einer schicken Boutique, ein interessantes Gesicht in der Menge, Straßenmusikanten, die für ein paar Münzen im Hut spielten. Sie wusste, dass sie in gewisser Hinsicht naiv war – wie eine junge Frau, die in einem liebevollen Elternhaus in einer Kleinstadt groß geworden war, eben naiv war. Nie würde sie Nicks tollkühne Abgeklärtheit erreichen, wenn es darum ging, wie man sich auf den Straßen einer Großstadt zu bewegen hatte, aber sie war eigentlich überzeugt, über einen gesunden Menschenverstand zu verfügen. Und den würde sie einsetzen, um ihren ersten Tag in der Stadt zu planen.

Während sie an ihrem Frühstückscroissant knabberte, ließ sie den Blick aus dem Fenster des Hotelspeisesaals über die Stadt schweifen. Sie hatte sich für heute eine ganze Menge vorgenommen. Als Erstes würde sie Onkel Mikhail in seiner Galerie besuchen und damit zwei Fliegen mit einer Klappe schlagen. Sie würde sich über alle Neuigkeiten informieren können, und vielleicht wusste Sydney, Mikhails Frau, durch ihre Verbindung zur Immobilienbranche ja etwas über eine freie Wohnung.

Außerdem konnte es nichts schaden, ihm – und den anderen Familienmitgliedern – durch die Blume zu verstehen zu geben, dass sie darauf hoffte, bei Nicks neuestem Werk mitarbeiten zu können.

Nicht gerade fair, gestand sie sich still ein, als sie sich ihre zweite Tasse Kaffee einschenkte. Aber in der Liebe galt Fairness nicht unbedingt viel. Und sie würde auch nie auf eine solch unwürdige Taktik verfallen, wenn sie nicht von ihrem eigenen Talent überzeugt wäre. Denn was Musik und Texten anbelangte, da war sie sich ihrer ganz sicher. Nur wenn es darum ging, Eindruck auf Nick zu machen, kam sie ins Stolpern.

Aber wenn sie erst einmal eng zusammenarbeiteten, würde er aufhören, sie nur als die kleine Cousine aus West Virginia anzusehen. Und da sie sich bewusst war, dass sie nie mit den lasziven und üppigen Damen konkurrieren konnte, die Nick normalerweise bevorzugte, würde sie eben die gemeinsame Liebe zur Musik als die Hintertür benutzen, durch die sie sich in sein Herz schleichen konnte.

Schließlich war das alles ja nur zu seinem Besten. Sie war das Beste, was ihm passieren konnte. Sie musste es ihm nur noch klarmachen.

Und da es nie eine bessere Zeit als das Jetzt gab, erhob sie sich vom Frühstückstisch und eilte in ihr Zimmer, um sich umzuziehen.

Eine knappe Stunde später stieg Freddie vor einer Galerie in Soho aus dem Taxi. Die Chancen standen fünfzig zu fünfzig, dass sie ihren Onkel hier wirklich antreffen würde. Es konnte genauso gut sein, dass er in dem Haus in Connecticut war und an einer Skulptur arbeitete oder mit den Kindern spielte. Oder er war vielleicht mit seinem Vater irgendwo in der Stadt zu irgendeinem Tischlerjob unterwegs.

Freddie schob die schwere Glastür auf. Wenn sie Mikhail nicht antraf, dann würde sie eben bei Sydney im Büro vorbeischauen. Oder Rachel im Gerichtsgebäude besuchen. Oder Bess im Fernsehstudio. Oder Alex auf der Wache. Sie musste lächeln. Egal wohin sie auch ging, überall würde sie über Familie stolpern.

Das Erste, was sie in dem sonnendurchfluteten Raum wahrnahm, war Mikhails neueste Arbeit. Auch wenn sie das Stück noch nicht gesehen hatte, so erkannte sie doch sofort die typische Handschrift ihres Onkels und auch das Thema. Er hatte seine Frau geschnitzt, in Mahagoni. Wie eine Madonna hielt Sydney ihr Neugeborenes im Arm. Die Jüngste, Laurel. Zu Sydneys Füßen saßen drei weitere Kinder. Freddie erkannte ihre Cousins und ihre Cousine, Griff, Adam und Moira. Sie konnte nicht widerstehen und fuhr dem Baby mit dem Zeigefinger über die Wange.

Eines Tages, so dachte sie, werde ich mein eigenes Kind so halten. Nicks und mein Kind.

»Ich warte nicht auf Faxe!«, erscholl da Mikhails erregte Stimme, als er aus dem hinteren Raum in die Galerie kam. »Du wartest auf Faxe! Ich habe zu arbeiten!«

»… aber Mik«, folgte eine vorwurfsvolle Antwort aus dem Zimmer, »Washington hat gesagt …«

»Was interessiert mich, was Washington gesagt hat! Sag ihnen, sie können drei Stücke haben, mehr nicht.«

»Aber …«

»Nicht eines mehr«, betonte er noch einmal und murmelte erbost in Ukrainisch vor sich hin, während er die Galerie durchschritt. Worte, die, wie Freddie mit einer hochgezogenen Augenbraue feststellte, ganz sicher nicht für ihre Ohren bestimmt waren.

»Eine sehr bildhafte Ausdrucksweise, Onkel Mik.«

Er brach mitten in einem weiteren Fluch ab. »Freddie!« Lachend hob er sie vom Boden hoch und wirbelte sie herum, als wäre sie leicht wie eine Feder. »Immer noch ein Fliegengewicht.« Er küsste sie herzhaft und stellte sie wieder auf den Boden. »Wie geht es unserem hübschen Mädchen?«

»Ich freu mich so, wieder hier zu sein. Und dich zu sehen, natürlich.«

Er war ein unglaublich gut aussehender Mann, ungebändigt, exotisch, voller Energie und Lebenslust, mit den goldbraunen Augen und dem rabenschwarzen Haar der Stanislaskis. Hätte sie Talent zum Malen, so würde sie die Stanislaski-Familie mit schwungvollen Strichen in elektrisierenden Farben malen.

»Ich habe gerade dein neuestes Werk bewundert«, sagte sie lächelnd. »Es ist wunderschön.«

»Es ist leicht, etwas Schönes zu erschaffen, wenn man das passende Material zum Arbeiten hat.« Liebevoll betrachtete er die Skulptur. Er bezog sich nicht nur auf das edle Holz, sondern auch auf das Motiv. »Also«, wandte er sich wieder an Freddie, »du willst den Sprung ins kalte Wasser wagen und die Großstadt erobern, ja?«

»Das habe ich vor.« Sie hakte sich bei ihm ein und ging mit ihm durch die Galerie, blieb hier und da vor den ausgestellten Werken stehen, um sie zu bewundern. »Ich hoffe, ich werde mit Nick an seiner neuen Partitur arbeiten können.«

»So?« Mikhail hob unmerklich eine Augenbraue. Ein Mann, der von so vielen Frauen umgeben war, begann zu verstehen, wie deren Verstand arbeitete. »Du willst also den Text zu seiner Musik schreiben?«

Sie nickte. »Wir würden ein gutes Team abgeben, meinst du nicht auch?«

»Schon, aber das ist nicht alles, worum es dir geht, oder?« Er lachte herzhaft, als sie einen entrüsteten Schmollmund zog. »Nick kann ganz schön stur sein, ich weiß. Er hat einen richtigen Dickschädel. Wenn du möchtest, kann ich ihm diesen Dickschädel ein wenig weich klopfen.«

Jetzt musste sie auch lachen. »Ich hoffe, das wird nicht nötig sein, aber vielleicht komme ich auf das Angebot zurück.« Ihre Miene wurde ernst, und etwas in ihrem Blick ließ Mikhail erkennen, dass sie kein Kind mehr war. »Ich bin wirklich gut, Onkel Mik. Die Musik liegt mir im Blut, sie ist ein Teil von mir. So wie die Kunst bei dir.«

»Und wenn du etwas willst …«

»Dann finde ich einen Weg, um es auch zu bekommen.« Dieses unerschütterliche Selbstbewusstsein war ebenfalls ein Teil von ihr. »Ich will mit Nick arbeiten, ich will ihm helfen. Und das werde ich auch tun.«

»Und was willst du von mir?«

»Vielleicht werde ich die Unterstützung der Familie brauchen, obwohl ich eigentlich glaube, dass es mir auch so gelingen wird, ihn zu überzeugen.« Sie warf ihr Haar zurück, eine

246

Geste, die Mikhail sehr an seine Schwester erinnerte. »Zuerst brauche ich einmal Hilfe oder zumindest Rat, wie ich an eine Wohnung komme. Ich dachte mir, Tante Sydney wüsste vielleicht etwas in der Nähe der Bar.«

»Schon möglich, aber wir haben genug Platz bei uns im Haus. Die Kinder würden sich freuen, wenn du bei uns wohnen würdest. Und Sydney auch.« Er seufzte, als er ihr Gesicht sah. »Ich habe deiner Mutter versprochen, ich würde es wenigstens versuchen. Du weißt doch, dass Natasha sich Sorgen um dich macht.«

»Das braucht sie aber nicht. Schließlich haben sie und Dad alles darangesetzt, um eine sehr eigenständige Person zu erziehen. Die Wohnung muss auch nicht groß sein, Onkel Mik«, fuhr sie hastig fort, bevor er etwas erwidern konnte. »Ich bin im Waldorf untergekommen, vielleicht kannst du Tante Sydney ja bitten, mich dort anzurufen, wenn sie etwas hört. Wir könnten uns auch zum Lunch treffen, wenn sie Zeit hat.«

»Sie hat immer Zeit für dich. Wir alle.«

»Ich weiß. Ich gedenke auch, das auszunutzen. Ich will diese Wohnung so schnell wie möglich. Bevor«, sie begann zu grinsen, »Grandma auf die Idee kommt, dass ich zu ihr nach Brooklyn ziehen soll. Aber jetzt muss ich gehen.« Sie drückte ihm einen herzhaften Kuss auf die Wange. »Ich muss noch woanders hin.« Sie ging zur Tür, drehte sich noch einmal um. »Oh, wenn du mit Mama redest, dann sage ihr ruhig, du hättest es versucht.« Ein letztes Winken, und damit stand sie auf der Straße und hielt ein Taxi an.

Nun, da der erste Punkt auf ihrer Liste der zu erledigenden Dinge in Gang gesetzt worden war, ließ sie sich zum »Lower the Boom« fahren und läutete am Hintereingang bei Nicks Wohnung, die über dem Lokal ihres Onkel Zackary Muldoon lag. Es dauerte eine Weile, bis sie Nicks verschlafene und sehr verärgerte Stimme durch die Gegensprechanlage hörte.

»Noch im Bett?«, erkundigte sie sich munter. »Du wirst langsam zu alt für wilde Nächte, Nicholas.«

»Freddie? Wie spät ist es, zum Teufel?«

»Zehn, aber wen interessiert das schon? Lass mich rein, ja? Ich habe etwas für dich dabei. Ich lege es unten auf den Küchentisch.«

Er fluchte, und sie hörte, wie etwas zu Boden fiel. »Ich komme runter.«

»Nein, nicht nötig.« Sie glaubte nicht, ihn halb verschlafen und noch warm vom Bett aushalten zu können. »Ich kann ohnehin nicht bleiben. Mach mir einfach nur auf und ruf mich an, wenn du dir das, was ich dir hinlege, angeschaut hast.«

»Was ist es denn?«, fragte er, während der Türdrücker summte.

Statt einer Antwort huschte Freddie hinein, ließ ihre Musikmappe auf den Küchentisch fallen und raste wie ein geölter Blitz wieder hinaus. »Entschuldige, dass ich dich geweckt habe, Nick«, rief sie durch die Gegensprechanlage. »Wenn du heute Abend Zeit und Lust hast, können wir zusammen essen gehen. Bis dann.«

»Warte doch, verdammt …«

Aber sie war schon an der Ecke, wo ihr Taxi wartete. Sie stieg ein, lehnte sich zurück, atmete tief aus und schloss die Augen. Wenn er sie – ihr Talent, korrigierte sie sich – nach dem, was sie ihm dagelassen hatte, nicht wollte, musste sie wieder ganz bei null anfangen.

Denk positiv, rief sie sich selbst zur Ordnung. Sie straffte die Schultern und verschränkte die Arme. »Bringen Sie mich zu Sak's«, sagte sie dem Fahrer.

Wenn eine Frau eine mögliche Verabredung mit dem Mann hatte, den sie zu heiraten beabsichtigte, verdiente sie zumindest ein neues Kleid.

2. Kapitel

Bis Nick schließlich seine Jeans gefunden und angezogen hatte und die Treppe hinuntergestolpert war, war Freddie schon lange weg. Er fluchte, als er sich seinen nackten Zeh an dem klobigen Bein des Küchentischs stieß. Mit finsterem Gesicht humpelte er auf die schmale Ledermappe zu, die sie zurückgelassen hatte.

Was zum Teufel stellte die Kleine da an? Weckte ihn in aller Herrgottsfrühe und hinterließ mysteriöse Mappen auf dem Küchentisch. Noch immer ungehalten vor sich hin brummelnd, schnappte er sich das Portfolio und ging wieder in seine Wohnung hinauf. Er brauchte unbedingt einen Kaffee.

Um in seine eigene Küche zu gelangen, musste er über Berge von alten Zeitungen, Kleidern, Schuhen und für nichtig befundene angefangene Notenblätter steigen. Er warf Freddies Portfolio auf die zugemüllte Arbeitsplatte und kramte in seinen allerhintersten Gehirnwindungen nach den Basisfunktionen seiner Kaffeemaschine.

Er war einfach kein Morgenmensch.

Als die Maschine das erste vielversprechende Zischen von sich gab, öffnete er den Kühlschrank und beäugte trübe den Inhalt. Frühstück gab es nicht auf der Speisekarte des »Lower the Boom«, und obwohl es die einzige Mahlzeit war, bei der er sich nicht auf Rio verlassen konnte, waren seine Mittel beschränkt. In dem Moment, in dem er an der Milchtüte roch und würgte, wusste er, dass er Müsli streichen konnte. Er entschied sich stattdessen für einen Knabberriegel.

249

Bewaffnet mit einer Tasse Kaffee, setzte er sich an den Tisch, steckte sich eine Zigarette an und zog den Reißverschluss des Portfolios auf.

Er war fest entschlossen, alles zu verwerfen, was Freddie ihm da in aller Herrgottsfrühe hatte zukommen lassen, auch wenn sie selbst es wichtig genug fand, ihn dafür aufzuwecken. Selbst verwöhnte Kleinstadtgören sollten wissen, dass Bars nicht gerade früh zumachten. Und seit er für seinen Bruder die Spätschicht übernommen hatte, fand Nick selten vor drei Uhr morgens ins Bett.

Mit einem herzhaften Gähnen schüttelte er den Inhalt aus dem Portfolio heraus. Ordentlich beschriebene Notenblätter flatterten auf den Tisch.

Das hätte er sich gleich denken können. Die Kleine hatte es sich in den Kopf gesetzt, dass sie beide zusammenarbeiten würden. Und er kannte Freddie gut genug, um zu wissen, dass man, wenn sich einmal ein Gedanke in ihrem Kopf festgesetzt hatte, schon ein Stemmeisen brauchte, um ihn zu lockern.

Zweifellos hat sie Talent, dachte er. Wie hätte die Tochter von Spence Kimball auch unmusikalisch sein können. Aber er war nicht sonderlich wild auf Teamarbeit. Natürlich stimmte es, dass die Zusammenarbeit mit Lorrey an »Last Stop« erfreulich gewesen war. Aber Lorrey gehörte auch nicht zur Familie. Und er hatte auch nicht wie die mit Zuckerguss überzogene Sünde geduftet.

Vergiss es, LeBeck, ermahnte er sich und schob sich sein vom Schlaf zerzaustes volles Haar aus der Stirn, bevor er das erste Blatt zur Hand nahm. Das Mindeste, was er für seine kleine Cousine tun konnte, war, einen Blick auf ihre Arbeit zu werfen.

Und als er es tat, zog er die Augenbrauen zusammen. Die Musik war von ihm. Irgendetwas, das er nicht zu Ende komponiert hatte, ein paar Noten, die er während eines seiner

Familienbesuche in West Virginia flüchtig auf ein Blatt gekritzelt hatte. Jetzt sah er sich wieder an dem Flügel im Musikzimmer des großen Hauses sitzen, Freddie auf der Bank neben sich. War es letzten Sommer gewesen? Oder im Sommer davor? Sehr lange konnte es jedenfalls nicht her sein, weil er sich noch genau daran erinnerte, dass ihm aufgefallen war, wie erwachsen sie geworden war. Er hatte ein paar Probleme gehabt, als sie sich zu ihm herübergelehnt oder ihm aus diesen unglaublich großen, rauchgrauen Augen Blicke zugeworfen hatte.

Nick schüttelte den Kopf, fuhr sich mit der Hand übers Gesicht und konzentrierte sich wieder auf die Musik. Sie hat sie überarbeitet, registrierte er und stutzte ein wenig bei der Vorstellung, dass sich jemand an seiner Arbeit zu schaffen machte. Und sie hatte einen Text dazu geschrieben, Worte, die auf die romantische Stimmung, die die Musik herbeizauberte, haargenau passten.

»Immer nur Du« hatte sie es überschrieben. Während die Melodie in seinem Kopf ertönte, begann er die Notenblätter einzusammeln, ließ seinen angebissenen Knabberriegel liegen und ging ins Wohnzimmer ans Klavier.

Zehn Minuten später telefonierte er mit dem Waldorf und hinterließ die erste von mehreren Nachrichten für Miss Frederica Kimball.

Es war später Nachmittag, als Freddie mit roten Wangen und schwer bepackt mit Einkaufstüten in ihre Suite zurückkehrte. Ihrer Meinung nach hatte sie einen herrlichen Tag verbracht. Erst war sie einkaufen gewesen, dann hatte sie mit Rachel und Bess zu Mittag gegessen, und hinterher war sie noch ein bisschen durch die Straßen geschlendert. Nachdem sie ihre Tüten im Salon abgestellt hatte, stürzte sie sich aufs Telefon. Um diese Tageszeit war es höchst wahrscheinlich, dass zumindest

251

ein paar, wenn nicht sämtliche Mitglieder ihrer Familie zu Hause versammelt waren. Das rote Licht blinkte, was ankündigte, dass unten bei der Rezeption ein Anruf für sie eingegangen war. Aber bevor sie noch nach dem Hörer greifen konnte, klingelte das Telefon.

»Hallo.«

»Verdammt, Freddie, wo hast du dich denn den ganzen Tag rumgetrieben?«

Angesichts des Klangs von Nicks Stimme zogen sich ihre Lippen leicht nach oben. »Hier und da, warum fragst du?«

»Sehr witzig, Freddie. Ich bin schon den geschlagenen Tag hinter dir her. Ich war bereits drauf und dran, Alex anzurufen und ihn zu bitten, dass er eine Vermisstenanzeige aufgibt.« Er hatte sie sich ausgeraubt, geschändet und gekidnappt vorgestellt.

Sie balancierte von einem Bein aufs andere und schüttelte sich die Schuhe von den Füßen. »Nun, wenn du es getan hättest, hättest du erfahren, dass ich einen Teil des Tages damit verbracht habe, mit seiner Frau zu Mittag zu essen. Gibt es ein Problem?«

»Ein Problem? Nein, natürlich nicht, was für ein Problem sollte es wohl geben?« Selbst durchs Telefon war sein Sarkasmus fast mit Händen zu greifen. »Du reißt mich in aller Herrgottsfrühe aus dem Schlaf ...«

»Nach zehn«, unterbrach sie ihn.

»... und dann tauchst du den ganzen Tag über ab«, fuhr er fort, ohne ihren Einwurf zu beachten. »Mir scheint, ich muss dich daran erinnern, dass du um meinen Rückruf gebeten hast.«

»Ja.« Sie wappnete sich, dankbar dafür, dass er sie nicht sehen konnte – oder die Hoffnung in ihren Augen. »Bist du dazu gekommen, einen Blick auf die Notenblätter zu werfen, die ich dir dagelassen habe?«

Er machte den Mund auf, machte ihn wieder zu und beschloss, cool zu bleiben. »Ich habe einen Blick darauf geworfen.« Er hatte Stunden damit verbracht, sie zu studieren, darüber zu brüten, sie nachzuspielen. »Es ist nicht schlecht, besonders die Teile, die von mir stammen.«

Sie reckte das Kinn, auch wenn er sie nicht sehen konnte. »Es ist viel besser als nicht schlecht – besonders die Teile, die ich überarbeitet habe.« Das Glitzern in ihren Augen war jetzt reiner Stolz. »Wie findest du den Text?«

Der Text bewegte sich zwischen Poesie und ausgelassener Ironie, und das war etwas, das ihn mehr beeindruckt hatte, als er sich selbst und ihr eingestehen wollte. »Na ja, stellenweise ist er ganz nett. Doch, gefällt mir ganz gut.«

»Oh, schweig still, mein Herz.«

»Er ist gut, okay?« Er stieß einen lang angehaltenen Atemzug aus. »Ich weiß zwar nicht, was ich damit soll, aber …«

»Warum unterhalten wir uns nicht darüber? Hast du heute Abend schon etwas vor?«

Er dachte an die Verabredung, die er getroffen hatte, dachte an seine Musik und verwarf alles andere. »Nichts, was ich nicht verschieben könnte.«

»Fein. Ich lade dich zum Essen ein. Komm um halb acht hier bei mir im Hotel vorbei.«

»Hör zu, Freddie warum treffen wir uns nicht einfach bei …«

»Schließlich müssen wir beide essen, oder? Schmeiß dich in einen Anzug, dann machen wir ein kleines Erlebnis daraus. Halb acht.« An ihrer Unterlippe nagend legte sie auf, ehe er noch etwas erwidern konnte.

Mit weichen Knien ließ sie sich in den Lehnstuhl sinken. Es hatte geklappt, genau wie geplant. Es gab keinen Grund, nervös zu sein. Richtig, dachte sie und verdrehte die Augen. Es gab überhaupt keinen Grund.

Sie war dabei, den Mann zu umwerben und zu verführen, den sie schon ihr halbes Leben lang liebte. Und wenn es schiefging, würde sie mit gebrochenem Herzen und gedemütigt zurückbleiben. All ihre Hoffnungen und Träume wären dahin.

Keinerlei Grund zur Panik also.

Um sich aufzumuntern, nahm sie das Telefon auf und wählte die Nummer in West Virginia. Die vertraute Stimme beruhigte sie sofort und ließ alle Nervosität schwinden.

»Mama.«

Um halb acht betrat Nick die Lobby des Waldorf. Er war nicht glücklich, hier zu sein. Er hasste Anzüge. Er hasste vornehme Restaurants und die pompösen Gepflogenheiten, die dort herrschten. Hätte ihm Freddie auch nur eine halbe Chance gegeben, hätte er darauf bestanden, dass sie in der Bar vorbeikam, wo sie in aller Ruhe hätten reden können.

Es stimmte, dass er, seitdem er auf dem Broadway Erfolg gehabt hatte, sich gelegentlich gezwungen sah, an Orten und mit Menschen zu verkehren, die ihm nicht unbedingt lagen. Aber er mochte es nicht. Er wollte nur das, was er schon immer gewollt hatte – in der Lage sein, ohne allzu große Probleme seine Musik schreiben zu können.

Nick starrte einen der uniformierten Türsteher nieder, der ihn offensichtlich für leicht suspekt hielt.

Da hast du verdammt recht, Mann, dachte Nick sarkastisch. Zack und Rachel und der Rest der Stanislaskis mochten ihn vielleicht vor dem Gefängnis bewahrt haben, aber noch immer steckte ihm irgendwo ganz tief drin der rebellische einsame Junge in den Knochen.

Sein Stiefbruder Zack hatte ihm vor über einem Jahrzehnt sein erstes Klavier geschenkt, und Nick konnte sich noch wie heute an das unerhörte Glücksgefühl erinnern, das ihn angesichts der Tatsache überschwemmt hatte, dass jemand, irgendjemand, genug für ihn empfand, um seine geheimsten Träume erraten zu können. Nein, das hatte er Zack niemals vergessen, und er würde ihm ewig dankbar dafür sein.

Natürlich hatte er sich im Laufe der Jahre verändert. Wer nicht? Er suchte schon lange keinen Streit mehr. Es war ihm immens wichtig, der Familie, die ihn akzeptiert und in ihrer Mitte aufgenommen hatte, keine Schande zu bereiten. Aber er war trotzdem noch immer Nick LeBeck, ehemaliges Mitglied einer kriminellen Straßengang, ehemaliger Taschendieb, Betrüger und Spieler, der Junge, der Rachel Stanislaski zum ersten Mal in seinem Leben auf der falschen Seite der Gitterstäbe begegnet war.

Der Anzug legte nur eine dünne Schicht zwischen damals und heute.

Er zerrte missmutig an seiner Krawatte, die er verabscheute. Er dachte nicht oft an damals zurück. Es gab keinen Grund dafür. Aber irgendetwas an Freddie veranlasste ihn, zurückzuschauen.

Als er sie das erste Mal gesehen hatte, war sie dreizehn gewesen und hatte ihn an eine Porzellanpuppe erinnert. Sie war niedlich gewesen damals, hübsch, süß – und harmlos. Und er hatte sie geliebt. Natürlich hatte er das. Wie man seine kleine Cousine eben liebt. Die Tatsache, dass sie jetzt eine erwachsene Frau war, änderte daran nichts. Er war sechs Jahre älter, eben immer noch der ältere Cousin.

Aber die Frau, die jetzt aus dem Fahrstuhl trat, sah nicht aus wie die Cousine von irgendwem.

Was zum Teufel hatte sie mit sich angestellt? Nick rammte die Hände in die Hosentaschen und schaute ihr finster entgegen, während sie in diesem kurzen, eng anliegenden Fummel von der Farbe reifer Aprikosen die Lobby durchquerte. Das Haar hatte sie sich hochgesteckt, sodass ihr schlanker Hals und ihre glatten Schultern zum Küssen verlockten. An ihren Ohrläppchen glitzerten kleine Edelsteine, und in dem Tal zwischen ihren Brüsten ruhte ein wie eine Träne geformter Saphir.

Ein allgemein bekannter weiblicher Trick, wie Nick wusste, um den Blick eines Mannes auf jene verführerische Stelle zu lenken und dafür zu sorgen, dass es ihm in den Fingerspitzen juckte.

Selbstverständlich juckten seine nicht, aber er behielt sie doch lieber in den Hosentaschen.

Ihre Grübchen vertieften sich, als sie ihn erspähte, und er konzentrierte sich auf ihr Gesicht, was ihm weiser erschien, als ihre Beine einer genaueren Betrachtung zu unterziehen.

»Hi, Nick. Ich hoffe, ich habe dich nicht zu lange warten lassen.« Sie stellte sich auf die Zehenspitzen und küsste ihn auf den linken Mundwinkel. »Du siehst wundervoll aus.«

»Ich kann wirklich nicht einsehen, warum wir uns derart in Schale schmeißen müssen, nur um etwas zwischen die Zähne zu kriegen.«

»Damit ich das Kleid anziehen kann, das ich mir heute gekauft habe.« Sie drehte lachend eine Pirouette. »Gefällt es dir?«

Er konnte von Glück reden, dass ihm nicht die Zunge heraushing … »Ganz nett. Das, was von einem Kleid da ist. Du wirst dir einen Schnupfen holen.«

Sie trug sein Urteil mit Fassung. »Das glaube ich nicht. Der Wagen wartet draußen.« Sie nahm seine Hand, während sie aus dem Hoteleingang traten und auf die schwarze Limousine zugingen, die an der Ecke auf sie wartete.

»Du hast eine Limo gemietet? Um damit zum Essen zu fahren?«

»Ich hatte Lust, mich ein bisschen zu verwöhnen.« Sie warf dem Fahrer ein Lächeln zu, bevor sie geschmeidig in den Wagen glitt. »Du bist mein erstes Date in New York.«

Es war beiläufig dahingesagt, ganz so, als ginge sie wie

selbstverständlich davon aus, dass diesem noch viele andere mit vielen anderen Männern folgen würden. Nick brummte nur grimmig irgendetwas Unverständliches in sich hinein, als er sich neben sie auf die Rückbank schob.

»Ich werde die Reichen nie verstehen.«

»Du gehörst heute auch nicht mehr unbedingt zu den Armen, Nick«, erinnerte sie ihn. »Mit einem Broadway-Erfolg, der bereits ins zweite Jahr geht, einer Tony-Nominierung und einem weiteren Musical, das sich im Vorbereitungsstadium befindet.«

Er zuckte die Schultern. »Ich lasse mich aber nicht in Limos durch die Gegend kutschieren.«

»Dann genieß es jetzt.« Sie lehnte sich zurück, wobei sie sich ganz wie Aschenputtel auf dem Weg zum Ball fühlte. Der entscheidende Unterschied war nur, dass sie mit ihrem Märchenprinzen dorthin fuhr. »Am Sonntag ist ein großes Essen bei Grandma«, sagte sie.

»Ja, schon gehört.«

»Ich kann es gar nicht mehr erwarten, alle zu sehen. Ich habe heute Vormittag bei Onkel Mik in der Galerie vorbeigeschaut. Hast du sein neuestes Werk schon gesehen? Das mit Tante Sydney und den Kindern?«

»Ja.« In Nicks Augen trat ein sanfter Schimmer. Fast vergaß er, dass er einen Anzug trug und in einer Limousine mit Chauffeur fuhr. »Es ist wunderschön. Das Baby ist toll. Sie klettert immer an deinen Beinen hoch auf deinen Schoß. Bess erwartet übrigens auch ein Kind.«

»Ja, das hat sie mir beim Lunch erzählt. Diese Ukrainer sind eben unverbesserlich. Papa wird demnächst ganze Wagenladungen von den Weingummis, die er so gern verteilt, kaufen müssen.«

»Keine Sorge um die Zähne«, ahmte Nick Yuris Akzent nach. »Alle meine Enkelkinder haben Zähne aus Eisen.«

Freddie lachte und setzte sich so, dass ihr Knie sein Bein streifte. »Grandma und Papa haben bald Hochzeitstag.«

»Ja, nächsten Monat.«

»Wir haben uns heute beim Lunch Gedanken gemacht, wie wir feiern könnten. Wir haben daran gedacht, einen Ballsaal in einem Hotel zu mieten, aber am Schluss waren wir alle der Meinung, dass ein bescheidenerer Rahmen besser zu den beiden passt. Was hältst du davon, wenn wir es in Zacks Bar machen?«

»Ja, klar, kein Problem. Auf jeden Fall wird es lustiger als in irgendeinem Ballsaal.« Und er würde keinen verdammten Anzug tragen müssen. »Rio kümmert sich bestimmt um das Essen.«

»Und wir beide kümmern uns um die Musik.«

Er warf ihr einen wachsamen Blick zu. »Ja, klar, das könnten wir.«

»Außerdem dachten wir an ein Gemeinschaftsgeschenk. Wusstest du, dass Grandma schon immer mal nach Paris wollte?«

»Nadia, nach Paris?« Er lächelte bei diesem Gedanken. »Nein, das wusste ich wirklich nicht. Aber es passt zu ihr. Woher weißt du das denn?«

»Sie hat es irgendwann vor noch nicht allzu langer Zeit Mama erzählt. Sie sagte nicht viel darüber – du weißt ja, wie sie ist. Nur, dass sie sich schon immer gefragt hat, ob Paris wirklich so romantisch ist, wie in all den Liedern behauptet wird. Deshalb haben wir uns überlegt, dass wir ihnen eine Reise schenken könnten, mit Flug und einem zweiwöchigen Aufenthalt im Ritz oder so vielleicht.«

»Das ist eine Superidee. Yuri und Nadia zusammen in Paris.« Er grinste noch immer über die Vorstellung, als die Limo anhielt.

»Wo findest du es denn am schönsten?«

»Hmm?« Nick stieg aus und streckte ihr die Hand hin, um ihr aus dem Wagen zu helfen. »Keine Ahnung. New Orleans fand ich bisher am besten. Tolle Musik. Man kann sie an jeder Straßenecke hören. Die Karibik ist auch nicht übel. Erinnerst du dich, als ich mit Zack und Rachel runtergesegelt bin?«

»Du hast mir eine Postkarte aus St. Martin geschickt«, murmelte sie. Sie hatte sie immer noch.

»Es war das erste Mal, dass ich irgendwohin reiste. Zack entschied, dass ich als Mitglied der Crew auch meinen Beitrag leisten musste, deshalb hing ich die meiste Zeit in der Küche herum. Ich war die ganze Fahrt über stocksauer und liebte doch jede Minute davon.«

Sie traten von der frischen Frühlingsluft in die Wärme und das gedämpfte Licht des Restaurants. »Kimball«, sagte Freddie zu dem Maitre und war hochzufrieden, als der sie zu einem Tisch in einer abgelegenen Nische führte.

Perfekt, dachte sie, als sie das weiße Leinentischtuch sah, auf dem ein silberner Leuchter mit brennenden Kerzen und funkelnde Kristallgläser standen, und den Duft guten Essens erschnupperte, der in der Luft lag. Nick mochte nicht merken, dass er umworben wurde, aber sie glaubte doch, dass sie ihre Sache gut machte.

»Nehmen wir Wein?«, fragte sie.

»Klar.« Er nahm die in Leder gebundene Weinkarte zur Hand. Durch seine Jahre in der Bar kannte er die guten Jahrgänge. Er überflog die Liste und schüttelte den Kopf über die lachhaft hohen Preise. Nun, es war Freddies Einladung.

»Wir nehmen den 88er Sancerre«, sagte er zu dem eilfertig lauernden Kellner. Es war Nicks Ansicht nach ein Beruf, der einen Kerl immer aussehen ließ, als hinge ihm ein Aschenbecher um den Hals.

»Ja, Sir. Eine exzellente Wahl.«

»Das will ich auch hoffen. Immerhin ist er ungefähr um dreihundert Prozent überteuert.« Während Freddie mit einem Lachen kämpfte und der Kellner um seine Würde rang, gab Nick die Weinkarte zurück und steckte sich dann eine Zigarette an. »Und was macht deine Wohnungssuche? Schon Glück gehabt?«

»Heute habe ich mich nicht groß darum gekümmert, aber ich nehme an, dass Sydney irgendwas für mich tun kann.«

»In New York eine Wohnung zu finden ist nicht so einfach. Und du könntest übers Ohr gehauen werden. Es gibt eine Menge Leute hier, die nur darauf warten, einem naiven Mädchen vom Land das Fell über die Ohren zu ziehen. Du solltest darüber nachdenken, ob du nicht vielleicht doch irgendwo bei der Familie wohnen willst.«

Sie hob eine Augenbraue. »Suchst du vielleicht eine Untermieterin?«

Er schaute sie verdutzt an, blinzelte, dann stieß er eine Rauchwolke aus. »So war das nicht gemeint.«

»Nein, wirklich, ich fände es praktisch, wenn wir erst zusammenarbeiten ...«

»Halt die Luft an. Du überschlägst dich.«

»Findest du?« Mit einem kleinen Lächeln lehnte sie sich zurück, als der Kellner kam und Nick das Weinetikett präsentierte.

»In Ordnung«, sagte Nick ungeduldig abwinkend, aber er schaffte es nicht, den Mann loszuwerden, bis er das Ritual der Vorkostung hinter sich gebracht hatte. Er nahm einen kleinen Schluck des Weins, den ihm der Kellner ins Glas gegossen hatte. »Großartig, geben Sie endlich her.«

Mit angestrengter Würde schenkte der Kellner Freddie ein Glas Wein ein, dann füllte er Nicks Glas auf, bevor er die Flasche in den Silbereimer stellte.

»Hör zu ...«

»Es ist tatsächlich eine exzellente Wahl«, sagte Freddie, nachdem sie den ersten Schluck genommen hatte. »Trocken und schön leicht. Du weißt, dass ich deinem Urteil in mancher Hinsicht ohne Einschränkungen vertraue, Nicholas. Zum Beispiel hierbei«, sagte sie und prostete ihm zu. »Und wenn es um Musik geht. Du sträubst dich vielleicht innerlich zuzugeben, dass die kleine Freddie so gut ist wie du, aber deine musikalische Integrität lässt dir keine andere Wahl.«

»Niemand hat gesagt, dass du so gut bist wie ich, Kleine. Aber du bist nicht schlecht.« Er stieß mit ihr an. Für einen Moment verlor er den Faden. Wegen des Kerzenlichts, das in ihren grauen Augen Fangen spielte. Und wegen des Blicks, mit dem sie ihn anschaute, als ob sie ein Geheimnis hätte, von dem sie sich nicht sicher war, ob sie es mit ihm teilen sollte. »Wie auch immer.« Er räusperte sich. »Ich mag dein Zeugs.«

»Oh, Mr. LeBeck«, hauchte sie theatralisch. Sie senkte den Blick und klimperte mit den Wimpern. »Ich weiß gar nicht, was ich sagen soll.«

»Dabei bist du doch sonst nicht auf den Mund gefallen. Das eine Lied – ›Immer nur Du‹ –, es könnte vielleicht sogar in die Partitur passen.«

»Das dachte ich mir auch.« Angesichts seiner verengten Augen musste sie lächeln. »Als Tochter von Spence Kimball habe ich gewisse Beziehungen. Ich habe das Buch gelesen, Nick. Es ist wundervoll. Die Story schafft es, herrlich altmodisch und zeitgemäß zugleich zu sein. Sie ist eine umwerfende Liebesgeschichte und voller Witz. Und mit dieser legendären irischen Sängerin in der Hauptrolle …«

»Woher weißt du das?«

Diesmal war ihr Lächeln eher ein süffisantes Grinsen. »Beziehungen.«

»Beziehungen«, brummte Nick. »Wofür brauchst du mich eigentlich? Du könntest direkt zu Mr. Valentine gehen.«

»Das könnte ich.« Ohne an seinem verärgerten Tonfall Anstoß zu nehmen, spitzte Freddie die Lippen und studierte ihren Wein. »Aber das will ich nicht.« Sie hob den Blick, begegnete dem seinen und hielt ihn fest. »Ich will, dass du mich willst, Nick.« Sie ließ ihre Worte wirken. Begriff er, dass sie nicht nur über die Musik sprach, sondern ebenso über ihr Leben? Ihrer beider Leben. »Ich werde alles tun, was in meiner Macht steht, um dich von meinen Qualitäten zu überzeugen. Und wenn du mich dann immer noch nicht willst, werde ich mich damit abfinden.«

Irgendetwas regte sich in ihm. Irgendetwas gefährlich Unerwünschtes. Er verspürte den Drang, einen schockierend starken Drang, die Hand auszustrecken und ihr mit dem Finger über diese glatten Elfenbein-und-Rosen-Wangen zu fahren. Was er natürlich nicht tat. Stattdessen holte er sorgfältig Atem und drückte seine Zigarette aus.

»Okay, Freddie, ich bin einverstanden. Versuch dein Glück.«

Die lähmende Enge, die sich um ihr Herz gelegt hatte, löste sich auf. »Das werde ich«, sagte sie. »Aber lass uns erst bestellen.«

Sie gab sich keine große Mühe mit ihrer Essensauswahl. Ihr Kopf war zu beschäftigt mit dem, was sie ihm sagen wollte, um sich mit etwas so Nebensächlichem wie Essen zu beschäftigen. Sie nippte an ihrem Wein und beobachtete Nick, während er seinen Teil der Bestellung aufgab. Als er fertig war und zu ihr herüberschaute, lächelte sie.

»Was ist?«

»Ich habe mich nur erinnert.« Sie legte ihre Hand über die seine. »An das erste Mal, als wir uns sahen. Du kamst in dieses herrliche Chaos bei Grandma und sahst aus, als hätte dir jemand einen Ziegelstein über den Kopf gehauen.«

Er lächelte, jetzt hatte er wieder sicheren Boden unter

den Füßen. »So etwas hatte ich vorher noch nie gesehen. Ich konnte es gar nicht fassen, dass Menschen so leben – dieses ganze Geschnatter und Lachen und Kinder, die einem überall vor die Füße liefen, und das viele gute Essen.«

»Und Katie kam schnurstracks auf dich zumarschiert und verlangte, dass du sie auf den Arm nehmen solltest.«

»Deine kleine Schwester hatte schon immer eine Schwäche für mich.«

»Wie ich auch.«

Er fing an zu lachen, dann entdeckte er, dass er es gar nicht komisch fand. »Lass den Quatsch.«

»Nein, ehrlich. Ein Blick auf dich genügte, und mein pubertierendes Herz schlug einen Purzelbaum. Deine Haare waren ein bisschen länger als heute und ein bisschen heller. Und du trugst einen Ohrring.«

Mit einem kleinen Auflachen rieb er sich sein Ohrläppchen. »Ist schon eine ganze Weile her.«

»Ich fand dich schön, irgendwo zwischen Rockstar und James Dean.« Sie seufzte theatralisch. »Ich war ganz weg, ehrlich. Jedes Mädchen hat das Recht, einmal im Leben richtig verknallt zu sein. Und ich war mit Sicherheit in dich verknallt.«

»Schön.« Er war sich nicht ganz sicher, wie er reagieren sollte. »Schätze, ich sollte mich jetzt geschmeichelt fühlen.«

»Richtig. Immerhin habe ich für dich Bobby MacAroy und Harrison Ford sausen lassen.«

»Harrison Ford? Ich bin beeindruckt.« Er entspannte sich, als ihre Vorspeise kam. »Aber wer zum Teufel ist Bobby MacAroy?«

»Der süßeste Junge in meiner Klasse. Natürlich wusste er nicht, dass ich vorhatte, ihn zu heiraten und fünf Kinder mit ihm zu kriegen.« Sie hob eine Schulter und ließ sie dann wieder fallen.

263

»Sein Pech.«

»Darauf kannst du wetten. Egal, auf jeden Fall war ich dir vom ersten Tag an verfallen. Natürlich rechnete ich mir keine Chancen aus«, fuhr sie fort. »Die kleine sommersprossige Freddie unter all diesen zigeunerhaft aussehenden Exoten in meiner Familie.«

»Du warst wie eine Porzellanpuppe«, murmelte er. »Ein kleines blondes Püppchen mit riesigen Augen. Ich erinnere mich daran, dass ich irgendwann eine Bemerkung machte, dass du deiner Schwester und deinem Bruder gar nicht ähnlich siehst, und du erklärtest mir, dass Natasha in Wirklichkeit deine Stiefmutter ist. Du tatest mir leid.« Er schaute wieder auf und verlor sich für einen Moment in den unergründlichen Tiefen ihrer Augen. »Weil ich mir selbst leidtat – der aus dem Tritt gekommene Stiefbruder. Und du saßt da, ganz ernst, und sagtest mir, ›Stief‹ sei nur ein Wort. Es hat mich berührt«, sagte er. »Es hat mich wirklich tief berührt. Und es hat mir geholfen. Ich habe mich sehr unverstanden gefühlt damals.«

Ihre Augen schimmerten feucht. »Das wusste ich nicht. Ich dachte, du würdest dich mit Zack gut verstehen.«

»Nicht die Bohne. Ich versuchte lange Zeit, ihn zu hassen. Ich habe es nie offen gezeigt, aber ich habe ganz schön hart gearbeitet, um uns beiden das Leben so schwer wie möglich zu machen. Und dann habe ich mich auch noch in Rachel verknallt.«

»Verknallt? In Rachel? Aber …« Diplomatisch ließ Freddie das Ende ihres Satzes in der Luft hängen und widmete sich ihrem Essen.

Mittlerweile machte es ihm nichts mehr aus, darüber zu reden. »Ja, ich war damals neunzehn. Und hielt mich anscheinend für unwiderstehlich, denn Rachel war ja beträchtlich älter und stand schon voll im Leben. Und sie hatte unglaublich tolle Beine. Du wirst ja rot, Freddie. Jeder Junge hat das

264

Recht, mindestens einmal im Leben richtig verknallt zu sein.«
Er grinste sie an. »Ich bin ausgerastet, als ich herausfand, dass
Rachel und Zack was laufen hatten und ich mich zum Narren
gemacht hatte. Aber ich kam darüber hinweg, vor allem, weil
mir klar wurde, dass das zwischen den beiden etwas Ernsthaf-
tes war. Außerdem begriff ich, dass ich zwar verknallt war, sie
aber nicht liebte. So kommt man immer wieder auf den Teppich, stimmt's?«

Sie schaute ihn gelassen an. »Manchmal. Und auf Umwegen bestätigt mich dieses Gespräch in meiner Ansicht, dass
wir zusammenarbeiten sollten.«

Er wartete, bis der Kellner die Vorspeisenteller abgeräumt
hatte und den zweiten Gang servierte. Dann griff er nach seinem Weinglas, das der Ober wieder aufgefüllt hatte, und sah
sie direkt an. »Wie kommst du denn jetzt darauf?«

Freddie lehnte sich angeregt vor. Und ihr Parfum wehte zu
ihm herüber, sodass ihm der Mund wässrig wurde. »Wir haben viele Gemeinsamkeiten, Nick.«

»Du schätzt mich falsch ein.«

Sie schüttelte ungeduldig den Kopf. »Das müssen wir
jetzt nicht vertiefen. Ich kenne dich, Nicholas. Besser, als du
glaubst. Ich weiß, was deine Musik für dich bedeutet. Ret-
tung.«

Sein Blick verschleierte sich, und er verlor das Interesse
an seinem Essen. »Das ist stark übertrieben. Ganz so ist es
nicht …«

»Es stimmt«, verteidigte sie sich. »Erfolg ist nur ein Ne-
benprodukt. Es ist allein die Musik, die für dich zählt. Du
würdest sie umsonst komponieren, du würdest sie umsonst
spielen. Du brauchst sie, und du brauchst mich, damit ich dir
deine Texte schreibe. Weil ich die Worte höre, während du die
Musik hörst. Ich verstehe, was du sagen willst, weil ich dich
verstehe. Und weil ich dich liebe.«

Er musterte sie, während er versuchte, Gefühl und praktische Durchführbarkeit auseinanderzuhalten. Aber sie hatte recht. Das Gefühl war zuerst da gewesen, und sie hatte mit ihren Texten diese Gefühle in Worten ausgedrückt. So wie mit den Worten, die sie gerade gesagt hatte. »Es spricht einiges für das, was du sagst, Freddie.«

»Es spricht alles für uns. Wir wären ein Superteam, Nick. Wir wären zusammen viel stärker, als wir es allein je sein könnten.«

Ihm kam die Musik in den Sinn, die er am Morgen gespielt hatte, unterlegt mit ihrem Text. *Immer nur Du, in meinem Herzen, in meinen Gedanken. Keiner zuvor und keiner danach. Immer nur ein Gesicht, das ich sehe. Du bist meine Freude, du bist meine Trauer.*

Ein Lied voller Einsamkeit, Sehnsucht und gleichzeitig voller Hoffnung, dachte er. Und sie hatte es genau so erfasst, wie er es beabsichtigt hatte.

»Lass es uns versuchen, Freddie. Wir lassen uns Zeit und schauen, wie es läuft. Wenn wir noch zwei weitere solide Songs auf die Beine stellen können, gehen wir damit zum Produzenten.«

Unter dem Tisch trommelte sie nervös mit den Fingerspitzen auf ihrem Knie herum. »Und wenn er einverstanden ist ...«

»Wenn er einverstanden ist, sind wir Partner.« Er hob sein Glas. »Abgemacht?«

»Oh ja.« Sie stieß mit ihm an. »Abgemacht.«

Dass sie so aufgekratzt war, lag bei Weitem nicht nur am Wein, als Nick sie nach dem Essen noch bis an die Tür ihres Hotelzimmers brachte. Sie presste sich gegen die Türfüllung und strahlte ihn an. »Wir werden zusammen berühmt werden, Nick. Ich weiß es genau.«

Er steckte ihr eine Haarsträhne hinters Ohr, wobei er kaum registrierte, dass seine Fingerspitze ihr Ohrläppchen streifte und einen Moment dort verweilte. »Wir werden sehen, wie es läuft. Wir treffen uns morgen bei mir. Bring was zu essen mit.«

»Gut. Ich komme gleich morgen früh.«

»Wenn du vor zwölf kommst, sehe ich mich gezwungen, dir den Hals umzudrehen. Wo hast du deinen Schlüssel, Kleine?«

»Hier.« Sie hielt ihm die Codekarte unter die Nase, ehe sie sie durch den Schlitz zog. »Willst du noch einen Moment mit reinkommen?«

»Ich muss noch zur Spätschicht in die Bar. Also dann …« Seine Worte und seine Gedanken brachen ab, als sie sich blitzschnell umdrehte und ihm die Arme um den Hals legte. Die Hitzewelle, von der er sich überschwemmt fühlte, überraschte ihn.

»Geh schlafen«, sagte er und neigte den Kopf, um ihr einen flüchtigen Kuss auf die Wange zu geben.

So beschwipst war sie nun auch wieder nicht – oder vielleicht nicht beschwipst genug. Sie stellte sich auf die Zehenspitzen und hob ihm ihr Gesicht entgegen, sodass sich ihre Lippen trafen. Nur zwei Herzschläge lang, zwei lange, unruhige Herzschläge.

Sie kostete alles aus, seinen Geschmack, seine festen, glatten Lippen und den raschen, instinktiven Druck seiner Hände auf ihren Schultern.

Dann wandte sie sich mit einem fröhlichen, entschlossenen Lächeln auf den Lippen ab, das nichts von ihrem Herzklopfen preisgab. »Gute Nacht, Nicholas.«

Er stand wie angenagelt da, bis sie ihm die Tür vor der Nase zumachte. Es war das Geräusch seines eigenen Atems, der zischend seinen Lungen entwich und damit den Bann brach. Er wandte sich um und ging langsam zum Aufzug.

Als er die Hand hob, um auf den Knopf zu drücken, sah er, dass sie zitterte. Er verfluchte sich, während er sich daran erinnerte, dass Freddie seine Cousine war. Jawohl, sie war seine Cousine, auch wenn sie nicht blutsverwandt mit ihm war, und das würde er nie vergessen. Nie.

3. Kapitel

»Hi, Rio.« Freddie durchquerte schwer bepackt mit Aktenkoffer, Handtasche und Einkaufstasche die Küche des »Lower the Boom«.

»Hi, Püppchen.« Rio, der beschäftigt war mit den Mittagessensvorbereitungen, hatte alle Hände voll zu tun. »Wie geht's?«

»Nick und ich arbeiten heute zusammen«, erklärte sie strahlend.

»Du kannst von Glück sagen, wenn du ihn nicht an den Haaren aus dem Bett zerren musst.«

Sie kicherte und ging weiter. »Er sagte zwölf. Es ist zwölf.« Punkt zwölf, fügte sie im Stillen hinzu, während sie die enge, gewundene Treppe nach oben stieg. Sie klopfte laut an die Tür. Wartete. Trat ungeduldig von einem Fuß auf den anderen. Also schön, Nicholas, dachte sie, du hast es so gewollt. Nachdem sie die Tür einfach aufgemacht hatte, rief sie laut seinen Namen.

Irgendwo rauschte Wasser, woraus sie schloss, dass er zumindest schon unter der Dusche stand.

Sie hatte ihn natürlich beim Wort genommen, als er sie aufgefordert hatte, Essen mitzubringen. In der Küche holte sie die mitgebrachten Salate und Sandwiches aus ihrer Einkaufstasche. Nachdem sie alles auf dem Tisch aufgebaut hatte, schaute sie sich nach kalten Getränken um.

Sie brauchte nicht lange, um herauszufinden, dass sie nur die Wahl zwischen Bier und abgestandenem Mineralwasser hatten. Und dass Nicks Küche eine Katastrophe war.

Als er ein paar Minuten später hereinkam, stand sie mit aufgekrempelten Ärmeln an der Spüle, die Hände in warmem, seifigem Spülwasser.

»Was ist denn hier los?«

»Diese Küche ist eine Zumutung«, sagte sie, ohne sich umzudrehen. »Du solltest dich schämen, in so einem Saustall zu hausen. Die Experimente, die du anscheinend zu Forschungszwecken in deinem Kühlschrank gelagert hast, habe ich in diese Plastiktüte gewickelt. Wenn ich du wäre, würde ich sie so schnell wie möglich rausbringen und verbrennen.«

Er brummte etwas Unverständliches in sich hinein und stiefelte zur Kaffeemaschine.

»Wann hast du zum letzten Mal diesen Boden gewischt?«

»Wenn ich mich richtig erinnere, war es im September 1982.« Er gähnte herzhaft und maß Kaffee ab, während er seine Augen an das Tageslicht zu gewöhnen versuchte. »Hast du was zu essen mitgebracht?«

»Auf dem Tisch.«

Stirnrunzelnd betrachtete er die Salate und die Sandwiches. »Was ist mit Frühstück?«

»Es ist Mittag, Nick«, presste sie zwischen den Zähnen hervor.

»Zeit ist relativ, Freddie.« Versuchsweise biss er in eine saure Gurke.

Mit einem Klappern stellte Freddie den letzten der mit Speiseresten verkrusteten Teller, die sie in der Spüle vorgefunden hatte, auf das Abtropfbrett. »Das Mindeste, was du tun könntest, wäre, ins Wohnzimmer zu gehen und ein bisschen Ordnung zu schaffen. Ich weiß wirklich nicht, wie wir dort arbeiten sollen.«

Der saure Geschmack der Gurke beflügelte seine Sinne, deshalb biss er noch mal hinein. »Ich räume jeden dritten Sonntag im Monat auf, egal ob es nötig ist oder nicht.«

Sie drehte sich um und stemmte die Hände in die Hüften. »Schön, dann machst du heute eben mal eine Ausnahme. Ich arbeite nicht in so einem Saustall, zwischen Kleiderhaufen und leeren Bierdosen und Staub, der mehr als zwei Fingerbreit hoch liegt.«

Er lehnte sich an den Tisch und grinste sie an. Sie hatte sich das Haar zurückgebunden in dem Versuch, es zu zähmen, was jedoch wundervoll danebengegangen war. Ihre Augen blitzten, die Lippen hatte sie energisch aufeinandergepresst. Sie sah aus wie eine empörte Fee.

»Gott, bist du niedlich, Freddie.«

Jetzt verengten sich diese blitzenden Augen. »Du weißt, wie ich das hasse.«

»Ja.« Sein Grinsen wurde noch breiter.

Würdevoll riss sie ein Papierhandtuch von der Rolle an der Wand über dem Tresen und begann sich die Hände abzutrocknen. »Was glotzt du denn so?«

»Ich warte darauf, dass du anfängst zu schmollen. Wenn du schmollst, bist du nämlich noch niedlicher.«

Sie würde nicht lachen, schwor sie sich. Oh nein, ganz bestimmt nicht. »Du treibst es wirklich auf die Spitze, Nick.«

»Wenn es hilft, dass du endlich aufhörst, mich herumzuscheuchen, so wie du es mit Brandon immer gemacht hast.«

»Ich scheuche meinen Bruder nicht herum.«

Nick ging um sie herum, um an die Kaffeebecher zu kommen, die sie eben abgewaschen hatte. »Natürlich tust du das. Sieh der Tatsache ins Auge, dass du herrschsüchtig bist, Kleine.«

»Das bin ich ganz bestimmt nicht!«

»Herrschsüchtig, verwöhnt und ein niedlicher kleiner Knopf.«

Um sich selbst ihre Geduld zu beweisen, holte sie lang und tief Atem. »Gleich fängst du dir eine.«

271

»He, das ist ein guter Witz«, sagte Nick anerkennend, während er die Kaffeebecher füllte. »Komm, schieb dein Kinn vor. Das ist fast so niedlich wie ein Schmollmund.«

In Ermangelung von etwas Besserem warf sie das zu einem festen Ball zusammengeknüllte Papierhandtuch nach ihm. Es prallte an seinem Kopf ab. »Ich bin hier, um zu arbeiten, und nicht, um mich beleidigen zu lassen. Wenn das alles ist, was du kannst, gehe ich eben wieder.«

Er lachte leise in sich hinein, als sie sich anschickte, an ihm vorbeizustürmen. Zum ersten Mal seit ihrer Ankunft in New York hatte ihre Beziehung seiner Ansicht nach die Ebene erreicht, auf die sie gehörte. Der große Cousin und die kleine Cousine, die vor Wut darüber, dass man sie aufzog, fuchsteufelswild wurde. Er lachte noch immer, als er sie am Arm packte und herumdrehte.

»Ach komm, kleine Freddie, werd doch nicht gleich so böse.«

»Ich bin nicht böse«, erklärte sie und boxte ihm ihren Ellbogen in den Bauch.

Sie bewirkte damit nur, dass er lachte. »Das habe ich schon besser gesehen. Du musst dich mit dem ganzen Körper in den Stoß reinlegen, wenn du eine Wirkung erzielen willst.«

Sie folgte seinem Rat, und der heftige Stoß warf sie beide aus dem Gleichgewicht. Er lachte immer noch, während sie sich abmühten, stehen zu bleiben, bis sie schließlich mit dem Rücken gegen den Kühlschrank gelehnt endete, mit seinen Händen auf ihren Hüften, während sie mit den ihren Halt suchend seine Unterarme umklammerte.

Erst als ihm aufging, dass er sie an sich presste, hörte er zu lachen auf. Er nahm ihren Körper wahr. Sie fühlte sich so weich und zerbrechlich an. Ihre Augen sprühten wütende Funken. Sie waren so groß und tief. Ihr Mund zog seinen Blick magnetisch an. Er war so rosig und köstlich voll.

272

Sie spürte die Veränderung, die in ihm vorging, nahm wahr, wie ihr Körper langsam dahinschmolz, hörte ihr Blut in den Ohren rauschen. Das war es, worauf sie die ganze Zeit gewartet hatte, wonach sie sich immer gesehnt hatte – die Umarmung von Mann und Frau, die Überwachheit der Sinne, die von einem Besitz ergriff, als würde im Kopf ganz überraschend ein sehr helles Licht angeknipst. Ihrem Instinkt folgend, ließ sie ihre Hände an seinen Armen nach oben bis zu seinen Schultern gleiten.

Oh Himmel, fast hättest du sie geküsst! schoss es ihm durch den Kopf, während er zurückzuckte. Und es hätte nichts mit verwandtschaftlicher Zuneigung zu tun gehabt. Um ein Haar hätte er sie geküsst wie ein Mann, der sich nach einer Frau verzehrt, und ein Jahrzehnt des Vertrauens zunichtegemacht.

»Nick.« Sie sagte es leise, in dem Flüstern schwang ein flehender Unterton mit.

Du hast sie erschreckt, dachte er und hob entschuldigend die Hände. »Verzeih. Ich hätte dich nicht so aufziehen dürfen.« Jetzt, nachdem er etwas Distanz zwischen sich und sie gebracht hatte, fühlte er sich wieder besser. Er wich so weit zurück, dass er seinen Becher erreichen konnte, den er auf dem Tisch abgestellt hatte.

»Schon gut.« Sie bewerkstelligte ein Lächeln, während die Hitze, die sich ihrer bemächtigt hatte, langsam von ihr abfiel. »Das bin ich ja gewöhnt. Aber ich will noch immer, dass du den Saustall da drüben aufräumst.«

Er lächelte ebenfalls. »Es ist meine Wohnung, mein Saustall, mein Klavier. Du wirst dich daran gewöhnen müssen.«

Sie rang einen Moment mit sich, dann nickte sie. »Also gut. Und wenn ich meine eigene Wohnung habe und mein eigenes Klavier, dann arbeiten wir dort.«

»Vielleicht.« Er griff nach einer Gabel und begann den Kartoffelsalat aus dem Plastikbehälter zu essen. »Warum nimmst du dir nicht auch einen Kaffee, und dann unterhalten wir uns darüber, wie ich mit der Partitur weitermache?«

»Wie wir weitermachen«, korrigierte sie ihn. Sie nahm sich einen Becher aus dem Abtropfständer. »Wir sind Partner.«

Sie saßen zusammen in der Küche und diskutierten hitzig über die Partitur zu »First, Last and Always«. Die Story des Musicals sollte zehn Jahre umfassen, angefangen mit der ersten romantischen Teenagerliebe, einer hastigen Heirat und einer noch hastigeren Scheidung, bis die Entwicklung schließlich in eine reife, erfüllende Beziehung der beiden Protagonisten mündete.

Ein Happy End wie im Märchen, wie Freddie es nannte.

Ein Teufelskreis aus Problemen, lautete eindeutig Nicks Meinung.

Immerhin stimmten sie darin überein, dass diese beiden verschiedenen Sichtweisen sowohl Text als auch Musik nur zugute kommen konnten.

»Sie liebt ihn«, sagte Freddie, als sie gemeinsam zum Klavier hinübergingen. »Von dem Augenblick an, als sie ihn zum ersten Mal sieht.«

»Sie ist verliebt in die Liebe, mehr nicht.« Nick stellte den Kassettenrekorder auf. »Beide sind es. Sie sind jung und naiv. Das ist ja gerade das, was die Charaktere so sympathisch macht. Sie sind real.«

»Hm.«

»Hör zu.« Er setzte sich neben sie auf die schmale Bank, Hüfte an Hüfte. »Eröffnung. Stell dir eine lebhafte Szene vor. Viele Leute, überall Lichter, Tempo. Jeder hat es eilig.«

Er suchte in einem Stapel Notenblätter und fand das Blatt, das er suchte, in dem ganzen Durcheinander mit einer Geschwindigkeit, die Freddie nur auf einen inneren Radar zurückführen konnte.

»Das Publikum soll sich von dem verwirrenden Tempo am Anfang aufgerieben fühlen.« Er zog das Keyboard des Synthesizers heran. »Es ist die Energie der Jugend, in der Einführung.«

»Wenn sie sich im wahrsten Sinne des Wortes über den Weg rennen.«

»Genau. Pass auf.«

Er begann zu spielen. Eine hektische Folge von Noten, die an den Sinnen rüttelte. Freddie schloss die Augen und ließ die Musik auf sich einwirken.

Oh ja, sie konnte genau sehen, was er sich vorstellte. Ungeduld. Jeder nur mit sich selbst beschäftigt. Los, geh mir aus dem Weg, mach Platz ... Sie sah die Szene bereits auf der Bühne, vollgepackt mit Tänzern, die unruhige Choreografie, Verkehrslärm von den Seiten, Autohupen.

»Hier müssen noch mehr Bläser rein«, murmelte Nick. Er hatte Freddies Anwesenheit schon fast vergessen, als er sich zum Synthesizer drehte, um etwas auszuprobieren.

»Nur nicht anhalten.«

»Ich will doch nur ...«

Sie schüttelte nur den Kopf und legte ihre Finger auf die Tasten. Ihre Stimme klang deutlich und klar.

»Nur nicht anhalten. Ich hab Dinge zu erledigen, Leute, die ich treffen muss. Wie sollte ich jemanden außer mir selbst ertragen können?«

Er betrachtete sie verdutzt. Seltsam, er hatte vergessen, wie rein ihre Stimme klang. Tief, sanft, selbstsicher. Und unerwartet sexy.

»Du bist wirklich fix«, murmelte er.

»Ich bin gut.« Sie spielte weiter, während die Worte und die Arrangements ihr unaufhörlich zuflossen. »Es sollte eine Chorusnummer sein. Vielstimmig, Kontrapunktion, über allem das Hauptthema als Duett der Protagonisten. Er geht in eine Richtung, sie in die andere. Die Worte müssen verschmelzen, dann ausblenden, wieder verschmelzen ...«

»Genau.« Er drehte die Lautstärke auf dem Synthesizer auf das passende Level und spielte mit. »So stelle ich mir das vor.«

Sie warf ihm einen kurzen Seitenblick zu und lächelte selbstgefällig. »Ich weiß.«

Es kostete sie mehr als drei Stunden Zeit und zwei Kannen Kaffee, die Eröffnungsszene so herauszuarbeiten, dass sie beide zufriedengestellt waren. Da sie ihrem Magen nicht noch mehr Kaffee zumuten wollte, bestand Freddie schließlich darauf, dass Nick ihr aus der Bar eine Flasche Mineralwasser holte. Nachdem er sie allein gelassen hatte, brachte sie ein paar kleine musikalische und textliche Veränderungen an der Partitur an. Als sie sie eben ausprobieren wollte, wurde sie vom Läuten des Telefons unterbrochen.

Den Einleitungssong vor sich hin summend, stand sie auf, um abzunehmen.

»Hallo?«

»Oh, hi. Ist Nick da?«

Die schwüle weibliche Stimme, in der der schleppende Singsang der Südstaaten mitschwang, veranlasste Freddie, eine Augenbraue zu heben. »Er kommt gleich zurück. Er ist nur kurz unten in der Bar.«

»Na gut. Dann warte ich einen Moment, wenn Sie nichts dagegen haben. Ich bin Lorelie.«

Ich wette, das bist du wirklich, dachte Freddie grimmig. »Hallo, Lorelie, ich bin Freddie.«

»Doch nicht etwa Nicks kleine Cousine Freddie?«

»Genau die«, presste sie zwischen den Zähnen hervor. »Die kleine Cousine Freddie.«

»Oh, ich bin begeistert, mit Ihnen zu sprechen, Honey.« Die Stimme tropfte wie Sirup durch die Leitung. »Nick hat mir erzählt, dass er gestern Abend mit Ihnen ausgehen wollte.

Es hat mir nichts ausgemacht, unsere Verabredung zu verschieben, die Familie geht selbstverständlich vor.«

Verdammt, sie hätte es wissen müssen, dass da eine Frau im Spiel war. »Das ist sehr verständnisvoll von Ihnen, Lorelie.«

»Oh, ich bitte Sie. Ein junges Mädchen wie Sie, allein in New York ... da ist man auf den Schutz der männlichen Familienmitglieder angewiesen. Ich lebe jetzt seit fünf Jahren hier und habe mich noch immer nicht an die vielen Menschen gewöhnt. Und alle rennen so schrecklich beschäftigt durch die Gegend.«

»Manche rennen nicht ganz so schnell wie andere«, brummte Freddie. »Woher kommen Sie, Lorelie?«, erkundigte sie sich – höflich, wie sie hoffte.

»Aus Atlanta, Honey. Ich bin dort geboren und aufgewachsen. Aber hier oben bei diesen Yankees gibt es eben die Arbeit für Models und beim Fernsehen.«

»Sie sind Model?« Das war ja kaum auszuhalten.

»Richtig, aber derzeit mache ich mehr Werbespots. Das Modeln reibt einen auf, wenn Sie verstehen, was ich meine.«

»Bestimmt tut es das.«

»So habe ich Nick kennengelernt. Ich schaute nach einer endlosen Fotosession in die Bar rein und bat ihn, mir ein langes, kühles Etwas zu mixen. Da sagte er, dieses lange kühle Etwas wäre ich selbst.« Lorelies Lachen, das wie silberne Glöckchen klang, veranlasste Freddie, die Kiefer noch etwas fester aufeinanderzupressen. »Ist Nick nicht ein ganz Süßer?«

Freddie schaute auf, als der ganz Süße mit einem Arm voll Mineralwasserflaschen zurückkehrte. »Oh, gewiss. Dieser Meinung waren wir schon immer.«

»Also, ich finde es wirklich schrecklich süß von Nick, sich darum zu kümmern, dass sich seine kleine Cousine in der Großstadt zurechtfindet. Sie sind doch auch ein Südstaatenmädchen, stimmt's, Honey?«

»Nun, von südlich der Mason-Dixon-Linie jedenfalls, Lorelie. Wir sind praktisch Schwestern. So, hier ist Ihr ganz süßer Nick jetzt.«

Mit einem gefährlich nichtssagenden Gesichtsausdruck hielt Freddie Nick den Hörer hin. »Deine Magnolienblüte ist am Telefon.«

Er stellte die Flaschen da ab, wo er gerade stand, und nahm den Hörer entgegen. »Lorelie?« Ohne Freddie aus den Augen zu lassen, lauschte er. »Ja, ist sie. Nein, aus West Virginia. Ja, nah genug. Äh, hör zu …« Er wandte Freddie den Rücken zu und senkte die Stimme, während Freddie anfing, leise auf dem Klavier herumzuklimpern. »Ich arbeite im Moment. Nein, nein, heute Abend geht es. Komm gegen sieben in der Bar vorbei.« Er räusperte sich, wobei er sich fragte, warum er sich so unbehaglich fühlte. »Ich freue mich auch. Ach wirklich?« Er schaute sich vorsichtig nach Freddie um. »Klingt interessant. Bis heute Abend dann.«

Nachdem er aufgelegt hatte, bückte er sich nach einer der Flaschen, die er auf dem Boden abgestellt hatte. Während er den Verschluss abschraubte und sie Freddie reichte, fragte er sich, warum diese Geste auf ihn wie ein erbärmliches Friedensangebot wirkte. »Es ist schön kalt.«

»Danke.«

Wie ihre Stimme. Eiskalt.

Sie nahm die Flasche entgegen, setzte sie an die Lippen und nahm einen langen Schluck. »Muss ich mich dafür entschuldigen, dass ich dich gestern Abend Lorelie weggenommen habe?«

»Unsinn. Wir sind nicht … sie ist nur … Nein.«

»Es ist wirklich sehr schmeichelhaft, dass du ihr alles über deine kleine Cousine aus West Virginia erzählt hast.« Freddie stellte die Flasche ab und ließ ihre Finger über die Tasten fliegen. »Ich kann es kaum fassen, dass sie dir so ein erbärmliches Klischee abgekauft hat.«

»Ich habe ihr nur die Wahrheit erzählt.« Er stand verärgert auf.

»Dass man auf mich aufpassen muss?«

»So habe ich es nicht gesagt. Hör zu, was soll das? Du wolltest mit mir essen gehen, und ich habe auf deinen Vorschlag hin meine Pläne geändert.«

»Beim nächsten Mal sagst du mir einfach, dass du bereits eine Verabredung hast, Nick. Ich habe kein Problem damit, mir etwas anderes vorzunehmen.« Erbost stand sie auf und begann ihre Papiere in ihre Aktentasche zu stopfen. »Und ich bin nicht deine kleine Cousine, ebenso wenig wie ich einen Aufpasser brauche. Das kann jeder sehen, es sei denn, er hat Tomaten auf den Augen. Ich bin eine erwachsene Frau, die sehr gut allein auf sich aufpassen kann.«

»Ich habe nie gesagt, dass du nicht …«

»Das sagst du ständig.« Sie kickte einen Kleiderhaufen beiseite, als sie durch das Zimmer stürmte, um ihre Handtasche zu holen. »Es gibt eine Menge Männer hier, die sich glücklich schätzen würden, mit mir zu Abend zu essen, und es nicht als eine Pflichtübung betrachten.«

»Jetzt mach aber mal einen Punkt!«

»Ganz bestimmt nicht.« Sie wirbelte so schnell herum, dass ihre blonden Locken flogen. »Du solltest besser genau hinschauen, Nicholas LeBeck. Ich bin nicht mehr die kleine Freddie, und ich will auch nicht wie ein Haustier behandelt werden, dem man zwischendurch den Kopf tätschelt.«

Verdutzt fuhr er sich mit der Hand durchs Haar. »He, was ist eigentlich in dich gefahren?«

»Nichts!«, schrie sie, frustriert bis an die Grenze der Erträglichkeit. »Gar nichts, du Idiot. Geh doch zu deiner Südstaatenschönheit und lass dich von ihr trösten.«

Als die Tür ins Schloss fiel, bückte sich Nick nach einer

weiteren Flasche Klubsoda für sich selbst. Er konnte nur den Kopf schütteln.

Dabei war sie doch immer so ein liebes Kind gewesen. Er verstand die Welt nicht mehr.

Freddie schüttelte den größten Teil ihrer Wut bei einem langen Spaziergang ab. Als sie sich ruhig genug fühlte, um sprechen zu können, ohne dabei Gift und Galle zu spucken, blieb sie an einer Telefonzelle stehen und rief Sydney an. Das Gespräch half, ihre Laune ein bisschen zu heben.

Anschließend eilte sie energiegeladen und optimistisch, bewaffnet mit einer Adresse, zu einer leer stehenden Zweizimmerwohnung, die drei Häuserblocks vom »Lower the Boom« entfernt lag.

Die Wohnung war perfekt. Während Freddie das geräumige Wohnzimmer abschritt, sah sie bereits die Möbel vor sich, die sie hineinstellen würde. Ihre erste eigene Wohnung, mit genug Platz für ein Klavier unter dem Fenster und einer Schlafcouch, sodass ihr Bruder oder ihre Schwester sie besuchen und ein paar Tage bleiben konnten.

Und das Beste daran – nah genug, um Nick im Auge behalten zu können.

Nun, wie gefällt dir das, Nicholas? fragte sie sich grinsend, während sie ihren Blick über Manhattan schweifen ließ, das sich unter ihrem Fenster ausbreitete. Ich werde ein bisschen auf dich aufpassen. Ich liebe dich doch so schrecklich, du Idiot.

Seufzend wandte sie sich vom Fenster ab und ging in die Küche. Die Wände brauchten ein bisschen frische Farbe, aber das war kein Problem. Es würde Spaß machen, Töpfe und Pfannen und die richtige Küchenausstattung zu suchen. Sie kochte gerne, und schon als Kind hatte sie es geliebt, in der großen gemütlichen Küche zu Hause in West Virginia zu helfen, oder in der kleinen, wunderbar vollgestopften Küche ihrer Großmutter in Brooklyn.

Hier wirst du für Nick kochen, ging es ihr durch den Sinn, während sie mit dem Finger über den glatten Tresen fuhr. Wenn er seine Karten richtig ausspielt. Nein, falsch. Sie lächelte über sich selbst und ihre Ungeduld. Sie war es, die hier die Karten ausspielte, und sie musste sie richtig ausspielen.

Sie war zu unsanft mit ihm umgesprungen, auch wenn er sich wie ein Trottel verhalten hatte. Sie hatte fast ihr halbes Leben damit zugebracht, ihn zu lieben, und er hatte genau dieselbe Menge Zeit damit verbracht, an sie als seine kleine Cousine zu denken – verbunden zwar nicht durch Blutsbande, aber durch die Umstände. Es würde mehr als ein romantisches Dinner und einen Nachmittag gemeinsamer Arbeit brauchen, um dies zu ändern.

Und ändern würde sie es. Die Hände in die Hüften gestemmt, schritt sie ein weiteres Mal wie ein Feldherr ihre neue Wohnung ab. Dass sie dies ändern würde, war ebenso sicher wie die Tatsache, dass sie sich hier ein Leben aufbauen würde, ein Leben nach ihrem eigenen Geschmack. Und wenn sie damit fertig war, würde die Welt, die sie sich erschaffen hatte, angefüllt sein mit Musik, Farben und Liebe.

Und, bei Gott, mit Nick.

Es war fast sieben, als Nick nach unten in die Bar kam. Zack hob eine Augenbraue.

»Eine heiße Verabredung?«

»Lorelie.«

»Oh ja.« Jetzt zog Zack auch die andere Braue hoch. »Die große, kurvige Brünette mit dem Samt in der Stimme.«

»Genau die.« Nick stellte sich hinter die Theke und half Bestellungen auszuführen. »Wir gehen nur kurz essen. Bis Schichtwechsel sind wir wieder zurück.«

281

»Ich kann deine Schicht übernehmen.«

»Nein, nicht nötig. Lorelie hängt gern hier rum. Wenn wir zugesperrt haben, lassen wir uns was anderes einfallen.«

»Da wette ich drauf. Für Tisch sechs zwei Gezapfte und einen Bourbon.«

»Okay.«

»He, hast du schon von Freddies neuer Wohnung gehört?«

Nicks Hand blieb über dem Zapfhahn in der Schwebe. »Was denn für eine neue Wohnung?«

»Nur ein paar Häuserblocks von hier entfernt. Den Mietvertrag hat sie schon in der Tasche.« Zack füllte eine Schale mit Erdnüssen auf. »Du hast sie eben verpasst. Sie war hier, um zu feiern.«

»Hat irgendjemand die Wohnung mit ihr zusammen angeschaut? Mik?«

»Nicht dass ich wüsste. Aber warum auch? Sie hat doch selbst Augen im Kopf.«

»Ja, ich schätze schon. Obwohl sie doch besser Rachel wegen des Mietvertrags hätte mitnehmen sollen.«

Mit einem Auflachen legte Zack Nick die Hand auf die Schulter. »He, alle jungen Vögel werden irgendwann flügge.«

Mit einem Schulterzucken stellte Nick die Getränke am Ende der Bar für die Kellnerin hin. »Dann ist sie also jetzt wieder im Hotel?«

»Nein. Sie ist mit Ben losgezogen.«

»Mit Ben.« Nick zerknüllte das Tuch, mit dem er eben die Theke abwischen wollte. »Was meinst du damit, dass sie mit Ben losgezogen ist?« Jetzt drehte Nick das Geschirrtuch so, dass es Ähnlichkeit mit einer Schlinge bekam. Seine Augen glitzerten wie Stahl. »Du hast Freddie Ben Stipley vorgestellt?«

»Klar.« Zack nickte einer der Kellnerinnen zu und begann eine weitere Bestellung auszuführen. »Er wollte wissen, wer die hübsche Blonde ist, deshalb habe ich die beiden miteinander bekannt gemacht. Sie hatten sofort einen Draht zueinander.«

»Einen Draht«, wiederholte Nick und zog finster die Augenbrauen zusammen. »Und du lässt sie einfach mit einem Fremden losziehen.«

»Mach dich nicht lächerlich, Nick. Ben ist doch kein Fremder. Wir kennen ihn seit Jahren.«

»Ja«, sagte Nick grimmig, während er sich vorstellte, wie er die Schlinge um Zacks Hals zusammenzog. »Er hängt jeden Abend hier in der Bar herum.«

Zack warf ihm einen verdutzten und belustigten Blick zu. »Wir auch.«

»Darum geht es nicht, und das weißt du genau.« Nick klapperte mit den Flaschen und widerstand der Versuchung, sich selbst einen doppelten Whiskey zu genehmigen. »Ich finde es unmöglich, dass du sie erst auf einen Typ hetzt, um die beiden dann anschließend quietschvergnügt losziehen zu lassen.«

»Ich habe sie auf niemanden gehetzt. Ich habe die beiden miteinander bekannt gemacht, ganz wie sich das gehört. Sie haben sich eine Weile unterhalten und anschließend beschlossen, ins Kino zu gehen.«

»Ja, richtig.« Kino, dachte er. Lachhaft. Welcher Mann, der noch alle fünf Sinne beisammen hatte, würde seine Zeit damit verschwenden, sich mit einer Frau mit großen grauen Augen und einem Mund wie der Himmel einen Film anzuschauen? Oh Gott, dachte er, und sein Magen krampfte sich zusammen angesichts der Vorstellung, dass Freddie Ben Stipley auf Gedeih und Verderb ausgeliefert war. »Verflucht noch mal, Zack, bist du total bescheuert?«

»Also schön, dann sage ich es dir eben. Ich habe sie ihm für fünfhundert Scheine und eine Jahreskarte bei den Yankees verkauft. Mittlerweile hat er sie wahrscheinlich schon in eine Opiumhöhle verschleppt.«

283

Nick schaffte es, seiner lebhaften Fantasie die Zügel anzulegen, mit seiner Wut allerdings hatte er weniger Glück. »Wirklich sehr komisch, Bruder. Wart nur ab, wie komisch es erst wird, wenn er sich über sie hergemacht hat.«

Nachdem er die Drinks auf der Theke abgestellt hatte, wandte Zack sich um und schaute seinen Bruder an. Auf dessen Gesicht spiegelte sich dieselbe blanke Wut, die er schon so oft an ihm gesehen hatte. Nur weil sie ihm unter diesen Umständen so unglaublich fehl am Platz zu sein schien, gelang es ihm, seinen Tonfall ruhig zu halten.

»Hör zu, Nick, du übertreibst maßlos. Du tust gerade so, als wäre Freddie dem personifizierten Bösen in die Hände gefallen. Das ist lachhaft.«

»Du musst es ja wissen«, brummte Nick.

Verdutzt schüttelte Zack den Kopf. »Nick, du magst Ben. Du warst schon x-mal mit ihm bei den Yankees. Er hat dir sein Auto geliehen, als du letzten Monat nach Long Island fahren wolltest.«

»Klar mag ich ihn.« Erbost griff Nick sich einen Bierkrug vom Regal und fing an, ihn zu wienern. »Warum sollte ich ihn auch nicht mögen? Aber das hat nichts damit zu tun, dass Freddie sich irgendeinen wildfremden Typen in einer Bar aufliest und mit ihm weiß Gott wohin geht.«

Zack trommelte mit den Fingerspitzen auf der Theke herum. »Weißt du was, kleiner Bruder? Jemand, der dich nicht kennt, könnte auf den Gedanken kommen, dass du eifersüchtig bist.«

»Eifersüchtig?« Erschreckender Gedanke. »So ein Quatsch. Totaler Quatsch.« Nick knallte den Bierkrug auf die Theke und schnappte sich im Vorübergehen den nächsten. Wenn er sich nicht beschäftigte, würde er möglicherweise kurzerhand die Bar verlassen und jedes einzelne Filmtheater in Manhattan nach ihr durchkämmen.

284

Doch in Zacks Hirn begann sich eine seltsame Idee einzunisten. Er beäugte Nick jetzt noch wachsamer, während er mit dem Gedanken spielte, dass sich sein Bruder in die kleine Freddie Kimball verliebt haben könnte. »Dann erzähl mir doch mal was, das kein Quatsch ist. Was läuft ab zwischen dir und Freddie, Nick?«

»Gar nichts läuft ab.« Nick konzentrierte sich auf das Glas, das er polierte und attackierte. »Ich versuche lediglich, ein bisschen auf sie aufzupassen, das ist alles. Und mehr, als man von dir sagen kann.«

»Vermutlich hätte ich sie einsperren sollen«, überlegte Zack. »Oder als Anstandswauwau mitgehen. Wenn ich das nächste Mal sehe, dass sie sich mit einem Freund von mir unterhält, alarmiere ich auf der Stelle die Polizei.«

»Halt die Klappe, Zack.«

»Reg dich ab, Nick. Deine Magnolienblüte schwebt gerade ein.«

»Na toll.« Unter größten Anstrengungen verbannte er Freddie und ihr idiotisches Verhalten in den hintersten Winkel seines Kopfes. Er hatte schließlich ein eigenes Leben, oder etwa nicht? Und Freddie war – sie hatte ihn vor ein paar Stunden erst mit Nachdruck darauf hingewiesen – eine erwachsene Frau.

Er sah zu Lorelie hinüber, die auf die Bar zuschlenderte, und rang sich ein Lächeln ab. Was für eine Frau, dachte er gereizt. Umwerfend sexy, wahnsinnig attraktiv und, wollte man aus der letzten Verabredung Schlüsse ziehen, eindeutig bereit dazu, der Natur ihren Lauf zu lassen.

Sie glitt geschmeidig auf einen Barhocker, warf das seidig schimmernde dunkle Haar zurück und schenkte Nick einen verführerischen Blick aus blauen Augen.

»Hi, Nick. Ich freue mich schon den ganzen Tag auf heute Abend.«

285

Es kostete ihn immense Anstrengung, das Lächeln nicht rutschen zu lassen, als ihn die Erkenntnis urplötzlich und mit der Wucht eines Vorschlaghammers traf: Er hatte nicht mehr das geringste Interesse an der Großzügigkeit und Wärme der Südstaatler.

4. Kapitel

Nick erschnupperte Kaffee und Frühstücksspeck in dem Moment, als er aus der Dusche trat. Es hätte ihn eigentlich in eine bessere Laune versetzen sollen, aber wenn ein Mann sich aus Sorge um eine Frau die Nacht um die Ohren geschlagen hatte, brauchte es mehr als ein gutes Frühstück, um das Blatt zu wenden.

Sie muss dir eine Menge erklären, beschloss er, als er in sein Schlafzimmer ging. Nachts mit einem Kerl herumzuziehen, den sie in irgendeiner Bar aufgelesen hatte. Sie hatte eine zu gute Erziehung genossen, um so etwas zu tun.

Eine gute Erziehung, um die er sie fast ein bisschen beneidete.

Er hatte diese liebevolle Aufmerksamkeit in seiner Kindheit nicht bekommen. Seine Mutter war immer müde gewesen, und er vermutete, dass sie ein Recht dazu gehabt hatte, da sie ihr Kind allein großziehen musste. Als sie sich mit Zacks altem Herrn zusammengetan hatte, änderte sich das etwas. Es war für eine Weile gut gewesen, auf jeden Fall besser als früher. Sie hatten eine angemessene Wohnung gehabt. Er war nie wieder hungrig gewesen. Und die Verzweiflung, die früher stets in den Augen seiner Mutter gelauert hatte, war daraus gewichen.

Im Nachhinein betrachtet glaubte er sogar, dass sich seine Mutter und Muldoon geliebt hatten – vielleicht nicht leidenschaftlich, vielleicht nicht romantisch, aber genug, um ein gemeinsames Leben zu versuchen.

Der alte Herr hat es zumindest versucht, dachte Nick, während er seine Jeans anzog. Doch er war in seiner Welt gefangen

287

gewesen, ein sturer Bock, der nie mehr sah als die eine Seite der Medaille – seine Seite.

Aber da war immer noch Zack gewesen. Zack mit seiner Geduld, wie Nick sich jetzt erinnerte, ein freundlicher, gutmütiger Junge, der nichts dagegen hatte, dass der Kleine ständig hinter ihm hergestiefelt war. Vielleicht war es die Erinnerung daran, wie Zack ihn gelehrt hatte zu spielen, von der Nick seine Zuneigung und Leichtigkeit im Umgang mit Kindern zurückbehalten hatte.

Durch Zack hatte er gelernt, was es hieß, zu jemandem zu gehören, was es hieß, dass da jemand war, an den man sich wenden konnte, wenn man ihn brauchte.

Aber es war nicht von Dauer gewesen. Sobald Zack alt genug gewesen war, um dem Elternhaus den Rücken zu kehren, war er zur Marine gegangen. Und hatte seinen kleinen Stiefbruder allein gelassen.

Als Nicks Mutter gestorben war, hatten sich die Dinge dramatisch verändert. Nicks Verzweiflung über den Verlust und seine Einsamkeit hatten sich in Rebellion verwandelt, und er hatte die Familie durch die gefährliche Loyalität zu einer Straßengang ersetzt.

So war er ein Cobra geworden, der sich in den Straßen herumtrieb und nach Schwierigkeiten regelrecht suchte. Bis der alte Herr gestorben war und Zack versucht hatte, einen verbitterten, hart gewordenen Jugendlichen aus dem Sumpf zu ziehen.

Nick hatte es ihm nicht leicht gemacht. Bei der Erinnerung daran nistete sich ein bedauerndes Lächeln um seine Mundwinkel ein. Wenn es einen Weg gegeben hätte, mit dem er seinem Stiefbruder dessen Versuche, ihn, Nick, wieder auf die rechte Bahn zu bringen, noch hätte erschweren können, wäre er ihn gegangen. Aber Zack war hartnäckig geblieben. Ebenso wie Rachel. Und der ganze chaotische Stanislaski-

288

Haufen. Sie hatten sein Leben verändert. Vielleicht hatten sie es sogar gerettet.

Und das war etwas, das Nick ihnen allen nie vergessen würde.

Vielleicht war es ja jetzt an ihm, sich zu revanchieren. Freddie mochte zwar die solide Basis haben, an der es ihm in seinen wilden Jugendjahren gemangelt hatte, aber sie hing dennoch in der Luft. Sie brauchte ein bisschen Führung, wie ihm schien.

Und da sich sonst anscheinend niemand für das, was Freddie so trieb, interessierte, blieb es ihm überlassen, sich um sie zu kümmern.

Er band sich sein noch immer feuchtes Haar im Nacken zusammen und zog sich ein Hemd über den Kopf. Vielleicht war sie ja zu naiv, um es besser zu wissen. Er verharrte einen Moment mitten in der Bewegung und dachte nach. Immerhin hatte sie ihr ganzes bisheriges Leben im weichen Schoß ihrer Familie verbracht, in einer verschlafenen Kleinstadt, wo ein Ladendiebstahl für die Schlagzeile auf der Titelseite ausreichte. Aber wenn sie entschlossen war, in New York zu leben, musste sie die Spielregeln schnell lernen. Und er war genau der Richtige, sie ihr beizubringen.

Zutiefst überzeugt von der Richtigkeit seines Tuns, schlenderte Nick in die Küche, um ihr seine erste Lektion zu erteilen.

Freddie stand am Herd und briet Speck, Zwiebeln und Champignons für die Omeletts, für die sie sich, sozusagen als Entschuldigung, entschieden hatte.

Sie war gezwungen gewesen sich einzugestehen, dass es schlicht und ergreifend nur Eifersucht gewesen war. Eifersucht aber war ein kleinmütiges Gefühl und hatte keinen Platz in ihrer Beziehung zu Nick. Er war frei, andere Frauen zu sehen – noch jedenfalls.

Mit Wutausbrüchen würde sie sein Herz nicht gewinnen, so viel stand fest. Sie musste offen, verständnisvoll und großzügig sein. Selbst wenn es sie umbrachte.

Als sie aus dem Augenwinkel heraus sah, dass er zur Tür hereinkam, drehte sie sich zu ihm um und lächelte ihn strahlend an.

»Guten Morgen. Ich dachte mir, du willst den Tag vielleicht zur Abwechslung mal mit einem traditionellen Frühstück anfangen. Der Kaffee ist fertig. Setz dich, ich gieße dir ein.«

Er beäugte sie wie ein geliebtes Haustier, das gelegentlich die Tendenz hatte zu beißen. »Was gibt's denn so, Freddie?«

»Nur Frühstück.« Noch immer lächelnd, schenkte sie Kaffee ein, dann stellte sie den Teller mit dem Toast und dem Speck auf den Tisch, den sie bereits gedeckt hatte. »Ich dachte mir, ich schulde es dir, nachdem ich mich gestern so schlecht benommen habe.«

Das war sein Stichwort. »Also, was das anbelangt, wollte ich auch schon ...«

»Ich war total daneben«, fuhr sie fort, während sie die geschlagenen Eier in die Pfanne gab. »Ich weiß nicht, was in mich gefahren ist. Die Nerven, vermutlich. Wahrscheinlich war mir bis dahin noch gar nicht klar, wie dramatisch sich mein Leben verändert hat.«

»Na ja ... ja, vielleicht.« Ein bisschen getröstet setzte sich Nick an den Tisch und nahm sich einen knusprig gebratenen Speckstreifen. »Ich verstehe das. Aber du musst vorsichtig sein, Freddie. Es hätte üble Konsequenzen nach sich ziehen können.«

»Konsequenzen?« Verdutzt verquirlte sie die Eier noch einmal in der Pfanne. »Also ... ich vermute, du hättest mich wohl rausschmeißen können, aber das wäre ja wohl ein bisschen übertrieben bei so einem kleinen Schlagabtausch.«

»Schlagabtausch?« Er horchte auf, während sie das Omelett aus der Pfanne auf einen Teller gleiten ließ. »Du hattest einen Streit mit Ben?«

»Mit Ben?« Sie stellte den Teller vor Nick hin und blieb dann mit dem Fleischwender in der Hand vor ihm stehen. »Ach, Ben! Nein, warum sollte ich? Wie kommst du denn darauf?«

»Na, du hast doch eben gesagt … wovon zum Teufel redest du denn nun eigentlich?«

»Von gestern. Dass ich so einen Tanz veranstaltet habe, nachdem Lorelie angerufen hatte.« Sie legte den Kopf schräg. »Und du? Wovon redest du?«

»Ich rede davon, dass du dich von irgendeinem fremden Typen in einer Bar auflesen lässt. Davon rede ich.« Nick musterte sie, während er den ersten Bissen von seinem Omelett nahm. Herrgott noch mal, das Mädchen konnte wirklich kochen. »Bist du verrückt oder bloß begriffsstutzig?«

»Wie bitte?« Ihre guten Vorsätze lösten sich schlagartig in Luft auf. »Redest du davon, dass ich mit einem Freund von Zack im Kino war?«

»Kino. Dass ich nicht lache.« Nick schob sich die nächste Gabel in den Mund. »Du bist erst nach eins nach Hause gekommen.«

Ihre eine Hand lag auf ihrer Hüfte, mit der anderen hielt sie den Fleischwender eisern umklammert. »Woher weißt du, wann ich nach Hause gekommen bin?«

»Ich war zufälligerweise in der Gegend«, sagte er leichthin. »Ich sah, wie du vor dem Hotel aus dem Taxi gestiegen bist. Um Viertel nach eins.« Bei der Erinnerung daran, wie er hinter der Straßenecke gelauert und sie mitten in der Nacht in ihr Hotel hatte flitzen sehen, verfinsterte sich seine Laune blitzartig wieder, obwohl sich an seinem Appetit nichts änderte. »Willst du mir jetzt erzählen, dass ihr in einer Doppelvorstellung wart?«

Er streckte gerade die Hand nach der Marmelade für seinen Toast aus, als Freddie den Fleischwender auf seinen Kopf niedersausen ließ.

»He!«

»Du hast sie wohl nicht mehr alle, Nicholas LeBeck! Mir tatsächlich hinterherzuspionieren! Das ist ja wirklich die absolute Höhe!«

»Ich habe dir nicht hinterherspioniert. Ich habe lediglich auf dich aufgepasst, weil du selbst dazu offensichtlich nicht in der Lage bist.« Geübt duckte er sich weg, als sie den Fleischwender ein zweites Mal zum Einsatz bringen wollte. »Leg dieses verdammte Ding hin.«

»Ich denke gar nicht daran. Wenn ich mir vorstelle, dass ich Gewissensbisse hatte, nur weil ich dich ein bisschen angebrüllt habe.«

»Du solltest auch Gewissensbisse haben. Und vor allem solltest du wissen, dass du nicht einfach mit irgendeinem wildfremden Typen losziehen kannst.«

»Zack hat uns miteinander bekannt gemacht«, begann sie mit eisiger Stimme. »Ich bin dir keine Rechenschaft darüber schuldig, mit wem ich ausgehe.«

Das denkst du, konterte Nick in Gedanken. Aber er würde es um nichts in der Welt zulassen, dass sie mit dem erstbesten Barhocker, der ihr über den Weg lief, durch die Gegend zog. Und genau das musste er klarstellen. »Du wirst dich noch vor manch anderem rechtfertigen müssen, aber im Moment bin ich der Einzige, der hier ist. Also, wo warst du, zum Teufel?«

»Du willst wissen, wo ich war? Von mir aus, dann erzähle ich es dir eben. Wir konnten gar nicht schnell genug in seine Wohnung kommen, wo wir es wie die Verrückten getrieben haben. Wir haben sogar ein paar Sachen gemacht, die, soweit ich mich erinnere, in einigen Bundesstaaten noch immer verboten sind.«

Seine Augen wurden hart genug, um zu glitzern. Es lag nicht nur daran, was sie sagte, sondern auch, wie sie es sagte. Weitaus schlimmer allerdings war, dass er sich ein Szenario wie das, was sie eben beschrieben hatte, mühelos vorstellen konnte. Nur dass es nicht Ben war, mit dem sie das Gesetz brach, sondern er selbst, Nick LeBeck.

»Das ist nicht komisch, Freddie.«

Viel zu verletzt, um die gefährliche Schärfe zu registrieren, die in seiner Stimme mitschwang, fuhr sie ihn an: »Es geht dich nichts an, wohin ich gehe oder mit wem ich meinen Abend verbringe, genauso wenig, wie es mich etwas angeht, ob du deinen mit Scarlett O'Hara verbringst.«

»Lorelie«, presste er zwischen den Zähnen hervor. Es tat ihm nicht gut, daran erinnert zu werden, dass er den Abend weder mit Lorelie noch sonst jemandem verbracht hatte. »Und es geht mich etwas an. Ich bin verantwortlich für ...«

»Nichts«, schnappte Freddie und versetzte ihm mit dem Fleischwender einen Schlag vor die Brust. »Für nichts, kapierst du? Ich bin volljährig, und wenn ich Lust habe, mir sechs Typen auf einen Schlag in einer Bar aufzugabeln, dann geht es dich auch nichts an. Du bist nicht mein Vater, und es wird allerhöchste Zeit, dass du endlich aufhörst, so zu tun, als wärst du es.«

»Ich bin nicht dein Vater.« Ein tiefes Brummen in seinen Ohren gemahnte ihn daran, dass er kurz davor stand, die Kontrolle zu verlieren. »Dein Vater weiß vielleicht nicht, was leichtsinnigen Frauen passiert. Und ganz sicher kann er dir nicht zeigen, was einer Frau wie dir passiert, wenn sie an den falschen Mann gerät.«

»Aber du kannst es.«

»Da kannst du sicher sein.« Mit einer schnellen Bewegung und so überraschend, dass sie es nicht mehr schaffte, ihm auszuweichen, riss er ihr den Fleischwender aus der Hand und schleuderte ihn in hohem Bogen durch die Küche. Als er gegen die Wand klatschte, riss sie erschrocken die Augen auf.

»Hör auf damit.«

»Wie willst du mich dazu bringen?« Nick glitt geschmeidig wie ein Raubtier auf sie zu und drängte sie in eine Ecke. »Willst du um Hilfe schreien? Glaubst du, dass dich irgendjemand hört?«

Er hatte sie noch nie vorher so angeschaut. Niemand hatte sie je so begehrlich und mit solch unterschwelligem Zorn angeschaut. Angst stieg in ihr auf, und ihr Puls begann zu rasen.

»Mach dich nicht lächerlich«, sagte sie, verzweifelt um Würde ringend, als er sich mit den Händen rechts und links von ihr an der Wand abstützte. »Ich sagte, du sollst aufhören, Nick.«

»Was ist, wenn er nicht auf dich hört?« Er kam noch näher, bis sich sein Körper hart an den ihren presste, bis sie die eiserne, kaum noch im Zaum gehaltene Kraft darin spüren konnte. »Vielleicht gelüstet es ihn nach einer Kostprobe – nach mehr als nur einer Kostprobe. Diese schöne Haut.« Er ließ sie nicht aus den Augen, während er ihr mit den Händen über die Arme fuhr. »Er wird sich nehmen, worauf er Lust hat.« Jetzt waren seine Hände auf ihren Hüften, kneteten sie. »Wie willst du ihn daran hindern? Was willst du dagegen tun?«

Freddie dachte nicht nach, fragte nichts. Ihre Angst wandelte sich in Erregung. Sie legte ihm die Arme um den Hals. Seine Augen wurden dunkler, und dann lag ihr Mund auf seinem.

Alle in ihr aufgestauten Fantasien entluden sich in diesem Kuss. Sie klammerte sich an Nick, schmiegte sich mit dem ganzen Körper eng an ihn und kostete die Hitzewelle, von der sie überspült wurde, bis zur Neige aus.

Er hielt sie so, wie sie es sich immer erträumt hatte. Fest, ganz fest. Sein Mund war leidenschaftlich, als er von dem ihren Besitz ergriff. Als sich seine Zähne in ihre Unterlippe gruben, wurde sie von einem Schwindel erfasst, dann drang seine Zunge in ihre Mundhöhle ein.

Verlangen. Sie konnte es schmecken. Das überreife, kurz vor der Explosion stehende Verlangen eines Mannes nach einer Frau. Sie hätten Fremde sein können, so neu war diese Entladung von Leidenschaft und Begehren. Sie hätten bereits ein Leben lang Liebende sein können, so fließend war die Choreografie der Bewegungen ihrer Hände, ihrer Münder und Körper.

Er verlor den Kopf. Verlor sich selbst. Ihr Mund war ein Festmahl – fruchtig, süß, herb –, und er war ausgehungert. Es gab so viel zu entdecken – ihren Duft und Geschmack und die Struktur ihrer Haut, so viel mehr als erwartet. Es war alles so viel reicher als in seinen Träumen. Alles öffnete sich für ihn, lud ihn ein, seinen Hunger zu stillen.

Er dachte nicht daran, wer sie waren oder wer sie gewesen waren. Er dachte an gar nichts, nur an die Flamme seines Begehrens, die ihn verschlang, genauso wie er sie verschlang.

Mehr. Sein Verlangen nach mehr trieb ihn vorwärts, als schlüge jemand mit einer Peitsche auf ihn ein. Er drängte sie gegen den Tresen, dann hob er Freddie hoch und setzte sie auf die Arbeitsplatte.

Er hörte, wie sie scharf den Atem einzog, als seine Finger unter ihren Pullover schlüpften und nach ihren Brüsten tasteten. Gleich darauf vernahm er sein eigenes Stöhnen, halb gequält, halb lustvoll, als er sie fand, fest und weich, die Knospen aufgerichtet und hart vor Begehren, während er ihr Herz unter seiner Handfläche pochen spürte.

Sie begann zu zittern. Ein kurzer Schauer, der von ihrem ganzen Körper Besitz ergriff, bis sie vibrierte wie eine gezupfte Gitarrensaite.

295

Eine Welle von Scham überspülte ihn, ein kalter grauer Nebel legte sich über seine rot glühende Lust. Zutiefst betroffen über das, was er getan hatte, ließ er seine Hände sinken und trat einen Schritt zurück.

Ihr Atem klang mehr wie ein Schluchzen, und ihre Augen glänzten wie im Fieber, wie er, wütend über sich selbst, registrierte. Noch während er sie anschaute, griff sie, nach Gleichgewicht suchend, nach der Kante des Tresens und klammerte sich so fest, dass ihre Knöchel weiß wurden.

»Es tut mir leid, Freddie. Bist du okay?« Als sie nichts sagte, gar nichts, verlegte er sich wieder darauf, wütend zu werden, was es ihm erleichterte, seine Scham abzuwehren. »Falls nicht, hast du es dir selbst zuzuschreiben. Diese Art von Behandlung hast du nämlich zu erwarten, wenn du so weitermachst«, fuhr er sie an. »Wenn jetzt ein anderer an meiner Stelle gewesen wäre, hätte es ein böses Ende nehmen können. Tut mir leid, dass ich dich erschreckt habe, aber diese Lektion musste ich dir einfach erteilen.«

»Ach ja?« Obwohl ihr Herz noch immer hämmerte, erholte sich Freddie langsam wieder. Nichts, was sie sich je vorgestellt hatte, war so wundervoll, so aufregend gewesen wie das, was sie eben mit Nick erlebt hatte. Und jetzt machte er alles mit seinen dümmlichen Entschuldigungen und den Lektionen, die er ihr angeblich hatte erteilen wollen, kaputt. »Ich frage mich …«, sagte sie und rutschte in der Hoffnung, ihren Beinen trauen zu können, langsam vom Tresen herunter, »… wer hier wem eine Lektion erteilt hat. Ich habe dich geküsst, Nicholas. Ich habe dich geküsst, und dich hat es regelrecht umgehauen. Du wolltest mich.«

Sein Blut summte noch immer. Er schaffte es nicht, den Ton leiser zu stellen. »Lass uns jetzt nicht alles verdrehen, Freddie.«

»Einverstanden. Verdrehen wir nichts. Du hast eben nicht deine kleine Cousine geküsst, Nick. Du hast mich geküsst.«

Jetzt war sie es, die einen Schritt direkt auf ihn zumachte, und er wich zurück. »Und ich habe dich geküsst.«

Seine Kehle war plötzlich unerträglich trocken. Wer war diese Frau? Wer war dieser Kobold mit diesen wissenden, wachsamen Augen, wer war sie, die ihm das Innerste nach außen kehrte? »Vielleicht sind uns ja die Dinge für einen Moment aus den Händen geglitten.«

»Sind sie nicht.«

Dieses Lächeln war ganz einfach zu süffisant und zu weiblich. Es war ein Gesichtsausdruck, den er wiedererkannte, und an einer anderen Frau hätte er ihn wahrscheinlich sogar zu schätzen gewusst. »Es ist nicht richtig, Freddie.«

»Warum?«

»Darum.« Er ertappte sich dabei, wie er über Gründe stolperte, die ihm nur allzu gut bekannt waren. »Ich muss es dir doch nicht extra buchstabieren.« Er griff nach seinem abgestandenen Kaffee und schüttete ihn kalt hinunter.

»Ich denke, es würde dir schon schwer genug fallen, es dir selbst zu buchstabieren.« Kampflustig legte Freddie ihren Kopf wieder schräg. »Ich frage mich bloß, was du tun würdest, wenn ich dich jetzt auf der Stelle küssen würde, Nick.«

Sie nehmen, dessen war er sich sicher. Er würde sie ohne viel Federlesens direkt hier auf dem Küchenfußboden nehmen. »Lass den Quatsch jetzt, Freddie. Wir müssen uns beide abkühlen.«

»Da könntest du recht haben.« Ihre Lippen verzogen sich zu einem honigsüßen Lächeln. »Ich würde sagen, du brauchst ein bisschen Zeit, um dich an den Gedanken zu gewöhnen, dass du dich von mir angezogen fühlst.«

»Das habe ich nie behauptet.« Er stellte die Tasse wieder hin.

»Es ist nicht immer leicht, Veränderungen zu akzeptieren bei Menschen, die wir zu kennen glauben. Aber ich habe Zeit.«

Sie stand völlig bewegungslos, er konnte jedoch spüren, wie sie ihn einkreiste. »Freddie.« Er stieß einen langen Atemzug aus. »Ich versuche vernünftig zu sein, allerdings bin ich mir nicht sicher, ob es klappt.« Er schaute sie mit gerunzelter Stirn an. »Ich bin mir nicht sicher, ob überhaupt irgendetwas klappt. Vielleicht hat sich ja wirklich etwas verändert zwischen uns, aber worin diese Veränderungen auch bestehen mögen, sie tragen dazu bei, dass nicht mehr alles so glatt abläuft wie früher. Wenn wir mit unserer Zusammenarbeit unsere gute alte Freundschaft aufs Spiel setzen …«

»Macht es dich etwa nervös, Nick, mit mir zusammenzuarbeiten?«

Keinen Knopf hätte sie mit mehr Erfolg drücken können. Wie sehr er sich auch über die Jahre verändert haben mochte, der rebellische Junge, für den es eine Sache der Ehre war, sich seinen Stolz zu bewahren, war noch immer irgendwo in ihm.

»Selbstverständlich nicht.«

»Schön, dann haben wir ja kein Problem. Aber wenn du Angst hast, du könntest dich nicht davon abhalten – wie hast du es doch so lyrisch ausgedrückt? – ach ja, eine Kostprobe von mir zu nehmen, dann …«

»Ich fasse dich nie mehr an.«

Angesichts der grimmigen Entschlossenheit, die in seiner Stimme mitschwang, lächelte sie nur noch süßer. »Na dann. Ich schlage vor, du machst das Beste aus deinem Frühstück, jetzt, wo es kalt ist. Und dann gehen wir an die Arbeit.«

Er hielt Wort. Sie arbeiteten über Stunden zusammen, und er berührte sie nicht ein einziges Mal. Es kostete ihn viel. Sie hatte so eine Art, ihr Gewicht zu verlagern oder ihren Kopf auf die Seite zu legen, um ihn unter gesenkten Wimpern hervor anzuschauen – lauter Dinge, die einen gesunden Mann um den Verstand bringen konnten.

Am Ende des Tages war Nick sich nicht mehr sicher, ob er noch bei Verstand war.

»Das ist genial«, murmelte Freddie mit Blick auf die Noten, die Nick vom Blatt abspielte. »Maddy würde das bestimmt gut rüberbringen.«

»Ich habe nie gesagt, dass das Maddys Solo ist«, beschied Nick sie ungehalten, obwohl das nicht der eigentliche Grund war. Der Grund war, dass Freddie seine Gedanken ebenso wie seine Musik viel zu klar lesen zu können schien. Und das beunruhigte ihn. »Vielleicht mache ich ja ein Duett daraus.«

»Nein, das machst du nicht«, widersprach sie ruhig. »Aber wenn du unbedingt willst, von mir aus.« Sie warf ihm einen Blick von der Seite zu. »Mir würde schon ein Text dafür einfallen. Ich fände es zwar nicht gerade genial, aber ich bin anpassungsfähig. Vielleicht solltest du dann aber das Tempo etwas beschleunigen.«

»Ich will das Tempo nicht beschleunigen. Es ist gut so, wie es ist.«

»Nicht für ein Duett. Gut, aber was Maddys Solo anbelangt, sollte es vielleicht irgendetwas sein wie ... ›Du lässt mich die Zeit vergessen, es gibt kein Heute, kein Morgen, wenn du ...‹«

Nick unterbrach sie. »Versuchst du etwa mich auszutricksen, kleine Hexe?«

»Nein. Ich versuche mit dir zu arbeiten.« Sie machte sich eine kurze Notiz auf einem der Notenblätter, dann drehte sie sich wieder zu ihm um und lächelte ihn an. »Wir haben lange gearbeitet, Nick. Ich glaube, du brauchst eine Pause.«

»Ich weiß selbst, wann ich eine Pause brauche.« Er schnappte sich das Päckchen Zigaretten, das auf dem Klavier lag, und steckte sich eine an. »Halt einfach nur einen Moment den Schnabel und lass mich das fertig machen, okay?«

»Okay.« Freddie rutschte von der Bank herunter. Sie rollte

ihre Schultern und streckte sich, während er auf dem Klavier herumklimperte und immer wieder neue Noten auf das Notenblatt schrieb. Die Noten veränderte, wo sie doch beide wussten, dass sie keiner Veränderung bedurften.

Sie registrierte, dass er gegen sie ankämpfte, und es gab nichts, was sie mehr gefreut hätte. Wenn er kämpfte, dann bedeutete dies, dass es da etwas gab, gegen das er sich zur Wehr setzen musste. Versuchsweise legte sie ihre Hände auf seine Schultern und fing an, sie sanft zu massieren.

Er kam in Sekundenschnelle von null auf hundertachtzig. »Finger weg, Freddie.«

»Du bist ganz verspannt.«

Seine Hände knallten auf die Tasten nieder. »Ich sagte, Finger weg.«

»Puh, bist du aber empfindlich«, murmelte sie, nahm jedoch die Hände weg. »Ich hole mir etwas Kaltes. Willst du auch was?«

»Bring mir ein Bier.«

Sie hob eine Augenbraue, weil sie wusste, dass er bei der Arbeit selten etwas anderes als Kaffee trank. Während sie in der Küche war und ein Bier und eine Limonade öffnete, hörte sie, wie es an der Tür klopfte, dann ertönte eine laute Stimme.

»Du bist verhaftet, auf der Stelle, Schurke«, rief Alex Stanislaski durch den Flur. »Zur Strafe dafür, dass du meine arme kleine Nichte den geschlagenen Nachmittag an einem Klavier ankettest.«

»Wo ist der Haftbefehl, Bulle?«

Alex grinste und verpasste Nick eine Kopfnuss. »Ich brauche keinen läppischen Haftbefehl. Wo ist sie, LeBeck?«

»Onkel Alex! Gott sei Dank bist du gekommen!« Freddie stürmte ins Wohnzimmer und warf sich in seine Arme. »Es war grauenhaft. Den ganzen Tag lang nichts als Halbtöne, Halbtöne, Halbtöne.«

300

»Ruhig, Baby, ganz ruhig. Ich bin ja jetzt da.« Er gab ihr einen schnellen Kuss, ehe er sie auf Armeslänge von sich abhielt. »Bess hat mir erzählt, dass du hübscher bist denn je. Sie hat recht. Dieser Junge hat dir schwer zu schaffen gemacht, was?«

»Oh ja.« Sie legte ihrem Onkel einen Arm um die Taille und grinste Nick süffisant an. »Ich finde, du solltest ihn wegen seelischer Grausamkeit hinter Gitter bringen.«

»Oje, war es wirklich so schlimm? Nun, ich bin hier, um deinen Qualen ein Ende zu bereiten. Was hältst du davon, essen zu gehen?«

»Ich bin begeistert. Dann kannst du mir von deiner Beförderung erzählen, mit der Bess so herumprahlt.«

»Ach, das ist doch nichts«, wehrte Alex bescheiden ab, wodurch Nick sich veranlasst fühlte, mit dem Spielen aufzuhören und ihm einen Blick über die Schulter zuzuwerfen.

»Das habe ich aber anders gehört.« Das Schnauben, das er ausstieß, klang freundlich. »Captain.«

»Es ist noch nicht offiziell.« Alex schlug Nick auf die Schulter.

»Brutale Gewalt von Polizisten.« Da Freddie sein Bier nicht mitgebracht hatte, stand Nick auf, holte es sich selbst und brachte auch noch eines für Alex mit. »Er hat es immer noch auf mich abgesehen.«

»Sie hätten dich auf ewig einlochen sollen, nachdem ich dich bei dem Einbruch in das Elektronikgeschäft geschnappt hatte.«

»Warum müsst ihr Cops eigentlich alle ein Erinnerungsvermögen wie ein Elefant haben?«

»Das haben wir nur, wenn es um Kanaillen und Schlitzohren geht.« Alex lehnte sich lässig gegen das Klavier. »Hörte sich ganz gut an, was ihr da eben gespielt habt. Ihr zwei arbeitet also zusammen an diesem neuen Musical?«

»So sieht es im Moment zumindest aus«, antwortete Freddie. »Allerdings hat Nick ein paar Schwierigkeiten damit, seine Rollen als Teampartner und Ersatzvater auseinanderzuhalten.«

»So?«

»Er hat mir letzte Nacht hinterherspioniert, weil ich eine Verabredung hatte.«

»Hab ich nicht.« Aufgebracht trank Nick einen Schluck Bier. »Sie bildet sich ein, erwachsen zu sein.«

Alex sah von einem zum anderen. Die Funken waren nicht zu übersehen, aber er wusste nicht recht, was sie bedeuten sollten. Also räusperte er sich erst einmal. »Ich weiß nicht, mir erscheint sie eigentlich recht erwachsen.«

»Danke, Onkel Alex. Nick, morgen wieder zur gleichen Zeit?«

Seine Antwort war eher ein Brummen. »Ja, sicher.«

»Was ist, willst du nicht auch mitkommen?«, hakte Alex nach. »Die Einladung war an alle gerichtet. Bess hat beim Italiener einen Tisch bestellt.«

»Nein, danke.« Nick stellte sein Bier ab und schlug eine Taste an. »Ich habe noch zu tun.«

»Mach, was du willst. Komm, Freddie, ich sterbe vor Hunger. Ich habe wieder mal einen lieben langen Tag damit zugebracht, böse Jungs zu jagen.«

Forsch drückte sie Nick einen Kuss auf die Wange. »Bis morgen dann.«

Alex wartete, bis sie auf der Straße waren, bevor er das Thema, das ihn beschäftigte, ansprach. »Also? Was läuft da ab?«

»Was läuft wo ab?«

»Zwischen dir und Nick.«

»Auf jeden Fall nicht das, was ich mir wünsche«, gab Freddie freimütig zu. Da ihr Onkel wie vom Donner gerührt stehen blieb, war es wohl ihr überlassen, ein Taxi heranzuwinken.

»Ah … beziehst du dich da auf die professionelle Ebene oder mehr auf das Persönliche?«

»Oh, was das Professionelle betrifft, da haben wir uns gesucht und gefunden. Ich denke, dass wir schon nächste Woche seinem Produzenten etwas Fantastisches vorlegen können. Sag mal, sollten wir nicht besser die U-Bahn nehmen? Um diese Tageszeit kriegen wir doch nie ein Taxi.«

Er setzte sich wieder in Bewegung und lief neben ihr her zur U-Bahn-Station. »Das heißt also, du meinst das Persönliche?«

»Wie bitte? Ah, ja, stimmt.« Sie lächelte ihn an. Die Sonne ging gerade unter und ließ sein dunkles Haar aufleuchten. Für sie sah er aus wie der tapfere Ritter, der gerade von einer siegreichen Schlacht zurückkam. »Ach, Onkel Alex, ich bin so froh, dass ich hier mit euch allen zusammen bin.«

»Ja, es ist schön, dich bei uns zu haben. Aber lenk nicht ab. Was genau meinst du mit ›persönlich‹?«

Sie seufzte, aber sie war nicht verärgert. »Genau das, was du befürchtest.«

Er stutzte, dann musste er sich beeilen, um Freddie einzuholen, die bereits die Treppen in die U-Bahn-Station hinunterstieg. »Sieh mal … ich weiß, du warst als Kind verknallt in Nick …«

»Das weißt du?« Sie kramte in ihrer Tasche nach Kleingeld.

»Ja, sicher. Wir alle haben es gemerkt. Es war irgendwie süß.«

»Nick ist es aber nicht aufgefallen.« Sie ließ die Münzen wieder in die Tasche fallen, als Alex zwei Tickets hervorzog.

»Schön, er ist also ein bisschen begriffsstutzig. Aber was ich sagen will, ist … du bist kein Kind mehr.«

Sie blieb hinter dem Drehkreuz stehen, legte beide Hände an sein Gesicht und küsste ihn voll auf die Lippen. »Du weißt ja gar nicht, was es mir bedeutet, dass ausgerechnet du das sagst, Onkel Alex. Ich liebe dich wirklich!«

»Ich liebe dich auch, Freddie, aber ich glaube, dir ist nicht ganz klar, was ich damit ausdrücken wollte.« Er nahm sie beim Ellenbogen und führte sie durch den langen Tunnel.

»Doch, ich weiß, was du meinst. Du machst dir Sorgen, dass ich etwas tun werde, das ich hinterher bedauern könnte. Oder das Nick es bedauert.«

»Sollte er wirklich etwas tun, das er bereut, wird er monatelang kein Klavier mehr spielen können.«

Sie lachte amüsiert. »Alles nur heiße Luft. Du liebst ihn doch wie einen Bruder.«

Seine golden schimmernden Augen verdunkelten sich. »Das hielte mich aber noch lange nicht davon ab, ihm jeden Finger einzeln zu brechen, wenn er sie nicht von dir lässt.«

Sie hielt es für besser zu verschweigen, wo Nicks Finger noch vor wenigen Stunden gelegen hatten. »Onkel Alex, ich liebe ihn.« Sie lachte hell auf und schüttelte ihr Haar zurück. »Ein wunderbares Gefühl! Du bist der Erste, dem ich es sage. Selbst Dad und Mama wissen es noch nicht.« Sie kicherte, als sie seine perplexe Miene sah. »Kommt das denn wirklich so überraschend für dich?«

Die Starre löste sich, und er klappte den Mund wieder zu. Er murmelte einen Fluch, während er sie in den mittlerweile eingefahrenen Zug zog. »Freddie, jetzt hör mir mal genau zu …«

»Nein, du hörst mir zu. Bitte.« Sie griff nach der Stange, um sich festzuhalten, als der Zug anfuhr. »Ich weiß, du denkst, ich würde den Unterschied zwischen einer Teenagerliebe und wahren Gefühlen nicht erkennen. Aber das tue ich, glaube es mir.« Sie sagte es so ernst und mit solcher Überzeugung, dass er schwieg. »Ich liebe nicht den Jungen, den ich vor all den Jahren zum ersten Mal getroffen habe, Onkel Alex. Ich liebe den Mann, der aus ihm geworden ist. Mit all seinen Fehlern und Schwächen, mit all dem, was gut in ihm ist. Sogar das Rebellische. Ich liebe den ganzen Menschen. Vielleicht weiß er es noch nicht, vielleicht will er es auch nicht akzeptieren oder mich nicht lieben, aber das ändert nichts daran, was ich für ihn fühle.«

Alex atmete schwer aus. »Du bist wirklich erwachsen geworden.«

»Ja, stimmt. Und ich habe lauter gute Beispiele vor Augen. Nicht nur Mama und Dad, sondern auch dich und Bess und alle anderen. Deshalb weiß ich, wenn man nur lange genug und intensiv genug liebt, dann ist es für immer.«

Er konnte dem nicht widersprechen. Was er mit Bess gefunden hatte, war etwas ganz Besonderes, und es wurde mit jedem weiteren Tag besser. »Nick ist für mich genauso wichtig wie jedes andere Familienmitglied«, setzte er vorsichtig an. »Gerade deshalb kann ich dir sagen, dass er kein einfacher Mensch ist. Er trägt Lasten aus der Vergangenheit mit sich herum, die er nicht so leicht abschütteln kann.«

»Das weiß ich. Ich will nicht behaupten, dass ich das alles verstehe, aber ich bin mir im Klaren darüber.« Sie legte kurz ihre Hand an seine Wange. »Mach dir nicht zu viele Sorgen, Onkel Alex. Und ich möchte gerne, dass das zwischen uns bleibt. Ich würde es noch gern etwas aufschieben, bevor mir die ganze Familie im Nacken sitzt.«

Als Freddie an diesem Abend in ihr Hotelzimmer zurückkehrte, wartete an der Rezeption ein Brief auf sie. Neugierig riss sie den Umschlag auf, während sie im Aufzug nach oben fuhr.

Darin lag ein Brief von Nick.

*Also schön, du hast recht. Es ist Maddys Solo. Morgen
will ich den Text sehen. Und zwar einen guten. Ich habe
mit Valentine und den anderen Schlips-und-Kragen-
Leuten einen Termin vereinbart. Pass auf, dass du nicht
alles vermasselst.
Nick.*

Sie tanzte zu ihrem Zimmer.

Zwei Stunden später stürmte sie die Treppe zu Nicks Wohnung hoch. Sie wusste, dass er in der Bar arbeitete, weshalb sie
nicht von ihm gestört werden konnte. Sie setzte sich an seinen
Flügel und stellte den Kassettenrekorder an.

»Ich habe deinen Text, Nicholas, und er ist besser als gut.
Hör zu.«

Angefeuert von ihrer eigenen Begeisterung, sang sie ihren
Text zu seiner Melodie. Die Worte waren ihr im Kopf her-
umgegangen, seit sie zum ersten Mal die Musik gehört hatte.
Nun verschmolzen sie mit den Noten, als wären sie zusammen geboren worden.

Nachdem der letzte Takt verklungen war, schloss sie die
Augen.

»Was treibst du hier?«

Sie schrak zusammen und fuhr zur Tür herum, wo Nick
stand. Er sah nicht sonderlich freundlich aus.

»Ich habe dir eine Nachricht dagelassen. Du wolltest den
Song vor dem Meeting. Du hast ihn.«

»Ich habe es gehört.« Und er hatte gelitten, während er
dagestanden und gelauscht hatte, während sie für ihn sang.
»Was tust du hier, Freddie? Ist dir eigentlich klar, wie spät
es ist?«

»Ungefähr Mitternacht, schätze ich. Ich dachte, du bist unten beschäftigt.«

»Bin ich auch. Rio sagte mir, dass du hier bist.«

306

»Du hättest nicht raufzukommen brauchen. Ich wollte nur einfach nicht bis morgen warten. Wie viel hast du gehört?«

»Genug.«

»Und?« Ungeduldig schwang sie ihre Beine rittlings über die Klavierbank, um ihn anschauen zu können. »Was sagst du dazu?«

»Schätze, es reicht.«

»Na großartig. Ist das alles, was du dazu zu sagen hast?«

»Was willst du denn sonst noch hören?« Es ist wie Würmer aus der Nase ziehen, dachte sie. Immer. »Was du fühlst.«

Er wusste nicht, was er fühlte. Sie zog ihn ständig irgendwie in Gegenden, die er noch nicht erforscht hatte. »Ich denke, dass es erstaunlich lyrisch ist«, tastete er sich behutsam vor. »Ein Song, der ans Herz geht. Und ich denke, dass die Leute, wenn sie aus dem Theater rausgehen, ihn noch immer hören.«

Sie konnte nicht sprechen. Sie fühlte sich beschämt, als sie merkte, dass sich ihre Augen mit Tränen gefüllt hatten. Hastig senkte sie die Lider und starrte auf ihre ineinander verschlungenen Finger. »Dass du das sagst, hätte ich nicht erwartet.«

»Du weißt selbst, dass du Talent hast, Freddie.«

»Ja. Zumindest habe ich mir das immer eingeredet.« Ruhiger geworden, schaute sie wieder auf. Ihr Herz machte einen kleinen Satz, als sich ihre Blicke begegneten. »Ich habe mir in den letzten Jahren eine Menge eingeredet, Nick. Dinge, die oftmals die Nacht, in der ich sie mir eingeredet habe, nicht überlebten. Aber das, was du eben gesagt hast, wird bleiben, was auch immer geschehen mag.«

Er konnte seinen Blick nicht von ihr abwenden und merkte kaum, dass er auf sie zuging. »Ich fahre morgen zu Valentine und zeige ihm, was wir bis jetzt haben. Du hast morgen frei.«

»Ich könnte ja meinen Umzug vorbereiten, damit ich nicht vor lauter Nervosität sterbe.«

»Prima.« Als ob sie zu jemand anderem gehörte, streckte sich ihr seine Hand entgegen und zog sie auf die Füße. Das einzige Licht im Raum kam von der Lampe, die auf dem Klavier stand. Ihr Schein hüllte sie beide in weiche Schatten ein. »Du hättest heute Nacht nicht mehr hierherkommen sollen.«

»Warum?«

»Ich denke zu viel an dich. Und nicht so, wie ich früher an dich gedacht habe.«

»Die Zeiten ändern sich«, sagte sie mit leicht bebender Stimme. »Und die Menschen auch.«

»Man will es aber nicht, und sie ändern sich nicht immer zum Besseren. Dies hier ist keinesfalls eine Änderung zum Besseren«, raunte er, während sich sein Mund auf den ihren herabsenkte.

Es war nicht so übersteigert diesmal. Sie war seelisch darauf vorbereitet, doch diesmal wurde es ein langsamer, tiefer und leise verzweifelter Kuss. Anstatt sich vom Sturm davontragen zu lassen, wurde ihr Körper einfach nur schlaff und schmolz dahin wie Kerzenwachs unter der Flamme.

Es war die Unschuld, die er spürte. Ihre Unschuld, die keine Chance hatte gegen sein eigenes, ihn unbarmherzig vorwärts treibendes Begehren. Die Bilder, die ihm durch den Kopf schossen, erregten, verwirrten und beschämten ihn.

»Ich habe mein Versprechen gebrochen«, murmelte er und löste sich unter Schwierigkeiten von ihr. »Ich habe gesagt, ich würde dich nie wieder anfassen.«

»Ich will aber, dass du mich anfasst.«

»Ich weiß.« Er ließ seine Hände fest auf ihren Schultern liegen, weil sie leicht schwankte. »Ich möchte, dass du jetzt in dein Hotel gehst. Ich melde mich morgen, wenn ich zurück bin.«

»Du willst, dass ich bleibe«, flüsterte sie. »Du willst mit mir zusammen sein.«

»Nein, das will ich nicht.« Das zumindest war die Wahrheit. Er wollte es nicht, selbst wenn er es so schrecklich zu brauchen schien. »Wir sind eine Familie, Freddie, und es lässt uns aussehen wie Verräter. Ich werde das nicht alles kaputt machen. Und du auch nicht.« Er wich einen Schritt zurück. »So, und jetzt will ich, dass du nach unten gehst und dir von Rio ein Taxi rufen lässt.«

Jeder Nerv in ihrem Körper befand sich in Alarmzustand. Doch obwohl sie am liebsten vor Frustration laut aufgeschrien hätte, sah sie die Besorgnis, die sich in seinen Augen widerspiegelte. »Also gut, Nick. Ich warte, bis ich etwas von dir höre.«

Sie ging zur Tür, wo sie noch einmal stehen blieb und sich umdrehte. »Aber du wirst weiterhin an mich denken. Zu viel. Und es gibt keinen Weg, die Uhr zurückzudrehen.«

Als die Tür hinter ihr ins Schloss fiel, ließ er sich auf dem Klavierhocker nieder. Sie hat recht, dachte er, während er sich mit der Hand übers Gesicht fuhr. Nichts würde jemals wieder so werden, wie es einmal war.

5. Kapitel

Das sonntägliche Essen bei den Stanislaskis war weder eine leise noch eine sehr gemessene oder gar würdevolle Angelegenheit. Seit dem frühen Nachmittag schallten fröhliches Kindergelächter, hitzige Erwachsenendebatten und lautes Hundegebell durch die Räume, die köstlichsten Gerüche wehten durch die Luft.

Das alte Haus wurde bis in seine Grundfesten erschüttert, die Wände ächzten, um all die vielen Menschen aufzunehmen. Mikhails und Sydneys Haus in Connecticut war wesentlich größer, Rachels und Zacks Wohnung wesentlich bequemer und Alex' und Bess' Loft wesentlich geräumiger. Aber niemand wäre je auf die Idee gekommen, diese Sonntagstradition des Familienessens an einen anderen Ort als das Heim von Yuri und Nadia zu verlegen.

Denn dieses wunderbare alte Haus, das schier aus seinen Nähten zu platzen schien, war für alle Mitglieder der Familie »zu Hause«, ganz unabhängig davon, wo jeder lebte oder arbeitete.

Mit diesem Gedanken quetschte Freddie sich zwischen Sydney und Zack auf das alte Sofa.

»Hoch!«, verlangte deren Tochter Laurel und streckte die Ärmchen in die Luft.

»Dann komm her!« Freddie hob die Kleine schwungvoll auf den Schoß und wippte sie auf den Knien.

»Und? Wie gefällt dir die Wohnung?« Sydney konnte nicht widerstehen und strich ihrem Sohn kurz über den wirren Haarschopf, als der an ihr vorbeiraste, um seinen Cousin zu fangen.

»Sie ist einfach toll. Ich kann dir gar nicht genug danken. Es ist genau das, was ich mir vorgestellt hatte. Die Größe, die Gegend ...«

»Das freut mich.« Sydney beobachtete mit Adleraugen ihren Ältesten. Neuerdings schien es ihm diebischen Spaß zu machen, seine Schwester zu ärgern. Nicht dass sie sich um Moira Sorgen zu machen brauchte. Die Kleine hatte einen kräftigen linken Schwinger. »Griff«, rief Sydney streng. Dieses eine Wort und ein mahnender Blick ließen den Jungen noch einmal überdenken, ob es sich wirklich lohnte, sein Vorhaben durchzuführen und seine Schwester an dem langen Pferdeschwanz zu ziehen.

»Wie sieht es mit Möbeln aus?«

»Ich schaue mich um, aber eher halbherzig.« Von oben ertönte ein markerschütterndes Kriegsgeheul, gleich darauf folgte ein lauter dumpfer Knall, aber niemand im Raum zuckte auch nur mit der Wimper. »Im Moment habe ich mir nur hier und da ein paar Dinge angesehen. Nächste Woche, wenn ich einziehe, werde ich mich wohl gründlicher darum kümmern.«

»Ich kenne da einen Laden im Zentrum, die haben günstige Teppichangebote. Ich werde dir die Adresse raussuchen. Äh, Zack ...?«

»Hm?« Der Angesprochene riss den Blick von dem Football-Spiel auf dem Fernseher los und folgte dem Blick seiner Frau in die Richtung, wo sein Jüngster einen Stuhl an den Schrank gezogen hatte, auf dem Yuri die Tüte mit den Weingummis aufbewahrte.

»Vergiss es, Gideon.«

Gideon strahlte. »Nur eines, Daddy. Papa hat gesagt, ich darf eines haben.«

»Das glaube ich dir ungesehen.« Zack erhob sich, schnappte sich seinen Sohn und warf ihn durch die Luft zu ~~Sydney.~~ *Rachel* »Hier, Mom, fang auf.«

Erfahrung und Reflex ließen Sydney reagieren. Mit festem Griff packte sie zu und hielt ihren kichernden Sohn dann kopfüber fest, während sie sich weiter mit Freddie unterhielt. »So, wo bleibt denn unser temperamentvoller Nick?«

Genau die Frage, die Freddie sich schon die ganze Zeit stellte. »Er wird sicher bald eintrudeln. Er verpasst nie ein Essen. Ich habe gestern noch mit ihm geredet.«

Und er hatte sich schlichtweg geweigert, ihr auch nur mit einem Wort anzudeuten, was der Produzent wohl zu ihrer Zusammenarbeit sagen würde. Das Warten war unerträglich.

Dabei sollte ich mich doch mittlerweile daran gewöhnt haben, dachte sie mit einem heimlichen Seufzer. Schließlich wartete sie schon seit mehr als zehn Jahren auf Nick.

Sie ließ die Gespräche und den Lärm an sich vorbeiziehen, dann erhob sie sich und ging in die Küche. Langjährige Erfahrung hatte sie gelehrt, die verschiedenen Kinderkörper auf dem Boden und vergessene Spielzeuge zu umgehen.

Bess saß am Küchentisch und legte letzte Hand an einen frischen Salat in einer riesigen Schüssel, während Nadia am Herd stand.

Ein wunderbarer Raum, dachte Freddie, als sie sich umsah. Kein Quadratzentimeter Arbeitsplatz war bei den Essensvorbereitungen frei geblieben, an der Kühlschranktür hingen unzählige farbenfrohe Zeichnungen, die die Kinder ihren Großeltern geschenkt hatten. Etwas köchelte immer auf diesem Herd, und die Keksdose war nie leer.

Es sind diese kleinen Dinge, dachte sie, die ein Heim ausmachen. Eines Tages würde sie auch so eine Küche haben, das schwor sie sich. Und eine eigene Familie, die sich dort versammeln würde.

»Hi, Grandma.« Sie drückte Nadia einen Kuss auf die Wange und sog den leisen Lavendelgeruch ein. »Kann ich helfen?«

»Nein. Setz dich und trink deinen Wein. Es gibt schon zu viele Köche in meiner Küche.«

Bess zwinkerte Freddie zu. »Ich darf nur hier sein, weil ich Unterricht kriege. Nadia ist der Meinung, ich müsste endlich mehr zustande bringen als nur das Telefon zu benutzen, um Essen zu ordern.«

»Alle meine Kinder können kochen«, stellte Nadia voller Stolz klar.

»Nick aber nicht.« Freddie stibitzte sich ein Radieschen, während Nadia nicht hinsah.

»Ich habe nicht gesagt, dass sie gut kochen können.« Nadia rührte weiter den Kuchenteig. Ihr Haar war mittlerweile eisgrau geworden, aber ihr Gesicht war immer noch schön. Das Alter hatte Falten in dieses Antlitz gezeichnet, aber keine einzige davon war eine Kummerfalte. Sie drehte sich um und zeigte mit dem Rührlöffel auf Bess. »Wenn du es gelernt hast, wirst du es deinen Kindern beibringen.«

Bess schüttelte sich theatralisch. »Ein grässlicher Gedanke. Gerade letzte Woche hat Carmen eine ganze Tüte Mehl über ihrem Kopf ausgeschüttet und dann auch noch Eier hinzugegeben.«

Nadia lächelte. »Du musst es ihnen richtig beibringen. Deinen Söhnen auch. Freddie, machst du Hühnchen Kiew, wie ich es dir gezeigt habe?«

»Ja, Grandma.« Sie konnte nicht anders, sie warf Bess einen triumphierenden Blick zu. »Wenn ich in der neuen Wohnung eingezogen bin, werde ich dich und Papa zum Essen einladen.«

»Angeberin«, presste Bess zwischen zusammengepressten Zähnen hervor.

Aus dem Wohnzimmer drangen Begrüßungsrufe herüber, der Geräuschpegel stieg.

»Nick ist da«, sagte sie und prüfte den Braten im Ofen. »Wir können gleich essen.«

313

Und schon schwang die Küchentür auf. Nick, einen großen Strauß Margeriten in der Hand, ein Kleinkind auf dem Arm, ein anderes, das sich an sein Bein klammerte, kam strahlend zur Tür herein, küsste Nadia auf die Wange und reichte ihr den Strauß. »Tut mir leid, dass ich zu spät komme.«

»Du bringst mir die Blumen nur, damit ich dich nicht ausschimpfe.«

Er grinste breit. »Sicher. Und? Geht meine Rechnung auf?«

Nadia lachte. »Du bist ein Spitzbube, Nicholas. Stell sie ins Wasser. Nimm die gute Vase.«

Mit den Kindern im Schlepptau ging er zum Schrank. »Hm, Sonntagsbraten.« Er rieb seine Nase an Laurels Wange, die vergnügt quietschte. »Das riecht fast so gut wie kleine Mädchen.«

»Nimm mich auch auf den Arm, Nick.«

Er sah auf den kleinen Jungen herunter, der eifrig an seiner Hose zupfte. »Warte, bis ich wieder eine Hand frei habe, Kyle.«

»Kyle, lass Nick in Ruhe.« Bess nahm das Glas Saft entgegen, das Freddie ihr reichte.

»Aber Mom, er hebt Laurel doch auch hoch.«

»Warte, nur einen Augenblick.« Nick stellte die Margeriten ins Wasser und hob den Jungen auf den zweiten Arm. Dann drehte er sich zu Freddie um. »Na Kleine? Wie sieht's aus?«

»Sag du mir, wie's aussieht. Hast du von dem Produzenten gehört?«

»Es ist Sonntag«, erinnerte er sie. »Er ist mit seiner Familie in die Hamptons gefahren oder nach Bar Harbor oder sonstwohin. Er wird sich sicher in ein paar Tagen melden.«

In ein paar Tagen. Bis dahin würde sie vor Aufregung längst geplatzt sein. »Er muss doch irgendeine Reaktion gezeigt haben.«

»Nein, eigentlich nicht.«

314

»Hat er sich das Tape angehört?«

Nick kitzelte Kyle, der begeistert kicherte. »Natürlich hat er es sich angehört.«

Dann streckte Kyle die Arme nach Freddie aus, und sie setzte ihn automatisch auf ihre Hüfte. »Und? Ich meine, was hat er gesagt, nachdem er es gehört hat?«

»Nicht viel.«

Sie nahm sich zusammen, um nicht laut aufzuschreien. »Er muss doch irgendwas gesagt haben. Irgendeine Andeutung.«

Nick zuckte nur die Schultern und griff nach einer Karottenscheibe aus der Salatschüssel. Bess haute ihm blitzschnell auf die Finger.

»Mein Gott, Bess, wem soll das schon auffallen, wenn das Stückchen fehlt?«

»Mir. Ich kreiere hier eine Komposition aus Farben und Formen. Hier, nimm die.« Sie hielt ihm eine ganze Möhre hin.

»Danke. Also«, wandte er sich wieder an Freddie, »warum beschäftigst du dich nicht erst mal mit deiner Wohnung?« Er beobachtete sie genau, während er genüsslich an der Möhre knabberte. Es gefiel ihm, wie ihre grauen Augen dunkler wurden wie Gewitterwolken und die Unterlippe sich ein klitzekleines bisschen vorschob, wenn sie ihre Wut zu kontrollieren suchte. »Kauf dir den ganzen Kram, den du brauchst. Ich lass von mir hören, sobald ich etwas weiß.«

»Und ich soll also einfach warten?«

Als wollte er sein Mitgefühl bekunden, legte Kyle seinen Kopf an Freddies Schulter. »Ich soll einfach warten?«, ahmte er sie nach.

»Es wird dir wohl nichts anderes übrig bleiben. Und komm ja nicht auf die Idee, Valentine selbst anzurufen. Ob er nun ein Freund der Familie ist oder nicht, so funktioniert das nicht bei mir.«

315

Es brodelte in ihr, denn genau das hatte sie vorgehabt. »Es kann doch nichts schaden, wenn …«

»Nein«, sagte er nur, gab die Möhre an Laurel weiter und ging mit ihr hinaus.

»Sturer, rechthaberischer Maulheld«, zischte Freddie ihm nach.

»Maulheld! Maulheld!« Das Wort gefiel Kyle ganz offensichtlich.

»Tante Bess, wenn du Beziehungen hast, benutzt du sie doch auch, oder?«

Das Schneiden eines Champignons schien plötzlich Bess' ganze Aufmerksamkeit zu erfordern. »Also, so langsam kriege ich es raus. Das muss aus dem Handgelenk kommen …«

»Angeberischer Idiot«, fauchte Freddie unter angehaltenem Atem.

»Idiot!«, stimmte Kyle entzückt zu und ließ sich von ihr aus der Küche tragen.

»Gestern noch Kinder, und heute sind sie schon erwachsen«, bemerkte Nadia.

»Es ist gar nicht so leicht, erwachsen zu werden.«

Nachdenklich rollte Nadia den Kuchenteig aus. »Er schaut sie mit diesem Blick an.«

Bess hob den Kopf. Sie war nicht sicher gewesen, ob es Nadia aufgefallen war. Aber sie hätte es besser wissen müssen. Nadia entging nichts, was ihre Familie betraf.

»Und sie sieht genauso zurück«, sagte sie.

Die beiden Frauen lächelten sich verschwörerisch an und nickten.

»Sie würde ihn dazu bringen, das Beste aus sich herauszuholen.«

Bess nickte. »Und er würde ihren übermäßigen Ehrgeiz ein wenig zügeln.«

»Er hat so ein gutes Herz. Und große Sehnsucht nach einer Familie.«

»Das haben sie beide.«

»Das ist gut.«

Bess hob ihr Saftglas und trank. »Also wirklich, es ist einfach großartig.«

Das war nur das erste in einer Reihe von Gesprächen, die Freddie und Nick entsetzt hätten, wenn sie sie hätten hören können.

Im Loft kuschelte Bess sich enger in Alex' Arm und gähnte herzhaft. Das erste Drittel einer Schwangerschaft machte sie immer so herrlich träge und faul.

»Alexej?«

»Hm?« Er strich ihr über den Kopf, mit den Gedanken halb bei den laufenden Nachrichten im Fernseher, der im Schlafzimmer stand, halb bei dem Fall, an dem er gerade arbeitete. »Brauchst du etwas? Im Kühlschrank sind noch Erdbeeren. Oder saure Gurken.«

»Eigentlich …« Sie überlegte kurz, dann schüttelte sie den Kopf. »Nein, heute sind wir zwei ganz zufrieden.« Sie lächelte, als er mit der Hand über ihren noch flachen Bauch streichelte. »Ich habe nur gerade an Freddie und Nick denken müssen.«

Das Versprechen, das er seiner Nichte gegeben hatte, wog schwer auf seinen Schultern. »Was ist mit den beiden?«, fragte er vorsichtig.

»Meinst du, sie wissen schon, dass sie verrückt nacheinander sind, oder stecken sie noch in dieser ›Keine-Ahnung-was-hier-abläuft‹-Phase?«

»Was?« Er setzte sich auf und sah auf seine Frau mit den verführerisch schläfrigen Augen und dem wirren Haar hinunter. »Wie bitte?«

317

»Ich bin mir noch nicht sicher.« Sie rückte ganz selbstverständlich nach und passte sich seiner neuen Haltung an. »Wahrscheinlich ist es für beide ein bisschen unangenehm, unter den gegebenen Umständen.«

Alex atmete schwer aus. Wieso ließ er sich immer wieder von Bess' forscher Art dazu verleiten, zu glauben, ihr fehle der Blick für die Nuancen? »Wie kommst du darauf, dass sie verrückt nacheinander sein könnten?«

Ihre Energie reichte gerade noch dazu, ein Auge zu öffnen. »Wie oft muss ich es dir noch sagen? Schriftsteller können genauso gut beobachten wie Cops. Du hast es doch auch bemerkt, oder nicht? Die Art, wie sie sich ansehen? Wie sie sich umkreisen?«

»Mag sein.« Er wusste immer noch nicht, ob ihm die Vorstellung wirklich gefiel. »Jemand sollte Natasha einen Wink geben.«

Bess schnaubte träge. »Alexej, verglichen mit einer Mutter sind Schriftsteller und Cops harmlose Anfänger.« Sie schmiegte sich noch näher an ihn. »Was sagtest du? Erdbeeren?«

Am anderen Ende der Stadt sahen Rachel und Zack noch ein letztes Mal nach ihren schlafenden Kindern. Rachel nahm ihrer Tochter die Kopfhörer ab, während Zack den verschlissenen Teddybären wieder fest in ihren Arm klemmte. Die Gegensätze eines heranwachsenden Mädchens, dachte Rachel – Rockmusik und Kuscheltiere.

»Sie ähnelt dir mit jedem Tag mehr«, murmelte Zack, während sie nebeneinander vor dem Bett ihrer Tochter standen und gemeinsam auf ihre Älteste hinuntersahen.

»Nur das Kinn, das hat sie von dir. Stur wie ein Maulesel. Wie du!«

Arm in Arm gingen sie in den nächsten Raum, den ihre beiden Söhne sich teilten. Beide seufzten hilflos auf. Inmitten der verschiedenen Haufen von Kleidungsstücken, Spielzeugen, Modellflugzeugen, Skateboards, Fußbällen und Ähnlichem war ein Etagenbett auszumachen, in dem zwei kleine Körper lagen. Auf dem oberen Bett hingen Jakes Arm und ein Bein gefährlich weit über den Rand der Matratze, und nur einem Überstunden machenden Schutzengel konnte es zu verdanken sein, dass er bisher noch nicht herausgerollt und auf einen der verschiedenen Stapel gefallen und darin verschollen war.

Rachel schob ihn wieder in die richtige Position, was er mit einem verschlafenen Brummen bedachte. »Bist du sicher, dass das wirklich unsere Kinder sind?«, fragte sie ihren Mann leise.

»Jeden Tag stelle ich mir die gleiche Frage. Ich habe Gideon dabei erwischt, wie er Miks Kindern vorschlug, sie sollten Bettlaken zusammenknoten und damit von Yuris Dach springen. Er wollte sie davon überzeugen, dass sie dann bis nach Manhattan und wieder zurück fliegen könnten.«

Rachel schloss die Augen. »Behalte das lieber für dich. Manche Dinge will ich gar nicht wissen.« Im unteren Bett zog sie die Bettdecke von Gideons Gesicht und musste feststellen, dass seine Füße auf dem Kopfkissen lagen. Also versuchte sie es mit dem anderen Ende.

»Ich wollte dich noch fragen, was du von Nick und Freddie hältst?«

»Dass sie zusammenarbeiten? Ich finde es großartig.« Zack stieß einen erstickten Fluch aus, als er mit dem Zeh gegen den Propeller eines Modellflugzeugs stieß. »Verdammt!«

»Ich hatte dich doch gewarnt, dass du dieses Zimmer am besten nur mit Werkschuhen betreten solltest. Aber ich meinte nicht die Arbeit, ich wollte wissen, wie du über die Romanze denkst.«

Mit einer Hand massierte er seinen geschundenen Zeh. »Romanze? Welche Romanze?«

319

»Nick und Freddie.«

Wie im Zeitlupentempo richtete er sich auf. »Wovon redest du da eigentlich?«

»Ich rede davon, dass Freddie völlig in Nick vernarrt ist. Und darüber, dass er ständig die Hände in die Hosentaschen steckt, sobald sie in der Nähe ist. So als hätte er Angst, dass er sie einfach packen und …«

»Moment! Jetzt aber mal Halt!« Da er lauter geworden war, legte sie ihm rasch die Hand über den Mund. Er griff sie beim Arm und zog sie in die Diele hinaus. »Willst du mir etwa damit sagen, die beiden zeigen Interesse füreinander?«

»Über das Stadium von Interesse sind die beiden schon längst hinaus.« Rachel neigte den Kopf und sah ihren Mann amüsiert an. »Was ist los, Muldoon? Machst du dir Sorgen um deinen kleinen Bruder?«

»Nein. Ja. Nein …« Frustriert fuhr er sich durchs Haar. »Bist du dir sicher?«

»Sicher bin ich mir sicher. Und wenn du nicht so darauf eingefahren wärst, in Nick nur den rebellischen Teenager zu sehen, wäre es dir auch aufgefallen.«

Zack ließ die Schultern sacken und lehnte sich an die Wand. »Wahrscheinlich habe ich es gesehen. Er hat sich so komisch benommen, als sie mit einem Freund von ihm ausgegangen ist.«

Rachel grinste. »Eifersüchtig, was? Zu schade, dass ich das verpasst habe.«

»Er hätte mich am liebsten erwürgt, weil ich die beiden miteinander bekannt gemacht habe.« Ganz langsam zeichnete sich ein Lächeln auf Zacks Lippen ab, dann lachte er herzhaft auf. »Da schau her! Freddie und Nick. Wer hätte das gedacht!«

»Jeder, der Augen im Kopf hat. Sie himmelt ihn doch schon seit Jahren an.«

»Stimmt. Sie ist wirklich niedlich, aber das heißt lange nicht, dass sie sich so leicht herumschubsen lässt. Ich würde sagen, mein kleiner Bruder steckt tief in der Patsche.« Er sah seine Frau an. Ihr Haar war offen und fiel ihr weich ums Gesicht. Sie trug nur einen hauchzarten Morgenmantel, der zudem noch die Unart hatte, ihr ständig ein wenig von der rechten Schulter zu rutschen. Sein Grinsen wurde breiter. »Und da wir gerade von Romanze sprechen, Euer Ehren … mir ist da gerade etwas eingefallen, das, so hoffe ich, die Zustimmung des Gerichts finden wird.«

Er flüsterte ihr etwas ins Ohr, das sie erst die Augenbrauen heben ließ und sie dann zum Lachen brachte. »Nun, Muldoon, das ist eine sehr interessante Eingabe. Warum besprechen wir das nicht ausführlicher in meinen Räumen?«

»Ich fürchtete schon, du würdest nie fragen.«

In dem großen Haus in Connecticut lag Sydney auf ihrem Mann. Ihr Herz schlug immer noch rasend, ihr Blut jubelte laut in ihren Ohren.

Unglaublich, dachte sie zufrieden. Nach all diesen Jahren konnte sie immer noch nicht verstehen, wie dieser Mann es schaffte, ihren Körper so in Ekstase zu versetzen. Sie wollte es auch gar nicht verstehen.

»Ist dir kalt?« Mikhail streichelte ihr träge über den nackten Rücken.

»Soll das ein Witz sein, mein Lieber?« Sie hob ihr Gesicht, ihre Wangen glühten immer noch und hielt seinen Blick fest. »Du bist so unbeschreiblich schön, Mikhail.«

»Fang nicht wieder damit an.«

Sie lachte leise und zog eine Spur von kleinen Küssen über seine Brust. »Ich liebe dich.«

»Also, damit darfst du ruhig weitermachen.« Er stieß einen zufriedenen Seufzer aus, als sie sich in seinen Arm kuschelte und sie gemeinsam eine Weile schweigend die Schatten betrachteten, die das flackernde Kerzenlicht auf die Wände warf.

»Meinst du, dass wir bald für die nächste Hochzeit planen müssen?«

Sydney brauchte nicht nachzufragen, von welcher Hochzeit er sprach, sie wusste, was er meinte. Und von wem. »Nick ist sich seiner Sache noch nicht so sicher, aber Freddie wird ihm schon noch die Augen öffnen. Es ist süß, die beiden zu beobachten, wie sie einander auskundschaften und abschätzen.«

»Das erinnert mich an ein anderes Paar«, bemerkte er nachdenklich.

Sie hob den Kopf und lächelte ihn an. »So?«

»Du warst verdammt stur, *mela moja.*«

»Und du warst verdammt arrogant.«

»Stimmt.« Er fühlte sich überhaupt nicht beleidigt. »Wenn ich weniger selbstsicher und entschieden gewesen wäre, wärst du als alte Jungfer geendet, verheiratet mit deinem Job.« Er lachte, als sie ihn gespielt entrüstet auf die Schulter knuffte. »Aber ich habe dich vor diesem schlimmen Schicksal bewahrt.«

»Und wer wird dich jetzt davor bewahren?« Mit einem Lachen rollte sie sich auf ihn.

Freddie hatte keine Ahnung davon, worüber ihre Familie sprach, und so griff sie tänzelnd vor Aufregung nach ihrem eben erst angeschlossenen schnurlosen Telefon und drückte eine Nummer. Ihr Vater war bestimmt noch in der Schule, aber ihre Mutter würde sie in dem Spielzeugladen erreichen.

»Mama.« Den Hörer umklammernd, drehte sie sich einmal im Kreis, dann ging sie von ihrem Wohnzimmer ins Schlafzimmer. »Rate mal, wo ich bin. Ja.« Ihr Lachen hallte durch die fast leeren Räume. »Es ist wundervoll. Ich kann es gar nicht erwarten, bis ihr es endlich zu sehen bekommt. Ja, ich weiß, zum Hochzeitstag. Oh ja, alles läuft bestens.« Sie tanzte einen kleinen Boogie-Woogie auf der Perserbrücke, die sie in dem Geschäft erstanden hatte, von dem ihr Sydney erzählt hatte. »Ich habe sie alle am Sonntag getroffen. Grandma hat Schmorbraten gemacht. Ein Geschenk?« Sie hielt in ihrem improvisierten Tanz inne. »Von Dad? Ja, ich bin den ganzen Tag hier. Was ist es denn?«

Sie verdrehte die Augen zur Decke und begann wieder zu tanzen. »Also schön. Dann wird mir wohl nichts anderes übrig bleiben, als mich in Geduld zu üben. Ja, die Teller sind angekommen. Danke. Sie haben auf dem Küchenregal einen Ehrenplatz bekommen. Ein paar Sachen habe ich mir schon gekauft.«

Sie schnappte sich ein Plätzchen aus einer Tüte auf dem Küchentresen und tanzte dann vergnügt wieder zurück ins Wohnzimmer. »Nein, ich kaufe mir hier ein Bett. Ich will, dass mein Bett in meinem alten Zimmer bleibt, sonst komme ich mir vor wie ausquartiert. Und sag Brandon, dass ich noch nicht zu den Yankees gekommen bin, aber ich hoffe, dass ich es zum Spiel nächste Woche schaffe. Und ich habe schon Karten fürs Ballett.«

Zwei Karten, dachte sie. Sie würde mit Nick hingehen, selbst wenn die Welt unterging.

»Oh, und sag Dad ... ach nein, sag ihm einfach nur einen schönen Gruß. Es gibt so viel zu erzählen, aber das muss warten, bis ihr raufkommt, und ... warte, es hat eben geklingelt, ich will nur rasch nachschauen ... ja, Mama«, sagte sie mit einem Lächeln. »Bleib einen Moment dran. Ja?«, rief sie in die Gegensprechanlage.

»Miss Frederica Kimball? Eine Lieferung für Sie.«

»Papa?«

»Was glaubst du denn? Frank Sinatra?«

»Komm rauf, Frankie. Ich wohne in 5 D.«

»Ich weiß, wo du wohnst, Mädchen.«

»Ja, es ist Papa«, sagte Freddie ins Telefon. »Er will dir nur rasch Hallo sagen, falls du noch eine Sekunde Zeit hast.« Sie war schon dabei, ihre Tür aufzumachen. »Du solltest es sehen, Mama … Ich habe einen Wahnsinnsaufzug, mit schmiedeeisernen Verzierungen und allem Drum und Dran. Und meine Nachbarin auf dem Flur gegenüber ist eine brotlose Dichterin, die nur Schwarz trägt und mit vornehm britischem Akzent spricht. Ich glaube nicht, dass sie jemals Schuhe trägt. Oh, hier kommt der Aufzug. Papa!«

Es war nicht nur Yuri. Hinter ihm kam Mikhail, der eine riesige Kiste schleppte.

»Töpfe und Pfannen«, sagte Mikhail, als er die Kiste mit einem gefährlich klingenden Krachen abstellte. »Deine Grandma befürchtet, dass du nichts hast, womit du kochen kannst.«

»Danke. Mama ist am Telefon.«

»Gib sie mir.« Mikhail schnappte sich den Hörer in dem Moment, in dem ihr Großvater Freddie in seine Arme zog.

Yuri war ein großer, breit gebauter Mann, der sie drückte, als läge ihr letztes Wiedersehen Jahre und nicht erst ein paar Tage zurück.

»Wie geht es meiner Kleinen?«

»Wundervoll.« Er roch nach Pfefferminz, Tabak und Schweiß, eine Mischung, die sie wohl ihr ganzes Leben lang mit Liebe und Geborgenheit in Verbindung bringen würde. »Komm, ich mache eine Führung mit dir.«

Yuri rückte seinen Gürtel gerade und schaute sich in ihrem Wohnzimmer um. »Du brauchst Regale.«

»Stimmt.« Sie klimperte mit den Wimpern. »Tatsächlich habe ich mir schon den Kopf darüber zerbrochen, wo ich einen fähigen Tischler auftreiben könnte, der ein bisschen Zeit …«

»Ich baue dir deine Regale. Wo sind deine Möbel?«

»Ich kaufe sie mir nach und nach.«

»Ich habe einen Tisch in meinem Laden. Er passt gut hier rein.«

Er marschierte zu den Fenstern, überprüfte die Verriegelung und ob sie sich ohne Schwierigkeiten öffnen und schließen ließen.

»Gut«, verkündete er. Dann untersuchte er gründlich die Fußleisten und wollte eben seine Aufmerksamkeit der Arbeitsplatte in der Küche zuwenden, als Nick hereingeschlendert kam. »Kommst du, um beim Ausladen der Kisten zu helfen?«, fragte Yuri.

»Nein.« Nick überreichte Freddie ein großes, weiß blühendes afrikanisches Veilchen. »Ein kleines Einstandsgeschenk.«

Sie hätte sich nicht mehr freuen können, wenn er auf den Knien hereingerutscht gekommen wäre, mit einem Diamanten von der Größe eines Scheinwerfers in der Hand. »Es ist wundervoll.«

»Ich habe mich daran erinnert, dass du Zimmerpflanzen magst.« Mit Händen, die sich bereits in seinen Hosentaschen in Sicherheit gebracht hatten, schaute er sich um. »Hattest du nicht etwas von einer kleinen Wohnung gesagt?«

Er schüttelte fassungslos den Kopf. In diese Wohnung passte seine zweimal rein. So viel zur Wahrnehmungsweise der Reichen und Privilegierten. »Du solltest aber auf keinen Fall deine Wohnungstür offen stehen lassen.«

Sie hob empört die Augenbrauen. »Ich bin doch nicht allein.«

»He, Papa, Tash will mit dir reden. Freddie, hast du irgendwas zu trinken da?«

»Im Kühlschrank«, antwortete sie Mikhail, ohne Nick aus den Augen zu lassen. »Dann bist du also hier, um meiner Wohnung den LeBeck-Segen zu erteilen?«

325

»So ungefähr.« Er schlenderte vom Wohnzimmer ins Schlafzimmer hinüber, in dem nicht mehr als ein Schrank, der bereits vollgestopft war mit Kleidern, und ein paar Kisten standen. Auf dem Boden lag ein Teppich, der wahrscheinlich so viel gekostet hatte wie seine Miete fürs ganze Jahr.

»Wo wirst du schlafen?«

»Ich warte auf eine Schlafcouch, die heute geliefert werden soll. Mit dem richtigen Bett möchte ich mir noch Zeit lassen.«

»Hmm.« Gefährlich, dachte er und begab sich wieder nach nebenan ins Wohnzimmer. An ihr Bett zu denken. Sein Bett. Irgendein Bett. Mit ihr drin. »Die Fenster solltest du besser immer verriegelt lassen«, riet er. »Diese Feuerleiter ist eine Einladung.«

»Ich bin kein Idiot, Nicholas.«

»Nein, nur grün hinter den Ohren.« Er schaute gerade rechtzeitig auf, um die Mineralwasserdose aufzufangen, die Mikhail ihm zugeworfen hatte. »Du brauchst ein Sicherheitsschloss an dieser Tür.«

»Der Schlosser kommt um zwei. Sonst noch was, Daddy?«

Er warf ihr nur einen finsteren Blick zu. Er brütete noch immer über einer angemessenen Retourkutsche, als der Türsummer erneut ertönte. Offensichtlich eine weitere Lieferung für Miss Kimball.

»Vielleicht ist es ja das Sofa«, überlegte Freddie laut, während Nick sich eine Zigarette ansteckte und sich nach einem Aschenbecher umschaute. Freddie fand für ihn eine Seifenschale aus Porzellan, die geformt war wie ein Schwan.

Aber es war nicht das Sofa. Es war alles andere als ein Sofa. Der Mund blieb Freddie offen stehen, als drei muskelbepackte Männer schnaufend einen Konzertflügel in ihre Wohnung hievten.

»Wo soll er hin, Lady?«

»Oh Gott! Oh, mein Gott. Dad.« Ihre Augen füllten sich mit Tränen.

»Stellen Sie ihn dort drüben hin«, sagte Nick, während Freddie schniefte und sich ihre Wangen abwischte. »Ein Steinway«, registrierte er und freute sich für sie. »Typisch. Nur das Beste für unsere kleine Freddie.«

»Halt die Klappe, Nick.« Noch immer schniefend, nahm Freddie Yuri das Telefon aus der Hand. »Mama. Oh Mama …«

Du hättest mit den anderen gehen sollen, sagte sich Nick, als er sich dreißig Minuten später mit Freddie allein wiederfand. Sie war, immer wieder unterbrochen von glückseligen Aufschluchzern, damit beschäftigt, das herrliche Instrument zu stimmen.

»Hör doch endlich auf zu weinen, ja?« Unbehaglich auf der neuen Klavierbank herumrutschend, schlug Nick das hohe C an.

»Es gibt eben Menschen, die haben Gefühle und schämen sich auch nicht, sie zu zeigen. Los, mach schon, gib mir ein A.«

»Gott, was für ein Instrument«, murmelte er. »Dagegen hört sich mein kleines Piano wie ein verrosteter Blecheimer an.«

Sie schaute ihn an, während sie einen Akkord anschlug. Sie wussten beide, dass er sein Klavier durch ein Instrument ersetzen könnte, das genauso großartig war wie dieses hier. Aber er hing an ihm.

»Sieht ganz danach aus, als könnten wir hier auch arbeiten, wenn wir es wollen.« Sie wartete einen Herzschlag lang, streckte die Finger, versuchte sich an einem Arpeggio. »Falls wir etwas zu arbeiten haben.«

»Ja, so ungefähr.« Entzückt von dem Flügel, begann Nick einen Blues zu improvisieren. »Hör doch nur, was für ein Klang.«

327

»Ich höre es.« Ebenso begeistert wie er griff sie seine Melodie auf und spielte die zweite Stimme.

»Na, wie findest du das?«

»Hmm. Oh, übrigens, du hast dir einen Vertrag verschafft, Freddie. Bis Ende der Woche hast du ihn in der Tasche. Du hast an Tempo verloren«, beschwerte er sich, als sie mitten in der Bewegung innehielt. »Spiel weiter.«

Sie saß nur da, die Hände still auf den Tasten, und schaute ins Leere. »Ich kann nicht atmen.«

»Hol ganz tief Luft und lass sie dann wieder raus.«

»Ich kann nicht.« Sie beugte sich vor und legte den Kopf zwischen die Knie. »Es gefällt ihnen«, brachte sie mühsam heraus, während Nick ihr auf den Rücken klopfte.

»Sie sind begeistert. Valentine hat mir erzählt, dass Maddy sagte, es wäre die beste Eröffnungsnummer ihrer Laufbahn, und sie will mehr. Und von dem Lovesong ist sie auch sehr angetan. Aber natürlich war es meine Melodie, auf die sie abgefahren ist.«

»Red kein Blech, LeBeck.« Trotz ihres scharfen Tonfalls waren ihre Augen schon wieder feucht, als sie den Kopf hob.

»Mach dich nicht schon wieder nass. Du bist jetzt ein Profi.«

»Ich bin ein Songwriter.« Überglücklich warf sie sich ihm an den Hals. »Wir sind ein Team.«

»Sieht ganz danach aus.« Er fand sich mit dem Gesicht in ihrem Haar wieder. »Du musst aufhören, dieses Zeugs zu tragen.«

»Was für ein Zeugs?«

»Dieses Parfum. Es lenkt mich ab.«

Sie war zu überwältigt von ihrem Glück, um Vorsicht walten zu lassen. »Ich liebe es, dich abzulenken.« Sie ließ ihre Lippen über seinen Hals wandern, bis sie auf sein empfindsames Ohrläppchen trafen.

328

Fast wäre es ihm nicht gelungen, sein schlagartig aufsteigendes Begehren zu unterdrücken. Um ein Haar hätte er sie geküsst. Er fluchte. »Lass das.« Er ergriff sie bei den Schultern und drückte sie zurück. »Das hier ist eine Arbeitsbeziehung, möchte ich betonen. Ich will nicht, dass wir die Dinge vernebeln.«

»Vernebeln? Womit?«

»Mit Hormonen«, präzisierte er. »Ich denke nicht mehr mit den Drüsen, Freddie, aus dem Alter bin ich raus. Und du solltest es auch nicht.«

Sie fuhr sich mit der Zungenspitze über die Lippen. »Ist irgendwas mit deinen Drüsen, Nicholas?«

»Hör auf damit.« Er erhob sich, um etwas Distanz zwischen sich und sie zu bringen. »Was wir brauchen, sind ein paar Grundregeln.«

»Fein.« Sie schaffte es nicht, ihr Lächeln zu unterdrücken. »Und die wären?«

»Ich werde sie dich zu gegebener Zeit wissen lassen. Bis dahin sind wir Partner. Geschäftspartner.« Er entschied, dass es nicht weise wäre, die Vereinbarung per Handschlag zu besiegeln. Nicht bei diesen weichen, schmalen, unglaublich sensiblen Händen. »Profis.«

»Profis«, stimmte sie zu. Sie legte den Kopf schräg und schlug die Beine geschmeidig übereinander, was ihn veranlasste, eingehend einen Punkt über ihrem Kopf zu betrachten. »Und wann fangen wir an ... Partner zu sein?«

329

6. Kapitel

Nick wusste, dass Freddie mit ihren Gedanken nicht bei der Arbeit war. Fast zwei Wochen lang waren sie ohne größere Störungen klargekommen, aber je näher der Tag rückte, an dem ihre Familie zur Feier von Nadias und Yuris Hochzeitstag nach New York kommen sollte, desto unkonzentrierter wurde sie.

Er hatte nicht vorgehabt, sie anzuschnauzen, wirklich nicht, aber die Art, wie ihre Gedanken pfeilschnell von einem Thema zum anderen schossen – ein neues Rezept für Appetithäppchen, das sie Rio unbedingt noch geben musste, die Art-déco-Lampe, die sie sich für ihr Wohnzimmer angeschafft hatte, der zungenbrecherische, sprunghafte Text, den sie für eine Nummer im zweiten Akt abgeliefert hatte –, von richtiger Arbeit konnte beim besten Willen keine Rede mehr sein. Und das schon seit drei Stunden.

»Sag mal, warum gehst du nicht einfach einkaufen, lässt dir die Nägel maniküren oder machst sonst irgendetwas ganz Wichtiges?«

Freddie warf ihm einen ausdruckslosen Blick zu und zwang sich, nicht schon wieder auf die Uhr zu schauen. Ihre Familie würde in weniger als drei Stunden eintreffen. Sie war aufgeregt.

»Wir sind eine Verpflichtung eingegangen. Ich nehme meine Verpflichtungen ernst.«

»Ich auch. Ich rede nur von ein paar Stunden.«

»Ein paar Stunden hier, ein paar Stunden da.« Er weigerte sich, sie anzuschauen, als er die Hand ausstreckte, um eine

Note auf dem Notenblatt vor ihnen zu verändern. »Es waren eine Menge Stunden in den letzten Tagen.« Er griff nach seiner Zigarette, die im Aschenbecher vor sich hin qualmte, und inhalierte tief. »Es muss die Hölle sein, wenn einem bei seinem Hobby immer wieder sein soziales Leben in die Quere kommt.«

Sie holte tief Atem in der Hoffnung, es würde helfen. Es half nicht. »Es muss die Hölle sein, wenn einem beim Ausleben seiner Kreativität immer wieder scheinheilige Bemerkungen in die Quere kommen.« Dieser Hieb hatte gesessen, genau wie sie es beabsichtigt hatte.

»Warum versuchst du nicht einfach, deinen Job zu machen? Ich kann dich schließlich nicht an den Haaren herbeizerren«, revanchierte er sich erbost.

Jetzt kam ihr Atem zischend heraus. »Mich braucht niemand an den Haaren herbeizuzerren. Ich bin hier, oder etwa nicht?«

»Ausnahmsweise.« Er warf die Zigarette in den Aschenbecher, wo sie weiter vor sich hin qualmte. »Und warum versuchst du dann nicht, dich ein bisschen zu konzentrieren, damit wir weiterkommen? Nicht jeder hat Daddys Geld im Rücken, manche Leute müssen sich ihren Lebensunterhalt mit eigener Hände Arbeit verdienen.«

»Das ist unfair.«

»Das ist Tatsache, Kleine. Und ich will keine Partnerin, die nur Songwriter spielt, solange es in ihren Terminkalender reinpasst.«

Freddie drehte sich halb um, um ihn besser anschauen zu können. »Ich arbeite genauso hart wie du, sieben Tage die Woche, seit fast drei Wochen jetzt.«

»Außer wenn du dir gerade Bettwäsche oder Lampen kaufen oder darauf warten musst, dass dein Bett geliefert wird.«

331

Er köderte sie ganz bewusst, und sie schluckte den Köder. »Wenn du dich nicht geweigert hättest, in meiner Wohnung zu arbeiten, hätte ich mir dafür nicht freizunehmen brauchen.«

»Ja, toll. In dem ganzen Dreck von Yuris Sägespänen und dem Höllenlärm, den er veranstaltet.«

»Ich brauche nun mal Regale.« Sie tat ihr Bestes, ihren Zorn im Zaum zu halten, während er dem seinen die Sporen zu geben schien. »Und es war ja wohl kaum mein Fehler, dass das Bett drei Stunden später als angekündigt kam. Immerhin habe ich in dieser Zeit den Refrain des ersten Solos im zweiten Akt fertig gemacht.«

»Ich habe dir gesagt, dass es Arbeit ist.« Ohne eine Antwort abzuwarten, begann Nick wieder zu spielen.

»Und das Solo ist gut.«

»Es bedarf der Überarbeitung.«

Sie atmete laut aus, aber sie ließ sich nicht dazu herab, ihm zu widersprechen. »Also schön, ich feile weiter daran. Es würde helfen, wenn die Melodie nicht so flach wäre.«

Das war der Gipfel. »Erzähl mir nicht, dass die Melodie flach ist!«, explodierte er. »Wenn du nicht genügend Fantasie hast, um dir einen Text dafür einfallen zu lassen, mache ich es eben selbst.«

»Ach, wirklich? Wo du doch mit Worten so ein glückliches Händchen hast.« Ihre Worte trieften förmlich vor Sarkasmus, als sie sich erhob. »Nur zu, Lord Byron, schreiben Sie uns ein Gedicht.«

Er schien sie mit Blicken erdolchen zu wollen. »Komm mir jetzt nicht mit deiner vornehmen Erziehung, Freddie. Ein College besucht zu haben bedeutet noch lange nicht, dass man ein guter Texter ist, und Beziehungen nützen da auch nichts. Ich habe dir eine Verschnaufpause gegeben, und die hättest du wenigstens nutzen können.«

332

»Du gibst mir eine Verschnaufpause.« In ihrer Stimme schwang ein Grollen mit, wild und gefährlich. »Du eingebildeter, überheblicher Idiot! Alles, was du mir gegeben hast, ist Kummer. Ich gebe mir meine Verschnaufpausen selber. Dafür brauche ich dich nicht. Und wenn dir meine Arbeitsgewohnheiten nicht passen oder die Ergebnisse, beschwer dich doch beim Produzenten über mich.«

Sie stürmte durchs Zimmer, wobei sie unterwegs ihre Handtasche einsammelte.

»Wo zum Teufel willst du hin?«

»Mir die Nägel maniküren lassen«, schoss sie zurück und war schon an der Tür.

»Wir sind noch nicht fertig. Los, setz dich wieder hin und tu, wofür man dich bezahlt.«

Sie wollte schon hinausstürmen, dann aber entschied sie sich für einen würdevolleren Abgang. »Lass uns eines ein für alle Mal klarstellen. Wir sind Partner, Nicholas, und das bedeutet, dass du nicht mein Boss bist. Verwechsle die Tatsache, dass ich dir bis jetzt erlaubt habe, den Ton anzugeben, bitte nicht mit Unterordnung.«

»Du hast mir erlaubt, den Ton anzugeben?«, fragte Nick reichlich fassungslos. »Soll das ein Witz sein?«

»Überhaupt nicht. Es ist völlig korrekt. Ebenso wie ich deine sprunghaften Launen, deine Schlamperei und deine Angewohnheit, bis in die Puppen zu schlafen, hingenommen habe. Das sind alles Dinge, die ich toleriert habe in der Annahme, dass sie zu deiner Kreativität eben dazugehören. Ich arbeite hier in diesem Saustall, in dem du lebst, richte meinen Terminkalender nach deinen Bedürfnissen aus, ja, ich bemühe mich sogar, das Äußerste aus zweitklassigen Melodien herauszuholen. Zu all dem bin ich bereit. Aber ich bin nicht bereit, mir hässliche Bemerkungen, Beleidigungen oder gar Drohungen anzuhören.«

Seine Augen glitzerten jetzt. Zu einem anderen Zeitpunkt hätte sie vielleicht die goldenen Einsprengsel in dem Grün bewundert. »Niemand droht dir, lass dir das gesagt sein. So, und wenn du dich jetzt beruhigt hast, können wir ja wieder an die Arbeit gehen.«

Sie boxte ihm ihren Ellenbogen in die Rippen, wobei sie seinen Rat beherzigte, die ganze Körperkraft in einen solchen Stoß zu legen. Er schwankte noch, als sie die Tür aufriss.

»Scher dich zum Teufel, du blöder Idiot!«, zischte sie fuchsteufelswild und knallte ihm beinahe die Tür ins Gesicht.

Er wäre fast, um ein Haar, hinter ihr hergerannt. Aber er war sich todsicher, dass er sie dann entweder erwürgen oder ins Bett zerren würde. Beides wäre ein Fehler gewesen.

Was ist bloß in sie gefahren? rätselte er, während er sich seine schmerzenden Rippen rieb und wieder zum Klavier zurückging. Das Mädchen, das er gekannt hatte, war immer leicht lenkbar, fast ein bisschen scheu gewesen und so sanft wie ein Sonnenaufgang.

Das zeigte wieder einmal, was passierte, wenn aus kleinen Mädchen Frauen wurden. Ein bisschen konstruktive Kritik reichte aus, um sie zu Furien werden zu lassen.

Verdammt, der Refrain musste überarbeitet werden. Der Text entsprach nicht ihrem üblichen Niveau. Und er war der Erste, der bereit war zuzugeben, dass ihr Niveau erstaunlich hoch war.

Gedankenverloren strich er mit der Hand über die Kante des Klaviers. Nun ja, vielleicht hatte er das bisher noch nicht zugegeben. Nicht richtig jedenfalls. Aber schließlich wusste sie doch, wie er dachte. Sie musste es einfach wissen.

Übellaunig versuchte er sich den Kopfschmerz wegzumassieren, der sich hinter seiner Stirn einzunisten begann. Vielleicht war er ja ein bisschen hart mit ihr umgesprungen, aber sie brauchte ab und zu eine feste Hand. Schließlich war sie ihr ganzes Leben verhätschelt worden, oder etwa nicht? Dies zeigte sich schon allein darin, wie sie ohne mit der Wimper zu zucken ihre Prioritäten verlagerte.

Wie lange brauchte man, um sich in einer neuen Wohnung einzurichten? Wie viele Möbel musste man sich anschaffen? Nach Rachels und Zacks Auszug hatte er sich innerhalb von ein paar Stunden hier heimisch gemacht.

Nick runzelte die Stirn, drehte sich um und ließ seinen Blick durch das Zimmer schweifen. Also schön, es war vielleicht ein bisschen unordentlich, aber er fühlte sich wohl.

Nein, diese Wohnung war ein Saustall. Er hatte ja vorgehabt aufzuräumen, doch wozu der Aufwand, wenn es ohnehin wieder unordentlich wurde? Und er hatte geplant, die Wände zu weißeln und vielleicht irgendwann diesen Stuhl mit dem abgebrochenen Bein rauszuschmeißen.

Es war keine große Sache, er konnte es an einem Wochenende schaffen. Er brauchte nicht so einen Palast, wie Freddie ihn sich ein paar Häuserblocks weiter hinstellte. Er konnte überall arbeiten.

Es war nur ärgerlich, dass, je mehr Zeit sie in diesen Räumen verbrachte, diese Räume ihm umso vergammelter vorkamen. Aber das ging nur ihn etwas an, und er brauchte ihre spitzen Bemerkungen über die Art, wie er lebte, nicht.

Entschlossen, sie aus seinen Gedanken zu verbannen, begann er wieder zu spielen. Als er bei der dritten Zeile angelangt war, hatte sich sein Gesicht vollends verfinstert.

Verdammt, die Melodie war flach.

Freddie legte in ihrer Wohnung letzte Hand an den Begrüßungsimbiss, den sie für ihre Familie vorbereitet hatte. Fast begann sie es schon zu bereuen, dass sie nicht eine größere Wohnung gemietet hatte. Wenn sie zwei Schlafzimmer hätte, könnte die ganze Familie bei ihr übernachten, statt sich bei Alex und Bess einquartieren zu müssen.

Nun, zumindest hatte sie noch ein bisschen Zeit für sich, ehe das Fest anfing. Und sie wollte, dass alles perfekt war.

Das ist genau dein Problem. Ihre Schultern fielen herab, während sie den Käse und die Früchte auf dem Teller arrangierte. Immer muss alles perfekt sein, um dich zufriedenzustellen. Gut ist nicht genug. Wundervoll ist nicht genug. Perfekt muss es sein, ansonsten gehört es rausgeschmissen.

Sie hatte Nick gerade eben fertiggemacht, weil er nicht perfekt war.

Obwohl er es verdient hatte, wie sie sich eilig versicherte. Sie als ein verwöhntes Gör hinzustellen, das nur nach Lust und Laune arbeitete! Das hatte wehgetan, vor allem deshalb, weil sie sich nach seiner Achtung ebenso sehnte wie nach seiner Liebe. Und noch mehr schmerzte es, dass er nicht zu begreifen schien, wie viel ihr das alles bedeutete.

Natürlich war es aufregend, jetzt in New York zu wohnen, aber es war ihr auch schwergefallen, von zu Hause wegzugehen. Den Text für ein Musical zu schreiben war ihr Traum gewesen, aber es war auch harte Arbeit. Und die Möglichkeit eines Misserfolges schwebte wie ein Damoklesschwert über ihrem Kopf.

Wusste er denn nicht, dass sie, wenn sie als seine Partnerin versagte, in allem versagen würde, was sie sich je in ihrem Leben gewünscht hatte? Es war nicht einfach nur ein Job für sie, und ganz gewiss war es kein Hobby, so wie er behauptet hatte. Es war schlicht und ergreifend ihr Leben.

Diese Überlegungen bewirkten, dass ihre Augen anfingen zu brennen. Sie zwang sich, ihre Gedanken auf den vor ihr liegenden Abend zu richten.

Es würde perfekt werden … Sie fluchte leise, als sie sich fast in den Finger anstatt die Selleriestange geschnitten hätte. Die ganze Familie in einem Raum, um den Hochzeitstag zweier Menschen zu feiern, die sich ihr ganzes Leben lang geliebt hatten und sich immer noch liebten, miteinander schwere Zeiten überstanden hatten und gute Zeiten miteinander teilten. Da es ihr wichtig war, hatte sie einen Großteil der Planung für Yuris und Nadias Hochzeitstag selbst übernommen. Sie hatte die Blumen ausgewählt und bestellt, hatte Rio bei der Menüzusammenstellung geholfen und sich um unzählige andere Details gekümmert.

Während Nick wie üblich den Morgen verschlafen hatte, hatte sie das »Lower the Boom« dekoriert. Sie und Rachel und Zack hatten erst alles geschrubbt, bis jeder Quadratzentimeter glänzte. Bess hatte ihr geholfen, die Luftballons aufzuhängen, und Alex hatte sich eine Stunde freigenommen, um auch ein bisschen mit anzupacken. Sydney und Mikhail waren vorbeigekommen, um bei Rio in der Küche Hand anzulegen.

Alle hatten geholfen. Bis auf Nick. Er hatte nicht einmal seine Unterstützung angeboten.

Nein, sie würde nicht wieder an ihn denken. Jetzt würde sie nur noch daran denken, wie sie alle zusammen ihren Großeltern den Abend so schön wie möglich gestalten konnten.

Als der Summer ertönte, raste sie an die Tür, jedoch nicht, ohne sich vorher noch einmal umzudrehen, um zu überprüfen, ob auch alles an Ort und Stelle war.

»Ja?«

»Hallo, Mädchen! Die Kimball-Crew meldet sich vollzählig zur Stelle.«

»Dad! Ihr seid früh dran. Kommt rauf, kommt schnell rauf. Fünfter Stock.«

»Wir sind schon unterwegs.«

Freddie beeilte sich, das Sicherheitsschloss zu öffnen und die Kette zu lösen. Sie konnte nicht abwarten, sie rannte hinaus zum Aufzug und trat nervös von einem Fuß auf den anderen, sobald sie hörte, dass der Lift sich in Bewegung setzte.

Sie erblickte sie hinter der schmiedeeisernen Gittertür, als die Kabine anhielt. Ihr Vater mit dem hellen Haar, in dem sich die ersten grauen Strähnen zeigten, die lebenslustigen dunklen Augen ihrer Mutter, Brandon, dem die Baseball-kappe schief über den Ohren saß, und Katie, die sich bereits aufgeregt an den Gitterstäben zu schaffen machte, um sie zurückzuziehen.

»Freddie, eine tolle Gegend!« Katie, mittlerweile so groß wie ihre Schwester, umarmte sie stürmisch. »Auf der anderen Straßenseite ist ein Ballett-Studio. Ich hab sie durch das große Fenster tanzen sehen.«

»Na und?«, tat Brandon schnöde ab. »Gibt's was zu essen?«

»Steht alles bereit«, versicherte Freddie. Brandon ist eine wahrlich aufsehenerregende Mischung von Mom und Dad, dachte sie. »Die Tür ist offen«, sagte sie, als er sie mit einem knappen Kuss begrüßte und sich an ihr vorbeischob.

»Dad.« Sie kicherte vergnügt, als er sie hochhob und mit strahlenden Augen betrachtete. »Ach, es ist so schön, euch alle hierzuhaben.« Und sie blinzelte Tränen zurück, als sie sich in Natashas offene Arme warf. »Ich habe euch schrecklich vermisst.«

»Das Haus ist nicht mehr dasselbe, seit du weg bist.« Natasha genoss die Umarmung, dann hielt sie Freddie von sich ab. »Sieh dich nur an! So schlank, so elegant. Spence, wo ist unser kleines Mädchen geblieben?«

»Sie muss irgendwo da drinnen sein.« Er beugte sich vor und küsste seine Tochter auf die Wange. »Wir haben dir etwas mitgebracht.«

»Noch mehr Geschenke?« Lachend legte sie beide Arme um ihre Eltern und führte sie in die Wohnung. »Ich habe den

Flügel noch nicht richtig verdaut, Dad. Ein wunderschönes Instrument.«

Er nickte, als er das dunkle Holz im Sonnenlicht schimmern sah, das durch das Fenster hereinfiel. »Du hast den richtigen Platz gewählt.«

Sie wollte gerade sagen, dass Nick den Platz ausgesucht hatte, schüttelte dann aber nur den Kopf. »Es könnte gar keinen falschen Platz geben.«

»Hast du auch was anderes da als Karnickelfutter?« Brandon kam aus der Küche, eine Selleriestange in der Hand.

»Du kannst dich nachher auf der Feier vollstopfen.«

»Mama! Dad! Kommt her«, rief Katie aus dem Schlafzimmer. »Das müsst ihr euch ansehen.«

»Mein Bett«, erklärte Freddie ihren verdutzten Eltern. »Es ist gestern geliefert worden.«

Es war wirklich ein prachtvolles Stück. Da der Raum geräumig genug war, hatte sie sich auch den Luxus eines großen Betts geleistet. Die Messingstäbe, dekoriert mit Blumenmotiven und kleinen Vögeln, hatten bereits Patina angesetzt, was dem Ganzen einen fast antiken Eindruck verlieh.

»Wow!« war alles, was Brandon dazu sagte, den Mund voll mit dem ach so gering geschätzten Kaninchenfutter.

»Wie aus einem Märchen«, murmelte Natasha.

»Genau.« Freddie fuhr strahlend mit einem Finger über das Fußende. Wenn jemand das Gefühl nachempfinden konnte, das sie beim Anblick dieses Betts empfunden hatte, dann ihre Mutter. »Und Papa hat die Regale gebaut, damit ich Onkel Miks Figuren aufstellen kann. Den Spiegel hier habe ich in einem Antiquitätenladen gefunden.« Sie zog eine Grimasse, als sie auf die Kartons zeigte, die darunter standen. »Aber ich habe noch keine passende Kommode gefunden.«

»Du hast schon viel erreicht in weniger als einem Monat«, stellte Spence fest. Es versetzte seinem Herzen einen kleinen

339

Stich. Aber es würde wohl immer so sein, wenn er daran dachte, dass sein Baby nicht mehr bei ihm lebte. Aber da war auch der Stolz eines Vaters. Und das war das Gefühl, das in seinen Augen lag, als er den Arm um ihre Schultern legte und sie zu sich heranzog. »Wie ich höre, kommen Nick und du gut voran mit dem neuen Musical.«

»Mal besser, mal schlechter.« Sie zwang sich zu einem Lächeln, als sie ins Wohnzimmer zurückgingen. Brandon lümmelte sich auf der Couch herum, und Katie versuchte vom Fenster aus einen Blick nach unten in das Ballett-Studio zu erhaschen.

»Ich muss mich noch für die Party umziehen«, sagte Freddie eine Weile später, nachdem alle Neuigkeiten berichtet waren. »Wir sollten früh genug dort sein. Hast du die Tickets, Dad?«

»Aber ja.« Er klopfte sich leicht auf die Brusttasche seines Jacketts. »Zwei offene Tickets für Paris, Hin- und Rückflug, sowie die Reservierung der Flitterwochen-Suite im Ritz.«

»Mama und Papa wieder zusammen in Europa, nach all den Jahren ...«

Spence strich seiner Frau sanft über die dunklen Locken. »Es wird bestimmt nicht so aufregend wie damals, als sie in einem Fuhrwerk übers Gebirge gefahren sind.«

»Nein.« Sie lächelte melancholisch. Die Erinnerung an die Flucht aus der Ukraine, an die Angst, die Kälte und den Hunger würde wohl nie ganz verblassen. »Aber ich kann mir denken, dass sie diese Reise hier vorziehen werden.« Wieder einmal fiel ihr der besorgte Ausdruck in Freddies Augen auf, den sie seit der Ankunft ihrer Familie zu verheimlichen suchte. »Weißt du, du und die Kinder, ihr solltet schon mal zur Bar rübergehen. Vielleicht können Zack und Nick ja noch Hilfe gebrauchen.« Sie lächelte ihren Mann an. »Ich bleibe mit Freddie hier und helfe ihr ein bisschen, sich zurechtzumachen.«

Er verstand den Wink, wunderte sich aber trotzdem. »Na schön. Aber der erste Tanz gehört mir.«

»Wie immer.« Sie küsste ihn auf die Wange, scheuchte die Kinder und Spence zur Tür hinaus und akzeptierte das Glas Wein, das Freddie ihr reichte. »Zeig mir, was du heute Abend tragen wirst.«

»Als ich mir das Kleid kaufte, war ich überzeugt, damit zur betörendsten Frau des Abends zu werden. Aber nachdem ich dich jetzt sehe …« Bewundernd und voller Stolz musterte sie ihre Mutter, die in dem karmesinroten Seidenkleid und mit den langen schwarzen Locken schön und exotisch wie eine Zigeunerin aussah. »Ich werde mich wohl mit dem zweiten Platz zufriedengeben müssen.«

Natasha lachte herzlich auf und ging voran ins Schlafzimmer. »Vor deinem Vater solltest du besser nicht davon reden, dass du sexy aussehen willst. So weit ist er noch nicht.«

»Aber den Umzug hat er doch verkraftet, oder?«

»Du fehlst ihm. Manchmal geht er in dein Zimmer, als würde er darauf warten, dass du jeden Moment auftauchst – mit Zöpfen. Ich übrigens auch«, gab sie zu und setzte sich auf das Bett. »Aber ja, er hat es verkraftet. Mehr noch, er ist sehr stolz auf dich. Und das nicht nur wegen der Musik.«

Natasha war völlig perplex, als Freddie sich neben ihr auf das Bett sinken ließ und in Tränen ausbrach.

»Aber Liebes … Kleines, was ist denn los?« Sie streichelte ihr beruhigend über den Rücken.

»Tut mir leid.« Sie lehnte den Kopf bei ihrer Mutter an und fühlte sich geborgen. »Wahrscheinlich braut sich das schon den ganzen Tag zusammen. Die ganze Woche … ach was, mein ganzes Leben. Wahrscheinlich bin ich einfach nur verwöhnt und verweichlicht.«

Natasha fühlte sich sofort persönlich beleidigt. Energisch hielt sie Freddie von sich ab. »Du bist weder das eine noch das andere! Was hat dich nur dazu verleitet, einen solchen Unsinn zu denken?«

»Nicht was, sondern wer.« Wütend auf sich selbst, kramte Freddie hektisch nach einem Taschentuch. »Ach Mama, Nick und ich haben uns heute fürchterlich gestritten.«

So war das also. Natasha seufzte still. Sie hätte es wissen müssen. »Wir streiten oft mit den Menschen, die uns lieb sind, Freddie. Du solltest es nicht so schwer nehmen.«

»Es war nicht nur eine harmlose Reiberei, so wie sonst. Wir haben einander schreckliche Dinge an den Kopf geworfen. Er hat nicht den geringsten Respekt für mich. Nicht für mich, nicht für meine Arbeit, nicht für das, was ich erreichen will. Seiner Meinung nach bin ich nur hier, um mir ein wenig die Zeit zu vertreiben und Spaß zu haben. Sollte ich auf die Nase fallen, kann ich ja jederzeit wieder nach Hause zurückkehren.«

»Und das kannst du auch, wenn du uns brauchst. Dafür ist die Familie schließlich da. Aber nur, weil da jemand ist, auf den du dich verlassen kannst, heißt das nicht, dass du nicht selbstständig bist und auf eigenen Füßen stehst.«

»Das weiß ich.« Trotzdem tat es gut, es zu hören. »Aber er denkt ... Oh, ich wünschte, es würde mich nicht interessieren, was er denkt!«, unterbrach sie sich bitter. »Aber ich liebe ihn. Ich liebe ihn so sehr.«

»Ich weiß«, sagte Natasha sanft.

»Nein, Mama.« Freddie atmete tief durch und sah ihrer Mutter direkt in die Augen. »Es ist nicht so wie bei Katie oder Brandon oder den anderen in der Familie. Ich liebe ihn.«

»Ich weiß«, wiederholte Natasha. Sie strich Freddie das Haar aus der Stirn. »Ich kann es sehen. Du hast schon vor Jahren aufgehört, ihn mit den Augen eines Kindes zu betrachten. Und es tut weh.«

Getröstet legte Freddie ihren Kopf wieder an Natashas

Schulter. »Es sollte aber nicht wehtun. Vorher war es so einfach, ihn zu lieben.« Sie schnüffelte. »Jetzt sieh mich nur an. Ich heule wie ein Baby.«

»Du hast doch Gefühle, oder? Und du hast das Recht, sie zu zeigen.«

Freddie musste lächeln. »Oh ja, heute Nachmittag habe ich sie sehr deutlich gezeigt. Ich habe Nick gesagt, dass er schlampig und überheblich sei.«

»Nun, das ist er ja auch.«

Freddie stand auf und marschierte im Zimmer auf und ab. »Das kann man wohl sagen! Aber er ist auch freundlich und gutherzig und großzügig und liebevoll. Nur manchmal kann man das leicht vergessen, weil er immer noch diese harte Schale um sich trägt.«

»Sein Leben war nicht einfach, Freddie.«

»Im Gegensatz zu meinem.« Sie strich mit einem Finger über die kleine Skulptur einer schlafenden Prinzessin, die Mik für sie gemacht hatte. »Dad hat so hart gearbeitet, um mir alles geben zu können, was ein Kind sich wünscht. Und dann kamst du hinzu, du und deine ganze Familie, und ihr habt das Bild komplett gemacht. Nick war schon fast ein Mann, als wir in seinem Leben auftauchten, und die Jahre davor haben Narben hinterlassen. Aber, Mama, ich liebe den ganzen Menschen, mit allem, was zu ihm gehört.«

»Dann wirst du auch lernen müssen, den ganzen Menschen zu akzeptieren.«

»Langsam beginne ich das zu verstehen. Dabei hatte ich alles so schön und genau geplant.« Sie drehte sich um und zog eine Grimasse. »Aber so einfach ist das nicht, einen Mann dazu zu bringen, dass er sich in dich verliebt.«

»Willst du denn, dass es einfach ist?«

»Ich dachte, ich wollte es. Aber jetzt weiß ich nicht mehr, was ich will. Und erst recht weiß ich nicht, was ich tun soll.«

343

»Nun, ein Teil zumindest ist wirklich ganz leicht.« Natasha erhob sich, nahm Freddie das zerknüllte Taschentuch aus der Hand und tupfte ihr die Tränen von den Wangen. »Sei einfach du selbst. Bleib dir und deinem Herzen treu. Und übe Geduld.« Sie lachte, als Freddie die Augen verdrehte. »Ich weiß, du warst nie sehr geduldig. Trotzdem … warte ab, was passiert, wenn du einen Schritt zurück machst, anstatt ständig vorzupreschen. Wenn er von allein zu dir kommt, weißt du, dass du dein Ziel erreicht hast.«

»Geduld also.« Freddie seufzte schwer. »Na schön, ich werd's versuchen.« Sie legte den Kopf schief. »Mama, bin ich eigentlich rechthaberisch?«

»Ein bisschen vielleicht.«

»Stur?«

Natasha verkniff sich ein Grinsen. »Etwas mehr als nur ein bisschen.«

Freddies Lippen zuckten. »Sind das nun Schwächen oder Tugenden?«

»Beides.« Natasha küsste sie auf die Nasenspitze. »Eine verliebte Frau muss etwas herrisch sein, und sie muss auch dickköpfig sein. Und jetzt geh und wasch dir das Gesicht. Du wirst dich jetzt schön machen – damit er so richtig leidet.«

»Eine großartige Idee.«

Nick beschloss seinen Groll zu vergessen. Weil es Yuris und Nadias Abend war, wollte er ihn nicht dadurch verderben, dass er Freddie schnitt. Sosehr sie es auch verdient haben mochte.

Und vielleicht, aber nur vielleicht, fühlte er sich ja auch ein klein bisschen schuldig. Besonders nachdem er nach unten gekommen war und gesehen hatte, wie viel Zeit und Arbeit sie investiert hatte, um die Bar festlich zu dekorieren. Wenn

344

irgendjemand sich heute Mittag die Mühe gemacht hätte, ihn aufzuwecken, hätte er mit angepackt. Mit einem Fingerschnippen brachte er die weißen Hochzeitsglocken aus Spitze, die über der Bar hingen, zum Tanzen.

An Hochzeitsglocken hätte er nicht gedacht, das musste er einräumen. Ebenso wenig wie an die Körbe und Eimer mit Blumensträußen, die den Raum mit ihrem Duft erfüllten, oder die weißen Turteltäubchen, die von der Decke herabhingen, oder die eleganten Kerzen in den silbernen Leuchtern auf den Tischen.

Es musste sie eine Menge Zeit und Arbeit gekostet haben, diese Sachen zusammenzutragen. Deshalb hätte er vielleicht ein bisschen geduldiger mit ihr sein können, als er ihr vorgeworfen hatte, dass sie wie eine wild gewordene Hummel durch die Gegend schoss und mit ihren Gedanken so offensichtlich ganz woanders war.

Nun, jetzt hatte er ihr verziehen.

»He, Nick, hast du diese genialen Fleischbällchen schon probiert?«

Er drehte sich um und lächelte Brandon an. »Ich war drauf und dran, aber bei dem Versuch, mir zwei zu stibitzen, hat Rio mir fast die Hand abgehackt.«

»Mir nicht.« Mit einem triumphierenden Grinsen schob sich Brandon ein auf einen Zahnstocher aufgespießtes Fleischbällchen in den Mund. »Hast du schon Freddies irres Bett gesehen?«

»Ihr Bett?« Schuldgefühl, Angst und geheime Lust ließen seine Stimme schärfer als beabsichtigt klingen. »Natürlich nicht. Warum?«

»Es ist der totale Wahnsinn, sag ich dir. Groß wie ein See.« Brandon setzte sich und wartete mit seinem gewinnendsten Lächeln auf. »Was ist mit einem Bier, Nick?«

»Nichts dagegen.«

»Ich meinte für mich«, beschwerte sich Brandon, als Nick sich ein Bier einschenkte.

»Klar, Kleiner, sicher. In deinem Traum.« Er klopfte Brandon belustigt auf die Schulter und wandte den Kopf, als die Tür aufging. Und war sehr froh, dass er bereits geschluckt hatte.

Natasha, Freddies Mutter, sah großartig aus, eine elegante Zigeunerin in schwingender roter Seide, aber Nicks Blick klebte an Freddie.

Sie sah aus wie in Mondlicht gehüllt. Er versuchte sich einzureden, dass das Kleid einfach nur grau wäre, aber der Stoff glitzerte wie mit Tausenden silbernen Lichtern bestickt. Es umschloss ihre zierliche Gestalt so eng wie ein Handschuh. Und die Art, wie ihr das üppige Haar gekonnt ungebärdig frisiert über die Schultern fiel, legte die Vermutung nahe, dass sie eben aus dem überdimensionalen Bett, von dem Brandon ihm erzählt hatte, gestiegen sei.

Natasha kam schnurstracks auf ihn zu, um ihn herzlich zu begrüßen, und Freddie rang sich ein distanziertes Lächeln ab, wobei sie es jedoch vermied, seinem Blick zu begegnen.

»Neuer Anzug?«, erkundigte sich Freddie, nur um etwas zu sagen und weil ihr klar geworden war, dass sie für mehrere Sekunden auf sein Revers gestarrt hatte. Das schwarze Jackett war erstklassig geschnitten und saß wie angegossen, doch sie würde sich lieber die Zunge abbeißen, als dies laut zu sagen.

»Ich dachte mir, er wäre der besonderen Gelegenheit angemessen.«

Aber für eine Krawatte hat es anscheinend nicht mehr gereicht, dachte sie bissig. Die obersten Knöpfe seines schwarzen Hemdes hatte er offen gelassen, was die lässige Eleganz, die er ausstrahlte, noch unterstrich – ebenso wie das Bier in seiner Hand und das herausfordernde Glitzern seiner Augen, als sie schließlich wieder aufschaute. Sie hoffte, durch ihr

346

gleichmütiges Schulterzucken verbergen zu können, wie gefährlich – und aufregend – er aussah. Dieser Mann verdiente ihre Komplimente nicht, so wie er sich heute ihr gegenüber verhalten hatte.

»Du siehst großartig aus«, warf Natasha jetzt ein.

»Danke.«

»Alles ist perfekt. Es hat mir Riesenspaß gemacht, den Raum zu schmücken«, sagte Freddie und drehte sich langsam im Kreis, um sich zu vergewissern, ob auch wirklich alles an seinem Platz war.

»Das hast du wirklich toll hingekriegt.« Es kam Nick so vor, als hisse er die weiße Flagge. Aber sie warf ihm nur einen nichtssagenden Blick über die Schulter zu. »Wirklich«, bekräftigte er noch einmal. »Es muss dich eine Menge Zeit gekostet haben.«

»Kein Problem. Nach Ansicht gewisser Leute habe ich ja nichts in solchen Mengen wie Zeit. Brandon, hilfst du mir mal? Onkel Mik muss jeden Moment mit Papa und Grandma hier sein.«

»Er holt sie nicht ab«, brummte Nick in sein Bier.

»Was soll das heißen, er holt sie nicht ab? Natürlich holt er sie ab. Ich habe dafür gesorgt, dass er es tut.«

»Und ich habe es wieder rückgängig gemacht«, gab Nick gelassen zurück, dann fügte er hinzu: »Sie kommen in einer Limo.«

Sie zwinkerte verdutzt. »In einer Limo?«

»Irgendjemand hat mich auf diese glänzende Idee gebracht«, sagte er und warf ihr ein spöttisches Grinsen zu. »Immerhin ist es ja ihr Hochzeitstag. Es gibt Leute, die bestellen sich eine Limo, wenn sie nur zum Essen fahren.«

Freddie gab einen erstickten Laut von sich, der Brandon veranlasste, seiner Mutter einen vielsagenden Blick zuzuwerfen.

347

»Gleich geht's los«, murmelte er und beugte sich gespannt vor.

»Das war sehr aufmerksam von dir, Nicholas.« Freddies Stimme war jetzt wieder kühl und kontrolliert, woraufhin ihr Bruder enttäuscht aufseufzte. »Ich bin mir sicher, dass sie es zu schätzen wissen. Und natürlich ist es nicht viel Aufwand, zum Hörer zu greifen und einen Wagen zu bestellen. Ich gehe in die Küche, um Rio zu helfen.«

Sie stolzierte hinaus. So beschrieb Nick es für sich zumindest. In sich hinein brummend, schob er sein Bier beiseite. Allem Anschein nach würde es eine lange, lange Nacht werden.

7. Kapitel

Freddie hasste die Tatsache, dass sie Nick nicht lange böse bleiben konnte. Kühl, ja, bewusst auf Distanz achtend, ja, aber nicht böse. Die Bar war angefüllt mit Lärm und Menschen, da war es nicht schwer, auf Distanz zu bleiben.

Sie konnte eben nur nicht wütend auf ihn sein, nicht nach dem, was er für ihre Großeltern getan hatte. So oder so, zum Grübeln blieb sowieso keine Zeit. Da waren Reden zu halten, Trinksprüche auszubringen, gutes Essen zu kosten, Tänze zu tanzen.

Nicht dass Nick sie aufgefordert hätte. Er tanzte mit ihren Tanten, ihrer Mutter, Nadia, Verwandten, Bekannten und Freunden. Und natürlich mit der überwältigend sexy aussehenden Lorelie.

Nun, wenn er sich einbildete, er könnte sie den ganzen Abend schneiden – das konnte sie besser!

»Tolle Party!«, schrie Ben ihr ins Ohr.

»Ja, nicht wahr?« Sie schaffte es zu lächeln, während er sie über die Tanzfläche zog.

»Ich kenne Zacks Verwandtschaft schon seit Jahren. Klasse Leute!«

»Die besten, die es gibt.« Ihr Lächeln wurde herzlicher, als sie Alex mit seiner Mutter auf der Tanzfläche erblickte.

»Sag mal, ich hatte mir überlegt …« Ben kam aus dem Takt und verfehlte ihre Zehen nur knapp. »'tschuldigung. Hab die Tanzschule nie zu Ende gemacht.«

»Nein, du tanzt doch recht gut.« Wenn man davon absah, dass er ihr fast das Handgelenk brach, weil er ihren Arm wie

349

einen Pumpschlegel auf und ab riss. Sie griff nach dem erstbesten Rettungsring, der ihr einfiel. »Hast du schon das Essen probiert? Rio hat sich selbst übertroffen.«

»Dann lass uns ans Büfett gehen.«

Sieh sie sich nur einer an, dachte Nick, während Lorelie schmachtend an seinem Hals hing, und sah mit grimmiger Miene zu Freddie hinüber. Sie flirtet schamlos mit Ben. Jeder mit einem Fünkchen Verstand hätte sehen können, dass sie nicht interessiert war. Sie führte ihn nur an der Nase herum. Typisch Frau!

»Nick, Liebling.« Lorelies samtige Stimme unterbrach seine düsteren Gedankengänge. »Du bist meilenweit weg von hier. Ich habe ja regelrecht das Gefühl, allein zu tanzen.«

Er lächelte sie so charmant an, dass sogar die bewanderte Lorelie fast hätte glauben können, dass er an niemand anderen als an sie dachte. »Ich habe nur gerade gecheckt, ob ich mich vielleicht mal um die Bar kümmern sollte.«

»Das hast du vor fünf Minuten schon getan.« Lorelie zog einen hübschen Schmollmund. Sie wusste genau, wann sie die volle Aufmerksamkeit eines Mannes hatte – und wann nicht. Aber sie sah die Dinge sehr philosophisch. So attraktiv Nick auch sein mochte, es gab auch noch andere gut aussehende Männer. »Warum besorgst du mir dann nicht ein Glas Champagner?«

»Klar, mach ich.« Er war erleichtert, von ihr wegzukommen. Schon den ganzen Abend hing sie an ihm wie eine Klette. Und je mehr jemand klammerte, desto mehr war er entschlossen, den Griff abzuschütteln.

Irgendwie klickte es einfach nicht zwischen ihnen beiden. Er war sicher, es würde ihr nicht das Herz brechen, aber die Erfahrung hatte ihn gelehrt, dass Frauen selbst die einträchtigste Trennung nicht besonders gut aufnahmen.

Er würde es behutsam machen. Je früher er sich von ihr trennte, desto besser. Für sie.

350

Bei dieser Vorstellung kam er sich wie ein richtiger Menschenfreund vor, und beflügelt ließ er den Korken der neuen Champagnerflasche laut knallen.

»Wieso kriegen wir eigentlich nur Musik aus diesem komischen Kasten?« Yuri versetzte Nick einen kameradschaftlichen Schlag auf die Schultern, der einen Bären umgehauen hätte. »Bist du Klavierspieler oder nicht?«

»Sicher, aber ich bin gerade beschäftigt.«

»Ich will Musik von meiner Familie. Das ist doch meine Feier, oder?«

»Auf jeden Fall! Okay, Papa, du hast es so gewollt. Hier«, er reichte Yuri das Champagnerglas und deutete in den Raum. »Siehst du die Brünette da drüben? Die mit der ausladenden ... Persönlichkeit?«

Yuri grinste begeistert. »Wer könnte die Lady denn übersehen?«

»Bring ihr das Glas, ja? Sag ihr, dass ich eine Zeit lang am Klavier sitzen werde. Und benimm dich, verstanden?«

»Ich bin ein anständiger Mann.« Damit tanzte er im Rumba-Rhythmus zu Lorelie hinüber.

Fest entschlossen, sich zu amüsieren, bahnte Nick sich einen Weg zum Klavier. Allerdings verging ihm das Lächeln, als er Freddie auf der Bank sitzen sah.

»Du sitzt auf meinem Platz.«

Sie warf ihm einen Blick zu, der ihm sagte, dass sie genauso wenig begeistert war wie er. »Sie wollen, dass wir zusammen spielen.«

»Einer reicht.«

»Es ist doch Papas Feier, oder?«

Er verkniff sich das Grinsen, weil sie Yuri nachgeahmt hatte. »Na schön. Also, rutsch rüber.« Er setzte sich und achtete peinlich genau darauf, dass er sie nicht berührte. »Was wollen sie hören?«

351

»Cole Porter oder Gershwin.«

Mit einem Stöhnen legte Nick die Finger auf die Tasten und spielte die ersten Takte von »Embraceable You«. Freddie fiel ein, und zwanzig Minuten später war sie einfach zu entzückt über das Zusammenspiel, um noch Distanz zu wahren.

»He, das war wirklich nicht schlecht.«

»Wer hat gesagt, dass ich mich nicht mit den Songs aus den Vierzigern auskenne?«

»Hm.« Automatisch nahm sie den Boogie-Woogie auf, den er jetzt anspielte. Es gefiel ihm viel zu sehr, dass sie ihm so mühelos in die Improvisation folgen konnte.

Und ihr Parfum trieb ihn zum Wahnsinn.

»Mach mal Pause, ich komme auch allein klar. Ben ist wahrscheinlich schon einsam.«

»Ben?« Sie sah von den Tasten auf. »Oh, Ben. Ich denke, der wird auch ohne mich überleben. Aber vielleicht solltest du dich jetzt besser um Lorelie kümmern. Sie vermisst dich sicher.«

»Sie ist nicht der besitzergreifende Typ.« Um sich nicht an der Lüge zu verschlucken, wechselte er das Tempo.

Freddie passte sich sofort an. »Wirklich? Also mich hätte sie fast täuschen können, so wie sie sich um dich windet. Natürlich, für manche Männer …« Sie brach ab, als Applaus aufbrandete. Die Gäste hatten die Tanzfläche frei gemacht, und Yuri und Nadia tanzten den Jitterbug zusammen. Freddie lachte hell auf. »Sind sie nicht einfach großartig?«

»Wunderbar. Sag mal, hättest du Lust … Verdammt, guck dir das an!«

»Was?« Sie blinzelte und sah genauer hin. Scheinbar spendeten der einsame Ben und die alleingelassene Lorelie einander Trost. »Trost« ist wohl nicht das richtige Wort, dachte Freddie, so wie die beiden in der dunklen Ecke knutschen. »Sie sitzt auf seinem Schoß.«

»Das sehe ich auch.«

352

»Tja, so viel also zum Thema ›behutsam beibringen‹«, murmelte sie.

Nick benutzte gleichzeitig genau dieselben Worte.

Aber er war schneller. »Was hast du gesagt?«

»Nichts, gar nichts. Was hast du denn gesagt?«

»Nichts.«

Und plötzlich begannen beide zu grinsen.

»Nun …« Freddie atmete tief aus, während ihre Finger weiter über die Tasten glitten. »Die beiden geben ein hübsches Paar ab.«

»Ja, ein wunderbares Paar. Und jetzt gehen sie auf die Tanzfläche.«

»Die Arme«, seufzte Freddie mit ehrlichem Mitgefühl. »Ben ist wirklich ein netter Typ, aber er tanzt, als würde er nach Öl bohren. Ich glaube, er hat mir die Schulter ausgerenkt.«

»Sie hält das schon durch. Aber lass uns etwas Langsameres spielen, bevor Yuri noch einen Herzschlag kriegt.«

Er leitete zu »Someone To Watch Over Me« über.

Freddie seufzte sehnsüchtig auf. Diese romantischen Lieder zerrten immer an ihr. Sie warf Nick einen Seitenblick zu. »Es war ungemein lieb von dir, was du für Grandma und Papa getan hast.«

»Wirklich ein Klacks. Nur ein kurzer Anruf, wie du ja selbst sagtest.«

»Lass uns Waffenstillstand schließen, ja?« Sie legte kurz ihre Hand auf seine. »Es war ja nicht nur die Limousine. Aber dass du sie auch noch mit weißen Rosen, eiskaltem Wodka und Kaviar ausgestattet hast …«

»Ich hab mir gedacht, es würde ihnen Spaß machen.« Wie immer rüttelte ihre offene Herzlichkeit an seinem schlechten Gewissen. »Ich bin heute ziemlich bissig zu dir gewesen. Es tut mir wirklich leid, Freddie. Ich hätte dran denken müssen, wie viel Zeit und Energie du in die Planung für heute Abend gesteckt hast, und auch in deine Wohnung. Obwohl … warum man so lange braucht, um eine Lampe zu finden, ist mir schleierhaft.«

Die neue Art-déco-Lampe war ihr ganzer Stolz. »Warum belässt du es nicht einfach bei der Entschuldigung?«

»Du hast großartige Arbeit für diese Party geleistet.«

»Danke.« Sie freute sich über ihren Sieg und gab ihrem Vater ein Zeichen. »Und da du dich so nett entschuldigt hast …«, sie beugte sich zu ihm und drückte ihm einen Kuss auf die Wange, »… verzeihe ich dir auch.«

»Darum habe ich nicht …« Aber da war sie schon fort, und ihr Vater nahm ihren Platz ein. »Weiber!«, murmelte Nick aufgebracht.

»Besser hätte ich es nicht ausdrücken können. Aber sie ist wirklich zu einer sehr attraktiven und unabhängigen Vertreterin ihres Geschlecht herangewachsen.«

»Sie war so ein nettes Mädchen«, überlegte Nick laut. »Du hättest verhindern sollen, dass sie erwachsen wird.«

Spence musterte Nick und kam zu der Auffassung, dass Natashas Vermutung von einer Romanze zwischen seiner Freddie und Nick wahrscheinlich stimmte. Es versetzte ihm einen Stich ins Herz, aber das war wohl immer so bei Eltern, wenn die Kinder erwachsen wurden und ihr eigenes Leben lebten. Aber da war auch der Stolz.

Mühelos fiel Spence in den Ray-Charles-Song ein, den Nick anspielte.

»Soll ich dir was sagen?«, fuhr er fort. »Die Jungs klingeln jetzt schon wegen Katie an der Haustür.«

»Unmöglich!« Der Schock stand ihm in den Augen geschrieben, dann stellte sich das entsetzliche Gefühl ein, mit dreißig langsam alt zu werden. »Wenn ich eine Tochter hätte, würde ich das nicht erlauben.«

»Die Wirklichkeit ist eben nicht immer so einfach.« Spence seufzte. Und dann ritt ihn der Teufel. »Weißt du, Nick, es beruhigt mich ungemein, dass du hier bist. Zu wissen, dass du dich um Freddie kümmerst, dass da jemand ist, dem ich vertrauen kann … Ich brauche mir also überhaupt keine Sorgen zu machen, wenn du sie im Auge behältst.«

»Ja, sicher …« Nick räusperte sich verlegen. »Ich werd wohl besser für eine Weile den Dienst hinter der Bar übernehmen.«

Spence grinste ihm nach und spielte vergnügt weiter.

»Du solltest ihn nicht so aufziehen, du Schuft.« Natasha stand hinter ihrem Mann und legte eine Hand auf seine Schulter.

»Als Vater ist es meine Pflicht, ihm das Leben so schwer wie möglich zu machen. Und überleg doch nur, wie viel Übung ich haben werde, wenn Katie erst mal so weit ist.«

»Daran will ich lieber gar nicht erst denken.«

Es war bereits nach zwei Uhr morgens, als die letzten Gäste das »Lower the Boom« verließen. Es war die ausgelassenste Feier gewesen, die Freddie je erlebt hatte, und sie fühlte sich beschwipst und glücklich. Glücklich vor allem deshalb, weil sie und Nick sich im Verlauf des Abends wieder nähergekommen waren. Nur getanzt hatte er zu ihrem Leidwesen nicht mit ihr. Aber egal. Es war auch so ein wunderschöner Abend gewesen. Freddie, die mit Nick und ein paar Nachzüglern aus dem Familienkreis zurückgeblieben war, schaute sich müde und zufrieden um.

Der Raum sah aus, als ob ein Heerlager überstürzt seine Zelte abgebrochen hätte, um in die nächste Schlacht zu ziehen.

Überall hing buntes Krepppapier schlaff herunter, und auch die Turteltauben schwebten auf Halbmast. Die Speisen auf den ehemals brechend vollen Tischen hatten sich besorgniserregend dezimiert, und alles, was von Rios fünfstöckigem Hochzeitskuchen zurückgeblieben war, waren Krümel und ein bisschen silbriger Zuckerguss.

Überall standen leere und halb volle Gläser herum. Irgendein Erfindergeist hatte in einer Ecke eine eindrucksvolle Pyramide aus Gläsern aufgebaut. Freddie sah einen Wald aus zusammengeknüllten Papierservietten auf dem Fußboden und, seltsamerweise, einen einzelnen goldenen Schuh mit einem schwindelerregend hohen Stilettoabsatz.

Sie fragte sich, wie seine Besitzerin es geschafft hatte, darin zu laufen, ohne sich die Beine zu brechen.

Zack, der an der Bar lehnte, schaute sich ebenfalls um und grinste. »Scheint, als hätten alle eine Menge Spaß gehabt.«

»Das kannst du laut sagen.« Rachel griff nach einem Geschirrtuch und begann halbherzig die Theke blank zu wienern. »Papa tanzte noch auf dem Weg nach draußen, und meine Ohren klingen noch immer von diesen ukrainischen Volksliedern.«

»Ein paar davon hast du immerhin selbst geschmettert«, erinnerte Zack sie.

»Daran war der Wodka schuld. War es nicht wundervoll, ihre Gesichter zu sehen, als wir ihnen ihr Geschenk überreichten?«

»Grandma hat geweint«, murmelte Freddie.

»Und Papa hat ihr gesagt, dass sie aufhören soll«, warf Nick ein. »Während ihm selbst die Tränen über die Wangen rollten.«

»Es war eine wundervolle Idee, Freddie.« Rachels Augen begannen bei der Erinnerung erneut verdächtig zu glitzern. »So romantisch. Einfach perfekt.«

»Ich wusste nur, dass wir ihnen etwas ganz Besonderes schenken müssen. Ich wäre nie darauf gekommen, wenn Mama es nicht erwähnt hätte.«

»Eine bessere Idee hätte dir gar nicht kommen können.« Rachel rollte ihre müden Schultern und schaute sich um. »Hört zu, ich bin dafür, wir lassen alles so, wie es ist, und räumen morgen auf.«

»Einverstanden.« Mehr als gewillt, dem Schlachtfeld auf der Stelle den Rücken zu kehren, nahm Zack ihre Hand und zog sie hinter der Theke hervor. »Die Ratten verlassen das sinkende Schiff.«

»Geht ruhig«, erwiderte Freddie gelassen. Sie wollte unter keinen Umständen, dass diese Nacht schon zu Ende ging. Und wenn eine Verlängerung bedeutete, Teller zu spülen, dann würde sie eben spülen. »Ich mache nur das Nötigste.«

Rachel bekam Gewissensbisse. »Wir könnten ja vielleicht noch …«

»Nein.« Freddie warf ihr einen verschwörerischen Blick zu. »Ihr fahrt nach Hause. Schließlich habt ihr einen Babysitter, den ihr ablösen müsst. Ich nicht.«

»Auf die eine Stunde kommt es jetzt auch nicht mehr an«, mischte Zack sich ein und straffte die Schultern.

»Aber wir lassen euch jetzt trotzdem allein«, sagte Rachel und stieg ihrem Ehemann hart auf den Fuß.

»Aber …«

Endlich war bei Zack der Groschen gefallen, dass es hier nicht ums Aufräumen ging. »Ja, richtig. Macht so viel, wie ihr wollt. Wir kümmern uns morgen um den Rest. Ich bin hundemüde. Kann kaum noch die Augen offen halten.« Um seine Worte zu unterstreichen, gähnte er übertrieben. »Gute Nacht, Freddie.« Unsicher, ob er Nick zublinzeln oder ihm besser eine scharfe Warnung zukommen lassen sollte, beschränkte er sich nur auf ein »Nick«.

»Ja, bis dann.« Nachdem sich die Tür hinter den beiden geschlossen hatte, schüttelte Nick den Kopf. »Irgendwie war Zack ziemlich komisch. Was hatte das denn zu bedeuten?«

357

»Er war nur müde«, gab Freddie zurück, während sie ein Tablett mit Gläsern belud.

»Unsinn. Er war wirklich seltsam.« Genauso seltsam, wie er sich fühlte, plötzlich allein mit Freddie. »Hör zu, sie haben recht. Es ist spät. Warum lassen wir nicht einfach alles liegen und gehen auch? Es ist morgen immer noch da.«

»Geh ruhig schon rauf, wenn du müde bist.« Freddie marschierte mit ihrem voll beladenen Tablett in die Küche. »Das ist schon o. k. Ich kann nicht schlafen, wenn ich diese ganze Unordnung zurücklasse. Was man von dir ganz bestimmt nicht sagen kann«, warf sie ihm noch über die Schulter zu, bevor die Tür hinter ihr zuschwang.

»Als ob ich dieses Chaos veranstaltet hätte«, brummte Nick in sich hinein, während er ebenfalls ein Tablett belud. »Ich glaube, ich habe noch ein oder zwei Leute außer mir entdeckt, die heute Nacht Gläser benutzt haben.«

»Hast du was gesagt?«, rief Freddie von hinten.

»Nein. Nichts.«

Er trug sein Tablett in die Küche, wo sie bereits den Geschirrspüler belud, und stellte es klirrend ab.

»Du kommst nicht in die Hölle, wenn du die Gläser in der Spüle stehen lässt.«

»Ich habe dir doch gesagt, dass du raufgehen sollst. Ich komme allein zurecht.«

»Ich komme allein zurecht«, äffte er sie nach, während er einen Eimer unter der Spüle hervorzog. Er stellte ihn ins Becken, schüttete eine Überdosis Putzmittel hinein und ließ dann Wasser einlaufen.

Als er einen Moment später mit Eimer und Schrubber bewaffnet nach draußen stiefelte, grinste Freddie in sich hinein.

Während der nächsten zwanzig Minuten arbeiteten sie in einem Schweigen, das immer kameradschaftlicher wurde. Es machte Freddie Spaß, aufzuräumen und zu sehen, wie die Bar wieder blitzte. Und obwohl Nick nicht direkt pfiff bei der Arbeit, hatte sich seine Laune doch sichtlich gebessert.

»Ich habe gesehen, dass Ben und Lorelie zusammen weggegangen sind«, begann Freddie.

»Dir entgeht auch wirklich nichts.« Aber seine Mundwinkel hoben sich. »Sie haben sich prächtig amüsiert. Alle haben sich prächtig amüsiert.«

»Es macht dir also nichts aus?«

Er zuckte gleichgültig die Schultern. »Nein. Es war nichts Ernstes. Lorelie und ich haben nie …« *Vorsicht, LeBeck!* »Es hat einfach nicht gefunkt zwischen uns, verstehst du.«

Es gelang ihr gerade noch, einen Freudenschrei zu unterdrücken. Vor sich hin summend, griff sie nach einem Stuhl und stellte ihn umgedreht auf einen Tisch in einer Gegend, die Nick bereits gewischt hatte.

Er putzte um sie herum. Da sie so entspannt wirkte, beschloss er, reinen Tisch zu machen.

»Freddie, ich wollte mit dir über heute Nachmittag reden …«

»Na schön. Hör zu, ich glaube, wenn wir noch mehr aufräumen, wird Zack sich überflüssig vorkommen. Ich möchte nicht seine Gefühle verletzen.«

Dann ging sie zur Musikbox, und es dauerte einen Moment, bis sie ihre Wahl traf und die entsprechenden Tasten drückte. »Du hast heute Abend noch gar nicht mit mir getanzt, Nick.«

»Wirklich nicht?« Er wusste sehr gut, dass es so war, und noch besser wusste er, warum.

»Nein.« Sie ging auf ihn zu. »Du willst doch nicht etwa meine Gefühle verletzen, Nicholas?«

»Natürlich nicht, aber …«

Aber sie hatte die Arme bereits um ihn geschlungen. Er

legte ihr seine Hand auf den Rücken und machte den ersten Tanzschritt.

Seine Bewegungen waren geschmeidig und überraschend elegant. Schon immer waren sie so gewesen, erinnerte sie sich, während sie ihren Kopf auf seine Schulter legte. Als sie zum ersten Mal mit ihm getanzt hatte, war ihr ein Schauer freudiger Erregung über den Rücken gelaufen.

Aber heute war es eine andere Art Schauer, der sich von dem, den sie als Heranwachsende erfahren hatte, grundlegend unterschied.

Sie fasst sich schön an, dachte er. Schon immer war das so, erinnerte er sich, während er sie enger an sich zog. Aber sie hatte noch nie so geduftet, und er konnte sich nicht erinnern, dass ihr Haar je seine Lippen gestreift hätte.

Sie waren allein, und die Musik stimmte. Er hatte schon immer stark auf Musik reagiert. Er kam in Versuchung, mit seinen Lippen ihre Schläfe zu streifen und an ihrem Ohrläppchen zu knabbern.

Er hielt sich jedoch zurück und wirbelte sie so gekonnt herum, dass sie lachen musste. Ihre Augen glitzerten, als sie wieder in seine Arme zurückkehrte.

Und plötzlich lag sein Mund auf dem ihren. Sie hob die Arme, legte sie um seinen Hals, ihre Finger wühlten sich in sein Haar.

Er hörte nicht, wie die Musik zu Ende ging, weil sie in seinem Kopf weiterspielte. Er glaubte Freddie vollständig in sich aufnehmen zu können, wenn sie es zuließe. Ihre Haut, ihren Duft, diesen wundervollen, großzügigen Mund.

Während er seinen Kuss weiter vertiefte, stellte er sich vor, wie einfach es wäre, sie auf den Arm zu nehmen und die Treppe nach oben zu tragen. In sein Bett.

Die Klarheit dieses Bildes schockierte ihn genug, um ihn zurückweichen zu lassen. »Freddie …«

»Nein, sag nichts.« Ihr Blick war verhangen, verträumt. »Küss mich einfach, Nick. Küss mich.«

Und schon lag ihr Mund wieder auf seinem und ließ ihn eine lange Zeit alle Gründe vergessen, warum er das, was er tat, nicht tun sollte. Aber als sich diese schließlich doch wieder in den Vordergrund seines Bewusstseins drängten, legte er ihr entschlossen die Hände auf die Schultern und trat einen Schritt zurück.

»Schluss jetzt.«

»Warum?«

»Du befindest dich hier auf schwankendem Boden«, warnte er sie. »Hol jetzt deine Sachen, deine Tasche oder was auch immer. Ich bringe dich nach Hause.«

»Ich will hierbleiben, bei dir.« Ihre Stimme war ruhig, auch wenn ihr Puls raste. »Ich will mit dir nach oben gehen, ins Bett.«

Sein Magen zog sich zusammen. »Ich habe gesagt, du sollst deine Tasche holen. Es ist schon spät.«

Auch wenn sie nicht viel Erfahrung in diesen Dingen hatte, wusste sie doch, wann es Zeit für einen Rückzug war. Auf nicht ganz sicheren Beinen ging sie hinter die Theke, um ihre Tasche zu holen.

»Also schön. Wir machen es so, wie du willst. Aber du weißt nicht, was dir entgeht.«

Es stand zu befürchten, dass sie recht hatte. Er zog sie mit sich zum Ausgang. »Los, komm jetzt«, sagte er schroff, knallte die Tür hinter sich zu und schloss ab.

Freddie schlenderte ein Stück die Straße hinunter. »Was für eine herrliche Nacht.«

Nick verschluckte einen Fluch. »Ja, einfach toll«, gab er beißend zurück. »Gib mir deine Tasche.«

»Was?«

»Gib sie her.« Er riss ihr die glitzernde Abendtasche aus

der Hand und schob sie in seine Sakkotasche. Zum ersten Mal nahm er Notiz von ihren Ohrringen. »Ich wette, diese Steine sind echt.«

»Die?« Mechanisch hob sie eine Hand und berührte einen mit Saphiren und Diamanten besetzten Ohrring. »Ja, warum?«

»Du solltest es besser wissen, als mit Ohrringen, die mehr als ein Jahresgehalt wert sind, durch die Gegend zu laufen.«

»Es macht keinen Sinn, sie zu besitzen, wenn ich sie nicht trage«, erklärte sie mit bestechender Logik.

»Dafür gibt es die richtige Zeit und den richtigen Ort. Und für einen Spaziergang um drei Uhr morgens auf der Lower East Side gilt keins von beidem.«

»Willst du sie auch einstecken?«, erkundigte sie sich in schnippischem Ton.

Bevor er darauf antworten konnte, rief jemand seinen Namen.

»Hallo, Nick!«

Nick schaute die verlassene Straße hinunter und sah die schwarzen Umrisse einer Gestalt. Einen Moment später erkannte er, um wen es sich handelte. »Geh einfach weiter«, sagte er zu Freddie und nahm sie automatisch auf die andere Seite. »Und sag nichts.«

Außer Atem von dem kurzen Sprint, gesellte sich ein ausgemergelt aussehender Mann in einer ausgebeulten Hose zu ihnen und ging im Gleichschritt neben ihnen her. »He, Nick, wie läuft's denn so?«

»Ganz gut, Jack.«

Freddie machte den Mund auf, aber es kam nur ein ersticktes Ächzen heraus, weil Nick ihr fast die Hand zerquetschte.

»Nobel, nobel.« Jack zwinkerte Nick verschwörerisch zu und versetzte ihm einen kumpelhaften Rippenstoß. »Na, du hattest schon immer Glück.«

»Ja, ich kann mich gar nicht retten. Wir haben's eilig, Jack.«

»Darauf wette ich. Die Sache ist nur, dass ich so kurz vor Zahltag höllisch knapp bei Kasse bin.«

Wann war er das nicht? »Komm morgen in der Bar vorbei, dann kriegst du einen Vorschuss.«

»Das weiß ich zu schätzen, Kumpel. Dumm ist nur, dass ich jetzt höllisch knapp bin.«

Ohne stehen zu bleiben, kramte Nick in seiner Tasche und zog einen zerknitterten Zwanziger hervor. Er wusste genau, wo das Geld landen würde, vorausgesetzt, es gelang Jack um diese Zeit noch, seinen Dealer zu erwischen.

»Danke, Bruder.« Der Schein verschwand in der ausgebeulten Hose. »Du kriegst es zurück.«

»Klar.« Wenn in der Hölle die Eiszapfen schmolzen. »Wir seh'n uns, Jack.«

»Darauf kannst du wetten. Einmal Cobra, immer Cobra.«

Nicht wenn es nach ihm ging. Wütend darüber, dass der andere ihn zu der Begegnung gezwungen hatte und dass Freddie mit dieser dunklen Ecke seiner Vergangenheit in Berührung gekommen war, beschleunigte er seine Schritte.

»Du kennst ihn von der Gang, bei der du früher mitgemacht hast«, sagte Freddie ruhig.

»Stimmt. Heute ist er ein Junkie.«

»Nick ...«

»Er hängt manchmal den ganzen Tag hier in der Gegend rum. Ich hoffe, dass er sich nicht mehr an dich erinnert, weil er schon so zugedröhnt war, aber falls du ihm zufällig über den Weg laufen solltest, sieh zu, dass du sofort Land gewinnst. Er ist ein ziemlich übler Zeitgenosse.«

»Gut.« Sie wollte tröstend seine Hand nehmen, um die Traurigkeit, die plötzlich in seinen Augen aufflackerte, zu verscheuchen, aber sie hatten ihr Haus bereits erreicht, und er zog ihr Abendtäschchen aus seiner Tasche.

363

Nick nahm die Schlüssel heraus und schloss die Vordertür auf, dann ging er ins Haus und holte den Aufzug. »Vergiss nicht, deine Tür abzuschließen.«

»Komm mit mir rauf. Bleib bei mir.«

Er sehnte sich danach, sie zu berühren, nur ein einziges Mal noch, aber seine Finger, die Jack beim Entgegennehmen des Geldscheins gestreift hatten, kamen ihm vor wie verseucht.

»Ist dir klar, was eben passiert ist?«, fragte Nick. »Wir sind einem Teil meines Lebens in die Arme gelaufen, und wenn ich nicht dabei gewesen wäre, hätte er dir wahrscheinlich mehr abgenommen als nur deine hübschen Ohrringe.«

»Er ist kein Teil deines Lebens«, gab sie ruhig zurück. »Er ist nicht dein Freund. Und trotzdem hast du ihm Geld gegeben.«

»So raubt er vielleicht wenigstens nicht die nächste Person aus, die ihm über den Weg läuft.«

»Du gehörst nicht mehr zu ihnen, Nick. Und ich bezweifle, dass du jemals wirklich dazugehört hast.«

Er war plötzlich so müde, so unglaublich müde. Erschöpft lehnte er seine Stirn an die ihre. »Du weißt nicht, was ich einmal war, was ich vielleicht immer noch bin. Geh jetzt rauf, Freddie.«

»Nick …«

Um sie zum Schweigen zu bringen, ergriff er sie bei den Schultern und legte seinen Mund hart auf den ihren. Als sie wieder atmen konnte, wäre sie ins Taumeln gekommen, wenn er sie nicht festgehalten hätte, während er sie in den Aufzug schob.

»Schließ deine Tür ab«, sagte er noch einmal, dann ging er hinaus.

Er schaute die Straße hinauf und hinunter, dann wandte er sich um und wartete, bis er in ihrer Wohnung das Licht aufflammen sah.

Auf Umwegen ging er nach Hause.

8. Kapitel

Sie träumte unglaubliche Dinge. Es war eine kurze Nacht mit nur wenigen Stunden Schlaf, aber Freddie sah keinen Grund, sich zu beschweren. Sie fühlte sich großartig, als sie erwachte, frisch und ausgeruht. Da sie noch Zeit hatte, schlenderte sie zum Village und durch die kleinen Läden, auf der Suche nach Krimskrams, wie Nick es nannte.

Bis sie mit dem Taxi wieder zu Hause angelangt war, die neuen Schätze, die sie erstanden hatte, verstaut hatte und die Wohnung wieder verließ, war sie spät dran.

Aber der Tag war viel zu schön, um sich darüber Gedanken zu machen.

Es war Frühling, überall blühte und grünte es, und der erste Hauch des Sommers kündigte sich bereits an. Die Luft war lau und angenehm warm, nicht so stickig wie in der Hitze des Sommers, wenn die Hundstage die Stadt in ihrer Gewalt hatten. Die Straßencafés im Village waren voll mit gut gelaunten Menschen.

Sie war die glücklichste Frau der Welt. Sie lebte in einer aufregenden Stadt, stand am Beginn einer großartigen Karriere, und sie war jung und verliebt. Und falls ihr ihre weibliche Intuition nicht einen ganz bösartigen Streich spielte, war sie ihrem Ziel, den Mann, den sie liebte, davon zu überzeugen, dass er sie auch liebte, schon sehr, sehr nahe gekommen.

Alles lief genau so, wie sie es geplant hatte.

Und da sie so bester Laune war, beschloss sie, großzügig zu sein, und kaufte bei einem Straßenhändler zwei riesige Salzbrezeln, für Nick und sich.

365

Als sie das Kleingeld in die Jackentasche steckte, fiel ihr der Mann auf, der auf der anderen Straßenseite an einer Hauswand lehnte.

Dieses ausgemergelte Gesicht. Die ausgebeulte Hose. Ihr wurde leicht mulmig, als sie in der heruntergekommenen Gestalt den Mann erkannte, den Nick gestern Abend Jack genannt hatte. Er zog nervös an einer Zigarette, seine Augen blickten unstet von einer Richtung in die andere.

Auch wenn dieser Blick eine Sekunde lang auf ihr haften blieb, lag darin kein Erkennen. Erleichtert schüttelte sie das ungute Gefühl ab und ging weiter.

Sie beschleunigte ihre Schritte, als sie auf die Bar zuging, ohne sich umzusehen. Auch wenn die feinen Härchen in ihrem Nacken sich aufgerichtet hatten.

Entschlossen verdrängte sie den Gedanken an diesen Jack, als sie die Küche betrat und ein paar Minuten mit Rio plauderte, um ihn für das Essen gestern Abend zu loben.

Die Brezeln in der Hand, ging sie nach oben und klopfte an Nicks Tür. Ihre gute Laune verflog auch nicht, als sie Nicks finsteres Gesicht sah.

»Du kommst spät.«

»Ich war mir nicht sicher, ob du schon auf bist. Es war eine lange Nacht.«

Daran brauchte er nicht erinnert zu werden. »Ich bin auf und arbeite, was mehr ist, als man von dir sagen kann.« Seine Nacht war die Hölle gewesen. Er hatte nicht mehr als eine Stunde geschlafen und war schließlich in Schweiß gebadet erwacht. Kein Wunder, dass seine Stimmung dementsprechend war.

Und nun stand sie vor ihm, hell und munter wie ein Sonnenstrahl.

Obwohl sie sah, dass er schlechte Laune hatte, lächelte Freddie ihn mit schräg gelegtem Kopf an. Er hatte sich noch

366

nicht rasiert, aber dagegen war nichts einzuwenden. Seine zornigen Augen und das mit Bartstoppeln bedeckte Kinn gaben ihm ein rücksichtsloses, gefährliches Aussehen, das auf seine Art höchst anziehend wirkte.

Es schien, als wäre seine Nacht nicht sonderlich zufriedenstellend verlaufen, worüber sie gar nicht glücklicher hätte sein können.

»Hast du schlecht geschlafen, Nick? Hier, nimm eine Brezel.«

Da sie sie ihm regelrecht in den Mund stopfte, hatte er keine andere Wahl, als abzubeißen und an der Brezel zu kauen. Aber deshalb musste es ihm noch lange nicht gefallen.

»Wo ist der Senf?«

»Hol ihn dir selbst.« Sie durchquerte das chaotische Wohnzimmer und setzte sich ans Klavier. »Können wir anfangen?«

»Ich habe schon vor Stunden angefangen.« Was sollte man sonst tun, wenn man nicht schlafen konnte? »Wo hast du dich rumgetrieben?«, erkundigte er sich in strengem Ton.

»In der Stadt.«

»Hätte ich mir denken können.«

»Und bevor du wieder an die Decke gehst, der Text von ›Du bist nicht hier‹ ist fertig.« Zufrieden mit dem Dämpfer, den sie ihm verpasst hatte, öffnete sie ihre Aktentasche und zog das Notenblatt hervor. »Ich habe die Zeit, bis die Geschäfte öffnen, ausgenutzt, um ihn noch ein bisschen aufzupolieren.«

Er brummte etwas in sich hinein, setzte sich jedoch neben sie auf die Klavierbank. Seine Laune hellte sich etwas auf, als er den Text las. Er hätte wissen müssen, dass er perfekt sein würde.

Aber es gab keinen Grund, ihrer Eitelkeit zu schmeicheln. »Nicht schlecht.«

Sie verdrehte die Augen.

Als er sie jetzt anschaute – zum ersten Mal richtig an diesem Tag –, verengte er die Augen. »Was hast du denn mit deinem Haar angestellt?«

Instinktiv streckte sie die Hand aus und berührte ihre Frisur. »Hochgesteckt. Damit es aus dem Weg ist.«

»Ich mag es, wenn es im Weg ist.« Um seine Behauptung zu unterstreichen, fing er an, die Haarnadeln herauszuziehen.

»Hör auf.« Sie versuchte seine Hände abzuwehren. Er fing ihre Handgelenke ein und umschloss sie mit einer Hand, während er mit der anderen fortfuhr, die Nadeln aus ihrem Haar herauszuziehen.

Als der angerichtete Schaden ein Stadium erreicht hatte, das ihm zusagte, lachte er zufrieden auf, und sie beschimpfte ihn. »Da«, sagte er, schon besser gelaunt. »So ist es schon viel netter.«

»Jetzt bist du mein Typberater.«

»Du siehst niedlich aus, wenn diese Sprungfedern von deinem Kopf abstehen.«

Sie blies die Haare aus ihrem Gesicht. »Sprungfedern. Na, ich danke.«

Sie tauchte ab, doch er war schneller. Es hatte sie schon immer gewurmt, dass sie es nie schaffte, ihn auszutricksen. Er rang mit ihr, bis sie sich vor Lachen kaum mehr halten konnte.

Es dauerte einen Moment, ehe ihr auffiel, dass er nicht mehr lachte, sondern sie nur anstarrte. In seinem Blick lag eine Intensität, die ihr den Atem verschlug und ihre Kehle trocken werden ließ. Ihre Beine waren mit seinen verschlungen, sodass sie fast auf seinem Schoß saß.

Sie verspürte ein süßes Ziehen im Unterleib.

»Nick.«

»Wir vertrödeln unsere Zeit.« Er ließ seine Hände sinken und rückte von ihr ab. Er musste sofort diesen plötzlichen Hunger, der ihn wie ein Blitz aus heiterem Himmel überfallen

368

hatte, stoppen. »Wir fangen mit dem Stück an, das du fertig gemacht hast. Mal sehen, wie es klingt.«

Geduld, ermahnte sie sich, und wischte sich ihre feuchten Handflächen an ihrer Hose ab. »Schön. Wann immer du so weit bist.«

Nach diesem holprigen Start ging alles glatt, und sie konzentrierten sich auf die Musik, als ob nichts geschehen wäre.

Sie arbeiteten mehr als drei Stunden, gerieten sich über dieses und jenes in die Haare, aber es waren immer nur Kleinigkeiten.

Fast.

»Es muss romantisch sein.«

»Komödiantisch«, widersprach Nick.

»Es ist ihre Hochzeitsnacht.«

»Eben.« Er unterbrach sein Klavierspiel für eine Zigarette, insgeheim zufrieden darüber, dass es ihm gelungen war, seinen täglichen Tabakkonsum einzuschränken. »Sie sind in diese Heirat hineingestolpert. Sie kennen sich erst seit drei Tagen.«

»Sie sind bis über beide Ohren verliebt.«

»Sie wissen nicht, was sie sind.« Gedankenverloren nahm er einen tiefen Zug, während sich die Szene vor seinem geistigen Auge entfaltete. »Sie haben sich gerade von einem Friedensrichter in einer lächerlichen Zeremonie trauen lassen, und jetzt sind sie in einem schäbigen Hotelzimmer und fragen sich, was in sie gefahren ist. Und was zum Teufel sie jetzt tun sollen.«

»Mag sein, aber es ist trotzdem ihre Hochzeitsnacht. Du hast einen Trauermarsch geschrieben.«

Er grinste nur. »Hast du dir jemals den Hochzeitsmarsch angehört, Freddie? Ich meine, so richtig?« Um den Beweis anzutreten, drückte er seine Zigarette aus und begann das Stück zu spielen.

369

Freddie musste zugeben, dass darin ein feierlicher Ernst mitschwang, es klang fast ein bisschen gruselig. »Okay, ein Punkt für dich. Spiel es noch mal und lass mich nachdenken.«

Sie ging in Gedanken versunken im Zimmer auf und ab und versuchte sich vorzustellen, was in dem Paar vorgehen könnte. »Was ist, wenn wir so anfangen, wie du es komponiert hast, langsam, wie ein Trauermarsch – nur Cello und Orgel. Und dann beschleunigen wir das Tempo immer mehr. Panik baut sich auf.«

»Einhergehend mit einem Tonartwechsel.«

»Gut. Versuch es hier.« Sie beugte sich über seine Schulter und legte ihren Finger auf eine bestimmte Stelle des Notenblatts.

»Ja, schon gut, ich sehe es.« Er wünschte bei Gott, ihre Brüste würden sich nicht so gegen seinen Rücken drücken. »Du engst mich ein, Freddie.«

Seine gepresste Stimme ließ sie aufhorchen. »Wirklich? Das tut mir leid.« Aber es tat ihr nicht leid, kein bisschen. Sie zog sich etwas zurück und hörte ihm zu. »Ich glaube, wir haben es.« Sanft legte sie ihre Hände auf seine Schultern und begann sie zu massieren. »Du bist verspannt.«

Er verspielte sich, es ärgerte ihn. »Du engst mich immer noch ein.«

»Ich weiß.«

Ihr Haar streifte seine Wange, und dieses verdammte Parfum, das sie aufgelegt hatte, schien ihm geradewegs in die Lenden zu schießen. In der Absicht, sie anzufahren, wandte er den Kopf – sein erster großer Fehler –, was damit endete, dass er in diese großen grauen Augen schaute.

»Mache ich dich nervös, Nicholas?«, murmelte sie, während sie sich wieder neben ihn setzte.

»Du machst mich verrückt«, rutschte es ihm unversehens heraus. Es war die schlichte Wahrheit.

370

»Das ist gut.« Sie beugte sich vor und drückte ihm einen weichen, feuchten Kuss auf den Mund, bei dem sie ihn ganz kurz und zart mit der Zungenspitze berührte. »Du machst mich nämlich schon seit Jahren verrückt. Es wird höchste Zeit, dass ich auch endlich mal drankomme.«

Er bekam keine Luft mehr. Plötzlich glaubte er genau zu wissen, wie man sich fühlte, wenn man zum dritten Mal unterging. Wie man in panischer Angst im Wasser um sich schlug und nach Luft schnappte. Und eine verlorene Schlacht mit seinem Schicksal kämpfte.

»Das ist kein Spiel, Freddie. Und du kennst die Spielregeln nicht«, sagte er scharf.

Sie ließ ihre Hände an seinen Unterarmen hinaufgleiten, bis sie schließlich auf seinen Schultern lagen, dann beugte sie sich vor, bis ihr Mund ganz nah vor seinem war. »Ich kann mir vorstellen, dass du sie mir beibringen könntest.«

Er klammerte sich an den letzten noch verbliebenen Rest seiner Selbstkontrolle, der ihm auch schon zu entgleiten drohte. »Wenn du wüsstest, was ich dir gern beibringen würde, würdest du die Beine unter den Arm nehmen und so schnell wie möglich nach Hause zu Daddy rennen.«

Diese Bemerkung forderte ihren Stolz heraus. Ihre Augen sprühten. »Probier es aus.«

Es war verrückt. Er wusste genau, dass es verrückt war, sie an sich zu ziehen und diesen Mund, der ihn so peinigte, zu erobern. Er redete sich ein, dass er sie nur erschrecken wollte, dass er wollte, dass sie aufsprang und ihr Heil in der Flucht suchte.

Aber das war gelogen.

Als ihr Körper in seinen Armen erbebte, sich anspannte und schließlich dahinschmolz, riss der dünne Faden seiner Selbstkontrolle und ließ ihn taumeln.

»Verdammt. Verdamm uns beide.« Er zog sie von der Bank,

nahm sie in die Arme und hob sie hoch in einer Geste, wie jede Frau sie sich erträumt. »Diesmal entkommst du mir nicht.«

Auch wenn sie kaum Luft bekam, begegnete sie seinem Blick gelassen. »Ich habe nie versucht, dir zu entkommen, Nick. Und du wirst es auch heute nicht schaffen, mich in die Flucht zu schlagen.«

»Dann möge Gott dir helfen. Möge er uns beiden helfen.«

Sein Mund lag wieder auf ihrem, wild und ungezügelt, während er sich umdrehte und sie in sein Schlafzimmer trug.

Das Bett war ungemacht, die Laken zerknittert, ein Zeugnis seiner schlaflosen Nacht. Die Spätnachmittagssonne schien grell durchs Fenster. Unter anderen Umständen hätte er vielleicht den einen oder anderen Gedanken auf das Drumherum verschwendet und für eine angemessene romantische Atmosphäre gesorgt.

Aber jetzt wollte er sie einfach nur in seinem Bett.

Seine Hände zerrten bereits an ihrer Bluse, und seine Lippen waren überall. Sie wehrte sich nicht gegen seine drängende Hast, sondern hieß sie voll und ganz willkommen. Nachdem sie so lange gewartet hatte, erschien es ihr nur richtig, sich zu beeilen, ihnen beiden förmlich die Kleider vom Leib zu reißen. Vielleicht gab es eine kleine Spur Panik irgendwo ganz tief in ihr drin. Die pure Angst, im entscheidenden Moment alles zu vermasseln.

Würde es wehtun? Würde es sie gar demütigen?

Dann lag sein Mund wieder heiß auf ihrem, und die Panik wurde ausgelöscht durch das Feuer seiner Leidenschaft, ehe sie Gelegenheit gehabt hatte, von ihr Besitz zu ergreifen.

Sie hatte sich nie vorgestellt, dass es so sein würde. Ein so gewaltiges und intensives Begehren. So aufregend. All ihre Fantasien, ihre lang gehegten Träume und stillen Hoffnungen verblassten angesichts dieser Realität.

Er konnte gar nicht genug von ihr bekommen. Es schien,

als hätte er sein ganzes Leben lang nur auf diesen Augenblick gewartet. Sie war ein Festschmaus, ein Bankett der verschiedensten Geschmackssorten, süß, würzig, scharf, und er war ein Verhungernder.

Ihre Haut war wie Elfenbein, mit einem Feuer direkt unter der Oberfläche, das ihn in Entzücken versetzte. Jede kleine Bewegung, die sie machte, so geschmeidig wie der Tanz, den sie in der Nacht zuvor zusammen getanzt hatten, erregte ihn aufs Äußerste.

Unterschwellig glaubte er zu spüren, dass sie noch unschuldig war. Er würde behutsam sein müssen. Er fühlte ihre zarte Haut unter seinen Händen, diese sanften Rundungen. Deshalb verlangsamte er instinktiv sein Tempo. Und begann es auszukosten.

Die Süße. Die Form ihres Mundes. Die Umrisse ihrer Schultern. Sanft bewegte er seine Lippen über ihren Hals und mahnte sich zu Geduld, um ihr Gelegenheit zu geben, ihre Empfindungen ebenfalls bis zur Neige auszukosten.

Sie konnte ihre Augen nicht offen halten. Ihre Lider waren zu schwer. Seltsam, wie leicht sich im Gegensatz dazu ihr ganzer restlicher Körper anfühlte. Wie hauchdünnes, zerbrechliches Glas. Und er streichelte sie so sanft mit diesen wundervollen Händen, als wüsste er, dass sie zerbrechen könnte.

Dann wanderte sein Mund weiter abwärts, seine Lippen umspielten ihre Knospe, fingen sie ein, begannen zu saugen. Die Lust durchbohrte sie wie ein Pfeil, blieb zitternd stecken.

Die Lust, ihn zu berühren, dachte sie verschwommen. Um diese geballte Kraft zu spüren, die seinen Muskeln innewohnte. Beifällig murmelnd fuhr sie mit den Händen über seine nackten Arme, seine Brust, seinen Bauch, erfreut, mit jeder Bewegung eine neue Entdeckung zu machen.

Diese sanften, vorsichtig tastenden Berührungen bewirkten, dass ihm das Blut in den Kopf schoss. Er konnte es in

373

seinen Ohren rauschen hören. Sein nächster Kuss war schon ein bisschen fordernder, Nick drang tiefer in ihre warme, feuchte Mundhöhle ein, verweilte etwas länger.

Sie erinnerte ihn an eine schlummernde Prinzessin, wie sie so dalag mit den geschlossenen Augen, der glühenden Haut und ihrem Haar, das sich wie ein Strahlenkranz auf dem Kissen ausbreitete.

Aber sie erbebte unter ihm, ihre Lippen waren voll und angeschwollen von seinem geduldigen, nicht nachlassenden Angriff, und ihr Atem flog. Als er die Hand an ihren Schoß legte, spürte er, dass sie heiß war und feucht und unwiderstehlich.

Angesichts dieser neuen Intimität riss sie die Augen auf. Und der Druck, dieser unerträgliche Druck, der sich in ihr aufbaute, drohte sie zu zerreißen, versprach, sie zu überwältigen. Obwohl sie verneinend den Kopf schüttelte, wölbte sie sich ihm verlangend entgegen.

Er erreichte, dass sie laut aufschreiend ihrem ersten Höhepunkt entgegenflog. Ihre Fingernägel krallten sich in seinen Rücken angesichts der ungeheuren Woge der Lust, von der sie sich überschwemmt sah und die sie hilflos machte.

Dann fiel die Spannung von ihr ab und ließ sie ermattet zurück. Sie glaubte, ihn stöhnen zu hören, und spürte, wie er im selben Moment wie sie erschauerte. Aber er schaffte es, ihre Leidenschaft aufs Neue zu wecken, so schnell und geschickt, dass ihr nichts blieb, als sich an ihn zu klammern und ihm wiederum die Führung zu überlassen.

Seine Hände waren zu Fäusten geballt, als er langsam in sie eindrang, so langsam, dass ihm der Schweiß aus allen Poren brach und sein Körper nach Erlösung schrie.

Er wusste, dass er ihr wehtun würde, wenn er in sie eindrang.

Aber sie öffnete sich ihm so geschmeidig, als hätte sie ihn schon die ganze Zeit erwartet.

Er würde in der Hölle schmoren für das, was er getan hatte. Nick verfluchte sich wieder und wieder, aber er fand nicht die Kraft, sich zu bewegen. Er lag noch immer auf ihr und war noch immer in ihr und versuchte sich von dem gewaltigsten Höhepunkt seines Lebens zu erholen.

Er hatte kein Recht gehabt, sie zu nehmen. Noch weniger, es mit Freuden zu tun.

Nick wünschte sich, sie würde etwas sagen, irgendetwas, das ihm zumindest einen Hinweis darauf geben könnte, wie mit der Situation weiter umzugehen war. Aber sie lag einfach nur da, völlig ermattet, mit einer Hand auf seinem Rücken.

Ihm blieb nichts anderes, als selbst die Initiative zu ergreifen.

So sanft wie möglich rollte er sich von ihr herunter. Sie gab einen Laut von sich, es klang fast wie ein Schnurren, und dann schmiegte sie sich ganz eng an ihn.

Ganz gewiss würde er in der Hölle schmoren, und zwar dafür, dass er sie schon wieder begehrte.

»Es gibt nichts, womit ich das wiedergutmachen könnte.«

»Nichts«, sagte sie mit einem Aufseufzen und legte eine Hand auf die alte Narbe knapp oberhalb seines Herzens.

Er starrte verzweifelt auf einen Punkt an der Decke. »Kann ich dir irgendetwas bringen, Freddie? Einen Brandy vielleicht?«

»Einen Brandy?« Verdutzt hob sie den Kopf. »Ich hatte keinen Unfall und bin auch nicht von einer Lawine überrollt worden. Warum also sollte ich einen Brandy brauchen?«

»Na … wegen des Schocks«, sagte er zögernd. »Dann eben ein Glas Wasser«, wagte er einen zweiten Vorschlag, angewidert von sich selbst. »Irgendwas.«

Der schöne rosa Nebel in ihrem Kopf löste sich langsam auf. Er klärte sich genug, um die Reue und Selbstverachtung zu sehen, die sich in seinen Augen widerspiegelte. »Du willst mir doch wohl nicht erzählen, dass es dir leidtut?«

»Und wie leid es mir tut, verflucht noch mal. Das hätte nie passieren dürfen. Ich hätte es niemals so weit kommen lassen dürfen. Schließlich wusste ich, dass es für dich das erste Mal war.«

Das kränkte sie gehörig in ihrer Eitelkeit. »Woher willst du das wissen?«

Endlich schaute er sie an. »Das war offensichtlich.«

»Aha ... ich verstehe.« Vielleicht konnte man ja nach einem so himmelhoch jauchzenden Vergnügen eine Demütigung verkraften. »War ich unzulänglich?«

»Un...« Er atmete laut aus, dann fluchte er ellenlang. Die Frau hatte ihm sein Innerstes nach außen gekehrt, und jetzt wollte sie wissen, ob sie unzulänglich gewesen war! »Nein, du warst nicht unzulänglich. Du warst erstaunlich.«

»Wirklich?« Ihre Mundwinkel hoben sich. »Wirklich erstaunlich?«

Er wollte das Thema so schnell wie möglich beenden. »Darum geht es jetzt nicht.«

»Ich finde schon.« Die Qual, die in seiner Stimme mitschwang, veranlasste sie, sich auf die Ellenbogen aufzustützen und ihn anzuschauen. »Ich wusste immer, dass du mein erster Mann sein wirst, Nicholas. Ich habe es mir immer gewünscht.«

Als er den Erregungsschauer über sich hinwegrieseln spürte, fragte er sich, warum er sich nicht schämte. »Ich habe es ausgenützt, dass ...«

Sie schnitt ihm mit einem Auflachen das Wort ab. »Du hast gar nichts ausgenützt. Vielleicht willst du dir selbst vormachen, dass du eine Jungfrau verführt hast, Nicholas, aber das stimmt nicht, weil es nämlich genau umgekehrt ist. Ich habe dich verführt, und das war verflucht harte Arbeit, das kannst du mir glauben.«

»Ich versuche nur, Verantwortung zu übernehmen«, sagte er geduldig. »Aber du machst es mir verdammt schwer.«

376

»Du hast mich glücklich gemacht«, murmelte sie und senkte ihren Mund auf seinen herab. »Ich hoffe, wir haben uns gegenseitig glücklich gemacht. Warum sollte uns das Wissen darum traurig machen?«

Es schien tatsächlich nicht viel Sinn zu machen, deshalb lächelte er sie an. »Du solltest weinen und zittern und schockiert sein.«

»Oh.« Sie spitzte die Lippen. »Na, vielleicht schaffe ich es ja beim nächsten Mal.«

Später ließ er sie in seinem Bett allein und ging nach unten in die Bar, um seine Schicht zu übernehmen. Zum ersten Mal in all den Jahren ertappte er sich dabei, dass er auf die Uhr schaute. Obwohl er so lässig wie immer den Zapfhahn bediente und Drinks mixte, hätte er die Gäste, die nach der letzten Runde noch immer nicht ans Gehen dachten, am liebsten kurzerhand rausgeworfen.

Als er schließlich nach oben kam, schlief sie tief, ihr Kopf ruhte auf seinem Kissen, ihr Arm lag da, wo er, Nick, gleich liegen würde. Es war schön, sie einfach anzuschauen und ihren gleichmäßigen tiefen Atemzügen zu lauschen, die nur verstummten, wenn sie sich im Schlaf bewegte.

Dann kam ihm eine Idee, bei der er schmunzeln musste, und er begann sein Hemd aufzuknöpfen.

Er ließ seine Kleider auf dem Boden liegen, dann ging er zum Fußende des Betts. Er schob behutsam das Laken, mit dem sie zugedeckt war, zur Seite und beugte sich über ihren Fuß.

Freddie erwachte von einem angenehmen Prickeln. Es schien über ihre Haut zu kriechen, in ihr Blut zu sickern. Sie hörte sich lustvoll aufseufzen. Oh, was für ein herrlicher Traum! Als Nick seine Zähne über ihren Spann zog, wurde sie ganz wach und setzte sich ruckartig auf.

»Nick?« Verwirrt und mit klopfendem Herzen schob sie sich das Haar aus den Augen und blinzelte den Schatten, der am Fußende des Bettes kauerte, an. »Was machst du denn?«

»Dich aufwecken.«

Seine Augen glitzerten in der Dunkelheit wie die einer Raubkatze. Eines Wolfs. Als sie entdeckte, dass das Laken, mit dem sie sich zugedeckt hatte, weg war, legte sie peinlich berührt einen Arm über ihre Brüste. Ihre Schamhaftigkeit rührte ihn ebenso, wie sie ihn erregte.

»Zu spät«, murmelte er. »Ich habe dich schon nackt gesehen.«

Sich töricht vorkommend, ließ sie den Arm sinken. Ein bisschen.

»Mir kam der Gedanke, dass ich mich von deinen Zehen langsam aufwärts arbeiten könnte. Ich musste ihm einfach nachgeben.«

»Oh.« Bei der Vorstellung fühlte sie sich von einer Welle der Lust überschwemmt. »Komm ins Bett.«

»Vielleicht.«

»Ich will, dass …« Sie unterbrach sich und ließ sich kraftlos in die Kissen zurücksinken, während seine Zunge erstaunliche und aufregende Dinge mit ihrem Knöchel anstellte.

»Da du mich beim ersten Mal verführt hast«, fuhr er fort, während er sich Zentimeter um Zentimeter an ihrer Wade nach oben arbeitete, »dachte ich mir, dass es nur gerecht ist, wenn ich mich jetzt bei dir dafür revanchiere.«

Wer hätte gedacht, dass eine Kniekehle von so köstlicher Empfindsamkeit war? »Nun …« Ihre Stimme bebte. »Gerecht ist gerecht.«

Freddie summte glücklich vor sich hin, als sie sich am nächsten Morgen in ihre Wohnung einließ. Nicht nur war sie verliebt, nein, sie hatte auch die erste Nacht mit dem Mann verbracht, den sie liebte. Nick LeBeck gehörte ihr. Und sie gehörte ihm.

Sie drehte zwei schwungvolle Pirouetten durch das Wohnzimmer und vergrub das Gesicht in dem weißen Veilchen, das er ihr geschenkt hatte, dann tanzte sie weiter durch die Wohnung.

Ihr Leben war einfach perfekt.

Sie hätte sofort ihr schönes Apartment aufgegeben und wäre mit Sack und Pack zu ihm in seinen Saustall gezogen. Aber sie konnte sich Nicks Gesicht genauestens vorstellen, sollte sie diesen Vorschlag machen.

Purer Schock. Und eine gehörige Portion Angst.

Nun, es bestand wirklich kein Grund, die Dinge übertrieben hektisch voranzutreiben. Im Moment jedenfalls noch nicht.

Sollte er allerdings nicht bald selbst den nächsten Schritt machen, würde sie wohl die Initiative ergreifen müssen. Und ihm einen Antrag machen.

Doch für den Moment war sie durchaus zufrieden. Was sie jetzt brauchte, war eine Dusche – die, die sie heute Morgen mit Nick zusammen genommen hatte, hatte nicht viel mit Körperreinigung zu tun gehabt – und frische Wäsche. In einer Stunde sollte sie wieder bei ihm sein.

Sie hatte gerade das Wasser abgestellt, als die Klingel ertönte. »Komme ja schon.« Tropfend eilte sie zur Gegensprechanlage. »Ja?«

»Mach auf, Freddie.«

Allein der Klang seiner Stimme verursachte einen angenehmen Schauer. »Nick, du solltest aufhören, mir ständig hinterherzulaufen.«

»Sehr witzig. Mach schon auf. Wenn du ans Telefon gegangen wärst, hätte ich mir den Weg hierher ersparen können.«

»Ich stand unter der Dusche.« Sie drückte den Türöffner,

dann schob sie die Riegel von der Tür und rannte zurück ins Bad. Sie wand ein Handtuch um ihr nasses Haar und trug noch etwas von der parfümierten Feuchtigkeitscreme auf, bevor sie in den kurzen Bademantel schlüpfte.

Und dann stand er auch schon in der Wohnung. »Lass nie die Wohnungstür offen stehen«, raunzte er sie als Erstes an.

Er ist ja so charmant, dachte sie. »Du warst doch auf dem Weg nach oben.«

»Niemals!«, wiederholte er, dann betrachtete er sie genauer. »Hast du nicht vor einer Stunde schon geduscht?«

Sie legte den Kopf ein wenig schief und schob das Handtuch zurück, das herunterfallen wollte. »Das würde ich eher in die Kategorie ›Wasserspiele‹ einordnen. Was soll die Frage? Leidet New York etwa plötzlich unter Wassermangel?«

Zerstreut griff er nach dem Revers ihres Morgenmantels. »Und wie nennt man so ein Ding?«

Sie sah an dem kurzen violetten Seidenmantel herunter. »Das ist ein Morgenmantel. Wie nennst du das denn?«

»Eine Einladung. Aber dafür haben wir jetzt keine Zeit. Beeil dich, pack deine Koffer.«

Sie riss erstaunt die Augenbrauen hoch. »Ich muss verreisen?«

»Wir müssen verreisen. Maddy hat angerufen, fünf Minuten, nachdem du weg warst. Sie hat uns eingeladen, ein paar Tage mit ihr zusammen in den Hamptons zu verbringen.«

Da das Handtuch sich partout weigerte, elegant und gerade zu bleiben, riss sie es einfach herunter. »Wann? Jetzt?«

»Natürlich jetzt. Sie hat ein Wochenendhaus da, und ihre ganze Familie ist zu Besuch.« Er streckte die Hand aus und ließ eine nasse Strähne durch seine Finger gleiten. »Sie hält das für eine gute Gelegenheit. Damit wir uns besser kennenlernen können, wenn wir zusammenarbeiten sollen.«

»Hört sich vernünftig an.«

»Also beeil dich, ja?« Man merkte ihm die Ungeduld an. »Ich muss auch noch packen, einen Wagen anmieten und jemanden finden, der meine Schicht in der Bar übernimmt.«

»Fein, dann fang an. Bis du das erledigt hast, bin ich fertig.«

»Darauf würde ich nicht wetten … Du lieber Himmel!« Während des Sprechens war er rückwärts in das Schlafzimmer getreten, und jetzt sperrte er den Mund auf. »Was ist denn das?«

»Ein Bett«, antwortete sie, trat vor und strich liebevoll über das Fußende. »Mein Bett. Toll, nicht?«

Er musste grinsen, er konnte nicht anders. »Aus ›Tausendundeine Nacht‹ oder ›Dornröschen‹?«

»Irgendwo dazwischen.« Sie hob skeptisch eine Augenbraue. »Auf jeden Fall ist es größer als deins.«

»Dreimal so groß.« Er nahm die feine Spitze der Tagesdecke zwischen zwei Finger. Er hätte seinen Kopf darauf verwettet, dass sie Spitze wählen würde. Langsam wandte er sich zu ihr um, ein Funkeln in den Augen und Lust in seinem Herzen. »Also, Freddie, wie lange, meinst du, brauchst du zum Packen?«

»Bestimmt nicht sehr lange«, versprach sie und warf sich mit ihm auf das Bett.

9. Kapitel

»Du willst mir wirklich allen Ernstes erzählen, du hättest *sie*? Den Superstar der Familie?« Zack schüttelte entschieden den Kopf. »Lachhaft.«

»Es ist aber so«, beharrte Nick, außer Stande, sich seines Grinsens zu erwehren. Es war kein Geheimnis, dass die blonde Göttin eine von Zacks »kleinen Obsessionen« war, wie Rachel es trocken auszudrücken pflegte.

Und es stimmte tatsächlich. Freddie und Nick waren übers Wochenende bei Maddy und ihrer großen Familie zu Besuch gewesen, um mit ihr die Hauptrolle durchzusprechen, die sie in dem Musical übernehmen sollte, und dort hatten sie unter anderem auch deren Schwester, eine berühmte Schauspielerin, kennengelernt.

»Die Schauspielerin, deren Filme du dir reinziehst, sobald sie als Video erhältlich sind.« Er schickte sich an, mit der nächsten Kiste Klub Soda, die er eben aus dem Kofferraum gehievt hatte, in den Vorratsraum zu gehen.

»He, warte doch mal eine Sekunde.« Zack, der Nick mit leeren Händen nachgekommen war, hielt ihn am Ärmel fest. »Du meinst, du hast sie wirklich getroffen – in Fleisch und Blut?«

»Und sie hat ein verdammt aufregendes Fleisch, das kann ich dir flüstern.« Manchmal war Schadenfreude eben doch die schönste Freude. »Ich habe zweimal mit ihr zusammen zu Abend gegessen.« Nick sorgte dafür, dass es möglichst lässig klang, und ergänzte das Ganze noch durch ein betont beiläufiges Schulterzucken. »Aber ich muss sagen, ihre Schwestern sind auch nicht zu verachten. Sie haben beide …«

»Ja, ja, über ihre Schwestern können wir später noch reden. Du hast mit ihr zu Abend gegessen, ich meine … so richtig? Mit ihr?« Zack musste sich räuspern. »Zusammen. An einem Tisch?«

»Richtig.« Natürlich war bei diesen Mahlzeiten die gesamte Familie anwesend gewesen, und die Kinder hatten einen Lärm veranstaltet, dass man kaum sein eigenes Wort verstand, aber es gab keinen Grund, solche Kleinigkeiten zu erwähnen. »Ich habe dir doch erzählt, dass ich ein paar Tage zu Maddy fahre.«

»Ich habe mir weiter keine Gedanken darüber gemacht«, brummte Zack. »Irgendwie habe ich die beiden gar nicht zusammengebracht. Egal. Aber wenn du sie wirklich kennengelernt und mit ihr zu Abend gegessen hast … sag mal, wie ist sie denn so, ich meine … in Wirklichkeit?«

Nick drehte sich nach Zack um und spitzte die Lippen zu einem theatralischen Kuss. Dann ging er grinsend weiter.

»He, verdammt, warte, du bringst mich noch um.« Zack, ein Opfer seiner Fantasien, rannte hinter Nick her. »Ich meine, wie sieht sie denn aus? Na, du weißt schon …« Er beschrieb mit den Händen eine Kurve in der Luft.

»Ihren Bikini füllt sie recht ordentlich aus.«

»Bikini.« Zack presste sich eine Hand aufs Herz. »Großer Gott. Du hast sie im Bikini gesehen.«

»Ja, klar, wir sind ein paarmal zusammen geschwommen.« Tatsächlich hatten Freddie und er dreimal mit ihr Wasserball gespielt. Aber warum so detailversessen sein?

»Mit ihr geschwommen.« Zack schluckte schwer. »Sie ist … nass geworden.«

»Das wird man beim Schwimmen gewöhnlich.«

Eingedenk seines Blutdrucks beschloss Zack, sich dieses Bild erst einmal nicht weiter vorzustellen. Er würde es sich für später aufheben, wenn er wieder ruhiger geworden war.

»Und du hast mit ihr gesprochen. Habt ihr euch richtig unterhalten?«

»Die ganze Zeit über. Sie ist intelligent. Das erhöht ihren Reiz noch, nehme ich an. Zumindest in meinen Augen.«

»Ich frage ja nur. Du hast sie also wirklich getroffen.« Er seufzte und hievte einen Kasten Limonade hoch.

»Ich habe sie nicht nur getroffen. Ich habe sie sogar geküsst.«

»Dass ich nicht lache.«

»Also gut, du hast recht. Ich habe sie nicht geküsst.«

Zack schnaubte verärgert. »Darüber reißt man keine Witze.«

»Sie hat mich geküsst.« Nick tippte sich mit dem Zeigefinger an die Lippen. »Genau hier hat sie mir einen Kuss draufgepflanzt.«

Zack schaute ihn fassungslos an. »Du stehst hier und willst mir erzählen, dass sie dich geküsst hat – auf den Mund?«

»He, würde ich dich je anlügen?«

Zack dachte gründlich darüber nach. »Nein«, entschied er schließlich. »Das würdest du nicht.« Dann machte er einen Satz auf Nick zu, und ehe dieser wusste, wie ihm geschah, riss Zack ihn an sich und küsste ihn – genau wie die Sängerin es getan hatte – mitten auf den Mund.

»Verdammt, Zack!« Noch mehr Flüche entfuhren Nick, während er das Gesicht verzog und sich mit dem Handrücken den Mund abwischte. »Hast du sie noch alle?«

»He, ich nehme an, so nah komme ich ihr nie mehr im Leben.« Befriedigt bückte sich Zack nach der nächsten Kiste. »Ein Mann hat seine Träume, Kumpel.«

»Von mir aus, aber halt mich da raus.« Nick setzte noch einen drauf und wischte sich den Mund ein zweites Mal ab. »Mann, was glaubst du, was los ist, wenn uns eben jemand gesehen hat?«

»Außer uns beiden ist doch keiner hier, Bruderherz. Und ich weiß es sehr zu schätzen, dass du sofort nach deinem aufregenden Ausflug gekommen bist, um hier mit anzupacken.«

»Nicht der Rede wert.«

»Und wie hat Freddie der Ausflug in die Welt der Reichen und Schönen gefallen?«

»Das ist doch nichts Neues für sie.« Nick wischte sich den Schweiß vom Nacken. »Viel anders ist ihre Welt auch nicht.«

»Ja, du hast wohl recht. Man vergisst es nur so leicht. Hier ist sie einfach nur Freddie.«

Sie luden die Kisten ab und trugen sie in den Vorratsraum, dann schlossen sie ihre Arbeit mit dem Eistee, den Rio in hohen Gläsern im Kühlschrank für sie kalt gestellt hatte, ab.

»Ganz schön heiß. Und das schon im Juni«, setzte Zack an. »Du solltest dir eine Klimaanlage in der Wohnung einbauen.«

»Ja, vielleicht.«

Eine gute Einleitung, sagte sich Zack. Für etwas, das ihm schon länger durch den Kopf ging. »Ich hab nachgedacht, so wie deine Karriere sich jetzt anlässt und das alles …« Mit »das alles« meinte er hauptsächlich Freddie, aber er konnte sich nicht dazu bringen, es offen auszusprechen. »Vielleicht hast du ja keine Lust mehr, noch lange hierzubleiben.«

»Was? Oben?«

»Ja, oben in der Wohnung. Und hier, in der Bar.«

Verdutzt setzte Nick sein Glas ab. »Heißt das, ich bin gefeuert?«

»Herrgott, nein. Um ehrlich zu sein, ich wüsste gar nicht, wie ich das alles ohne dich schaffen sollte. Aber ich beginne mir Sorgen zu machen, dass du dich vielleicht nur verpflichtet fühlst, hierzubleiben. Barkeeper war nicht unbedingt dein Traumjob für die Zukunft, oder?«

»Deiner war es auch nicht«, erwiderte Nick leise.

385

»Das ist etwas anderes ...«, begann Zack und schüttelte dann den Kopf, als er Nicks Blick sah. »Na schön, war es nicht. Aber ich hatte meine Chance und habe meine Wahl getroffen. Tatsache ist, ich liebe diese Bar. Ich bin glücklich und zufrieden mit meinem Leben. Was nicht bedeuten darf, dass wir aus dem Augen verlieren, dass du einen ganz anderen Weg vor dir hast.«

»Willst du immer noch auf mich aufpassen?«

»Alte Angewohnheit.«

Nick schürzte die Lippen. »Sagen wir mal so ... früher oder später wirst du dich nach einem anderen Barkeeper und Teilzeit-Pianisten umsehen müssen. Aber im Moment stört es mich nicht, die Nachtschicht zu übernehmen, solange mir das nicht das Komponieren durcheinanderbringt. Außerdem – wenn das Stück ein Flop wird, brauche ich einen Rückhalt.«

»Es wird kein Flop werden.«

»Du hast recht, wird es nicht. Aber lass uns die Dinge einfach für eine Weile noch beim Alten belassen.« Er sah auf die Wanduhr und fluchte. »Mann, ich hätte schon vor einer halben Stunde bei Freddie sein sollen!« Er trank den letzten Schluck Eistee. »Bis später!« Damit war er schon zur Tür hinaus und ließ einen breit grinsenden Zack zurück.

Nick hatte entschieden, dass sie zur Abwechslung mal Freddies Flügel eine Chance geben sollten. Deshalb gaben die beiden an diesem Nachmittag der Abschlussszene des ersten Aktes in Freddies Wohnung den letzten Schliff.

»Es kommt gut«, erklärte Nick zufrieden. »Das reicht.«

»Ja, finde ich auch. Aber ich denke ...«

»Nein. Höchste Zeit, mit dem Denken aufzuhören.« Er streckte die Hände nach ihr aus, zog sie in seine Arme und stand mit ihr auf.

»Lass mich los. Was ist mit der Eröffnung für den zweiten Akt? Wir haben noch nicht mal angefangen damit.«

»Morgen.«

»Heute«, sagte sie lachend, während sie sich von ihm freizumachen versuchte. »Nick, es ist helllichter Nachmittag.«

»Das ist sogar noch besser.«

»Du bestehst doch sonst immer so eisern darauf, dass wir arbeiten.«

»Das war, als ich noch entschlossen war, dem aus dem Weg zu gehen, was ich jetzt gleich tun werde.« Er trug sie ins Schlafzimmer und ließ sie aufs Bett fallen.

»Wir haben unser Tagespensum noch nicht geschafft.« Als er sie nur angrinste und begann, sich das Hemd aufzuknöpfen, setzte sie sich auf. »Das ist nicht das Pensum, von dem ich rede.«

»Du willst wohl, dass ich dich nach allen Regeln der Kunst verführe, hm?«

»Nein.« Umgehend besann sie sich jedoch eines Besseren. Sie legte den Kopf auf die Seite und warf ihm einen langen abschätzenden Blick zu. »Nun, vielleicht … wenn du glaubst, dass du es schaffst.«

Er hatte sich bereits sein Hemd aufgeknöpft. Die Hürde, die sie aufgebaut hatte, gab dem ungezwungenen Vergnügen, auf das er aus gewesen war, einen neuen Kick. Sie wandte den Blick ab, dann schaute sie ihn wieder an, als er sich auf der Bettkante niederließ.

»Nur durch Anschauen schaffst du es nicht, mich zu verführen.«

»Ich liebe es, dich anzuschauen, ich kann mich gar nicht sattsehen an dir.«

Sie zog die Augenbrauen zusammen. »Das ist mir zu billig, Mr. Romance.«

»Dann muss ich dich wohl erst daran erinnern, dass du – zuverlässigen Aussagen zufolge – nicht wirklich mein Typ bist.« Als sie empört aufspringen wollte, bekam er sie gerade noch zu fassen, warf sie aufs Bett und hielt sie fest.

»Ich bin nicht interessiert«, sagte sie kühl. »Lass mich aufstehen.«

»Oh, du bist sogar sehr interessiert. Diese kleine Ader hier an deinem Hals …« Er fuhr mit den Lippen darüber. »Sie pocht ungewöhnlich schnell.«

»Das ist nur der Ärger.«

»Nein, wenn du dich ärgerst, kriegst du diese Linie hier.« Er legte eine Fingerspitze zwischen ihre Augenbrauen und lächelte, als sich die Linie bildete. »Ja, genau so.« Er küsste sie auf die Stirn und stellte zufrieden fest, dass sich die Furche wieder geglättet hatte.

»Ich will nicht, dass …« Sein Mund, der neckisch den ihren streifte, bewirkte, dass sie den Faden verlor.

»Was?«

»Dass … mmm.«

»Das dachte ich mir.«

Welcher Mann konnte einer Frau widerstehen, die die Fähigkeit hatte, derart dahinzuschmelzen? Oder diesem leisen Gurren, das ihrer Kehle entstieg, wenn sich ein Kuss träge und lustvoll hinzog?

Und genauso wollte er sie jetzt lieben. Träge und lustvoll, damit er auch noch die kleinste Veränderung, die in ihr vorging, wahrnehmen konnte. Er brauchte sie nur anzutippen, und sie kam ihm entgegen. Ein gerauntes Kosewort genügte, und sie seufzte voller Verlangen auf.

Es schien, als gäbe es nichts, was er nicht tun, nichts, worum er sie nicht hätte bitten können.

Er wollte sie sehen, alles von ihr, während die Sonne durch die geöffneten Fenster ins Zimmer flutete und die Geräusche des nachmittäglichen Verkehrs zu ihnen nach oben drangen. Seine Bewegungen waren langsam und ohne Hast, als er die Knöpfe ihrer Bluse öffnete, einen nach dem anderen.

Er zeichnete den Spitzenbesatz an ihrem BH nach, ließ seine Finger darunterschlüpfen und lauschte ihren sich beschleunigenden Atemzügen.

So ist es immer, dachte sie verschwommen. Unangestrengt und schön. Egal ob sie in hitzigem Verlangen oder einander neckend zusammenfanden, ruhig oder von heißen Wellen des Begehrens überschwemmt, es war immer ganz einfach.

Perfekt.

Sie spürte, wie ihr Verlangen langsam aufblühte, wie eine Rose, die sich Blütenblatt um Blütenblatt öffnet. Genauso leicht fiel es ihr, sich ihm zu öffnen.

Der leise Windhauch, so träge wie seine Hände, strich von den geöffneten Fenstern zu ihr herüber, kühlte ihre erhitzte Haut, die nur einen Wimpernschlag später wieder zum Glühen gebracht wurde durch seine Hände und wieder gekühlt und wieder erhitzt. Die Verkehrsgeräusche, die von der Straße heraufdrangen, klangen plötzlich gedämpft, wie in einem Traum, und auch das Sonnenlicht erschien ihr mild. Alles trat in den Hintergrund, wie ein Bühnenbild für die Fantasie.

Sie wölbte sich ihm entgegen, als er ihr die Hose auszog, und schob ihm gleichzeitig das offene Hemd über die Schultern, wobei sie ihre Hände über seine muskulösen Arme gleiten ließ.

Sie war sich nicht sicher, wann sich das Tempo beschleunigt hatte, wann die unterschwellige Dringlichkeit begonnen hatte, in sie einzusickern wie eine Droge, die ihr jetzt durch die Blutbahn schoss.

Sie klammerte sich an ihn und wand sich nach Erlösung lechzend unter ihm.

»Ich will dich, Nick. Jetzt.«

Die Lust wurde plötzlich dunkel, gefährlich. Nebelverhangene Träume wandelten sich in Besessenheit. Der Hunger peinigte sie beide, so sehr, dass sie tief erschauerten.

Niemand hatte ihm je so viel Lust bereitet.

»Jetzt«, keuchte sie atemlos vor Begehren, während sie sich über ihn kniete und mit einem triumphierenden Aufschrei ganz tief in sich aufnahm.

Sprachlos über die blitzschnelle Veränderung, die in ihr vorgegangen war, und angetrieben von der Hitze seines eigenen Begehrens, umklammerte er hart ihre Hüften und ließ sich von ihr reiten.

Später, als sie beieinanderlagen, erschöpft wie Kinder, die den ganzen Nachmittag herumgetollt waren, fiel ihm etwas auf. In ihrer Beziehung gab es nicht den leisesten Hauch von Romantik. Alles, was man gemeinhin damit verband, fehlte – die Kerzen und der Wein, die verschwiegenen Plätze und die langen Spaziergänge.

Sie hatte Besseres verdient. Aber er hatte sie schließlich von Anfang an davon zu überzeugen versucht, dass sie für ihn viel zu schade war. Da sie nicht auf ihn gehört hatte, musste er ihr mindestens etwas zurückgeben.

Nick wünschte, er könnte ihr alles geben.

Woher kam plötzlich dieser Gedanke? Er atmete vorsichtig aus, während ein unerwarteter Gefühlssturm über ihn hinwegfegte. Der ihn erwärmte wie ein inneres Feuer. Der wie Musik klang in seinen Ohren. Wann hatte er angefangen, es zu genießen, dass er sie begehrte? Dass er sie liebte?

Reiß dich am Riemen, warnte er sich selbst. Es würde böse enden für sie beide, wenn er dem, was da unterschwellig in ihm gärte, freien Lauf ließe.

Er beschloss, dass es sicherer war, zu seiner Ausgangsidee zurückzukehren. Jawohl, es wurde höchste Zeit, dass er einmal von sich aus aktiv wurde und ihr einen schönen Abend bereitete, wenn er ihr sonst schon nichts zu bieten hatte.

»Du hast da ja eine Menge Schickimickikram in deinem Schrank hängen.«

Es amüsierte sie, dass er von ihrer Garderobe Notiz genommen hatte. »Selbst in West Virginia schaffen wir es, einkaufen zu gehen, und tragen gelegentlich etwas anderes als Overalls.«

»Sei doch nicht gleich so gereizt – ich liebe West Virginia.«

Dort war sie aufgewachsen, in einem großen Haus mit antiken Möbeln und Hausangestellten. Und er war über einer Bar groß geworden und auf der Straße, mit einem Stiefvater, der den Whiskey ein bisschen zu sehr geliebt hatte. Besser, du erinnerst dich daran, LeBeck, bevor du dir irgendwelche Flöhe in den Kopf setzt.

»Ich habe nur gedacht, du könntest dir vielleicht irgendwas Wildes anziehen, und dann könnten wir zusammen ausgehen.«

»Ausgehen?« Sie horchte auf. »Wohin denn?«

»Wohin du möchtest.« Er wünschte sich, sie würde ihn nicht anschauen, als hätte er eben einen Baseballschläger über ihrem Kopf geschwungen. Vorher würden sie noch miteinander ausgehen. »Ich habe ein paar Beziehungen. Ich könnte uns Karten für ein Musical besorgen. Nicht für meins«, fügte er hinzu, bevor sie sich äußern konnte. »Ich will nicht, dass meine eigenen Melodien in meinem Kopf miteinander in einen Wettstreit treten.«

Jetzt setzte sie sich ganz auf, töricht angetan von der Vorstellung, mit ihm auszugehen. Sie waren bisher nur ein einziges Mal zum Essen gegangen, und das war auf ihre Initiative hin geschehen. »Es ist ein bisschen spät am Tag, um noch Karten für irgendeine Vorstellung aufzutreiben.«

»Nicht wenn man weiß, wen man anrufen muss.« Er fuhr

ihr mit dem Finger über den Arm in einer Art und Weise, die
sie leise aufseufzen ließ. Sie fragte sich, ob er wusste, dass sie
sich wünschte, er würde sie immer und ewig so berühren.
»Und anschließend könnten wir noch essen gehen. Franzö-
sisch, wenn du magst.«

Und es ist nicht nur ein einfaches Date, dachte sie benommen. Es ist ein Powerdate. »Das wäre schön.« Sie war sich
nicht sicher, wie sie reagieren sollte, doch bevor sie sich weiter den Kopf darüber zerbrechen konnte, war er schon aufgestanden und zog sich an. »Also los, takel dich auf. Ich gehe
nach Hause und bestelle die Karten. Wir treffen uns bei mir.
In einer Stunde.«

Er beugte sich vor und gab ihr einen flüchtigen Kuss, dann
war er weg.

Vielleicht ist er nicht Sir Lancelot, dachte sie kopfschüttelnd, aber egal ob mit Rüstung oder ohne, er hatte unzwei-
felhaft seine Momente.

Freddie brauchte jede Sekunde der Stunde, um sich zurechtzumachen. Sie hoffte nur, dass Nick das schulterfreie blaue
Seidenkleid auch zu würdigen wusste. Als sie mit ihrem Pfen-
nigabsatz um ein Haar in einer Pflasterspalte hängen geblieben wäre, wünschte sie sich, dass sie sich bei ihr verabredet
hätten.

Sie fegte an Rio winkend vorbei und drehte eine Pirouette,
als er ihr hinterherpfiff. Nach einem flüchtigen Klopfen an
Nicks Wohnungstür trat sie ein.

»Diesmal bist du zu spät«, rief sie.

»Ich musste Zack noch mit einer Lieferung helfen.«

»Oh.« Sie biss sich auf die Unterlippe. »Deine Schicht habe
ich ja ganz vergessen.«

»Ich habe heute meinen freien Tag.« Nick kam, im Gehen
in sein Jackett schlüpfend, aus dem Schlafzimmer. Er bedachte

sie mit einem eingehenden Blick und nickte schließlich beifällig. »Sehr nett.«

»Du hast wirklich eine seltsame Art, Komplimente auszuteilen, Nicholas.«

»Wie wär's damit?« Er packte sie, hob sie hoch und küsste sie, bis ihr die Luft wegblieb.

»Okay«, sagte sie, als sie wieder atmen konnte. »Das ist sehr gut.«

Plötzlich nervös geworden, ließ er sie los. »Wir haben noch ein wenig Zeit für einen kleinen Schluck. Was hältst du davon, wenn ich deinen persönlichen Barkeeper spiele?«

»Warum nicht? Gegen ein Glas Weißwein lässt sich nichts einwenden – der Barkeeper hat die Wahl.«

»Ich denke, ich habe etwas, das deinen Beifall finden wird.« Er hatte sich eine Flasche Champagner aus Zacks Weinkeller stibitzt.

»Oh.« Freddies Augen weiteten sich. »Das scheint ja wirklich ein erinnerungswürdiger Abend zu werden.«

»Das war meine Absicht.« Er merkte, dass es ihm Spaß machte, sie zu überraschen. Etwas Außergewöhnliches für sie zu tun. Er ließ gekonnt den Korken knallen und füllte zwei Champagnerkelche, die er sich aus der Bar entliehen hatte. »Auf die Familie«, sagte er und stieß mit ihr an.

Sie lächelte, als sie ihr Glas hob. »Was ist denn mit dir plötzlich los? Ich kann es noch gar nicht richtig einordnen.«

Diese merkwürdige Unruhe meldete sich wieder, Verlangen und Sehnsüchte verknoteten sich in seinem Magen, schlangen sich um sein Herz. »Ich weiß es selbst nicht so genau.«

Doch diese Tatsache machte ihn weniger nervös, als sie ihn eigentlich machen sollte. Weil er glücklich war. Himmelhoch jauchzend glücklich. Und je öfter er sie anschaute, desto glücklicher wurde er.

393

Er war überzeugt davon, dass es ihm ein Leben lang Freude bereiten würde, sie anzuschauen.

Als dieser unerwartete Gedanke wie ein Fausthieb in seinem Magen landete, hielt er für einen Moment die Luft an und atmete dann ganz langsam aus.

»Ist alles in Ordnung mit dir?« Freddie klopfte ihm kameradschaftlich auf den Rücken. »Hast du dich verschluckt?«

»Nein, mir geht es gut.« Liebe. Ein Leben lang. »Mir geht es … gut.«

Plötzlich wurde sie unruhig, deshalb trat sie einen kleinen Schritt zurück. »Warum schaust du mich denn so an?«

»Wie?«

»Als hättest du mich noch nie gesehen.«

»Ich weiß nicht.« Aber das war gelogen. Er hatte sie tatsächlich noch nie gesehen, nicht durch die Augen eines Mannes jedenfalls, der völlig kopflos vor Liebe war.

Jetzt wurde ihm klar, dass ihm etwas Unglaubliches passiert war. Er hatte sich Hals über Kopf unsterblich in seine beste Freundin verliebt.

»Komm, setzen wir uns noch einen Moment.« Es musste sein.

»Also gut.« Leicht verunsichert ließ sie sich auf der Couch nieder. »Hör zu, Nick, wenn du dich nicht wohlfühlst, können wir die ganze Sache verschieben.«

»Nein, mir geht es gut. Habe ich nicht schon gesagt, dass es mir gut geht?«

»Du siehst aber gar nicht gut aus. Du bist blass.«

Kein Wunder. Er war ja auch noch nie vorher verliebt gewesen. Er war um die Liebe herumgetanzt, hatte damit gespielt, hatte die äußersten Ränder gestreift. Aber jetzt war er allem Anschein nach kopfüber hineingestürzt.

Mit Freddie.

Er hatte gerade begonnen sich daran zu gewöhnen, mit ihr Liebe zu machen. Aber die Erkenntnis, dass er sie liebte, verlangte ihm eine Menge mehr an Gedanken ab. Doch wie denken, wo er doch im Moment den Eindruck nicht loswurde, aus nichts als Gefühlen zu bestehen?

»Freddie ... die Dinge zwischen uns haben sich irgendwie ziemlich rasant entwickelt.«

Sie hob eine Augenbraue. »Ein Jahrzehnt nennst du rasant?«

Er wischte ihren Einwand beiseite. »Du weißt, was ich meine ... die Arbeit und alles andere.«

Der Schauer, der ihr über den Rücken lief, war eisig und voller Angst. Aber ihre Stimme war ruhig. »Versuchst du, mich behutsam fallen zu lassen, Nick?«

»Nein.« Dieser Gedanke entsetzte ihn – es war undenkbar. »Nein«, wiederholte er und griff so fest nach ihrer Hand, dass Freddie zusammenzuckte. »Ich will dich, Freddie. Mir ist nur gerade klar geworden, wie sehr ich dich will ...«

Ihr ging das Herz über vor Glück. »Du hast mich, Nick. Du hast mich immer.«

»Die Dinge haben sich verändert.« Ihm fiel keine geeignete Umschreibung ein, die es vermochte, sie beide zufriedenzustellen. Aber irgendwie musste er sich ihr verständlich machen. »Es ist nicht nur, weil wir zusammen ins Bett gehen. Was ich für dich empfinde, ist so anders, so viel stärker als alles, was ich jemals gefühlt habe.«

»Nick.« Von Liebe überschwemmt, zog sie seine Hand an ihre Wange. »So etwas hast du noch nie gesagt. Ich glaubte schon, du würdest es nie tun.«

Er auch. Doch jetzt befürchtete er auf einmal, keine Worte mehr zu finden, nicht die richtigen jedenfalls. »Ich möchte nicht, dass wir irgendetwas überstürzen, Freddie, aber ich will, dass du weißt ...«

Als eilige, schwere Schritte auf der Treppe ertönten, stieß Nick einen Fluch aus, und Freddie verwünschte das Schicksal. Keiner von beiden bewegte sich, als Rio mit Unheil verkündendem Gesicht auf der Schwelle erschien.

»Nick, du solltest besser runterkommen.«

Ihn durchfuhr ein eisiger Schreck. »Ist irgendwas mit Zack?«

»Nein, nicht Zack.« Rio warf Freddie einen entschuldigenden Blick zu. »Aber du solltest trotzdem schnell kommen.«

»Bleib hier«, wies Nick Freddie an, doch Rio widersprach.

»Nein, sie sollte auch runterkommen. Sie kann helfen.« Als Nick an ihm vorbeiging, legte Rio ihm schwer eine Hand auf die Schulter. »Es ist Maria.«

Nick zögerte und warf Freddie einen Blick zu. Es gab keine Möglichkeit, sie hier herauszuhalten. »Wie schlimm ist es?«

Rio schüttelte nur den Kopf und wartete darauf, dass Nick und Freddie sich ihm anschlossen.

Der Name sagte Freddie nichts. Womöglich handelte es sich um eine ehemalige Geliebte von Nick, die eifersüchtig oder gar betrunken in die Bar gekommen war, um ihn zur Rede zu stellen.

Doch der Anblick in der Küche belehrte sie eines Besseren.

Die Frau war dunkel und mager, und bevor die Sorgen und die Erschöpfung ihre unübersehbaren Spuren auf ihrem Gesicht hinterlassen hatten, war sie wahrscheinlich hübsch gewesen. Doch Genaues ließ sich wegen der Schwellungen und blauen Flecken, die das Gesicht bedeckten, nicht sagen.

Sie saß regungslos da, ihr zu Füßen hockte ein kleines Mädchen und lutschte am Daumen, während ein kleiner dünner Junge von hinten ihre Stuhllehne umklammerte. In ihrem Schoß weinte ein Baby von etwa drei Monaten leise vor sich hin.

Nick verspürte bei ihrem Anblick den Drang, sie anzuschreien, nur damit sie wütend wurde. Er wollte diese Frau, dieses Mädchen, das er einst gekannt und fast geliebt hatte, so lange schütteln, bis sie endlich diesen hoffnungslosen Blick verlor. Stattdessen ging er auf sie zu und hob sanft ihr Kinn. Als sie ihn anschaute, rollte ihr die erste Träne über die Wange.

»Es tut mir leid, Nick. Es tut mir so leid. Ich wusste nicht, wohin ich sonst gehen sollte.«

»Es muss dir nicht leidtun. He, Carlo.« Er versuchte den Jungen anzulächeln. Obwohl er ihm nur leicht die Hand auf die Schulter legte, versteifte sich Carlo und zog sich in sich zurück.

Großen Händen war nie zu trauen.

»Und wen haben wir denn da? Ist das Jenny?« Nick hob das Mädchen auf und setzte sie sich auf seine Hüfte. Den Daumen noch immer im Mund, bettete sie den Kopf an seine Schulter.

»Rio, warum schmeißt du den Kindern nicht ein paar Hamburger in die Pfanne?«

»Sind schon in Arbeit.«

»Jenny, willst du dich auf den Tresen setzen und Rio beim Kochen zuschauen?« Als sie nickte, setzte Nick sie dort ab. Ein Blick genügte, um Carlo zu veranlassen, sich zu seiner kleinen Schwester zu gesellen.

»Ich möchte dir keine Scherereien machen, Nick«, begann Maria, während sie das weinende Baby zu wiegen begann.

»Willst du einen Kaffee?« Ohne eine Antwort abzuwarten, ging er zur Kaffeemaschine. »Das Baby ist hungrig, Maria.«

»Ich weiß.« Mit einer Bewegung, die sie eine schier übermächtige Anstrengung zu kosten schien, bückte sie sich nach der Papiertragetasche zu ihren Füßen. »Ich kann sie nicht stillen. Ich habe keine Milch mehr. Aber ich habe Babynahrung und ein Fläschchen dabei.«

»Kann ich es vielleicht zurechtmachen?« Freddie streckte die Arme aus. »Und wenn Sie möchten, können Sie mir die Kleine auch einen Moment geben.«

»Sicher. Sie ist ein gutes Baby, wirklich. Es ist nur, weil …« Sie brach ab und begann still in sich hineinzuweinen.

»Es wird bald alles wieder gut«, tröstete Freddie die Frau, während sie ihr behutsam das Baby aus dem Arm nahm. »Alles wird bald wieder gut sein.«

»Ich bin so müde«, brachte Maria mühsam heraus. »Es ist nur, weil ich so müde bin.«

»Hör auf damit.« Der Befehl klang schroff, während Nick eine Tasse Kaffee vor sie hinstellte. »Er hatte dich wieder in der Mangel, stimmt's?«

»Nick.« Freddie warf einen warnenden Blick auf die Kinder.

»Glaubst du vielleicht, sie wissen nicht, was los ist?« Aber er senkte die Stimme. »Willkommen in der Realität.« Er setzte sich neben Maria, nahm ihre Hände und legte sie um den Kaffeebecher. »Hast du diesmal die Polizei gerufen?«

»Ich kann nicht, Nick.« Angesichts seines angewiderten Schnaubens schien sie noch mehr zusammenzuschrumpfen. »Ich weiß nicht, was er dann tun würde. Er würde durchdrehen, Nick. Du weißt doch, wie Reece sein kann, wenn er getrunken hat.«

»Ja, das weiß ich sehr gut.« Gedankenverloren strich er sich mit der Hand über die Brust. Er hatte die Narben, um sich zu erinnern. »Du hast gesagt, dass du ihn verlässt, Maria.«

»Das habe ich ja. Ich habe es wirklich, ich schwöre es. Ich würde dich nicht anlügen, Nick. Noch vor der Geburt des Babys bin ich in die Wohnung gezogen, die du mir verschafft hast. Ich würde ihn nie wieder zurücknehmen, nicht nach dem letzten Mal.«

Beim letzten Mal hatte Reece sie die Treppe hinunterge-
worfen, wie Nick sich erinnerte. Sie war im sechsten Monat
schwanger gewesen.

»Und woher hast du dann die aufgeplatzte Lippe und das
blaue Auge?«

Maria schaute müde in ihren Kaffee, dann hob sie mechanisch die Tasse, um zu trinken.

Rio stellte einen Teller vor sie hin. »Ich nehme die Kinder
mit nach draußen. Sie können dort essen.«

»Danke.« Sie wischte sich noch eine Träne ab. »Seid schön
brav, ihr beiden. Macht Mr. Rio keinen Ärger, habt ihr verstanden?« Als Freddie sich auf einem Stuhl niederließ und
begann, das Baby zu füttern, verzog sich Marias Gesicht zu
einem kleinen Lächeln. »Sie heißt Dorothy – wie die Dorothy
aus ›Der Zauberer von Oz‹. Die Kinder haben den Namen
ausgesucht.«

»Sie ist ein süßes Baby.«

»Ja, das ist sie. Und so lieb. Sie weint fast nie und schläft die
ganze Nacht durch.«

Nicks Geduld war erschöpft. »Maria.«

Sie hielt inne und holte tief Luft. »Er hat mich angerufen,
behauptete, er wolle die Kinder sehen.«

»Er macht sich einen Dreck aus den Kindern.«

»Das weiß ich.« Marias Lippen zitterten, doch sie hielt die
Tränen zurück. »Und sie wissen das auch. Aber er hörte sich
so traurig am Telefon an. Und er ist auch einmal vorbeigekommen und hat ihnen ein Eis spendiert. Deshalb hoffte ich,
dass es vielleicht dieses Mal …«

Ihre Stimme erstarb. Ihr war klar, wie dumm diese Hoffnung war. Sie war nicht nur dumm, sie war tödlich.

»Ich wollte nicht zu ihm zurück. Ich dachte mir nur, er
könnte ja ab und zu die Kinder sehen. Solange ich dabei war,
um sicher zu sein, dass er nicht trank oder brutal wurde.

Heute Abend ist er vorbeigekommen, als ich mit dem Baby im Schlafzimmer war. Jenny hat ihn hereingelassen. Es war zu spät, Nick. Ich sah sofort, wie betrunken er war. Ich habe ihm gesagt, er solle gehen. Aber es war zu spät.«

»Okay, nur ruhig, ganz ruhig.« Er hatte Eiswürfel in ein Handtuch gewickelt und kühlte Marias geschwollene Lippe.

Aber sie konnte nicht ruhig sein, nicht jetzt, da sie mit dem Reden angefangen hatte und alles in ihr danach schrie, dieses Gift aus ihrem Körper ausströmen zu lassen. »Er hat Sachen durchs Zimmer geworfen, wie irre herumgeschrien. Ich habe die Kinder ins Schlafzimmer gebracht, damit er ihnen nichts antun kann. Das hat ihn nur noch wütender gemacht. Also ist er auf mich losgegangen, aber ich konnte mich auch ins Schlafzimmer flüchten und die Tür abschließen. Wir sind dann über die Feuertreppe hinunter. Und einfach gerannt.«

»Nick«, murmelte Freddie, »nimm du das Baby.« Vorsichtig reichte sie ihm das schlafende Kind. »Erst mal werden wir Sie ein bisschen sauber machen.« Sie ließ Wasser übers Handtuch laufen und wischte damit behutsam über Marias Gesicht.

Und während sie die Wunden reinigte und die Blutergüsse kühlte, redete sie unablässig leise auf Maria ein. Über die Kinder, über das wunderbare neue Baby. Und allmählich, ganz allmählich, reagierte Maria auf das Gespräch. Freddie setzte sich neben sie und nahm ihre Hand.

»Es gibt Stellen, an die Sie sich wenden können. Wo Ihre Kinder in Sicherheit sind.«

»Zuallererst sollte sie die Cops verständigen.« Auch wenn Nicks Stimme hart und unnachgiebig klang, hielt er das Baby ganz sanft in seinen Armen.

»Ich muss ihm recht geben.« Freddie reichte Maria das Handtuch mit den Eiswürfeln. »Aber ich verstehe auch, was es heißt, Angst zu haben. In einem Frauenhaus können sie Ihnen weiterhelfen. Und auch Ihren Kindern, Maria.«

»Nick hat auch schon davon geredet, aber ich dachte, es sei besser, wenn ich allein damit fertig werde.«

»Jeder Mensch braucht irgendwann mal Hilfe von anderen.«

Maria schloss die Augen und sammelte ihren ganzen verbliebenen Rest an Mut zusammen. »Ich werde nicht zulassen, dass er den Kindern wehtut. Nie wieder. Nick, wenn du mir sagst, dass ich dorthin gehen soll, dann gehe ich.«

Damit hätte er nie gerechnet. Er wusste, dass dieser Sieg vor allem Freddies ruhigem Beistand zu verdanken war. »Freddie, oben in der Küchenschublade beim Telefon ist eine Nummer notiert. Der Name Karen steht auf dem Zettel. Frage nach ihr und erklär ihr die Situation.«

»Ja.« Noch während sie zur Tür ging, hörte sie, wie Maria wieder zu weinen begann. Und sie hatte gerade den Telefonhörer wieder eingehängt, als Nick nach oben kam.

Für einen langen Moment betrachtete er sie – die schlanke Frau in dem eleganten Kleid. »Ich werde dich versetzen müssen, Freddie. Tut mir leid, dass der Abend ruiniert ist. Und er ist noch nicht vorbei«, setzte er murmelnd hinzu.

»Ist schon in Ordnung. Aber was meinst du? Mein Gott, Nick, die arme Frau.«

Seine Augen waren dunkel und unergründlich. »Ich möchte, dass du sie und die Kinder zum Frauenhaus bringst. Es ist sowieso besser, die sind nie sonderlich begeistert, wenn ein Mann dort auftaucht. Ist ja auch kein Wunder. Ich bin beruhigter, wenn ich weiß, dass du dich um sie kümmerst.«

»Ja, natürlich. Und wenn sie sicher untergebracht sind, komme ich zurück und …«

»Nein, geh nach Hause.« Es war ein Befehl, hart und scharf. »Geh einfach nach Hause, wenn du fertig bist. Ich habe noch etwas zu erledigen.«

»Aber, Nick …«

»Ich habe jetzt weder Zeit noch Lust, mich mit dir zu streiten.« Er drehte sich um und warf die Tür hinter sich zu.

Er wusste, wo er seinen alten Bandenchef auftreiben würde.
Reece bewegte sich noch immer in denselben Kreisen, in denen sie sich als Jugendliche zusammen bewegt hatten. Er trieb
sich noch immer in denselben Straßen und denselben zwie-
lichtigen Kneipen herum, in denen sie sich damals Abend für
Abend herumgetrieben hatten.

Er fand Reece über einen Whiskey gebeugt in einer Ka-
schemme, weniger als fünfzehn Häuserblocks vom »Lower
the Boom« entfernt.

Die Atmosphäre war nicht geeignet, auch nur einen einzigen seriösen Gast anzuziehen. Der Raum war verräuchert,
und in der Luft hing der Gestank nach altem Fett, der Fußboden war mit Zigarettenstummeln und Erdnussschalen bedeckt. Und die Drinks waren genauso billig wie die Hure,
die allein am Ende der Theke hing und mit glasigem Blick in
ihren Gin starrte.

»Reece.«

Der Alkohol hatte ihn über die Jahre aufgeschwemmt. Er
drehte sich langsam auf dem Barhocker um.

»He, wen haben wir denn da? Wenn das mal nicht der
rechtschaffene LeBeck ist. Bring meinem Kumpel einen Be-
grüßungsdrink, Gus, und gib mir auch gleich noch einen.
Schreib sie beide auf seine Rechnung.« Darüber musste Reece
so wiehern, dass er fast vom Stuhl gefallen wäre.

»Sparen Sie es sich«, sagte Nick zu dem Barkeeper.

»Bist du dir zu schade, um mit einem alten Kumpel einen
zu trinken, LeBeck?«

»Ich trinke nicht mit Leuten, die auf mich schießen, Reece.«

»Ey, ich hab doch gar nicht auf dich gezielt damals.« Reece
kippte seinen Whiskey hinunter und knallte das leere Glas

auf die Theke zum Zeichen, dass er Nachschub wollte. »Und ich habe meine Zeit abgesessen, erinnerst du dich? Volle fünf Jahre, drei Monate und zehn Tage.« Er zog sich mit den Zähnen eine Zigarette aus einem verknitterten Päckchen. »Sag bloß, du bist noch sauer, weil ich damals was mit Maria angefangen hab? Sie war immer schon scharf auf mich, Kumpel, vergiss das nicht.«

»Ein kluger Mann vergisst, was gestern war, Reece. Aber du warst ja nie sonderlich clever. Allerdings muss ich zugeben, dass ich tatsächlich wegen Maria hier bin.«

»Meine Alte ist meine Sache. Und meine Gören auch.«

»Sie waren es vielleicht.« In Nicks Augen lauerte jetzt der Wolf, als er sich näher zu Reece hinüberlehnte. Und dieser Wolf hatte Fänge. »Du wirst ihnen nie wieder zu nahekommen. Nie. Und wenn du es doch tust, bring ich dich um.« Er hatte es ruhig gesagt, mit einer Beiläufigkeit, die den Barkeeper veranlasste, mit der Hand unter der Theke nach seinem Totschläger zu tasten.

Reece gab nur ein verächtliches Schnauben von sich. »Die Schlampe ist wieder zu dir gerannt, stimmt's?«

»Ich wette, du denkst, sie ist diesmal leicht davongekommen – eine aufgeplatzte Lippe, ein blaues Auge, was ist das schon? Diesmal musste sie nicht ins Krankenhaus.«

»Ein Mann hat das Recht, seiner Frau zu zeigen, wo's langgeht.« Reece schwenkte nachdenklich sein Glas. »Und sie will es auch gezeigt kriegen, kapiert? Im Übrigen wusste sie ganz genau, dass ich dieses letzte Gör nicht wollte. Herrgott noch mal, das erste war ja nicht mal von mir, aber ich hab sie trotzdem genommen, oder vielleicht nicht? Sie und diesen verdammten kleinen Bastard. Also komm jetzt nicht daher und erzähl mir, was ich bei meiner eigenen Frau darf und was nicht, okay?«

»Ich werde dir gar nichts erzählen. Ich werde es dir zeigen.« Nick rutschte vom Barhocker herunter. »Steh auf, Reece.«

403

Angesichts der Aussicht, Blut fließen zu sehen, begannen Reece' gerötete Augen zu glitzern. »Willst du dich mit mir anlegen, Bruder?«

»Steh auf«, wiederholte Nick. Aus den Augenwinkeln sah er, dass der Barkeeper eine Bewegung machte. Nick griff nach seiner Brieftasche, holte ein paar Scheine heraus und warf sie auf die Theke. »Das sollte den Schaden decken.«

Der Barkeeper schnappte sich das Geld, zählte es durch und nickte. »Ich hab kein Problem damit.«

»Irgendjemand muss dir anscheinend die eingebildete Fresse polieren, LeBeck.« Reece stand ebenfalls auf. »Sieht ganz danach aus, als würde ich das übernehmen müssen.«

Es war nicht hübsch anzusehen. Als das erste Blut floss, ließ das Flittchen seinen Gin im Stich und brachte sich draußen in Sicherheit. Die paar anderen Gäste, die die Bar bevölkerten, traten einen Schritt zurück, um sich besser an dem Schauspiel ergötzen zu können.

Der Whiskey machte Reece nur noch bösartiger. Seine fleischige Faust krachte gegen Nicks Schläfe, sodass Nick Sterne sah, dann landete er einen rechten Haken in Nicks Eingeweiden. Nick krümmte sich vor Schmerz zusammen, aber als er wieder hochkam, versetzte er Reece einen donnernden Kinnhaken.

Geschickt das Überraschungsmoment für sich ausnutzend, ließ er einen Hagel aus Faustschlägen auf Reece niederprasseln, wobei er sich voll und ganz auf dessen Gesicht konzentrierte. Ein Blutstrom quoll aus Reece' Nase, während er um einen Tisch taumelte. Unter seinem Gewicht splitterte Holz.

Den Kopf gesenkt wie ein gereizter Stier, die Hände zu Fäusten geballt, stürzte sich Reece mit einem wütenden Aufheulen auf seinen Gegner. Nick wich geschmeidig aus und landete den nächsten Schlag. Aber in der engen Bar gab es wenig Manövrierspielraum. Beim nächsten Fausthieb ging Nick zu Boden.

Reece' Hände legten sich wie ein Schraubstock um seinen Hals und begannen ihn zu würgen. Nach Luft schnappend, zerrte Nick mit aller Kraft an Reece' Armen, während ihm das Blut wie ein Wasserfall in den Ohren rauschte. Er spürte, wie Reece' Zähne an seinen Knöcheln rissen, aber er ließ nicht nach in seinem Bemühen, bis sich der Würgegriff schließlich lockerte.

Der Hass machte ihn stark und wild und erbarmungslos. Nun hatte Reece keine Chance mehr. Ohnmächtig sackte er in sich zusammen, doch noch ließ Nick nicht von ihm ab.

»Genug.« Es bedurfte des tatkräftigen Einschreitens des Barkeepers sowie zweier anderer Gäste, um Nick zum Aufhören zu bewegen. »Du hast bekommen, was du wolltest, Mann. Verschwinde jetzt.«

Nick stand mühsam auf, er taumelte leicht, als er sich den Schmutz von den Kleidern klopfte und sich mit dem Handrücken das Blut vom Mund wischte. »Wenn er wieder zu sich kommt, sag ihm, dass ich ihn endgültig fertigmache, wenn er noch einmal die Hand gegen eine Frau erhebt.«

405

10. Kapitel

Nachdem Freddie Maria und die Kinder in dem Haus für misshandelte Frauen abgeliefert hatte, dachte sie daran, nach Hause zu gehen und Nick von dort aus wie versprochen anzurufen. Sie fühlte sich vollkommen ausgelaugt. Aber dann beschloss sie, doch noch einmal zu Nick zurückzugehen.

»Dachte mir, dass du noch mal zurückkommst«, sagte Rio, als sie die Küche betrat. »Hast du Maria und die Kinder gut untergebracht?«

»Ja.« Sie setzte sich und lehnte sich erschöpft in den Stuhl zurück. »Das Wohnheim macht einen ganz guten Eindruck. Auf jeden Fall sind sie zumindest fürs Erste in Sicherheit. Ich glaube, dass ihr gar nicht klar war, wo sie war. Sie hat sich einfach willenlos mitführen lassen, genau wie die Kinder.«

»Du hast alles getan, was in deiner Macht stand. Mehr kannst du nicht tun, Freddie.« Rio stellte einen Teller vor sie hin. »Du musst ein bisschen essen. Keine Widerrede.«

»Ich wollte dir gar nicht widersprechen.« Sie nahm die Gabel auf. »Wer ist sie, Rio?«

»Ein Mädchen aus Nicks Jugendzeit. Hat sie aus den Augen verloren, nachdem er bei Zack und Rachel untergekommen war. Als sie mit dem Jungen, Carlo, schwanger war, hat ihre Familie sie vor die Tür gesetzt.«

»Wie können Menschen nur so herzlos sein?«, murmelte sie entsetzt. »Und der Vater des Jungen?«

»Hat sich abgesetzt, schätze ich.« Rio zuckte die Schultern, dann wurde ihm etwas bewusst. »Der Junge ist nicht von Nick.«

»Das musst du mir nicht extra sagen, Rio. Nick hätte sie nie im Stich gelassen.« Sie legte die Gabel beiseite und rieb sich mit beiden Händen das Gesicht. »Dieser Mann, der … der ihr das angetan hat – er ist aber nicht Carlos Vater, oder?«

»Nein. Mit dem hat sie sich vor ungefähr vier Jahren eingelassen. Der Junge kam zur Welt, da saß der Typ noch hinter Gittern.«

»Ein richtiger Traumprinz.«

»Oh ja, Reece ist ein absolut reinrassiger Bastard.« Statt des üblichen Kaffees stellte Rio eine Tasse Kräutertee vor sie hin. »Sagt dir der Name was?«

»Nein.« Sie runzelte die Stirn und roch an dem Tee. Kamille. Fast hätte sie gelächelt. »Sollte er denn?«

»Er hätte Nick fast umgebracht.« Rios Blick wurde hart. »Vor ungefähr zehn Jahren ist er mit ein paar anderen dieser schleimigen Cobras hier eingebrochen, vollgepumpt mit Drogen und bewaffnet bis an die Zähne. Reece hat Nick angeschossen.«

Alle Farbe wich aus ihrem Gesicht. »Mein Gott, ich erinnere mich. Nick hat Zack damals weggestoßen.«

»Und sich die Kugel eingefangen. Ich dachte damals wirklich, wir hätten ihn verloren. Aber er kam durch. Nick ist zäh. Immer gewesen.«

Sie erhob sich so langsam, als hätte sie Angst, ihre Knochen könnten splittern. »Wo ist er, Rio? Wo ist Nick?«

Er hätte sie anlügen können. Er zog es jedoch vor, ihr die Wahrheit zu sagen. »Ich könnte mir vorstellen, dass er sich auf die Suche nach Reece gemacht hat. Und ich könnte mir auch vorstellen, dass er ihn gefunden hat.«

Sie schnappte vor Schreck nach Luft. Beim ersten Mal bekam sie keine, also versuchte sie es ein zweites Mal. »Wir müssen es Zack sagen. Wir müssen …«

407

»Zack ist schon unterwegs und sucht nach ihm. Und Alex auch.« Er legte ihr sanft eine riesige Hand auf die Schulter. »Für dich gibt es nichts zu tun, außer zu warten, Püppchen.«

Also wartete sie. Oben in Nicks Wohnung. Ihre Nerven waren angespannt wie Gitarrensaiten, und bei jedem Geräusch unten auf der Straße oder in der Bar hielt sie den Atem an. Jedes Heulen einer Sirene ließ sie erzittern.

Er ist zäh. Nick ist schon immer zäh gewesen. Das waren Rios Worte.

Ihr war es egal, wie zäh er war. Sie wollte nur, dass er mit heiler Haut nach Hause kam.

Als die quälenden Bilder in ihrer Fantasie schließlich überhandzunehmen drohten, fing sie an, die Wohnung sauber zu machen. Erst räumte sie auf, dann saugte sie Staub, und schließlich wischte sie.

Sie war gerade beim Fußboden in der Küche angelangt, als sie Nicks Schritte auf der Treppe hörte. Eilig rappelte sie sich auf und rannte zur Tür.

»Nick. Oh, mein Gott, Nick.« Erleichtert warf sie sich in seine Arme.

Er ließ es einen Moment zu, dass sie sich an ihm festklammerte, obwohl es sehr schmerzhaft war. Als er endlich die Kraft fand, machte er sich von ihr frei.

»Ich hatte dir gesagt, dass du nach Hause gehen sollst, Freddie.«

»Es ist mir egal, was du mir gesagt hast, ich war … Oh, mein Gott, du bist ja verletzt!« Voller Entsetzen sah sie ihn an. Sein Gesicht war blutverschmiert, ein Auge war fast zugeschwollen. Seine Kleider waren zerrissen und blutbefleckt. »Du musst ins Krankenhaus.«

»Ich brauche kein verdammtes Krankenhaus.« Er taumelte von ihr weg und ließ sich erschöpft in einen Sessel fallen. Und hoffte, dass er sich nicht übergeben musste. »Starr mich nicht so an. Ich habe dasselbe eben schon mit Zack durchgemacht. Geh nach Hause, Freddie.«

Statt seiner Aufforderung Folge zu leisten, ging sie wortlos ins Bad und kehrte einen Moment später wieder zurück, bewaffnet mit Verbandszeug, Desinfektionsmittel und nassen Handtüchern.

Er warf einen Blick auf sie und hätte finster das Gesicht verzogen, wäre da nicht seine Befürchtung gewesen, dass bei der geringsten Bewegung die Haut aufplatzen könnte. »Ich brauche keine Krankenschwester.«

»Sei still.« Ihre Hände waren um einiges ruhiger als ihre Stimme, als sie ihm behutsam das Blut abtupfte. »Ich nehme an, ich brauche nicht zu fragen, wie der andere Kerl aussieht. Du hattest kein Recht, auf ihn loszugehen, Nick.«

»Selbstverständlich hatte ich ein Recht. Sie hat mir einmal etwas bedeutet.« Er zog zischend die Luft ein vor Schmerz, dann lehnte er sich zurück und ließ es sich gefallen, dass sie ihm das kühle Handtuch auf das geschwollene Auge drückte. »Und selbst wenn ich sie vorher nie gesehen hätte – jeder Mann, der seine Hand gegen eine Frau und Kinder erhebt, verdient es, zusammengeschlagen zu werden.«

»Deiner Theorie widerspreche ich nicht«, murmelte sie. »Nur deiner Praxis. Pass auf, gleich brennt es ein bisschen.«

Es brannte mehr als nur ein bisschen. Er fluchte wie ein Bierkutscher. »Ich wünschte, du würdest endlich verschwinden.«

»Tu ich aber nicht.« Sie versuchte sich selbst damit zu trösten, dass die Wunden in seinem Gesicht nicht so tief waren, dass sie genäht werden mussten. Dann sah sie seine Hände. Weißglühender Zorn schoss in ihr hoch. »Deine Hände. Sieh doch nur, was du mit deinen Händen angestellt hast. Du Idiot! Warum kannst du nicht dein Hirn benutzen anstatt deine Drüsen?«

Sie hätte am liebsten weinen mögen. Seine schönen Klavierspielerhände waren aufgerissen und bluteten. An den Knöcheln waren sie blutunterlaufen und dick angeschwollen.

»Sie haben sich ein paarmal direkt in seine Zähne gebohrt.«

»Das ist wieder mal typisch für dich. Nicholas LeBecks Problemlösungsstrategie. Wenn man ein Problem nicht mit dem Verstand lösen kann, löst man es am besten mit den Fäusten.« Sie wand ihm feuchte kalte Tücher um die Hände, während sie sprach. »Du hättest Alex anrufen können.«

»Nerv mich nicht, Freddie. Du hast sie gehört. Sie wird keine Anzeige erstatten.«

»Sie ist sicher im Frauenhaus, oder nicht? Sie und die Kinder.«

»Und er kommt so einfach davon? Oh nein, diesmal nicht.« Versuchsweise streckte Nick behutsam seine Finger. Sie waren steif, und es schmerzte. »Er hat versucht, meinen Bruder umzubringen, und das hat ihm nicht einmal sechs Jahre eingebracht. Dann war man der Meinung, er wäre rehabilitiert, und hat ihn entlassen mit dem Erfolg, dass er jetzt seine Bösartigkeit an Maria auslässt. Ein schönes Rechtssystem, das wir da haben. Pfeif drauf! Ich verlasse mich lieber auf meine Fäuste. Das funktioniert wenigstens.«

»Und vorher hat er dich fast umgebracht.« Ihre Lippen bebten, als sie sich erhob. »Er hätte es diesmal tun können.«

»Er hat es aber nicht, oder? Und jetzt lass mich in Ruhe.«

Nick stand mühsam auf und humpelte in die Küche. Er holte das Aspirin aus dem Küchenschrank, aber er schaffte es nicht, mit seinen verletzten Fingern den Deckel aufzubekommen.

Freddie kam ihm nach und nahm ihm die Flasche aus der Hand. Sie öffnete sie, nahm zwei Tabletten heraus, dann stellte sie den Behälter auf dem Tresen ab und füllte ein Glas mit Wasser.

»Du willst also, dass ich gehe, Nick?« Ihre Stimme klang kontrolliert, zu kontrolliert.

Er wandte sich nicht um, sondern blieb einfach stehen, wie er stand, aufgestützt auf den Tresen, während in seinem Körper der Schmerz tobte. »Ich kann jetzt nicht darüber reden. Wenn du etwas für mich tun willst, geh nach Hause. Lass mich allein. Ich will dich nicht hierhaben.«

»Schön. Ich hätte mich gleich daran erinnern sollen, dass der einsame Wolf es vorzieht, seine Wunden allein zu lecken. Ich bin schon weg.« Jetzt ebenso verwundet wie er, drehte sie sich auf dem Absatz um und verließ die Küche.

Sie hatte das Wohnzimmer halb durchquert, als sie mit Zack zusammenstieß. Unwirsch wischte sie sich die Tränen von der Wange und eilte weiter.

»Pass besser auf«, warnte sie ihn, »ich glaube, er hat Tollwut.«

»Freddie ...«

Aber sie war schon zur Tür hinaus, ihre Absätze klapperten auf der Flurtreppe. Zack marschierte in die Küche.

»He, du hast Freddie zum Weinen gebracht. Was hast du getan?«

Nick fluchte nur und legte sich vier Aspirin bereit. »Halt dich da raus.« Er verzog das Gesicht vor Schmerz, als die Tabletten seine geschundene Kehle hinunterrutschten. »Im Moment ist mir nicht nach Gesellschaft, Zack.«

»Setz dich, verdammt noch mal, bevor du umfällst.«

Die Idee war ihm bisher nicht gekommen, aber sie hörte sich vernünftig an. Also ließ er sich vorsichtig auf einem Küchenstuhl nieder.

Zack betrachtete Nick schweigend. Freddie hatte ihn so gut wie möglich verarztet, aber sein Bruder sah immer noch aus wie ein zerfledderter Punchingball. »Er hat dich ganz schön zwischengehabt, was?«

»Hat ein paar Treffer landen können.«

»Dann zieh aus, was von dem Hemd noch übrig ist, und lass uns den Schaden näher begutachten.«

»Ich will's gar nicht wissen.« Aber er brachte nicht die Energie auf, sich gegen Zack zu wehren, als der ihm den Stofffetzen vom Körper löste. Zacks gemurmelte Flüche bestätigten seine ärgsten Vermutungen. »So schlimm?«

»Das sind mehr als nur ein paar Treffer gewesen. Verflucht, Nick, musstest du unbedingt Streit suchen?«

»Von Suchen kann keine Rede sein. Das hat sich schon lange angebahnt. Und jetzt ist es erledigt.«

Zack nickte nur. »Ist diese Schmerzsalbe hier noch irgendwo?«

»Weiß nicht. Schau mal in dem Schrank unter der Spüle.«

Zack fand die Salbe und vollendete damit, was Freddie begonnen hatte. »Morgen wirst du dich noch miserabler fühlen.«

»Danke für die Aufmunterung. Hast du eine Zigarette für mich? Ich hab meine verloren.«

Zack zündete eine Zigarette an und steckte sie zwischen Nicks geschwollene Finger. »Ich hoffe, der andere sieht wenigstens genauso schlimm aus wie du.«

»Nein, schlimmer.« Das Grinsen tat weh. »Viel, viel schlimmer.«

»Immerhin etwas. Wundert mich, dass du überhaupt noch die Kraft hattest, mit Freddie zu streiten.«

»Ich hab mich nicht mit ihr gestritten. Ich wollte nur, dass sie geht. Sie hätte das Ganze überhaupt nicht mitkriegen dürfen.«

»Vielleicht nicht. Aber ich bin sicher, sie wird damit fertig werden.«

Nach zwei Tagen war Freddie klar, dass Nick fest entschlossen war, ihr aus dem Weg zu gehen. Wahrscheinlich leckt er noch immer wie ein Wolf seine Wunden, dachte sie auf dem Rückweg vom »Lower the Boom« nach Hause.

Mit seiner verschlossenen Wohnungstür hatte sie allerdings nicht gerechnet. Ihr einziger Trost war Zacks Versicherung, dass Nick sich auf dem Weg der Besserung befand.

Sie hatte es satt, sich Sorgen um ihn zu machen. Und da an Arbeit nicht zu denken war, ehe seine Hände nicht geheilt waren, hatte sie begonnen, ihre Zeit mit anderen Dingen zu füllen.

Heute war sie bei Maria im Frauenhaus gewesen und hatte den Kindern Spielzeug mitgebracht. Es hatte ihr Spaß gemacht. Maria wirkte noch immer nervös und angespannt, aber die Kinder begannen langsam aufzutauen. Der Höhepunkt von Freddies heutigem Tag war es gewesen, dass der ernste Carlo sie angelächelt hatte.

Zeit, dachte sie. Sie brauchen nur Zeit. Und jemanden, der sich um sie kümmerte.

Und was brauchte Nick? Offensichtlich nicht Freddie Kimball. Zumindest im Augenblick nicht. Deshalb würde sie ihm den gewünschten Abstand geben. Früher oder später jedoch würde sie krank davon werden, wenn sie sich immer nur im Hintergrund halten und warten musste.

Liebe sollte nicht so kompliziert sein, dachte sie, während sie mit gesenktem Blick die Straße entlangging. Am Anfang war ihr alles so leicht erschienen. Alles, was sie sich gewünscht und vorgenommen hatte, hatte sie Stück für Stück erreicht.

Doch jetzt, nachdem Nicks Vergangenheit das Haupt nur ein klein bisschen erhoben hatte, drohte es ihr wieder zu entgleiten.

Mit einem Seufzer schloss sie ihre Haustür auf. Angesichts des plötzlichen Stoßes von hinten wäre sie fast gefallen, wenn sich nicht ein Arm um sie geschlungen und festgehalten hätte.

»Lauf weiter«, befahl die Stimme. »Und mach keinen Mucks. Spürst du das? Es ist ein Messer. Du willst bestimmt nicht, dass ich es benutze.«

Bleib ganz ruhig, befahl sie sich. Keine Panik. Es war heller Tag. »In meiner Tasche ist Geld. Sie können es haben. Nehmen Sie es sich.«

»Darüber reden wir später. Hol den Aufzug.«

Die Vorstellung, mit ihm und einem Messer im Rücken in einem Aufzug eingesperrt zu sein, veranlasste sie, sich energisch zur Wehr zu setzen. Als sich das Messer fester in ihren Rücken bohrte, schluckte sie einen Schmerzensschrei hinunter.

»Mach die Tür auf, oder ich steche zu.«

Sie sah keine andere Möglichkeit, als zu gehorchen. Als sie im Aufzug nach oben fuhren, trat er einen halben Schritt vor, und sie konnte sein Gesicht sehen.

Das ausgezehrte Gesicht, die glasigen Augen. Es war der Mann, den Nick Jack genannt hatte.

»Sie sind ein Freund von Nick.« Sie schaffte es, ihre Stimme ruhig zu halten. »Ich war bei ihm in der Nacht, als er Ihnen Geld gegeben hat. Wenn Sie mehr brauchen, gebe ich Ihnen etwas.«

»Du wirst mir mehr geben als nur Geld.« Jack hob das Messer und fuhr ihr mit der stumpfen Seite der Klinge über die Wange. »Es ist eine Sache der Ehre, Baby.«

»Ich verstehe nicht.« Ihre wilden Hoffnungen, ihm schreiend entkommen zu können, sobald sie aus dem Aufzug ausgestiegen waren, wurden zerschmettert, als er ihr den Arm auf den Rücken drehte.

»Keinen Mucks«, warnte er. »Wir gehen auf kürzestem Weg zu deiner Wohnung, und ich weiß, welche es ist. Ich habe dich am Fenster gesehen. Du sperrst auf, und dann gehen wir rein, hast du verstanden?«

414

»Nick würde es nicht gefallen, wenn Sie mir etwas antun.«

»Pech für Nick. Du holst nichts anderes aus dieser Tasche als deinen Schlüssel, Baby, oder du kriegst die Rechnung dafür.«

In der Hoffnung, dass einer ihrer Mitbewohner vorbeikommen würde, kramte sie so umständlich wie möglich den Schlüssel aus ihrer Handtasche. Doch nichts geschah.

»Los, aufschließen.« Jack verdrehte ihr den Arm noch weiter, sodass sie vor Schmerz wimmerte, während sie das letzte Sicherheitsschloss aufsperrte. Er schwitzte, als er sie in die Wohnung schob. »So, da wären wir.« Er stieß sie in einen Sessel. »Nick hätte Reece nicht zusammenschlagen dürfen. Einmal Cobra, immer Cobra.«

»Dann hat Reece Sie also aufgehetzt.« Von neuer Hoffnung beflügelt, fuhr sie eindringlich fort: »Jack, das müssen Sie nicht tun. Reece benutzt Sie nur.«

»Reece ist mein Freund, mein Bruder.« Seine Augen begannen zu glitzern. »Eine Menge der alten Kumpels denken nicht mehr an früher. Aber Reece ist anders. Er hält alten Freunden die Treue.«

Unter anderen Umständen hätte Freddie Mitleid mit dem Mann gehabt, aber im Augenblick war ihre Angst vorherrschend. »Wenn Sie mir etwas antun, werden Sie dafür bezahlen müssen. Nicht Reece.«

»Das lass nur meine Sorge sein, Kleine. Los, zieh dich jetzt aus.«

Jetzt züngelte Angst in ihren Augen auf. Jack, der es sah, grinste. Er hatte das Gefühl zu fliegen. Für den Vorschuss, den er von Reece kassiert hatte, hatte er sich eine nette Portion Koks besorgt. Sie wirkte bereits.

»Wir können erst noch ein bisschen Spaß zusammen haben, Baby. Also runter mit den Klamotten.«

Er wird dich vergewaltigen, dachte sie. Und so scheußlich

das auch sein mochte, spürte sie doch, dass sie es überleben konnte. Aber irgendwo ganz hinten in ihrem Hinterkopf wusste sie, dass er an ihrem Überleben nicht interessiert war. Er würde sie vergewaltigen und dann umbringen.

Und er würde sich an dem einen wie an dem anderen ergötzen.

»Bitte, tun Sie mir nichts.« Sie lauschte der Angst nach, die in ihrer Stimme mitschwang. Sie würde sie nutzen, um zurückzuschlagen.

»Wenn du nett zu mir bist, passiert dir nichts.« Er leckte sich die Lippen. »Steh jetzt auf und zieh dich aus, oder du zwingst mich, dir dein hübsches Gesicht zu zerschneiden.«

»Bitte, tun Sie mir nichts«, sagte sie so flehend wie möglich. Sie spannte ihren Körper an. Sie würde viel Schwung brauchen und eine große Portion Glück. Eine zweite Chance bekam sie nicht. »Ich tue alles, was Sie wollen. Alles.«

»Das wette ich. Steh jetzt auf.«

Grinsend fuchtelte er mit dem Messer in der Luft herum. Sie ließ ihren Blick durch den Raum zur Schlafzimmertür wandern, riss die Augen auf. Jack war dumm genug, ihrem Blick zu folgen.

Da sprang sie.

Die Schlüssel, die ihr abzunehmen er sich nicht die Mühe gemacht hatte, ragten zwischen ihren Fingern heraus wie Dolche. Ohne einen Augenblick des Zögerns oder der Reue stach sie sie ihm direkt in die Augen.

Er schrie. Sie hatte noch nie einen Mann so schreien gehört, so gellend und wild. Mit einer Hand schmerzerfüllt seine Augen bedeckend, schwang er das Messer. Freddie streckte blitzschnell die Hand nach ihrer Art-déco-Lampe aus und schlug sie ihm mit aller Kraft über den Kopf.

Das Messer fiel klappernd zu Boden, als er in die Knie ging und schließlich regungslos auf dem Boden liegen blieb.

Schwer atmend starrte sie einige Sekunden auf ihn hinunter. Dann ging sie wie im Traum zum Telefon.

»Onkel Alex. Ich brauche Hilfe.«

Sie fiel nicht in Ohnmacht. Sie hatte Angst, dass es passieren würde, aber sie schaffte es, Alex' telefonischen Anweisungen zu folgen und ihre Wohnung zu verlassen. Sie war draußen und stand schwankend an der Ecke, als das erste Polizeiauto vorfuhr.

Alex kam dreißig Sekunden später.

»Ist alles in Ordnung mit dir? Bist du okay?« Er nahm sie in den Arm und barg erleichtert sein Gesicht in ihrem Haar. »Ist dir auch wirklich nichts passiert, Baby?«

»Nein, ich glaube nicht. Mir ist nur schwindlig.«

»Setz dich, Liebes. Komm, setz dich hierher.« Er führte sie die Treppe zu ihrer Haustür hinauf und veranlasste sie, sich auf die oberste Stufe zu setzen. »Leg den Kopf zwischen die Knie und hol langsam und tief Atem. Geht nach oben«, befahl er den beiden Uniformierten, die sich einen Moment später zu ihm gesellten. »Holt diesen Drecksack aus der Wohnung meiner Nichte und buchtet ihn wegen versuchter Vergewaltigung und Körperverletzung ein. Ich möchte, dass das Messer vermessen wird. Wenn es auch nur ein Minimum über dem legalen Limit ist, bekommt er dafür auch noch eine Anzeige.«

»Er hat gesagt, dass Reece ihn angestiftet hat«, sagte Freddie, noch immer wie betäubt.

»Keine Sorge, Kleines, wir kümmern uns darum. Ich bringe dich ins Krankenhaus. Ich will dich nicht allein hierlassen.«

»Ich brauche kein Krankenhaus.« Sie hob wieder den Kopf. Ihr Schwindel hatte sich gelegt, aber ihr Kopf war noch immer seltsam leer. »Er hat mich nur ein bisschen geritzt, glaube ich.« Versuchsweise fuhr sie sich mit dem Finger über ihre Seite und starrte wie betäubt auf die Blutspur an ihrem Finger.

417

Einen Moment später fand sie sich erneut in Alex' Armen wieder. »Ins Krankenhaus«, wiederholte er.

»Nein, bitte. Es ist nicht tief. Es brennt ein bisschen, aber es hat schon fast aufgehört zu bluten. Ich brauche nur ein Pflaster.«

In diesem Moment hätte Alex ihr jeden Wunsch erfüllt. Und er wollte sie von hier weghaben. »Okay, Baby. Die Bar ist ganz in der Nähe. Ich bringe dich dorthin, und dann schauen wir uns den Schaden genauer an. Wenn mir nicht gefällt, was ich sehe, ist dein nächster Stopp die Notaufnahme.«

»Na schön.«

»Dieser Dreckskerl braucht einen Arzt«, sagte einer der Polizisten zu Alex. »Und zwar dringend.«

»Bringt ihn sofort in die Krankenstation und seht zu, dass ihn der Doc wieder ordentlich zusammenflickt. Ich will, dass er in Form ist, wenn er seine Haftstrafe antritt.«

Das Einzige, an das sich Freddie von der kurzen Fahrt ins »Lower the Boom« erinnerte, war Alex' beruhigende Stimme. »Ich habe es nicht zugelassen, dass er mir etwas antut, Onkel Alex.«

Rio stieß einen entsetzten Schrei aus, als er Freddie zu Gesicht bekam. »Setz dich, setz dich hierher, Püppchen. Wer hat meinem Baby etwas angetan? Nick!«, donnerte er, bevor Alex oder Freddie etwas antworten konnten. »Beweg deinen Hintern nach unten, und zwar schnell!« Wie ein Bulldozer schob er sich auf die Tür zwischen der Küche und der Bar zu. »Muldoon, ich brauche einen Brandy hier drin, aber pronto. Und du bleibst einfach nur ganz ruhig sitzen«, fuhr er mit einer Stimme fort, die sich um mehrere Dezibel gesenkt hatte und weich wie Seide war.

»Ich bin okay, Rio. Wirklich.« Schon getröstet, lehnte sie ihr Gesicht in die große Pranke, die er auf ihre Wange gelegt hatte.

»Ist nur ein Kratzer«, bemerkte Alex mit einem erleichterten Aufseufzer. Er hatte das Schlimmste erwartet, als er Freddie die Bluse aus dem Hosenbund gezogen hatte, um den Schnitt zu untersuchen. »Wir kleben ein Pflaster drauf.«

»Was zum Teufel soll der Aufruhr?« Offensichtlich verärgert über die gebrüllten Befehle, kam Zack mit einer Flasche Brandy in die Küche. Ein Blick auf Freddie genügte, und schon kam er hervorgeschossen und beugte sich besorgt über sie.

»Lass ihr noch ein bisschen Platz zum Luftholen.« Obwohl noch immer sichtlich erschüttert, schnappte Rio sich die Flasche und goss gut zwei Fingerbreit in einen Cognacschwenker. »Trink es auf ex, Freddie.«

Sie hätte gehorcht, wenn nicht Nick in die Küche gekommen wäre. Sein lädiertes Auge war mittlerweile ein bisschen mehr offen, dafür war es ebenso wie sein Kinn und die rechte Wange in allen Regenbogenfarben erblüht.

Als er sie auf ihrem Stuhl erblickte, wich alles Blut aus seinem Gesicht.

»Was ist passiert? Hattest du einen Unfall? Freddie, bist du verletzt?« Er ergriff ihre freie Hand und zerquetschte ihr fast die Finger.

»Gib ihr eine Minute«, befahl Alex. »Trink den Brandy, Freddie. Lass dir Zeit.«

»Ich bin okay.« Als ihr der Alkohol durch die Blutbahn schoss, wurde ihr Kopf wieder klar, und sie begann zu zittern.

»Ist das Blut?« Nick starrte entsetzt auf den Fleck auf ihrer Bluse. »Um Gottes willen, sie blutet ja!«

»Wir kümmern uns schon darum.« Alex nahm den Wattebausch mit Desinfektionsmittel entgegen, den Rio ihm hinhielt, und betupfte damit sanft die Wunde. »Ich will, dass du mit mir nach Hause kommst, Freddie. Wenn du dich besser fühlst, nehme ich deine Aussage auf.«

419

»Du kannst sie hier aufnehmen, Onkel Alex. Es wäre mir jetzt lieber.«

»Was soll das heißen, Aussage? Bist du ausgeraubt worden?«, wollte Nick wissen. »Verdammt, Freddie, wie oft habe ich dir schon gesagt, dass du vorsichtig sein sollst.«

»Sie ist nicht ausgeraubt worden«, fuhr Alex auf. »Dein alter Kumpel Jack war nicht an ihrem Geld interessiert.«

Kaum hatte Alex die Worte ausgesprochen, bereute er sie auch schon. Bleich wie der Tod ließ Nick Freddies Hand los und trat einen Schritt zurück.

»Jack.« Seine Augen glitzerten hart. »Wo ist er?«

»In Haft. Was noch von ihm übrig ist.« Alex streichelte Freddie übers Haar, ehe er einen kleinen Kassettenrekorder aus der Tasche zog und einschaltete. »Erzähl mir alles von Anfang an, so wie du es erinnerst.«

»Ich war auf dem Heimweg«, begann sie.

Nick hörte zu, die Bitterkeit brannte in seiner Kehle, seine Hilflosigkeit brachte ihn fast um.

Meinetwegen, dachte er erschüttert. Es ist alles nur meinetwegen passiert. Jeder Moment der schrecklichen Angst, den sie hatte durchleiden müssen, ging auf sein Konto. Sein Drang, Schulden auf seine Weise zu begleichen, hätte Freddie das Leben kosten können.

»Und dann habe ich dich angerufen«, beendete Freddie ihren Bericht. »Ich sah, dass er blutete. Seine Augen ...« Sie musste schlucken.

Erneut bot Alex ihr an, sie mit zu sich nach Hause zu nehmen, aber Freddie lehnte entschieden ab.

»Sturkopf.« Er küsste sie zärtlich auf die Wange. »Wenn du deine Meinung änderst, ruf einfach an.« Dann stand er auf und ließ seinen Blick über die drei Männer schweifen, die um Freddie herumstanden. »Passt auf sie auf. Ich muss aufs Revier und mich um die Angelegenheit kümmern.« Er legte

Nick die Hand auf die Schulter. »Sieh zu, dass sie sich ausruht. Auf dich hört sie.«

Nachdem er die Küche verlassen hatte, fühlte Freddie drei Augenpaare auf sich ruhen. »Ich falle schon nicht auseinander«, sagte sie.

Nick sagte nichts, sondern trat einfach auf sie zu und hob sie hoch.

»Ich kann laufen.«

»Halt den Mund. Halt einfach den Mund. Ich bringe sie nach oben. Sie muss sich hinlegen.«

»Ich kann mich zu Hause hinlegen.«

Ohne sie zu beachten, trug er sie die Treppe nach oben in seine Wohnung.

»Du willst mich nicht hier.« Zu allem Überfluss fingen jetzt auch noch ihre Augen an zu brennen. »Glaubst du vielleicht, ich weiß nicht, dass du mich nicht hierhaben willst?«

»Du bleibst trotzdem hier.« Er trug sie kurz entschlossen ins Schlafzimmer. »Du wirst dich so lange hier ausruhen, bis du wieder Farbe hast. Du bist ja weiß wie die Wand.«

»Ich will aber nicht hier sein.«

Ihre Worte versetzten ihm einen Stich, doch er konnte ihr nichts vorwerfen. »Keine Sorge, ich lasse dich allein.« Seine Stimme klang ruhig und distanziert. »Leg dich jetzt nicht mit mir an, Freddie. Bitte.«

Er zog die zerknitterte Bettdecke über sie, ohne ihr die Schuhe auszuziehen. »Ich gehe nach unten.« Er trat einen Schritt zurück und schob seine Hände in die Hosentaschen. »Kann ich noch irgendetwas für dich tun? Möchtest du, dass ich Rachel oder jemand anders anrufe?«

»Nein.« Sie schloss die Augen. Jetzt, nachdem sie lag, war sie sich nicht sicher, ob sie wieder würde aufstehen können. »Ich will nichts.«

»Versuch ein bisschen zu schlafen.« Er trat ans Fenster und

zog die Vorhänge zu. »Wenn du etwas brauchst, ruf einfach unten in der Bar an.«

Sie ließ ihre Augen geschlossen, wobei sie sich wünschte, er möge endlich gehen. Auch als die Tür schließlich mit einem leisen Klicken ins Schloss fiel, öffnete sie sie nicht.

Er hatte ihr weder das zärtliche Mitgefühl erwiesen, das sie von Alex erfahren hatte, noch war er so eindringlich besorgt gewesen wie Rio oder Zack. Oh, natürlich war er wütend und entsetzt über das, was ihr fast zugestoßen wäre. Sie wusste, dass sie ihm viel bedeutete. Sie kannten sich viel zu gut und zu lange, als dass es anders sein könnte.

Aber er hatte sie nicht gehalten. Nicht so jedenfalls, wie sie es sich in dieser Situation gewünscht hätte.

Sie fragte sich, ob er es je tun würde.

11. Kapitel

Freddie hatte nicht geglaubt, dass sie schlafen könnte. Es war eine Überraschung, in der Dämmerung in Nicks Bett zerschlagen aufzuwachen. Sie war sich nicht sicher, ob es ein gutes Zeichen war oder ein schlechtes, dass sie sich sofort wieder an alles erinnerte.

Sie zuckte zusammen, als sie an der Seite, wo sie den Verband trug, ein leises Ziehen verspürte, und schlug die Decke zurück. Sie war unerträglich durstig, und der Brandy, den getrunken zu haben sie sich nur ganz vage erinnerte, bewirkte, dass sich ihr Kopf anfühlte wie mit Watte ausgestopft.

In der Küche füllte sie sich ein Glas mit Wasser bis zum Rand und stürzte es hinunter. Sie fand es seltsam und ärgerlich, dass sie sich noch immer so wacklig auf den Beinen fühlte. Dann fiel ihr ein, dass sie seit dem Frühstück nichts mehr gegessen hatte, und auch dieses Frühstück war nicht sonderlich reichhaltig gewesen.

Ohne große Hoffnung durchstöberte sie Nicks Kühlschrank. Sie hatte die Wahl zwischen einem Schokoriegel und einem Apfel. Heißhungrig verschlang sie beides. Sie war eben dabei, sich noch einmal Wasser nachzuschenken, als Nick mit einem Tablett in seinen Händen hereinkam.

Sein Herz machte einen kleinen Satz, als er sie so klein und zerbrechlich an seinem Tresen stehen sah. Und daran dachte, was ihr hätte passieren können. Zu seiner Verteidigung hielt er seinen Ton neutral. »Du bist ja auf.«

»Scheint ganz so«, sagte sie in demselben distanzierten Ton.

»Rio meinte, du könntest vielleicht etwas zu essen vertragen.« Er stellte das Tablett auf den Tisch. »Du hast wieder Farbe bekommen.«

»Mir geht es gut.«

»Blendend, um genau zu sein.«

»Ich sagte, dass es mir gut geht. Dafür siehst du aus, als hätte dich ein Laster überrollt.«

»Ich habe mir meinen Kampf ausgesucht«, sagte er ruhig. »Du nicht. Und wir wissen beide, wer die Schuld daran trägt.«

»Reece.«

Um Ruhe zu bewahren, zündete Nick sich eine Zigarette an. »Reece wäre nie auf die Idee gekommen, sich für dich zu interessieren, wenn ich nicht gewesen wäre. Und Jack hätte gar nicht gewusst, nach wem er suchen soll, wenn er dich nicht schon vorher mit mir gesehen hätte.«

Sie brauchte einen Moment, um ihre Gedanken zu ordnen. »Aha, ich verstehe. Es ist also alles deine Schuld. In deiner verdrehten Logik zumindest. Ich wurde mit einem Messer bedroht und fast vergewaltigt, weil du mich in jener Nacht gezwungen hast, mit dir diese Straße entlangzugehen.«

Ein Messer. Vergewaltigt. Das Blut gefror ihm in den Adern. »An dieser Logik ist nichts verdreht. Reece wollte es mir heimzahlen, und er hat einen Weg gefunden. Ich kann nichts tun, da Alex …«

»Tun?«, unterbrach sie ihn. »Was würdest du denn tun, Nick? Reece gleich noch mal zusammenschlagen? Oder auch Jack? Glaubst du denn, dadurch wird irgendetwas besser?«

»Nein. Ich kann überhaupt nichts tun, damit irgendetwas besser wird.« Und das war das Schlimmste daran. Es gab nichts, was er hätte tun können, um das, was geschehen war, rückgängig zu machen. Er konnte höchstens dafür sorgen, dass nicht noch einmal etwas Derartiges passierte. Er drückte die Zigarette aus. Sie schmeckte ihm nicht. »Aber wir müssen

424

uns jetzt überlegen, wie wir zukünftig weitermachen. Ich denke, du solltest besser zu Hause arbeiten, wenn du wieder auf dem Damm bist. Ich könnte dir die Musik rüberschicken.«

»Was genau soll das heißen?«

»Was ich sage. Ich finde, wir haben in der Partitur einen Punkt erreicht, wo es mindestens so effektiv, wenn nicht effektiver ist, getrennt zu arbeiten.« Seine Augen glitzerten hart. »Und ich will nicht, dass du hier bist.«

»Ich verstehe.« Sie brauchte ihren Stolz jetzt, jede Unze. »Ich nehme an, das betrifft sowohl unsere berufliche wie auch unsere private Beziehung.«

»Richtig. Es tut mir leid.«

»Ach ja? Schrecklich nett von dir, wirklich. ›Es tut mir leid, Freddie, es ist vorbei.‹« Sie wirbelte zu ihm herum. »Ich liebe dich schon mein ganzes Leben lang.«

»Ich mag dich auch sehr, und genau deshalb ist es so das Beste für uns beide.«

»Ich mag dich auch sehr«, äffte sie ihn nach und packte ihn außer sich vor Zorn vorn am Hemd. »Wie kannst du es nur wagen, mir mit einer so gönnerhaften, halbherzigen Erwiderung zu kommen, wenn ich dir sage, dass ich dich liebe!«

Sehr langsam und sehr entschlossen nahm er ihre Finger von seinem Hemd. »Ich habe einen großen Fehler gemacht, Freddie.« Davon war er mittlerweile felsenfest überzeugt. »Und jetzt versuche ich ihn wiedergutzumachen. Im Übrigen scheint mir, dass du Gefühle mit Sex verwechselst.«

Sie schockierte sie beide, indem sie ihm eine schallende Ohrfeige versetzte, in die sie ihr ganzes Körpergewicht hineinlegte. Einen Moment lang hörte man nur das Geräusch ihres fliegenden Atems. Dann explodierte sie: »Du denkst, es war nur Sex? Ein Strohfeuer sexueller Leidenschaft? Verdammt, das war es nicht! Und das weißt du auch. Vielleicht war es der einzige Weg, wie ich dich bekommen konnte, der einzige, der mir einfiel, jedenfalls. Ich habe jeden einzelnen Schritt sorgfältig geplant, ich habe …«

»Geplant?«, unterbrach er sie mit loderndem Blick. »Willst du damit sagen, dass du mit der festen Absicht, mich ins Bett zu zerren, hierher nach New York gekommen bist? Dass das alles Teil eines generalstabsmäßigen Plans war?«

Sie öffnete den Mund und schloss ihn wieder. Es klang so berechnend, so kalt. Das war es nicht gewesen. Nicht wenn man ihre Liebe in Rechnung stellte.

»Ich habe es durchdacht«, begann sie.

»Oh, da wette ich.« Jetzt hatte er endlich etwas gefunden, woran er seinen Zorn und sein Bedürfnis nach Distanz festmachen konnte. »Ich wette, das hast du dir in deinem schlauen Köpfchen alles ganz genau zurechtgelegt. Du wolltest etwas um jeden Preis und warst bereit, alles zu tun, um es zu bekommen.«

»Ja.« Sie musste sich setzen. Sie fühlte sich plötzlich so beschämt, dass ihr ganz flau im Magen wurde. »Ich wollte, dass du mich liebst.«

»Und was hast du sonst noch so geplant, Freddie? Mich in eine Ehe zu locken, mit einer Familie und einem Häuschen hinter einem hübschen weißen Gartenzaun?«

»Nein. Ich wollte dich in gar nichts reinlocken.«

»In deinen Augen vielleicht nicht, aber das war das Ziel, oder etwa nicht?«

»So ungefähr«, murmelte sie.

»Ich sehe sie richtig vor mir«, schnaubte er wütend, während er in der Küche im Kreis herumrannte. »Freddies Liste zum Abhaken. Nach New York ziehen. Mit Nick arbeiten. Mit Nick schlafen. Nick heiraten. Eine Familie gründen. Die perfekte Familie«, fügte er in einem Ton hinzu, der sie zusammenzucken ließ. »Es hätte alles perfekt sein müssen, richtig?

Bei dir muss ja immer alles perfekt sein. Tut mir aufrichtig leid, dich enttäuschen zu müssen. Ich habe kein Interesse.«

»Das ist deutlich genug.« Sie machte Anstalten aufzustehen, aber er presste ihr eine Hand auf die Schulter und hielt sie auf dem Stuhl fest.

»Du glaubst, dass das so einfach ist? Ich möchte, dass du einen Blick, einen langen Blick auf das riskierst, wonach du die Hand ausstreckst. Ich bin nur zwei Schritte von dem Schweinehund, der dich mit einem Messer bedroht hat, entfernt. Ich weiß es. Die Familie weiß es – jene Familie, auf der deine ganzen unausgegorenen Fantasien basieren. Ist es nicht das, was du dir erträumst, Freddie? Eine Familie wie die Stanislaskis?«

»Und selbst wenn es so wäre, was wäre so schlimm daran?«, schleuderte sie ihm so gedemütigt entgegen, dass sie den Tränen nahe war.

»Weil ich aus der Gosse komme und du nicht. Uns trennen Welten, verstehst du?« Er schlug mit der flachen Hand auf den Tisch. »Schau noch einmal ganz genau hin. Und denk daran, was du in den letzten Tagen von meiner Welt gesehen hast, Freddie. Misshandelte Frauen, verstörte Kinder, Schnorrer. Männer, die glauben, dass Vergewaltigung ein Freizeitspaß ist. Und mit so was willst du eine Familie gründen? Du lieber Himmel, Freddie, dafür bist du wirklich zu schade.«

»Du bist nicht verantwortlich für das, was Maria zugestoßen ist. Oder mir.«

»Nein?« Seine Mundwinkel hoben sich. »Schau auf den roten Faden. Ich bin der rote Faden. Mag sein, dass ich mich aus diesem Sumpf herausgezogen habe«, fuhr er fort. »Aber das konnte ich nur mithilfe deiner Familie. Was glaubst du, würden sie sagen, wenn sie wüssten, dass ich mit dir geschlafen habe?«

»Mach dich nicht lächerlich. Sie lieben dich.«

»Ja, das tun sie. Und ich schulde ihnen eine Menge. Glaubst du vielleicht, ich vergelte es ihnen, indem ich mit dir über einer Bar zusammenziehe? Glaubst du wirklich, ich bin verrückt genug, um an Heirat und Kinder zu denken? Ich und Kinder, um Himmels willen! Ich weiß ja nicht mal, wer mein Vater war. Aber ich weiß, wer ich bin, und ich gedenke nicht, das zu vergessen. Ich mache mir etwas aus dir, ganz sicher tue ich das – genug jedenfalls, um die Beine unter den Arm zu klemmen und davonzurennen.«

»Du machst dir etwas aus mir«, sagte sie langsam. »Deshalb machst du also Schluss.«

»Sehr richtig. Ich muss nicht zurechnungsfähig gewesen sein, dass ich es überhaupt so weit habe kommen lassen, und ich hätte fast …« Er brach ab, als ihm einfiel, wie nah dran er vor ein paar Tagen erst gewesen war, ihr eine Liebeserklärung zu machen. »Was zählt, ist, dass du deine Wirkung auf mich nicht verfehlt hast und dass mir die Dinge vorübergehend entglitten sind. Damit muss jetzt Schluss sein. Zum Wohl der Familie werden wir versuchen zu vergessen, dass irgendetwas geschehen ist.«

»Vergessen?«

»Alles. Ich werde es nicht riskieren, dich noch mehr zu verletzen oder den Rest der Familie. Sie sind alles, was ich habe, die einzigen Menschen, denen ich je etwas bedeutet habe.«

»Armer, armer Nick«, sagte sie eisig. »Armer verlorener, unerwünschter Nick. Glaubst du wirklich, du bist der Einzige, der in seinem Leben Zurückweisung erfahren hat oder der darüber nachdenkt, was ihm das Leben vorenthalten hat? Nun, es wird Zeit für dich, damit zu leben. Ich habe es gelernt.«

»Du weißt gar nichts davon.«

»Meine Mutter hat mich nie gewollt.«

»Das ist Blödsinn. Natasha ist …«

»Mama ist nicht meine leibliche Mutter«, sagte sie beherrscht und kühl.

Das brachte ihn zum Schweigen. Es war so leicht zu vergessen, dass Spence vorher schon einmal verheiratet gewesen war. »Sie starb, als du noch ein Baby warst. Du weißt nicht, was sie gefühlt hat.«

»Ich weiß es genau.« In ihrer Stimme lag keine Bitterkeit. Das zerrte an ihm. Ihr Tonfall war gänzlich emotionslos. »Dad wollte es vor mir geheim halten. Ich bezweifle, dass er … weiß, dass ich ein Gespräch mit seiner Schwester belauscht habe. Oder mit Mama. Ich war nicht mehr als ein Fehler, den meine leibliche Mutter gemacht und anschließend zu vergessen beschlossen hat. Sie ließ mich im Stich, als ich noch ein Säugling war, ohne mehr als einen Gedanken daran zu verschwenden. Und ihr Blut ist in mir. Aber ich habe gelernt, damit zu leben und mich damit abzufinden.«

Er konnte sich nicht vorstellen, dass sie einen solchen Schmerz, einen solchen Zweifel in sich trug. »Das tut mir leid. Ich wusste es nicht. Niemand hat je über sie gesprochen.« Er wünschte sich, er könnte sie in den Arm nehmen und trösten, bis ihr Körper diese für sie uncharakteristische Steifheit verlöre. Er wagte es jedoch nicht. »Aber das ändert überhaupt nichts an der Sache mit uns.«

»Nein, das tut es nicht. Weil du es nicht zulässt.« Freddie weinte jetzt, aber ihre Tränen waren heiß, es waren eher Tränen des Zorns als der Trauer. »Du weißt, dass ich dich liebe. Und du weißt, dass ich jeden Kompromiss eingegangen wäre, nur um dich glücklich zu machen. Aber du bist zu keinem Kompromiss bereit, Nicholas LeBeck.«

»Du bist im Moment zu sehr außer dir, um die Dinge richtig zu sehen. Ich hole dir jetzt ein Taxi.«

»Du wirst mir kein Taxi holen.« Sie versetzte ihm einen Stoß vor die Brust. »Du wirst mich nirgendwohin schicken.

Ich gehe, wenn ich bereit bin zu gehen, und ich komme allein zurecht. Das habe ich heute bewiesen, oder etwa nicht? Ich brauche dich nicht.«

Sie ließ ihre Worte wirken und schloss für einen Moment die Augen. Als sie sie wieder öffnete, sprühten sie Funken. »Ich brauche dich nicht. Ich kann ohne dich leben, Nicholas, du brauchst dir also keine Sorgen zu machen, dass ich dir hinterherlaufe. Ich dachte nur, du könntest mich vielleicht lieben.«

Sie bemühte sich, ruhiger zu atmen. »Es war mein Fehler. Du bist nicht fähig zu so einer Art von Liebe. Ich habe so wenig von dir verlangt. So erbärmlich wenig, dass ich mich schäme.«

Er konnte sich nicht davon abhalten, die Hand nach ihr auszustrecken. »Freddie.«

»Nein, verdammt. Ich will das jetzt zu Ende bringen. Nicht ein einziges Mal hast du es geschafft, mir zu sagen, dass du mich liebst. Nicht so jedenfalls, wie ein Mann einer Frau sagt, dass er sie liebt. Und nicht ein einziges Mal hast du versucht, es mir zu zeigen, außer im Bett. Und das ist nicht genug. Nicht ein liebes Wort. Nicht eines. Du hast es nicht einmal geschafft – nicht ein einziges Mal –, mir zu sagen, dass du mich schön findest. Keine Blumen, keine Musik … Kein Abendessen bei Kerzenschein, mit der Ausnahme dessen, das ich selbst arrangiert hatte. Ich war bereit, mich mit deinen Krümeln zufriedenzugeben, und das war exakt das, was ich bekommen habe. Ich fühle mich erbärmlich.«

»So war es nicht.« Es entsetzte ihn, dass sie so denken könnte. »Natürlich finde ich dich schön.«

»Und wer ist jetzt erbärmlich?«, fauchte sie.

»Wenn ich nicht daran gedacht habe, die ganze Angelegenheit ein bisschen romantischer zu gestalten, dann nur deshalb, weil sich die Dinge so überstürzt haben.« Das war eine Lüge, und er wusste es. Und doch fragte er sich, warum er sich selbst verteidigte, warum er angesichts des harten, uninteressierten Blicks, den sie ihm zuwarf, eine solche Panik verspürte, wenn er doch so wild entschlossen war, sie von sich zu stoßen. »Ich kann dir das, was du brauchst, nicht geben.«

»Das ist offensichtlich. Ohne dich bin ich tatsächlich besser dran. Das ist auch offensichtlich. Deshalb machen wir es so, wie du vorgeschlagen hast. Wir werden es vergessen.«

Er legte ihr eine Hand auf den Arm, als sie sich anschickte, die Küche zu verlassen. »Freddie, warte eine Minute.«

»Fass mich nicht an«, sagte sie mit einer so tiefen, zornigen Stimme, dass er die Hand sinken ließ. »Wir werden unsere Zusammenarbeit mit dem Musical beenden. Wenn die ganze Familie zusammen ist, werden wir uns wie zivilisierte Menschen unterhalten. Und ansonsten will ich dich nicht mehr sehen.«

»Du wohnst nur drei Häuserblocks entfernt«, rief er ihr nach.

»Das lässt sich ändern.«

»Willst du dich wieder in den Schoß deiner Familie flüchten?«

Sie warf ihm einen frostigen Blick über die Schulter zu. »Nie im Leben.«

Er dachte daran, sich sinnlos zu betrinken. Es war ein einfacher Ausweg, der niemandem wehtun würde außer ihm selbst. Aber am Ende konnte er für diese Idee doch keine Begeisterung aufbringen.

Nick überstand die Nacht, obwohl er nicht schlafen konnte. Die Musik, die er in den frühen Morgenstunden zu schreiben versuchte, war flach und nichtssagend.

Ich habe getan, was ich tun musste, versicherte er sich immer wieder selbst. Warum nur war er dann so unendlich traurig?

431

Sie hatte kein Recht, ihn zu attackieren. Nicht nachdem sie ihm erzählt hatte, dass alles, was seit ihrer Ankunft in New York geschehen war, zu einem ausgeklügelten Plan gehörte. Er war das Opfer, und doch hatte er am Ende sein Bestes getan, um sie zu beschützen.

Sich vorzustellen, er verheiratet und dann auch noch Kinder! Er schnaubte angewidert, dann ließ er sich kraftlos in einen Sessel fallen, weil ihm dieses Bild plötzlich so anziehend erschien.

Verrückt vielleicht, aber nichtsdestotrotz anziehend. Eine eigene Familie, eine Frau, die ihn liebte. Gewiss war das verrückt.

Verrückt oder nicht, es war jetzt ohnehin hoffnungslos. Die Frau, die am Vortag von ihm weggegangen war, liebte ihn nicht mehr. Alles, was sie für ihn empfand, war Verachtung.

Das hast du ja fein hingekriegt, LeBeck. Du Idiot.

Er hatte seine Chance gehabt. Es war alles so klar, jetzt, da es vorbei war. Er hatte eine Chance gehabt, zu lieben und geliebt zu werden, sich ein Leben einzurichten mit der einzigen Frau, die ihm jemals wirklich etwas bedeutet hatte. Jetzt war sie vertan.

Wie hatte er nur so töricht, so blind sein können? Es war immer nur sie gewesen. Wenn er gute Nachrichten hatte, war sie die Erste gewesen, die sie erfuhr. Wenn er niedergeschlagen gewesen war, hatte er gewusst, dass es nur ihrer Stimme am Telefon bedurfte, um ihn wieder aufzurichten.

Freunde. Sie waren Freunde gewesen. Und als es mehr als Freundschaft geworden war, hatte er versucht, es abzublocken, seine Gefühle zu leugnen. Er hatte nach jeder möglichen Ausrede gegriffen, nur um sich seinen wirklichen Gefühlen nicht stellen zu müssen.

Er hatte geglaubt, sie nicht zu verdienen.

Selbst als sich ihre Beziehung verändert hatte, hatte er noch einen Teil von sich selbst zurückgehalten. Sie hatte recht gehabt. Er hatte ihr nie zärtliche Worte gesagt. Er hatte sie nie umworben.

Jetzt hatte er sie verloren.

Nick ließ den Kopf in den Nacken fallen und schloss die Augen. Sie war ohne ihn besser dran. Dessen war er sich sicher.

Ein Klopfen an der Tür veranlasste ihn, aufzuspringen. Sie kommt zurück, war alles, was er noch denken konnte.

Seine Freude fiel schlagartig von ihm ab, als er Rachel hereinkommen sah.

»Na, das ist mir ja eine schöne Begrüßung.«

»Entschuldige.« Pflichtschuldigst gab er ihr ein Begrüßungsküsschen auf die Wange. »Ich war … ach nichts. Was führt dich zu mir?«

»Ich muss für die nächsten zwei Stunden nicht im Gericht sein, deshalb dachte ich mir, ich könnte kurz mal bei dir reinschauen.« Sie ging zu einem Sessel, setzte sich und deutete auf einen anderen. »Setz dich, Nick. Ich möchte mit dir reden.«

Das war die Stimme, die er von ihr noch als Rechtsanwältin kannte. Er wurde argwöhnisch. »Gibt's ein Problem?«

»Ja, das gibt es. Du bist das Problem. Setz dich endlich.« Als er es tat, legte sie ihre Hand auf seine. »Ich liebe dich.«

»Ja, ich weiß. Und?«

»Ich wollte das nur noch mal klarstellen. Damit ich dir sagen kann, was für ein Volltrottel du bist.« Die Hand, die so sanft auf seiner gelegen hatte, ballte sich zur Faust und schlug kräftig auf seine Schulter. »Was für ein völlig verblödeter, idiotischer, rücksichtsloser, absolut blinder, bemitleidenswerter Tölpel du bist!«

»Was soll das Ganze?« Er biss die Zähne zusammen, als sie ihn, um ihre Worte zu bekräftigen, erneut in die Seite boxte und eine Stelle traf, die noch wund von dem Zusammenstoß mit Reece war. Er sagte sich, dass er die Schmerzen verdient hatte.

»Ich war gestern Abend bei Freddie. Sie wollte eigentlich niemanden sehen, aber wir haben sie gezwungen, uns zu ertragen.«

»Und?« Er atmete vorsichtig aus. »Wie geht es ihr?«

»Was den Überfall betrifft, hält sie sich gut. Was dagegen deinen Angriff betrifft, ist sie am Boden zerstört.«

»Moment mal, ich habe sie nicht angegriffen …«

»Einspruch abgelehnt! Immerhin habe ich das meiste von dem, was hier abgelaufen ist, von ihr erfahren können. Es ist schlimm genug, dass du ihr das Herz gebrochen hast, Nick, aber gleichzeitig auch noch dein eigenes Leben zu versauen, das ist schon wirklich eine Leistung!«

Er ging automatisch in Verteidigungsstellung, bevor er es verhindern konnte. »Hör zu, wir haben ein paarmal miteinander geschlafen. Dann wurde mir klar, dass es ein Fehler war, und ich habe die Notbremse gezogen.«

»Beleidige mich nicht, indem du mich für dumm hältst, Nick«, sagte sie kühl. »Oder Freddie. Oder dich selbst.«

Er schloss die Augen und murmelte einen Fluch. Ach, was soll's, dachte er. Zum Teufel mit seinem Verteidigungsmechanismus, mit seinem Stolz, mit allem, was ihm im Weg stand. »Ich liebe sie, Rachel. Ich wusste nicht, wie sehr ich sie liebe, bis sie zu dieser Tür hinausgegangen ist.«

Das war hart, aber Rachel unterdrückte das Mitgefühl und den Drang zu trösten erbarmungslos. »Hast du dir je die Mühe gemacht, ihr zu sagen, dass du sie liebst?«

»Nein. Nicht auf die Art, die sie versteht. Das ist nur eines der vielen Dinge, die ich stiefmütterlich behandelt habe.«

»Das dachte ich mir.«

»Ich war einfach nicht vorbereitet darauf. Es kam so plötzlich.« Er schob sich aus dem Sessel hoch und begann im Raum

auf und ab zu tigern. »Sie hatte sich alles genauestens zurechtgelegt. Es war einer von ihren ›Schritt-für-Schritt‹-Plänen.«

»Und das hast du als beleidigend empfunden«, ergänzte
Rachel. »Was nur beweist, was für ein Narr du bist. Jeder
Mann mit nur einem Funken Verstand würde es als Kompliment auffassen, dass eine attraktive, verführerische Frau ihn
haben will.«

»Es hat mich umgehauen, okay? Alles hat mich umgehauen, die Gefühle, die ich für sie empfinde, haben mich
einfach überrollt. Ich wusste überhaupt nicht, dass es so was
gibt.«

»Also dann, bring es wieder in Ordnung. Du hast sie
schließlich rausgeworfen.«

»Sie ist gegangen.«

»Willst du, dass sie noch weiter von dir fortläuft? Denn das
wird sie tun. Und erzähle mir nicht, du seist nicht gut genug
für sie, dass du sie nicht glücklich machen könntest. Denn
dann muss ich dir wirklich einen richtigen Schlag verpassen.
Von dem Jungen, den man mir vor Jahren vor die Nase gesetzt
hat, ist nur noch ein kleiner Teil in dir übrig geblieben, Nick.
Aber das ist der beste Teil.«

Wie gern wollte er das glauben. Immerhin hatte er mehr als
ein Jahrzehnt daran gearbeitet, es Wahrheit werden zu lassen.
»Ich weiß nicht, ob ich ihr geben kann, was sie braucht.«

»Dann tu's eben nicht«, fauchte Rachel kalt. »Sie wird's
überleben. Sie hat keine einzige Träne mehr übrig, und die
erste Wut ist verraucht. Die Frau, von der ich mich gestern
Abend verabschiedet habe, war sehr beherrscht, gefasst und
kühl. Und fest entschlossen, dich zu vergessen.«

»Ich will sie zurück. Ich will Freddie zurück.« Der Gedanke war gar nicht so erschreckend, wie er befürchtet hatte.
Im Gegenteil, es war ein guter, ein richtiger Gedanke. »Ich
will alles zurück.«

435

»Dann solltest du dich schnellstens an die Arbeit machen, Freund.« Sie stand auf, nahm ihn bei den Schultern und gab ihm einen Kuss auf die Wange. »Ich setze auf dich. Du schaffst es.«

Nick stand, mit Tüten beladen, vor Freddies Haus und schaute zum fünften Stock hinauf, wo ihre Wohnung lag. Auf jeden Fall würde es eine Menge Arbeit erfordern, eine ganze Braut-werbung in eine einzige gedrängte Balkonszene zu quetschen.

Nachdem er dies gedacht hatte, beeilte er sich, zu der Feu-ertreppe zu kommen.

»Wohin gedenken Sie zu gehen, wenn ich fragen darf, Le-Beck?«

Der betagte Streifenpolizist, den Nick schon sein halbes Leben lang kannte, wippte mit seinem Schlagstock.

»Wie geht's, Officer Mooney?«

Aber der Polizist ließ sich nicht ablenken und beäugte misstrauisch Nicks Tüten. »Meine Frage war, wohin Sie wol-len.«

»Ich möchte, dass Sie kurz ein Auge zudrücken, Mooney.«

»So? Jetzt? Warum erzählen Sie mir nicht ein bisschen mehr darüber?«

»Sehen Sie das Fenster dort oben?« Nick deutete nach oben und wartete, bis Mooneys Augen es erfasst hatten. »Die Frau, die ich liebe, wohnt dort oben.«

»Dort oben wohnt Captain Stanislaskis Nichte. Und das Mädchen hat ein Talent, sich in Schwierigkeiten zu bringen.«

»Ich weiß. Sie ist die Frau, die ich liebe. Aber im Moment ist sie ein bisschen böse auf mich.«

»Könnten Sie sich vielleicht ein bisschen genauer ausdrü-cken?«

»Ich habe ein Chaos angerichtet, und jetzt muss ich es wie-der in Ordnung bringen. Verstehen Sie, wenn ich klingle, wird sie mich nicht reinlassen.«

»Und Sie glauben ernstlich, ich lasse es zu, dass Sie auf dieser Feuerleiter zum Fenster der besagten Dame hochklettern?«

Nick nahm seine Tüten in die andere Hand. »Mooney, wie lange kennen Sie mich schon?«

»Zu lange.« Aber er lächelte ein bisschen. »Also erzählen Sie schon, LeBeck, was haben Sie vor?«

Nachdem Nick es ihm erklärt hatte, grinste Mooney. »Schön, dann will ich ausnahmsweise mal ein Auge zudrücken. Ich bleibe hier unten stehen und halte Ihnen die Daumen. Aber wenn die Dame nicht willens ist, Sie zu empfangen, kommen Sie augenblicklich wieder runter.«

»Abgemacht. Aber hören Sie, es kann einen Augenblick dauern. Sie hat einen ganz schönen Dickkopf.«

»Haben sie das nicht alle? Warten Sie, Junge, ich helfe Ihnen mit der Feuerleiter.«

Mit Mooneys Hilfe klappte Nick das untere Ende der Feuerleiter herunter. Nach einem Aufstieg, der ihn daran erinnerte, dass er noch immer überall blaue Flecken hatte, klopfte er an Freddies Fenster.

Einen Augenblick später schob sie es hoch.

Ihre Augen waren ein bisschen verschwollen, und das spornte ihn an. Auch wenn sie ihn nicht unbedingt willkommen hieß.

»Freddie, ich möchte …«

Bei seinem Anblick zog sie das Fenster wieder herunter und verriegelte es.

»Fehlschlag Nummer eins, Nick!«, brüllte Mooney von unten. Ein Mann kam aus der Bäckerei hinter ihm und gesellte sich zu ihm.

»Was ist denn da los?«

»Der Junge dort oben versucht, der Lady einen Heiratsantrag zu machen.«

437

Nick betete, dass es nur der Zorn war. Wenn sie ihn mittlerweile doch abgeschrieben haben sollte, hätte er das verloren, was ihm das meiste im Leben bedeutete. Du musst es nur schaffen, ihre Aufmerksamkeit zu bekommen, versuchte er sich Mut zu machen und wischte sich eine feuchte Hand an seiner Hose ab. Die Blumen holte er zuerst heraus. Sie waren ein bisschen zerdrückt, aber das fiel kaum ins Gewicht. Er klopfte wieder, lauter diesmal.

»Mach auf, Freddie. Ich habe dir Blumen mitgebracht. Schau.« Mehr als nur ein bisschen verzweifelt wedelte er mit dem Strauß, als ihr Gesicht auf der anderen Seite der Fensterscheibe auftauchte. »Gelbe Rosen, deine Lieblingsblumen.«

Ihre Antwort bestand darin, dass sie die Vorhänge vorzog.

»Fehlschlag Nummer zwei, Nick!«

»Klappe, Mooney«, brummte Nick.

Unten begann sich jetzt eine größere Menschenmenge anzusammeln, während Nick seine nächste Waffe herauszog. Nachdem er die Kerzen in den Leuchter gesteckt hatte, zündete er sie an. Er wandte sich zu dem verhüllten Fenster und versuchte so laut zu sprechen, dass Freddie ihn hören konnte, aber nicht laut genug, um mit Kommentaren von unten eingedeckt zu werden.

»He, ich habe Kerzen aufgestellt hier draußen, Freddie … Habe ich dir je gesagt, wie schön du bei Kerzenlicht bist? Dass dann deine Augen funkeln wie Diamanten und deine Haut glüht? Aber ehrlich gesagt siehst du bei jedem Licht schön aus, bei Sonnenlicht und im Mondschein. Das hätte ich dir schon längst sagen sollen. Ich hätte dir eine Menge Dinge schon längst sagen sollen.«

Nick schloss für einen Moment die Augen und holte tief Atem. »Ich hatte nur Angst, dass ich ein großes Durcheinander veranstalte und dir dein Leben ruiniere, Freddie, deshalb habe ich ein noch größeres Durcheinander veranstaltet und unser beider Leben ruiniert.« Er presste seine Hände jetzt gegen die Scheibe, als könne er sie so dazu bringen, das Fenster zu öffnen. »Lass es mich wiedergutmachen. Ich bin dabei, es wiedergutzumachen. Lass mich dir alles sagen, was ich dir schon längst hätte sagen sollen. Zum Beispiel, wie mich dein Duft verfolgt. Ich rieche dich noch Stunden, nachdem du weg bist, fast so, als wärst du in mir.«

»Das ist stark«, sagte Mooney zu einigen Leuten, die neben ihm stehen geblieben waren. Sie stimmten ihm alle zu.

»Mach bitte das Fenster auf, Freddie. Ich muss dich berühren.«

Er war sich nicht einmal sicher, ob sie zuhörte. Alles, was er sehen konnte, war die Barriere, die die Vorhänge bildeten. Unter Pfiffen und ermunternden Zurufen von unten baute er das transportable Keyboard auf.

»Wir haben diesen Song für uns geschrieben, Freddie, und ich wusste es nicht einmal.«

Er spielte den Anfangsakkord von »Immer nur Du«, warf seinen Stolz über Bord und fing an zu singen.

Er war bei der zweiten Strophe angelangt, als sie die Vorhänge beiseitezog und das Fenster öffnete.

»Hör sofort auf«, verlangte sie. »Du machst dich zum Narren und bringst mich in eine peinliche Lage. Ich will jetzt, dass du auf der Stelle …«

»Ich liebe dich.«

Das bremste sie. Er sah die Tränen in ihren Augen, bevor sie sie wegblinzelte. »Oh nein, Nick, das mache ich nicht noch einmal durch. Geh jetzt.«

»Ich habe dich immer geliebt, Freddie«, sagte er leise. »Das ist der Grund dafür, weshalb mir sonst keine Frau wirklich etwas bedeutet hat. Ich habe mich geirrt, es war dumm von mir zu denken, dass ich dich gehen lassen muss. Du musst mir verzeihen, Freddie, du musst mir noch eine Chance geben, weil ich ohne dich nicht leben kann.«

Die erste Träne fiel. »Oh, warum tust du das? Mein Entschluss steht fest.«

»Ich hätte das alles schon vor langer Zeit tun sollen, Freddie. Verlass mich nicht. Gib mir eine Chance.« Nick griff wieder nach den Blumen und hielt sie ihr hin.

Nach einem Augenblick des Zögerns nahm sie sie. »Es ist nicht nur wegen der Blumen, Nick. Ich war wütend. Es ist, weil …«

»Ich hatte Angst, dich zu lieben«, murmelte er. »Weil es ein so riesiges Gefühl ist. Ich dachte, es würde mich auf einen Satz verschlingen. Und ich wagte nicht, es dir zu zeigen.«

Sie nahm den Blick von den Blumen und schaute ihn an. Früher hatte sie immer davon geträumt, diesen Ausdruck in seinen Augen zu sehen. Die Zärtlichkeit, die Stärke und die Liebe. »Ich wollte nie, dass du etwas anderes bist als das, was du bist, Nick.«

»Komm raus.« Sein Blick ließ den ihren nicht los, als er ihr die Hand hinstreckte. »Willkommen in meiner Welt.«

Sie schniefte, dann willigte sie lachend ein. »Also gut, aber wir könnten womöglich wegen Brandstiftung verhaftet werden.«

»Kein Problem. Da unten ist ein Cop, der aufpasst.«

Als sie auf die kleine Plattform trat, schaute sie nach unten. Irgendjemand aus der kleinen Menschenmenge winkte ihr zu.

»Nick, das ist lächerlich. Wir können das drinnen besprechen.«

»Es gefällt mir aber hier draußen.« Sie hatte es romantisch haben wollen. Und das bekam sie jetzt, bei Gott. »Und viel zu besprechen gibt es ohnehin nicht – sag mir nur einfach, dass du mich noch liebst.«

»Das tue ich.« Von einer Welle der Liebe überschwemmt, streichelte sie seine Wange. »Ich liebe dich über alles.«

»Verzeihst du mir?«

»Ich hatte es nicht vor. Nie. Ich war entschlossen, ohne dich zu leben, Nick.«

»Das habe ich befürchtet.« Er legte eine Hand über ihre, die noch immer an seiner Wange ruhte. »Und jetzt?«

»Du hast mir ja keine Wahl gelassen.« Sie wischte sich eine Träne ab. »Was hast du dir eigentlich bei den Kerzen und der Musik noch vor dem Mittag gedacht?«

»Dass es höchste Zeit für die Brautwerbung ist. Willst du, dass ich den nächsten Schritt in deinem Generalstabsplan mache?«

»Ich muss mich dafür entschuldigen.«

»Ich hoffe, dass du das nicht tust.« Er hob ihre Hand und küsste sie in einer Geste, bei der sie unwillkürlich zwinkern musste. »Ich beabsichtige nämlich, dich für den Rest unseres Lebens daran zu erinnern, dass du hinter mir her warst. Und ich bin dir dankbar dafür.« Wieder küsste er ihre Hand. »Ich werde viel Zeit brauchen, um dir meine Dankbarkeit zu beweisen.« Ohne sie aus den Augen zu lassen, griff er in seine Tasche und holte eine kleine Schachtel heraus. »Ich hoffe, du gibst sie mir. Heirate mich, Freddie.« Er klappte den Deckel der Schatulle auf und nahm einen mit einem Diamanten besetzten Ring von schlichter Eleganz heraus. »Niemand hat dich je so geliebt, wie ich es tue. Und niemand wird dich je so lieben.«

»Nick.« Sie presste ihre Hand an den Mund. Nein, das war kein Traum. Keine Fantasie und auch keine Stufe in einem sorgsam ausgetüftelten Plan. Es war real und völlig überraschend.

Und perfekt.

»Ja. Oh ja.« Mit Tränen des Glücks in den Augen warf sie sich lachend in seine Arme.

»Scheint, als hätte der Junge am Ende ein Heimspiel gewonnen«, folgerte Mooney. Anschließend gestattete er sich

441

das Vergnügen, dem Paar fünf Stockwerke höher bei einem Kuss zuzuschauen, der bis in alle Ewigkeit zu dauern schien.

Dann wippte er mit seinem Schlagstock und sagte: »Okay, Leute, gehen wir, damit sie ihre Ruhe haben.«

Fröhlich vor sich hin pfeifend schlenderte Mooney weiter. Einmal schaute er noch zurück und sah, wie die hübsche Frau überglücklich lachend ihren Blumenstrauß hoch in die Luft warf.

Nick LeBeck, dachte Mooney. Der Junge hatte einen weiten Weg hinter sich.

Epilog

Broadway Rhythm
Nach der gestrigen Broadway-Premiere von »First, Last
and Always« kann keiner mehr daran zweifeln, dass die
wunderbaren Hauptdarsteller auf dem Höhepunkt ihrer
Broadway-Karriere stehen. In der vom Publikum fre-
netisch bejubelten Aufführung haben die beiden einmal
mehr ihr unvergleichliches Können bewiesen.

Getragen wurde die faszinierende Produktion aller-
dings auch von der Musik. Seit gestern hat der Broad-
way zwei neue Lieblinge. Nicholas LeBeck und Frede-
rica Kimball haben in Zusammenarbeit ein Werk kreiert,
das alle Tiefen und Höhen der menschlichen Existenz
in sich vereint, ein Werk, das ohne Ausnahme jeden im
Saal mitgerissen hat. Bei dem Stück »Immer nur Du«
musste auch der letzte Hartgesottene das Taschentuch
zücken.

Musik und Text sind immer das Herzstück eines jeden
Musicals, und das Herz dieses Werks schlug voller Ener-
gie, Frische und Elan. Mit seinem Erstlingswerk »Last
Stop« hat Mr. LeBeck bereits sein kreatives Potenzial
bewiesen, mit »First, Last and Always« hat er sich seinen
Platz auf dem Olymp des Broadway-Musicals gesichert.

Seine Partnerin steht ihm in nichts nach. Miss Kimballs
Text umfasst alle Bereiche, von poetischer Sanftmut über
ironischen Sarkasmus bis hin zu herzerfrischendem Hu-
mor. Musik und Text ergänzen sich so harmonisch, dass
es unmöglich ist herauszufinden, was zuerst geschaffen

wurde. Wie bei jeder großartigen Zusammenarbeit, so sind auch hier die Übergänge perfekt und nahtlos.

Vielleicht lässt es sich darauf zurückführen, dass Le-Beck und Kimball nicht nur Partner, sondern auch frisch verheiratete Eheleute sind. Und nach drei Monaten Ehe haben Braut und Bräutigam nun, nach der erfolgreichen gestrigen Premiere, noch mehr Grund zu lächeln.

Ich wünsche den beiden eine glückliche und produktive Partnerschaft.
Angela Browning

»Wie oft willst du den Artikel eigentlich noch lesen?«

Freddie seufzte. Sie saß im Schneidersitz mitten auf dem Bett, den Kulturteil aller heute erschienenen Zeitungen um sich herum verteilt. Und auf Nick. Der elegante Chignon, zu dem sie ihr Haar gestern Abend hochgesteckt hatte, hatte sich längst aufgelöst. Das kleine Schwarze, für das sie tagelang durch die teuersten Geschäfte New Yorks gestöbert war, lag achtlos zusammengeknüllt auf dem Boden – an der Stelle, wo Nick es ihr von den Schultern gestrichen hatte.

Sie waren erst im Morgengrauen nach Hause gekommen, übermütig kichernd und angeregt von Champagner, Erfolg und Lust.

»Es war einfach wunderbar.«

Er grinste selbstzufrieden. »Danke.«

Lachend zog sie ihm eins mit der zusammengefalteten Zeitung über und sah zu, wie ein Strahl der aufgehenden Sonne sich in dem Gold ihres Eherings fing. Es zauberte immer wieder ein glückliches Lächeln auf ihr Gesicht, wenn sie den Ring an ihrem Finger betrachtete. »Das meinte ich nicht – obwohl, das war auch nicht schlecht.« Sie schloss die Augen, um sich die Bilder besser ins Gedächtnis rufen zu können. »All die Leute, die Lichter, die Musik. Der wahnsinnige Applaus.

Gott, ich liebe Applaus. Weißt du noch, wie die Leute aufgestanden sind und gejubelt haben?«

Er verschränkte die Arme hinter dem Kopf und grinste einfach nur weiter. Sie sah süß aus, niedlich, wie sie da in seinem T-Shirt saß, das Haar wirr, mit leuchtenden Augen.

Sie sah einfach so … sie sah aus, als würde sie ganz allein ihm gehören.

»Wirklich? Ist mir gar nicht aufgefallen.«

»Klar. Deshalb hast du mir ja auch fast die Finger gebrochen, als du meine Hand gehalten hast.«

»Ich habe lediglich versucht, dich davon abzuhalten, auf die Bühne zu springen und alle zu umarmen.«

»Du hast recht, das hätte ich zu gern getan. Am liebsten wäre ich auf und ab gehüpft und hätte getanzt. Sie lieben es, Nick. Sie lieben, was du und ich zusammen geschaffen haben.«

»Ich auch. In der ersten Reihe zu sitzen und auf der Bühne zu hören, was wir zwei auf meinem alten Klavier in der Bar gespielt haben. Mich daran zu erinnern, was alles passiert ist, während wir Worte und Musik geschrieben haben.«

Sie verschränkte ihre Finger mit seinen. »Es war die aufregendste Zeit meines Lebens. Und der gestrige Abend hat es noch schöner werden lassen. Jeder sah so wunderbar aus. Die ganze Familie. Fast wie auf unserer Hochzeit, jeder so schick und vor Freude strahlend. Und du warst genauso nervös wie damals.«

»Dafür warst du genauso schön wie damals.« Er sah, wie ihr das Blut sanft in die Wangen schoss. Sie war nicht daran gewöhnt, dass er es ihr sagte oder dass es ihm so leichtfiel, es ihr zu sagen. Er setzte sich auf und vergrub seine Finger in ihrem Haar. »Ich liebe dich, Mrs. LeBeck«, murmelte er an ihren Lippen.

»Nick.« Sie schmiegte ihre Wange an seine und hielt ihn ganz fest. »Es ist einfach so perfekt. Ich wusste, dass es so sein würde, wenn ich nur geduldig genug sein könnte. Und ich weiß, dass es noch viel besser werden wird. Wir sind ein Team.«

»Und wir sind der Hit. LeBeck und Kimball, die neuen Lieblinge des Broadways.«

Sie kicherte leise und küsste ihn auf den Hals. »Diesmal liest du.«

Er ließ seine Hand unter ihr T-Shirt gleiten. »Jetzt sofort?«

»Nachher«, murmelte sie und rollte sich lachend auf ihn.

– ENDE –

Informationen zu unserem Verlagsprogramm, Anmeldung zum Newsletter und vieles mehr finden Sie unter:

www.harpercollins.de

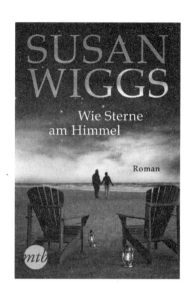

Susan Wiggs
Wie Sterne am Himmel
€ 10,00, Taschenbuch
ISBN 978-3-7457-0062-6

Für die Modedesignerin Caroline Shelby waren die Sterne zum Greifen nah. Bis ihr New Yorker Chef ihre Entwürfe stahl und dann ihre beste Freundin plötzlich starb. Aber Caroline lässt sich nicht unterkriegen. Sie zieht mit den verwaisten Kindern an den einzigen Ort, der ihnen ein sicheres Zuhause bietet: das kleine Küstenörtchen Oysterville am Westpazifik. Hier begegnet sie ihrer ersten großen Liebe Will wieder, und die Frauen ihres Heimatorts tun sich zusammen, um bei ihrem Neuanfang zu helfen. Doch dann droht Caroline die Kinder zu verlieren ...

www.mira-taschenbuch.de

Susan Mallery
Wer flüstert, der liebt
€ 10,99, Taschenbuch
ISBN 978-3-9596-7444-7

Drei Frauen, die nicht unterschiedlicher sein könnten. Aber sie sind die besten Freundinnen. Jede Woche sitzen sie nach der Pilates-Stunde zusammen, stützen und helfen einander: Nicole hat das Gefühl, dass ihr Mann sich für alles interessiert, nur nicht mehr für sie und den gemeinsamen kleinen Sohn. Shannon ist beruflich erfolgreich und will jetzt mit ihrem Traummann eine Familie gründen – er leider nicht. Und Pam fühlt sich alt, seit die Kinder aus dem Haus sind. Was das Leben auch bereithält: Wer echte Freundinnen hat, meistert jede Hürde.

www.harpercollins.de